# ¿Solo amigos?

# ¿Solo amigos?

Ana Álvarez

Barcelona • Bogotá • Buenos Aires • Caracas • Madrid • México D.F. • Miami • Montevideo • Santiago de Chile

Primera edición: octubre de 2017
Primera reimpresión: octubre de 2017


Travessera de Gràcia, 47-49. 08021 Barcelona
Sipan Barcelona Network S.L. es una empresa
del grupo Penguin Random House Grupo Editorial, S. A. U.



Printed in Spain – Impreso en España

ISBN: 978-84-16076-14-7
Depósito legal: B-18.647-2017

Impreso en EGEDSA
Sabadell (Barcelona)

VE 7 6 1 4 7

Penguin
Random House
Grupo Editorial

*A Jesús, que me enseñó que en las facultades existe una habitación llamada Aula de cultura, y que con su entrada en la Universidad me provocó tal envidia sana que decidí vivir yo también el ambiente estudiantil a través de esta historia.*

# Prólogo

*Barcelona. Abril de 2006*

Sentada en su despacho grande y luminoso, Susana respiró tan hondo que casi le dolió, permitiendo que por un momento la emoción y los recuerdos se apoderasen de ella.

Cuando un rato antes su jefe, el abogado Joan Rius, había entrado en su despacho para pedirle un favor personal, poco se imaginaba a lo que este la obligaría, ni cómo la petición iba a afectarle. Aun así, no podía negarse. Su jefe no era dado a solicitar favores. Exigía trabajo y dedicación y pagaba por ello, pero nunca, en los tres años que llevaba trabajando para él, le había pedido nada.

Ella iba a viajar a Sevilla aquel fin de semana para conocer a su sobrino, el primer hijo de su hermana Merche, nacido hacía apenas siete días y a cuyo parto no había podido asistir, inmersa en un caso complicado y muy atareada durante toda la semana. No obstante no le habían negado la posibilidad de faltar al trabajo aquel viernes para poder acoplarse a los vuelos hasta la ciudad donde vivía su hermana, y por tanto no pudo negarse a entregar en mano, en un bufete sevillano, unos documentos sobre una empresa de la que «Bonet y Rius» llevaba algunos asuntos.

Había aceptado gustosa en un principio, el problema surgió cuando se enteró de que el bufete sevillano era «Figueroa e hijo».

Hacía mucho que no se permitía pensar en Fran... Los comienzos en Barcelona sin él habían sido duros; la soledad, abrumadora, compensada a medias por un trabajo interesante y una cuidad nueva y bella por explorar. Susana, solitaria por naturaleza, se había refugiado en su trabajo sin escatimar esfuerzo ni horas, había ido ganándose el respeto de sus compañeros y jefes, y había ido cosechando un éxito profesional tras otro, hasta el punto de que en la actualidad era considerada una auténtica experta en muchos temas, y consultada por muchos compañeros del bufete incluso con más años de profesión y experiencia que ella. La palabra «empollona», que le había resultado humillante en el colegio y en el instituto, la seguía acompañando, pero ahora sus conocimientos y la perfección con que le gustaba hacer las cosas le era reconocida.

También era considerada implacable en los tribunales, aunque justa y cuidadosa con los adversarios. Había perdido su inseguridad de adolescente y eso se lo debía a Fran. Él había conseguido que la chiquilla tímida, insegura y vulnerable de hacía años llegara a convertirse en la Susana actual: una mujer brillante, llena de oratoria y recursos, capaz de improvisar y de deslumbrar para convencer a jueces y jurados.

Y poco a poco, con el paso del tiempo, los recuerdos de Fran se habían convertido de dolorosos en agridulces, y podía contemplar las fotos de sus años de carrera sin sentir que la pena la ahogaba.

Pero su corazón no le había olvidado y su cuerpo tampoco. Había tenido dos breves aventuras, una con un vecino de su mismo bloque de apartamentos y otra con un cliente, pero ninguna había durado ni dejado huella. Ninguno de ellos era Fran, y Susana no había vuelto a intentarlo, consciente de que aún pasaría mucho tiempo antes de que otro hombre pudiera ocupar el lugar vacío que él dejó. Y quizás este no se ocupase nunca; después de lo que Fran y ella habían sido el uno para el otro, no se conformaba con menos. El listón, le decía Merche, estaba demasiado alto.

Aun así, creía tenerlo controlado, hasta aquella mañana. Hasta que escuchó su nombre en boca de su jefe y supo que tendría que verlo aquel fin de semana.

Se dijo que había pasado mucho tiempo, que los dos habrían cambiado y que probablemente su encuentro se limitaría a un intercambio de documentos, que quizás él tendría novia, o incluso podía estar casado. Siempre fue tan atractivo, tan encantador, que era casi imposible que aún permaneciera solo. Y comprobó alarmada que esa idea le dolía... Aún le dolía. Y empezaba a pensar que le dolería siempre.

Quizás hubiera acabado enrollándose con la hija de aquel cliente de su padre, que fue motivo de su primera pelea. No habían discutido mucho Fran y ella, su carácter tranquilo le permitía dejar pasar los exabruptos bruscos de él, que por otra parte no duraban más que segundos, para acabar disculpándose luego y haciendo las paces apasionadamente.

Y el sexo con él había sido tan especial... Nunca había sentido nada parecido con ninguno de los dos hombres con los que se había acostado después. Ningún otro la había hecho temblar solo con tocarla, con rozarle una mano, como había pasado con Fran.

Enterró la cara entre las manos, totalmente descompuesta por los recuerdos, fuertemente amarrados durante mucho tiempo, y se dijo que debía controlarse, que no podía presentarse en Sevilla con aquellas imágenes en su mente porque todo ello pertenecía al pasado.

Pero ella estaba allí con el número de teléfono del bufete Figueroa sobre la mesa, e incapaz de marcar...

# 1

*Facultad de Derecho de Sevilla. Noviembre, 1998*

Sentada en el aula, como cada mañana, y apenas el profesor abrió la boca, Susana supo que se iba a enfrentar una vez más al gran problema de su vida: el rechazo.

Cuando aquel hombre seco y malencarado dijo que tendrían que formar grupos de trabajo para realizar una defensa hipotética y llevar a cabo la investigación y después la exposición práctica, ella sabía que una vez más iba a quedar excluida de todos los grupos de forma natural, y que o bien tendría que realizar su trabajo sola o bien sería introducida por el profesor con calzador en alguno de los grupos ya formados por gente que se caía bien entre sí. Pero ella no le caía bien a nadie; esa había sido la tónica de su vida escolar desde pequeña. Primero en el colegio, luego en el instituto, y la facultad de Derecho no había sido una excepción. Todos la rechazaban tanto por su físico delgado y poco atractivo como por su capacidad intelectual muy por encima de la media.

Ya se había habituado a ser la empollona, la aburrida, la que nunca era invitada a cumpleaños, ni excursiones, ni fiestas, y la que nunca tenía hueco en ningún grupo de trabajo. Y a pesar de que había cargado con ello toda su vida y estaba acostumbrada, aún dolía. Siempre dolía.

Su hermana, cinco años mayor que ella, y su única amiga y confidente, la que en verdad sabía cómo se sentía, le había asegurado que en la facultad eso cambiaría. Pero no había sido así, y la prueba la tenía delante de sus narices, viendo cómo todos se iban acercando unos a otros y consolidando los grupos, que según el profesor debían tener un mínimo de dos miembros y un máximo de seis. Pero nadie se acercó a ella. Y Susana estaba convencida de que ni siquiera se habían dado cuenta de que no tenía grupo.

Cuando al fin las voces se calmaron y empezaron a dar al profesor los nombres de los componentes de los distintos grupos, una vez más en su vida, Susana, la tímida Susana, tuvo que levantar la mano y decir:

—Profesor... Yo no tengo grupo. ¿Puedo hacer el trabajo sola? —preguntó confiando en que le permitiría hacerlo y no la obligaría a entrar en un grupo donde no la quisieran. Pero sus esperanzas se desvanecieron pronto.

—No, tiene que entrar en alguno de los ya formados. Este trabajo no es solo para evaluar conocimientos, sino para ver cómo se comportan en el trabajo en equipo. En el futuro, cuando trabajen en un bufete, tendrán que hacerlo muchas veces. Procure acoplarse en alguno de los grupos ya existentes.

Susana se mordió los labios. Había sido peor de lo que esperaba, ni siquiera el profesor había dicho dónde se tenía que meter, al parecer iba a dejar que fuera ella la que solicitara el favor de que le permitieran entrar en algún sitio.

Miró a su alrededor esperando que alguien le hiciese algún gesto, pero solo vio miradas bajas y desviadas evitando encontrarse con sus ojos. Tragó saliva sin saber cómo iba a salir de aquella situación cuando escuchó a sus espaldas una voz masculina, agradable y bien timbrada, que conocía bastante bien, aunque nunca antes se hubiera dirigido a ella, que decía:

—En mi grupo solo somos dos... Puedes unirte a nosotros si quieres.

Volvió la cabeza y se encontró con unos ojos pardos que la miraban desde tres mesas más atrás.

—De acuerdo —aceptó tratando de no mirar la cara incrédula del chico que se sentaba al lado del que había hablado y que, siendo su amigo, probablemente sería el otro miembro del grupo que tendría que compartir.

—Bien —continuó hablando el profesor—. Solucionado este pequeño problema pueden entregarme los nombres definitivos de los componentes de cada grupo y en la próxima clase les daré la información de los casos que tendrán que investigar y presentar ante mí, al final del cuatrimestre. Debo decirles que todos serán casos reales, algunos cerrados y sentenciados y otros en curso aún, pero no quiero que sus líneas de defensa tengan nada que ver con la que en su momento se siguió en los tribunales. Y quiero que reseñen todos y cada uno de los sitios de donde saquen información. Les espera un duro trabajo, sobre todo a los grupos formados por pocos miembros, pero también quiero añadir que la calificación de este trabajo supondrá un sesenta por ciento de la nota del cuatrimestre y hará media con la del examen teórico. Buen trabajo y nos vemos mañana.

Susana recogió los apuntes desperdigados sobre la mesa y los guardó en la enorme bolsa de lona de fabricación casera que había hecho ella misma y que siempre la acompañaba. Era un sello de identidad como muchas de sus otras cosas: sus jerséis hechos a mano por su madre que se aburría en el pueblo, la larga melena castaña recogida en una coleta en la nuca para que no le molestara en clase, sus zapatos de deporte y su poncho azul de lana también hecho en casa...

No podía permitirse gastar mucho dinero en ropa, ni en zapatos ni en bolsos: sobrevivía a base de una beca y los autobuses, los apuntes y el *ciber* para buscar información en Internet se llevaban una buena parte de ella.

El año anterior, el primero de la carrera de Derecho, había sido peor porque había tenido que pagar una residencia que le costaba bastante y jamás había comido tantos bocadillos en su vida, pero este año, afortunadamente, su hermana Merche había encontrado un trabajo en la ciudad, en una tienda de ropa, y ganaba lo suficiente como para poder alquilar un pequeño apartamento, apenas un salón, un dormitorio de dos camas, un aseo con ducha y una cocina diminuta, pero que les permitía sobrevivir mejor y sobre todo preparar sus propias comidas. Con lo que Merche ganaba y con su beca iba saliendo adelante un poco más desahogada que el año anterior. Además, Merche, a pesar de ser cinco años mayor, era su única amiga y el año anterior, sola en Sevilla, la había echado mucho de menos.

Muy tímida por naturaleza, le costaba hacer nuevas amistades, situación que se agravaba por el hecho de que era un auténtico cerebrito y la primera de cualquier clase donde estuviese. Esto la hacía ser rechazada por todos los compañeros sin siquiera darle ocasión de que la conocieran, y excluida de cualquier círculo de amistad.

Había pasado el primer año de carrera sola, y a mediados del primer cuatrimestre del segundo llevaba el mismo camino.

Le había extrañado mucho que aquel chico la hubiera invitado a formar parte de su grupo de trabajo, algo que nunca ocurría. Siempre era el profesor el que tenía que decir dónde se debía agregar.

Tendría que armarse de valor y darle las gracias, y eso iba a costarle, porque el chico le gustaba.

Se había fijado en él ya el año anterior, aunque nunca le había dirigido la palabra. Él había estado saliendo con una chica terriblemente pija y también guapa a rabiar, había que reconocerlo, pero este curso no parecía que estuvieran juntos.

Cuando ella entró en la carrera, él cursaba segundo con algunas asignaturas de primero, y aunque habían coincidido en tres asignaturas comunes, su contacto se había limitado a cruzarse en clase o en los pasillos sin que mediara siquiera un saludo entre ellos. Cuando no estaba acompañado de la chica, siempre iba con Raúl, su amigo, el que presumiblemente iba a compartir grupo de trabajo con ellos, un chico delgado y guapito al que se rifaban las mujeres y que siempre estaba rodeado de varias, adulándole y tonteando, mientras él se dejaba querer.

A Susana le caía fatal, no así su amigo Fran, al que consideraba tremendamente atractivo con su pelo largo y rubio, sus ojos pardos y su cuerpo delgado y fuerte, vestido siempre con vaqueros de marca y ropa desenfadada, aunque cara.

Según había escuchado en la facultad, ambos amigos eran hijos de prestigiosos abogados y estaban destinados a incorporarse al bufete familiar en cuanto terminaran la carrera.

Ojalá ella pudiera decir lo mismo y supiera de antemano que iba a tener un puesto de trabajo interesante y bien remunerado al terminar, pero con toda seguridad le iba a resultar bastante más difícil. Tendría que ser muy buena para lograr meterse en algún sitio, sin contactos ni amigos en el mundo del derecho, y para compensar todo esto estudiaba como una loca para ser no solo buena, sino la mejor.

Había conseguido aprobar primero íntegro, con un ocho y medio como nota más baja, y había conseguido dos matrículas gratis para segundo.

Terminó de recoger y se dio cuenta de que estaba sola en el aula, todos habían salido encaminándose a las otras clases. Si no se daba prisa se perdería la siguiente, porque el catedrático era un hombre bastante quisquilloso que no dejaba entrar a ningún alumno una vez que él estuviera ya en el aula. Fran y Raúl no estarían allí, ellos no tenían esa asignatura, habían aprobado dos de segundo el año anterior y esa era una de ellas.

Se dirigió rápida a la clase olvidándose de él y aparcando de momento su decisión de darle las gracias por admitirla en su grupo.

Nada más salir del aula y tras asegurarse de que Susana no iba detrás de ellos, Raúl le soltó a su amigo de mal humor:

—¡Joder! ¿Por qué le has tenido que decir que se metiera en nuestro grupo?

—Porque solo somos dos y nos vendría bien un miembro más.

—Podíamos habernos metido nosotros en aquel otro equipo donde estaban aquellas cuatro tías tan buenas, en el de Maika e Inma... Seguro que no nos hubieran dicho que no.

—Seguro que no —admitió sabiendo cómo miraban las mujeres de la clase a Raúl.

—¿Entonces por qué a esta?

—Tengo que confesarte que me ha dado lástima. Se veía allí tan tímida, tan cortada, esperando que alguien le tendiese una mano... Y Castelo ha sido un cabrón al decirle que fuera ella la que se metiera a la fuerza en algún grupo. La pobre lo estaba pasando mal. Además, la tuve en clase el año pasado en un par de asignaturas y la tía es un cerebrito. No nos vendrá mal alguien así en el grupo, a ver si conseguimos subir un poco la nota este año. Mi padre está que echa leches conmigo después de los resultados de septiembre. No ha querido comprarme el coche que me prometió y sigo con el viejo Peugeot que soltó mi madre hace dos años.

—Macho, es que de cinco has aprobado una.

—El verano es muy malo para estudiar, ya lo sabes. Y con esto de irme a Gran Bretaña todos los meses de julio para perfeccionar el idioma, pierdo la mitad del verano. Y tú no has aprobado ninguna, así que no hables.

—Pero yo solo tenía tres. A pesar de todo te llevo una de ventaja.

—Ya.

—Pero aun así no has debido decirle que se una a nosotros. ¡Por Dios! ¿La has mirado bien? ¡Con esa ropa y ese pelo! Y esas gafas de montura negra que lleva siempre. ¡No es más fea porque no se entrena!

—¿Y a ti qué más te da? No tenemos que acostarnos con ella, solo preparar un caso.

—¡Ah, no, de eso nada! Yo no pienso arrastrarla por las bibliotecas y bufetes. Cada uno que prepare una parte del trabajo por separado y luego lo ponemos en común.

—Sabes que eso no va a ser posible, tenemos que hacer algunas cosas juntos.

—Tuya ha sido la idea, carga tú con ella. Haciendo un esfuerzo yo podré reunirme con ese espantajo en algún lugar donde nadie nos vea, pero no voy a pasearla por ningún sitio. Si hay que realizar trabajos de investigación conjunta, te los mamas tú, que para eso vas de buen samaritano. No pienso dejar que esa niña me espante a las tías. Aunque si es tan cerebrito como dices y además nos tiene que estar agradecida por haberle salvado el culo, a lo mejor la podemos convencer de que ella haga todo el trabajo y nos repartamos la nota, ¿verdad?

—¡Qué cabrón eres!

—No lo soy, pero yo no le he pedido que se una al grupo. Te va a tocar a ti cargar con ella, macho.

—No me importa si consigo subir la nota y que mi padre me compre el coche al final de curso.

Raúl soltó una carcajada.

—¡Y me dices cabrón a mí! Si no quisieras ese maldito coche, con toda probabilidad se habría muerto de asco esperando que alguien la invitase a entrar en algún sitio.

—Eso no es verdad, se lo dije sin siquiera pensar en el coche. Eso se me ocurrió después. Realmente me dio mucha pena verla allí esperando y que nadie se decidiera a decirle nada. Era evidente que hubiera tenido que suplicar para poder acoplarse.

—Esa vena tuya de quijote algún día te dará problemas.

—Creo que en esta ocasión me beneficiará; nos beneficiará a los dos.

—En las notas quizá, pero ya sabes que a mí eso me importa un carajo. Yo no tengo a mi viejo todo el día pegado a mi culo como tú. Mientras vaya aprobando alguna, no se mete en nada.

—Sí, pero a ti no te cuesta tanto aprobar como a mí. No logro entender los tecnicismos legales, ni me gusta el Derecho, ni nada. Pero trata de hacérselo entender a mi viejo...

—¿Y por qué estás estudiando esto si no te gusta?

—Tampoco me gusta ninguna otra cosa, así que da igual. De todas formas tenía que hacer una carrera. Lo que me jode es esa manía que tiene mi padre de que debo ser el mejor en todo, el número uno. Si me dejara ir a mi aire como te pasa a ti, a lo mejor acababa hasta por gustarme.

—A ti lo que te gusta es pasearte por la facultad tonteando con las tías.

—¡Toma, y a ti no!

Ambos se echaron a reír y entraron en el aula para asistir a la siguiente clase.

A mediodía, cuando se dirigía a la salida para coger el autobús, Susana vio a Fran y se armó de valor para acercarse a él. Apretó el paso y le llamó intentando levantar la voz para que la oyese.

—¡Figueroa!

Él volvió la cabeza y se detuvo esperándola. Susana se acercó jadeante y le soltó de golpe:

—Perdona que te moleste, ya imagino que tendrás prisa, pero quería darte las gracias por admitirme en vuestro grupo.

Él se encogió de hombros con indolencia.

—No me tienes que dar las gracias, dos personas somos muy pocos para un trabajo de tanta envergadura. Siempre es bueno contar con un miembro más.

—Aun así, si no llega a ser por ti me hubiera visto en la difícil situación de tener que pedir que me dejaran entrar en algún sitio. Ya has visto que nadie se ha peleado precisamente por mí.

—Y no lo entiendo. Con tus notas y tu capacidad de estudio deberías ser muy bien acogida en cualquier grupo.

Susana se mordió los labios ante la velada indirecta.

—Comprendo —dijo.

—¿Qué es lo que comprendes?

—Que lo que esperáis es que yo haga el trabajo y nos repartamos la nota los tres.

—¡Por supuesto que no! —protestó incómodo—. Al menos por mi parte. Yo estoy dispuesto a trabajar como el que más, pero tengo que reconocer que no poseo tu capacidad, que me cuesta bastante todo esto, sobre todo a la hora de organizar el trabajo.

—No, si no me importa. Ya estoy acostumbrada. No soy ninguna ingenua y sé que no soy popular, que si alguien me ofrece entrar en un grupo solo puede ser por dos cosas: por lástima o porque espera aprovecharse de mi trabajo. Y, sinceramente, prefiero que sea por esto último.

Él se sintió aún más incómodo al verse descubierto, y dijo sin mucha convicción:

—No quiero aprovecharme de tu trabajo, ya te he dicho que estoy dispuesto a trabajar duro, pero sí nos vendría muy bien para el trabajo tu capacidad de organización. Ni Raúl ni yo somos muy buenos en eso. Yo estoy dispuesto a dejarte dirigir, y haré lo que tú me digas. Quiero conseguir nota como sea, me estoy jugando un coche.

—Bien, entonces nos entenderemos. Tú quieres conseguir nota para un coche y yo para conservar la beca, pero prepárate a trabajar duro. Soy muy exigente, no me conformo con un cinco... Ni siquiera con un siete.

—Me parece estupendo. Así me meteré a mi padre en el bolsillo, últimamente no anda muy bien conmigo.

—¿Tu amigo también piensa igual que tú?

Fran se encogió de hombros.

—Bueno, quizás él no esté dispuesto a trabajar tanto, pero también quiere la nota.

—¿Y está de acuerdo en que yo forme parte del grupo? —preguntó al recordar el ceño fruncido de Raúl cuando Fran la invitó a unirse a ellos.

—Sí, claro...

La voz de Susana se volvió un poco más dura al decir:

—Si quieres ser un buen abogado vas a tener que aprender a mentir mejor. Pero no te preocupes, si no quiere unirse a nosotros le dejaremos compartir la nota. Y no te entretengo más, si tienes tanta hambre como yo, estarás deseando llegar a casa. Hasta mañana.

—Hasta mañana.

Susana le vio dirigirse al Peugeot grande y ligeramente anticuado que estaba aparcado al final del campus. Ella giró hasta la parada del autobús. Si no se daba prisa, Merche llegaría antes que ella y se extrañaría de no verla ya organizando la comida.

Cuando llegó a la parada la encontró vacía, prueba evidente de que el autobús acababa de irse. Aguardó durante veinte largos minutos, segura ya de que su hermana llegaría antes que ella, y en efecto, cuando entró en el pequeño salón del piso que compartían, el olor de pasta recién hecha le hizo sentir aún más el hambre que tenía.

—¡Hummm... pasta! —exclamó soltando la pesada bolsa llena de libros sobre la estantería del rincón.

—Estamos a fin de mes, cariño —dijo su hermana desde la cocina.

—Si no me importa. Me encanta la pasta.

—Has llegado muy tarde hoy. ¿Otra vez un atasco?

—No, perdí el autobús. Me entretuve hablando con un compañero.

—¡Vaya! Con un compañero, ¿eh? ¿No será ese con el que nos cruzamos aquel fin de semana en el cine y al que te comías con los ojos?

—Sí, ese —dijo sonriendo—. Y no te lo vas a creer, pero me ha invitado a formar parte de su grupo de trabajo para presentar una defensa en una clase práctica.

—Entonces estarás contenta.

—Sí, aunque no me hago ilusiones. Sé que no lo ha hecho por mi atractivo físico sino buscando mi mente privilegiada, pero me da igual. Al menos tendré ocasión de estar cerca y trabajar con él a menudo durante un tiempo. Creo que nos puede llevar un par de meses. Tenemos un duro trabajo por delante.

—De momento lo que tienes por delante es el plato de macarrones. Come, y deja el amor para luego.

—No seas exagerada, que el chico me guste no quiere decir que esté enamorada. ¡Sería imbécil si lo estuviera! Francisco Javier Figueroa es guapo, popular y creo que con mucho dinero. No me miraría dos veces si no quisiera que su padre le comprara un coche nuevo. No me ha invitado a mí a formar parte de su grupo, sino a mi cerebro.

—No te subestimes, cariño. Algún día, un hombre descubrirá el pedazo de mujer que hay en ti.

—Es posible, pero no será este, de eso estoy segura. Por muy bueno que esté y muy buena gente que parezca. No puede evitar ser un niño mimado por la sociedad, por sus padres y por las mujeres. Como comprenderás, yo ahí no tengo nada que hacer, eso lo tengo muy claro. Pero sé que será agradable trabajar con él. Con su amigo ya no estoy tan segura, sé que le ha tocado bastante las narices que yo esté en el grupo, aunque probablemente conseguirá un sobresaliente a mi costa.

—Eres demasiado dura contigo misma y con la gente.

—Soy realista, Merche... Tú no puedes entenderlo. Tú eres guapa y tienes tetas y cintura estrecha y un culo respingón y monísimo. Yo no tengo nada de eso, ningún tío me mira dos veces; ya lo tengo asumido.

—Bueno, yo tengo cuerpo y tú cerebro. Yo nunca he podido superar el bachillerato, y me hubiera gustado. Cada una debe conformarse con lo que la vida le da, Susanita...

—Si no me quejo, pero soy realista. Francisco Figueroa no va a volverse loco por mis huesos y yo tengo que tener cuidado de no volverme loca por los suyos —dijo dando buena cuenta de un enorme plato de macarrones.

—Te quejas de tu físico, pero si yo comiera lo que tú pesaría cien kilos.

—Alguna ventaja tiene que tener estar tan delgada. Bueno —dijo levantándose de la mesa—, voy a descansar media hora y después me pondré a estudiar. Recoge tú y yo prepararé la cena esta noche.

## 2

Con el pequeño montón de folios mecanografiados y sujetos por una grapa que el profesor les había entregado como parte del material de trabajo, y después de echarle un vistazo, Fran se alegró sobremanera de haber admitido a Susana en el grupo. Sabía que aquella asignatura iba a resultar difícil y aquel trabajo práctico mucho más, pero no había imaginado cuánto.

El trabajo en cuestión consistía en un caso abierto aún, que llevaba enredado en el juzgado un par de meses y traía de cabeza tanto a jueces y abogados como a la opinión pública. Investigar aquello y además presentar una línea de defensa diferente a la que se seguía en la actualidad les iba a dar muchos quebraderos de cabeza. Y tenía que reconocer que él no sabría ni por dónde empezar, y Raúl mucho menos.

Al cruzarse su mirada con la de Susana, levantó las cejas y esbozó una mueca de desagrado dirigida a los papeles. Raúl ni siquiera se molestó en mirarla limitándose a garabatear pequeños dibujos en el folio en blanco que tenía sobre la mesa.

El profesor, desde la pizarra, explicaba en términos generales lo que esperaba de los trabajos, y aunque cada grupo tenía casos diferentes, todos debían seguir unas pautas comunes a la hora de presentarlos. A Fran no se le escapó que Susana tomaba notas frenéticamente, y él hizo lo propio, confiando en que entre los dos consiguieran que no se les escapase nada que les pudiera ayudar en la complicada tarea que tenían por delante.

Cuando el profesor se marchó, Susana se levantó rápidamente y se acercó, ansiosa por saber el contenido del fajo de papeles, y también de tener una excusa para hablar con Fran. Durante los tres días transcurridos desde que se habían formado los grupos hasta la entrega de la documentación, no habían intercambiado ni una sola palabra, aunque ella no había dejado de mirar a los inseparables amigos cuando estaban cerca, esperando que Fran se dirigiera a ella para hacerle algún comentario.

—Hola... —saludó.

—Hola —respondió él. Raúl ni se molestó en levantar la vista de los papeles que su amigo le había tendido y ojeaba distraídamente.

—¿Qué nos ha tocado? —preguntó—. A juzgar por tu cara no parece nada bueno.

—El caso Ferrer. No sé si habrás oído hablar de él, no se le está haciendo publicidad, pero por lo que le he escuchado a mi padre, lleva de cabeza a todo un prestigioso bufete.

—Sí, claro que he oído hablar de él. Aunque mi padre no sea abogado, procuro mantenerme informada de todos los casos abiertos en la actualidad, aunque no salgan en los medios de comunicación. Un caso interesante.

El chico levantó las cejas de nuevo.

—¿Interesante? Una putada, diría yo.

Susana sonrió con una mueca que confería un aire gracioso a su cara, habitualmente seria.

—No creo que sea para tanto. Además, con uno fácil no íbamos a conseguir mucha nota.

—Pero tendremos que echarle muchas horas.

—Sí, eso es cierto —dijo sintiéndose muy contenta de que así fuera—. Y pienso que deberíamos empezar cuanto antes para que no nos pille el toro. Lo primero será hacernos con una información lo más detallada posible de los hechos.

Se dirigió a Raúl, que ni siquiera se había molestado en mirarla:

—¿Me dejas los papeles cuando los hayas leído, por favor? A ver cuántos datos nos dan en ellos.

—Son todo tuyos —dijo este tendiéndoselos—, pero si esperas hacer algo con ellos vas apañada. No hay más de tres líneas para dar el nombre del acusado, el de la víctima y una brevísima reseña de los hechos.

Susana cogió los folios que el chico le tendía y comprobó que tenía razón. Ella sabía más del caso de lo que ponía en aquel papel mecanografiado que, supuestamente, ofrecía una ayuda.

—¿Qué opinas? —le preguntó Fran.

—Es peor de lo que esperaba. Habrá que trabajar duro. Creo que deberíamos empezar a reunirnos esta tarde para ponernos de acuerdo en la línea de trabajo que vamos a seguir y cómo nos lo vamos a repartir, ¿no os parece?

—Yo hoy no puedo —dijo Raúl—. De hecho tengo ocupadas todas las tardes de esta semana —añadió, pensando en la pelirroja que había conocido el sábado anterior y con la que había quedado.

—No podemos perder toda una semana. Si necesitamos libros de la biblioteca y los demás grupos se nos adelantan en sacarlos, no los pillaremos nunca porque se los irán pasando de unos a otros.

—Pues tendréis que empezar sin mí entonces.

Susana reprimió una mueca, aunque en realidad no estaba sorprendida, y miró a Fran.

—¿Y bien? ¿Qué hacemos?

Él había pensado ir al gimnasio aquella tarde, pero cuando se enfrentó a los ojos de Susana que le exigían una respuesta y le preguntaban «¿tú también me vas a dejar tirada con el trabajo?», dijo:

—A mí me viene bien. Podemos ir echándole un vistazo, aunque hoy no podré dedicarle más de un par de horas. Tengo algunos apuntes que pasar y voy un poco perdido. Y tendrá que ser temprano.

—¿Cómo de temprano? —preguntó Susana intuyendo que su almuerzo iba a irse al garete y tendría que conformarse con un bocadillo comido en el césped del campus.

—A las cuatro y media o las cinco como muy tarde.

—Bien, entonces que sea a las cuatro y media —dijo resignada.

—¿En la biblioteca?

—Allí no se puede hablar y además hay mucha gente. Mejor nos vamos al aula de cultura, allí disponen de una pequeña sala de estudio que casi nadie conoce, ni usa.

—¿El aula de cultura tiene una sala de estudio?

—Es apenas una mesa y dos o tres sillas, pero se está tranquilo, y no tienes que estar callado. Yo la he utilizado algunas veces, está a disposición de todos, solo hay que pedirla.

—Bien, entonces, ¿tú te encargas?

—De acuerdo, yo me encargo —dijo tendiéndole los papeles de nuevo.

—No, mejor quédatelos tú. Yo no tengo ni puñetera idea de por dónde meterles mano.

—De acuerdo. Hasta luego.

Cuando las clases finalizaron a las dos de la tarde, Susana sacó el móvil, grande y anticuado, que le había pasado una prima después de cambiarlo por otro más moderno, y le puso un mensaje a Merche avisándola de que no iría a almorzar, y miró dentro del bolso a ver cuánto dinero llevaba.

No tenía suficiente para entrar en el comedor de la facultad, así que se dirigió al supermercado cercano y se compró un bocadillo y una botella de agua y se sentó en un rincón solitario y semioculto del campus, dispuesta a saciar su hambre acuciante.

Después se dirigió al aula de cultura, un lugar situado en el entresuelo de la facultad, para pedir la llave de la sala de estudio, regresó y se sentó en un banco del patio al sol a esperar a Fran. Mientras, leyó otra vez detenidamente los folios con las pautas e instrucciones a seguir, y a continuación se puso a estudiar.

A las cuatro y veinte empezó a mirar a su alrededor esperando ver a Fran, pero este no apareció hasta las cuatro y cuarenta. Venía rápido y con el grueso chaquetón en el brazo. Susana se levantó al verlo llegar.

—Perdona el retraso, pero tenía el tiempo muy justo y me ha pillado un atasco al venir. ¿Y a ti, te han echado la comida directamente desde la ventana a la boca o vives cerca?

Ella sonrió.

—Yo me he quedado aquí. Vivo lejos y dependo de un autobús, no hubiera llegado a tiempo.

—Podías habérmelo dicho y me hubiera quedado contigo —dijo sin mucha convicción.

Ella hizo una mueca; ni por asomo hubiera querido que él viera el pequeño bocadillo que había constituido su almuerzo y que apenas había dado una tregua a su estómago.

—No hacía falta, estoy acostumbrada a comer aquí sola. Y el comedor de la facultad no tiene una estrella Michelin precisamente.

—No he comido nunca en él.

—Pues no lo hagas si puedes evitarlo —añadió.

—¿Has conseguido la sala de estudio?

Susana le mostró la llave. Fran la siguió escaleras abajo y entraron en el aula de cultura. Al fondo de la misma se divisaba una puerta que Susana abrió entrando ambos en una sala pequeña, amueblada apenas con una mesa, unas cuantas sillas azules rígidas e incómodas y una estantería gris llena de archivadores.

—No quieren que nos quedemos mucho rato, ¿eh? No es muy acogedor que digamos.

—No me han puesto hora. No nos echarán mientras esté la facultad abierta.

—¿Y tú crees que mi espalda aguantará tanto? Es imposible estar sentado en estas sillas mucho rato sin sufrir una lumbalgia.

—¡Ah, lo dices por eso! Bueno, yo he sobrevivido a más de una tarde de estudio aquí.

—¿Te quedas muy a menudo?

—Solo cuando tengo que sacar libros de la biblioteca y devolverlos el mismo día. No me compensa ir y volver, pierdo mucho tiempo en el autobús. Y una vez que tuve que hacer un trabajo en grupo, como ahora, por obligación. No puedo reunirme en mi casa porque es muy pequeña y la comparto, así que alguien me habló de esta sala.

Susana se quitó el grueso jersey que llevaba sobre otro de cuello vuelto más fino y se sentó en una esquina de la mesa. Fran lo hizo en el otro lado, junto a ella.

—¿Solo una vez hiciste trabajos en grupo el año pasado? Yo creo que en primero hice por lo menos cuatro.

—A mí me dejaron hacer algunos sola.

—¿Y eso? ¿No te gusta trabajar en grupo?

—La gente no se pelea por formar grupo conmigo, ni siquiera para sacar nota. Y no todo el mundo quiere conseguir un coche nuevo.

Él trató de tomarse a broma su observación, evidentemente incómodo.

—¿Tan insoportable eres?

Ella siguió la broma.

—No creo. Yo me aguanto y llevo haciéndolo ya unos añitos.

—¡Vaya, tienes sentido del humor! Nadie lo diría viéndote en clase tan seria.

—Hay momentos para estar serios y momentos para las bromas. Y yo a clase voy a estudiar, no puedo permitirme perder el tiempo con bromas y perder el hilo de las explicaciones. Estudio contrarreloj.

—¿Por qué? ¿Acaso quieres batir algún récord?

—Estudio con beca y mi familia no se puede permitir pagar asignaturas dos veces. Debo ir a curso por año.

—Pero tú haces más que eso, sacas notas muy altas.

—Las matrículas de honor son créditos que no tengo que pagar al año siguiente, y eso me permite disponer de un poco más de dinero para vivir.

—Me has dicho que compartes piso con otra chica.

—Con mi hermana. Ella trabaja en unos grandes almacenes.

—El Corte Inglés.

—No, C&A.

—Bueno, más o menos lo mismo.

—Sí, en efecto, pero solo de ropa. Entre las dos pagamos el alquiler y nos apañamos.

—Dicen que los pisos alquilados para estudiantes son una verdadera mierda.

—Bueno, este no está demasiado mal. Es pequeño, solo tiene un dormitorio y un comedor minúsculo, un baño y una cocina casi de juguete, pero los muebles están bien y no es muy caro. El único problema es que está un poco lejos y tanto ella como yo nos pasamos mucho tiempo en los autobuses.

—¿Dónde está? Bueno, si no es mucho preguntar.

—¡No, qué va! En San Jerónimo, muy cerca del cementerio.

—¿Y no te da yuyu?

—Estoy estudiando Derecho, probablemente tendré que ver algún cadáver, y con seguridad en no muy buen estado. No me importa vivir cerca de unos cuantos fiambres, son los vivos los que hacen daño.

—Oye, eso que dices de que tendremos que ver muertos es verdad... Nunca me lo había planteado.

—¿No? ¿Piensas especializarte acaso en derecho civil? ¿O mercantil?

—No sé en qué me voy a especializar. De momento me conformo con aprobar lo más que pueda este curso.

—Para que te compren un coche.

—Eso es.

—Bien, pues más vale que dejemos la charla, tenemos mucho trabajo por delante. Si no, lo único que te van a comprar es un 600 de hace treinta años.

—De acuerdo, empecemos. Yo he conseguido algo de información. Le he preguntado a mi padre a la hora de almorzar y me ha contado un poco de qué va el caso. Aunque tampoco se ha extendido mucho, todo hay que decirlo. Es de los que piensan que uno tiene que buscarse la vida por sí mismo, y con el mínimo de ayuda posible. Solo así demostrará lo que vale.

—No es malo eso. Te hace esforzarte.

—Lo dices porque no tienes que vivirlo.

—Es posible.

—Bueno, pues, al parecer, Mariana Ferrer, la víctima, era una señora de sesenta y cinco años que apareció muerta una mañana en su cama. Aparentemente se trataba de un infarto, pero cuando le hicieron la autopsia descubrieron que el contenido del estómago contenía matarratas.

Susana ya sabía todo eso, pero le alegró comprobar que Fran se había molestado en buscar información. Él siguió hablando.

—Vivía con una hermana, que era la que cocinaba, y un sobrino. Ambos son sospechosos.

—Bien, yo puedo añadir algo más. La investigación financiera muestra que no hay dinero que heredar; la anciana vivía de su pensión y no tenía ahorros. La casa estaba a nombre de las dos hermanas y solo tras el fallecimiento de ambas podría heredarla el sobrino.

—Vaya, tú también has hecho los deberes.

—Ya os dije esta mañana que me gusta estar informada de todos los casos abiertos en el momento. Suelo ir al juzgado cuando tengo tiempo a los juicios que están abiertos al público.

—¿Y cuándo te diviertes?

—Cuando termine la carrera, espero.

—Pero aún te faltan años para eso. Yo no podría.

—Quizá porque nunca te has visto en la necesidad. Y el Derecho puede ser muy entretenido a veces.

Fran bajó la cabeza y la miró a los ojos, que ella mantenía bajos, clavados en los papeles.

—Realmente te gusta esto, ¿verdad?

—Por supuesto. No estaría a más de cien kilómetros de mi casa y mi familia, pasando apuros todos los fines de mes, si no me gustara. Es más, me apasiona.

—¡Ojalá yo pudiera decir lo mismo! A mí no hay nada que me apasione.

—¿Y entonces por qué estudias Derecho?

—Mi padre es abogado, mi madre también, ambos hijos de abogados a su vez. Es lo que se espera de mí... y en realidad tampoco hay otra cosa que me guste especialmente. ¿Por qué no? La abogacía es una profesión tan buena como cualquier otra.

—Si lo ves así... Yo no podría dedicarme a algo que no me entusiasmase, y mucho menos sacrificar cinco años de mi vida por ello.

—Tengo que confesar que yo no me sacrifico demasiado. Estudio un poco, me divierto otro poco... No tengo prisa por terminar la carrera, lo que me espera después no es ninguna maravilla. Un puesto en el bufete de mi padre, bajo el peso de su nombre y de su fama. Siempre seré el hijo de Figueroa.

—¿Y por qué no lo intentas por tu cuenta?

—¿Abrir mi propio bufete, quieres decir? No. No creo que sirva para eso. Y tampoco soy tan ambicioso como para luchar contra mi padre. Trabajar en el bufete estará bien. Y volviendo a nuestro tema, ¿cómo nos vamos a plantear el trabajo?

—¿Tienes alguna idea? ¿Alguna propuesta?

—¿Quién, yo? No. Tú eres la que domina el tema, lo dejo en tus manos. Yo haré lo que me mandes.

—Bueno, lo primero será recopilar toda la información que podamos sobre el juicio, y ver si conseguimos algo sobre los acusados y la víctima. Alguno deberá ir a la biblioteca para investigar en la prensa de estos dos últimos meses y tomar notas, o sacar fotocopias. Nos ayudaría mucho acudir a alguno de los juicios que se celebran estos días. Para hacernos una idea del perfil de los acusados. Quizá tú podrías conseguir de tu padre el permiso para entrar en alguna de las vistas. El acceso es restringido y no se permite la entrada a más de diez o quince estudiantes. Y tu amigo también debería hacer algo —añadió frunciendo el ceño.

Fran sonrió y dijo:

—A él podríamos enviarle al bufete de los abogados que llevan el caso, para que se enrolle con la secretaria y consiga la información que ni tú ni yo, ni siquiera mi padre, podría obtener.

Susana se puso muy seria ante el comentario.

—No comparto la opinión de que el fin justifica los medios. Dile a tu amigo que mantenga la bragueta cerrada en esto. Es un trabajo de clase y nos jugamos la nota de un cuatrimestre. Si a él eso le da igual, a mí no.

—Mujer, no te pongas así, solo bromeaba.

—No me gustan ese tipo de bromas. El trabajo es muy serio para mí.

Fran clavó la vista en ella y Susana enrojeció hasta la raíz del cabello ante la insistencia de su mirada. Se maldijo interiormente. Odiaba esa faceta suya de sonrojarse por todo, y tenía que reconocer que la mirada de Fran, posada sobre ella de esa manera inquisitiva, estaba haciéndola sentir como si toda la sangre de su cuerpo hubiera subido a su cara.

—Bueno, ya le buscaremos alguna otra tarea —dijo Fran.

Durante un buen rato Susana diseñó un plan de trabajo con gráficos de los días y las horas disponibles y Fran se quedó alucinado de la capacidad de síntesis y de organización de aquella chica.

—¿Te parece bien? —dijo ella cuando terminó.

—Sí, estupendo.

—Bueno, pues no te entretengo más. Ya dijiste que tenías planes para hoy.

—No era nada importante, no te preocupes.

Se levantaron y recogieron los papeles desperdigados por la mesa y se marcharon después de entregar las llaves en conserjería.

Susana estaba deseando llegar a su casa y atacar las sobras del almuerzo, aunque fueran las seis de la tarde.

En la puerta de la facultad se separaron, él hacia un Peugeot azul y ella hacia la parada del autobús.

Susana llegó a su casa cansada y hambrienta, y ante la mirada divertida de su hermana, se sentó a dar buena cuenta del plato de lentejas que no se había comido al mediodía.

—¡Lo que hace el amor! —dijo Merche burlona.

—No te burles. Esto de hoy no tiene nada que ver con el amor. Tenemos que hacer un trabajo y él no podía quedar más tarde. Y yo no tenía dinero más que para un bocadillo.

—Si el otro chico no podía quedar hoy, como me has dicho, podíais haberlo dejado para otro día.

—El trabajo es largo y complicado, no podemos perder tiempo.

—Y tampoco podías perder la oportunidad de estar a solas con él un rato, ¿no es verdad?

Susana esperó a terminar de masticar la cucharada de comida que tenía en la boca para contestar.

—Bueno, quizás eso haya influido también un poquito.

—¿Y qué? ¿Qué tal la experiencia de quedar a solas con un chico que te gusta?

—Era para estudiar... pero bien... muy bien. Es muy simpático cuando no está con el desagradable de su amigo. Hemos encajado bien a la hora de trabajar juntos, pero pienso que el otro puede ser un problema, si es que aparece a menudo, claro. Aunque lo dudo mucho. Ojalá se pierda por ahí y no aparezca más que para firmar el trabajo, aunque Fran y yo tengamos que hacerlo todo solos.

—¿Vais a quedar mañana otra vez? Lo digo por prepararte algo más consistente y que te lo lleves.

—No creo. De momento tenemos trabajo que hacer por separado. Cuando los dos lo tengamos listo, entonces quedaremos. ¿Qué hay de postre?

—Son casi las ocho de la tarde, nena. Si te comes también el postre no cenarás.

—¡Que te crees tú eso!

Durante tres días Susana vagó por las bibliotecas sacando fotocopias de los periódicos, con la escasa información que estaban publicando sobre el caso Ferrer. Decepcionada y desistiendo de conseguir nada por aquel medio, el viernes se acercó a Fran y a Raúl, cuando ambos salían de una clase.

—¿Has conseguido algo, Figueroa?

—Por favor, deja el Figueroa... Ese señor es mi padre. Yo soy Fran.

—De acuerdo, Fran... ¿Has conseguido algo? Yo llevo tres tardes prácticamente perdidas en la biblioteca hurgando en los periódicos, y apenas tengo nada.

—He hablado con mi padre y ha llamado al bufete que lleva el caso, para que nos den una entrevista y nos dejen acceder a la información que no sea confidencial. Siempre y cuando no la utilicemos más que para realizar el trabajo y no la filtremos a la prensa.

—Eso es magnífico. ¿Y cuándo será esa entrevista?

—Pasado mañana. Y también ha insistido en darme algunas estructuras básicas de cómo plantear una defensa, por si queremos utilizarlas como orientación. También me ha dado algunas pautas para investigar cuando no se nos da información.

—Vaya, va a ser toda una ayuda contar con tu padre.

—No creo que nos dé mucho más, pero está contento de que le haya preguntado. Dice que al fin me intereso por la carrera.

—¿Cuándo vamos a quedar para poner en común lo que tenemos?

—Yo tengo una hora libre a la una. No sé cómo tienes tú hoy el horario...

—Termino a la una y media.

Se volvió hacia Raúl, que estaba junto a Fran como si la conversación no tuviera nada que ver con él.

—¿Y tú?

—Yo no puedo quedarme hoy, tengo que estar en casa a las dos.

Susana frunció el ceño escéptica.

—Bueno, si prefieres por la tarde...

—Es que tampoco voy a poder por la tarde.

Se volvió hacia Fran esperando su respuesta.

—Yo prefiero quedarme un rato a mediodía. Quisiera estudiar esta tarde. Las dos últimas clases de Derecho Internacional las tengo atravesadas y no consigo verlas claro. Ya sabes que el profesor es un petardo, y debería ponerme a buscar información en Internet a ver si consigo aclararme. Si me pierdo ahora no podré seguir el ritmo, va muy deprisa con el temario.

—Yo lo llevo bien. He conseguido unos apuntes muy claros y me estoy guiando por ellos. Le llevo la delantera al profesor y ya no me pierdo en clase. Si quieres te los paso y te explico un poco estas dos últimas clases para que te pongas al día.

—¿Lo harías?

—Claro... Yo también tengo que estudiarlo, y si te lo explico, hará que me afiance en los conocimientos. Pero para eso necesitaremos algo más que una hora a mediodía. No podremos avanzar en el trabajo y en la asignatura con tan poco tiempo.

—Entonces quedemos mejor después de comer. ¿A qué hora?

—Un poco más tarde que el otro día, si puede ser. Que me dé tiempo de ir a casa a comer y a recoger los apuntes.

—A la hora que tú quieras.

—De cinco y media a seis. No sé cuánto tardará el autobús. El primero que llegue que pida la llave del aula de cultura.

Aquella tarde Susana se bajó del autobús a las cinco y diez después de correr mucho y se encontró a Fran esperándola en el banco que había junto a la escalera.

—¿Hace mucho que estás aquí? No he podido venir antes.

—Un rato. He intentado coger el aula de cultura, pero al parecer tienen una reunión allí y no está libre esta tarde. Vamos a tener que buscar otro sitio.

—Hace una tarde agradable. Si quieres podemos ir al patio o al césped. Hay un sitio detrás del edificio que suele estar tranquilo. Si no te importa sentarte en la hierba, claro.

—Sin problemas.

Echaron a andar uno junto al otro hasta el sitio indicado por Susana. Esta se dejó caer en la hierba y abrió la carpeta.

Durante un rato estuvieron comparando la información conseguida por Susana y la aportada por el padre de Fran y decidieron una línea de defensa para plantear a un jurado, que estaría formado por el resto de la clase. Luego, cuando acabaron con el trabajo, Susana le mostró a Fran los apuntes de Derecho Internacional y se dedicó a resolverle las dudas sobre la materia que ya habían dado.

De pronto todo encajó en la mente del chico bajo las claras explicaciones de ella, y cuando continuó leyendo la materia que debían dar el día siguiente, no supuso para él ningún problema comprenderla.

—¿Te importa si le saco fotocopias a esto? Es oro puro. ¿Dónde lo has conseguido?

—Rebuscando en las bibliotecas. Quédatelo y ya me lo devolverás.

—Pasaré por el bufete de mi padre antes de ir a casa y sacaré las fotocopias esta misma tarde. Te lo devolveré mañana sin falta.

—El lunes. Mañana es sábado.

—Sí, no me acordaba. Bueno, pues el lunes. Y ahora será mejor que nos marchemos. Habrás quedado para salir y yo te tengo aquí enredada explicándome el Derecho Internacional una tarde de viernes. No tengo perdón.

—Para mí el viernes es un día como otro cualquiera.

—¿No sales los viernes? Todo el mundo lo hace.

—Yo no. Yo también estudio los viernes.

—Pero hay que divertirse un poco, mujer.

—Sí, como tu amigo, que ya dudo de que aparezca alguna vez para trabajar con nosotros.

—No te lo tomes a mal. Raúl está un poco mimado en su casa. Es el más pequeño de la familia y se lo consienten todo. No tiene ninguna prisa por terminar la carrera y, para él, la diversión es lo primero.

—Ya lo he observado. Pero es más que eso. Yo no le caigo bien, creo que no le ha gustado nada que me invitaras a unirme a vosotros.

—No pienses eso.

—¡Vamos, Fran! No trates de disimular, es bien evidente —dijo con la resignación que le provocaba el no caerle bien a la gente—. Además, ya estoy acostumbrada.

Fran apoyó una mano amistosa sobre el brazo de Susana que sostenía la carpeta.

—No lo digas así... en ese tono. Comprendo cómo te sientes, ya me he dado cuenta de que te gusta. Ya desde el año pasado le mirabas mucho. Siempre que pasábamos junto a ti te quedabas mirándole.

Susana se sintió confusa y enrojeció ante la idea de que Fran se hubiera dado cuenta de que les miraba... solo que no era a Raúl sino a él.

—Yo... no es verdad... yo nunca... Habrá sido casualidad —tartamudeó sin poder evitarlo.

—No tienes que avergonzarte, todas las mujeres se vuelven locas por él. Le encuentran muy atractivo.

«Pero yo no soy como las demás mujeres», iba a decir, pero se lo pensó mejor. Siempre era preferible que Fran creyera que el que le gustaba era Raúl y no él. Porque con toda probabilidad no volvería a verle si lo averiguaba. Los hombres, que se sentían animados al descubrir que una mujer guapa iba tras ellos, corrían y ponían distancia si la chica era más bien fea y empollona además. Bajó los ojos y murmuró:

—Ya sé que sois muy amigos, pero te agradecería mucho que no se lo dijeras. No quiero que piense que estoy intentando pescarle cada vez que le dirija la palabra. Y con esto del trabajo tendré que hacerlo en alguna ocasión. Nada más lejos de mi intención que intentar ligar con él.

—No creo que piense eso.

—Por si acaso. Hagamos un trato. Yo te ayudaré a estudiar, creo que después de esta tarde lo entiendes todo un poco mejor, pero por favor, a cambio tú guárdame el secreto.

—Tu secreto está a salvo conmigo, no soy ningún cotilla.

—Gracias. Y ahora será mejor que nos vayamos. Se hace tarde y yo vivo lejos.

—Y yo he quedado para salir y todavía tengo que hacer las fotocopias.

—No corre prisa, hasta el lunes tienes tiempo.

—Si las necesitas antes, me das un toque y te las acerco a tu casa.

—No será necesario. Tengo otras muchas cosas que estudiar este fin de semana.

Aquella noche, sentados ante la mesa de un bar de copas, y mientras esperaban a unas amigas que iban a reunirse con ellos, Raúl le preguntó a Fran:

—¿Qué tal esta tarde con la empollona? ¿Tenéis ya medio trabajo hecho?

—No hemos adelantado mucho el trabajo hoy; ha estado explicándome algunas cosas del Derecho Internacional.

—¿Y qué? ¿Ha conseguido meterte en esa cabeza las leyes europeas al completo?

—Búrlate, pero si la hubieras oído explicando... De repente todo estaba claro como el agua para mí. Ojalá fuera ella y no el catedrático quien diera las clases.

—¡Lástima que no sea más guapa! Podrías tirártela para que te diera clases gratis.

—Oye, lo de las clases no es mala idea.

—¡Fran, tío, que es un callo! Por mucho que quieras un coche nuevo, meterle cuello a eso...

—No seas burro. Quiero decir pagarle las clases. Seguro que a mi viejo no le importa soltar el dinero a cambio de que apruebe.

—¿Y por qué no te buscas otra profesora más guapa? Seguro que las hay. Y así yo iría también a dar clase contigo.

—Puedes venir, si quieres. Tus notas mejorarían mucho sin esfuerzo.

—¡Paso! Uf, con esas gafas y ese pelo... Y tan delgada. Seguro que si intentaras meterle mano te pincharías con los huesos.

—¡No seas cabrón, tío! No está tan delgada. Y yo estoy hablando de clases particulares, no de otra cosa.

—Con estas tías tan feas y empollonas además, a las que nadie ha mirado nunca, tienes que tener cuidado. En cuanto hablas con ellas dos veces seguidas se te pegan como una lapa y no te las puedes quitar de encima.

—No creo que Susana sea así.

—¿Ya la llamas por su nombre? Mal has empezado.

—¡Joder, tío! ¿Cómo quieres que la llame? ¿Romero? Es una compañera de clase.

—Ten cuidado. Las lapas son muy difíciles de desprender una vez que se te han pegado.

—No hay cuidado. Y tú... No estaría de más que echaras una mano, ¿eh? El trabajo es largo y complicado.

—Es viernes por la noche, no hablemos de trabajo. Y ahí vienen ya Maika y Lucía. Con esas dos teníamos que estar haciendo el trabajo, no con la empollona.

—Ellas ya tenían formado su grupo con Inma.

—A unas clases particulares con Inma no le haría yo ascos. ¿Por qué no habrá venido esta noche? Mira que les pedí que la trajeran.

—Creo que Inma tiene ideas propias de adónde quiere ir.

—Conseguiré que la convenzan. Y ahora, la noche es joven. Divirtámonos.

# 3

*Sevilla. Enero, 1999*

Durante mes y medio, Susana y Fran y eventualmente Raúl, se reunieron casi todas las tardes preparando el trabajo. Incluso en las vacaciones de Navidad Susana regresó a Sevilla durante unos días para continuar el trabajo, que debían entregar poco después de incorporarse de nuevo a las clases.

El padre de Fran les había proporcionado material y un ordenador portátil que su hijo se llevaba a clase, y se convirtieron en asiduos del aula de cultura, donde podían trabajar con tranquilidad. Y con frecuencia, después de dedicar al trabajo el tiempo necesario, Fran le hacía consultas y empleaban algún rato en que Susana le ayudase en un par de asignaturas que él llevaba mal.

Y aquella tarde, por fin, habían terminado el trabajo.

—Bueno, esto ya está —dijo Susana.

—No me puedo creer que yo haya terminado un trabajo tres días antes de la fecha tope —añadió él riendo.

—Siempre hay una primera vez para todo.

—Anoche se lo enseñé a mi padre y me ha dicho que es muy bueno, y que si no nos dan una buena nota por él, que reclamemos.

—Nos la darán, ya lo verás. Este profesor es una persona justa. Sabe valorar un trabajo bien hecho.

—¿Tienes prisa?

Susana sonrió.

—¿Tienes más dudas?

—Muchas, pero no es eso lo que quiero hablar contigo.

—¿Ah, no? Es algo de Raúl entonces... —dijo ella. Era casi habitual que en sus conversaciones saliera a relucir el nombre de aquel, y Fran mostraba mucho interés en contarle cosas de su amigo que a Susana no le interesaban, pero que al menos alargaba el tiempo que pasaban juntos. Y que les permitía hablar de algo que no fuese trabajo y asignaturas.

—Tampoco.

—Pues tú dirás.

—Aquí no. Te invito a tomar algo y lo hablamos. Además, celebraremos que hemos terminado el trabajo.

—De acuerdo —dijo Susana—. Pero cada uno paga lo suyo, nada de invitaciones.

Susana no tenía un euro. Los regalos de Navidad habían esquilmado su economía y el dinero que llevaba en la cartera tenía que durarle toda la semana. Y era lo justo para comer y el bonobús, pero tenía que reconocer que era muy estricta en lo de no dejarse invitar por nadie, sobre todo porque nunca podía devolver las invitaciones y mucho menos al nivel que Fran se podía permitir. Él negó.

—Se trata de una invitación, eso no se rechaza.

—No es un rechazo, es una norma. Si no te parece bien, dime aquí lo que sea.

—Está bien, paga lo tuyo... No me apetece hablar aquí del tema. Vamos.

Entraron en uno de los bares que había cerca de la facultad, aunque Fran cuidó mucho de no elegir aquellos en los que la pandilla solía reunirse a veces. No quería que nadie les interrumpiera.

Se acomodaron en una de las mesas más apartadas y pidió una cerveza, mientras Susana se decidió por un té. Él sacó un paquete de tabaco.

—¿Fumas? —le ofreció.

—No, gracias. Es un vicio que no tengo.

—Entonces yo tampoco —respondió guardándolo de nuevo en el bolsillo de la cazadora—. Estoy intentando dejarlo.

—Saldrás ganando.

—Bueno, te preguntarás para qué te he traído aquí.

—Tengo que confesar que estoy un poco intrigada, sí.

—Se trata del trabajo... Ya se ha terminado.

Susana asintió. No hacía falta que se lo recordara, llevaba dos días diciéndose a sí misma que aquello se acababa, que probablemente no volvería a ver a Fran más que en los pasillos, que ya no tendría ninguna excusa para acercarse a él ni para verle a solas.

—Tengo que confesarte que tu ayuda, al margen del trabajo, en lo que se refiere a las demás asignaturas, me ha resultado muy valiosa. Tienes una forma de explicarme las cosas que hace que las entienda perfectamente. Incluso has conseguido que me empiece a gustar esto.

—Me alegro.

—He estado pensando si querrías darme clases.

—¿Darte clases?

—Sí, una o dos tardes por semana. Ya sé que estás muy ocupada con tus propios estudios, pero darme clases a mí podría servirte para afianzar tus propios conocimientos. Te pagaría lo que pidas, por supuesto.

—Claro que no, somos compañeros. No voy a cobrar por echarte una mano. Podemos quedar un par de tardes y estudiar juntos, y yo solucionaré todas tus dudas como hemos hecho hasta ahora.

—Quiero algo más que aclarar dudas. Necesito un par de horas dos o tres veces por semana. Pero si no me cobras, no hay trato. Yo también tengo mis normas.

Fran la miró a los ojos. Intuía, aunque ella jamás se lo había dicho, que su economía era bastante más precaria de lo que decía, y había averiguado que cuando se quedaba a comer en la facultad, la mayoría de las veces se conformaba con un bocadillo. No iba a obligarla a hacer un gasto adicional para que le ayudase a él.

—Es un favor que te pido.

—Razón de más, Fran. Los favores no se pagan.

—Pero la dedicación exclusiva, sí. Por favor, Susana, tú y yo enganchamos muy bien como compañeros de estudio. Si no aceptas me veré obligado a buscar a otra persona que me dé clases... y que probablemente me cobrará mucho más que tú y me ayudará menos.

Él apoyó la mano sobre su brazo tratando de convencerla con el gesto, y Susana sintió el calor de sus dedos a través de la lana del jersey. Era la primera vez que un chico la tocaba en un gesto amistoso y una sensación cálida la recorrió entera. Levantó los ojos para mirarle.

—De acuerdo —admitió—. Te daré clases y permitiré que me pagues por ello. Pero precio de amigo —añadió sintiendo la inmensa euforia de saber que no iba a dejar de verle. El dinero también le vendría muy bien, pero eso era lo de menos para ella.

—Pon tú el precio —dijo él sin retirar la mano.

—No tengo ni idea, no he dado clases nunca. ¿Cinco euros?

—¿Estás loca? Algunos amigos míos dan clases y la tarifa está entre veinte y treinta euros la hora. Te pagaré por lo menos el mínimo.

—No voy a cobrarte treinta euros la hora, Fran. Ni siquiera veinte.

—Bueno, ¿qué te parece treinta por día, tardemos lo que tardemos?

—Está bien, pero sigue pareciéndome demasiado.

—No es nada comparado con el favor que tú me haces a mí. Además, no pago yo, sino don Francisco Figueroa, y te aseguro que él cobra su hora mucho más cara. Si quieres ser abogado tendrás que aprender a cobrarle mucho a los que puedan pagar, para atender gratis a los que no puedan hacerlo. Y a la economía de mi padre no va a hacerle ninguna mella lo que tú cobras. Y te aseguro que estará loco de contento de que su único vástago apruebe con buenas notas.

—Bueno, tú dirás cuándo empezamos.

—Hoy es martes. ¿Te parece si ponemos como días fijos los martes y los jueves?

—A mí me va bien.

—Si algún día uno de los dos no puede, lo cambiamos y ya está. Con flexibilidad.

—De acuerdo, con flexibilidad.

—Dame tu teléfono por si tenemos que avisarnos de algo y yo te daré el mío.

Fran sacó un móvil de última generación de su bolsillo y esperó a que Susana le diera el número. Lo incluyó en la agenda y esperó a que ella sacara el suyo.

El móvil de Susana no se parecía ni por asomo al de él, pero tuvo buen cuidado de no burlarse como hacían otros al verlo.

Se intercambiaron los números y ella se levantó dispuesta a marcharse.

—Tengo que irme. Si pierdo el autobús llegaré tardísimo.

—Si quieres puedo acercarte.

—No hace falta que te molestes.

—No tengo prisa, mis padres están de viaje hoy, así que cenaré solo. Y de todas formas tengo que conducir hasta Mairena.

—Creí que vivías en Los Remedios.

—Antes sí, pero mi padre compró una casa en Simón Verde e

instaló el bufete en nuestro antiguo piso. Y lo mejor es que me dio un coche para moverme. Es el viejo de mi madre, pero si apruebo este verano me ha prometido uno nuevo. Y me permitirá escogerlo. Anda, sube, hace mucho frío esta tarde.

—Bueno, si te empeñas...

Fran abrió el coche y Susana se acomodó en él. Nunca había subido a un coche con un chico, las únicas veces que lo había hecho era con su padre, y se sintió cómoda y agradablemente envuelta por una intimidad que no había disfrutado antes en ningún sitio donde se habían reunido para estudiar.

Fran se inclinó sobre el aparato de música y lo conectó.

—¿Qué tipo de música te gusta?

—Menos el ruido, cualquiera. Pero si lo que tienes es ruido, también vale. Encima que me llevas, no voy a poner condiciones.

Él se inclinó un poco más para llegar a la guantera y al hacerlo rozó por un momento la rodilla de Susana con el codo. Esta contuvo el aliento. Él sacó un CD y lo puso en el aparato. Una música suave y agradable se dejó oír al instante.

—¿Te gusta?

—Perfecto.

—A mí me gusta el ruido, como tú dices, pero siempre tengo otros tipos de música para cuando llevo compañía.

Susana no quiso pensar en la compañía que él pudiera llevar. Se sentía demasiado feliz en aquel momento.

Fran se abrochó el cinturón y arrancó. Susana le observaba conducir con el rabillo del ojo, muy serio y muy atento a todo lo que se refería al tráfico. Cuando se acercaban al barrio de Susana, le dijo:

—Tú me dices por dónde...

—Sigue recto esta avenida y la tercera a la derecha. Después a la izquierda, pero puedes dejarme en la esquina. Mi casa está a mitad de la calle.

—Este taxi ofrece servicio puerta a puerta.

—En ese caso, el número cuarenta. Es una casa grande dividida en pequeños apartamentos. El nuestro está en el bajo.

Él siguió las indicaciones y poco después se detenía ante una casa de aspecto antiguo pero restaurada recientemente.

—Bueno, muchas gracias. Me has ahorrado al menos media hora.

—De nada. Nos vemos mañana.

—Adiós.

Se quedó unos minutos allí parada mientras él arrancaba y giraba en una de las calles y luego entró. Merche la saludó desde la minúscula cocina.

—Hola...

—Hola.

—¿Qué tal el trabajo? ¿Habéis terminado por fin?

—Sí. ¿Y a que no te imaginas qué?

—No sé, si no me lo dices...

—Fran me ha pedido que le dé clases particulares dos días a la semana. Y va a pagarme por ellas.

—¡Vaya, eso es estupendo!

—Por supuesto que lo es. Y además hemos ido a tomar algo juntos al salir... y me ha traído a casa en coche.

Merche se volvió y contempló a su hermana, parada en la puerta de la cocina con los ojos brillantes y las mejillas encendidas, más feliz de lo que la había visto en mucho tiempo.

—¿Sabes lo que significa eso, Merche?

—¿Qué, cariño?

—Que tengo un amigo... ¡Que por fin tengo un amigo! Y no importa que no me vea de la misma forma que yo a él.

—Ya te importará...

—No, nunca va a importarme mientras pueda verle y hablarle, y sea amable conmigo. Hasta ha escogido una música que me gustara para el camino.

—Eso está bien —dijo volviendo a su tarea y pensando: «Si le haces daño, Fran, te arrancaré los huevos.»

# 4

Susana entró en la clase aquella mañana con la hora justa y, como siempre, lo primero que hizo fue mirar a la mesa de Fran y Raúl. Todos los días su primera mirada era para él, aunque no pudiera acercarse a saludarle. Con frecuencia, uno de los dos llegaba con la hora justa para empezar la clase. Ella porque dependía de autobuses y él porque se le pegaban las sábanas a menudo. Y aquel día no era una excepción: su silla estaba vacía.

El profesor entró y se preparó para tomar apuntes, consciente de que luego se los tendría que pasar a Fran. Pero la clase terminó y él seguía sin aparecer. Y Raúl tampoco.

Aguardó toda la mañana sin saber qué hacer, porque tenían clase aquella tarde y no sabía si quedarse en la facultad o no. Le llamó al móvil, pero lo tenía desconectado, así que se acercó a Maika, una chica que formaba parte de su pandilla, y le preguntó.

—Oye... ¿Sabes por qué Fran y Raúl no han venido hoy a clase?

—¿Que si lo sé? —dijo riéndose—. Vaya si lo sé.

Pero no añadió nada más.

—Perdona que insista, no pienses que soy una cotilla... Es que había quedado con Fran para estudiar juntos esta tarde en el aula de cultura y no sé si se va a presentar. El móvil lo tiene apagado.

—Si lo tiene apagado no creo que venga. Esos cabrones estarán todavía de juerga, o follando. Y si no, la resaca no les dejará ni siquiera abrir los ojos. Anoche salimos a la bolera un rato y se enrollaron con unas tías que habían ido solas. Nos faltaba gente para un equipo y Raúl las reclutó. Fran llamó a su casa para decir que se quedaba en casa de Raúl y se fueron con ellas al salir. Es lo último que sé.

—Bueno... —dijo sintiendo que el mundo se le venía encima—. Entonces tú piensas que no va a venir...

—Cuando hay una tía por medio no son los estudios lo primero para esos dos.

—Gracias. Entonces no me quedaré y me iré a comer a casa.

—Es lo mejor que puedes hacer.

Profundamente abatida se marchó y cogió el autobús, llegando a tiempo para comer con su hermana antes de que esta se fuera al trabajo, en el turno de tarde.

—¿Qué haces aquí? ¿No tenías hoy clase con Fran?

—Al parecer Fran tiene cosas más importantes que hacer hoy que dar clase.

—Detecto un tono de mal humor en tu voz.

—Mal humor, no.

—¿Entonces?

Susana se encogió de hombros mientras se apartaba la comida.

—Al parecer ayer salió a la bolera y se enrolló con una tía que conoció allí y se fue con ella. Aún no ha aparecido ni da señales de vida. El móvil lo tiene apagado.

—Lo siento, nena.

—Supongo que debo acostumbrarme. Probablemente lo hace todos los fines de semana, solo que yo no me he enterado hasta ahora porque ha coincidido con un día de clase. En realidad debía haberlo imaginado porque es muy simpático y está buenísimo. El que no tenga una novia reconocida no quiere decir que no se enrolle con nadie. Soy yo la estúpida que ha estado imaginando que vivía solo para estudiar y, como mucho, tomar unas copas los fines de semana. No pasa nada, es cuestión de asimilarlo.

Merche frunció el ceño y guardó silencio. Conocía a su hermana y sabía que estaba mucho más afectada de lo que pretendía aparentar, pero era mejor dejar la conversación.

Comieron en silencio y después Merche se fue al trabajo. Susana se esforzó en concentrarse y pasó la tarde estudiando aunque pendiente del teléfono, esperando una llamada que no se produjo.

A la mañana siguiente, él ya estaba en la clase cuando llegó. Se acercó rápido hacia ella y se disculpó.

—Siento mucho haberte dado plantón ayer. Espero que no te haya fastidiado los planes el que yo no viniera. ¿Te quedaste en la facultad?

—No, sabía que no ibas a venir.

—¿Cómo lo sabías?

—Le pregunté a una chica de vuestra pandilla a mediodía y me dijo que Raúl y tú os habíais enrollado con unas tías que conocisteis en la bolera —dijo sin poder evitar que la voz le temblara un poco. Fran la miró y vio cómo se mordía los labios.

—No se lo tengas en cuenta... A los tíos nos ponen un rollo fácil por delante y no sabemos decir que no.

—Ya...

—Raúl no es mal tipo... quizá si te conociera mejor... ¿Por qué no sales con nosotros alguna vez?

—Déjalo, Fran, no te esfuerces. Ya estoy acostumbrada a que los tíos que me gustan se vayan con otras, a veces incluso delante de mis narices. No importa, de verdad. Él no tiene ninguna obligación conmigo, no somos nada. Ni siquiera sabe que me gusta...

—Quizá si yo se lo dijera...

—¡No! —dijo alzando los ojos por primera vez hacia él aquella mañana—. Ni se te ocurra decirle nada; no volveré a hablarte si lo haces.

—Está bien, como quieras. De todas formas me disculpo por lo que a mí se refiere.

—¿Te disculpas conmigo por haberte ido con una tía? ¿Por qué?

—No por eso, sino por dejarte tirada sin siquiera avisarte. Pero cuando me marché era media mañana y pensé que estarías en clase. Me fui a casa a dormir un rato y lo hice tan profundamente que no desperté hasta por la noche. Ya era inútil avisarte.

—No pasa nada. Me fui a casa a almorzar y estuve estudiando. Te pasaré los apuntes.

—Gracias, Susana, eres cojonuda.

Ella se encogió de hombros fingiendo indiferencia.

—De nada. Espero que el polvo haya merecido la pena las clases que te perdiste.

—No estuvo mal.

Se mordió los labios para no preguntarle si iba a volver a verse con aquella chica, pero por fortuna la llegada del profesor puso fin a la charla. Y puso sus cinco sentidos en olvidar la conversación y las imágenes que le venían a la cabeza de Fran en brazos de otra mujer, para atender lo que el catedrático decía.

# 5

*Sevilla. Febrero, 1999*

Susana miró el reloj. Fran todavía tardaría un rato y el dolor de cabeza que la había acompañado toda la mañana se estaba haciendo más fuerte y una sensación de malestar se estaba apoderando de ella por momentos. Probablemente él ni siquiera había salido de su casa aún. Sería mejor llamarle para que no viniera, el dolor de cabeza era tan fuerte que incluso le impedía pensar. No le daría una clase muy brillante aquella tarde y no quería cobrar por unas horas que él no iba a aprovechar. Buscó el número de Fran en el móvil y le llamó.

Desde que daba clases con él siempre tenía saldo, e incluso podía permitirse algún pequeño capricho y ropa nueva.

Le saltó el buzón de voz diciendo que el móvil de Fran estaba apagado o sin cobertura, tendría que quedarse y darle la clase como fuera, no iba a hacerle venir desde Simón Verde para nada.

Lo peor era que la pastilla que se había tomado con el almuerzo no le había hecho ningún efecto.

Entró en la facultad porque hacía frío y decidió esperarle dentro del aula de cultura en vez de hacerlo fuera, como solía.

El calor de la habitación no le quitó el frío, pero se sentó a esperarle, confiando en sentirse mejor cuando Fran llegase.

Tres cuartos de hora más tarde, él se presentó. Se quitó el chaquetón acolchado y la bufanda y se sentó junto a ella.

—Hola, ya estoy aquí. ¿Es muy tarde? Me ha extrañado no verte en tu rincón del césped.

—Tenía un poco de frío y he preferido esperarte aquí.

—¿Por dónde empezamos?

—No sé... mejor me dices las dudas que tengas y te las resuelvo. No me encuentro demasiado bien y quisiera irme pronto a casa. El próximo día damos más tiempo.

—Si no estás bien lo dejamos. La verdad es que no tienes muy buen aspecto esta tarde.

—Me duele mucho la cabeza.

—¿Por qué no me has avisado para anular la clase?

—Lo he intentado, pero tenías el móvil apagado o sin cobertura.

Fran lo miró.

—Se ha quedado sin batería. Lo siento. He almorzado en casa de Raúl y no lo he mirado en todo el rato. Anda, vamos, que te llevo a casa.

Susana se levantó de la silla.

—Hoy no te voy a rechazar la oferta, sino que te la agradezco profundamente. La sola idea de meterme en un autobús atestado me da escalofríos.

Se pusieron los chaquetones y salieron al exterior. El aire de la calle aumentó el malestar de Susana y la hizo temblar de forma incontrolada.

—¿Qué te pasa? —le preguntó él mirándola.

—Tengo mucho frío.

Fran le puso la mano en la frente.

—¿Tienes fiebre?

—No creo.

Él se paró en medio de la calle y le metió la mano por dentro del cuello del jersey. Susana sintió la frialdad de su mano en contacto con la piel caliente y se estremeció.

—¿Que no? Y mucha, diría yo.

Se arrebujó más en el chaquetón y Fran le quitó la bolsa con los libros que llevaba colgada del hombro.

—Trae, yo te la llevaré. Si estás que no te tienes en pie... No debiste esperarme.

Habían llegado al coche.

—Entra.

Se dejó caer mareada y exhausta sobre el asiento sin dejar de tiritar.

—Enseguida estarás en casa.

—Gracias.

Pero el trayecto se le hizo muy largo. Cuando al fin llegaron a la puerta, Fran le preguntó:

—¿Está tu hermana en casa?

—No, esta semana trabaja de tarde. No llegará hasta las nueve y media, por lo menos.

—Entonces voy a aparcar.

—¿Para qué?

—Voy a quedarme contigo hasta que llegue o al menos hasta que te sientas un poco mejor.

—No hace falta, Fran... Lo que necesito es echarme un rato y tomarme algo para la fiebre, nada más.

—De acuerdo, pero yo estaré allí por si acaso. No insistas, porque no vas a conseguir que me marche y te deje sola.

—Como quieras.

Fran localizó un sitio libre un poco más abajo de la calle y ambos bajaron del coche. Susana se tambaleó levemente aturdida y mareada por la fiebre y Fran le rodeó la cintura con un brazo para sostenerla. Entraron en el portal y cruzaron el patio hasta la casa. Fran se encontró en un salón pequeño amueblado con un sofá de tres plazas cubierto por una manta de colores y al otro extremo de la habitación una mesa y cuatro sillas. En el otro lado, una mesa pequeña con un televisor de catorce pulgadas completaba el mobiliario de la habitación. Encima del sofá había un estante con libros.

—Siéntate —invitó Susana—. Voy a ponerme un poco más cómoda.

—¿No vas a acostarte?

—Me echaré en el sofá.

—Yo me pondré a estudiar en la mesa si no te importa. Así no pierdo la tarde y tampoco te molesto a ti.

—¿Cómo vas a molestarme? Te agradezco mucho que estés aquí.

Susana entró en el dormitorio y se puso un chándal cómodo. Después salió y se tendió en el sofá.

—¿No tienes un termómetro?

—Sí, creo que en el armario del baño hay uno.

—¿Dónde está? Yo te lo traeré.

—Es esa puerta. En el estante de arriba hay un botiquín.

Fran desapareció en la habitación y poco después regresó con un pequeño botiquín de viaje en la mano.

El antiguo termómetro de mercurio marcó treinta y nueve grados y medio.

—¿Qué sueles tomar para la fiebre?

—Nada, nunca tengo fiebre.

—Yo suelo tomar paracetamol, ¿tienes?

—Creo que sí.

—Sí, aquí hay una caja —dijo él mirando dentro del botiquín—. Te traeré agua.

—Esa puerta es la cocina. En el armario hay vasos.

Obediente, Susana se tragó la pastilla con unos sorbos de agua y se dejó caer en el sofá de nuevo, cubriéndose con la parte de la manta que estaba echada sobre el respaldo.

—No debes abrigarte tanto.

—Es que tengo mucho frío.

—Ya lo sé, pero no es bueno —dijo él acercándose y retirando la manta hasta cubrirle solo las piernas y las caderas—. Así está mejor.

Susana tiritó durante un rato mientras Fran, sentado en la mesa frente a ella, la observaba impotente. Después, se quedó dormida con un sueño inquieto y alterado. Él empezó a estudiar sin dejar de mirarla de vez en cuando. Al rato vio que empezaba a sudar copiosamente y, dando una ligera patada a la manta que la cubría, sacó un pie pequeño cubierto por un calcetín blanco con pentagramas y notas musicales. Sonrió pensando en lo adorable que parecía aquel pie, y contemplarlo le hizo sentir más intimidad por haberlo visto que si le hubiera mostrado la ropa interior. Se acercó y sacando un paquete de pañuelos de papel de su bolsillo, le secó la cara cubierta de sudor sin que Susana se percatara de ello.

Volvió a colocar la mano en el cuello para tomarle la temperatura y encontró la piel más tibia que por la tarde, y extremadamente suave. Mucho más suave que las que había acariciado con anterioridad. Contuvo las ganas de acariciar aquel cuello que sobresalía por encima del borde del chándal y retiró la mano, pero no pudo evitar quedarse durante unos minutos en silencio, observándola sin ser visto, mirándola como nunca lo había hecho antes.

Susana se había quitado las gafas y, sin ellas, su cara parecía más fina y redondeada. La montura negra le daba una dureza a sus facciones que ahora no tenía. Parecía una niña indefensa, en absoluto la estudiante segura de sí misma que era. Y vulnerable... muy vulnerable.

Se dijo que resultaría bastante atractiva, aunque no una belleza, sin las gafas, con un poco de maquillaje y quizás otro peinado. El pronunciado arco de las cejas y la boca de labios finos junto con la eterna coleta con dos mechones caídos que solía llevar, hacía su cara más alargada.

El sudor había hecho que la tela del chándal se le pegara húmeda al cuerpo y los pechos pequeños y redondos dejaban transparentar ligeramente los pezones.

Fran se apartó del sofá al darse cuenta de que se estaba excitando, y de que deseaba volver a tocar aquel cuello suave, y no precisamente para controlar la fiebre.

Se sentó de nuevo a la mesa dándole ligeramente la espalda y se esforzó por concentrarse en estudiar. La fiebre estaba bajando y ya no tenía que estar tan pendiente de ella.

Durante un par de horas estuvo sumergido en los libros, hasta que unas llaves en la cerradura lo sobresaltaron. La chica que entró pegó un respingo al verlo. Después su mirada se posó en Susana, dormida en el sofá.

—Hola... soy Fran, un compañero de Susana.

—Sí, sé quién eres. El chico al que da clases.

—Sí. Te extrañará que esté aquí, pero Susana se ha encontrado mal esta tarde, ha tenido mucha fiebre y no he querido dejarla sola. La he traído a casa y me he quedado hasta que tú llegaras. Porque tú eres su hermana, ¿no?

—Sí, yo soy Merche. Y te agradezco mucho que te hayas quedado.

—La fiebre le ha subido mucho, casi a cuarenta. Pero ahora ya le ha bajado un poco. Lleva durmiendo un buen rato —dijo él empezando a recoger sus cosas—. Como ya estás aquí, me marcho.

—¿No quieres tomar nada? ¿Cenar con nosotras?

—No, gracias, debo irme. Salí de mi casa esta mañana a las siete y aún no he vuelto. Ni siquiera tengo batería en el móvil. Si alguien ha intentado localizarme, no habrá podido.

—Como quieras.

Se puso el grueso chaquetón rojo y negro.

—Despídeme de ella y dile que no se preocupe por los apuntes, que yo se los pasaré. Me acercaré mañana por la tarde y así veo cómo sigue.

—Gracias. Si vienes me quedaré mucho más tranquila. Ya has

visto a la hora que llego. Y Susana casi nunca está enferma, pero cuando cae, las pilla buenas.

—Si quieres puedo venir temprano y le hago compañía toda la tarde.

—No quisiera abusar de ti.

—En absoluto; puedo estudiar aquí, como he hecho hoy.

—Pues si lo haces te lo agradecería.

—Vendré después de almorzar.

—Gracias.

—De nada.

Fran se marchó y Merche sonrió cuando la puerta se cerró tras él.

—Cariño —susurró volviéndose a mirar a su hermana—. Creo que al fin has encontrado a alguien que sabe apreciarte. Espero que lo haga del todo.

Cuando Susana se despertó un rato más tarde, encontró la luz del salón apagada y a su hermana sentada en una silla viendo la televisión con el volumen muy bajo.

—¿Merche?

—Sí.

—¿Qué hora es?

—Tarde.

—¿Fran?

—Se ha marchado. No pretenderías tenerle toda la noche sentado a tu lado, ¿eh?

—Pero ha estado aquí.

—Sí, ha estado aquí.

—Es que no estaba segura de que no haya sido fruto de la fiebre.

—El chico que estaba sentado a la mesa cuando llegué era muy real.

—Me trajo a casa y no quiso marcharse porque me encontraba muy mal. Pero creí que se marcharía cuando me bajara la fiebre un poco.

—Esperó a que yo llegara. Y ha dicho que volverá mañana a traerte los apuntes y a hacerte compañía después de almorzar.

—¿En serio?

—Salvo que se arrepienta...

—No, Fran no es de esos. Si ha dicho que vendrá, lo hará.
—Bien, entonces procura ponerte mejor para mañana. ¿Cómo estás ahora?
—Mejor, aunque un poco mareada.
—¿Quieres comer algo?
—Quizás un poco de leche caliente.
—Te la prepararé.

Al mediodía siguiente, cuando terminaron las clases, Raúl le propuso a Fran:
—Me han llamado las dos tías que conocimos en la bolera y he quedado para ir al Nervión Plaza a patinar.
—Yo no puedo.
—¿Cómo que no puedes? Los miércoles salimos siempre. ¡No me dirás que hoy también tienes clase!
—No, pero tengo otros planes.
—¿Qué planes, cabrón?
—He quedado con una chavala.
—¿Qué chavala? ¿La conozco?
Sabiendo que si le decía la verdad tendría que aguantar un sermón por parte de su amigo, dijo:
—No.
—Oye, ¿no será aquella niña, la hija del cliente de tu padre que este quería que conocieras?
—Sí, esa.
—¿Y está buena?
—Yo no diría que sea una tía buena, pero es muy simpática.
—¿Pero tiene un buen polvo, al menos?
—No me he planteado echarle un polvo, Raúl. Solo voy a dar una vuelta con ella y quizá conocerla mejor.
—Entonces podemos quedar los tres y así me la presentas.
—No.
—¿No? Seguro que es fea como un demonio. Últimamente parece que te van los cocos.
—No te pases —dijo Fran poniéndose serio—. Si no quiero que vengas es porque no quiero que a esta me la pises.
—¡Eh, tío, ahora no te pases tú! Sabes que entre nosotros cualquier tía que interese a alguno es terreno vedado para el otro. Jamás me he metido por medio cuando te ha gustado alguien.

—No te estoy acusando de meterte por medio, pero tienes que reconocer que la mayoría de las mujeres se vuelven locas por ti en cuanto te ven —dijo con un tono más agrio de lo que pretendía—. Hasta las más inteligentes.

—Bueno, tío... me mantendré al margen. Pero tienes que presentármela si la cosa marcha, ¿eh?

—De acuerdo. Y ahora me voy a comer, he quedado temprano.

—Pues que tengas un buen polvo, macho. ¡Nos vemos mañana! Y si la cosa no va, estaremos en la pista de patinaje.

Raúl se marchó y Fran se sentó al volante, perplejo. ¿Por qué había dicho aquello? ¿Por qué le había acusado de forma tan desagradable de pisarle las mujeres? Raúl tenía razón, él jamás se había interpuesto entre ninguna que le gustara, y nunca hasta ese momento él había pensado así. Pero tenía que reconocer que le molestaba que Susana estuviera enamorada de él y Raúl se burlara tanto de ella. Él se sentía en medio de los dos y a veces tenía la sensación de que traicionaba a uno de ellos cuando estaba con el otro. ¡Ojalá a Susana se le pasara ese enamoramiento que tenía con Raúl! Todo sería más fácil entonces. Podría ser amigo de los dos sin tener que mentir a ninguno. Porque en ningún momento se le pasó por la cabeza la idea de que Raúl cambiara de opinión respecto a Susana. Eso no sucedería, conocía a su amigo. Por alguna extraña razón él la aborrecía y eso no iba a cambiar.

Llegó a casa y comió rápidamente, y avisando de que llegaría tarde a cenar, se marchó.

Llegó a casa de Susana a las cinco y cuarto. Ella le abrió la puerta vestida con un chándal abrigado y aspecto de estar a punto de caerse redonda.

—Hola. ¿Cómo estás?

—Mejor que ayer —dijo cerrando la puerta a sus espaldas.

El salón estaba caldeado y el sofá presentaba signos evidentes de que ella había estado echada en él.

—¿Te ha visto el médico? —preguntó Fran poniéndole de nuevo una mano en el cuello para tomarle la temperatura—. Tienes fiebre otra vez.

—No termina de quitarse del todo. El médico vino esta mañana y dijo que se trata de una virosis y por eso la fiebre no cede. Que es cuestión de unos días. Espero que no muchos, porque no quiero perder demasiadas clases.

—No te preocupes por eso, yo te he traído los apuntes de la mañana y seguiré haciéndolo todos los días hasta que estés en condiciones de ir a la facultad.

—Gracias. Ponte cómodo —añadió viendo que Fran no se había quitado el chaquetón—. ¿O te marchas?

—No, me quedaré contigo hasta que venga tu hermana —dijo quitándoselo y colgándolo en el perchero de la entrada junto al anorak de Susana. Ella retiró la manta que había en el sofá y le invitó a sentarse junto a ella viendo que él se dirigía a las sillas.

—Siéntate aquí, esas sillas son muy incómodas.

—No, sigue echada. Da igual la silla, no es peor que las de la facultad.

—No tengo ganas de estar echada y hay sitio para los dos. ¿Quieres un café? Merche ha dejado preparada una cafetera por si te apetecía.

—No le diré que no a un café, pero no te levantes. Yo lo prepararé si me das permiso para hurgar en tu cocina.

—Es toda tuya.

—La asistenta de casa, Manoli, no quiere que nadie entre en la cocina más que ella, dice que luego lo dejamos todo manga por hombro. Bueno, con mi madre acierta, pero yo soy ordenado. Puedes estar segura de que lo dejaré todo recogido.

—Creo que Merche lo ha dejado todo preparado en la encimera. Incluso ha comprado algunos dulces para merendar.

—No teníais que haberos molestado por mí.

—Es lo menos que puedo hacer para agradecerte que hayas venido a verme.

Fran se volvió hacia ella y le acarició la mejilla enrojecida y caliente a causa de la fiebre.

—Las gracias se dan a los extraños, a los amigos, no. Por lo menos, a mí no.

Susana agradeció el calor de la fiebre que disimuló en parte el rubor que cubrió su cara, no sabía muy bien si a causa de sus palabras o de aquella mano que se había posado con suavidad y cariño en su mejilla.

Sin añadir nada más, Fran se volvió y se dirigió a la cocina.

—¿Tú también quieres café?

—No, prefiero una leche manchada. No me apetece tomar nada, pero debo tragarme una enorme pastilla que no se debe ingerir sin comida. Tengo que tomar una cada seis horas para que la fiebre no suba demasiado.

Poco después, ambos estaban merendando sentados en el sofá. Después, Fran llevó de nuevo la bandeja a la cocina.

—No sé qué te podría ofrecer para distraerte, lo único que tengo es la tele y libros de Derecho —dijo Susana una vez instalado Fran a su lado de nuevo. Y me temo que como compañía, no estoy muy parlanchina hoy. Me duele mucho la garganta y me ha dicho el médico que no hable demasiado.

—Pero yo pienso en todo —dijo él—. He traído libros para estudiar si tú estabas dormida, y también he cogido el portátil de mi padre y unas películas por si te apetecía distraerte un poco. Aunque no sé si habré acertado, no conozco tus gustos.

—Hoy me gustará cualquier cosa que me pongas. Lo único que me apetece es recostarme en el sofá y dejar que la caja tonta me meta imágenes por los ojos sin tener que hacer ningún esfuerzo para asimilarlas. Me tragaría hasta alguna película patriotera americana.

Fran cogió la mochila, que había dejado junto al sofá, y sacó el portátil y un estuche con CD.

—Elige la que quieras, yo las he visto ya todas.

Susana pasó uno a uno los diferentes compartimentos de plástico y se detuvo en uno.

—¿Una de juicios?

—Mi padre tiene una buena colección... pensé que quizá te gustaría.

—Esta no la he visto. ¿Está bien?

—Sí, muy bien.

—Ponla entonces. Me gusta ver cómo estaremos dentro de unos años.

Fran colocó el ordenador sobre la mesa y Susana apagó la luz del techo dejando solo una pequeña lámpara de sobremesa colocada estratégicamente para que no diera reflejo en la pantalla. Se recostó contra el respaldo del sofá y se concentró en la película.

También Fran se recostó, y trató de hacer lo mismo, pero no lo consiguió. Él había visto la película varias veces, casi se la sabía de memoria y su atención se iba por otros derroteros.

Primero su pensamiento le dijo que sabía de antemano qué película iba a escoger Susana. Luego, su mente derivó hacia Raúl y no pudo evitar sonreír al imaginar lo que su amigo diría si pudiera verle en aquel momento. No le importaba, él se encontraba demasiado a gusto sentado en aquel sofá. Sintió que le invadía una enorme sensación de paz y bienestar y deseó que la película no terminara nunca. Luego su pensamiento voló hacia Susana. No entendía por qué todos sentían esa especie de rechazo hacia ella, si era una chica encantadora... Y no era tan fea como Raúl decía. No es que fuera una belleza, pero su cara era agradable y graciosa, sobre todo cuando se quitaba las gafas. Esa montura confería una dureza a sus facciones que no tenía en realidad. Y restaban dulzura a su mirada. Fran pensó que le gustaría que le mirase sin las gafas, intuyendo que podría llegar al fondo de su alma a través de sus ojos oscuros. Si Raúl pudiera perderse en su mirada seguro que cambiaría la opinión que tenía de ella y hasta incluso enamorarse. Tenía que ser muy fácil enamorarse de Susana. Era tan dulce, tan ingenua... Raúl era un imbécil por aborrecerla de esa forma.

Giró la cara un poco y observó su cuerpo. Tampoco estaba tan delgada como hacía creer la ropa que habitualmente se ponía. La tarde anterior, con la camiseta pegada al cuerpo a causa del sudor, él había podido apreciar que sus pechos no eran tan pequeños como parecían a simple vista y además eran firmes y redondeados.

Apartó la vista, temeroso de que ella se diera cuenta de que los estaba mirando de nuevo, aunque esta vez cubiertos por una sudadera más gruesa y holgada. Pero la imagen de la tarde anterior persistía en su mente y algo le decía que seguiría ahí durante un tiempo.

Trató de concentrarse en la película consciente de que pisaba un terreno peligroso. No debía ver a Susana de esa forma, entre ellos lo que había era una buena amistad. Y además, ella estaba enamorada de Raúl y cuanto más la conocía, más se daba cuenta de que Susana no era una persona que cambiara fácilmente de afecto, por muchas gilipolleces que hiciera Raúl.

En aquel mismo momento tomó partido y decidió que iba a hacer todo lo posible para que Raúl se enamorase de ella. Si alguien merecía ser correspondida, era sin duda la chica encantadora que se sentaba a su lado.

Tomada esta firme decisión, se esforzó por apartar de su mente todo lo que no fueran ideas para hacer que los dos coincidieran hasta que a fuerza de tratarse, Raúl se fijara en ella.

La película terminó, y a esa siguió otra, hasta que llegó Merche. Después, Fran se marchó quedando en regresar también al día siguiente.

En esa ocasión, Susana se encontraba mejor y estudiaron juntos un rato, como cualquier día que dieran clase, solo que no en el aula de cultura como solían hacerlo.

Fran se marchó temprano y el viernes se pasó para dejarle los apuntes después de salir de clase y se quedó solo el tiempo de preguntarle cómo estaba. Había quedado con Raúl y este se estaba poniendo muy pesado con su «cita secreta», de modo que iba a pasar la tarde con él.

# 6

Susana garabateaba distraídamente unos folios mientras esperaba en el aula de cultura a que Fran llegara para dar clase.

Se estaba retrasando, cosa poco frecuente en él, y menos frecuente aún era que no la hubiera avisado de que llegaría tarde. Ya pasaba un cuarto de hora, esperaba que no le hubiese ocurrido nada malo.

De pronto la puerta se abrió y ella giró la cabeza aliviada, esperando verlo entrar, pero su sonrisa se heló en su cara cuando vio aparecer a Raúl.

—Menos mal que estás aquí todavía —dijo este—. Temía que ya te hubieras marchado.

—No me he marchado, he quedado con Fran para dar clase.

—Ya lo sé. Me ha llamado para decirme que no podía venir y que me acercara yo en su lugar.

—¿Que te acercaras tú en su lugar? —dijo incrédula mientras el chico entraba y hacía intención de quitarse el chaquetón—. No lo entiendo. Si no podía venir, ¿por qué no me ha llamado a mí para anular la clase? ¿Pretende que te dé la clase a ti?

—No, pero al parecer debes darle unos apuntes que le hacen mucha falta. Me ha pedido que te los pidiera y luego pasará él por casa a recogerlos.

Susana parpadeó. Era cierto que iba a darle unos apuntes, pero en absoluto era algo urgente, hubiera podido esperar a la mañana siguiente para tenerlos.

—¡Oye, no me mires así, como si te estuviera mintiendo! —dijo Raúl molesto—. A mí me jode esto tanto como a ti, pero Fran me ha pedido un favor y no iba a negárselo, así que dame los malditos apuntes y terminemos de una vez. Quiere estudiarlos esta noche.

—Bien, pero si quiere estudiarlos esta noche tendría que explicarle algunas cosas antes de que empiece.

—Pues explícamelas a mí y luego yo se lo trasmitiré a él.

—Es que no sé si...

—Mira, tía, quizá yo no sea una lumbrera como tú, pero a entender una explicación de Derecho Penal llego, ¿vale? Y si Fran la entiende, te aseguro que yo también.

—Yo no estoy poniendo en duda tu capacidad de comprensión, es solo que me ha sorprendido un poco que Fran te haya mandado aquí —dijo, pero de pronto empezó a comprender. Fran no había podido ir y había mandado a su amigo para que ella pudiera verle a solas. Y se sintió profundamente irritada.

—Bien, siéntate y te explicaré de qué va.

Raúl se sentó a su lado y Susana cogió unas fotocopias que acababa de hacer y las extendió ante el chico.

—Mira, dile que esta página tiene una reseña que debe sacar de los folios que le di la semana pasada para ampliar la información. Si no lo hace se armará un lío y pensará que son cosas diferentes, pero no es así. Yo iba a refundírselos en una sola hoja, pero no me ha dado tiempo. Además, este párrafo de aquí debe suprimirlo porque el profesor no está de acuerdo con la teoría del autor de este libro sobre eso. Si lo pone en el examen la cagará, seguro. Y además estos cuatro puntos tiene que ampliarlos al máximo.

—Vamos, que tiene que estudiar todos los apuntes.

—Eso es.

—Pues para ese viaje no necesito alforjas.

—Yo pensaba proponerle que lo hiciéramos juntos esta tarde, pero en vista de que no ha podido venir y los necesita ya... No obstante yo lo voy a hacer luego en casa y si quiere ya se los pasaré mañana refundidos. Díselo.

—O sea que le pasas los apuntes ya mascaditos, ahí está el secreto.

—¿Qué secreto?

—De que se muera por dar clase contigo.

—Fran da clases conmigo porque le explico lo que no entiende y estudia y aprueba. No hay ningún secreto en ello.

—Yo me entiendo.

Susana hizo una mueca de desagrado ante la frase y dio la explicación por terminada.

—Bueno, pues eso es todo. No necesito explicarte nada más. Y si ves a Fran esta noche, dile que la próxima vez me avise a mí directamente y no te moleste a ti haciéndote venir a la facultad a recoger nada.

—Es mi amigo, tía, no es ninguna molestia.

—Bien, pues entonces yo me marcho. Tengo mucho que hacer todavía. Y espero que lo que le ha impedido a Fran venir no sea nada malo.

—Ha dicho algo de que la madre necesita el coche, aunque a lo mejor es que ha vuelto a quedar con la hija de los clientes de su padre con la que salió hace poco. Está muy misterioso con eso —dijo con malicia y mirándola fijamente para ver su reacción. Pero Susana se tragó la frase sin demostrar ninguna emoción y sin añadir ni preguntar nada más.

—Bien, entonces nos vemos mañana en clase.

—Hasta mañana.

Una vez en el autobús Susana trató de controlar su mal humor. Esperaba que realmente la madre de Fran necesitara el coche y también esperaba que no se convirtiera en una costumbre el que Fran enviara a Raúl con excusas tontas para que ella pudiera verle. Realmente había sido muy desagradable el rato que había pasado con él.

Llegó a casa y se puso a trabajar con los apuntes tratando de apartar de la cabeza a aquella hija de unos clientes del padre de Fran, con la que al parecer él salía. Con fuerza de voluntad lo logró, y casi se sobresaltó cuando sobre las ocho y media le sonó el móvil. Como suponía, era Fran.

—Hola, Fran, ¿te ha dado Raúl los apuntes? —dijo sin hacer mención a su posible estratagema.

—Sí, acabo de recogerlos.

—¿Te ha explicado los cambios que tienes que hacer?

—Sí, y también que tú estás trabajando en ellos esta tarde.

—En efecto. Te los hubiera pasado mañana por la mañana, pero al parecer te corrían mucha prisa.

Él se echó a reír.

—No me corrían ninguna prisa, pero pensé que sería una buena oportunidad para que tú y él os vierais un rato a solas.

—Ya me imaginaba que se trataba de algo así.

—¿Y qué tal?

—Fatal.

—¡No me digas eso! ¿Se ha puesto borde contigo acaso?

—No, borde no, pero se notaba a leguas que no deseaba estar allí. Y realmente no tenías que haberle hecho venir hasta la facultad para recoger unos apuntes que no necesitas... No ha estado bien.

—Él iba a ir cerca de todas formas. La pandilla se reúne en un bar que está solo a un par de calles más abajo. Y lo he hecho por ti, a ver si tratándote un poco más...

—Gracias, Fran, te lo agradezco de veras... pero no vuelvas a hacerlo, ¿vale? No ha sido agradable para mí, ni tampoco para él. Por mucho que tú quieras cambiarlo, le caigo mal a Raúl y el hecho de que le obligues a tratarme no va a hacer que las cosas cambien en absoluto. Yo prefiero mantenerme lejos... y no te preocupes, ya se me pasará. Siempre se me pasa.

—Lo siento, de verdad.

—Ya lo sé, pero no te esfuerces en arreglar lo que no tiene arreglo. Y hablando de otra cosa, ¿quieres que demos mañana la clase de ayer? —preguntó esperanzada aunque sabía que a veces él salía con la pandilla los miércoles. O quizá con aquella chica.

—Me gustaría, si no te viene mal.

—No, a mí me viene muy bien. Aunque tal vez tú tengas planes.

—Ningún plan. A veces voy a la bolera, pero eso puede esperar.

—Entonces nos vemos mañana. Ya tendré los apuntes listos y podremos usarlos.

—Adiós entonces.

—¿Ocurre algo? —le preguntó Merche cuando apagó el móvil y permaneció mirándolo fijamente.

—Fran, que no ha podido venir hoy a dar clase y me ha mandado a Raúl a recoger unos apuntes que no necesita, esperando que se fije en mí. Y ha sido un desastre, hemos estado de lo más desagradable el uno con el otro.

—¡Pero qué idiotas son los hombres! No ven lo que tienen delante de las narices en absoluto.

—Mejor que no lo vea, Merche. Sería terrible si lo descubriera.

—Creo que tú también eres un poco idiota.

—No lo soy. Yo sé lo que digo.

# 7

Como cada tarde después de dar clase, Fran y Susana se quedaron un rato charlando tranquilamente. Siempre surgía entre ellos algún tema que nada tenía que ver con los estudios. Al principio se había tratado de cinco o diez minutos, pero últimamente habían llegado a superar la media hora.

Aquella tarde habían empezado por comentar una noticia del telediario, y al final, Fran le comentó:

—Vamos a hacer un botellón el viernes, ¿por qué no te vienes?

Susana luchó con las ganas de aceptar y se excusó:

—¿Este viernes? No creo que pueda.

—¿Por qué? ¿Tienes algo mejor que hacer?

—Tengo que estudiar, para variar. Y tú también deberías hacerlo, todavía nos quedan exámenes del cuatrimestre.

—Precisamente por eso nos hace falta relajarnos un poco y calmar tensiones.

—¿Cómo? ¿Con alcohol?

Él la miró fijamente.

—¿Tienes algo contra el alcohol? ¿Eres abstemia acaso?

Ella se echó a reír.

—No, solo pobre. El alcohol es muy caro y en casa no nos lo podemos permitir, al menos de forma habitual. En Navidad o en alguna celebración especial, pero ya está.

—Los botellones son la solución de los pobres para poder beber algo. Te vendrá de perlas, contamos contigo.

—No, Fran, creo que no.

—¿Pero por qué? Solo irá gente de la clase, para relajarnos antes de que empiecen los exámenes. Es una tradición de la facultad. Conocerás a todos los compañeros de algo más que de estar sentados en unas mesas.

—No creo que nadie quiera que yo vaya.

—Claro que sí, está invitado todo el mundo. Han puesto una nota en el tablón de anuncios, ¿no lo has visto?

—No, no suelo leer mucho el tablón de anuncios. No tengo dinero para comprar las cosas que se anuncian allí. Pero aunque hayan puesto un cartel, seguro que no lo han hecho para invitarme a mí. A mí nadie me ha dicho nada.

—¿Cómo que no? Te lo estoy diciendo yo, ¿acaso no es suficiente para ti?

—Sí, pero no creo que me guste ir.

—¿Cómo lo sabes si no has ido nunca a ninguno?

—Tú me dijiste una vez que no te gustaban.

—El que no me entusiasmen a mí no quiere decir que a ti te suceda lo mismo. Anda, ven... Será barato, solo hay que poner dos euros, y si es por el dinero, yo te invito.

—No es por el dinero, desde que te doy clases ando menos apurada. Es por la gente; ya sabes que no le caigo bien a nadie.

Fran se volvió hacia ella y la agarró por los hombros mirándola fijamente.

—Dales la oportunidad de conocerte. Estoy seguro de que si lo hicieras, las cosas cambiarían. Todo el mundo piensa que eres tú la que se considera superior y no quieres mezclarte con ellos.

—¿Yo? ¿Que yo me considero superior? Pero por Dios, si no me habla nadie más que tú. Si hasta dejé de saludar al entrar en clase porque nadie me devolvía el saludo. Y es muy humillante, ¿sabes? Ser invisible, que la gente pase por tu lado como si no existieras.

—¿Saludabas lo bastante fuerte como para que te oyeran? A lo mejor es eso. Estás tan condicionada por lo que te pasaba en el instituto que piensas que aquí es igual. Dales la oportunidad de conocerte y apreciarte... como hiciste conmigo.

Fran agachó la cabeza y se acercó mucho... tanto que Susana empezó a temblar levemente y a enrojecer al sentir su proximidad.

—Antes de empezar aquel trabajo yo pensaba como ellos. Dime que vendrás —dijo acercándose otro poco.

—Lo intentaré —respondió deseando que él dejara de mirarla

de aquella forma, como si estuviera ahondando en el fondo de su alma.

Fran la soltó y Susana se apresuró a ponerse de pie.

—Será mejor que me vaya, se está haciendo tarde.

—De acuerdo, ya hablamos mañana.

Se separaron, pero en contra de lo que Fran creía, Susana estaba convencida de que no iría.

Durante toda la mañana del viernes le estuvo evitando para no decirle abiertamente que no iba a ir. Cuando iba en el autobús camino de su casa, él le puso un mensaje: «A las diez en La Alameda, esquina con Feria. No faltes. De vuelta yo te llevaré a casa.»

Esperó hasta estar en su piso para contestarle.

«Lo siento, no puedo ir. Me ha surgido un imprevisto. Otra vez será. Que os divirtáis.»

No obtuvo respuesta.

Durante toda la tarde estuvo nerviosa y sin poder concentrarse ni en estudiar ni en ninguna otra cosa. Por una parte agradecía que Fran no hubiera insistido, pero por otra no podía dejar de sentir cierta tristeza de que se hubiera rendido tan fácilmente. Eso probaba que no tenía demasiado interés en que fuera y solo se lo había pedido por compromiso.

También tenía que reconocer que la tentación era fuerte: salir con él, verle y tratarle fuera del entorno de clase, aceptar su oferta de acompañarla luego a casa... Pero su instinto le decía que no era buena idea ir, por mucho que le apeteciera, que volvería a sentirse excluida y rechazada, no por Fran, sino por todos los demás.

A las nueve de la noche, cuando iban a sentarse a cenar, sonó el timbre de la puerta. Merche acudió a abrir.

—Hola, ¿está Susana? —escuchó la voz de Fran desde la cocina.

Se apresuró a salir y le encontró en el salón muy abrigado. Llevaba un chaquetón de los que se usan para esquiar, un grueso pantalón de pana, y un gorro negro en la cabeza. Merche sonreía burlona.

—¿Qué haces aquí?

—Vengo a buscarte. No pensarías que te ibas a librar con una excusa tan tonta. Me prometiste que vendrías.

—No, te prometí que lo intentaría.

—Pues inténtalo con más fuerza y ven.

—No, Fran, no me obligues; yo sé lo que va a pasar. Será horrible, todo el mundo pasará de mí.

—Yo no pasaré de ti.

—Pues entonces peor, porque te obligaré a estar pendiente de mí toda la noche. Deja que me quede en casa estudiando.

—Estudia mañana. Si no te emborrachas, no tendrás ningún problema en hacerlo.

—No quiero ir, no puedes obligarme.

—Bien, entonces tampoco iré yo. Me quedaré estudiando contigo —dijo quitándose el chaquetón y sentándose en el sofá.

—¡No me hagas esto, Fran!

—Yo puedo ser tan cabezota como tú. No saldré por esa puerta si no vienes conmigo.

—Pero estoy en pijama, tengo que ducharme, arreglarme.

—Tenemos tiempo. Y no creo que tú seas de esas mujeres estúpidas que necesitan dos horas para arreglarse. Pero si lo eres, da igual. Esperaré. Allí no se cierra, no tenemos por qué estar a las diez en punto. Yo sé dónde se reúnen.

—Fran... —añadió en tono suplicante, y él supo que la estaba convenciendo. Decidió añadir algo que acabara de hacerlo.

—Además, estará Raúl. Dale a él también la oportunidad de conocerte mejor.

—No creo que él quiera conocerme mejor. No le agradará ni pizca que vaya.

—Claro que sí. A todos les parece bien que vayas.

—¿Les has dicho que yo iría?

—Sí, y si no lo haces, el lunes les tendrás que dar una explicación mejor que la que me has dado a mí.

—Está bien, dame un cuarto de hora para ducharme. Pero que conste que si voy no es ni por Raúl ni por los demás, sino porque tú quieres que lo haga. Y porque te has molestado en venir a buscarme y convencerme.

Él sonrió.

—Así me gusta.

—Yo terminaré de preparar la cena mientras —dijo Merche—. ¿Has cenado, Fran?

—No, había pensado ofrecerle a Susana tomar algo juntos antes de reunirnos con los demás.

—Cena con nosotras y os marcháis luego.
—No quisiera...
—Insisto —cortó ella.
—Bueno, de acuerdo.
Susana salió del dormitorio donde había entrado a coger la ropa.
—¿Cómo hay que vestirse para un botellón?
—Informal y, sobre todo, abrigada. Esta noche hace un frío de mil demonios.

Tres cuartos de hora más tarde, vestida con un grueso pantalón de pana, un jersey de cuello vuelto y el anorak, salía con Fran y entraron en su coche.

Él no había mentido, la temperatura había bajado mucho desde el mediodía y Susana agradeció el calor que le proporcionó el interior del vehículo.

—Deberías haber cogido bufanda y guantes —dijo él mientras enfilaba la prolongación de Torneo.

—Me agobian las bufandas, si hace demasiado frío puedo subirme el cuello del chaquetón. Y no soporto tener nada en las manos.

—Bueno, cuando te tomes un par de copas entrarás en calor.

—No voy a beber.

—¿Nada? ¿Ni siquiera un refresco?

—Bueno, quizás un refresco para que no me miren con caras raras, pero no me gusta el sabor áspero de las bebidas fuertes.

—Siempre que hacemos un botellón solemos comprar algo dulce para los que no quieren cosas fuertes... las mujeres por lo general. Creo que el Malibú con piña podría gustarte.

—¿Quieres emborracharme?

—Para nada. Solo quiero que te integres y que los demás vean que eres como todo el mundo. Haz un esfuerzo y tómate una copa. Yo te la prepararé muy suave, apenas sin alcohol.

—No estoy acostumbrada a beber más que alguna cerveza en verano, el champán en Navidad y esas cosas. Me marearé y haré el ridículo.

—No creo que en eso del ridículo nadie supere a Raúl ni a Carlos. Me temo que la imagen de tu amado puede quedar muy deteriorada esta noche —dijo Fran en broma, pero sintiendo un regustillo secreto al hacerlo.

—No es mi amado —se apresuró a decir, pero luego se arrepintió ante la mirada de Fran—. Solo me gusta un poco. Para amar a alguien necesito mucho más que verle de lejos e intercambiar unas cuantas frases con él.

—Pero podrías llegar a amarle si te diera la oportunidad.

Luchó con lo que no quería dejar escapar de su boca, y dijo:

—Es posible.

—¿Has estado enamorada alguna vez?

—Nunca me he acercado a un chico lo suficiente como para estar enamorada. Gustarme sí, varios.

—¿Y gustarte mucho?

—Gustarme mucho, también. Uno.

—¿Y tú a él?

—No. Yo nunca le he gustado a nadie, ni siquiera al tonto, al gordo o al feo.

—¿Pues sabes qué te digo? Que ellos se lo pierden.

—Quizá también sea culpa mía, siempre he estado muy ocupada con mis estudios. Y reconozco que no he dedicado mucho tiempo a aprender esas armas que usan las otras mujeres para gustar a los chicos. Y tampoco me interesa. Pienso que si alguna vez le gusto a alguien, que sea por lo que soy y no por lo que aparente ser. Ni sujetadores con relleno, ni maquillaje que disimule mi cara alargada. Soy lo que soy, y está a la vista. Si alguien está interesado nunca podrá decir que le engañé.

—Te equivocas. Lo que eres no está a la vista. Lo más hermoso de ti lo tienes muy escondido, y no es fácil llegar a verlo. Y si hay alguien interesado, como tú dices, se lo estás poniendo muy difícil.

—¿Qué es eso tan hermoso que tengo escondido? —preguntó ella intrigada.

—Tú misma —dijo Fran, sin poder evitar que su recuerdo acudiera a sus pechos.

Susana enrojeció en la penumbra del coche y se sintió muy halagada. No obstante, añadió:

—La mayoría de los hombres no estáis preparados para apreciar eso.

—Yo sí.

—Ya...

—Te refieres a Raúl, ¿no? Él también te apreciaría si te conociera.

Susana ya estaba empezando a cansarse de Raúl. Últimamente Fran le aludía constantemente y le irritaba mucho que siempre lo sacara a relucir cuando la conversación se hacía más personal.

—Olvida a Raúl —dijo con cierta brusquedad.

—Te diré lo que vamos a hacer. Te vas a sentar a su lado esta noche y vas a darle conversación. Y, ¿quién sabe...?

—¡No, Fran, no! No me hagas esto. Esta noche, no. Prométeme que te quedarás cerca de mí. Si me siento al lado de Raúl o de cualquier otro sé que me quedaré toda la noche callada, sin hablar con nadie.

—De acuerdo, me quedaré cerca de ti, pero no te niegues a hablar con los demás. Son gente estupenda, ya lo verás.

A medida que se acercaban a La Alameda, el corazón de Susana empezó a golpear con fuerza y se arrepintió de haberse dejado convencer y de estar allí.

Fran buscó un sitio donde aparcar y después de dar una vuelta por las callejas de los alrededores, dejó el coche a una distancia relativa de donde habían quedado. Ambos se dirigieron a paso rápido hacia el lugar. Ya estaban allí la mayoría de los compañeros de clase y algunos que Susana solo conocía de vista de otros cursos.

—¡Dios, cuánta gente! —dijo al acercarse. Fran le apretó la mano por un momento para darle ánimos, y Susana pensó que por qué no podían seguir ellos dos solos, paseando y cogidos de la mano, en lugar de tener que integrarse en aquella reunión de gente con la que no deseaba estar.

Antes de que les vieran, Fran le soltó la mano. Cuando ya estaban muy cerca, alguien les vio llegar y todos volvieron la cara hacia ellos.

Susana pensó que la mirarían y la analizarían, pero solo Raúl la escudriñó de arriba abajo. Todos los demás tomaron su presencia allí como si fuera algo habitual.

—Hola, tío, ¿dónde os habíais metido? —preguntó un chico—. Ya pensábamos que no vendríais.

—Me he retrasado un poco en recoger a Susana y luego me ha costado encontrar aparcamiento —mintió Fran—. Vosotros, como no tenéis que soltar el coche en ningún sitio...

Maika se dirigió a ella en primer lugar.

—Te has decidido a venir al fin... Fran dijo que no estabas segura de poder.

—He podido arreglarlo.

Otra chica, rubia con el pelo largo también, se movió un poco en el banco donde estaba sentada, dejando un sitio libre.

—Siéntate aquí. Parece que hace menos frío si nos rodean los demás. Que nos protejan los hombres del frío y demuestren que sirven para algo.

Raúl saltó de inmediato.

—Los hombres servimos para mucho más que hacer de pantalla. Si quieres, yo te quito el frío ahora mismo de manera mucho más agradable.

—No, gracias. Sigue ahí de pie, que estás más mono.

Todos rieron la ocurrencia. Fran se inclinó sobre Susana, que se había sentado en una esquina del banco con otras tres chicas, y le preguntó:

—¿Qué vas a tomar? ¿Malibú con piña?

—Piña con Malibú.

—De acuerdo.

Se volvió a las bolsas que contenían las bebidas y poco después le entregó un vaso de plástico con un líquido amarillento.

—¿Hielo?

—No.

Susana se lo llevó a los labios. Era dulzón y agradable.

—¡Hummm... está bueno!

—Ten cuidado con eso... échale un poco de hielo aunque haga frío —dijo la chica rubia sentada a su lado—. Está dulce y se cuela que no veas. A mí, la primera vez me pegó fuerte. Y me parece que tú eres de las mías y estás poco acostumbrada a beber.

Susana se volvió hacia ella.

—¿Tú no bebes?

—Muy poco —dijo la chica levantando el vaso—. Zumo de piña. Algunas veces sí me tomo una copa, pero no cuando tengo que estudiar al día siguiente. Sufro de cefaleas y el alcohol las potencia mucho. Y no estoy dispuesta a sufrir una crisis para resultar muy chula emborrachándome. Además, no me fío ni un pelo de la mitad de los que están aquí. Seguro que están esperando como buitres que una se ponga un poco chispa para meterle mano —dijo mirando fijamente a Raúl. Este se defendió:

—Eh, nena, que yo no le meto mano a ninguna tía que no quiera... las tengo de sobra que sí quieren.

—Mejor para ti.

Susana sintió sobre ella la mirada de Fran, y sonrió para darle a entender que no le importaban las palabras de Raúl.

—No está cargado —dijo al notar que todos habían visto la mirada que intercambiaron—. Solo un poco para que entres en calor.

—No te fíes de él tampoco, esa cara de niño bueno oculta una mente perversa.

—Eso no es verdad, y tú lo sabes. No le hagas caso a Inma, odia a los hombres en general y a Fran y a Raúl en particular —dijo un chico llamado Carlos.

—Ahora eres tú el que se equivoca. No odio a los hombres, simplemente os veo como lo que sois.

—¿Qué somos?

—Mejor no lo digo, o no saldré viva de aquí. Sois mayoría.

Susana comprobó que tenía razón. Solo había cuatro mujeres, las que estaban sentadas en el banco. Maika, Inma, otra que conocía de clase, Lucía, y ella. Y contó diez chicos, de los cuales conocía a Fran, a Raúl, a Carlos, a Miguel y a otro más de la clase pero cuyo nombre no sabía. El resto eran de otros cursos.

Maika intervino en la conversación dirigiéndose a Susana.

—¿Y qué tal es nuestro Fran como alumno?

—No es mal alumno. Quizá debería estudiar más los días que no tenemos clase, pero en general, cuando está conmigo trabaja.

—Es que la bolera le tira mucho. Él y Raúl se pican y al final acabamos pasando allí más tiempo del que pretendíamos. ¿Has ido alguna vez? —preguntó Maika.

—No.

—Pues deberías probarlo. Descarga tensiones que no veas —dijo Carlos.

—Sí, deberías probarlo —intervino Inma—. Cuando quieras que te miren el culo un montón de salidos, estos por ejemplo, no tienes más que agacharte a tirar la bola. Sentirás todas sus miradas fijas en tu trasero como si tuviera un imán.

—Es que tienes un culito de exposición, cariño —dijo Raúl llenándose de nuevo el vaso.

Susana fue a decir que dudaba mucho que se fijaran precisamente en el suyo, pero guardó silencio. Raúl tenía razón, Inma era muy guapa, tenía un cuerpo escultural y era lógico que todos la mirasen, pero a ella seguro que no iba a sucederle igual. Y se dio cuenta de que lo prefería, que no le gustaría en absoluto que los hombres vieran en ella solo un buen culo. Aunque para variar, también le gustaría que se lo mirasen alguna vez.

Sintió de nuevo la mirada de Fran sobre ella esperando su reacción ante las palabras de Raúl, pero ella se limitó a beber de su vaso con naturalidad. Realmente no estaba fuerte, era poco más que zumo de piña, pero empezó a sentir un agradable calorcillo interior provocado probablemente por la bebida.

De pronto, y sin saber cómo, Susana se vio envuelta en la conversación general, y empezó a sentirse bien y relajada. Todos sus temores de un rato antes se evaporaron como por ensalmo y perdió su habitual reserva y timidez, no sabía muy bien si debido a la copa que casi había terminado o a la gente que la rodeaba. Todos le hacían preguntas y respondía con naturalidad, y por primera vez en su vida se sintió integrada y a gusto en un grupo de gente.

Eran catorce y solo había un banco donde sentarse. A medida que trascurría la noche, las mujeres, sentadas en un principio, fueron dejando su puesto a los chicos para que todos pudieran sentarse en algún momento.

Susana observó que Fran mantenía su primera copa durante mucho tiempo, y rechazó cuando Carlos intentó llenársela de nuevo.

—No, he traído el coche. Y ya sabes que me tocará llevar a algún borracho a su casa, como siempre. Además, he prometido a Susana que la llevaría, vive muy lejos para irse andando.

—Entonces, si tenemos chofer puedo tomarme otra copita más, ¿no? —preguntó Raúl echándole el brazo por encima del hombro a su amigo.

—¡Joder! ¿Ya va a empezar este con las mariconadas? —dijo Miguel—. ¡A mí no me va a tocar esta vez aguantar los besitos y las coñas, ¿eh?!

Todos se echaron a reír. Maika le explicó a Susana:

—Es que la última vez Raúl se emborrachó y le dio por decirle a Miguel que lo quería mucho y a pedirle que le diera un beso. Lo hizo a propósito, porque sabe que odia todo lo relacionado con la homosexualidad, pero él se lo tomó en serio y no veas cómo se puso. Estuvo días sin querer hablarle.

Fran intervino.

—No quiso creer mis palabras de que a Raúl no le van los tíos.

—Nunca se sabe —dijo el chico—. Muchas veces los que parecen más machos te la pegan. Todo es para disimular.

—Raúl no, te lo digo yo —dijo Lucía—. Tendrías que oír lo que cuentan de él por la facultad.

—¿Qué cuentan? —preguntó el aludido.

—No te lo digo, que te vas a poner muy gordo. Lo único que diré es que todas la que se han acostado con él quieren repetir.

—¡Pues que lo digan, coño! —dijo el interesado con voz ligeramente pastosa—. Que uno también pasa épocas de sequía.

—¿Sequía tú? Me extraña, si hasta debes dar cita —dijo Inma despectiva.

—No es para tanto.

—Espero que no, por tu bien.

Se hizo un breve silencio mientras Raúl se llenaba el vaso de nuevo. Carlos cogió la botella de Malibú y le ofreció a Susana.

—Tómate otra copita, Susi, cariño.

—No, ya vale.

—Nada de eso. ¿No has oído que Fran te va a llevar a casa? De él puedes fiarte. Si fuera de Raúl o de mí, que bebo mucho...

Fran la miró.

—¿Quieres otra?

—Bueno...

Él cogió la botella y le sirvió de nuevo. A medida que iba bebiendo, Susana se sentía más ligera y más desenfadada, tanto que incluso se unió a una excursión que hicieron las chicas a un rincón de la enorme plaza para hacer pis.

A la vuelta, todas se reían ante los comentarios de Lucía que, bastante achispada, no paraba de decir que se había meado en las botas de su madre. Fran la observó reír y le guiñó un ojo.

A las tres de la mañana, se quedaron sin existencias, y como el frío era acuciante, decidieron marcharse a casa.

—¿Vas a llevarme? —le preguntó Raúl.

—Si no te importa que deje primero a Susana. Ella vive en San Jerónimo. De vuelta puedo dejarte en tu casa.

—No te preocupes, Raúl, cogeremos un taxi entre varios. Dejamos a Inma en Barqueta, yo me quedo en Triana y tú sigues hasta Los Remedios. El lunes hacemos cuentas. Los que viven en Reina Mercedes que cojan otro.

—Bueno, pues entonces nosotros nos vamos —dijo Fran—. ¿A quién hay que pagarle?

—A mí —dijo Carlos—. Dos euros y medio por cabeza. Raúl, cuatro.

—Muy gracioso.
Susana intentó desabrocharse el chaquetón para sacar el dinero que llevaba guardado en el bolsillo del pantalón y se dio cuenta de que tenía las manos tan entumecidas que no le respondían.
—¿Qué te pasa? —le preguntó Maika.
—Que no puedo mover los dedos. Los tengo helados.
—A ver, deja que te ayude.
Entre las dos consiguieron abrir la cremallera y Susana sacó los dos euros y medio del bolsillo. Después, volvió a cerrarla, tratando de que le entrara la menos cantidad de aire helado posible.
Se despidieron besándose unos a otros y Susana escuchó más de un «esperamos verte la próxima vez», y «te llamaremos cuando vayamos a la bolera».
Después, ella y Fran se encaminaron a donde habían dejado el coche. Susana se metió las manos debajo de los brazos tratando de que le entraran en calor. Fran, percatándose de ello, las agarró.
—Dios mío, sí que están heladas. Ya te dije que deberías haber traído guantes.
—No tengo, nunca los uso.
Él retuvo las manos entre las suyas y las frotó tratando de calentarlas, y Susana sintió que se le aflojaban las rodillas, no sabía si por el alcohol o por el contacto.
—¿Mejor?
—Un poco.
—Ten, ponte mis guantes.
—Ni hablar. Se te congelarán las manos a ti y no podrás conducir.
—¿No tienes bolsillos?
—No, este anorak solo tiene uno interior.
—Bueno, te diré lo que vamos a hacer... —dijo él quitándose el guante derecho y tendiéndoselo—. Nos ponemos un guante cada uno y tu otra mano que venga de visita al bolsillo de mi chaquetón —dijo cogiéndosela y metiéndola junto con la suya dentro del bolsillo. Fran mantenía la mano agarrada, masajeándola para darle calor. Susana se sentía como en una nube y deseó que el camino hasta el coche fuera más largo de lo que era. Una vez en el coche, Fran encendió la calefacción y le tendió el otro guante.
—Ahora soy yo el que no lo necesita. No puedo conducir con guantes.
Susana se lo puso, más por el hecho de que era suyo que por el

frío. Durante el camino, al sentir la mano de Fran rodeando la suya, le había invadido un calor que nada tenía que ver con la calefacción.

Antes de arrancar el coche, él se volvió hacia Susana y le sonrió.

—Bueno... ¿Te lo has pasado bien? ¿O ha sido tan terrible como pensabas?

—Ha sido estupendo. Nunca me había sentido tan bien con un grupo de gente extraña.

—¿Tú ves como tenías que hacerme caso? Si no llego a ir por ti, te lo hubieras perdido.

—Sí, es verdad. Y el Malibú con piña estaba muy bueno.

—Casi no tenía alcohol, era prácticamente zumo de piña.

—Sí, lo sé. Si no fuera así estaría tirada por las aceras. Me he tomado tres. En cambio tú no te has tomado más que una.

—Y solo Coca-cola, guárdame el secreto. Le prometí a Merche llevarte a casa sana y salva. Y luego tengo que llegar a Simón Verde. Esa carretera de noche es un poco jodida, hay mucho cabrón suelto y borracho, además.

—Si quieres puedes quedarte en el sofá de casa. No es demasiado incómodo y a Merche no le importará.

—No, gracias, será mejor que me vaya a la mía. Además, ya estoy acostumbrado, hago el camino todos los fines de semana.

—Como quieras.

Fran arrancó y condujo por las desiertas calles. Susana se miró las manos, envueltas en los enormes guantes. Se las llevó a la cara para apartarse un mechón de pelo, pero no pudo hacerlo. Fran apartó una mano del volante por un momento y, agarrando el mechón rebelde, lo colocó detrás de la oreja y le rozó la mejilla con el dorso de la mano. Susana se estremeció y se encogió en el asiento.

—¿Aún tienes frío? —dijo él retirando la mano y subiendo la calefacción.

Llegaron a la puerta de la casa de Susana, y a su pesar, se dispuso a despedirse. Hubiera dado cualquier cosa por alargar la noche, para que aquello no se acabara. Pero despacio se quitó los guantes y se los tendió, y luego se desabrochó el cinturón de seguridad.

—Buenas noches.

—Hasta el lunes. Descansa y no te levantes temprano a estudiar. La carrera no se te va a ir al garete por un poco de diversión.

—No, mañana me permitiré el lujo de ser perezosa. Merche trabaja hasta mediodía, así que no iremos a Ayamonte hasta después de comer. Y tú conduce con cuidado.

—Lo haré.

Susana bajó del coche y Fran permaneció allí hasta que la vio entrar en el portal. Luego, arrancó y se perdió en la calle.

# 8

*Sevilla. Marzo, 1999*

Susana se sentó con su bocadillo y su lata en su rincón preferido del campus, situado detrás del edificio de la facultad. Era martes, tenía que darle clases a Fran y habían quedado a las cinco y media en el aula de cultura, como siempre.

Hacía un buen día de primavera y aprovechó para almorzar al aire libre. Se acomodó contra un grueso árbol y se dispuso a comer y a disfrutar del tibio sol de media tarde mientras esperaba.

Apenas llevaba allí un cuarto de hora y casi había terminado de comer cuando oyó voces al otro lado de la pared del edificio, provenientes de uno de los bancos.

No le costó trabajo reconocer la de Raúl, entre las de varias chicas que no supo identificar. Le pareció oír el tono sosegado de Lucía y el fuerte y áspero de Maika, entre otras que no conocía. Sonrió. Siempre estaba rodeado de mujeres, las chicas acudían a él como moscas a la miel por muy mal que las tratase. No lo entendía.

—¿Vamos a ir esta tarde a la bolera? —preguntó una de las chicas.

—Sí, tengo reservada pista a la seis —respondió Raúl.

—¿Vendrá Fran?

—No lo creo, últimamente no sale mucho entre semana.

—¡No me digas que se encierra en su casa a estudiar todas las tardes! —dijo una voz desconocida—. Fran no es de esos.

—Pues últimamente va muy bien en los estudios —añadió Lucía.

—Está dando clases con Susana Romero —dijo el chico y ella se mordió los labios al detectar el tono despectivo de su voz.

—¿La empollona?

—Sí.

—¡Joder, qué fuerte! Sí que tiene que estar desesperado por aprobar.

—¿Y cómo la aguanta?

—Como puede, el pobre. Está de ella hasta los huevos, no sabe cómo quitársela de encima.

—¿Y por qué da clases con ella entonces? —preguntó Maika.

—Empezó preguntándole unas dudas mientras hacían un trabajo y le fue bien, y luego le dio apuro seguir preguntándole sin pagarle. Estudia por beca y anda bastante mal de dinero.

—Sí, eso se nota —dijo una chica—. ¿No os habéis fijado cómo viste? De mercadillo, seguro.

—Fran se decidió a pedirle que le diera clases porque también tiene a su viejo bastante cabreado con las notas del año pasado.

—Pues ha sido todo un acierto, porque está sacando unos pedazos de notas, el tío.

—Sí, pero con lo que no contaba es con que ella se lo tomara tan en serio que lo tiene tela de agobiado. No sabe cómo quitársela de encima. Las horas de clase se prolongan a casi toda la tarde, le pasa apuntes, se empeña en que vayan juntos a la biblioteca... en fin, un auténtico coñazo, la tía. Se le ha pegado como una lapa y este Fran, que es gilipollas, le tiene lástima y no se atreve a decirle que lo deje en paz y que ya no necesita las clases. Dice que está falta de amigos, que no se relaciona con nadie... Fíjate si es tonto que hasta se la trajo un día a un botellón, a ver si pillaba cacho y lo dejaba en paz.

—¿Cómo va a pillar cacho con lo fea que es? —dijo una chica.

—Es que si fuera guapa, Fran no le haría ascos... ¡Bueno es! Entonces sería él el que se le pegaría como una lapa.

—Yo no la veo tan fea —dijo Maika—. Y la noche del botellón la encontré simpática y agradable.

—¡Cómo se nota que no eres un tío, Maika! ¡Y que no la tienes pegada a ti todo el día como Fran! ¡Con ese pelo y esas gafas espantosas...! Por no tener no tiene ni culo; no hay por dónde meterle mano.

—Ya... si lo tuviera ya le habría metido mano Fran, ¿no? O tú.

—No me van las empollonas, pero si están buenas hago un sacrificio.

—¡Qué cabrones sois los tíos, joder! Me estás poniendo enferma. ¡Ojalá algún día te den de tu propia medicina y yo te vea babeando detrás de una tía que no te haga ni puto caso!

—No os alteréis, chicos... Esa pava no merece que os acaloréis por ella. Y tú, Raúl, llama a Fran y dile que se una a nosotros esta tarde, que le dé esquinazo. ¡Todo el mundo se puede poner enfermo, digo yo!

Susana, apoyada contra el tronco del árbol sentía cómo el bocadillo que se había comido alegremente un rato antes se revolvía en su estómago y las antiguas lágrimas volvían a quemarle en los ojos como cuando tenía doce años. Solo que ahora dolía mucho más; con Fran dolía mucho más.

Se levantó y colgándose del hombro la bolsa de lona donde solía llevar los libros se marchó dando un rodeo para que no la descubriera el grupo que estaba detrás del edificio, y se precipitó a los servicios donde vomitó violentamente lo que acababa de comer.

Salió y se enjuagó la cara en el lavabo. Inma entraba en aquel momento y se quedó mirándola fijamente.

—¿Te encuentras bien? —preguntó al ver su cara pálida.

—Sí, solo me ha sentado mal la comida. Ya estoy bien.

—Si es que al cocinero de la facultad deberían colgarlo. Cualquier día nos va a matar a todos.

La chica entró en uno de los servicios y cuando Susana se quedó sola sacó el móvil y sintiéndose incapaz de enfrentarse a Fran aquella tarde, le puso un escueto mensaje: «No puedo darte clase hoy. Susana.»

«¡Que te lo pases muy bien en la bolera!», añadió para sí misma cuando el móvil le indicó que el mensaje había sido enviado. Después se miró al espejo y, encontrándose con mejor aspecto, decidió marcharse a casa antes de que las lágrimas que sabía que acabarían por estallar lo hicieran donde alguien pudiera verla.

Salió por una puerta lateral evitando encontrarse con el grupo al que Inma ya se habría unido. Como una zombi cogió el autobús que, afortunadamente, iba casi vacío, y llegó a casa. Una vez que se encontró segura entre los muros de su pequeña vivienda, se derrumbó, y acurrucándose en el sofá volvió a sumirse una vez más en la vieja y conocida sensación de soledad y humillación que la había acompañado toda su vida. Solo que ahora estaba unida al desengaño porque, por primera vez en sus veinte años, Susana había bajado la guardia y había permitido a alguien acercársele lo bastante para hacerle daño.

Cuando Merche llegó del trabajo a media tarde la encontró llorando aún.

Había intentado serenarse un poco, para que no se preocupara, pero cuando sonó el móvil un rato antes y leyó el mensaje de Fran: «No te preocupes. Espero que no sea nada malo. Nos vemos mañana. Fran», las lágrimas volvieron a aparecer hasta el punto que no fue capaz de responderle como hubiera querido: «Guárdate tu hipócrita amabilidad», porque ni siquiera veía las teclas para marcarlas. Al final desistió, llegando a la conclusión de que era mejor no responder siquiera, como si no le importara. No pensaba darle la satisfacción de saber que le había hecho daño.

Cuando escuchó las llaves de Merche supo que no iba a poder ocultárselo y que esta iba a tener que consolarla una vez más.

—¿Susana?

—Sí.

—¿No tienes clase con...? ¡Dios mío, ¿qué te pasa?!

—Nada nuevo —dijo levantando hacia su hermana una cara hinchada y cubierta de lágrimas—. La misma vieja historia de siempre.

Merche se sentó a su lado.

—¡Pero cariño...! Creía que eso ya estaba superado. Ya no tienes quince años. Hacía mucho que no te lo tomabas así.

—Es que ahora no es la gente en general, ni los compañeros de clase... ahora... ahora es Fran —dijo entre sollozos.

—Comprendo —dijo Merche y abrazó a su hermana como cuando era pequeña y llegaba llorando de clase porque nadie quería jugar con ella, o como cuando era adolescente, porque los chicos se burlaban de su falta de pecho y de su brillante inteligencia. Cuando nadie la invitaba a salir, ni a las fiestas de cumpleaños, cuando ni siquiera la invitaron a la cena de despedida del Bachillerato. Susana se había enterado de que se había organizado una cena cuando esta ya había pasado.

Entonces la había podido convencer de que ese rechazo no se debía más que a envidia y que algún día, desde una posición privilegiada, podría desquitarse y burlarse de muchos de ellos. Pero si ahora era Fran el que le estaba haciendo daño no sabía cómo consolarla.

La dejó llorar un poco y luego preguntó:

—¿Qué ha pasado con Fran? ¿Te ha dicho algo que te haya dolido?

—Él no... Ni siquiera ha tenido huevos para decirme lo que piensa de mí a la cara.

—Anda, cuéntamelo. A lo mejor no es tan malo como piensas.

—Estaba comiendo en el césped, en mi rincón favorito y escondido, cuando escuché a pocos metros por detrás del edificio hablar a Raúl con varias chicas. Estaban haciendo planes para ir a la bolera esta tarde y querían que Fran fuese con ellos. Pero Raúl dijo que no podía, que tenía que dar clase conmigo. Y que estaba harto de mí, que yo era una pesada, que me enrollaba después de las clases y que no sabía cómo librarse de mí. Que ya no necesita las clases, pero que no las deja porque a mí me hace falta el dinero y sobre todo porque le doy lástima, porque no tengo amigos... que nadie me aguanta... que me llevó al botellón para que conociera a alguien y le dejara en paz a él... Por Dios, Merche, yo pensé que cuando prolongábamos las clases y nos quedábamos un rato charlando él estaba a gusto. Hubiera jurado que él también lo propiciaba. Pero no podía imaginar que lo hiciera por lástima. Parecía a gusto... parecía estar bien charlando conmigo. Joder, y todo el tiempo deseando que me marchara... sin saber qué hacer para librarse de mí. Dime la verdad, Merche, ¿tan difícil resulta aguantarme? ¿Por qué nadie puede hacerlo? ¿Qué es lo que falla en mí? Dime.

—No falla nada en ti, cariño. Quizás es en los demás.

—Eso que dices no tiene lógica.

—Lo sé, pero es la verdad.

—Merche, yo soy realista, no pido nada que no pueda conseguir. No soy ninguna belleza, joder, pero tampoco un monstruo, y nunca he esperado que Fran se enamore de mí a pesar de que yo sí me estoy enamorando de él a pasos agigantados. Cada tarde que estoy con él siento que le quiero un poco más... pero nunca se me ha pasado por la cabeza la idea de que a él le ocurra lo mismo. Pero pensé que al menos podía considerarle mi amigo. ¿Por qué ni siquiera puede ser mi amigo? Y yo no pretendo tener millones de amigos como otra gente, yo me conformo con uno... Solo uno... Él. ¿Por qué me ha dejado creer que lo era, si no me aguanta? ¿Si solo siente lástima por mí? No puedo soportar eso... de los demás tal vez, pero de Fran, no... Lástima no. Si hay algo que me sobra es orgullo.

Merche lo sabía. Sabía que el orgullo de Susana le había permitido pasar entre la gente con la espalda erguida y la cabeza alta, vestida de indiferencia, aunque en realidad estuviera destrozada. Incluso aparentando sentir desdén por los demás, cuando no era cierto. Aunque luego se derrumbase al llegar a casa, como le estaba pasando ahora.

—¿Qué vas a hacer con Fran?

—Esta tarde le he mandado un mensaje diciéndole que no podía dar la clase, sin especificar el motivo. Y cuando le vea mañana le diré que no puedo seguir dándolas. Si él no tiene el valor necesario para decirme que no quiere seguir, seré yo quien le dé la oportunidad de irse de forma honrosa.

—¿Y qué excusa vas a ponerle?

—No lo sé, ya se me ocurrirá algo. Es martes hoy, no tengo clase con él hasta el jueves, tengo tiempo de pensarlo. Ahora no.

—¿Por qué no hablas con él? A lo mejor no es del todo cierto lo que has oído. En realidad no se lo has escuchado a él. La gente a veces tergiversa lo que oye, sobre todo cuando va de boca en boca.

—Raúl es su mejor amigo, se lo cuentan todo. Si hay alguien que conoce lo que Fran siente, es él, estoy segura.

—¡Lástima! Me estaba empezando a caer bien ese chico.

—Es como todos, Merche, incluso peor, porque los demás me gritan su desprecio a la cara y él lo hace por detrás, burlándose de mí a mis espaldas y poniéndome buena cara. Eso es lo que no le perdono... lo que menos puedo soportar.

—Vamos, nena, tranquilízate. Te preparo una tila, ¿vale?

—Bien cargada.

—Bien cargada.

Merche dejó a su hermana acurrucada en el sofá y se metió en la cocina a preparar la infusión. Si tuviera a Fran cerca en aquel momento sería capaz de estrangularle. Y ella que creía que realmente aquel chico estaba empezando a conocer y apreciar a la verdadera Susana. Pero algún día alguien lo haría, de eso estaba segura, y ese alguien solo tenía que acercarse lo suficiente para ver en ella a través de la máscara protectora con que se cubría. Y superaría esto, lo había superado siempre, incluso en épocas más difíciles como la adolescencia. Susana era fuerte, la habían hecho fuerte a base de golpes.

Preparó la tila y le añadió un generoso chorro de la botella de whisky que les habían regalado en la cesta de Navidad de su empresa y que ninguna de las dos tomaba habitualmente. Si había algo que Susana necesitaba en aquel momento era dormir. Después salió al salón desde la minúscula cocina.

—Anda, cariño, bebe esto. Después te sentirás mejor.

A la mañana siguiente, Susana se despertó con un fuerte dolor de cabeza. Siempre le ocurría cuando lloraba mucho, y ella había llorado mucho la tarde anterior, y parte de la noche. Pero cuando se levantó decidió que ya era suficiente.

Se dio una ducha rápida para entonar el cuerpo y se miró al espejo. No presentaba peor aspecto que después de haberse pasado toda la noche estudiando para un examen. Y de todas formas nadie iba a fijarse ni en sus ojeras ni en sus párpados hinchados. Y por una vez las gafas servirían para disimularlo.

Antes de marcharse, Merche le había preparado un café bien fuerte y se lo tomó antes de irse a clase. Cuando salió de su casa se sentía capaz de enfrentarse a cien Frans si era necesario. Nadie, y mucho menos él, iba a saber cómo se sentía por dentro, ni cuánto la habían afectado las palabras que había escuchado la tarde anterior.

Aquella mañana solo tenían en común dos de las clases, la tercera y la cuarta, y Susana esperaba llegar al aula con el tiempo tan justo que ni siquiera pudieran saludarse.

Efectivamente, cuando entró tuvo que disculparse porque el profesor ya estaba empezando. Pero Susana siempre era puntual y el hombre aceptó sus excusas y le permitió entrar.

Se sentó, evitando cuidadosamente mirar en dirección a la mesa de Fran y Raúl y se concentró en tomar apuntes. Esta tarea siempre le permitía dejar la mente en blanco de otras cosas y centrarse al cien por cien en lo que estaba haciendo.

Cuando terminó la clase, en vez de dirigirse a Fran como hubiera hecho en otra ocasión, permaneció en su sitio guardando los folios escritos y rebuscando en el fichero los de la próxima asignatura sin siquiera volver la cabeza para mirarle.

Aun así no se extrañó cuando lo vio a su lado. Percibió su presencia antes de verlo y oírlo. Fran se sentó en la silla vacía junto a ella.

—¡Hola!

—Hola —contestó escueta.

—¿Te encuentras bien?

—Perfectamente.
—Pareces cansada... Espero que lo que te impidió dar la clase ayer no sea algo malo.
—Me surgió un imprevisto. Y tenía mucho que estudiar.
—¿Estudiar? ¿Qué? Creía que íbamos al día. ¿Hay algo que se me esté olvidando?
Susana no contestó tratando de no dejarse engañar por su falsa amabilidad.
—Bueno, entonces, ¿podemos recuperar la clase esta tarde?
Susana clavó la vista en los apuntes y dijo con voz fría:
—Lo siento, pero me temo que no voy a poder seguir dándote clases.
Él frunció el ceño.
—¿Por qué?
—Tengo mucho que estudiar. Llevo mis asignaturas demasiado abandonadas. Debo dedicarles más horas.
—¿Más horas? Pero si en el cuatrimestre lo llevas todo aprobado y la nota más baja es un ocho y medio.
—No es suficiente... quiero ir a por matrículas.
—Sabes que no te van a dar matrícula en todo.
—Tengo que intentarlo.
—¡Vamos, Susana, eso no te lo crees ni tú misma! Si quieres ser un buen abogado tienes que aprender a mentir mejor. ¿Qué pasa? Ayer a mediodía te despediste de mí tan normal quedando para la tarde y luego me pones un mensaje para decirme que no puedes dar la clase. Hasta ahí vale, puedo entender que te surgiera algo. Pero hoy... Estás muy rara hoy. Y quieres dejar las clases, pero sabes que no puedes hacerlo: necesitas el dinero.
Susana furiosa levantó la vista de los apuntes que fingía ojear y clavó en Fran una mirada llena de rabia.
—No necesito el dinero. Siempre vienen bien unos ingresos extra, pero hasta ahora me las he apañado sin tu dinero y voy a seguir haciéndolo. Para mí hay otras cosas más importantes. Mis estudios son lo primero.
—¿De ayer a hoy? No me lo creo. ¡Coño, dime de una vez qué te pasa! Mira, el profesor ya entra. Me quedo a comer contigo y hablamos tranquilamente de esto, ¿te parece? Este no es ni el sitio ni el momento.
—No hay nada que hablar, Fran. No tengo tiempo para seguir dedicándote y eso es todo.

—Nos vemos a la salida —dijo él levantándose y sentándose en su sitio habitual sin darse por vencido.

Pero al finalizar las clases, cuando volvió la vista hacia la mesa de Susana, esta había desaparecido: se había marchado justo al terminar la clase.

Salió precipitadamente pensando que no podía estar muy lejos, pero no la vio por ningún sitio. Él tenía una clase después, pero Susana ya había terminado aquel día, así que decidió pasar de la clase y buscarla antes de que se marchase.

Corrió a la parada del autobús, pero aunque llena de gente, Susana no estaba entre ellos. Volvió sobre sus pasos y la buscó en la biblioteca, en el aula de cultura y en el comedor, sin ningún resultado. Finalmente la llamó al móvil, pero este sonó y sonó hasta desconectarse sin que ella contestase. O bien tenía el sonido quitado o no quería cogerlo.

Se desesperó, ¿qué podía haberle pasado? Había rehusado mirarlo durante toda la conversación y cuando lo había hecho había sido con una furia que él nunca había visto en ella, siempre tan dulce y sonriente. Algo le había ocurrido desde el día anterior y nadie iba a convencerlo de lo contrario.

Impotente se marchó a su casa a comer, decidido a intentarlo más tarde.

Durante todo el almuerzo intentó localizarla con el móvil, pero este seguía sin responder.

Regresó a la facultad y volvió a buscarla en el aula de cultura y en la biblioteca sin ningún resultado, y ya, a las cinco de la tarde, se decidió a presentarse en su casa.

Una Merche vestida aún con la ropa del trabajo le abrió la puerta. A Fran no le pasó desapercibido que la expresión de esta se endureció al verle.

—Hola. ¿Está Susana?

—No, aún no ha llegado.

—Mira, Merche... llevo horas buscándola. Si está ahí dile que salga, por favor.

—Ya te he dicho que no está, que no ha llegado aún.

—¿Y no sabes dónde puedo encontrarla? Porque lo he intentado dos veces en la facultad, en los restaurantes y cafeterías de la zona y ya no se me ocurre dónde más puedo buscarla. De verdad que necesito hablar con ella.

—Llámala al móvil —continuó diciendo seca.

—No lo coge, no sé si porque lo tiene en silencio y no lo oye o porque no quiere hacerlo.
—No puedo contestarte a eso.
—¿Sabes que quiere dejar las clases?
—Me dijo algo ayer.
—Tengo que verla para que me explique el porqué.
—¿No te ha dicho por qué?
—Me ha dicho una idiotez que no se cree ni ella misma. Pero está muy rara, ¿no crees?
—Conmigo no.
—Pero conmigo sí. Y no me cuadra que quiera dejar las clases de buenas a primeras. Ayer estaba entusiasmada y hoy de pronto no tiene tiempo. Susana no es de las que cambian de opinión de la noche a la mañana ni hace las cosas sin un motivo. Pero no quiere decírmelo, y creo que tengo derecho a saberlo. Por favor, dime dónde está.
—No lo sé.
—Entonces déjame que pase a esperarla. Tarde o temprano tendrá que aparecer.
—No. Si Susana no quiere verte y te está evitando yo no puedo dejarte pasar. Soy su hermana y estoy de su parte.
—De su parte... Hablas como si esto fuera una guerra.
—Son cosas vuestras, Fran. Arregladlas vosotros.
—Está bien, pero no me iré sin hablar con ella. Si llega y por algún motivo yo no la veo, dile que estoy en el bar de ahí enfrente. Por favor...
—De acuerdo, se lo diré si no la ves.
Durante hora y media, Fran aguardó con un café delante y la vista clavada en el portal de Susana. Después de ver la actitud de Merche, hosca y fría, ella que siempre había sido amable con él, se convenció aún más de que debía llegar al fondo de aquello.
Al fin, ella bajó del autobús y cruzó la calle hacia el portal. Fran se levantó precipitadamente y la alcanzó mientras buscaba las llaves en el bolso.
—Susana...
Ella se volvió.
—¿Qué haces tú aquí?
—Esperarte. Y te has hecho de rogar; no voy a dormir en tres días con los cafés que me he tomado.
—¿Qué quieres?

—Hablar. Te dije esta mañana que teníamos que aclarar lo de dejar las clases y tu llevas todo el día evitándome. No pienso moverme de aquí hasta que me digas qué pasa.

—Fran, este no es el sitio ni el momento.

—El momento es perfecto, y si el sitio no te gusta vamos a tu casa o a la cafetería o a donde sea. Pero no vas a librarte de mí como esta mañana —dijo agarrándola por el brazo.

—Está bien, pasa. Hablaremos dentro —dijo abriendo el portal.

Fran la siguió. Merche, que estaba viendo la televisión, abandonó el salón al verles y se metió en la cocina, cerrando la puerta a sus espaldas.

—Bueno, ya estamos aquí. Y solo puedo repetirte lo que te dije esta mañana: que no tengo tiempo de seguir dándote clases.

—Y yo también vuelvo a repetirte que no me lo creo. Además, tu actitud no es la de alguien que no tiene tiempo, sino la de alguien que está enfadado. Y si estás enfadada conmigo creo que tengo derecho a saber por qué. Que yo recuerde, no he hecho nada que haya podido molestarte.

—No estoy enfadada.

—¿Que no? Pues entonces quedemos para dar clase mañana como siempre.

—No.

—¿Por qué?

—Está bien, te hablaré claro: porque tú ya no necesitas mis clases, ni quieres seguir dándolas.

—¿Ah, no? ¿Y se puede saber cómo has llegado a esa conclusión?

Susana empezó a enfadarse en serio.

—¡Vamos, Fran, no finjas conmigo! Eres perfectamente capaz de seguir con tus estudios tú solo, has salido del bache que tenías. Y estás hasta las narices de aguantarme.

—Eso no es verdad.

—No lo niegues, lo sé.

—¿Lo sabes? ¿Y cómo lo sabes, eh?

—Porque se lo escuché a Raúl ayer.

—¿Qué fue lo que le escuchaste? —dijo él frunciendo el ceño y empezando a comprender—. ¿Te ha dicho algo, el muy gilipollas?

—No, no me ha dicho nada. Al menos no a mí. Se lo estaba diciendo a unas chicas que estaban con él, y no sabía que yo estaba enterándome.

—Susana, yo nunca le he dicho a Raúl nada de eso, te lo aseguro.

—¡Joder, Fran! ¿Crees que soy una cría? Si hay alguien en el mundo que sabe lo que sientes y lo que piensas es Raúl, y será todo lo gilipollas que quieras, pero no va a inventarse algo así. Lo que me jode es que no hayas tenido huevos de decírmelo a mí. Pero como tú no eres capaz, yo te estoy ayudando. Es muy fácil, ¿sabes? No voy a cortarme las venas ni a echarme a llorar ni nada de eso. Basta con decir «Susana, ya no necesito más clases».

—Es que las necesito.

—Bien, pues hay otra fórmula: «Susana, limítate a dar tu clase y márchate. No puedo perder toda la tarde contigo.» U otra mejor: «Estoy hasta los cojones de aguantarte, eres una pesada y una plasta y me carga que estés todo el tiempo trayéndome apuntes y dándome el coñazo.» Y ya está. Todo eso hubiera sido mejor que el hecho de que hayas estado aguantándome por lástima. ¡Maldita sea, si hay algo que no aguanto son las mentiras y la lástima! No estoy desesperada como pareces creer, he vivido sin amigos toda mi puta vida y puedo seguir haciéndolo. Puedo pasar sin tu dinero y sin la amistad que te esforzabas en fingirme.

—Susana, nada de eso es cierto, debe de haber un malentendido...

—Cállate ya, Fran, no intentes arreglarlo. Ya sabes lo que has venido a averiguar. Ahora márchate y déjame en paz. Vete a la bolera o a pasártelo de puta madre con tus amigos, yo tengo mucho que estudiar —dijo entrando en el dormitorio y cerrando la puerta tras ella.

—Susana...

Al escuchar el portazo, Merche apareció de nuevo en el salón.

—Déjala, Fran. Será mejor que te vayas.

Este se volvió hacia ella.

—Tú no lo crees, ¿verdad?

—Ayer pensaba como ella, hoy no sé qué creer.

—Soy su amigo. De verdad.

—Entonces demuéstraselo.

—¿Cómo? Si no me deja.

—Ten paciencia. Ahora está dolida, nada de lo que le digas va a convencerla. No confía en nadie, ha pasado por esto demasiadas veces.

—De acuerdo. Esperaré.
—Si sigues ahí ella no dejará de apreciarlo.
—Bien... Me marcho.
—Mañana estará mejor.
—Eso espero.

Fran salió del piso y subió al coche profundamente impresionado. Jamás le había escuchado a Susana una palabrota, ni un tono de voz alto, jamás la había visto tan alterada y estaba seguro de que el brillo que se veía en el fondo de sus ojos no era de rabia, sino de lágrimas contenidas. Raúl iba a tener que darle muchas explicaciones.

Sin pensárselo dos veces se dirigió al bar cercano a la facultad donde solían reunirse algunas tardes, esperando encontrarle allí.

Cuando entró le divisó en la barra, con el resto de la pandilla. Impulsado por la furia, se acercó a él y le gritó de golpe:

—¿Se puede saber de qué coño vas? ¿Quién te crees que eres para ir por ahí poniendo en mi boca palabras que jamás he dicho?
—No sé a qué te refieres...
—¡¿Ah no?! ¿No andabas ayer diciendo que yo estaba harto de Susana y que no sabía cómo librarme de ella?
—¡Ah, eso...!
—Sí, cabrón, eso. ¿Me has escuchado a mí decir algo parecido?
—Sí, claro...
—¿Cuándo? ¿Cuándo? —añadió subiendo el tono de voz.
—Bueno, a lo mejor no con esas palabras...
—Ni con esas ni con ninguna, porque no es verdad.
—Vamos, Fran... ¡No irás a decirme que te lo pasas bomba dando clases con esa tía! Y enrollándote hasta las tantas después. Hace mucho que no apareces por aquí una tarde entre semana porque terminas muy tarde con ella.
—¿Y no se te ha ocurrido pensar que si no aparezco por aquí a lo mejor es porque estoy estudiando? ¿O simplemente porque no quiero aparecer?
—¡Venga, tío, no intentes decirme que prefieres estar con esa plasta antes que aquí! Si no vienes es porque la tienes pegada al culo como una lapa todos los días.
—¿Y qué? ¿Te importa a ti acaso?
—Pues claro que me importa, eres mi amigo. Y veo muy claro lo que esa tía pretende.

—¿Qué es lo que pretende? ¿Hacerme aprobar? ¡Qué tragedia!

—No... Eres tú el que no lo ve. Lo que pretende es primero darte lástima, y luego... Joder, esa niña está desesperada por que le echen un polvo y quiere que seas tú el que lo haga. ¡Y quién sabe después! Es muy lista, a lo mejor se las apaña para que la dejes preñada. ¡Con la sonrisa de mosquita muerta...!

Raúl no pudo continuar porque el puño de Fran salió disparado y se estrelló contra su boca haciéndole cortarse con el diente y haciéndole manar sangre en abundancia.

—Estás imbécil...! Pues no me has pegado... —dijo lanzándose a su vez contra Fran y derribándole en el suelo. El puño de Raúl le acertó de lleno en la ceja, donde también se produjo una brecha que empezó a sangrar de inmediato empañándole la vista.

Todos los demás miembros de la pandilla, que habían permanecido al margen de la discusión, se abalanzaron sobre ellos para separarlos.

Les costó trabajo. Fran estaba fuera de control, golpeando a ciegas, y Raúl no estaba dispuesto a dejarse pegar por culpa de una manipuladora. Al fin consiguieron separarlos. Carlos y Miguel lograron inmovilizar a Fran y Maika e Inma se llevaron a Raúl hacia el otro lado del local.

—¿Pero estáis locos? Vamos, chicos, que sois amigos desde hace muchos años.

Limpiándose la sangre de la cara, Fran se encaró con Raúl desde lejos y le gritó:

—No vuelvas a dirigirme la palabra si no te disculpas con ella.

—¡Vete al carajo!

Después de una segunda noche espantosa, Susana se levantó con dolor de cabeza y haciendo un esfuerzo se duchó y se fue a clase. Se sintió aliviada cuando estas empezaron y Fran no apareció. Quizás hubiera decidido no asistir esa mañana, o simplemente llegaba tarde, pero fuera cual fuese el motivo, se alegró.

Pero a la hora de salir, Lucía se acercó a ella y le soltó de golpe:

—¡Menuda la que liaste anoche, chica! Hoy ninguno de los dos ha podido venir a clase.

Susana se sintió molesta de que la acusaran de algo de lo que no tenía ni idea.

—¿Yo? ¿Qué he hecho yo?

—Quizás hacer, no hayas hecho nada... Pero Raúl y Fran se pegaron anoche por tu culpa. Y acabaron ambos en Urgencias...

—¿Qué? ¿Cómo que se pegaron?

Viendo su cara de confusión la chica le contó toda la historia.

—Bueno, estábamos tomando una cerveza en el bar de siempre cuando entró Fran hecho una furia acusando a Raúl de haber dicho algo sobre ti que no era verdad. Se enzarzaron en una fuerte discusión que acabó llegando a las manos. Al final terminamos todos en Urgencias. Raúl tiene un diente roto y la boca reventada y a Fran le tuvieron que dar unos cuantos puntos en la ceja.

—¡Dios mío! No tenía ni idea.

Maika e Inma se habían unido a ellas.

—Me siento fatal —añadió Susana.

—No lo hagas. Ya sabes cómo son los tíos de brutos. Y eso que Fran no lo parecía.

—Raúl no se lo podía creer cuando le largó aquel derechazo. Y claro, no tuvo más remedio que responder, porque Fran era capaz de matarle con la rabia que tenía.

—Gracias por decírmelo... voy a llamarle. Y trataré de arreglarlo... yo tengo la culpa de esto. Escuché lo que Raúl dijo ayer a mediodía, que por cierto, Maika, gracias por defenderme. Y me enfadé con Fran creyendo que realmente pensaba así.

Inma intervino.

—¿Cuando te encontré en los servicios?

—Sí, acababa de oírlo... y había vomitado el bocadillo.

—Raúl es un gilipollas. Y te aseguro que Fran dejó muy claro anoche que en absoluto pensaba así.

—Gracias por decírmelo.

—De nada.

—Voy a llamarle.

Se separó de las chicas y se dirigió a un sitio tranquilo y con mano temblorosa marcó el número de Fran. Pero el móvil sonó y sonó sin que él respondiera a la llamada.

«¿No me estarás haciendo lo mismo que yo a ti ayer, verdad? No puedes tener tan mala leche... Por favor, Fran, cógelo...», dijo para sí misma.

Lo intentó en varias ocasiones en el camino a casa y ya en ella se decidió a ponerle un mensaje, consciente de que no iba a responder a su llamada. Esperaba que no lo borrase sin leerlo: «Siento no haberte escuchado ni creído ayer. Si aún sigues queriendo dar clase dime cuándo. Estoy en casa. Por favor, llámame.»

Aguardó impaciente una respuesta, pero esta no se produjo. Preocupada, apenas almorzó y se sentó a intentar estudiar con el móvil sobre la mesa, pero era incapaz de concentrarse. La cabeza le volaba una y otra vez a la frase de Maika diciéndole que Fran estaba hecho una furia, que había acusado a Raúl de decir algo que no era verdad y sobre todo a que habían tenido que darle unos cuantos puntos de sutura. ¿Y si no le respondía no porque estuviera enfadado, sino porque su estado de salud no se lo permitía? Si al día siguiente no iba a clase ni sabía nada de él, se las apañaría para ir a su casa aunque la echaran de allí. Él lo había hecho por ella el día anterior. Tenía que haber comprendido que su interés en buscarla y hablar con ella estaba reñido con lo que había dicho Raúl. Tenía que haberle dejado hablar, explicarse... tenía que haberle hecho caso a su corazón y haberle creído.

Desesperada enterró la cara en las manos y desistió de estudiar aquella tarde. El timbre de la puerta la sobresaltó. Miró el reloj. Eran las cinco, Merche aún tardaría en llegar un buen rato.

Se levantó y fue a abrir. Un Fran con media cara hinchada y amoratada y un apósito que le cubría parte de la frente le sonrió al otro lado del umbral.

—No me has especificado hora... Espero que te venga bien. Si no, puedo volver en otro momento.

Susana se apartó un poco para dejarle pasar y cerró la puerta a su espalda. Después se volvió hacia él y alargando la mano le rozó el pómulo, cuya hinchazón le mantenía el ojo medio cerrado.

—Lo siento... —susurró. Iba a seguir hablando, disculpándose, pero la voz se le quebró y de pronto y sin saber cómo, se encontró envuelta en los brazos de Fran. Enterró la cara en su cuello y lloró suavemente dejando escapar la tensión acumulada durante toda la mañana y también durante los dos días anteriores. Después levantó la cara y lo miró de nuevo.

—Lo siento —volvió a repetir.

—Tú no tienes la culpa. Fui yo el que se lio a hostias.

—Por mi culpa.

—Por ti, que no es lo mismo.

—¿Te duele?

—Molesta más que duele. Tener un ojo tan hinchado que no lo puedes abrir no es agradable. Pero no te preocupes, no es nada serio, la brecha es en la ceja. Esta mañana he ido al oftalmólogo y me ha dicho que el ojo no está dañado. Recibí allí tu mensaje y tus llamadas, por eso no las he devuelto. Y después pensé que era mejor venir a verte. Lo que tú y yo tenemos que decirnos no es para hablarlo por teléfono. ¿No estás de acuerdo?

—Sí.

Fran no la había soltado, continuaba abrazándola con suavidad y Susana empezó a sentirse incómoda después del primer impulso de arrojarse en sus brazos. Temía no ser capaz de controlarse y hacer o decir algo de lo que más tarde se arrepintiera. El olor de la colonia le llegaba de forma muy penetrante, el pelo de Fran le caía por el cuello rozándole la cara, y las ganas de levantar esta y besarle, aunque solo fuera en la mejilla, se le estaban haciendo insoportables. Aquel abrazo estaba durando ya demasiado, aunque lo último que ella quería era separarse.

También Fran comprendió que debía soltarla antes de que su cuerpo le traicionara y aflojó el abrazo. Se produjo un momento de turbación entre ambos, que él rompió con una broma:

—De todo esto saco en limpio que ni tú ni yo estamos preparados aún para ser abogados.

—¿No? ¿Y por qué?

—Pues porque se supone que yo debería haberte convencido ayer con argumentos y tú deberías conocer la presunción de inocencia.

—Cierto... «Todo acusado es inocente mientras no se demuestre su culpabilidad», y yo te juzgué y te condené sin siquiera escucharte.

—Tendrás que hacerlo ahora.

—¿Después de la clase?

—Hoy no vamos a dar clase. Vamos a charlar como dos buenos amigos. ¿Me invitas a un café? Los calmantes me tienen un poco adormilado.

—Enseguida. Ponte cómodo.

Un cuarto de hora después se encontraban acomodados en el sofá con sendas tazas de café en la mano. También a Susana le vendría bien tomar uno. Tenía el estómago casi vacío y las dos noches sin dormir le estaban pasando factura.

Bebió un sorbo, y sintiéndose ligeramente incómoda al apretujarse los dos en el sofá, después del abrazo, volvió a repetir:

—Lo siento.

—Eso ya lo has dicho.
—Es que no se me ocurre qué otra cosa decir.
—¿Qué te parece si empiezas por explicarme qué he podido hacer que te hiciera pensar que lo que decía Raúl es verdad? ¿Me has visto alguna vez impaciente por marcharme después de una clase o molesto con tu presencia o cualquier otra cosa parecida?
—No.
—¿Entonces? Comprendo que te ha podido afectar mucho oír todo eso en boca de Raúl, que tiene que resultar doloroso que el tío que te gusta hable así de ti, y que quizá preferirías que fueran palabras mías y no suyas... ¿Es eso?
—No.
—Susana, aunque sea mi amigo, aunque te guste, tenemos que reconocer que Raúl es un gilipollas.
—No quiero hablar de él.
—Ya lo sé; yo tampoco. Hoy he venido aquí para hablar de nosotros.
Susana se sobresaltó.
—¿De nosotros? —preguntó con un ligero temblor en la voz que a Fran no le pasó desapercibido—. ¿Qué quieres decir con nosotros?
Él sonrió y le apoyó una mano amistosa sobre el brazo.
—Tranquila... No voy a hacerte una declaración de amor que te haga sentir incómoda. No hay nada de eso. Me refería a nuestra amistad.
—¡Ah, ya...! —dijo con un suspiro de decepción, que él tomó por alivio.
—Porque somos amigos, ¿verdad? Al menos yo sí me considero amigo tuyo. Y después de ver tu reacción ayer, sé que tú sientes lo mismo.
Fran bajó la mano por el brazo de Susana y la apoyó sobre su mano, en un gesto cariñoso antes de seguir hablando.
—Y quiero que sepas, oigas lo que oigas a Raúl o a cualquier otro, que eres importante para mí, y que te aprecio mucho.
Susana no pudo evitar emocionarse y que las lágrimas asomaran a sus ojos. Hizo un esfuerzo por mantenerlas allí y susurró:
—No me importa lo que piense Raúl, sé que ni siquiera le caigo bien. Pero sí es importante para mí lo que me acabas de decir porque... —la voz le tembló—, porque eres el primer amigo que tengo en mi vida. Y no quiero perderte... Aun así, esto de la amistad es

muy nuevo para mí y puedo resultar agobiante y pesada. Es porque me siento tan a gusto contigo... más de lo que he estado nunca con nadie, y tal vez no sé cuándo despedirme o cuándo mi presencia resulta pesada. Si es así, dímelo... pero dímelo tú. Me dolería enterarme por boca de otros. Eso es lo que más me dolió, ¿sabes? Y daba igual que fuera Raúl o cualquier otro el que lo dijera. Prométeme que entre nosotros siempre habrá sinceridad. Que si un día estás hasta las narices de aguantarme me lo dirás sin problemas.

—Te lo prometo. Y lo mismo te pido. Estoy cogiéndole gusto a esto de estudiar, está empezando a gustarme el Derecho y probablemente voy a abusar de ti y de tu tiempo. Si alguna vez tienes otros planes o tan solo no te apetece quedar conmigo para estudiar, dilo.

—De acuerdo.

—Y ahora, una vez que está todo aclarado me gustaría que me hables de ti.

—¿De mí?

—Sí, de ti. Los amigos deben conocerse a fondo, ¿no crees?

—No me gusta hablar de mí.

—Quizá no estés acostumbrada a hacerlo, pero sienta bien, ¿sabes? Después de tu estallido de ayer creo que tienes muchas cosas dentro que necesitas soltar. ¿Y para qué están los amigos si no? —dijo apretándole la mano, que no había soltado—. Anda... ¿Ayudará si te hago preguntas?

—De acuerdo, lo intentaré. Pregunta.

—¿De verdad nunca has tenido un amigo?

—No.

—Te refieres a amigos íntimos, ¿no?

—Ni íntimos ni de ninguna clase. He sido una niña solitaria toda mi vida.

—¿Porque has querido?

—Nadie quiere estar solo, Fran. Simplemente porque nunca me han aceptado en ningún sitio. Siempre he sido una niña larguirucha y delgada... bueno, delgada lo sigo siendo. Y siempre me ha gustado estudiar, sacaba muy buenas notas sin esfuerzo y eso molestaba a todos mis compañeros. En el colegio había una niña muy mona y muy simpática, y todos se morían por ser amigos suyos. Pero era la segunda en clase, nunca pudo superar mis notas y no me lo perdonaba. Se encargó de que nadie fuera amigo mío; si alguien se me acercaba era excluido de su círculo, así que yo me pasé toda la Primaria sola. Me llevaba un libro y me sentaba en un banco a leer. Luego, en el instituto me encontré con otro problema diferente: mi físico. En una edad en la que la mayoría de las chicas empezaban a tener pecho y caderas, yo seguía siendo un palo. Y a una edad en la que todos intentaban ligar, a los chavales yo no les interesaba, y las chicas iban donde estaban los chavales... y yo sola de nuevo. Entonces descubrí que me gustaba el Derecho y que necesitaba mucha nota para conseguir una beca porque sin ella no podría estudiar. Mi padre es pescador en Ayamonte y apenas sobrevive con su trabajo. No puede pagarme una carrera y mucho menos fuera de casa, así que dediqué los años de Bachillerato a estudiar como una burra y trataba de decirme a mí misma que no tenía tiempo para amigos y para salir los fines de semana. ¿Sabes?, nunca había ido a un botellón hasta que tú me llevaste al vuestro, ni a una discoteca, ni a una fiesta. Mis fines de semana se limitaban a ir con Merche al cine alguna que otra vez y a leer o escuchar música en la playa, sola. Y a ser un estorbo cuando ella salía con algún chico, así que dejé de hacerlo poniendo como excusa mis estudios. Saqué matrícula en Bachillerato y me concedieron la beca, y si tenía esperanzas de que las cosas cambiaran en la facultad, no ha sido así. Sigo siendo delgada y poco atractiva y al parecer ese es un requisito muy importante, no ya solo para que la gente te aprecie, sino para que te deje acercarte a su círculo.

—Porque no lo has intentado. ¿O ya no te acuerdas de la noche del botellón?

—En la facultad sí lo intenté al principio, pero todo el mundo me ignoraba... ni siquiera me dirigían la palabra, así que desistí pronto. Todavía me estaba curando de la decepción que supuso para mí el que la cena que se organizó para despedir el Bachillerato me la ocultaran hasta después de celebrada. Me metí en una burbuja llena de libros de Derecho... y ahí sigo.

—No... ya no. Ahora yo he entrado en ella y te aseguro que voy a hacerte salir. Y es más, voy a intentar que Raúl se fije en ti.

Susana sonrió.

—Fran, Raúl se enrolla con las tías más guapas de la facultad... puede elegir, y no va a elegirme a mí. Déjalo, ¿quieres? No me montes más encerronas con él, como aquel día que le mandaste a por unos apuntes en tu lugar.

—Raúl no es mal tipo, simplemente no te conoce. Cuando te conozca como yo, seguro que empieza a verte de otra forma.

—No, Fran. Prométeme que no vas a intentar nada más. Llevo toda la vida enamorándome de tíos que ni siquiera me ven. No importa... para mí es mucho más importante esta amistad nuestra... de verdad. Y no quisiera que lo de ayer haga que te enfades con Raúl. Prométeme también que arreglarás las cosas con él.

—Claro que lo arreglaremos, él y yo somos amigos desde preescolar y nos hemos enfadado muchas veces... incluso nos hemos zurrado en alguna otra ocasión. Estaremos unos días de morros y luego pasará.

—Me alegro.

—Bien, prometo no intentar liarte más con Raúl, pero tú tienes que prometerme que vendrás más veces a los botellones y harás todo lo posible por integrarte en nuestra pandilla.

—Iré, pero si en alguna ocasión detecto que a alguien le molesta mi presencia, se acabó. Y solo cuando no tenga mucho que estudiar.

—Trato hecho. Ya verás como cuando todos te conozcan mejor se darán cuenta de la chica maravillosa que eres y empezarán a apreciarte... igual que yo.

—No sigas diciéndome esas cosas o vas a conseguir que llore. Estoy muy sensible hoy. Me siento fatal cada vez que te miro y te veo la cara... y sé que ha sido por mi culpa. ¿Cuántos puntos te han dado?

—Creo que tres o cuatro, no lo recuerdo muy bien.

—¿Te quedará cicatriz?

—Es posible que parezca que me he hartado de un *piercing*. Pero yo quedaré de puta madre cuando diga que fue por defender a una chica que valía la pena.

Las lágrimas volvieron a empañar los ojos de Susana al oírlo y se mordió los labios.

—¡Eh, venga, ya me callo! No quería hacerte llorar —dijo Fran abrazándola de nuevo. Susana sintió los labios rozándole la cara en una caricia suave y el llanto cesó dando paso a otra cosa, a una sensación de intimidad que no había sentido un rato antes cuando se habían abrazado también.

No oyeron las llaves en la cerradura y se separaron sobresaltados cuando escucharon la voz de Merche.

—¡Vaya, veo que habéis solucionado lo de ayer!

Antes de que su hermana fuera a seguir hablando y metiera la pata, Susana exclamó:

—¡Eh, que esto no es lo que parece! No vayas a creerte...
—Yo no me creo nada, chicos... Solo que habéis hecho las paces, ¿no es cierto?
—Sí, así es.
—¿Y a ti qué te ha pasado en la cara? Pareces un Cristo.
—Que ayer no se le ocurrió otra cosa más que irse a buscar a Raúl y liarse a mamporros con él.
—¡Joder! Bueno, yo me voy a la ducha, podéis seguir haciendo las paces tranquilos.
—Susana tiene razón, Merche. Esto no es lo que parece... Solo estaba consolándola, está muy llorona hoy.
—Si os creo, no tenéis por qué dar tantas explicaciones... Pero yo tengo que ducharme y supongo que vosotros querréis seguir charlando —añadió entrando en el dormitorio y dejándolos solos.
Pero Fran se levantó del sofá enseguida y dijo:
—Yo tengo que irme, le prometí a mi madre que estaría en casa para la cena. Si me retraso pensará que me he vuelto a pegar o algo así. Además, me duele un poco la cabeza...
Susana se levantó también y le acompañó a la puerta.
—Nos vemos mañana en clase. Tengo los apuntes de hoy, te los pasaré.
—Gracias.
—Cuídate. Y la próxima vez cuenta hasta diez antes de dar la primera hostia.
—Lo intentaré, pero soy impulsivo. No te prometo nada. Hasta mañana.
—Adiós.
Susana cerró la puerta y Fran bajó las escaleras despacio. La cabeza le palpitaba y no estaba seguro de que fuera a consecuencia de la herida. El abrazo que le había dado no había sido amistoso precisamente. Se estaba poniendo como una moto de tenerla abrazada y si Merche no hubiera llegado en aquel momento no estaba seguro de no haber hecho alguna tontería. Y con Susana no se podían hacer tonterías... Ella se tomaría muy en serio cualquier gesto cariñoso, y él había estado a punto de besarla. Si lo hubiera hecho, Susana se habría sentido muy incómoda con él en el futuro y eso habría acabado con su amistad. Y no podía estropear la amistad con Susana, ella no tenía a nadie más que a él. Tenía que controlarse mejor en el futuro.
Entró en el coche y por un rato se obligó a poner toda su aten-

ción en el tráfico, pero cuando llegó a su casa de nuevo y se encontró solo, se echó en la cama y trató de analizar lo que le había ocurrido, no solo aquella tarde, sino también la anterior.

Aunque fuera impulsivo, él no era de los que se lían a tortas a las primeras de cambio, y mucho menos con Raúl. Pero se había puesto realmente furioso ante la idea de que este le había hecho daño a Susana. Cuando la vio tan alterada y queriendo cortar toda relación con él, se volvió ciego. Sus acusaciones le habían dolido más de lo que le había dolido nada en mucho tiempo... desde que era pequeño e intentaba desesperadamente atraer la atención de su madre y solo conseguía una caricia distraída y un «déjame trabajar, Fran».

Le habían dolido sus lágrimas y sus palabras, que pensara que él podía estar burlándose de ella a sus espaldas. Hubiera sido capaz de matar a Raúl si le hubieran dejado. Después, su mente volvió a aquella tarde. En las dos ocasiones en que la había abrazado no se había sentido un amigo precisamente, y eso le hacía sentirse muy confundido porque él había creído que eso era lo que sentía por ella, un cariño y una ternura especial, pero amistosa. Tenía que controlar aquello, tenía que verla como a una amiga, porque a Susana quien le gustaba era Raúl y él intuía que no era una mujer que cambiase de afectos fácilmente.

«Es una amiga, Fran, solo eso», se dijo. Pero por si acaso, tendría cuidado con los contactos físicos. Aunque le iba a costar, él era muy expresivo y el afecto y el cariño los demostraba con besos y abrazos. Era muy «tocón», como decía su madre. Ella siempre se estaba quejando de que la despeinaba y de que le arrugaba la ropa... hasta que dejó de hacerlo. Susana, en cambio, seguro que era una mujer de las que le gustaba que la abrazaran y la acariciaran. No había protestado esa tarde y parecía encontrarse a gusto con su gesto. «Para, Fran —volvió a repetirse—, solo amigos.»

Cuando Merche salió de la ducha encontró a su hermana sentada en el sofá absorta y pensativa.

—¿Y Fran? ¿Se ha marchado?

—Sí, tenía que estar pronto en su casa.

—Nena, lamento de veras haberos interrumpido.

—De verdad que no has interrumpido nada.

—¿Cómo que no? Estabais abrazados.

—Un abrazo de amigos.

—De lo que sea, pero abrazo.

—Sí, eso sí.

—Y tú estabas en la gloria, no digas que no.

—No lo digo. Es la primera vez que me abraza un chico que me gusta. Aún tengo metido el olor de su colonia en la nariz.

—Hugo Boss —puntualizó Merche.

—¿Cómo lo sabes?

—Trabajé en perfumería una temporada, ¿recuerdas? Y les eché mucha de esa colonia a los tíos que pasaban.

—Me encanta cómo huele.

—Sí, huele muy bien, pero es cara de narices.

—Él puede permitírselo, sus padres tienen bufete propio.

—Pues me temo que si quieres hacerle un regalo tendrás que pensar en otra cosa, porque está fuera de nuestro presupuesto.

—Si alguna vez le regalo algo, será simbólico. Él sabe que mi presupuesto es muy limitado.

—Lo agradecerá igual, cariño.

—Sí, eso creo.

—¿Y tú? ¿Cómo te sientes?

—Mucho mejor, aunque debería estar destrozada porque tiene la cara fatal por mi culpa. Pero no puedo dejar de sentirme halagada de que se liara a puñetazos con su mejor amigo por mí. Y no sabe cómo disculparle, cree que estoy destrozada porque Raúl dijo todo eso, que me duele que hablara así de mí. No sabe que por mí, Raúl puede irse al diablo.

—¿Y por qué no se lo dices?

—Porque se daría cuenta de que el que me gusta es él. Y probablemente no volvería a verle el pelo. Quizá más adelante, cuando esté más segura de su amistad.

—¿No te basta lo de ayer para estar segura?

—No. No me fío de que esto no sea más que una novedad. Tener una amiga nueva, una colega... No creo que esté acostumbrado a ser amigo de una mujer, a él también lo persiguen las tías. No tanto como a Raúl, pero también.

—Susana, ¿de verdad piensas que era un amigo el que te estaba abrazando?

—Por supuesto. Y por si tenía alguna duda, él lo ha dicho.

—¡Ah! ¿Y tú has sentido que era así? Porque eso se nota.

—No sé qué he sentido. Nunca me había abrazado ningún hombre, ni amigo ni amante. Por tanto debo fiarme de lo que él ha dicho. Y solo ha hablado de amistad. Pero no pido nada más, Merche. Solo ser su amiga y estar cerca de él, verle y hablarle, sentir que le importo. Nada más.

—Bien, si estás convencida de eso, disfrútalo.

# 9

Una semana más tarde, Susana salió de clase y se encaminó a la parada del autobús. Era la una de la tarde y no tenía clase con Fran, y esa mañana no le había visto tampoco. Sabía que había ido a que le quitaran los puntos de la ceja y después no había aparecido por la facultad. Estaba deseando llegar a casa para llamarle y saber cómo estaba. Todavía él y Raúl no se hablaban a pesar de que ella había tratado de convencerle de que arreglaran las cosas, consciente de los muchos años de amistad que les unían. Pero Fran se había negado repetidamente a ello.

—Si quiere que las cosas sean como antes, tendrá que ser él quien dé el primer paso. O al menos dar una prueba de buena voluntad.

—¿Qué prueba de buena voluntad?

—Él lo sabe.

—¡No seas cabezota! Si le echas muchísimo de menos.

—Es cierto, pero él se lo ha buscado.

—Fran, las cosas entre tú y yo están como siempre. Haz lo mismo con él.

—Déjalo, Susana. No voy a ceder en esto. No puedo dejar que dirija mi vida como si fuera la suya. Él y yo no somos iguales ni queremos las mismas cosas, al menos ahora. Tiene que comprenderlo de una vez, y mientras no lo haga, no volveré a dirigirle la palabra.

—¡Qué cabezotas sois los tíos, por Dios!

Esta conversación y otras parecidas se habían repetido varias veces entre ellos en los últimos días, sin ningún resultado positivo. Por eso se asombró mucho cuando Raúl se acercó a ella después de salir de la facultad.

—¡Oye! ¿Puedo hablar contigo un momento?

—Sí, claro —dijo parándose en medio de la calle. Raúl presentaba evidentes signos de nerviosismo, como si no supiera cómo empezar a hablar. En vista de que no se decidía, Susana le apremió—: No tengo todo el día, ¿sabes? Debo coger un autobús y luego me espera un largo camino hasta mi casa.

—Sí, ya lo supongo. Yo también tengo prisa, pero... es que no sé cómo empezar. Bueno, lo que quería decirte es que lo que escuchaste el otro día es cosa mía... palabras e ideas mías, que Fran no tiene nada que ver. Yo jamás le oí nada que me hiciera presuponer lo que les dije a las chicas. Creía que lo estabas presionando y que se sentía agobiado, solo porque yo lo estaría en su lugar.

Susana le miró fijamente a los ojos.

—Todo eso ya lo sé. Fran y yo lo hablamos y todo quedó claro entre nosotros. Y vosotros deberíais hacer otro tanto.

—Sí, pienso hacerlo, pero antes debía hablar contigo. También quería decirte que siento haber dicho todas esas cosas de ti, que quizás estoy equivocado contigo y que Fran tiene razón. Quizás estoy un poco celoso de las horas que pasa contigo y de que ya no tenga tanto tiempo para dedicarme a mí y a la pandilla.

—Raúl, Fran no pasa tanto tiempo conmigo. Damos clase dos tardes a la semana y fuimos juntos de botellón una noche. La relación que hay entre nosotros no va más allá de las paredes del aula de cultura. El resto del tiempo debe de estar estudiando, si no lo pasa con vosotros. Pero te aseguro que conmigo, no. Salvo los días que estuve enferma y me llevó a casa los apuntes, pero eso fue hace semanas y solo durante unos días. Él y yo solo somos compañeros de estudio, amigos quizá, pero te aseguro que el grado de nuestra amistad no puede compararse con la vuestra. Y me sabe fatal que él y tú estéis enfadados por algo que tiene relación conmigo. He intentado de todas las formas imaginables convencerle de que arreglara las cosas contigo, pero es un condenado cabezota. Dice que tú tienes que darle una prueba de buena voluntad...

—Sí, lo sé. Y ya lo he hecho.

—Me alegro. A ver si ahora las cosas vuelven a ser como antes.

—Y tú, ¿aceptas mis disculpas?

—Sí, claro que sí. Y ahora debo irme o perderé el autobús.

—Antes de que te vayas... Mi cumpleaños es la semana que viene y organizaré una fiesta dentro de dos sábados para celebrarlo.

He alquilado una sala en una discoteca para hacer una fiesta privada. Estás invitada.

—¿En serio?

—Sí, en serio. Y me gustaría que vinieras.

—Iré si también va Fran.

—Por supuesto. Ya lo arreglaré con él.

—Aquel es mi autobús...

—Bien, nos veremos en clase mañana.

Susana echó a correr hacia la parada llegando justo a la vez que el autobús.

En cuanto llegó a su casa cogió el móvil y llamó a Fran. Este contestó al momento.

—¿Cómo estás? —le preguntó.

—Bien. Con una interesante cicatriz que me favorece mucho y que probablemente todas las chicas de la facultad querrán besar, según Manoli.

—¿Y quién es Manoli?

—La asistenta, o mejor dicho mi segunda madre. O quizá más que ella, porque me ha criado. Para Manoli soy el más guapo, el más bueno, el más listo... Tendrías que oírla. No se explica que todas las niñas de la facultad no estén locas por mis huesos. Y se mosquea cuando le digo que no puedo competir con Raúl, que es mucho más guapo y más simpático que yo. Dice que las mujeres de hoy día son tontas.

—Dile que no se preocupe, que yo besaré tu cicatriz mañana. Se lo debo, está ahí por mi culpa.

—No digas tonterías, está ahí por culpa de Raúl. Él fue quien me la hizo.

—Hablando de Raúl... este mediodía ha venido a pedirme disculpas.

—¿En serio?

—Sí, y a decirme que se lo inventó todo y que tú no tenías nada que ver. También me ha dicho que quería arreglar las cosas contigo. Fran, dale la oportunidad de hacerlo.

—Si se ha disculpado contigo, todo cambia. Me acercaré a verlo esta tarde.

—También me ha invitado a su fiesta de cumpleaños dentro de dos sábados, y ha insistido en que vaya.

La voz de Fran le sonó a Susana un poco rara cuando contestó:

—¡Vaya...! Qué bien, ¿no? Estarás muy contenta.

—Sí que lo estoy, pero de que vosotros dos volváis a ser amigos. La fiesta no me importa. De hecho no iré si no lo haces tú.

—Claro que iré, aunque solo sea por ti. Llevas esperando algo así desde hace mucho tiempo.

—Eso no es verdad, yo no estoy esperando nada.

Se hizo un breve silencio, que Susana rompió al fin.

—Bueno, te dejo que aún tengo que comer. Solo quería saber cómo estabas. Dile a tu cicatriz que la besaré mañana.

—Te reservaré el primer turno —dijo él con su tono de voz habitual, amable y jovial—. Hasta mañana.

Aquella tarde Fran se presentó en casa de Raúl. No lo encontró y se dirigió al bar donde solían reunirse. Hubiera preferido verlo a solas, pero no quería dejar pasar más tiempo sin hablar con él.

Al llegar vio el grupo formado por Maika, Lucía, Raúl, Carlos y Miguel. Se acercó a ellos.

—¡Hombre! —exclamó este último—. ¿Tendremos espectáculo hoy también?

—¡Dios no lo quiera! —dijo Maika—. No tengo ganas de pasarme la velada en Urgencias...

—Solo he venido a hablar con Raúl. ¿Te importa salir conmigo un momento? —dijo mirando a su amigo. Este no contestó, pero le siguió afuera.

Se apoyaron en el costado del coche de Fran, aparcado a unos cuantos metros de la puerta del bar, lejos de miradas y de oídos indiscretos.

—Susana me ha dicho que hoy has ido a pedirle disculpas.

—Esa era la condición para que volvieras a hablarme, ¿no?

—No era una condición, sino una prueba de buena voluntad. De que aceptas mi amistad con ella. Yo no quiero tener que elegir entre ella y tú, puedo ser amigo de ambos.

—Bien, pues ya está. Acepto tu amistad con Susana.

—Ahora soy yo el que debe disculparse —dijo Fran a continuación—. Siento haberte golpeado. Sé que debí tratar de convencerte hablando, pero no pude evitar ponerme furioso y que la mano se me disparase.

—También yo te di fuerte. A mí el dentista me arregló el diente, pero a ti te quedará esa cicatriz quizá para siempre.

—Dentro de poco no se notará, quedará disimulada con la ceja.

—Espero que ella lo valga.
Fran levantó los ojos y le miró hosco otra vez.
—No, no voy a empezar de nuevo. Esta vez te lo estoy diciendo en serio. Y la he invitado a mi fiesta de cumpleaños.
—Me lo ha dicho. Le gustará mucho ir y que la aceptéis en el grupo.
—No te confundas, no lo he hecho por ella sino por ti. Esa niña te gusta un montón, ¿verdad?
Fran lo miró y admitió:
—Sí que me gusta. Mucho más de lo que me ha gustado nadie antes. A pesar de que a ti pueda parecerte poco atractiva... no lo es para mí. Tendrías que verla sin gafas... Y dormida. Dormida está preciosa... al menos para mí.
—¿Ya te has acostado con ella? Este mediodía me ha dicho que vuestra relación se limita a los estudios.
—Y es cierto. No me he acostado con ella; ni siquiera la he besado. La vi dormida un día que la acompañé a su casa porque estaba enferma. Tenía una fiebre muy alta y no quise dejarla. Me quedé hasta que llegó su hermana y se quedó dormida en el sofá. Pude mirarla a mis anchas.
—¿Solo mirarla?
—Solo mirarla.
—No te reconozco, tío. ¿Y a qué esperas? Porque ella va por ti, siempre te lo he dicho.
—No, Raúl, te equivocas. Yo soy solo un amigo para ella. Resulta irónico, ¿verdad? Tú siempre pensando que Susana iba por mí y resulta que soy yo el que está loco por ella, y no me hace ningún caso. Está enamorada de otro tío, y yo solo soy el hombro sobre el que llora su amor no correspondido.
—¿Conoces al otro?
—De vista.
—¿Y te habla de él?
—A veces. Cuando está hecha polvo porque no le hace caso.
—¡Joder, qué fuerte...! ¿Cómo lo aguantas?
—Porque tengo la esperanza de que a fuerza de hacerle putadas, ella lo olvide y un buen día se dé cuenta de que yo estoy ahí.
—Quizá si aprovecharas un día en que esté de bajón para meterle cuello...
—No puedo hacerle eso a Susana. Ya sé que lo he hecho otras veces, y tú también... Pero a ella no.

—A veces funciona.

—Yo no quiero que funcione a costa de aprovecharme de un mal momento que pueda tener. Quizás algún día lo entiendas.

—¿Y cómo consigues estar ahí sabiendo que está enamorada de otro?

—La mayor parte del tiempo consigo olvidarlo. Solo a veces sale en la conversación y la verdad es que lo disimulo como puedo. Susana no debe saber lo celoso que estoy. No sabes lo que me cuesta fingir y animarla a que tenga esperanzas cuando lo que de verdad quisiera es decirle que se olvide de él, que no la merece, y que yo daría cualquier cosa por estar en su lugar.

—¡Joder, macho! Estás peor de lo que pensaba. Ya sabía que era serio cuando te liaste a hostias conmigo, pero esto... no sé qué decirte.

Fran sacudió la cabeza y sonrió.

—No digas nada y vamos a tomarnos algo. Hay que celebrar que volvemos a ser amigos.

—Nunca hemos dejado de serlo, tío. ¿Qué son unos cuantos puñetazos ante una amistad como la nuestra?

—Anda, vamos adentro. Yo invito.

# 10

El catedrático terminó la clase un poco antes de la hora habitual. Como se trataba de la última de la mañana, todos empezaron a recoger, pero el hombre se apresuró a decir:

—No se marchen aún, por favor. Voy a encargarles un trabajo.

Se oyó resoplar y ahogadas exclamaciones de fastidio. La verdad era que ya andaban bastante apretados de trabajo como para tener que hacer frente a algo más. Aun así, permanecieron en el aula esperando la sentencia, probablemente de muerte, del profesor.

—No se preocupen, no es nada muy complicado y no tiene que ver con el temario. En general, los abogados creen que con saber la ley y aplicarla es suficiente, pero sobre todo en los juicios con jurado que se están imponiendo en nuestro país, a veces es necesario utilizar la persuasión y el sentimentalismo. Hoy día es difícil encontrar letrados que expresen sentimientos, el Derecho tiende a hacerse cada vez más frío, y por eso quiero proponer un ejercicio un poco especial. Deseo que hagan un trabajo en el que expresen sentimientos, y por supuesto que resulte conmovedor, o al menos convincente. El tema, el argumento, me da igual, así como que sea verdad o ficción. Pueden escribir una historia, una carta, una confesión, expresar amor, odio, arrepentimiento... lo que quieran. Pero tiene que resultar convincente, tiene que llegar a los demás.

—¿Es obligatorio? —preguntó alguien.

—No, no lo es. Pero si no lo entregan, restaré dos puntos del examen del cuatrimestre de esa persona. No tienen que firmarlo, basta con un seudónimo o una clave identificativa. Deberán entregármelo en sobre cerrado y yo anotaré el nombre de quien lo presenta, y no influirá negativamente en la nota. Los que no pasen mi criterio, contarán solo con la nota del examen, no les bajaré la puntuación, pero los que lo hagan bien, contarán con dos puntos adicionales.

—Y si están firmados con seudónimo, ¿cómo sabrá a quién poner la nota?

—Yo diré los seudónimos en clase y pediré a esas personas que se pongan en contacto conmigo en privado. El anonimato está garantizado, pero si aun así no quieren dar su nombre y renuncian a esos dos puntos extra, al menos no serán penalizados.

—¿Y cuándo deberemos entregarlo?

—Mañana. Y debe tener al menos una carilla, escrita a doble espacio, o a mano. El máximo lo deciden ustedes.

El profesor salió de la clase y un murmullo se extendió por el aula.

—Yo no pienso hacer esa mariconada —dijo Raúl.

—Pues yo no me puedo permitir el lujo de no hacerlo —exclamó Fran—. No llevo la asignatura como para perder dos puntos. Probablemente lo que yo escriba no conseguirá conmover a nadie, pero al menos no me rebajarán la nota.

—A mí me da igual, la llevo tan mal que ni de coña la voy a aprobar.

Oyendo la conversación de Fran y Raúl a su espalda, Susana se dijo que ella iba a ir a por esos dos puntos aunque tuviera que volver a matar a Chanquete. La asignatura le estaba resultando muy difícil y no iba a desaprovechar la oportunidad de subir la nota del examen.

Aquella tarde se esforzó con diversos temas, pero cuando se los daba a leer a Merche, ninguno consiguió conmoverla, a pesar de que su hermana era muy sentimental.

—No, Susana... —le decía invariablemente—. Lo siento, pero no.

Y ella volvía a intentarlo una y otra vez con idéntico resultado.

Desesperada, llegó a la noche y los temas se le agotaron.

—Dime algo sobre qué escribir, por favor... Se me ha agotado el repertorio.

—Me temo que si quieres conmover a alguien tendrás que escribir sobre ti misma, sobre algo que te llegue muy hondo.

—¿Como qué? ¿Lo mal que lo he pasado de niña? Me niego a recordar eso ahora...

—¿Por qué no le escribes una carta a Fran?

—¡Ni de coña! ¿Y si al profesor se le ocurre decirle algo? Aunque la firme con un seudónimo, él podría adivinarlo.

—Bueno, pues entonces escribe una carta a un desconocido... solo tú sabrás que es él. Ni siquiera pongas que eres una mujer... una carta de desconocido a desconocido. Verás como así te sale muy conmovedora.

—No sé...

—No tienes nada que perder. Si no te convence, siempre puede ir a la papelera con el resto de las cosas que has escrito esta tarde... o al cajón de tu mesilla de noche.

—Supongo que puedo intentarlo. Vamos a cenar primero y luego me pondré manos a la obra... pero me temo que esa no la leerás.

—No hace falta, estoy segura de que conmoverá a las piedras.

—¿Tan desesperada me ves?

—No, solo enamorada. Y cuando el amor se tiene que guardar en secreto y oculto, está deseando encontrar un resquicio para expresarse. Y una carta es un buen método, sobre todo si se está segura de que la persona a quien va dirigida no la va a leer.

Aquella noche, Susana esperó a que Merche se acostara y se sentó en el salón a escribir su carta. Durante la cena había estado dándole forma, y párrafos enteros se formaron en su mente sin que tuviera que esforzarse lo más mínimo. Por eso, cuando cogió el bolígrafo, este se deslizó prácticamente solo sobre el papel. A una frase seguía otra, y otra, palabras que jamás había soñado que pudiera decirle, cosas que ni siquiera se había dado cuenta de que sentía. Deseos que no se había permitido admitir. Y la carta, que había pensado hacer hablando de él, se convirtió sin que se diera cuenta en una declaración de amor. Y cuando la firmó, dándola por terminada, sintió una emoción honda dentro de ella, como si en realidad le hubiera dicho todo lo que sentía.

La leyó cuidadosamente y quedó satisfecha. Cuando el profesor la leyera no sabría quién la había escrito, y aunque tuviera que decirle su nombre para la nota, no sabría nunca a quién estaba dedicada. Ni siquiera que era una carta para otro alumno. Una carta que le salió mucho más desesperada y emotiva de lo que había pretendido.

«Carta a un amor imposible», la había titulado. Sonaba muy cursi, pero tenía que reconocer que era eso y no otra cosa.

Hola amor:

Lo primero que quiero decirte es que esta carta no llegará a tus manos porque tú nunca deberás saber lo que siento. Si lo supieras, todo habría acabado para mí, ya que nunca tendría el valor suficiente para dirigirte siquiera una palabra, y eso es algo en lo que no quiero ni pensar.

Yo necesito estar cerca de ti, necesito verte cada día, y hablarte cuando las circunstancias lo permitan. De cosas intrascendentes, del tiempo, o de cualquier otra chorrada, pero hablarte. Me basta con eso, aunque solo sean unas cuantas palabras. Para mí es como una declaración de amor, porque yo te estoy diciendo que te quiero en cada frase, en cada gesto que hago y en cada mirada que te dedico, aunque tú no lo veas. Porque tú no me ves, no me ves aunque me mires, y lo haces muy a menudo, pero no ves lo que soy ni lo que siento, y yo tengo mucho cuidado en ocultártelo.

Sé que no te gustaría saber que te quiero, por eso me limito a ponerlo aquí, sobre un papel que ni siquiera leerás, pero yo necesito decirlo, necesito gritarlo, aunque sea solo por una vez, aunque sea sobre un papel que se va a llevar el viento sin que llegue a tus manos... y que aunque llegase tú nunca sabrías que es para ti.

Porque no imaginas que esa persona que pasa por tu lado, que se sienta junto a ti a veces, solo vive para amarte; que esa persona que te saluda con una sonrisa al cruzarse contigo se desgarra por dentro si te ve con otra persona.

Pero aunque sé que nunca serás para mí, no puedo dejar de amarte en silencio y de lejos, aunque estés cerca, ocultando todo lo que mi amor querría gritarte, conteniendo todo lo que mi cuerpo querría darte.

Y el único consuelo que me queda es esta carta que escribo precisamente porque sé que nunca la leerás, y que aunque llegaras a leerla, mi amor, nunca sabrías que es para ti.

Y firmaba como «Picapleitos».

Al día siguiente, en sobre cerrado, la entregó al profesor, al igual que la mayoría de los alumnos, Fran incluido. Al salir de la clase, este le preguntó:

—¿Has entregado un buen trabajo?

—Me temo que no —mintió—. No creo que consiga los dos puntos, no estaba muy inspirada anoche. Pero al menos no me quitarán nota. ¿Y tú?

—Tampoco he conseguido gran cosa. He escrito una carta al hermano que me hubiera gustado tener, pero no resulta muy emotiva que digamos.

—¿Te hubiera gustado tener hermanos?

—Sí, esto de ser hijo único es terrible.

—No te quejes, todos los juguetes para ti, y los mimos y las atenciones...

—No creas que he tenido mucho de eso. Juguetes sí, y dinero, pero yo hubiera querido alguien con quien compartirlos.

—La verdad es que yo no sé qué hubiera hecho sin Merche. No me imagino la vida sin ella.

Se separaron tomando cada uno el camino de su casa.

Tres días más tarde, el profesor anunció nada más entrar en el aula:

—Señores, he leído y corregido los ejercicios que me entregaron el otro día y debo confesar que me han decepcionado bastante. La mayoría no logra emocionar a nadie, aunque hay tres muy buenos. No pensaba leerlos en clase, pero voy a hacerlo para que el resto sepa cómo se puede emocionar a un jurado, o a un público cualquiera sin que necesariamente esté relacionado con un tema. No voy a decir nombres ni seudónimos, pero ruego a las personas que los hayan escrito, se pongan en contacto conmigo esta tarde en mi despacho para el tema de la nota.

Susana se encogió en el asiento, rogando mentalmente para que el suyo no fuera uno de los elegidos, aunque perdiera los dos puntos. De haber sabido que iba a leerlos en público, jamás lo habría escrito.

Con alivio comprobó que tanto el primero como el segundo le eran desconocidos, pero sin embargo, cuando escuchó la primera línea del tercero y reconoció sus palabras se sintió enrojecer. Por suerte, Fran estaba a sus espaldas y no podía verle la cara. Clavó la vista en el folio en blanco que tenía delante y trató de que nadie se percatase de su rubor.

Escuchó cómo sus propias palabras y su alma desnuda quedaban expuestas en público y se estremeció de pánico ante la idea de que Fran adivinase.

No se atrevió a mirarle para averiguar qué le parecía porque sabía que se daría cuenta de todo si le miraba.

Al fin el suplicio terminó, y Susana creía haber podido controlarse y su cara presentaba un aspecto normal.

—Bien, señores... Espero que se hayan sentido conmovidos. Y que sepan a qué me refiero cuando pido un trabajo emotivo. A los afortunados los espero en mi despacho de cinco a seis. Si no aparecen, entenderé que renuncian a la nota en aras de la privacidad. Sea como sea, mis felicitaciones.

La clase continuó, y a la salida, Fran la llamó. Estaba con todo el grupo y Susana hubiera querido escaparse, pero comprendió que resultaría muy evidente que se marchara e ignorase una llamada directa.

—¿No ha habido suerte? —le preguntó.

—Me temo que no, ya te dije que no me había salido muy bien... Y tú tampoco, ¿eh?

—No.

—Al menos no nos rebajarán la nota.

—Los trabajos seleccionados están muy bien; mi carta no se podía comparar con ellos en absoluto.

—¡Bah! Menuda cursilada... —dijo Raúl.

—A mí no me ha parecido una cursilada —protestó Inma—. La última carta al menos me ha gustado mucho.

—Un tema muy manido ese del amor imposible y en la sombra. Escribir algo así es jugar sobre seguro. Quien lo haya escrito se lo ha debido de pasar en grande quedándose con el personal. Seguro que se lo ha inventado todo. A la niña que estaba sentada a mi lado hasta se le han saltado las lágrimas.

—A lo mejor era suya la carta —dijo Susana.

—O a lo mejor pensaba que se la habían escrito a ella —dijo Carlos.

—¡Joder! Si a mí me escribieran una carta así me estaría partiendo el culo de risa durante un mes.

—A nadie se le ocurriría escribirte una carta de amor a ti, Raúl —dijo Inma mordaz—. A ti lo único que pueden escribirte es una cita de cinco a seis para follar. Es el único sentimiento que inspiras.

—Y me sobra con él.
—Bueno, yo tengo que irme —dijo Fran—. ¿Quedamos para dar clase esta tarde?
—No, hoy no puedo. He quedado en salir con Merche a comprarnos algo de ropa. Si no te importa lo dejamos para mañana —dijo Susana. Si tenía que ir al despacho del profesor a reclamar la nota no quería que Fran anduviera por la facultad y la viese.
—Bien, mañana entonces. ¿Vas para casa?
—Sí.
—Te acompaño un poco, he dejado el coche cerca de la parada.
Echaron a andar uno junto al otro y cuando estuvieron fuera de los oídos de los demás, Fran le preguntó:
—¿Y a ti qué te ha parecido la carta? No has hecho ningún comentario. ¿También piensas como Raúl que es una trola?
—No sé... es posible.
—Yo creo que no, que estaba escrita con el corazón. No sé por qué, pero ha conseguido emocionarme.
Susana se detuvo en la calle y le miró.
—¿En serio? Era muy bonita, desde luego —añadió tratando de quitar énfasis a sus palabras.
—Era algo más que bonita. Creo que el tío al que han escrito esa carta es muy afortunado.
—¿Cómo sabes que se la han escrito a un hombre? Yo no he captado nada en el texto que dé a entender si era a un hombre o a una mujer.
—Una carta así solo la puede escribir una mujer.
—¿Cómo puedes estar tan seguro? —volvió a peguntar repasando mentalmente la carta por si se le había escapado algo que le indujera a tener esa seguridad.
—Porque solo las mujeres son capaces de amar así, en la sombra, sin decir nada, sin esperar nada... y sin cabrearse.
Susana sonrió.
—¿Sin cabrearse? No te comprendo.
—Cuando un tío se enamora o le gusta una chavala no se resigna aunque ella no le corresponda. Lucha, se le insinúa con más o menos habilidad, y si realmente ve que es imposible y ella nunca va a quererle, se cabrea.
—¿Se cabrea?
—Sí. Aunque no quiera, aunque se diga que ella no tiene la cul-

pa de no amarle, aunque no quiera cabrearse... lo hace. No puede evitarlo. Y tampoco se resigna. Sigue ahí, esperando e intentándolo.

—A lo mejor esta chica, supongamos que lo es, también está ahí esperando e intentándolo.

—No sé, me ha parecido bastante resignada.

Susana trató desesperadamente de desviar la conversación que se estaba haciendo demasiado peligrosa. Pero si cambiaba bruscamente de tema él podía darse cuenta de su maniobra. Decidió enfocarlo de otra forma más generalizada.

—Entonces, ¿tú no piensas como Raúl que es una cursilada?

—Por supuesto que no. ¿Lo piensas tú? ¿A ti no te gustaría que te escribieran algo así?

—A mí no me ha escrito un chico ni siquiera una carta de felicitación por mi cumpleaños, ¿cómo voy a esperar que me escriban algo así?

—No he dicho que lo esperes, sino si te gustaría.

—Supongo que sí.

—¿Supones que sí? Vamos, Susana, que eres una chica dulce y sensible. Te derretirías.

«Claro que me derretiría —admitió ella mentalmente—, pero no lo voy a reconocer delante de ti.»

—Si una mujer me escribiera algo así a mí, me la comería a besos.

—¡Qué exagerado! —trató de bromear, pero la voz le salió un poco rara.

—No, lo digo en serio.

—Eso sería si la chica te gustase también a ti, pero si no fuera ese el caso, lo más probable es que te sintieras muy incómodo.

—¿Tú crees?

—Estoy segura.

Susana no había podido evitar que su cara fuera tiñéndose de nuevo de rojo a medida que la conversación volvía una y otra vez a rondar lo personal.

Deseaba dejar de una vez aquel tema, pero Fran seguía empecinado en él.

—¿De quién crees que es la carta?

—No sé, hay muchas chicas en la clase.

—Sí, pero no todas son tan sensibles. Estoy seguro de que no la han escrito ni Inma ni Maika. Tal vez la chica que ha llorado al lado de Raúl o Lucía podrían ser, pero creo que esta tiene novio en su pueblo, no encaja en lo del amor imposible.

Fran se calló de golpe y Susana lo miró. Se había parado en la calle y clavaba en ella sus ojos pardos con fijeza.

—¡Joder! —exclamó.

Ante su mirada penetrante, Susana enrojeció más. Sentía el calor no ya solo en la cara, sino extendiéndose por el cuello y los hombros.

—Es tuya, ¿verdad?

—No, claro que no —trató de negar.

—Sí, claro que sí. Es tuya para Raúl.

Susana estuvo a punto de decir: «No, no es mía para Raúl... es para ti. Cómeme a besos», pero desvió la vista y dijo:

—Por favor, no se lo digas.

—Lamento que hayas escuchado lo de la cursilada... y todo lo demás.

—No importa.

—Por eso me ha impactado tanto y encontraba en ella algo familiar, cercano... Porque te conozco.

—Por favor, dejemos ya el tema. No quiero seguir hablando de eso.

Fran se volvió hacia ella y le colocó las manos sobre los hombros apretándoselos con firmeza.

—No te avergüences. Es muy hermoso lo que sientes, aunque él no te corresponda.

—Ya...

—¡Joder, qué capullo es!

—Olvídalo, no sigas hablando de eso. Si hubiera sabido que lo iba a leer en público jamás lo habría escrito.

—¿Puedo pedirte una cosa?

—Sí, claro.

—Si algún día decides escribirle una carta a tu mejor amigo, me gustaría que me la dedicaras a mí. Y que me la enviaras.

—Si alguna vez la escribo, te prometo que será para ti.

Fran la soltó con un suspiro y ambos continuaron caminando en silencio en dirección al coche, aparcado unos metros más adelante. Se detuvieron ante él.

—Hasta mañana.

—Adiós.

Susana continuó camino de la parada y Fran se quedó allí unos minutos mientras la veía alejarse. Y no pudo evitar susurrar muy bajito:

—¿Por qué tienes que seguir enamorada de él? Si no sabe apreciarte... Había pensado que le estabas olvidando, pero... ¡Joder, si me hubieras escrito esa carta a mí...!

Entró en el coche y pisó el acelerador a fondo.

# 11

*Sevilla. Abril, 1999*

Susana se acercó a Fran antes de que él se marchara a otra aula. Sentía en el alma lo que iba a decirle, a nadie le costaba más trabajo que a ella perderse una clase y por tanto una tarde con él. El único tiempo que podía disfrutar de su compañía a solas y, sobre todo, de ese rato de charla que siempre se producía cuando ya estaban recogiendo. A veces incluso iban a tomar algo juntos en uno de los bares cercanos a la facultad. Fran siempre escogía uno de los que no frecuentaba la pandilla, probablemente para que ella no viera cómo Raúl se estaba enrollando con alguien. Pobre e ingenuo Fran, aún seguía convencido de que ella estaba enamorada de Raúl y todavía intentaba buscar excusas para que se encontraran y charlaran a solas. Aunque esas ocasiones eran cada vez menos frecuentes, quizá se estuviera cansando o quizás ella le hubiera convencido al fin de que lo dejara estar. Fuera cual fuese la causa, Susana lo agradecía, porque además de producirle mucho embarazo los torpes intentos de Fran, le fastidiaban mucho esos momentos que tenía que dedicarle a Raúl y perderse de estar con él.

—Hola —saludó Fran cuando la vio acercarse—. ¿A qué hora quedamos luego?

—No voy a poder darte clase hoy, ¿te importa si lo cambiamos para mañana?

—No, a mí me da igual. Cuando quieras.

—Ya sé que los miércoles sueles salir con Raúl y vais a la bolera, pero hay que entregar los resúmenes mañana y no los tengo terminados.

—¿En serio no los tienes terminados? ¿Tú? —bromeó Fran—. ¿Has estado muriéndote o algo así?

—No, no ha sido culpa mía. Es que el *ciber* donde suelo ir a pasarlos a ordenador y a buscar datos en Internet ha estado sin servicio por reformas y no he podido tenerlos al día. Ayer ya volvía a funcionar y me pasé la tarde allí, y hoy me temo que me espera otro tanto.

—¿Te vas a un *ciber* a pasar apuntes?

—No tengo ordenador, ya lo sabes. ¿Dónde pensabas que lo hacía?

—No sé, quizás en casa de algún vecino...

—No, no tengo tanta amistad con los vecinos como para eso.

—Pero los *ciber* son muy caros.

—He llegado a un acuerdo con el dueño y le echo una mano a su hijo cuando tiene dudas con los estudios. Me cobra solo la primera hora aunque eche tres o cuatro, y a veces ni eso.

—¿Por qué no me lo habías dicho? Podrías venirte a casa. Allí hay tres ordenadores por lo menos. El mío y dos portátiles de mis padres. ¿O es que tampoco tienes confianza conmigo como para usar mi ordenador?

—Para usar tu ordenador sí, pero no para meterme en tu casa por las buenas. Nunca me has invitado a ir allí.

—Porque está muy lejos y te supondría un tremendo follón de autobuses. No porque yo no quiera que vengas a mi casa. De hecho, esta tarde cuento contigo. Ni se te ocurra irte al *ciber*, ¿eh? Que me enfadaré.

—Bueno, si quieres... Pero tendrás que darme la dirección.

—Mejor aún... comemos aquí los dos en la facultad y luego te llevo en el coche. Y te indico dónde está la parada para que en otra ocasión puedas venir tú sola.

—De acuerdo, avisaré a Merche —dijo cogiendo el móvil.

Le vio también a él coger el suyo y apartarse un poco para hablar. Algo se encogió en su interior. Sin duda estaba anulando alguna cita que tuviera para antes o después de la clase.

—Ya está —dijo cuando se acercó de nuevo—. He avisado a Manoli para que prepare algo bueno de merienda.

Susana respiró aliviada, aunque eso no significara necesariamente que no tuviera alguna cita las tardes que no se veía con ella.

Almorzaron juntos en el comedor de la facultad.

—¿Comes esto todos los días que damos clase?

—A menudo.

—La comida deja mucho que desear.

—Otras veces como bocadillos, pero eso es aún peor. Los bocadillos solo están buenos en el campo o en la playa. Pero no me compensa ir a casa y luego volver, pierdo demasiado tiempo.

—Lo mejor en la playa es la tortilla de patatas o los filetes empanados.

—Cierto. Me encantan los filetes empanados. Bueno, en realidad me encanta comer... a pesar de lo delgada que estoy, trago como una lima.

—Pues deberías probar las croquetas de Manoli. Un día que mis padres no coman en casa te invitaré y le pediré que nos prepare todas las porquerías insanas que mi madre no le deja cocinar, pero que están buenísimas.

—Mira que mi estómago es muy sensible. Si me acostumbras a la buena comida no me echarás de tu casa.

—Por mí... Así sería agradable estar allí.

—¿No te gusta tu casa?

—Tengo que reconocer que me gusta más la tuya.

—¡Venga ya!

—La mía es grande y bonita, arreglada por un decorador muy prestigioso, con todo coordinado y conjuntado, siempre ordenada y limpia... pero terriblemente fría. Salvo en mi cuarto, parece que no viva nadie allí. Y en realidad no vive nadie, mi padres solo van a cenar y a dormir. Manoli limpia y cocina y por la noche se va a su casa, y yo también paso la mayor parte del día fuera. Y cuando estoy allí apenas salgo de mi cuarto. No es como en tu casa, que se respira vida nada más abrir la puerta.

—Pues tendrías que ver mi casa de Ayamonte... Es grande y soleada, y aunque no da al mar, este se huele en cada rincón. Y allí sí que hay vida. Mi abuela vive con nosotros y no para de hablar en todo el día, y siempre hay algún primo o prima que viene a verla. Y cuando estamos allí Merche y yo los fines de semana, es una fiesta. Mi madre cocina cantidades enormes de comida pensando en que no comemos aquí lo suficiente, siempre prepara nuestros platos favoritos, mi hermana invita a sus amigos... en fin, que mi casa siempre está llena de gente.

—Me gustaría vivir algún día una experiencia parecida... una familia grande y bulliciosa... Yo soy hijo único y tampoco tengo primos ni primas... Raúl es lo único que tengo.

—O sea, que el día de mañana serás padre de familia numerosa.

—No sé, nunca me he planteado el futuro en ese sentido. De hecho no me veo de padre de ninguna forma. El único futuro que veo por delante es trabajar en el bufete de mi familia cuando termine la carrera.

—¿Y eso te gusta? Trabajar para la familia es difícil a veces. Los padres están bien como padres, pero como jefes...

—¡Cualquiera le dice al Señor Figueroa que no voy a trabajar con él! Supongo que probaré y si no funciona ya veré lo que hago. De momento lo primero es terminar la carrera.

—Sí, eso es verdad. Y creo que ya va siendo hora de que nos pongamos en marcha, somos los últimos y ya nos están mirando con mala cara.

Salieron del comedor y se dirigieron al aparcamiento donde Fran había dejado el coche. Subieron a él y Fran condujo por la carretera que llevaba hasta la urbanización de lujo, situada a las afueras de Sevilla, donde vivía.

Apenas entraron en la primera rotonda de la misma, empezaron a desfilar a derecha e izquierda enormes casas distribuidas irregularmente, de distintos estilos arquitectónicos, pero indudablemente muy caras. Al fin, Fran detuvo el coche ante un muro blanco. Bajó del mismo y sacó unas llaves del bolsillo para abrir una puerta enorme de hierro negro. Esta se abrió sin siquiera un chirrido y volviendo al coche entró en un garaje con capacidad para varios vehículos, pero vacío en aquel momento. Aparcó a un lado y se volvió a Susana.

—Baja.

Abrió otra puerta situada al fondo y salieron a un jardín lleno de rosas, distribuido en dos niveles separados por tres escalones. En el nivel superior había una piscina. Susana se quedó parada contemplándolo. Sabía que los padres de Fran tenían dinero, pero aquella casa la estaba dejando apabullada. ¡Y ella haciéndose ilusiones de que quizás algún día Fran la viera como algo más que a una amiga! Ella y su familia jamás podrían entrar en el círculo social de él.

—No te dejes impresionar —le escuchó decir—. Por muy bonita que sea es un rollo disfrutarla solo. Yo siempre voy a bañarme al Mercantil.

—¿No invitas a tus amigos a que se bañen aquí?

—Mi madre se moriría antes que permitir que una panda de descontrolados, como dice ella, mancillaran su casa. De modo que como puedes ver, vivo en una cárcel de oro.

—¿No supondrá un problema que yo esté aquí?

—Tú eres solo una y pacífica. Y es un respiro ver a alguien de mi entorno en esta casa, para variar. Anda, ven dentro y te presentaré a Manoli, está deseando conocerte desde que le dije que besaste mi cicatriz.

—¿Y no le dijiste que yo fui la causante de ella?

—Sí, y eso le hizo interesarse aún más por ti.

—Querrás decir odiarme.

—Claro que no, está encantada de que yo tenga una amiga como tú. Dice que la compañía de Raúl no es una buena influencia para mí.

Fran evitó la entrada principal y dando un pequeño rodeo abrió una entrada lateral y entró en una cocina grande y cuadrada, llena de muebles oscuros coronados por una encimera de mármol blanco que Susana supo sin ninguna duda que había costado mucho dinero. Todo en aquella casa había costado mucho dinero.

Una mesa redonda de madera pulida y brillante como un espejo y cuatro sillas a juego y tapizadas en piel estaban colocadas en una de las esquinas y ni siquiera la mesa principal del comedor de su casa en Ayamonte podía compararse a la de esta cocina.

Una mujer de unos cuarenta y tantos años, delgada y vestida de uniforme de color verde y delantal crudo se separó del horno y, secándose las manos, se acercó a ellos.

—Manoli, esta es Susana, una buena amiga de la facultad. Le he hablado tanto de tu repostería que ha venido a probarla.

—Encantada. Espero que le guste. Fran es muy exagerado cuando habla de mis comidas.

—¿Cómo que encantada y espero que le guste? Manoli, es amiga mía, no de mi madre. Puedes tutearla y hasta darle un beso. ¿No es así, Susana? A ella no le importa que seas mi Tata.

—La asistenta.

—Mi Tata —repitió él pasándole un brazo por los hombros—. Ahora no está mi madre en casa.

La mujer miró a Susana, que le sonrió y se acercó a ofrecerle la mejilla. Aquella le estampó dos sonoros besos.

—Encantada de conocerte, Manoli. Fran me ha hablado de ti.

—A mí también me ha hablado de ti.

—Espero que bien...
—Muy bien. ¿Habéis comido ya?
—Sí, en la facultad, y no muy bien, por cierto. La comida es desastrosa. Y la pobre Susana come muy a menudo allí, y casi siempre por mi culpa.
—Pues ya sabes lo que tienes que hacer.
—Por supuesto, la invitaré a probar tus empanadillas y tus croquetas. Algún día que mis padres estén de viaje.
—No hace falta que tus padres estén de viaje, casi nunca vienen a almorzar.
—Ya lo sé, pero prefiero que mi madre no pueda aparecer por aquí de improviso. Sé que no quiere que prepares ciertas comidas, y la bronca te la llevarías tú. No te preocupes, ya lo arreglaremos. ¿Qué nos has preparado para merendar?
—Una sorpresa.
—Bien, ahora nos vamos a mi cuarto a estudiar, tenemos mucho trabajo. Bajaremos sobre las cinco y media o las seis, ¿te parece bien?
—Perfecto.
Fran la hizo salir por otra puerta que desembocaba en un amplio vestíbulo de mármol negro y gris claro al que se debía acceder por la puerta principal.
—¿Quieres que te enseñe la casa o prefieres subir directamente a mi habitación?
—Prefiero empezar a estudiar cuanto antes, si no te importa. No quisiera irme muy tarde. Tal vez luego, si tenemos tiempo.
Cruzaron delante de la puerta abierta de un impresionante comedor lleno de muebles oscuros y brillantes, y la precedió por una escalera cubierta de una alfombra color melocotón hasta la planta alta.
—Supongo que por aquí se podrá coger un autobús...
—Sí, hay una parada cerca, pero no te preocupes por eso, tienes chofer particular.
—No voy a permitir que vayas hasta Sevilla a llevarme y tengas que volver otra vez hasta aquí.
—Mi coche ya se sabe el camino de memoria. Y a mí me gusta conducir.
Entraron en una habitación grande y rectangular, mayor que todo el piso que Susana compartía con Merche. Una de las paredes más largas estaba ocupada casi en su totalidad por tres ventanas

cubiertas por unos estores verde oscuro, que contrastaban con el tono verde manzana de las paredes. Los muebles eran de madera clara y una cama individual pero grande, de al menos dos metros de largo por más de uno de ancho, estaba colocada en un ángulo de la estancia. Un mueble corrido que hacía de mesilla de noche y mesa de trabajo partía de ella y recorría la otra pared hasta terminar en un armario. A lo largo de toda la pared había estanterías con discos, libros y algún que otro trofeo de fútbol. Pero ni una sola fotografía del niño que había sido, y tampoco del hombre que era.

—¿No tienes fotos? Mi cuarto, tanto el de Ayamonte como el de aquí está lleno de fotos.

—¿De la familia?

—Sí, claro... Ya sabes que no tengo amigos.

—No tenías amigos. Ahora sí tienes.

—Bueno, sí, pero no tengo fotos de ellos.

—Eso tiene fácil arreglo —dijo Fran abriendo una puerta del armario y sacando una cámara digital. Manipuló en ella y la colocó sobre la mesa, tratando de ver a través del visor—. Siéntate en la cama. Ahí, perfecto. No te muevas.

Se separó de la cámara y se sentó a su lado, pasándole el brazo sobre los hombros. En cuestión de segundos la cámara se disparó sola y él fue a comprobar el resultado.

—Muy seria... Parece que voy a comerte. Otra.

Volvió a colocarse a su lado.

—Sonría, por favor.

Susana giró a medias la cara hacia él y sonrió tratando de que no pareciera que se lo comía con los ojos.

Fran volvió a levantarse.

—Esta está mejor. De todas formas te sacaré una copia de las dos.

Conectó la impresora y en pocos segundos Susana tenía en la mano dos copias en papel fotográfico que nada tenían que envidiarle a las del mejor estudio.

—Bueno, ya tienes fotos de amigos para ponerlas en tu habitación si quieres.

—Gracias. Por supuesto que las pondré.

—Yo las colocaré en mi álbum. No tengo fotos a la vista porque no quiero que mi madre hurgue en mi vida privada.

—Pues es una pena, porque la habitación ganaría mucho con unas cuantas fotos.

—¿No te gusta mi habitación?
—Sí que me gusta, aunque tengo que reconocer que no me la imaginaba así.
—¿Cómo te la imaginabas?
—No sé, diferente. Más pequeña, quizás. Y por supuesto no con una cama tan enorme. Parece una cama de matrimonio.
—Sí, está hecha a medida. Me muevo mucho cuando duermo y no me gusta encontrarme con que me falta espacio. Caben perfectamente dos personas.
—¿Sueles traer invitadas a dormir cuando no están tus padres?
—No, jamás. Mi madre lo averiguaría y ya te he dicho que prefiero dejar mi vida privada fuera de su control. Pero Raúl y yo sí nos hemos tumbado muchas veces en ella a escuchar música. Tengo un sistema muy chulo de altavoces conectados alrededor de la cama y parece que la música te envuelve. Luego, cuando terminemos, te lo enseñaré. Ahora será mejor que empecemos.
Levantó los estores para que entrase más luz y Susana vio que desde la ventana se divisaba el jardín y la piscina en todo su esplendor. Junto a la piscina había un templete de lona lleno de tumbonas a rayas azules y blancas y una mesa a juego. Sobre una barra había una toalla puesta a secar. Fran se dio cuenta de que Susana la miraba.
—Mi padre nada todos los días una hora antes de ir al trabajo, tanto en invierno como en verano.
Acercó una silla a la mesa y se sentó en ella, ofreciendo la giratoria que había delante del ordenador a Susana.
—Siéntate, el ordenador es todo tuyo.
—¿La silla de honor para mí?
—Por supuesto.
Ella se quitó el poncho de lana que llevaba puesto y se sentó. Hacía calor en la habitación, el invierno ya estaba llegando a su fin y el sol entraba a raudales por las ventanas. Susana sacó un disquete de la mochila y lo introdujo en la disquetera. Después de cargar el trabajo sacó los apuntes. Fran la veía hacer en silencio.
—No quiero interrumpirte, supongo que tú tendrás que estudiar también. ¿O quizá necesitas el ordenador? ¿Tal vez tú tampoco tienes los apuntes terminados?
—Sí que los tengo. Pero me gustaría ver cómo los tienes tú. Y para una vez que tengo visita, no voy a ponerme a estudiar. Si quieres puedo ayudarte a ti. ¿Te dicto? Así terminaremos antes.

—De acuerdo.

Durante un par de horas ambos trabajaron juntos con la buena armonía que les caracterizaba. Susana era la única persona con la que Fran había podido trabajar sin distraerse y aprovechando el tiempo. Cuando terminaron de pasar los apuntes, él miró el reloj.

—Son casi las seis. ¿Te parece si bajamos a merendar?

—De acuerdo. Pero no irás a meterme en ese comedor enorme que he visto al subir, ¿verdad?

—Claro que no. Cuando mi madre no está yo hago todas mis comidas en la cocina, con Manoli.

—Es muy simpática.

—Sabía que te iba a gustar. Ella es quien me ha criado. Mi madre siempre ha trabajado fuera de casa y cuando volvía seguía estando ocupada. Ella ha sido mi madre, mi padre, mis hermanos... Y me mima de forma escandalosa. Cuando no está mi madre, claro.

La mesa de la cocina estaba puesta con un alegre mantel de flores anaranjadas y dos cubiertos.

—¿Tú no meriendas con nosotros? —preguntó Fran.

—Hoy no, tienes una invitada.

—Tenemos una invitada —dijo abriendo un cajón y sacando cucharilla y tenedor y además una taza y un plato de la alacena.

—¡Estate quieto! Deja mi cocina. Eso es cosa mía.

Pero Fran no le hizo caso y continuó colocando cosas sobre la mesa.

Manoli le señaló una silla a Susana.

—Siéntate, chiquilla. ¿Qué tomas? ¿Café? ¿Té? ¿Leche? ¿Chocolate?

—Cualquier cosa.

—Hay de todo, puedes elegir.

—¿Qué tomas tú? —le preguntó a Fran.

—No lo diré hasta que elijas.

—Un vaso de leche.

—¿Sola?

—Con azúcar, por favor.

Fran quitó la pequeña taza de café que había sobre la mesa y colocó en su lugar dos enormes tazones azules. Luego los llenó de leche caliente.

—¿Quieres quedarte quieto y dejarme a mí? —le recriminó Manoli.

—Déjate de tonterías, lo hago todos los días.

—Hoy tenemos una invitada.
—Susana no es una invitada, es una amiga.
En uno de los tazones echó una generosa cantidad de Nesquik y lo removió. Manoli se sirvió un café solo y sacó una bandeja con una tarta oscura cubierta de azúcar y una fuente con rosquillas caseras.
Fran cogió un cuchillo y empezó a cortar porciones de la tarta. Y, metiendo un buen trozo de la suya en el tazón de Nesquik, empezó a comerlo.
—Míralo, parece un crío. Siempre ha merendado así, desde que tenía cinco años.
—No siempre, cuando iba a casa de los amigos de mi madre tomaba té con pastas. ¡Con cuchillo y tenedor, figúrate! Y yo odio el té y todavía más las pastas.
—Esta tarta está muy buena —dijo Susana probando un trozo. No era excesivamente dulce y tenía un agradable sabor a nueces.
—¿A que sí? Es una de las mejores de Manoli, la tarta de calabacines.
—¿De calabacines?
—Sí, en efecto.
—Nadie lo diría. Pero está riquísima.
—Bueno, te guardaré un trozo para que te lo lleves.
—No hace falta.
—Claro que sí. Si no Fran se la comerá toda en un día y pillará una indigestión.
—¿Te vas a comer tú solo todo eso?
—Mis padres no comen dulces... engordan.
—Eso de engordar tiene que ser un rollo. Yo como todo lo que quiero y no engordo ni un gramo. En el colegio me decían espagueti... y palito.
Fran la miró y sonrió.
—En tu colegio eran gilipollas. Y tú sales ganando. Anda, empieza con los rosquitos.
Susana cogió uno y se lo comió casi de un bocado.
—¡Hummm, saben igual que los de mi madre!
—Es que esta es una receta casera. Nada de bollería industrial.
Fran volvió a rellenar su tazón con Nesquik.
—¿Quieres más leche?
—No, para mí ya basta. Y seguro que esta noche no cenaré.
Terminaron la merienda y luego se levantaron.

—Fran, yo voy a marcharme ya.
—¿Ya? No son más que las seis y media.
—Pero ya he terminado lo que tenía que hacer. Y no quiero...
Él se echó a reír a carcajadas.
—Ya, no quieres molestar, ¿no es eso?
—Sí.
—Manoli, ¿a ti te molesta?
—Por supuesto que no.
—Y a mí tampoco, de modo que vuelve a subir a mi cuarto y ponemos un poco de música, ¿vale? O si lo prefieres vemos una película. Pero no voy a dejar que una vez que vienes a mi casa no hagas más que trabajar.
—También he merendado.
—Y ahora vamos a pasar un rato agradable.
Se dejó conducir de nuevo hasta la habitación y allí Fran abrió un armario lleno de CD.
—¿Qué prefieres oír?
—Cualquier cosa que no sea ruido. Me gustan especialmente las bandas sonoras de películas. ¿Tienes alguna?
—Sí, varias. ¿Te gusta esta? —dijo mostrándole la de *Memorias de África*.
—Me encanta esa.
—Bien, pues prepárate —dijo bajando los estores de las ventanas y dejando la habitación en penumbra.
—¿Qué haces?
—Ambientando esto un poco. Ya verás...
Colocó el disco en un equipo colocado junto al ordenador y la hizo sentarse en el borde de la cama.
—Tiéndete.
—¿Qué?
—Que te tumbes en la cama.
—¿Para qué? —preguntó ella nerviosa.
—No te voy a meter mano, tranquila. Solo quiero que disfrutes del efecto. Tiéndete.
Ella le obedeció echándose hacia atrás en la cama y Fran le quitó los zapatos y le levantó las piernas.
—Relájate y mira al techo.
A la vez que la música empezó a sonar, el techo reflejó unos efectos de luces y sombras que se movían al ritmo de la música. Y Susana incluso tuvo la sensación de que la cama se movía.

—Caray...

—¿A que es chulo? Hazme sitio, cabemos los dos.

Él se tendió a su lado, rozándola apenas, y Susana contuvo la respiración. El corazón empezó a golpearle con fuerza en el pecho, quizás esperando que él se acercara y la abrazara, pero Fran permaneció quieto mirando al techo y ella comprendió que de verdad él solo tenía intención de escuchar música. Y se relajó, sintiéndose decepcionada a la vez. Concentró su atención en los círculos verdes y ámbar que giraban sobre su cabeza, dejando su cuerpo laxo y abandonado, como si de verdad vagara por la sabana de África, eso sí, con Fran a su lado.

A medida que la tarde se convertía en noche la habitación quedaba más en penumbra y los efectos luminosos se hacían más nítidos en el techo y las paredes. Susana pensó que tenía que ser un gustazo hacer el amor en aquella cama que se movía, con el juego de luces bailando a su alrededor, y sentir el cuerpo de Fran abrazado al suyo más cerca aún de lo que lo tenía en aquel momento. La cama conservaba los restos de su olor, ese olor que Susana identificaría en cualquier lugar.

—Estás muy callada —le escuchó decir bajito—. ¿No te habrás quedado dormida?

—No. Estoy disfrutando de la música —respondió en el mismo tono de voz.

—¿A que es muy relajante?

—Sí, mucho. ¿La cama se mueve al ritmo de la música o es mi imaginación?

—No, no es tu imaginación. Se mueve. Y tendrías que ver cómo bota con la música cañera.

—¿Cómo lo has conseguido?

—Me ayudó a montarlo un colega del colegio que se metió en electrónica. Él tiene un sistema como este en su casa y conseguí que me ayudara a hacerme uno. Dice el tío que es flipante hacer el amor así.

—¿Tú no lo has probado? —preguntó con cautela, pero ansiosa por saberlo.

—No, nunca he hecho el amor en mi casa con nadie. Además, esto solo lo tengo desde hace unos meses.

—Pero Raúl y tú os enrolláis con chavalas a veces. Al menos eso es lo que he oído decir a las chicas de tu pandilla.

—La mayoría de las veces son estudiantes que comparten piso

y entonces vamos a su casa. Si no es así, hay sitios donde se puede conseguir una habitación para unas horas.

—Ya...

—Pero no creas que es tan frecuente que Raúl y yo nos enrollemos con alguien. Al menos yo tengo que haber bebido mucho o llevar mucho tiempo sin sexo para hacerlo. No me gusta hacer el amor con desconocidas.

—Pero el curso pasado estuviste saliendo con una chica, me parece recordar...

—Sí, Lourdes. Estuvimos juntos siete u ocho meses, pero no terminábamos de encajar. Ella presentaba un gran problema para mí, y era que no teníamos nada de qué hablar. En la cama no estaba mal, pero luego surgía el silencio y yo no quiero una relación en silencio. Ya sabes cuánto me gusta hablar... Y tú, ¿has salido alguna vez con alguien?

Susana dejó escapar una breve risa.

—Si te consta que ni siquiera he tenido amigos, ¿cómo voy a tener novio?

—Nunca se sabe, a lo mejor tenías algún admirador en el colegio o un vecino...

—No, nunca he salido con nadie. No sé lo que es que un chico me mire a los ojos y me diga que le gusto, ni que coja mi mano. El único hombre al que he abrazado, aparte de mis primos, has sido tú el día después de que te pegaras con Raúl, ¿recuerdas?

—Sí que lo recuerdo, ¿cómo iba a olvidarlo?

—Pues porque tú has abrazado a muchas chicas y para mí tú has sido el primero... el único —dijo tratando de que no se notara emoción en su voz. No lo consiguió, y trató de arreglarlo—. Pero lo nuestro fue un abrazo de amigos y eso no cuenta, en realidad nunca me ha abrazado un chico al que yo le gustara.

Fran respiró hondo y se mordió los labios para no decirle que a él le gustaba y que se estaba muriendo de ganas de abrazarla de nuevo en aquel momento.

—Fue muy agradable abrazarte —dijo—, eres muy suave.

Susana se volvió a medias hacia él quedando de costado y le miró divertida.

—¿Soy muy suave? ¿En serio?

—Sí que lo eres... —dijo él alargando la mano y acariciándole la cara—. Tienes la piel más suave que he tocado nunca y aquel día también la ropa que llevabas era suave... el jersey rosa, tu pelo... Eso es lo que recuerdo de aquel día —añadió levantando la mano y deslizándola por un mechón que había escapado de la coleta.

—Que soy suave...

—Sí.

Fran alargó la mano por su cabeza y soltó la goma que le sujetaba el pelo y lo desparramó por la almohada, acariciándole la cabeza y la cara de nuevo. La respiración de ambos se hizo más agitada y se perdieron uno en los ojos del otro por un momento. Susana empezó a temblar sin saber qué veía en la mirada de él. Fran pareció reaccionar y tras parpadear un par de veces, le preguntó:

—¿Tienes frío?

—Un poco —mintió. No podía decirle que frío precisamente era lo que no tenía, sino que sus caricias habían despertado en ella una sensación de calor sofocante y una agitación que le impedía controlar su propio cuerpo.

Dejó de acariciarla e incorporándose sobre un codo extendió la mano por encima de ella y giró un poco el termostato de la calefacción. Susana contuvo la respiración, si le fallaba el brazo caería encima de ella y si eso ocurría no sabía qué podría pasar. Había una atmósfera muy extraña en la habitación en ese momento, algo que no podía identificar y que nunca antes había existido entre Fran y ella. ¡Dios, ojalá él no se diera cuenta de cómo se estaba excitando y de que deseaba con toda su alma que la abrazara y la besara, y quién sabía qué más! Pero Fran volvió a recostarse de espaldas mirando al techo como en un principio, y no siguió acariciándola. Permaneció quieto escuchando la música y sumido en un profundo silencio que le hizo recordar a Susana las palabras que había dicho hacía un rato sobre su antigua novia. De pronto el sonido metálico de una puerta les sobresaltó. Fran se levantó de la cama de un brinco y se acercó a la ventana.

—Son mis padres —dijo abriendo los estores y encendiendo la luz—. Ven, será mejor que nos levantemos. En cuanto mi madre entre en casa y Manoli le diga que estoy con alguien, subirá a conocerte y entrará sin llamar. Para ella la intimidad no existe. Será mejor que nos vea sentados en el ordenador o pensará lo que no es.

Susana se levantó y recuperando la gomilla del pelo, se rehízo la cola mientras Fran alisaba la colcha borrando toda huella de que habían estado echados en la cama. Se sentó ante el ordenador del que ya él recuperaba el documento en el que habían estado trabajando un rato antes.

Efectivamente, diez minutos más tarde la puerta se abrió despacio y una mujer de unos cuarenta y cinco años, delgada, elegante y atractiva, con una melena caoba y un traje pantalón verde oscuro, entró en la habitación.

—Hola, Fran. Ya estamos en casa. Me ha dicho Manoli que estabas estudiando con una compañera...

—Sí, mamá. Esta es Susana. Es la chica que me da clases y forma parte de mi grupo de trabajo este año. —Lo dijo de una forma escueta y fría, sin aludir para nada a su amistad, como había hecho un rato antes con Manoli.

—Yo soy Magdalena, la madre de Fran.

—Encantada —dijo Susana levantándose para saludarla.

—No te muevas, seguid con lo que estáis haciendo.

—Estamos preparando una defensa que tenemos que entregar mañana. Ya casi lo tenemos.

—Bien, yo voy abajo a ver qué nos ha dejado Manoli para cenar.

La mujer se marchó después de dirigirle a Susana una mirada analítica y escrutadora. Ella se miró como si hubiera sido cogida en falta y se preguntó si su aspecto delataba lo que había pasado en la habitación un rato antes. Cuando la puerta se cerró, Fran le dijo en tono serio:

—No te preocupes, estás estupenda. Tiene la facultad de hacer sentirse así a todo el mundo cuando lo mira por primera vez. Es mortal con los testigos, los apabulla de forma impresionante con solo mirarlos. No permitas que haga lo mismo contigo —añadió agarrándole la mano—. Tú no eres un testigo, sino un abogado igual que ella.

—Aún no.

—Pero lo serás, y mejor. Mi madre no es tan inteligente como tú, es mi padre el que tiene que dictarle las líneas de defensa en los casos complicados. Pero ella se dedica casi siempre a casos de divorcio y a sacar mucho dinero en pensiones y manutención. En eso es especialista y despiadada —dijo, y de pronto cambió bruscamente de tema—. También es suave.

—¿Qué?

—Tu mano... también es suave.

—Ah...

Susana colocó su otra mano sobre la de Fran.

—La tuya es enorme.

Ambos se echaron a reír.
—Creo que es hora de irme —dijo Susana. Fran guardó el documento en un disco y se lo tendió.
—Toma, llévatelo.
—Ya lo hemos impreso y me lo llevo en papel. No es necesario.
—Siempre es bueno tener una copia de seguridad.
—Bueno, gracias.
Cogió el poncho del perchero donde Fran lo había colgado y se lo puso.
—Voy a despedirme de Manoli y de tu madre.
—Manoli ya se habrá marchado, lo hace siempre a las ocho. Mi madre estará en la cocina calentando en el microondas lo que nos haya dejado para la cena —dijo bajando la escalera. Un leve vistazo a la mesa del comedor al pasar le mostró a Susana que estaba preparada para sentarse a ella.
Siguió a Fran hasta la cocina. Magdalena se había quitado la chaqueta y se había puesto un delantal sobre el pantalón y trasteaba con el microondas como había predicho su hijo.
—Ya me marcho —dijo.
La mujer se volvió hacia ella.
—¿Tan pronto?
—Sí, ya hemos terminado y yo tengo aún que coger un par de autobuses.
—De eso nada, yo te acerco a Sevilla en un momento —dijo Fran.
—No, que va. Tu madre ya está preparando la cena. Acompáñame solo hasta la parada del autobús.
—Que no, que te llevo. Enseguida vengo, mamá.
—Fran tiene razón, no puedes irte sola. Tardarás muchísimo en llegar a casa. Mejor te quedas a cenar y luego Fran te lleva.
—No, de verdad que no es necesario. No se moleste.
—No es molestia. Manoli lo ha dejado ya todo preparado y siempre hace comida de más. Vamos, Fran, convéncela tú.
Susana se volvió a mirarle, pero él se encogió de hombros, aparentemente tan asombrado como ella.
—Quédate —dijo—. Ya verás lo bien que cocina Manoli.
—Vamos, no se hable más. Fran, coloca un cubierto para tu amiga.
—Susana.
—Bien, para Susana. Espero que te guste el lenguado al horno.
—Me gusta todo, no tengo problema con la comida.

—Eso es bueno.

Fran cogió un servicio de platos y le entregó a Susana los cubiertos de pescado para que le ayudase a llevarlos al comedor.

Al entrar en la enorme habitación, Susana se quedó apabullada. Desde la puerta no se divisaba ni el tamaño de la misma ni el lujo con el que estaba decorada. Tuvo la sensación de encontrarse en un museo. El suelo de mármol blanco con un mosaico de colores en el centro; la gran mesa donde los tres servicios de porcelana colocados se perdían sobre los manteles individuales; los juegos de cubiertos cuidadosamente colocados alrededor de los platos y las tres copas diferentes para cada comensal.

—Fran, ¿cenáis así todas las noches?

—Me temo que sí.

Susana recordó la noche del botellón que cenó con ella y le ofrecieron una tortilla de patatas simplemente cortada en un plato central y todos se sirvieron con las manos, y una fuente de ensalada en la que los tres habían pinchado con el tenedor. Se sintió sumamente avergonzada al recordarlo. Fran lo notó.

—¿Qué pasa? ¿No quieres cenar así? Yo tampoco, pero es lo que hay. Mi madre es inflexible en esto.

—No es eso, es que me pregunto qué pensarías de la cena que te dimos la noche del botellón Merche y yo.

—Me supo a gloria. Y a mediodía la mayoría de las veces como con Manoli en la cocina. Este despliegue solo se monta cuando está mi madre en casa.

—Yo... no sé si voy a saber manejar todo esto.

—Pues claro que sí. Cubierto de pecado, de carne y de postre —dijo él señalándolos—. Y esta noche ya te ha dicho mi madre que hay lenguado al horno... o sea pescado. Este. Y si te pierdes lo coges con los dedos, joder... Me moriré de risa viendo la cara de mi madre.

—No seas idiota, ¿cómo voy a hacer eso?

—No te preocupes, no se come a nadie. Y supongo que si vas a ser una abogada famosa, de lo que no tengo ninguna duda, tendrás que acostumbrarte a todo esto.

—Sí, supongo. Pero lo que yo no quiero es que esta noche te avergüences de mí delante de tus padres... No tenía que haber aceptado.

Fran se puso muy serio y detuvo la mano que colocaba los cubiertos sobre la mesa. La miró y dijo:

—Jamás me avergonzaré de ti... Si me avergüenzo de algo es de todo este tinglado para cenar en familia. Me encantaría que mis cenas fueran como la que tuve con vosotras en tu casa, relajada y amigable. Me gustaría poder ponerme cómodo y tener con mis padres una conversación distendida, que nos preguntáramos cómo nos ha ido el día y nos contáramos anécdotas, pero no es así. Nuestra mesa es una prolongación de su jornada de trabajo y mi participación se limita a cómo yo enfocaría los distintos casos... Un examen, más o menos disimulado. Esta noche supondrá una excepción, espero.

La voz de Magdalena les llegó desde la cocina.

—La cena ya está lista, avisa a tu padre.

Fran desapareció en una de las puertas del fondo y poco después regresó con un hombre que indudablemente era su padre. El parecido físico era fuerte, salvando la diferencia de edad y el pelo gris y corto de aquel. Se acercó a Susana y le tendió la mano.

—Soy Francisco Figueroa, el padre de Fran.

—Yo soy Susana, una compañera de facultad.

—Susana es quien me da clases, papá.

—Ah, estupendo. Encantado. Ya tenía ganas de conocer a la persona que ha conseguido que mi hijo apruebe.

—Yo no he conseguido nada... Fran ha trabajado mucho para conseguirlo.

—No lo dudo. Pero el año pasado no estaba muy motivado. Me alegra que hayas hecho un buen trabajo con él.

—Yo no hago tanto, solo aclararle algunas dudas.

—Y hacerme estudiar, en eso mi padre tiene razón. Es una tirana, no me deja ni respirar en las horas de clase. Solo estudiar, estudiar y estudiar.

—Los empollones solemos hacer eso.

La madre de Fran apareció con una sopera en las manos y este le indicó una silla a su lado en una esquina de la gran mesa. Susana se sentó y empezó para ella un auténtico suplicio.

—¿Tus padres también son abogados? —le preguntó Magdalena nada más comenzar la comida.

—No, mi padre es pescador y mi madre, ama de casa. En mi familia la única que está en la universidad soy yo. Mi hermana trabaja en una tienda de ropa.

—Ah. ¿Y dónde vives?

—En Ayamonte.

—¡No vendrás desde Ayamonte todos los días a clase!

Susana enrojeció un poco ante su evidente desliz.

—No, claro..., en Sevilla vivimos en San Jerónimo, pero yo no considero esa mi casa. La tenemos alquilada con muebles mi hermana y yo.

La mujer frunció ligeramente el ceño, y Susana se sintió molesta ante el gesto. No pudo evitar añadir:

—Ya sé que no es un barrio muy señorial, pero los alquileres son baratos. De momento no podemos permitirnos otra cosa; sobrevivimos con mi beca y con lo que gana Merche.

—¿Tu padre no trabaja?

—Trabaja muchísimo, pero no gana lo suficiente para mantener dos casas y una carrera.

—Comprendo. Tú te metiste en Derecho para salvar a tu familia.

Susana se mordió los labios para no decir que su familia no necesitaba ser salvada más que la de ella, pero se contuvo por Fran, que también tenía los labios apretados.

—No, señora. Yo me metí en Derecho porque me gusta muchísimo. Es el sueño de mi vida, lo que siempre he deseado hacer desde que era niña. Y no por el dinero.

—Pero supongo que tendrás planes para el futuro.

—Por supuesto. Mis planes consisten en terminar la carrera con las mejores notas posibles y encontrar trabajo.

—¿Dónde quieres trabajar?

—Me temo que donde pueda. Yo no tengo padres abogados que me allanen el camino.

Fran intervino.

—Ni los necesitas. Con tu expediente más de un bufete se peleará por ti.

—Yo no quiero que nadie se pelee por mí, solo quiero trabajar, ser buena en mi profesión y por supuesto poder mantenerme a mí misma.

El padre de Fran también entró en la conversación.

—Si eres tan buena como dice Fran ya veremos si podemos hacer algo por ti. Tengo muchas amistades y conozco todos los bufetes.

Susana levantó la barbilla orgullosa.

—No hace falta que se moleste, señor Figueroa. Espero ser capaz de encontrar trabajo por mí misma.

—Un poco de ayuda nunca viene mal.

Susana sabía que el hombre tenía razón, pero algo en el tono de su voz le decía que no pretendía hacerle un favor al ofrecerle ayuda. Magdalena habló de nuevo.

—¿Y tienes novio? ¿Quizás en el pueblo?

Fran, que había guardado silencio durante casi toda la conversación, saltó brusco:

—Mamá, Susana es una invitada y estamos cenando tranquilamente en casa, no nos encontramos en los tribunales.

La mujer parpadeó y presentó una sonrisa encantadora y falsa, y dijo:

—Lo siento, perdona. Es deformación profesional. A veces olvido que soy abogado.

—No importa, señora —dijo adivinando por fin el porqué del interrogatorio—. Contestaré a su última pregunta. Sí que tengo novio en el pueblo. Un chico encantador del que estoy muy enamorada. Llevo con él tres años —dijo con la imagen de uno de sus primos en la cabeza—. Se llama Rodrigo y estudia Veterinaria. Y si no encuentro trabajo en ningún bufete abriré uno junto a su consulta en los bajos de la que será nuestra casa en Huelva. Y los delincuentes compartirán sala de espera con gatos y perros, cabras y caballos.

Casi se atragantó al ver que Fran se cubría la boca con la mano tratando de contener la risa, y aliviando así la tensión que reinaba en el comedor. Sintiéndose animada por este gesto, añadió:

—¿Quiere saber algo más?

—No, claro que no. No pretendía convertir esta cena en un interrogatorio. Ya te he dicho que es la costumbre.

El postre lo tomaron en silencio y después Susana se despidió educadamente.

—Yo me marcho, no quiero entretenerles más. Muchas gracias por la cena.

El matrimonio se levantó. El padre de Fran le tendió la mano y Magdalena le ofreció una mejilla fría que Susana apenas rozó. Después cogió su poncho y salió acompañada por Fran. Apenas subieron al coche, este dijo:

—Lo siento.

—No, soy yo la que se disculpa contigo.

—¿Tú? ¿Por qué?

—Era una invitada en tu casa, no debí responderle así. Y además es tu madre.

—Se lo merecía. —Y añadió en tono de broma—: Espero que si algún día tengo un gato pueda llevarlo gratis a la consulta de tu marido.

—Por supuesto.

—Y como seré abogado no tendré inconveniente en sentarme en la misma sala que los delincuentes.

Se hizo un prolongado silencio mientras el coche se deslizaba hacia Sevilla y más tarde enfilaba la calle de Susana. Cuando ya Fran había detenido el coche ante la puerta, dijo:

—Espero que dejando a un lado la cena, el resto de la tarde lo hayas pasado bien.

Ella sonrió.

—El resto de la tarde ha sido estupendo. Y la cena no ha sido tan mala si ignoro el hecho de que a tus padres no les caigo bien. Pero eso no es nuevo para mí, no suelo caerle bien a nadie.

Fran se volvió un poco hacia ella y le acarició la cara.

—A mí me caes de puta madre, ¿te basta con eso?

—Sí.

Él se inclinó y la besó en la cara.

—Buenas noches.

—Hasta mañana, Fran —dijo apresurándose a salir del coche. Y con el corazón golpeando con fuerza en el pecho cruzó los pocos metros que la separaban de la puerta.

Una vez que hubo entrado, Fran arrancó el coche y regresó a su casa.

Estaba furioso con su madre y esperaba que no se hubiera acostado aún cuando llegara, porque tenía que hablar con ella muy seriamente. No había querido hacerlo delante de Susana para no hacerla sentirse más incómoda aún, pero él conocía a Magdalena y sabía el total alcance de su actitud y de sus palabras.

Como esperaba, ella estaba sentada en el salón esperándole. Se sintió disgustado al comprobar que, como siempre, no había quitado ni siquiera un plato de la mesa, todo estaba allí para cuando llegase Manoli a la mañana siguiente. Y las primeras palabras que escuchó de sus labios le enfurecieron más aún.

—Espero que no andes enredado con esa niña.

—Esa niña se llama Susana y no ando enredado con nadie.

—Tú me entiendes.

—Ya te ha dicho que tiene novio en Ayamonte.

—Y yo no me lo creo. Pero aunque así fuera, eso no quiere

decir que no pique más alto que un simple veterinario de pueblo.

—Tranquilízate. Realmente está enamorada de ese tipo, no viene a pescarme.

—Eres un ingenuo, Fran. Sabe que tus padres son abogados, que tenemos un bufete propio.

—Mamá, Susana es una compañera de clase que no tiene ordenador y a la que he hecho un favor prestándole el mío. Yo ni siquiera la he invitado a cenar, has sido tú, ¿recuerdas? Y más valía que no lo hubieras hecho porque me he sentido muy avergonzado de tu actitud. Ni Susana quiere pescarme ni yo quiero amarrarme a nadie, ni a ella ni a ninguna otra. Tampoco a la hija de ese cliente vuestro como te gustaría. Amo mucho mi libertad.

—Bien, eso me tranquiliza.

—Pero si alguna vez traigo a casa a alguna otra amiga espero que te comportes adecuadamente con ella o me liaré con la primera zarrapastrosa que encuentre. Y ahora me voy a la cama, estoy cansado y mañana tengo que madrugar —añadió subiendo la escalera. Su madre le miró con el ceño fruncido mientras él se perdía en la planta alta.

## 12

Después de terminar las clases, Fran guardó los apuntes en la carpeta donde lo solía hacer y se dirigió a Susana, que estaba a su lado.

—El otro día Maika vio los apuntes que me diste y le gustaron mucho. Me ha dicho que te pregunte si querrías venderle una copia.

—¿Venderle una copia de mis apuntes?

—Sí. Dice que le facilitaría mucho el trabajo. Ya sabes que trabaja por horas en el McDonald's.

—No pienso vender mis apuntes. Dale una copia sin más, Fran.

—Ya le dije que no te importaría, pero aun así quiso que te lo preguntara.

—Dáselos a ella y a cualquiera de la pandilla que te los pida.

Varios días más tarde, Maika se acercó a Susana mientras bajaban las escaleras de la facultad.

—Susana, Fran nos ha pasado los apuntes. Son fantásticos.

—Gracias, espero que os sirvan.

—Las gracias te las tenemos que dar nosotras a ti. ¿De verdad que no quieres que te paguemos nada por ellos? Todas sabemos que la vida del estudiante es dura.

—No voy a cobraros por ellos, ni hablar. Somos amigas.

—Bien. Entonces te diré lo que solemos hacer entre nosotras cuando nos debemos un favor. Normalmente nos reunimos un día por semana para almorzar, «chicas solas», ya sabes. Para charlar y cotillear de los tíos sin que estén delante y también de cosas que no les importa. Y cuando una de nosotras hace algo por las demás la invitamos un día. Así que ya sabes, estás invitada a comer con nosotras esta semana.

—No tenéis por qué hacerlo. De verdad que me gusta poder ser útil en algo.

—Ya sé que no tenemos por qué hacerlo, pero queremos. Dime qué día te viene bien a ti. Nosotras solemos reunirnos los miércoles o los jueves.

—Los jueves tengo clase con Fran. Si os da igual, a mí me vendría mejor el miércoles.

—Pues quedamos el miércoles entonces.

El miércoles Susana se reunió con Inma, Maika y Lucía en la puerta de la facultad. Raúl se les acercó.

—¡Vaya, hay consenso! Mayoría absoluta. ¿Adónde vais?

—A comer.

—Yo también.

—Con nosotras no.

—Pero quedamos para ir luego a la bolera, ¿no?

Maika se volvió a Susana y le preguntó:

—¿Vamos a la bolera luego?

—Yo no puedo. Mi hermana trabaja esta semana de tarde y tengo que comprar y preparar la cena para cuando vuelva. Pero podéis ir vosotras.

—Bueno, supongo que para las seis habremos terminado.

—Entonces en el bar a las seis.

Raúl se marchó y las cuatro chicas echaron a andar por la calle.

—¿Tienes alguna preferencia por la comida? —le preguntó Lucía.

—No, qué va. Como de todo.

—Es que Inma es vegetariana y no suele comer carne. Nosotras siempre vamos a pizzerías o a algún sitio donde ella pueda pedir verdura.

—A mí me gustan las verduras.

—Bien, pues entonces vamos a enseñarte un sitio muy chulo y que como no lo conocen los chicos, no hay peligro de toparnos con ellos.

—¿No queréis que os vean?

—No queremos que nos oigan.

—¿Les ponéis verdes?

—No, pero hablamos de ellos sin disimulos y sin trabas. No siempre mal, ¿eh? Y tú, antes de entrar en conversación, debes prometer no chivarte.

—¿Yo? Soy una tumba.

—Pero tienes mucha amistad con Fran.

—Pero jamás le diría nada que me haya contado nadie sobre él.

Inma le tendió la mano.

—Bienvenida al club de «chicas solas».

Susana se la estrechó con fuerza. Maika puntualizó:

—Y que conste que no somos lesbianas. Que nos gustan los tíos a rabiar. No pienses que lo de «chicas solas» tiene otra connotación. Pero de vez en cuando es un gustazo reunirnos a nuestras anchas y hablar de ellos sin que estén delante. ¿Tú no lo haces nunca, Susana?

—Todos los días. Vivo con una hermana cinco años mayor que yo, y todas las noches cuando nos reunimos sale alguno en nuestra conversación.

—Fran, supongo.

—Entre otros. No solo hablamos de él.

Después de caminar un buen trecho llegaron a una calle estrecha y entraron en un bar pequeño y escondido. Se sentaron a una mesa apartada aunque el local no estaba muy concurrido.

—¿Qué tomas, Susana?

—No sé, ¿qué me recomendáis?

—Aquí todo está bueno. La carne, el pescado, las verduras... Nosotras unas veces pedimos por separado y otras un surtido y todas probamos un poco de cada plato. ¿Lo hacemos así?

—Por mí perfecto.

En cuestión de unos minutos escogieron y encargaron la comida y la bebida.

—Bueno, Susana, ya te hemos dicho la primera norma del club. Ahora viene la segunda.

—¿Hay muchas?

—Importantes, solo estas dos.

—Bien, dime.

—Nada de mentiras entre nosotras.

—¿Mentiras?

—Si te hacemos alguna pregunta que no quieras responder o surge algún tema del que no quieras hablar, simplemente dilo. Pero nada de mentiras. Aunque te aseguramos que de lo que aquí se hable no saldrá ni media palabra de ninguna de nuestras bocas. Todas tenemos cosas que no queremos que se sepan.

—Pero comprendemos que tú eres nueva y que de momento te costará sincerarte con alguien a quien no conoces mucho. Respetamos tu posible reserva, pero no nos mientas.

—Me parece bien.

—Y ahora las últimas noticias... ¿Qué tal, Maika? ¿Te has liado ya con tu vecino? —preguntó Inma.

—¡Ojalá! Pero qué va. Es de un tímido...

Lucía aclaró:

—Maika y yo compartimos piso y en el de al lado vive un chico que la tiene loca. El chico se la come con los ojos y se ve a leguas que la espera y vigila cuando entra y cuando sale para hacerse el encontradizo, pero no pasa de ahí. Yo estoy harta de decirle que si quiere algo con él va a tener que meterle cuello ella, pero esta dice que es de las tradicionales y que tiene que ser él quien dé el primer paso.

—Y así llevan ya meses haciendo el tonto —añadió Inma.

—Pero es muy divertido —respondió la aludida—. Me acompaña a menudo hasta la parada del autobús y se queda dándome conversación hasta que llega. Me ofrece las últimas películas que se descarga de Internet. Siempre nos tiene bien surtidas de cosas para ver.

—Pero ya te digo que no pasa de ahí. Hasta la madre le suelta a Maika algún que otro pildorazo alabando a su vástago. Algún día tienes que venir, Susana, para verlo.

—Sí, y entre las tres le vamos a dar un empujón para que se caiga encima de Maika a ver si la roza de una puñetera vez.

—Ni se te ocurra, Inma, ni se te ocurra.

—¿Y tú, Susana? ¿Qué te cuentas de toda esa historia que se montaron Raúl y Fran hace poco por ti?

—No me hables, que pocas veces lo he pasado tan mal en mi vida. Cuando Lucía me contó que se habían pegado por mi culpa y que ambos habían acabado en Urgencias...

—No es culpa tuya si los tíos son unos imbéciles que solo saben solucionar sus problemas a hostias. Fran sobre todo tiene los puños muy ligeros. Ahí donde lo ves, con esa carita de niño bueno, que parece que no ha roto nunca un plato, se altera con mucha facilidad y tiene un pronto de aúpa.

—Sí, y cuando está cabreado, más vale quitarse de en medio. Supongo que eso ya habrás podido comprobarlo alguna vez.

—Conmigo no se ha enfadado nunca.

—¿No? Pues, chica, has tenido suerte. Pero él y Raúl son muy amigos y muy coleguitas, no sé cómo se cabreó tanto como para ir a pegarle.

—Yo tuve la culpa de eso. Me enfadé mucho con él porque escuché a Raúl decirle a alguien que Fran no me soportaba, pero que me tenía lástima y por eso seguía dando clases conmigo.

—Me lo estaba diciendo a mí —dijo Maika.

—No sé exactamente a quién era, pero para mí supuso un palo porque si hay algo que no soporto es la lástima. Ni las mentiras. Le dije a Fran que no quería seguir dando clases con él y cuando averiguó el motivo se fue a buscar a Raúl. Yo no tenía ni idea de lo que iba a hacer, de lo contrario lo hubiera impedido.

—¡Estos hombres...!

—Bueno, y tú con Fran, ¿qué tal?

—Después de eso bien, hemos vuelto a ser amigos otra vez.

—¿Amigos? —preguntó Inma burlona.

—Sí, Inma, amigos y nada más. Yo le aprecio mucho porque es el primero que he tenido nunca. Le ayudo con las clases, pero lo que él ha hecho por mí no tiene precio... Me hace tener confianza en mí misma, me ha hecho salir con vosotros y sentirme a gusto.

—¿Y por qué no ibas a sentirte a gusto? —volvió a preguntar Inma.

—Tú no puedes entenderlo; tú eres guapa y simpática. No es fácil ser una empollona y fea además. Lo que decía Raúl aquel día no es nada nuevo para mí, llevo escuchando cosas como esas toda mi vida. Ya no me suele afectar.

—No le hagas caso a Raúl, es el mayor gilipollas de la historia.

—Ya lo sé, y no me hubiera importado si no hubiera creído que repetía palabras de Fran. Si realmente las hubiera dicho él, sí me habrían dolido mucho.

—Comprendo.

—Pero bueno, eso ya está solucionado, Raúl incluso me ha invitado a su cumpleaños el sábado.

—Me alegro. Creo que ha montado una fiesta por todo lo alto.

—Sí, hasta ha alquilado una sala en una discoteca, para que nadie nos moleste.

—Puede permitírselo, tiene cantidad de pasta —añadió Maika.

—Su padre es abogado, igual que el de Fran. Los dos están forrados.

—Yo estuve en casa de Fran el otro día. Es inmensa.

Todas las miradas se volvieron con curiosidad hacia Susana después de escuchar sus palabras.

—¿Has estado en casa de Fran? ¿En serio?

Esta se sintió ligeramente cortada.

—Sí... ¿Por qué me miráis así?

—Pues porque Fran no ha llevado a nadie a su casa jamás. Solo Raúl la conoce.

—Bueno, a mí me llevó porque necesitaba un ordenador para hacer el trabajo de Derecho Civil del otro día. Y llegaron los padres y me invitaron a cenar... Lo pasé fatal, tengo que reconocerlo. Me sentaron en un comedor que ni el del Palacio Real.

—Sí, dice Raúl que tiene un pedazo de casa.

—No es una casa, es un museo. Lo único que se salva es su habitación.

—¿Cómo es la habitación de Fran?

—Grande. Mayor que todo el apartamento que compartimos Merche y yo. Y tiene un sistema de altavoces muy chulo... Cuando suena la música se ven lucecitas de colores en el techo y... —De pronto se quedó callada consciente de que si decía lo de la cama todas iban a malinterpretar sus palabras.

—¿Y qué?

—Nada.

—¿Cómo que nada? Te has puesto colorada como un tomate. Venga, suelta...

—Bueno, que la cama se mueve al compás de la música.

—De modo que probasteis la cama.

—No en el sentido que tú piensas... solo nos echamos a escuchar música.

—Ya... Vamos, que conocemos a Fran y tiene las manos largas de cojones.

—Conmigo no, os lo aseguro. Solo estuvimos escuchando música.

Viendo el apuro de Susana, Maika cambió de tema.

—Dejemos eso y volvamos a la fiesta de Raúl. Decíamos que está montando una fiesta por todo lo alto.

—Sí, hay que reconocer que generoso sí es —dijo Inma torciendo el gesto.

—¿Y a ti qué te pasa con él? —preguntó Susana—. La noche del botellón no dejaste de darle caña todo el tiempo.

—Quiere ligar conmigo y yo no estoy por la labor, eso es todo. Me molesta mucho que un tío me trate como si fuera un coño con patas.

—¡Joder, Inma, qué fuerte! —dijo Lucía.

—Es la verdad. Lleva intentando meterme cuello un par de meses y no se da por aludido ni con mi indiferencia ni con mis desprecios.

—Es que no está acostumbrado a que ninguna mujer pase de él.

—Alguna vez tiene que ser la primera.

—¿De verdad que no te interesa?

—Por supuesto que no.

—¿Ni siquiera para comprobar si es verdad lo que dicen?

—Estoy segura de que es verdad. Todas coinciden y no hay más que ver la cara de gilipollas que se les pone a las tías cuando hablan del tema. Y babean por repetir.

—¿Qué dicen? —preguntó Susana intrigada.

—Que tiene una polla enorme y que sabe usarla de maravilla.

—Creo que hasta tiene que comprarse condones especiales —añadió Maika—. No hay una sola mujer que haya estado con él que no haya disfrutado del orgasmo de su vida.

—¿En serio?

—Por lo visto sí. Al menos eso es lo que cuentan.

—Un buen paquete sí que tiene —añadió Maika—. ¿No te has fijado cuando lleva los vaqueros ajustados?

—Pues claro que me he fijado —dijo Inma—. ¿Y quién no? Para eso se los pone, el muy capullo.

—¿Tú no te has fijado, Susana? —preguntó Lucía.

—No, la verdad es que no.

—No, ella solo tiene ojos para otro paquete.

Susana enrojeció.

—¿Yo? Yo nunca le he mirado el paquete a un tío.

—¿Ni siquiera a «tu amigo»?

—Ni siquiera a él. Me moriría de vergüenza si se diera cuenta de que le miro ahí.

—Pues deberías echarle un vistazo cuando ande distraído. Tampoco anda mal apañado el chaval —dijo Inma.

—A Fran sí le vi yo el año pasado en bañador —dijo Maika—, y también está bueno de cojones.

—¡Oye! ¿Y tu Javi?

—Que me guste Javi no quiere decir que esté ciega para el resto de los hombres. Igual que el hecho de que Susana solo sea amiga de Fran no quita que se dé cuenta de lo bueno que está. ¿Verdad?

—Prefiero no hablar de eso —dijo la aludida.

—Vale. Y volviendo a Raúl, Inma... ¿De verdad no te gustaría probar con él? Está muy solicitado, pero parece que últimamente te da preferencia.

—¿Preferencia? Me mira como si fuera un pastelito que más tarde o más temprano se comerá. Y te aseguro que no va a comerme.

—¿No te gustaría tener un «superorgasmo»?

—Eso se puede conseguir también con un buen consolador.

—No es lo mismo.

—Por supuesto que no. El consolador no trae un imbécil incorporado al que tienes que aguantar las veintipico horas restantes.

Todas se echaron a reír. Inma miró a Susana.

—No te estaremos escandalizando, ¿verdad?

—No, me estáis divirtiendo. ¿De esto hablan las mujeres cuando se reúnen a solas?

—Nosotras sí.

—Ahora comprendo lo del secreto. Al principio me chocó un poco.

—Es normal que hoy estés sorprendida, pero poco a poco te acostumbrarás y no te costará trabajo entrar en la conversación. Incluso hablar de cosas de las que hoy no quieres. A todas nos ha pasado al principio.

—¿Queréis que coma con vosotras más veces? Creí que lo de hoy era por los apuntes.

—Por los apuntes te vas a librar de pagar, pero si admitimos a alguien en el club de «chicas solas», es para siempre. Nos gustaría mucho contar contigo todas las semanas.

—Bueno, como veo que una de las normas es la total sinceridad, voy a ser franca con vosotras, aunque en este tema no suelo hacerlo y me limito a poner una excusa, sobre todo con Fran. No ando muy bien de dinero y no sé si voy a poder permitirme comer fuera de casa una vez por semana. Aunque desde que Fran me paga las clases estoy algo mejor, no puedo consentir que mi hermana cargue con la mayoría de los gastos de la casa. Quizá pueda permitírmelo una o dos veces al mes, pero no más.

—Tú misma. Te avisamos y decides si te unes a nosotras ese día o no. Pero de verdad que nos encantará que vengas.

—También a mí.

—Y te advierto que conseguiremos que hables de todo lo que no quieres.

Susana se echó a reír.

—Ya veremos.

Lucía miró el reloj que tenía en la muñeca.

—Chicas, vamos a terminar de comer o no nos dará tiempo a llegar a casa y soltar las cosas antes de irnos a la bolera.

# 13

—Este sábado estoy invitada a una fiesta —le dijo Susana a Merche aquella noche cuando ambas se sentaron a cenar.

Acababa de llegar de dar la clase con Fran y ambos habían estado hablando de la fiesta. Raúl había alquilado una sala en la discoteca Gaudí y comenzaría sobre las doce de la noche, después de la cena.

Maika se estaba encargando de recoger dinero para comprarle un regalo y todos habían contribuido con diez euros.

Habían quedado en reunirse en Plaza de Armas para cenar y darle el regalo antes de ir a la discoteca, que estaba cerca. La cena sería en el McDonald's, de modo que Susana podía permitírselo, pero de lo que no tenía idea era de qué iba a ponerse.

—¿Te ha invitado Fran? —le preguntó Merche.

—No, su amigo.

—¿Raúl? ¿Ese por el que se supone que estás loca?

—Sí, ese.

—¿Y qué vas a ponerte?

—No lo sé, la verdad. Supongo que cualquier cosa que encuentre en el armario.

—En tu armario no tienes nada apropiado, Susana.

—Pues algo tendrá que valer, porque no hay manera de que nada tuyo me quede bien. No puedo pedirte nada prestado.

—No, eso no hay forma de arreglarlo. Yo tengo tres tallas más que tú de cadera y dos de pecho.

—Rebuscaré en el armario a ver qué encuentro.

—Ni hablar, no puedes ir con los jerséis que te hacen mamá y la abuela.

—¿Y qué quieres que haga?

—¿Cuánto dinero tienes de las clases de Fran de esta semana?

—Sesenta euros.

—Pues hazte a la idea de que ha estado enfermo y no habéis dado clase, y pásate mañana por la tienda. Te buscaré algo apropiado y que no sea muy caro.

—¿Tú crees que debo gastarme todo ese dinero en ropa para una noche?

—Por supuesto que debes. Vas a ir a una fiesta con Fran. La ocasión lo merece. Y además, ¿cuánto tiempo hace que no te compras nada?

—Desde el verano.

—Pues ya es hora.

El viernes por la tarde, Susana se fue directamente a los grandes almacenes donde trabajaba su hermana.

—Ven, te tengo reservadas algunas cosas.

Entraron en un probador y Merche sacó un montón de prendas del almacén. Susana se las fue probando y al fin se decidió por llevarse un pantalón negro ajustado, una camiseta de lycra de cuello vuelto sin mangas azulina y una rebeca de encaje negro abrochada con un único botón.

—Estás muy sexi, cariño —le dijo su hermana. Ella no sabía si estaba sexi o no, pero la imagen que le devolvía el espejo no se parecía en nada a la Susana de todos los días.

—¿No crees que el pantalón está demasiado ajustado? ¿Y demasiado bajo de cintura? En cuanto me muevo un poco enseño el ombligo.

—Está perfecto. Tu ombligo es realmente bonito y no tienes demasiado culo, pero lo tienes bien puesto, puedes permitirte lucirlo. No escondas tus atractivos como haces siempre, saca partido de lo que tienes. ¿Te queda algo de dinero?

—Diez euros.

—Vamos a ver si encontramos un sujetador con un poco de relleno.

—Puedo pasar sin él.

—Ni hablar. Hay diseños muy chulos que te aumentan el pecho una talla o más. Además, necesitas un poco de relleno no solo por el tamaño sino porque esa camiseta, con los sujetadores que usas habitualmente, te marca los pezones como si fueras desnuda. Y vas a tener malo a más de uno toda la noche.

—No lo creo. Si fueran los pechos de Inma... ¡Son espectaculares! Y estando ella nadie va a fijarse en los míos por mucho que se marquen los pezones.

—Bueno, si quieres correr el riesgo... O quizás es eso lo que pretendes...

—No, tampoco es eso. De acuerdo, vamos a ver si encontramos algo.

Llegaron a la sección de lencería y buscaron entre las perchas. Pronto Merche encontró un sujetador negro de encaje, con aros y un poco de relleno de la talla de Susana. Costaba un poco más del dinero que tenían, pero lo cogió igualmente.

—Pruébate este.

Su hermana se había quedado mirando un camisón malva semitransparente con el cuerpo de encaje y una falda corta de gasa y braguitas a juego.

—Merche, ¿has visto esto? Es precioso...

—Sí que lo es.

—¿Tú crees que algún día podré yo ponerme algo así para alguien?

—Pues claro que sí, tonta. Y a lo mejor hasta para Fran.

—Eso lo dudo. ¿Sabes lo primero que me dijo cuando le conté que Raúl me había invitado a la fiesta? Pues que debería estar contenta de que al fin se haya fijado en mí. Sigue en sus trece queriendo enrollarme con él. Solo espero que no haga ninguna tontería en la fiesta.

—¿Como qué?

—Como ponerle en un compromiso para que baile conmigo o algo así.

—O liarse a mamporros si lo hace...

—No lo creo.

—No te preocupes. Ya verás como esta fiesta va a salir de maravilla, estoy segura.

El sábado, el pequeño cuarto de baño de Susana y Merche era un hervidero de actividad. Después de ducharse y vestirse, su hermana se empeñó en peinarla. Le recogió el pelo hacia atrás con unas pinzas en un moño con las puntas sobresaliendo por los lados, y después la maquilló un poco.

—Y déjate las gafas en casa —le aconsejó—. No las necesitas para ver a las personas y en las discotecas son un latazo con el humo. Imagínate que estás en la playa.

—¿Tú crees?

—Sí, hazme caso.

—¡Como tenga que leer algo...!

—Los rótulos de las discotecas son enormes y reflectantes, y Fran es lo bastante grande como para que no lo confundas con ningún otro.

—No confundiría a Fran con nadie, ni siquiera a oscuras y en medio de una multitud. Conozco su olor perfectamente.

—¿Ves? Más a mi favor.

Se apartó un poco para mirar a su hermana.

—Estás guapísima, nena. No seas tonta y dale a entender de una vez que su amigo te importa un rábano, y que es él quien te gusta.

—No puedo hacer eso, lo perdería.

—Allá tú... Pero creo que te estás equivocando. Anda, dame un beso y vete, no vayas a llegar tarde.

Se despidió de Merche y salió a la calle sintiéndose extraña, como un niño con zapatos nuevos... Como una mujer nueva.

Se reunió con los demás en la puerta de Plaza de Amas, el centro comercial más cercano. Allí Maika estaba enseñando a todos el regalo que había comprado, un disco y unas gafas de sol, carísimas, que él estaba pensando en comprarse. Susana se preguntó cómo podía alguien gastarse tanto dinero en unas gafas, ellas podrían comer quince días con lo mismo y tal vez les sobraría algo.

Fran no estaba allí, llegó de los últimos, y se paró sorprendido al verla.

—¡Vaya! ¿Y las gafas?

—En casa.

—¿Y no tendrás problemas sin ellas?

—No lo creo. Las necesito para ver muy de lejos y muy de cerca. Para las distancias medias no tengo problemas. En la playa nunca las uso.

—Estás mejor sin ellas.

—Todo el mundo me lo dice, pero prefiero ver a estar más favorecida.

—Quizá si cambiaras la montura...

—Mis cristales son demasiado gruesos y no todas las monturas les valen. Y las que les valen y son bonitas son demasiado caras para mí. Pero lo primero que haré cuando sea abogado y gane una pasta será operarme la vista, y adiós a las gafas para siempre. Aparte de bonitas o feas, son un latazo.

Se sentaron a comer en el McDonald's. A Susana le hubiera gustado que Fran se colocara a su lado, pero cuando todos se acomodaron él cayó justo en el otro extremo de la mesa, entre Lucía y Carlos.

Comieron rápidamente y después se dirigieron a la discoteca. Tal como le había dicho Maika un par de días antes, allí el calor era asfixiante y Susana se alegró de no haber ido con uno de sus jerséis. Y sabía además que a lo largo de la noche iba a tener que quitarse la rebeca de encaje y quedarse solo con la camiseta.

Se acercaron a la barra donde tenían dos consumiciones gratis pagadas por Raúl, y Susana volvió a pedirse un Malibú con piña. Tenía sed después de la pastosa hamburguesa con queso que se había comido y se bebió medio vaso de un solo trago. Inmediatamente se dio cuenta de que aquel no era como los que le había preparado Fran en el botellón, sino que estaba bastante más cargado. Decidió seguir bebiendo con más cuidado. No quería emborracharse y estropear la noche.

Con el vaso en la mano, miró a su alrededor buscando a Fran, y lo vio al otro lado de la sala hablando con Miguel. Se había quitado la cazadora ligera de entretiempo, quedándose con una camisa abierta de color rojo oscuro. Susana se quedó sin aliento al ver lo guapo que estaba. Ella nunca le había visto con una camisa, a la facultad siempre iba con jerséis o camisetas y la noche del botellón estaba forrado de ropa y con un grueso jersey de cuello vuelto. Tampoco le conocía el pantalón negro ajustado de corte vaquero que llevaba.

Bebió lentamente otro sorbo de su vaso, dudando si acercarse a él o integrarse en otro de los pequeños grupos que se habían formado en el interior de la sala. Fran no parecía muy deseoso de hablar con ella esa noche, apenas le había dirigido la palabra de forma muy superficial en el camino, y durante la cena se había sentado lejos de ella, no sabía si voluntaria o involuntariamente.

En el centro de la pista se había empezado a formar un grupo que bailaba una música pegadiza, que hacía que se le fueran los pies. Manu, un chico grande, vecino de Raúl, que le habían presentado en la cena, se le acercó.

—¡Qué solita estás! ¿No bailas?

—Sí, ahora... estaba bebiendo un poco primero.

—Comprendo. Necesitas coger un poco el punto para hacer el ganso ahí en medio, ¿no?

—Más o menos.

—A mí me pasa lo mismo. Pero creo que ya es suficiente, ¿no te parece? Ven a bailar.

Susana se sintió halagada. Era la primera vez en su vida que un chico se le acercaba y la sacaba a bailar sin que se tratase de alguno de sus primos. Le siguió hasta la pista y se unieron al grupo que se movía al ritmo de la música. Se sintió envuelta por ellos, protegida y aceptada como le había ocurrido la noche del botellón.

Durante un buen rato bailó con el vaso en la mano, tomando pequeños sorbos y tratando de no hacer demasiado caso a su sed y bebérselo todo de un trago.

Decidió que su segunda copa la pediría sin alcohol e intentaría calmar su sed con ella. Jamás volvería a comerse una hamburguesa con queso antes de ir a bailar.

Un rato después, Fran se unió al grupo de los que bailaban, pero se colocó de nuevo muy lejos de ella. Susana se preguntó si la estaba evitando o si ella había hecho o dicho algo que hubiera podido molestarle. Repasó mentalmente su escasa conversación de aquella noche y no encontró nada que pudiera haber dado motivos para su actitud. Y se le ocurrió pensar que Fran no era quien la había invitado a la fiesta y que quizás él no deseaba que ella estuviera allí. Y sintió como si un jarro de agua fría le hubiese caído encima.

Su entusiasmo por el baile se apagó y a pesar de lo que había decidido, cuando se acercó a la barra a por su segunda copa, volvió a pedir otro Malibú con piña.

Se sentó un poco a descansar, esperando en el fondo que Fran aprovechase la ocasión y se acercara a hablarle viéndola sola, pero no lo hizo. En cambio fue Raúl quien se sentó a su lado.

—Me alegra que hayas venido.

—Gracias.

—¿Te lo estás pasando bien?

—Sí, bastante.

—El que está un poco raro esta noche es Fran, ¿no crees?

—No sé. Yo no tengo ni idea de cómo se comporta cuando va de discoteca. Ya te dije que solo le trato en el ambiente de clase. Pero si tú lo dices... Tú eres su mejor amigo, le conoces más que yo.

—Está raro, sí. Lleva toda la noche hablando con gente con la que no suele hacerlo y un poco alejado de nuestro grupo habitual. Y también de ti. La noche del botellón estuvo todo el rato pegado a ti como un sello.

—Quizá porque aquella noche yo no conocía a nadie y se lo pedí. A lo mejor no le apetecía hacerlo.

—¡Cómo no le va a apetecer...! Él te aprecia mucho, mi diente roto lo confirma.

—Ya, pero eso no quiere decir que desee estar a mi lado todo el tiempo. A lo mejor incluso le molesta que me hayas invitado porque haya alguien aquí que le guste y no quiera que le vea hablar mucho conmigo.

—¿Te refieres a alguna chica?

Susana trató de tomárselo a broma. Las preguntas de Raúl no le estaban haciendo mucha gracia, le estaban haciendo pensar en cosas que no deseaba.

—A lo mejor un chico... No le conozco tanto como para saber sus gustos en el terreno sexual.

Raúl soltó una sonora carcajada.

—Le gustan las tías, te lo aseguro. Y mucho.

—A mí eso me da igual... —mintió.

—¿Y a ti qué te gusta? Y no me digas que los libros porque eso ya lo sé. Además...

—A mí me gustan los hombres.

—¿Alguno en particular?

Susana enrojeció un poco y le miró tratando de averiguar adónde quería llegar. ¿Le habría dicho Fran algo y estaba tratando de tirarle los tejos?

—Ninguno en particular —volvió a mentir—. ¿Por qué lo preguntas?

—Curiosidad. Por la facultad corre el rumor de que vas por Fran, yo mismo lo creía hasta que él me dijo que te gustaba otro.

Susana maldijo a Fran en su interior. Lo último que quería era que aquel niñato estúpido se creyera que estaba loca por sus huesos e intentara enrollarse con ella. Aspiró una bocanada de aire y preguntó:

—¿Te ha dicho qué otro? —preguntó con cautela.

—No. Dice que no le conoce personalmente, solo sabe de él lo que tú le cuentas.

—Es cierto —volvió a mentir, suspirando aliviada. Ella, que detestaba la mentira, se estaba convirtiendo en una embustera empedernida—. Es un chico de mi pueblo. Le veo los fines de semana.

—También dice que él pasa de ti y que lo llevas fatal.

Susana se sintió molesta.

—¡Vaya, veo que te ha contado toda mi vida!

—No te enfades con él, es la costumbre. Somos amigos desde hace muchos años.

—Eso no le da derecho a contarte mis intimidades.

—Me lo contó porque yo creía que te gustaba él.

—¿Quién, Fran? —dijo nerviosa.

—Sí, es lo que parece.

Susana volvió a tragar saliva y tratando de aparentar naturalidad, dijo:

—Fran solo es mi amigo. El primero que he tenido en mi vida, y eso es muy importante para mí. Quizá por eso parezca otra cosa.

—Bien —dijo él dándole una palmadita suave en el brazo y dejando luego la mano apoyada con negligencia en el mismo—. Puedes considerarme también a mí un amigo. Veo que me equivoqué contigo.

—¿Que te equivocaste?

—Desde el principio pensé que le habías echado el ojo a Fran y que utilizabas el rollo de las clases para engatusarle.

—No hay nada de eso —dijo sintiendo la boca seca de nuevo. Bebió un largo trago de su vaso y rezó para que Raúl se marchara de una puñetera vez. No le gustaba nada la mano que apoyaba sobre su brazo. Había observado que Fran les miraba desde la pista con mucha atención, como si estuviera esperando que su amigo se marchara para acercarse.

El grupo que bailaba se había ido disolviendo poco a poco y la pista se había quedado prácticamente vacía. Raúl miró el reloj. Era la una y media de la madrugada.

—Esto está decayendo. Voy a hablar con el *disc-jockey* para que cambie un poco la música. Creo que está llegando la hora de las parejitas —dijo guiñándole un ojo—. Por mucho que ahora no esté de moda, no hay fiesta que se precie sin unos cuantos achuchones al compás de la música, ¿no te parece? Y tu chico está lejos y no te ve, aprovéchate un poco.

Susana se sintió enormemente aliviada cuando se marchó. Miró hacia el grupo donde Fran charlaba y esperó impaciente que se acercara, aunque solo fuera para preguntarle por su conversación con Raúl, pero él no lo hizo.

«Joder, Fran, ¿por qué pasas de mí esta noche? Me he gastado un dinero que no me sobra en comprarme esta ropa para ti, he dejado que Merche me acartone la cara con maquillaje y el pelo con laca, y tú ni siquiera te has acercado a hablarme desde que entramos en la discoteca. ¿Hay realmente alguien aquí que no quieres que te vea conmigo?», pensó.

Apuró el vaso y fue al servicio a quitarse un poco de en medio para no dar la sensación de que estaba sentada sola a una mesa, esperando que alguien se le acercase. Conocía de sobra esa sensación de las fiestas de su pueblo. Y estaba claro que Fran no tenía intención de venir en su ayuda. La noche no estaba resultando tan prometedora como había pensado en un principio. Y si iba a empezar la hora de las parejitas, como había dicho Raúl, ella no estaba dispuesta a quedarse sentada mirando cómo bailaban los demás. Pondría una excusa y se marcharía. Aunque Fran le había prometido la tarde anterior que la llevaría a casa cuando la fiesta terminara, Susana decidió que no iba a esperar hasta el final si la noche seguía así. Había visto una parada de taxis en la esquina, a pocos metros de la discoteca. Por una vez estaba dispuesta a permitirse ese lujo.

Permaneció en el servicio más tiempo del necesario, escuchando cómo la música había cambiado y empezaban a sonar baladas, una detrás de otra.

Cuando le pareció que ya su ausencia podría resultar preocupante para alguien que se hubiera dado cuenta de su marcha, salió. Pero en la sala nadie parecía haber notado su falta. Raúl bailaba en actitud cariñosa con una chica que no conocía, y también Fran estaba bailando con Maika. Iba a sentarse en el mismo sitio que había ocupado antes, pero Manu se le adelantó y agarrándola del brazo la sacó a la pista.

—¡No, no, no, no...! Una chica no puede permanecer sentada mientras haya tíos sin pareja en una fiesta. Es la norma.

—¿Ah, sí? No lo sabía.

—Pues ya lo sabes.

La agarró por la cintura y empezaron a moverse por la pista. A Susana le bastó dar tres o cuatro pasos para comprender por qué Manu no tenía pareja. No solo no sabía bailar, ella tampoco es que supiera mucho, pero al menos tenía sentido del ritmo, que era más de lo que tenía él. Sus pies empezaron a tropezar con frecuencia y algún que otro pisotón con sus enormes pies le hicieron arrepentirse de haber aceptado su oferta.

—Lo siento —se disculpaba él en cada ocasión.

—No importa.

—Sé que no bailo muy bien, pero solo necesito práctica. Aunque si nadie quiere bailar conmigo, ¿cómo voy a conseguirlo?

Susana se lo imaginó pidiéndoles bailes a las chicas y siendo rechazado una y otra vez, y sintió lástima. Aquel chico era su contrapartida masculina, e intuyó que si Fran no lo remediaba, iba a ser su pareja de baile para toda la noche. Mientras la sacara a bailar ella no sería capaz de negarse. Sabía demasiado bien cuánto dolía el rechazo de los demás.

—No lo haces tan mal —mintió—, solo tienes que tratar de escuchar la música y seguirla. Olvida los pasos.

Pero era inútil, por mucho que lo intentaba sus pies seguían chocando.

Después de cuatro o cinco canciones le dijo que tenía que ir al baño de nuevo y le dejó en la pista confiando en que hubiera encontrado otra pareja cuando ella volviese.

Regresó después de un par de canciones más, pero él parecía estar esperándola y volvieron a bailar otras tres veces. Con el rabillo del ojo veía a Fran bailar con unas y con otras, y en un momento en que se cruzaron muy cerca él le sonrió con un gesto que ella interpretó como «¿te lo estás pasando bien, ¿eh? No me necesitas y puedo disfrutar de la fiesta sin tener que ocuparme de ti».

Sintió un regusto amargo subirle por la garganta y apretó los labios. Manu lo notó y le dijo:

—¿Te he vuelto a pisar? No me he dado cuenta esta vez.

—No, es que estoy un poco cansada. Me he levantado muy temprano esta mañana para estudiar. No sé si Raúl te ha dicho que soy la empollona de la clase.

Manu la miró de arriba abajo, con una mirada que ningún hombre le había lanzado antes. Aun así le molestó más que la halagó.

—No tienes pinta de empollona —dijo.

—Es que este no es mi aspecto habitual. Hoy vengo un poco disfrazada, como Cenicienta. Pero a las doce se acabará la magia y volveré a ser la de siempre.

—Las doce ya hace rato que pasaron.

—Quien dice las doce, dice las cinco de la madrugada. Mañana volverá a aparecer la chica de la cola de caballo, las gafas y los vaqueros desgastados.

—Bueno, pues deja alguna prenda por aquí para que el príncipe te localice.

—Estudio Derecho, como comprenderás no creo en los príncipes. Mi mundo está lleno de delincuentes.

—Y de pijos —dijo Manu mirando a su alrededor.

—Sí, también de esos hay unos cuantos. Pero en realidad este no es mi mundo, yo solo estoy aquí de prestado.

—Estás aquí porque Raúl te ha invitado.

—Sí, claro, pero no lo ha hecho porque yo pertenezca a su mundo.

—¿Por qué entonces?

—Es una larga historia que no me apetece contar ahora.

Un nuevo pisotón la hizo encogerse sobre sí misma y su ánimo se desinfló. Fran seguía bailando sin parar cambiando de pareja continuamente, ignorándola, y Susana supo que ni siquiera iba a dedicarle una pieza a ella. Cuando terminó la canción se sintió incapaz de continuar en la pista viéndole abrazar a otras. Fran bailaba muy pegado a sus parejas, no como Manu que guardaba las distancias, y ella imaginó lo agradable que sería dejarse envolver por sus brazos, aspirar el olor a Hugo Boss que tanto le gustaba, y apoyar la cabeza en esa camisa roja que tan bien le sentaba. Se separó de Manu.

—Necesito descansar un poco y beber algo, ¿sabes?

—¿Quieres que te traiga una copa? Yo invito.

—No te preocupes, aún me queda una consumición de las que paga Raúl —mintió. Si le aceptaba una copa se sentiría en la obligación de seguir bailando con él, y a esas alturas de la noche había decidido que ya había tenido suficiente de Manu para el resto de su vida—. Yo iré por ella y creo que me la tomaré en el baño tranquilamente. Allí hay menos humo y hace menos calor que aquí dentro.

—Como quieras. Pero no irás a marcharte ya, ¿verdad? Apenas son las dos y media.

Susana pensó que eso era lo que deseaba, deslizarse hasta la parada de taxis sigilosamente y marcharse a su casa, a rumiar su decepción en su querida almohada, la vieja amiga de sus malos momentos. Pero sabía que a esa hora probablemente Merche estaría despierta aún y no se sentía capaz de contarle a su hermana el chasco que se había llevado con la fiesta y el dinero en ropa tirado a la basura. Después de ir a la barra y encargar un tercer Malibú con piña, salió discretamente de la sala y se sentó en una especie de bloque de madera que había en el vestíbulo que separaba las dos salas. Como había esperado, el lugar estaba un poco menos denso de humo y el ruido de la música llegaba más amortiguado.

Se quedó allí a solas y bebió tranquilamente su copa, dejando pasar el tiempo y esperando que nadie la hubiera visto salir, y sobre todo que a Manu no se le ocurriera ir a buscarla. No quería seguir bailando con él, los pies doloridos por tanto rato de estar de pie y por los muchos pisotones ya no daban más de sí. Se quedaría allí un rato hasta que calculara que Merche se había acostado, y luego se marcharía.

Habían pasado poco más de veinte minutos cuando decidió que ya estaba bien de permanecer allí sentada como una gilipollas, con un vaso vacío en la mano, haciendo tiempo. Los ojos le escocían del humo de la sala y de llevar tantas horas sin las gafas, y quizá de algo más que se negaba a admitir incluso ante ella misma.

Se los restregó un poco para evitar las lágrimas y se dispuso a entrar y pedirle a Maika la ficha del guardarropa para sacar el bolso y la chaqueta. Esperaba que no estuviera bailando con Fran en ese momento porque no quería que él se diera cuenta de que se iba. No tenía ganas de dar explicaciones. Si no estaba bailando con Maika, ni lo notaría.

Pero antes de que se levantara de su asiento improvisado le vio aparecer en la puerta de la sala y avanzar resuelto hacia ella.

—¿Qué haces aquí? —le preguntó deteniéndose a su lado—. Estaba preocupado, llevas mucho rato fuera. He mandado a Lucía al servicio a buscarte y ya no sabía dónde podrías andar.

—Estoy descansando.

—¿Y por qué no lo haces ahí dentro? Aquí fuera hace fresco y además en la sala de al lado hay un montón de tíos borrachos y empastillados, no deberías estar aquí sola.

—No se me ha ocurrido, pero si me hubiera sentado ahí dentro, Manu habría vuelto a pedirme que bailase con él y mis pies ya no lo soportan más. Me ha pisado de todas las formas posibles.

—¿Y por qué no le dices simplemente que no quieres bailar más con él?

—No puedo hacer eso. Si me pide volver a bailar, aceptaré. Sé cómo duele el rechazo de los demás.

Fran sonrió y se agachó un poco a mirarla.

—¿Es por eso que llevas toda la noche bailando con él?

—¿Por qué si no? No soy masoquista. Pero me siento identificada, no puedo decirle que no.

—De modo que lo que estás aquí es escondida...

—Más o menos.

Fran la agarró de la mano y tiró de ella haciéndola levantarse.

—Ven, eso tiene fácil arreglo.

—¿No irás a decirle nada, verdad? Te mataré si lo haces.

—No le diré nada, pero bailaré contigo el resto de la noche y así no tendrá ocasión de acercarse a ti. ¿Te parece una buena solución?

El contacto de la mano de Fran tirando de la suya la tentó a aceptar, pero su orgullo y su corazón se dolieron de que él quisiera bailar con ella solo para protegerla de Manu, de modo que lo rechazó.

—No puedo hacer eso, Fran. En realidad estoy cansada, quiero irme a casa.

Pero él ni siquiera dio muestras de haberla oído; siguió tirando de ella hacia la pista de baile y allí la enlazó por la cintura con ambas manos. Y todos sus deseos de esa noche se hicieron realidad al fin. Los brazos de Fran rodeándola, sus manos abiertas apoyadas en la curva inferior de su espalda. Sentía los diez dedos, uno a uno, presionando puntos vitales de su cuerpo en la zona que quedaba al descubierto entre el pantalón y la camiseta, que se subía ligeramente al moverse. El olor a Hugo Boss le rodeaba y el tacto de su camisa era suave bajo sus dedos, cuando le colocó sus propias manos en los hombros. Podía sentir los músculos fuertes bajo la camisa y tuvo que contener el impulso de deslizar los dedos por la espalda y acariciarle. Respiró hondo. Las tres copas de Malibú parecían empezar a hacerle efecto en aquel momento. No había sentido nada de eso bailando con Manu... pero es que a ella no le gustaba Manu. Las primeras canciones las bailaron en silencio. Susana disfrutó cada segundo de las mismas y de la proximidad de Fran, mucho más cerca incluso que la tarde que habían escuchado música en su cama.

El pelo de Fran le rozaba las manos y le hacía cosquillas en los dedos. Y supo que si iban a bailar durante el resto de la noche como él había prometido, probablemente ella iba a cometer una tontería. Y la idea no le importó demasiado.

Cuando la canción terminó, Fran no la soltó, y continuó abrazándola esperando la siguiente.

Después de dejar a Susana y cuando empezó a sonar la música lenta, Raúl buscó a Inma. Esta bailaba con Carlos en aquel momento y él se acercó a Lucía.

Durante un rato estuvo bailando con todas las chicas de la pandilla, sin lograr acercarse a ella, y al fin vio su oportunidad.

Fran bailaba con Inma pero no dejaba de mirar hacia los servicios por donde un rato antes había desparecido Susana. Estuvo al quite, y cuando terminó la canción, él se encontraba junto a ellos y posó la mano sobre el hombro de su amigo.

—¿Me la cedes? —dijo.

—Por supuesto.

Inma se volvió y le miró con fijeza.

—¿Algún inconveniente en bailar con el homenajeado?

—Ninguno, si me lo pides adecuadamente y no me repartís entre los dos como si fuera una cosa.

—No era mi intención... —dijo Fran.

Raúl le tendió la mano y le dijo de forma encantadora:

—¿La dama más bella de la reunión me haría el honor de concederme un baile?

—¡Qué payaso eres! De acuerdo, te concederé un baile.

—¿Y más de uno?

—Si te comportas.

—Lo prometo.

Le colocó las manos comedidamente en la cintura mientras veía cómo Fran salía de la sala. Raúl centró su atención en Inma.

—¿Cómo lo estás pasando?

—Bien, ¿y tú?

—¡Joder, niña! Eso suena a respuesta de cortesía.

—Es lo que esperabas que dijera, ¿no?

—Claro que no, si te lo he preguntado es porque de verdad me interesa que te lo pases bien. Tú y todos los demás. Soy yo el que ha organizado esto y quiero que todo el mundo lo disfrute.

—¿Hubieras aceptado una crítica?

—Por supuesto. ¿No te lo estás pasando bien?

—Todo lo bien que me lo puedo pasar en una discoteca. Tengo que reconocer que prefiero los sitios abiertos a los cerrados y los tranquilos a los ruidosos.

—Ya. Y yo, como dice Serrat, prefiero un buen polvo a un rapapolvo.

—Pues me temo que conmigo lo único que vas a encontrar es un rapapolvo.

—¿No tienes término medio?

—Quizá.

—Pues me quedo con él.

—¿Lo dejamos en unos bailes y un poco de charla?

—Por mí perfecto.

Raúl deslizó un poco más las manos por la espalda de Inma y la acercó a él. En contra de lo que esperaba, ella no protestó y siguió bailando en silencio. De pronto levantó la cabeza cuando vio que Raúl soltaba una carcajada.

—¿De qué te ríes?

—De esos dos.

Inma siguió su mirada y vio a Fran y a Susana bailando muy juntos, mejilla contra mejilla.

—¿Tú te tragas eso de que Susana está colada por un tío de su pueblo?

—¿Quién dice eso?

—Fran. Al parecer es lo que le ha dicho. Y ella acaba de confirmármelo a mí.

—Si eso es verdad lo disimula muy bien. O al tío del pueblo le quedan dos telediarios, si no uno.

—Esos caen esta noche.

—A lo mejor solo bailan así porque están a gusto uno con el otro. A veces una canción bonita te induce a ponerte un poco melosa con alguien por quien no estás loca. La música emborracha a veces como el alcohol.

—Tú no crees lo que estás diciendo.

—Pues claro que sí.

—Demuéstramelo.

—¿Cómo?

Él le rodeó la cintura con los brazos y la apretó un poco más.

—Bien, tómalo como un regalo de cumpleaños —dijo apoyando la cabeza en el hombro de él, y se dejó llevar por la música. Animado, Raúl empezó a deslizar los labios por el lóbulo de la oreja y descender hacia el cuello.

—El límite está en la mejilla. Si lo respetas, todo irá bien.

Raúl apoyó los labios en el pómulo y los mantuvo allí durante mucho tiempo. Inma permaneció quieta, con los ojos cerrados y el corazón desbocado, deseando mandar al diablo su firme propósito de no liarse con Raúl, y salvar ella los pocos centímetros que separaban sus bocas. Pero no lo hizo. Continuó quieta bailando una canción detrás de otra.

A mediados de la tercera canción, Fran se inclinó sobre la oreja de Susana y le susurró con una voz cargada de intimidad:

—Estás muy guapa esta noche...

Susana sintió que la saliva se le secaba en la garganta, no solo por el piropo, sino por la forma acariciadora en que lo había pronunciado.

—¿Te has arreglado así porque es la fiesta de Raúl?

Susana levantó los ojos y le miró. Los de él, de ese color entre verde y marrón, tenían un brillo extraño, como si despidieran chispitas doradas a la luz de la sala.

—No me he vestido así por ser la fiesta de Raúl, sino porque es una fiesta —dijo molesta de que sacara a su amigo en la conversación en aquel momento. El jodido Raúl siempre estaba en medio de los dos.

—Entonces, ¿no te has vestido así para él?

—No me he vestido así para nadie. Bueno, sí, para mí misma. Para sentirme bien, para sentirme como las demás.

—¿Y lo has conseguido?

—Sí, lo he conseguido. ¿Sabes...? Manu me ha dicho hace un rato que no tengo pinta de empollona.

Él rio bajito ante la salida de Susana y confirmó:

—No la tienes. Estás muy guapa y muy sexi.

—¿Sexi? ¿Yo?

—Sí, sexi.

—Vaya... gracias. Ese cumplido viniendo de ti, que me ves todos los días con las greñas, es todo un halago.

Fran no contestó, pero cuando la siguiente canción se hizo más lenta, Susana sintió que apretaba un poco más su abrazo, tanto que sus pechos empezaban a rozarse. Sintió que las piernas comenzaban a temblarle y que no controlaba los pasos, y rogó por no ser ahora ella la que empezara a dar pisotones. Y también por que Fran no aflojase su abrazo.

—Te he visto hablando con Raúl.

—Sí, ha venido a decirme que se alegraba de que hubiera venido y a ofrecerme su amistad. ¡No sé qué bicho le habrá picado! —dijo tratando de quitarle importancia y de que el maldito Raúl no acaparase el resto de la conversación. Porque a esas alturas se sentía tan embriagada por las copas como por la proximidad de Fran, y no sabía muy bien ni lo que hacía ni lo que decía. No obstante, él se separó un poco para contestar y Susana supo que había dicho algo equivocado.

—¡Qué bien, ¿no?! Estarás muy contenta.

Quiso gritarle que estaba contenta, pero no porque el imbécil de Raúl le hubiera dicho dos frases corteses. No obstante se encogió de hombros y dijo:

—¡Bah, no me impresiona! No son más que un par de frases hechas y estoy segura de que no las siente.

Y esta vez fue ella la que se acercó hasta colocarse como estaban antes.

Fran volvió a cerrar los brazos en torno a su espalda y apoyó la barbilla contra la sien de Susana y por un momento le rozó con los labios la frente. Siguiendo un impulso ella deslizó los brazos hasta su cuello y hundió los dedos en el pelo de la nuca, acariciándosela. Fran agachó la cabeza un poco, al mismo tiempo que ella levantaba la suya para mirarle, y sin saber cómo, sus bocas se encontraron y Susana sintió cómo la lengua de Fran se abría paso entre sus labios. Y se dejó llevar. Se olvidó del mundo, de la discoteca y de la gente que les rodeaba, de su cuidado en demostrarles a todos, Fran incluido, que eran solo amigos. Respondió a su beso, torpemente al principio, con el alma después.

No supo si duró poco o mucho, solo era consciente de la sensación cálida que recorría todo su cuerpo, que él apretaba con fuerza contra el suyo, del sabor de su boca que se movía sobre la de ella y de su lengua que la acariciaba con suavidad y firmeza a la vez, haciéndola temblar de pies a cabeza. Al fin, cuando ya creía que iba a asfixiarse por falta de aire, él dejó de besarla, pero la mantuvo fuertemente apretada mientras el corazón de los dos golpeaba con violencia en sus respectivos pechos.

Susana no quería pensar en lo que iba a suceder a continuación, en lo que iba a decirle él, ni en lo que respondería ella. Siguió abrazada a Fran, consciente de que se caería al suelo si se soltaba.

De pronto, la pareja formada por Raúl e Inma pasó muy cerca de ellos y la mirada socarrona del chico le hizo comprender que habían sido inútiles sus intentos de un rato antes para convencerle de que Fran y ella solo eran amigos.

Este notó una ligera tensión en el cuerpo de Susana y abrió los ojos, que había mantenido cerrados. Siguió la trayectoria de los de ella hacia Raúl y un sabor amargo sustituyó al dulce y cálido que sentía en su boca en aquel momento. Aflojó el abrazo y le colocó las manos a ambos lados de la cintura, como había estado haciendo Manu toda la noche, como si fueran dos extraños. Angustiada, Susana levantó los ojos hacia él, miró la expresión seria de sus ojos, y sintió ganas de llorar.

—Lo siento —le escuchó decir con voz ronca a la vez que separaba su cuerpo del de ella, limitándose a bailar de modo formal.

—Yo también... —balbuceó torpemente. Él continuó dando excusas.

—Perdóname... por favor, no te enfades conmigo. No sé qué me ha pasado... me he tomado un par de copas y... te ves tan distinta esta noche... Te juro que no era mi intención besarte... Solo quería librarte de Manu, y de pronto levantaste la cabeza y tu boca estaba ahí... simplemente estaba ahí... Lo entiendes, ¿verdad?

Susana sintió que las lágrimas nublaban sus ojos ya de por sí irritados, y parpadeó bajando la cabeza para que Fran no lo viese.

—Claro que lo entiendo... a mí me ha pasado igual. Solo estábamos bailando y de pronto... pues eso, que tu boca estaba ahí. Yo también me he pasado con el Malibú y esta noche ha sido muy extraña para mí. Me ha hablado gente que nunca antes lo había hecho, me han invitado a bailar hombres que no son de mi familia... nunca había bailado con nadie como lo he hecho contigo esta noche...

—No te preocupes, no pasa nada. Ninguno de los dos tenemos nada que reprocharle al otro.

Terminaron de bailar la canción y antes de que empezara otra, Susana se apartó. Sentía que se ahogaba, que iba a romper a llorar en cualquier momento.

—Estoy muy cansada, Fran, y los ojos me escuecen de llevar tanto tiempo sin las gafas —añadió por si él había advertido el enrojecimiento de los mismos—. Creo que voy a irme a casa ya.

Él la miró fijamente y la soltó.

—Bien, si quieres irte, te llevo.

—No, no, por favor, no lo hagas. Hay una parada de taxis en la esquina; cogeré uno.

—Ni hablar, te dije que te llevaría.

—Eso en el caso de que yo aguantase hasta el final, pero la fiesta aún no ha terminado.

—Es igual, Susana, yo también estoy cansado. Y mañana quiero estudiar.

—No me hagas esto, por favor... quédate —suplicó. Y Fran supo que no se trataba solo de cansancio, sino que no quería que la acompañase. Que lo había jodido todo al besarla.

—Está bien, como quieras. Pero te acompañaré hasta el taxi.

—No hace falta, está aquí mismo.

—Claro que sí, hay mucho gilipollas suelto en la puerta de las discotecas.

Juntos se dirigieron al guardarropa y se cruzaron con Raúl, que venía de la barra con dos vasos en la mano. Susana se sintió en la obligación de explicarle:

—Ya me marcho, Raúl.

Fran se apartó unos pasos y esperó a que se despidiera soportando con expresión hosca la mirada divertida de su amigo.

—¿Tan pronto? ¿Y vais a perderos el chocolate con churros del amanecer?

—Me temo que yo sí. Fran se lo tomará por los dos.

—Bueno, como queráis —dijo como si no hubiera escuchado la última frase.

—Gracias por invitarme.

—De nada, chica, ha sido un placer. Nos vemos.

Se acercó a darle un beso en la cara y continuó su camino.

En un silencio ligeramente incómodo, Fran y Susana recogieron las chaquetas y salieron a la calle cruzando el pequeño vestíbulo donde ella se había refugiado un rato antes. Un nutrido grupo de chicos y chicas estaban apoyados en los coches aparcados junto a la acera y Fran la agarró del brazo para hacerla pasar entre ellos.

Apenas unos metros más allá, estaba la parada de taxis, y Susana se dirigió al primero de la fila.

—Buenas noches —dijo Fran abriéndole la puerta.

Ella se volvió hacia él y mirándole antes de entrar le suplicó:

—Fran... esto... lo que ha pasado ahí dentro no cambiará nuestra amistad, ¿verdad?

—Claro que no. Esto es algo que suele pasar a veces, incluso entre los mejores amigos. No tiene mayor importancia, si ninguno de los dos se la damos.

—Estupendo... Hasta el lunes entonces.

—Hasta el lunes. Y dame un toque cuando estés en casa para asegurarme de que has llegado bien.

—De acuerdo.

Fran vio cómo Susana entraba en el taxi y este giraba en la esquina y luego, sintiendo que la noche también había acabado para él, se dirigió a su propio coche y se marchó a su casa.

Susana aguantó el tipo como pudo en el interior del taxi y cuando llegó a su casa abrió la puerta y entró sigilosamente.

Buscó a tientas sus gafas y se las puso para darle el toque a Fran, y cuando este lo devolvió en señal de que lo había recibido, apagó el móvil y al fin, libre de miradas indiscretas y curiosas, se permitió romper a llorar.

Sin embargo, su mente y su carácter metódico y controlado la hicieron entrar en el cuarto de baño, quitarse la ropa para ponerse un camisón cómodo y desmaquillarse a continuación.

Cogió una de las toallitas desmaquilladoras de Merche y se restregó la cara con fuerza sintiendo que las lágrimas que corrían abundantes por sus mejillas ayudaban a limpiar el maquillaje.

Se lavó la cara y se cepilló el pelo sin dejar de llorar y regresó al salón y se dejó caer en el sofá sin querer entrar en el dormitorio para no despertar a su hermana.

Pero a pesar de sus esfuerzos, la puerta de la habitación se abrió y esta apareció en el salón a oscuras. Se acercó a ella y se sentó a su lado cogiéndole la mano.

—Me ha extrañado que no entraras a acostarte. ¿Qué ha pasado, cariño? ¿Es lo mismo de siempre?

Susana negó con la cabeza.

—No, esta vez no. Es algo mucho peor.

—No me asustes, nena.

—Lo he estropeado todo, Merche. ¡Por Dios, he hecho una estupidez!

—¿Qué tipo de estupidez?

—Le he besado.

—¿A Fran?

—¿A quién si no?

—Eso no es tan grave. Yo diría que es estupendo.

—¡Qué va a ser estupendo! Es terrible.

—Vamos a ver, Susana... Tú le has besado, pero eso es cosa de dos. ¿Qué ha hecho él?

—Me ha besado también.

—Hija, entonces la estupidez la habéis cometido a medias.

—No lo entiendes... Él piensa que ha sido culpa suya, pero no es así. Estábamos bailando, muy juntos... yo levanté la cabeza porque quería besarle... y de pronto sucedió.

—Nena, creo que estás haciendo un drama de algo que no lo es. ¿Acaso no te gustó?

—Claro que me gustó. Lo que es terrible es que después se apartó de mí como si le quemara y me pidió perdón. ¡Joder, Merche... me pidió perdón! Ha sido algo tan especial, tan bonito. Mi primer beso, y además con alguien que me gusta. ¡Y me pidió perdón!

Estalló en sollozos más fuertes y Merche la acunó como cuando era una niña, y la dejó llorar.

—¿Y tú qué hiciste?

—Pedirle perdón también. ¿Qué otra cosa podía hacer?

Merche esbozó una breve sonrisa que su hermana no vio.

—¡Vaya par que estáis hechos los dos!

—Yo lo que no quiero es que esto afecte a nuestra amistad. Estaba tan raro después... tan serio. Aceptó sin rechistar cuando le dije que me vendría en un taxi... Mi amigo Fran no me habría dejado venir sola. Estaba incómodo y arrepentido, se notaba. Y yo no voy a poder volver a mirarle a la cara nunca más, Merche, nunca...

—Vamos, mujer, que no es para tanto. Ya verás como el lunes las cosas están como siempre... o quizá mejor.

—No van a estar mejor. ¡Si hubieras visto su cara! Estaba horrorizado por lo que había ocurrido.

Merche no compartía la opinión de su hermana, pero la dejó llorar, consciente de que nada de lo que le dijera la iba a hacer cambiar de opinión. Y tampoco quería hacerle concebir demasiadas esperanzas por si se equivocaba. Aunque creía que a los dos les estaba haciendo falta un empujoncito.

Cuando estuvo más tranquila la llevó hasta la cama como si fuera una niña pequeña y la dejó dormir hasta mediodía.

También era mediodía cuando Raúl llamó a Fran. Este, medio dormido aún, pegó un brinco de la cama y contestó sin llegar a mirar quién llamaba.

—Hola, tío.

—Ah, hola —dijo sin poder ocultar su decepción.

—¿Te pillo en mal momento?

—Me pillas dormido. ¿Qué hora es?

—Las dos. Creí que ya te habrías despertado.

—Me dormí muy tarde anoche.

—Oye... ¿Estás solo?

Fran soltó una breve carcajada llena de ironía.

—¿Con quién quieres que esté?

—Con Susana, claro. Os vi besaros y marcharos juntos.

—No me hables de eso. Todavía no me he despertado del todo.

—Entonces... ¿No ha pasado nada?

—Raúl... ahora no.

—Bueno, pues quedamos para comer y hablamos, ¿vale?

—Vale, dame media hora.

Media hora más tarde, sentados ante sendos platos de pasta en su pizzería favorita, Raúl volvía sobre el tema.

Fran había esperado que no lo hiciera, no tenía muchas ganas de recordar lo ocurrido la noche anterior, pero su amigo solo esperó el tiempo prudencial de que les sirvieran la comida.

—¿Qué pasó ayer?

—Ya te lo he dicho: nada.

—Nada no, os vi besaros.

—Sí, pero fue un error. Interpreté mal las señales.

—Explícate mejor.

—Estábamos bailando, había química y me arriesgué a besarla. Jamás he cometido un error más grande en toda mi vida.

—¿Por qué lo dices? Os besasteis durante mucho tiempo y ella respondía... Eso se notaba.

—¡Vaya, qué bien te fijaste! —dijo malhumorado. Contra su voluntad había estado odiando a Raúl durante toda la noche.

—Pues claro. La había invitado para eso y me alegró ver que mis planes habían funcionado.

—No habían funcionado. Susana respondió, pero no era a mí a quien estaba besando.

—¿A quién si no?

—Al tío que le gusta.

—¿Te dijo eso?

—No, pero lo leí en sus ojos cuando nos separamos. Su primer pensamiento fue para él, lo sé.

—No puedes estar seguro de eso, amigo.

—Sí que lo estoy, Raúl. Tú no sabes lo colada que está por ese tío.

—¿Y qué hiciste?

—Me disculpé como pude, le eché las culpas a las copas que me había tomado y ella aceptó mis excusas. Pero estaba nerviosa e incómoda después. De hecho, los dos lo estábamos. Dijo que quería irse a casa y ni siquiera aceptó que yo la acompañase. Se fue en un taxi. Espero sinceramente no haberlo jodido todo. ¿Tú crees que debería ir hoy a su casa para hablar con ella y tratar de explicárselo?

—¿Explicarle qué, tío? Lo único que puedes explicarle es que estás loco por ella y que la besaste por eso. Pero si lo que quieres es que las cosas continúen como antes, creo que con las excusas de anoche basta. Y mañana trátala como si nada hubiera pasado, como si ni siquiera te acordaras.

—¿Tú crees?

—Por supuesto. Hablando en basto, la mierda cuanto más se remueve, más huele.

—Sí, quizá tengas razón. ¿Y a ti cómo te fue con Inma? También estabais bailando muy tiernos.

—No mejor que a ti. Parecía que se estaba animando y bailamos muy acaramelados durante un rato. Dijo que era mi regalo de cumpleaños y yo tenía la esperanza de que en realidad fuera algo más, pero a la hora de marcharnos se despidió de mí con un besito en la mejilla y se largó a dormir a casa de Maika, dejándome con dos palmos de narices y un calentón del demonio.

—¡Joder, vaya dos!

—Ah, pero ya caerá...

—No sé, Raúl... Me parece que con Inma lo tienes un poco crudo.

—Quizá resulte un poco más largo y me lo tenga que currar más, pero aún no ha nacido la tía que le dé calabazas a Raúl Hinojosa. Te apuesto lo que quieras a que está en mi cama antes del verano, o como mucho antes de que empiece el curso próximo. Y me pagará caro todo el tiempo que le he tenido que dedicar.

—¿Y por qué tomarte todo ese trabajo? Hay un montón de tías deseando liarse contigo, macho.

—Seguirán ahí después. Pero conseguir a Inma es una cuestión de orgullo. Ya caerá.

—Joder... sí que parecemos dos amargados.

—Anda, termina de comer que tú y yo siempre hemos sabido cómo quitarnos de encima las penas de amor, ¿verdad?

—¿Con otra verde, como la mancha de las moras? No, Raúl, no va a funcionar conmigo esta vez. No quiero a otra.

—No me refería a eso, sino a la bolera. Vámonos los dos solos a tirar bolas hasta destrozarnos el brazo y la espalda, y a echar fuera toda la rabia y los celos, y la adrenalina. Sin culos de tías ni nada que nos los recuerde.

—Acepto —dijo Fran sintiendo que le sentaría bien descargar un poco.

El lunes por la mañana, Susana llegó temerosa a clase. Durante todo el domingo había esperado que Fran le mandase algún mensaje, o que la llamara para volver a disculparse o para preguntarle cómo estaba, o algo... algo que le dijera que se acordaba de ella y de lo ocurrido. Pero por mucho que fue por la casa como una zombi sin separarse del móvil y no quiso salir a dar una vuelta con Merche por si iba a verla, transcurrió el día sin ninguna noticia de Fran. Esperaba que no estuviera enfadado y sobre todo que no se sintiera incómodo con ella por lo ocurrido. Se había acostumbrado tanto a su presencia que le resultaba muy dolorosa la idea de que quisiera cortar su amistad.

También le aterraba la idea de que hubiera estado dándole vueltas a la cabeza y hubiera adivinado la verdad y deseara alejarse de ella, aunque fuera para no hacerle daño.

Pero cuando llegó a clase, Fran estaba ya allí con Raúl y se acercó a ella como siempre.

—Buenos días.

—Hola.

—Tienes cara de dormida.
—Como todos los lunes —añadió ella.
—Sí, eso es verdad.
—Espero que no te pasaras ayer con el Derecho Civil.
—Soy una adicta al Derecho Civil, ya lo sabes.
—¿Te traigo un café de la máquina?
—Bueno, a ver si consigo despejarme.

Él se dirigió a la máquina de café situada en el vestíbulo junto al tablón de anuncios y Susana respiró aliviada. Al parecer Fran no le había dado importancia a lo ocurrido y por lo tanto todo seguía igual que antes. Aunque no para ella. Ya nada volvería a ser igual para ella.

# 14

Inma se acercó a Susana aquel miércoles.

—Susana, vamos a almorzar hoy juntas, ¿te vienes?

A pesar de lo mucho que le apetecía, recordó que solo tenía cuatro euros en la cartera y que el bonobús no le duraría toda la semana.

—Lo siento, me gustaría, pero no puedo. Mi hermana no se encuentra muy bien y quisiera ir yo a preparar la comida para cuando llegue.

No había mentido, Merche estaba con la regla y no lo pasaba muy bien en esas ocasiones. Cuando llegaba del trabajo solo deseaba ducharse y echarse un rato. Aunque eso no le hubiera impedido ir si hubiera tenido el dinero necesario.

—Es que los chicos están planeando hacer un viaje antes de que empiecen los exámenes y queremos hablar del tema.

—También lo siento, pero yo no puedo hacer un viaje.

—Será solo un fin de semana y a un sitio barato. No nos costará ni mucho tiempo ni mucho dinero.

—No dispongo de ninguna de las dos cosas, por muy poco que sea. Podéis decidir lo que queráis sin mí.

—Entonces nos vemos mañana. Ya te contaremos.

Susana cogió el autobús sintiendo por primera vez en su vida perderse algo. Sería estupendo ir de fin de semana con ellos y pasar muchas horas con Fran, pero la situación económica de su familia no estaba para despilfarros. Y si no iba a poder ir prefería quedar al margen de los planes.

Al día siguiente, después de la clase, estaba segura de que Fran iba a sacar el tema. No se equivocó. Estaban recogiendo los papeles desperdigados sobre la mesa del aula de cultura cuando le dijo:

—Espero que no tengas prisa; quiero hablar contigo.

—Eso no es nuevo —dijo ella riendo—, siempre lo hacemos.

—¿Vamos a tomar algo o prefieres hablar aquí?

—Mejor aquí, no quisiera entretenerme demasiado.

—Entonces iré al grano. Inma me dijo ayer que te había comentado lo del viaje a El Bosque y que habías dicho que no podías ir.

—No dijo que fuera a ser a El Bosque, pero sí, me lo comentó.

—¿Y por qué no quieres ir?

—No es que no quiera.

—¿Entonces? No irás a decirme que tienes tanto que estudiar que no puedes perder dos días...

—Puedo permitirme perder dos días de estudio, lo que no puedo permitirme es pagar el viaje.

—Vamos, Susana, no hables antes de saber cuánto cuesta. Hemos hecho un cálculo. El autobús y el alojamiento no superan los cien euros y hemos calculado unos cincuenta más para comida.

Por mucho que a su orgullo le doliera reconocerlo, sabía que con Fran tenía que ser sincera. Él no iba a admitir otra cosa y se daría cuenta si le mentía y le ponía una excusa falsa.

—No dispongo de esa cantidad. Puede que para ti no sea nada, pero para mí es mucho dinero.

—No me digas eso, ya hemos acordado que durante la época de exámenes daremos más clases. En un par de semanas lo habrás conseguido de sobra. Si no lo tienes ahora yo te lo prestaré y me lo descuentas de las clases.

—Aun así no puedo —admitió—. Las cosas en mi casa no están muy bien. Mi padre ha tenido una avería en el barco y la reparación no es barata. Y además, está sin trabajo. Si no trabaja no gana nada. Merche y yo estamos mandando dinero a casa sin que él lo sepa; cree que mi madre se las está apañando con algunos ahorros... Pero no hay ahorros. Yo les envío todo el dinero de tus clases y Merche está haciendo horas extra y los turnos a compañeros que se lo ofrecen para ayudar. De verdad que no puedo disponer de ese dinero, Fran.

Él le agarró la mano.

—¿De verdad es solo por el dinero? ¿No es por la gente?

—No es por la gente. Por primera vez en mi vida sé que me lo pasaría muy bien. Pero no importa, supongo que ya habrá otras ocasiones.

Fran apretó su mano con más fuerza.

—Déjame que te invite.

—No.

—Susana, como bien has dicho antes, para mí esa cantidad no es nada. Puedo gastármela en unos zapatos.

—Pero para mí es mucho, no puedo aceptar. Prefiero que tengas los zapatos.

—Yo no. Yo quiero que vengas.

—No insistas, Fran.

—No seas cabezota, no es más que dinero. Yo te debo a ti mucho más. Me has salvado el curso, voy a conseguir un coche nuevo, has hecho que me enamore de mi carrera. Por favor, déjame invitarte o prestarte el dinero. Ya me lo devolverás si no este año, el próximo. Cuando las cosas se arreglen en tu casa.

—No.

—¡Joder, qué cabezota eres!

—Sí que lo soy, lo reconozco.

—¿Qué puedo decir para convencerte? Irá...

Susana le colocó una mano sobre la boca.

—No lo digas... por favor, no lo digas. Ya sé que estará, pero te aseguro que si deseo ir no es por Raúl, sino por ti y por todos los demás.

Por un momento se miraron con intensidad y Fran estuvo tentado de decir: «Pues hazlo por mí, y ven. ¿No comprendes que yo te necesito allí?», pero la mano de Susana seguía tapando su boca. Después de unos segundos la retiró.

—El viaje no será lo mismo sin ti.

Ella sonrió.

—Gracias por decir eso. Es lo más bonito que me han dicho en mucho tiempo.

—Es la verdad, al menos para mí.

Agitada y nerviosa Susana se concentró en terminar de recoger sus cosas y las guardó en el bolso de lona. Fran permaneció en silencio. Después se levantaron y juntos salieron a la calle. En la puerta de la facultad se despidieron.

—Hasta mañana.

—No te habrás enfadado, ¿verdad? Te agradezco enormemente que te hayas ofrecido a prestarme el dinero, pero comprende que no puedo aceptarlo.

—No lo comprendo, pero tampoco estoy enfadado. Ya me temía que no querrías ni oír hablar de ello, pero tenía que intentarlo.

—Hasta mañana —dijo ella, y por primera vez desde que se conocían, se adelantó a darle un beso en la mejilla—. Gracias.

Merche estaba colocando perchas con conjuntos de sujetadores y bragas de encaje cuando alguien se le acercó por detrás. Giró la cabeza creyendo que se trataba de un cliente y se sorprendió al encontrar a Fran.

—¡Vaya! ¿Comprando bragas? ¿Alguna talla en especial?

Él negó con la cabeza.

—Te estaba buscando. He recorrido todas las secciones de esta tienda. Tengo que hablar contigo.

—¿De Susana?

—Sí.

—¿Ocurre algo?

—Nada que no podamos solucionar entre los dos, espero.

—No puedo hablar ahora —dijo ella mirando a su alrededor.

—Lo supongo. ¿A qué hora sales?

—A las nueve de la noche. Hoy hago turno doble.

—Te estaré esperando.

Fran se marchó. Aquella noche, cuando Merche salió le encontró en la puerta. No había dejado de darle vueltas a la cabeza durante toda la tarde a lo que él tendría que decirle. ¿Iría acaso a preguntarle por los sentimientos de su hermana? Para ella los de él estaban cada día más claros.

—Hola —saludó.

—Hola. Se te ve cansada.

—Entré esta mañana a las nueve y media, y llevo de pie todo el día.

—Susana me ha dicho que estás echando horas extra.

Ella se encogió de hombros.

—Hace falta. Es algo temporal.

—Sube al coche, te llevo a casa.

—¿En serio? No sabes cómo te lo agradezco. A estas horas el autobús va lleno.

—Así podremos hablar con más tranquilidad.

Subieron al coche y Fran arrancó.

—Me tienes sobre ascuas. No se me ocurre qué tienes que decirme sobre mi hermana. No tendrá algún problema, ¿verdad?

—No es eso. No sé si te habrá comentado que estamos organizando un viaje para pasar un fin de semana en El Bosque antes de que empiecen los exámenes.

—No me ha dicho nada.

—No quiere venir, dice que no tiene dinero.

—Y es verdad.

—Ya sé que es verdad, pero quizás haya alguna forma de arreglarlo. Ella se niega en redondo a hacerlo.

—No sé, Fran...

—No es mucho dinero, se trata solo de ciento cincuenta euros.

—Puede que no sea mucho para ti, pero para nosotras...

—Es lo mismo que me dijo Susana. Y me explicó lo del barco de vuestro padre. Yo me ofrecí a prestarle el dinero e incluso a pagárselo sin más, pero no quiere ni oír hablar de ello.

—Sí, es muy propio de ella.

—Tienes que convencerla para que acepte. Susana tiene que venir.

—Nada me gustaría más, Fran, pero mi hermana es muy cabezota.

—¿Y si te presto el dinero a ti? No hay ninguna prisa en que me lo devuelvas. Ni siquiera tienes que devolvérmelo aunque le digas a ella que sí. Yo estaría encantado de pagárselo.

—No puedo mentirle sobre algo así. Susana es muy orgullosa y jamás lo aceptará.

—Por favor, Merche, ella tiene que venir.

—¿Puedo preguntarte por qué tienes tanto interés en que vaya?

Fran desvió por un momento la vista de la calle y la miró.

—¿Y tú lo preguntas? ¿Hay alguien que se lo merezca más que ella? Estudia como una burra para seguir con la beca. Y nunca ha podido hacer nada así, tú sabes que nunca ha ido ni de viaje ni de excursión. Ahora tiene amigos y ella quiere ir. Y solo es el dinero lo que se lo impide, maldita sea. No es justo —dijo con vehemencia.

—No, no lo es. Pero hay muchas cosas que no son justas, Fran, y Susana es toda una experta en eso.

—Ya lo sé, pero me resisto a aceptarlo. Sobre todo por dinero. Yo tengo dinero de sobra y me haría muy feliz poder invitarla. Además, el viaje no sería lo mismo sin ella.

Merche sonrió.
—Está bien. Trataré de pensar en una forma de que lo acepte.
Fran también sonrió convencido de que tenía una aliada.
—Hazlo, por favor. No me obligues a secuestrarla.
—Dame un par de días, seguro que se me ocurrirá algo. ¿Tengo un par de días?
—Tienes casi tres semanas, aunque las reservas hay que hacerlas cuanto antes.
—Dame tu teléfono, te llamaré pronto.
Habían llegado.
—Gracias por traerme.
—No hay de qué. Creo que ya el coche sabe venir solo. No le digas a Susana nada de esto, ¿eh?
—Por supuesto que no.
Merche bajó del coche y sonrió mientras cruzaba la calle hacia su casa.
—Cariño, vas a ir a ese viaje aunque yo tenga que empeñar algo.

# 15

*Sevilla. Mayo, 1999*

Susana estaba estudiando cuando escuchó las llaves de su hermana en la cerradura. Sonrió. Era su cumpleaños y había visto en el frigorífico la comida especial que Merche había preparado para ella.

—Felicidades, cariño —le dijo al entrar.

—Gracias, Merche.

—Enseguida cenamos.

—Ya he visto que has preparado lasaña y tarta de chocolate.

—Por supuesto. Tienes que apagar veintiuna velas.

—Ya soy muy mayor para eso.

—¡Que te lo crees tú! Ya sabes que soy muy tradicional y conmigo no te valen excusas. ¿Y qué pintas son esas? —dijo mirando el pijama que llevaba puesto—. Ya puedes arreglarte un poco para cenar. Es tu cumpleaños.

—¿Pero qué más da, si estamos las dos solas?

—A mí no me da igual. Pase que no hayas querido que te haga una fiesta e invite a tus amigos, pero no voy a cenar contigo en pijama.

—¿Pero qué quieres que me ponga?

—Guapa.

—¡Caray, Merche! No tengo ganas de cambiarme. Imagina que llevo un vestido precioso y déjame estar cómoda.

—¡Venga! Yo me he molestado en hacerte tu comida favorita esta mañana y tú vas a complacerme en esto, ¿verdad?

—De acuerdo.

—Y te peinas un poco y todo eso. Tienes que salir guapa en la foto.

—¿Fotos también?

—Por supuesto.

—Está bien, como quieras. Ahora salgo. Ve calentando la comida, estoy muerta de hambre.

Entró en la habitación y se puso un pantalón rojo y una camisa negra que se había comprado no hacía mucho de tela suave y agradable. Desde la tarde en que Fran le dijo que era suave, procuraba que toda su ropa también lo fuese. Se cepilló el pelo dejándolo suelto. Si Merche le iba a hacer fotos, lo utilizaría para taparse un poco la cara, como hacía siempre. No era fotogénica ni salía bien en las fotos, por mucho que su hermana se empeñara en lo contrario. Después volvió al salón.

Lo primero que vio fue a Fran ayudando a Merche a poner la mesa. Se quedó parada.

—¿Qué haces tú aquí?

Él sonrió mientras colocaba las servilletas junto al plato.

—Estoy invitado a cenar.

Susana miró a su hermana, que sonreía con picardía.

—Me dijiste que no querías una fiesta, pero no dijiste nada de invitar a un amigo, ¿verdad?

—No, pero yo no quería que nadie se enterase de que era mi cumpleaños.

Fran se acercó hasta ella.

—¡Vamos, no eres tan vieja como para eso! ¿Cuántos?

—Veintiuno.

—¿Ves? Yo soy un año más viejo que tú. Felicidades —añadió inclinándose y besándola en la mejilla.

—Gracias —respondió sonrojándose y maldiciéndose por ello. Para disimular su turbación se puso a ayudar a colocar los cubiertos. Y se sentaron los tres a cenar.

—¿Por qué no querías una fiesta de cumpleaños?

—Merche sabe por qué.

—Una vez cuando era muy pequeña le preparamos una y no vino nadie... fue terrible.

—Pero eso fue hace mucho tiempo. Ahora te consta que la pandilla sí vendría.

—Sí, es posible. Pero además es que me da mucho corte ser el centro de atención de todo el mundo. No estoy acostumbrada, Fran.

—Pues me temo que de esta no te vas a librar. Ya se lo he dicho a todo el mundo y están preparando un botellón para el sábado.

—¡Por Dios! ¿No iréis a hacerme algo como lo del cumpleaños de Raúl con regalos y todo? Yo no puedo organizar una fiesta como aquella. Por favor, encárgate tú de que solo sea un botellón como los demás. Que no me compren nada.

Fran sonrió.

—¿Qué voy a hacer contigo? No te preocupes, no habrá regalos en el botellón, te lo prometo.

—Gracias.

Susana se dio cuenta de que había perdido todo el apetito que tenía. Lo último que esperaba era tener a Fran sentado a su mesa aquella noche. Merche no le había dicho ni media palabra del asunto y algo le decía que su hermana no había terminado con las sorpresas, por su cara picarona y su mirada chispeante.

Después de la cena encendió las veintiuna velas y sacó la cámara de fotos. Y Susana sopló con todas sus fuerzas tratando de apagarlas todas. Le costó tres intentos conseguirlo, pero al fin pudieron comer la tarta. Era la tarta de chocolate que su madre siempre le preparaba para su cumpleaños, su favorita.

Susana se dio cuenta de que a medida que el postre se iba terminando, una ligera expectación se iba apoderando tanto de su hermana como de Fran.

—Bueno, y ahora el regalo —dijo este.

—¿Regalo? Dijiste...

—Dije que no habría regalos en el botellón, pero supongo que no te dará corte abrir uno delante de mí, ¿verdad? Es uno solo, de parte de todos.

—Fran...

—Será mejor que la sientes en el sofá —aconsejó Merche.

Fran la cogió de la mano y la sentó en el sofá, haciéndolo él a su lado. Levantó el cojín que había contra uno de los brazos y sacó de debajo una caja cuadrada que parecía de bombones.

—Ten.

Con mano temblorosa rasgó el papel azul brillante y abrió la caja. Dentro encontró un sobre con el membrete de una conocida agencia de viajes. Levantó la vista hacia el chico, que le sonreía.

—Ábrelo.

Susana logró levantar la solapa del sobre, que no estaba cerrada del todo, y sacó unos billetes de autobús y una reserva de hotel.

—¿Qué... qué es esto?

—Los billetes para el viaje a El Bosque.

—Fran... —dijo sintiendo que unas lágrimas emocionadas empezaban a asomar en sus ojos. Él le puso dos dedos sobre los labios para hacerla callar.

—Calla... Sé lo que vas a decir. Que es mucho dinero, que no puedes aceptarlo. Antes de hacerlo, lee la tarjeta.

No se había dado cuenta de que además había una tarjeta. Leyó:

«El viaje no sería lo mismo sin ti. Carlos.»

«No puedes faltar. Maika.»

«Armaremos la de Dios, no te lo puedes perder. Raúl.»

«Hay que coger fuerzas para los exámenes. Lucía.»

«Las chicas solas no se pueden quedar cojas. Inma.»

«Un viaje de fin de curso no es tal sin su empollona particular. Miguel.»

«Si no aceptas me castigarás a mí también, porque yo me quedaré en Sevilla contigo. Fran.»

Levantó hacia él una cara arrasada en lágrimas y Fran la rodeó con los brazos y la apretó con fuerza. Merche se levantó discreta y salió de la habitación diciendo:

—Voy por mi regalo.

—Todo esto es cosa tuya, ¿verdad? —preguntó con la cara enterrada en su hombro y mientras él le acariciaba el pelo.

—¡Pues claro! No pensarías que me iba a ir de viaje sin ti. Como bien dice Carlos, no sería lo mismo —susurraba Fran en su oído—. Nadie sabía qué comprarte, así que a todos les encantó la idea cuando yo propuse reunir el dinero de todos y pagarte el viaje.

—Pero el viaje era una pasta, seguro que no habréis reunido tanto...

—Reunimos bastante, y el resto...

—El resto lo has puesto tú —dijo levantando la cabeza y mirándole.

—Pues claro. Yo soy más amigo tuyo que los demás, mi regalo tiene que ser también mayor que el de los demás. No puedes quitarme esa satisfacción.

—Gracias —susurró bajito.

—De nada. El regalo es también para mí. Y para todos. A nadie le apetece ir sin ti.

—¡No exageres! —dijo sonriendo entre lágrimas.

—Bueno, diré que a mí no me apetece ir sin ti.

—¿Por qué?

—Pues porque eres mi amiga y te lo mereces más que nadie. Hemos trabajado duro codo con codo y también quiero que nos divirtamos juntos.

—Cuando dijiste que te quedarías en Sevilla si yo no voy, no lo decías en serio, ¿verdad?

Fran hizo una mueca divertida con la boca y contestó:

—Estaba dudando entre quedarme o secuestrarte directamente. Pero no me hubiera ido sin ti.

—¿Por qué?

—Porque no me apetece. Tengo que reconocer que estoy celebrando como un crío tu primer viaje. Como si fuera el mío.

—Soy muy aburrida, te lo advierto.

—Eso ya lo veremos.

Una discreta tos anunció la entrada de Merche en el salón. Fran la soltó. La chica traía una enorme caja envuelta en el papel de regalo de C&A.

—Ten, este es mi regalo. También para el viaje.

Susana rasgó el papel y abrió la caja blanca, y su respiración se paró, incrédula. Levantó hacia su hermana unos ojos que echaban chispas, pero aquella sonreía burlona.

—¿No lo sacas?

Tragando saliva sacó un camisón en tono malva con el cuerpo de encaje y la falda corta y transparente y unas braguitas de encaje a juego. El mismo que habían visto cuando se compró el sujetador para el cumpleaños de Raúl.

—Por Dios, Merche... —logró balbucear—, voy a ir a un viaje de fin de curso, no a mi noche de bodas.

Su hermana clavó la mirada en Fran, que tenía la suya fija en la prenda, con los ojos muy abiertos y no menos asombrado que Susana.

—¿No sabes, nena, que el ochenta por ciento de los jóvenes tiene su primera experiencia sexual en los viajes de fin de curso?

—Quizás otros, pero no yo. Te recuerdo que no hay precisamente una cola de tíos esperando que haya un viaje de fin de curso para acostarse conmigo —dijo algo brusca para disimular la vergüenza que le producía que Fran viera aquella prenda y sobre todo lo que implicaban las palabras de su hermana.

—Mira, cariño, nunca se sabe. A mí me pasó.

—¿A ti?

—Sí, a mí. En el viaje de fin de curso del instituto. Había un chico de otra clase que me gustaba muchísimo, y él nunca había demostrado fijarse en mí, pero sin embargo durante el viaje charlamos y nos tratamos bastante y la última noche se presentó en mi habitación. Dios mío, Susana, cuando yo abrí la puerta con el camisón de franela de cuello alto que nos compraba mamá por aquella época, quise morirme de vergüenza, así como cuando él entró y me lo quitó y me quedé con las bragas de algodón de florecitas. En mi vida me he sentido tan mal. No quiero que eso te pase a ti. Te lo llevas al viaje y si no se te presenta la ocasión, pues lo guardas para otra vez y ya está. Pero si alguien llama a tu puerta, te encontrará sumamente sexi y atractiva con él.

Susana se cabreó. No podía creer que su hermana le estuviera haciendo aquello delante de Fran.

—¿Quién va a llamar a mi puerta, joder? Parece mentira que no lo sepas.

—No lo sabes —dijo encogiéndose de hombros—, a lo mejor Fran sabe de alguien que esté interesado y le susurra al oído que tienes un camisón precioso para recibirle.

Aterrada se volvió hacia él.

—Fran... ¡No se te ocurra decirle esto a nadie, ¿me oyes?!

—Claro que no —dijo él con voz extraña.

—¡Por Dios, y a Raúl menos que a nadie! Te mataré si alguien se entera.

—No se lo diré a nadie, te lo prometo. Pero Merche tiene razón, ¿por qué no puede haber alguien interesado en llamar a tu puerta?

—Porque no lo hay, y tú lo sabes tan bien como yo. Además, yo no voy al viaje a ligar.

—Claro que no, pero aun así, deberías llevártelo. Y no te enfades con Merche, el camisón es precioso. Seguro que estás guapísima con él.

—Pero...

—Pero nada —cortó su hermana—. Está decidido. Y ahora vamos a tomarnos una copita para que te tranquilices.

—Yo tengo que conducir —dijo Fran.

—Un refresco entonces.

Susana colocó la caja sobre la mesa y sirvió unas bebidas. Cuando le dio a Fran el vaso con coca-cola le sorprendió mirando la caja con expresión ausente. Y hubiera dado cualquier cosa por saber qué estaba pensando.

—¡Por Susana! —dijo Fran.

—Por que estrene el camisón —añadió Merche.

La mirada asesina que le dirigió hizo reír a su hermana. Fran bebió su vaso casi de un golpe, sin hacer ningún comentario. Después se marchó.

Apenas se cerró la puerta tras él, Susana se volvió hacia Merche más furiosa de lo que esta la había visto nunca.

—¿Por qué me has hecho esto? ¿Estás loca? ¿Por qué no le has pedido directamente que me eche un polvo?

—¿No te gusta el camisón?

—Claro que me gusta. Pero podrías haber esperado a que Fran se fuera para dármelo. ¡Por Dios, me muero de vergüenza solo de pensar...!

—¿Qué? ¿Que te imagine con él puesto? Para eso lo he hecho. Quería que él lo viera y se lo imaginara.

—Y seguro que ahora irá a contárselo a Raúl y tratará de convencerlo de que llame a mi puerta.

—No lo creo.

—¿Que no? Todavía sigue empeñado en que me enrolle con él. Menos mal que Raúl es un capullo, además no le gusto y no creo que lo haga. Anda detrás de Inma.

—Tú llévatelo y ya veremos quién se presenta.

—No pienso hacerlo.

—Claro que sí.

—No. No voy a ponerme ese camisón y esperar como una gilipollas a alguien que no vendrá. Es como si le pones a una caja de bombones rancios un lazo brillante esperando que alguien pique y se los coma. ¡Joder, no!

—Nena, te vas a llevar ese camisón al viaje te lo pongas o no, porque si no lo haces voy a llevártelo al autobús y lo sacaré allí para que todos lo vean.

—¿Y qué más da que todos lo vean, si el que yo no quería que lo hubiera visto ya lo ha hecho? No me atrevía ni a mirarle a la cara.

—Pero yo sí lo he mirado. ¿Y quieres saber lo que he visto?

—¡No! No me digas nada más, ¿quieres? Porque lo que tú estás pensando no va a suceder y yo no quiero ni siquiera hacerme una pizca de ilusión.

—Vale, ya me callo. Pero lo meterás en la maleta.

—De acuerdo, pero no cuentes con que me lo ponga.

# 16

Tal como Fran le había anunciado, el sábado siguiente se organizó un botellón para celebrar el cumpleaños de Susana. Era la primera vez que esta celebraba uno fuera del entorno familiar y estaba un poco nerviosa.

Esperaba que la noche no acabase como el cumpleaños de Raúl, que tanta ilusión había despertado en ella al principio, y al final nada fue como esperaba.

Para empezar, Fran no se había ofrecido a recogerla como otras veces que habían salido juntos por la noche y Susana había supuesto que tenía algo que hacer, aunque le había asegurado que estaría allí a la hora prevista, y también que la llevaría de regreso a su casa.

Cogió el autobús hasta La Alameda, donde habían quedado, y cuando llegó la mayoría de los amigos ya estaba allí, con la única excepción de Fran y Carlos.

Todos la felicitaron como si el día de su cumpleaños no hubiera pasado ya, y la besaron.

—¿Te ha gustado el regalo?

—Claro que me ha gustado, pero es demasiado, no teníais que haber gastado tanto.

—En realidad no sabíamos qué comprarte. No conocemos demasiado tus gustos, así que nos encantó que Fran propusiera lo del viaje.

—¿De verdad queréis que yo vaya? ¿No es cosa de Fran? Se ha empeñado en buscarme amigos a toda costa y se ha tomado muy en serio integrarme en la facultad. Siempre he sido bastante solitaria.

—De verdad. No te habríamos comprado el billete si no fuera así. Aunque hay que reconocer que él está entusiasmado. No sé qué habría hecho si no hubieras podido venir.

Susana ignoró la frase de Maika y continuó en la misma línea.

—No quisiera que él os hubiera forzado a aceptar mi presencia.

—No seas tonta, no tenemos cinco años. Nadie impone a nadie, por mucho que Fran insista.

Miguel miró el reloj.

—Bueno, a ver si vienen ya esos dos, que yo estoy deseando tomarme una copa.

—Pues tómatela... —dijo Susana.

—No me dejan. Dicen que el primer brindis tenemos que hacerlo todos. Es la norma de los cumpleaños.

—Pues es raro que no estén ya aquí. Fran por lo menos es siempre muy puntual.

—Tenía algo que hacer esta tarde antes de venir —dijo Raúl.

Al final los dos chicos aparecieron. Fran llevaba una gran caja en la mano y Susana se alarmó.

—No será otro regalo, ¿verdad? Me prometiste...

—No es un regalo, es el postre.

Todo el grupo se apartó para dejar sitio en el banco y Fran colocó la caja, que en el centro tenía estampado el membrete de una conocida pastelería. Inma cogió a Susana de la mano y la hizo sentarse junto a la caja, y todos, uno por uno, se fueron acercando a besarla y felicitarle el cumpleaños.

—Ahora toca soplar las velas.

—¡Por Dios, no! —dijo mirando a Fran con ojos suplicantes.

—Por Dios, sí —dijo Carlos.

Fran, que no la había felicitado aún, se inclinó sobre ella para besarla y le susurró al oído:

—Lo siento, no he podido evitarlo. Ha sido cosa de ellos. Les advertí que no querías nada de esto, pero se empeñaron. Dicen que no hay fiesta de cumpleaños sin su respectiva tarta.

Abrieron la caja y colocaron las veintiuna velas en círculo sobre la misma y bastante separadas para que le costara apagarlas. Al fin, y como Susana se temía, le cantaron el cumpleaños feliz a gritos en medio de la plaza, haciendo volver la cabeza a todos los demás grupos congregados en los alrededores. Con el rostro encendido de vergüenza, Susana sopló con todas sus fuerzas, tratando de acabar cuanto antes con todo aquello. Pero las malditas velas no se apagaron. Ni una.

—Eso es porque no has pedido ningún deseo —dijo Lucía—. Venga, cierra los ojos y piensa uno.

Susana no tenía que pensar. Solo había un deseo en su vida desde hacía tiempo. Y era el mismo que había pedido dos noches antes en su cumpleaños real.

«Que vuelva a besarme alguna vez —pensó con los ojos cerrados—. Me conformo con eso.»

Sopló las velas de nuevo, pero tampoco se apagaron.

—¿Qué has pedido, chica?

—Algo muy difícil, seguro —dijo Raúl—, por eso las velas no se apagan.

—Si fuera fácil, no tendría que pedírselo a unas velas, ¿no te parece? —le contestó algo brusca.

Susana sentía clavada en ella la mirada de Fran y supo que él creía que su deseo estaba relacionado con Raúl. Volvió a soplar otra vez, con fuerza, y consiguió apagar once de las veintiuna velas.

—Venga, otro esfuerzo. Si no, el deseo no se cumplirá.

—Seguro que no se cumple de ninguna forma. Pero en fin, allá vamos otra vez.

Volvió a hacer acopio de aire en los pulmones y en esta ocasión consiguió terminar con las que aún quedaban encendidas. Todos aplaudieron y Fran cortó la tarta con una navaja de bolsillo y repartieron bebidas para brindar.

—¡Por Susana!

—¡Por Susana y el viaje!

Entrechocaron los vasos y bebieron. Luego, mientras comían la tarta servida en trozos de un rollo absorbente de cocina que alguien sacó de un bolso, Lucía preguntó:

—Bueno, ahora di qué has pedido, porque nos tienes sobre ascuas a todos.

—Los deseos no se pueden decir, si no, no se cumplen —dijo Fran saliendo en su defensa.

—¿Cómo que no? Precisamente a mí se me cumplen cuando lo digo, más que cuando lo callo.

—No la obliguéis —intervino Inma—. Probablemente ella no quiera decirlo, ¿verdad?

—Verdad.

—Al menos tienes que darnos tres pistas —continuó Maika sin resignarse.

—¿Cómo tres pistas?

—Te hacemos preguntas y tú tienes que contestar a tres de ellas.

—Bueno, pero puedo negarme a contestar, ¿verdad?

—Sí, pero te haremos otra.

—Adelante. Pero no seáis muy indiscretos, por favor. Soy una chica tímida.

—¿Tu deseo tiene que ver con un chico? Porque si no, no me explico el secreto —dijo Lucía.

—Sí.

—¡Vaya, vaya...! Susi está enamorada —dijo Carlos.

—¿Qué te crees, que las empollonas no tenemos corazoncito? Lo que pasa es que lo tenemos guardado entre las hojas de los libros, en vez de en el pecho —dijo Susana bromeando para que olvidaran las preguntas, pero no fue así. En esta ocasión fue Raúl quien preguntó:

—¿Y el tío de tu deseo está aquí?

Susana enrojeció mucho y esperó que la oscuridad ayudara a que los demás no se dieran cuenta.

—Me niego a contestar a esa pregunta —dijo—. Otra.

—Bueno, bueno... ¿Y qué harías si tu deseo se cumpliera?

—Pues sentirme muy feliz, supongo. Aunque no tengo muchas esperanzas de que eso ocurra.

—Pero podría cumplirse...

—Sí, claro que podría cumplirse. Todos los deseos se pueden cumplir, por muy difícil que parezca.

—¿Tu deseo tiene que ver con alguno de tus regalos de cumpleaños? —le preguntó Fran con una voz extraña. Susana no quiso mirarle, adivinando sus pensamientos.

—No exactamente... Mi deseo no llega a tanto... Me conformo con mucho menos.

—¡Eh, eh...! ¿De qué habláis? ¿Qué sabes tú que nosotras ignoramos?

La cara aterrada con que Susana lo miró hizo comprender a Fran que había metido la pata.

—Lo siento... no he debido preguntarte eso. Se me escapó.

—No pasa nada.

—¿Tu deseo podría cumplirse esta noche? —volvió a preguntar Raúl.

—Sí, podría. Y ya he terminado. No pienso contestar a ninguna pregunta más —dijo bebiendo un largo trago—. ¿Eh, quién ha preparado esto?

—Yo —dijo Carlos.

—Pues el próximo que me lo prepare Fran. Este está demasiado fuerte.

—Si te emborrachas no pasa nada.

—No, que cuando me emborracho hago muchas tonterías.

—Como todo el mundo. Además, es tu cumpleaños. ¿Verdad que no pasa nada si se emborracha?

—Claro que no... Venga, Fran, sírvele otra.

—No, que la última vez que me emborraché estuvo a punto de costarme muy caro.

—¿Qué hiciste?

—Casi pierdo a un amigo.

Inma volvió a repartir tarta y la conversación se olvidó por un rato, atendiendo todos a la nata que se escurría entre los dedos pegajosos. Después, Fran se sentó junto a Susana y le limpió un resto de nata que tenía junto a la comisura de los labios con un clínex.

—Lo siento —dijo—. No quería ponerte en un aprieto. De verdad que se me escapó.

—No te preocupes. No creo que nadie se acuerde mañana de nada de lo que he dicho. Ya están bastante trompa.

Raúl se había apartado un poco y se sentó junto a Inma y empezó a pedirle que le dejara beber de su vaso. Ella le dijo que se limpiara las babas primero y el chico sacó un pañuelo dispuesto a hacerlo. Susana les miraba divertida, viendo cómo la chica lo mantenía a raya y por un momento no supo a qué se refería Fran cuando le dijo:

—¿Quieres que finja estar mareado y que te lleve él a casa?

—¿Él? ¿Quién?

—Raúl, por supuesto. También tiene carné de conducir y ha cogido mi coche algunas veces.

—No, no quiero que me lleve Raúl a casa. Prefiero que lo hagas tú. Pero si no te apetece, puedo coger un taxi. Tengo dinero de tus clases de esta semana. Ya sé que es un latazo desviarte tanto de tu camino.

—No es un latazo. Lo decía para que tengas algo especial que recordar del día de tu cumpleaños. Aunque tu deseo no se cumpla al cien por cien... al menos que te lleve a casa.

—Olvídalo, ¿vale? No intentes nada, Fran, que te conozco. Aparte de que se ha tomado unas cuantas copas ya, y que a quien quiere llevar a su casa es a Inma. ¿No lo ves?

—No está borracho y si yo le pido que te lleve a ti...

—¡Déjalo ya, Fran! No quiero irme con él.

Fran respiró aliviado. Sabía que cuando Raúl se tomaba dos copas se enrollaba con la primera chavala que se le pusiera a tiro, sin importarle si le gustaba o no. Con que tuviera dos tetas le bastaba, y él estaba seguro de que si acompañaba a Susana a su casa, intentaría liarse con ella por el camino, aunque solo fuera para sacarse la espinita de que Inma pasara de él. Pero estaba decidido a no permitir que sus celos le estropearan a ella la oportunidad de tener algo con Raúl, aunque solo fuera un escarceo en un coche de camino a casa. No pudo evitar recordar la cara de ella la tarde que habían escuchado música tumbados en su cama. Cuando le dijo que nunca la había abrazado un chico que le gustara. La tristeza con que lo dijo. Él había tenido que hacer un gran esfuerzo para no abrazarla entonces y decirle que a él le gustaba y mucho, pero Susana no se refería a él, sino a Raúl, así como había sido a aquel a quien había besado en la discoteca pocos días después, aunque solo fuera con la mente.

—Fran, ¿qué te pasa? Te has puesto muy serio. ¿Te molesta que no quiera que Raúl me lleve? Te repito que puedo irme en un taxi...

—No, claro que no. Yo te llevaré como siempre. Solo estaba pensando...

—¿Puedo preguntar en qué? Parece que quieras asesinar a alguien.

—No, qué va... Me estaba acordando... Cuando antes hablabas de tu última borrachera, ¿te estabas refiriendo a la noche del cumpleaños de Raúl?

—Sí.

Fran alargó el brazo y colocó la mano sobre la que Susana tenía apoyada en el muslo.

—Si piensas que estuviste a punto de perderme esa noche, te equivocas. Y no te atormentes, no hiciste nada que no hiciera yo también. Todo sigue igual entre nosotros, ¿no es verdad?

Susana quiso gritar «no, no es verdad. Yo me muero de ganas de besarte otra vez. Cada vez me cuesta más fingir que solo eres mi amigo», pero dijo:

—Sí, es verdad.
—Entonces...
Las voces de Inma y Raúl, discutiendo al otro lado del banco, les hizo desviar la atención y se enfrascaron en la conversación general. Fran no retiró la mano y Susana temió incluso moverse para que él no se diera cuenta de que aún la tenía apoyada sobre la suya.
A las tres y media de la madrugada el grupo se dispersó y Fran la acompañó a casa. En esta ocasión Maika, Raúl e Inma subieron también al coche para que Fran los llevara después de dejarla a ella. Raúl estaba bastante borracho y rehusó el ofrecimiento de Susana de sentarse en el asiento delantero, acomodándose detrás, entre las dos chicas. Apenas hubo arrancado, escuchó la voz de Inma, alterada:
—Raúl, quita la mano de mi pierna o te la corto.
—Es que necesito agarrarme a algo. Pierdo el equilibrio cuando Fran coge las curvas.
—¡Y una mierda!
—¿Qué necesitas para ponerte cariñosa, niña?
—Algo más que dos cubatas, y por supuesto alguien que no seas tú.
—No tienes idea de lo que te pierdes.
—¿Aguantar a un borracho? ¡Pues vaya pérdida!
—No estoy borracho, solo achispado, lo justo para perder las inhibiciones y hacer locuras en la cama. Invítame a subir y no te arrepentirás.
El chico empezó a subir lentamente la mano por el muslo de Inma, y esta, sin decir palabra, le agarró la mano y, llevándosela a la boca, la mordió con fuerza.
—¡Joder! Pues no que me has mordido...
—Ibas avisado. ¿Quieres más? Pues no tienes más que seguir.
—¡Me has hecho sangre!
—No te vas a desangrar por ahí, no te preocupes. Además, llevas tanto alcohol dentro como para que no se te infecte.
—Algún día te arrepentirás de esto.
—Lo dudo.
—Chicos, tengamos la noche en paz —dijo Maika.
Susana y Fran guardaban silencio escuchando la conversación del asiento trasero, y pronto llegaron a su casa. Él detuvo el coche en la puerta y le dijo:
—Espero que lo hayas pasado bien.

—Muy bien —dijo ella quitándose el cinturón—. Hasta el lunes. Y muchas gracias a todos —añadió dirigiéndose también a los del asiento trasero.

—Hasta el lunes —respondieron todos—. Y no te preocupes, mañana te lo cobraremos en apuntes.

—De acuerdo. Me parece justo.

Susana abrió con la llave y se perdió en el portal. Fran arrancó el coche dispuesto a hacer de taxista una vez más.

# 17

Después de despedirse de Merche, Susana cogió un taxi que la llevaría a la estación de autobuses del Prado, donde había quedado con todos los compañeros. El autobús para El Bosque salía a las once de la mañana, y ella llegaba con mucho tiempo. Tanto que en el andén solo estaba un chico de la clase que apenas conocía, porque nunca se había reunido con ellos en las salidas. Él pertenecía al equipo de la bolera. Aun así, Susana se acercó y le saludó:

—Hola. Parece que hemos llegado temprano.

—Yo sí, porque vivo en un pueblo y me ha traído mi padre antes de ir al trabajo. Ya llevo aquí un rato. He aprovechado para buscar el andén de donde sale el autobús. Es ese de allí.

Carlos fue el siguiente en aparecer.

—¿Qué? ¿Dispuestos para pasarlo bomba?

—Por supuesto.

—Veo que ya conoces a Samuel.

—Sí, de la clase, sí.

—Pero él es un chico *light*, nunca viene los fines de semana.

Poco a poco fueron llegando también las chicas y Miguel. Susana no dejaba de mirar hacia la puerta de la estación, impaciente por ver a Fran, y al fin, ya próxima la hora de salida del autobús, le vio aparecer con Raúl. Tuvo que contenerse para no salir corriendo a su encuentro. Aguardó quieta mientras le veía acercarse, con su andar rápido, tirando del *trolley* y con una mochila al hombro, vestido con zapatos de deporte, un pantalón pirata de loneta gris y una camiseta azul marino.

También ella se había puesto unos pantalones pirata blancos y una camiseta turquesa sin mangas. Y cuidadosamente doblado y escondido debajo de toda la ropa, llevaba el camisón que Merche le había regalado por su cumpleaños. Hubiera preferido dejarlo en casa, pero sabía que su hermana cumpliría su amenaza de llevárselo al autobús y sacarlo delante de todos si lo hacía.

—¡Vaya horas! —dijo Maika al verlos llegar—. Ya pensábamos que nos íbamos a tener que ir sin vosotros.

Raúl protestó.

—Échale las culpas a la madre de este... Quedamos en que ella le iba a traer y me recogían a mí. Yo llevo preparado y esperando un buen rato.

—¡No me hables, que llevo media hora metiéndole prisa! Mi madre no es puntual más que para los juicios. Menos mal que no nos ha cogido ningún atasco, porque si no, no llegamos a tiempo. Y la estrangulo...

El autobús abrió las puertas y todos se precipitaron dentro en un alegre barullo. Fran fue de los primeros en subir y Susana temió que alguien se sentara a su lado, pero cuando avanzó por el pasillo del autobús, vio que él había colocado la mochila en el asiento contiguo y solo la quitó cuando la vio pasar. Alargó el brazo y agarrándole la mano tiró de ella.

—Ven, siéntate aquí. Tengo algo para ti.

Ella se dejó caer a su lado y colocó la bolsa de lona donde solía llevar los libros, ahora cargada con cosas para el viaje, a sus pies.

—¿Para mí?

—Sí.

Fran sacó el reproductor de música de la mochila y colocó esta en la rejilla del techo. Después volvió a sentarse y le tendió a Susana uno de los auriculares, mientras él se colocaba el otro. Manipuló los botones y empezó a sonar la banda sonora de *Memorias de África*, la misma melodía que habían escuchado la tarde que estuvieron estudiando en casa de Fran.

—Supuse que te gustaría un poco de música. A mí, por lo menos, me encanta para los viajes.

—Sí, mucho —dijo ella. Aunque lo que de verdad le apetecía era estar así con él, tan cerca. El compartir los auriculares hacía que ambos tuvieran que inclinarse ligeramente hacia el otro. Sus brazos se rozaban y sus cabezas se apoyaron una en la otra para hacer más cómoda la postura. Y Susana deseó que el viaje fuera muy largo.

Permanecieron callados, escuchando, aislados del bullicio del resto del autobús, y cuando la música terminó, Fran no puso otra, pero tampoco se quitó el auricular de la oreja ni se separó. Solo empezó a hablar.

—¿Estás contenta de venir?

—¡No sabes cuánto! Es mi primer viaje de fin de curso... Mi primer viaje con amigos. Sé que suena ridículo a mis veintiún años, pero así es. Y no se lo digas a nadie, pero tengo que confesarte que no he podido dormir en toda la noche. Merche ha tenido que hacerme una tila. Como si fuera una cría.

—Ya verás lo bien que lo vamos a pasar. El sitio es precioso.

—¿Tú lo conoces?

—Sí, estuve allí de campamento hace unos cuantos años. El albergue, además de habitaciones, tiene una zona de acampada. Me lo pasé bomba allí.

—¿Cómo es el hotel?

—Bueno, no tiene cinco estrellas, pero no está mal. Está bien situado y limpio. Tiene una enorme piscina y justo al lado hay un restaurante donde se comen las mejores truchas del mundo a un precio más que razonable. ¿Te gustan las truchas?

—Mi padre es pescador, todo el pescado me gusta, incluso el de río.

—Pues no sé si los demás se apuntarán, pero tú y yo nos vamos a comer una trucha, ¿eh?

—Cuenta conmigo.

El autobús se detuvo en el centro de un pueblo pequeño, en una plaza circular, y todos se bajaron rápidamente. Y cargados con sus respectivos equipajes, enfilaron la carretera de dos kilómetros que llevaba hasta el albergue.

Al fin, abrasados de calor, entraron en la explanada, desierta a aquella hora del mediodía. Raúl, que se había encargado de las reservas, se acercó a la Recepción, mientras los demás se sentaban en los largos bancos y mesas de madera, agradeciendo la sombra que les ofrecía la techumbre de cañas y el poder soltar en el suelo las bolsas y macutos.

Fran había colocado encima de su *trolley* la bolsa de viaje de nailon de Susana y la pequeña maleta de Lucía, y en un gesto caballeroso, había tirado de ellas, sudando copiosamente bajo el sol abrasador que caía a plomo sobre la carretera. A cambio, las dos chicas se habían repartido a trechos la mochila de él, no demasiado pesada, y habían ayudado a Inma con un bolso de mano, también lleno.

—¿Os imagináis que ahora nos digan que no tenemos habitaciones, que el encargado de hacer las reservas no lo ha hecho bien y que tenemos que volver a cruzar esa carretera sin podernos quedar?

—¡Lo mato! —dijo Inma.

—Yo acampo en una esquina; a mí no me quita nadie este fin de semana.

Pero poco después el chico regresó con un manojo de llaves enormes en la mano.

—Macho, pareces el carcelero de la Inquisición.

—Bueno, a ver cómo nos repartimos... Hay una habitación cuádruple, dos dobles y una individual. He intentado que nos dieran una triple, pero por lo visto no tienen. Y las habitaciones son demasiado pequeñas para colocar una cama supletoria, así que alguien tiene que dormir solo.

—La cuádruple para nosotras, ¿no? —preguntó Inma—. Que estamos justas.

—¿En ese plan venís? ¿Las chicas con las chicas y los chicos con los chicos? —protestó Raúl—. ¿Dónde habéis dejado la liberación de la mujer y todo eso?

—¡Olvídate, que aquí no te vas a comer una rosca, tío!

—Yo pensaba que tú y yo podríamos conocernos mejor en este viaje —susurró mirando a Inma con ojos tiernos.

—Pues ya has pensado más de la cuenta. Si quieres rollo vas a tener que ligarte a alguien del albergue.

—La muestra que he visto sentada en el salón no es muy prometedora que digamos... Viejas y niñas.

—Bueno, ¿qué hacemos con las otras habitaciones? —preguntó Miguel, que estaba deseando cambiarse de ropa y ponerse más fresco.

—Nosotros cogemos una doble, ¿no, Fran? —preguntó Raúl a su amigo.

—¡Ni de coña! Pues anda que no tienes morro. La individual se sortea y luego ya nos podemos repartir las otras dos. Yo no me acuesto solo si puedo evitarlo —protestó Carlos.

—Yo quiero la individual —pidió Fran.

—No, tío, no es justo. Se sortea.

—No me importa. Lo que no voy es a dormir con Raúl ni loco. Si no es Inma, será otra y ya me veo como otras veces mendigando un sitio donde pasar la noche. Prefiero tener mi cama asegurada.

—¿En serio quieres dormir solo? ¡Con lo aburrido que es!

—Si se monta una juerga en alguna habitación, allí estaré. Pero a la hora de dormir, ¿qué más da solo o acompañado?

—¡No me puedo creer que hayas dicho eso, tío! —se escandalizó Carlos—. ¿Cómo que es igual dormir solo o acompañado?

—Hombre, si te estás refiriendo a alguna chavala, vale. Pero estoy hablando de dormir, macho. Cerrar los ojitos y dejarte llevar al país de Morfeo. Y para dormir con otro tío que se tire pedos y al que le huelan los pies...

—¡O sea que Raúl se tira pedos y le huelen los pies...! De lo que se entera una... —dijo Maika.

—Ya te lo dije, que no es oro todo lo que reluce —añadió Inma.

—No me refería a él, hablaba en general —se disculpó Fran.

—Macho, a este paso me vas a dejar la imagen tirada por los suelos.

—Mira, dejaos de tonterías. Fran que se quede con la habitación individual, que yo dormiré con Raúl. Y si tengo que buscar dónde pasar la noche, ya me las apañaré, seguro que no me dejaréis tirado. Pero lo que ahora quiero es quitarme esta ropa sudada y darme un refrescón —protestó Miguel cogiendo una de las llaves—. Que cada uno duerma como le parezca.

—¿Pero quién coño quiere dormir en un sitio como este? ¿Alguien duerme acaso en los viajes de fin de curso?

—La hermana de Susana tiene una teoría... —dijo Fran.

Esta levantó los ojos hacia él, asustada. ¡No iría a contar nada más!

—Fran... —le advirtió.

—¿Qué teoría?

—Que la gente viene a estos viajes a follar.

—Yo no lo quería decir, pero la verdad es que tu hermana tiene razón —confirmó Raúl.

—Ya sabemos que tú vienes a eso, pero los demás solo queremos divertirnos. Así que cuanto antes te busques a una «titi» con quien enrollarte y nos dejes a los demás en paz, mejor —dijo Inma, que no perdía ocasión de darle caña.

—Si tú te animaras, no tendría que buscar. Tienes preferencia, ya lo sabes. Y nadie se va a enterar, ¿verdad? De lo que pase en este viaje, el lunes, borrón y cuenta nueva.

—Vete a la mierda.

—Tú te lo pierdes.

—Me parece que no, que el que se lo pierde eres tú.

Mientras hablaban se habían puesto en marcha hacia las habitaciones.

Pasaron por un salón grande lleno de mullidos sofás y varias mesas de centro y una enorme pantalla de televisión. En él estaban instaladas varias parejas de ingleses de mediana edad. Una vez cruzado este, se encontraron en otra habitación llena de mesas y sillas, donde unos cuantos niños estaban enfrascados en juegos de mesa.

—¿Veis lo que os decía? —preguntó Raúl.

—Pues con este personal, lo llevas claro —dijo Inma soltando una carcajada.

Subieron una escalera y las chicas se quedaron en su habitación, mientras ellos subían una planta más.

La estancia era pequeña y espartana, y en ella se apretujaban dos literas de madera rústica cubiertas por colchas a cuadros azules y amarillos. Un armario empotrado completaba el mobiliario. Maika se asomó a la puerta que daba al baño y silbó.

—Joder, tiene hasta jacuzzi.

—¿No me digas? —preguntó Lucía siguiéndola y encontrándose en una minúscula habitación de apenas dos metros cuadrados en la que se apretujaban un váter, un lavabo y un plato de ducha tapado por una cortina de flores.

—Y la otra se lo cree... —dijo Inma a carcajadas desde la habitación.

—Yo me pido una de las literas de arriba —dijo Susana.

—Toda tuya.

Deshicieron los equipajes y colocaron la ropa en las tablas del armario. Después se reunieron con los demás en el comedor, que estaba ya a punto de cerrar.

Se sentaron a una mesa larga a la que añadieron otra más pequeña para poder acomodarse todos y comieron con apetito los dos platos que constituían el menú.

Después regresaron a las habitaciones a ponerse los bañadores para bajar a la piscina.

Susana vio a Inma, preciosa y escultural en su bikini de rayas, la cintura estrecha, los caderas redondeadas y los pechos altos y firmes. Y no quiso ni mirar su imagen en el empañado y manchado espejo que había sobre el lavabo.

—Raúl se te va a tirar encima en cuanto te vea así —le dijo Maika a su amiga.

—Ya se cuidará muy mucho. Sabe que muerdo.

Susana se envolvió en la toalla para salir, pero Lucía le preguntó:

—¿Qué haces?

—Taparme.

—¿Por qué? Aquí todo el mundo baja a la piscina en bañador. Nadie se escandaliza.

—No me gusta lucirme en bikini, estoy demasiado delgada.

Inma le dio un tirón y le quitó la toalla.

—No digas pamplinas, estás estupenda. Si tuvieras mollas o algo así, comprendería que te taparas, pero por que estés delgada...

—Lo dices porque a ti todos te contemplan admirando lo buena que estás.

—Vamos, que hay muchos hombres a los que les gustan las mujeres muy delgadas.

—Yo no me he encontrado ninguno en veintiún años.

—¿Seguro?

—Y tan seguro.

—¿Hacemos un experimento?

—¿Qué tipo de experimento? ¡Por Dios, que me asustáis!

—Bajas así, sin taparte... Y si en todo el camino y luego en la piscina nadie te mira siquiera, yo te regalo un blusón de gasa monísimo que tengo en la maleta para que te lo pongas el resto del viaje, pero si alguien, aunque sea una sola persona, te mira embobado y mantiene la mirada más de veinte segundos, entonces tú te olvidas de tus complejos y te luces en bikini todo el rato. ¿Hecho?

—Hecho... Pero ya te puedes ir olvidando del blusón.

—Ya veremos.

Bajaron y no se cruzaron apenas con nadie, ni nadie reparó en ellas. Al llegar a la piscina vieron de lejos a Raúl y a Fran, que les hacían señas con la mano. Ambos amigos estaban de pie en la entrada. Susana lamentó haberle hecho caso a Inma y deseó ir bien envuelta en la toalla, pero esta, para evitarle tentaciones, se la había quitado de la mano y la llevaba junto con la suya.

—Esperad un segundo, que voy a comprar agua —dijo Lucía—. No entréis sin mí, que quiero comprobar el resultado del experimento yo también.

La mirada de las tres chicas se posó en los dos amigos que esperaban en la entrada. Fran, con un bañador azul y rojo largo hasta la rodilla, y Raúl con uno corto naranja fosforescente.

—Anda que como para no verle...

Pero Susana no le veía. Solo tenía ojos para Fran, ahora que estaba lo bastante lejos para mirarle sin que él se diera demasiada cuenta. Se había refugiado detrás de Inma, ocultándose parcialmente de la vista de los chicos. Su mirada se recreó en el cuerpo de él, los hombros anchos, el vientre plano, los músculos fuertes apenas marcados, sin un solo pelo en el pecho, como a ella le gustaba, las piernas cubiertas apenas por un ligero vello rubio. Deseó con todas sus ganas poder acariciarlas, y abrazarse a esa espalda y sentir los músculos duros bajo los dedos como la noche que bailaron juntos. La voz de Inma a su lado la sobresaltó.

—Están buenos, ¿eh?

—Sí, sí que lo están —dijo apartando la vista para no ser descubierta y mirando también a Raúl, más delgado que su amigo pero con los músculos más marcados.

—¿Con cuál te quedas? —preguntó Maika maliciosa.

—No me he planteado quedarme con ninguno.

—¿Seguro?

—Seguro.

—Que se te ve el plumero, chica.

—Maika, no...

—No te preocupes, yo calladita. Y a ti también se te ve el plumero —dijo a Inma, que no apartaba la vista de Raúl.

—Que sea un gilipollas no quita que esté como un tren, y yo no soy ciega.

—Lo malo es que con esos bañadores tan anchos no se les marca mucho el paquete. Yo que esperaba comprobar si lo de Raúl es cierto.

—Si quieres comprobarlo, cuando estés en el agua bucea y como quien no quiere la cosa, hazte la encontradiza y tantéale. No creo que proteste ni se queje. Luego te disculpas diciendo que debajo del agua no se ve, y ya está.

—Qué treta más burda.

—Será todo lo burda que quieras, pero se usa mucho. A mí me han cogido las tetas más de una vez así.

—¿Y tú te has quedado calladita?

—Bueno, tengo mi propia forma de desquitarme. Al echar a nadar, es bastante frecuente que no controles los movimientos y que tu pie golpee inadvertidamente los huevos del agresor. También te disculpas y listo.

Todas se echaron a reír.
—Ya estoy aquí. Por Dios, cuánta historia para vender una simple botella de agua...
Las cuatro amigas echaron a andar hacia la piscina.
—Susana, tú delante.
—Por favor...
—Vamos. No me hagas tirarte del brazo delante de ellos.
Apretó el paso y se colocó la primera. Trató de controlar el color de su cara y miró al suelo, pero aun así sintió la mirada de Fran clavada en ella mientras avanzaba. No quiso mirarle para no ver la posible decepción en su cara, pero escuchó a su espalda risitas y comentarios en voz baja.
—¿Ves? El blusón sigue siendo mío. Hay uno que no te quita ojo.
—¿Quién?
—¿Quién va a ser? ¿Es que no lo ves?
Se obligó a levantar la vista y se encontró con la sonrisa de Fran a un par de metros.
—Ya era hora. ¿Qué hacíais ahí paradas tanto tiempo?
—Lucía ha ido a buscar agua. La estábamos esperando.
—Los demás ya están cogiendo sitio.
Entraron en el recinto y se reunieron con Carlos, Miguel y Samuel, sentados en una esquina, bajo la sombra de un árbol. Extendieron las toallas y se acomodaron a su vez.
—¿Os habéis fijado que toda la piscina está vacía salvo aquella esquina donde se concentran todos los bañistas? —preguntó Samuel.
—Sí que es verdad.
—Bien, así me dejan a mí el resto para nadar a mis anchas —dijo Raúl—. ¿Alguien se anima a darse un baño?
—Yo todavía no.
—Anda, nada a tus anchas.
El chico se lanzó de cabeza y nada más entrar en el agua, exclamó.
—¡Joder!
—¿Qué pasa?
—Que está congelada.
Una chica contestó desde el agua:
—Aquí, donde da el sol, está más calentita.
Todos estallaron en carcajadas.

—Ahora se comprende la aglomeración —dijo Maika.
—Pues conmigo no contéis. No pienso bañarme en un agua congelada.
—Eso es estupendo para los calenturientos. Si alguien está más caliente de la cuenta, que se lance —dijo Lucía.
—Hay mejores formas de quitarse la calentura, niña —añadió Carlos.
—¿Es una proposición?
—Por supuesto.
—¿Otro que viene a lo mismo?
—No es que venga con esa única idea como Raúl, pero no le voy a hacer ascos a un buen polvete si se presenta la ocasión.
—A ver si va a tener razón la hermana de Susana. ¿Tú también vienes dispuesto a tirarte a alguien, Fran?
—A mí dejadme, que yo estoy muy calladito.
—Ya, pero el que calla otorga.
—Eso es muy fácil de averiguar. A ver, contestadme a una pregunta. La verdad, ¿eh? ¿Alguno de vosotros ha venido sin condones?
Los cuatro chicos guardaron silencio.
—O sea que todos venís preparados.
—Y el que está en el agua no te digo... Ese traerá dos cajas por lo menos.
—Oye, no es justo que nos acuséis. ¿Y vosotras? ¿Acaso vosotras no traéis?
—Yo no he venido aquí a eso. Pero sí traigo, siempre llevo alguno en el bolso —confesó Inma—. Pero como a alguien se le ocurra decírselo a Raúl, le corto el cuello. No me dejaría vivir si se enterase.
—¿Nadie más trae? —preguntó Miguel burlón.
—Yo no —dijo Maika—. El chico que me gusta está en Sevilla, y yo si no es con él...
—Yo sí traigo —dijo Lucía—, pero por costumbre, como se lleva un pañuelo o unas compresas.
—Ya, igual que un pañuelo.
—¿Y tú, Susana? No pienses que te vas a librar.
—Yo no traigo —dijo—. No creo que los vaya a necesitar.
—No te preocupes, si te hacen falta los demás te daremos alguno. Por lo visto entre todos traemos para que folle un regimiento —dijo Samuel provocando la risa general.

—Esta conversación me está subiendo la temperatura. Creo que me voy a dar un baño —dijo Maika.

—Voy contigo —dijo Susana.

Sin decir palabra, Fran se unió a ellas y se lanzaron los tres a la piscina.

Se reunieron con Raúl y durante un rato nadaron y juguetearon en el agua. Después salieron y se sentaron a secarse.

—¿Qué vamos a hacer esta noche?

—Cada uno lo que pueda.

—Me refiero a la cena.

—Aquí al lado hay un restaurante donde se comen unas truchas estupendas —dijo Fran.

—Ya está el de las truchas —dijo Raúl—. Cuando estuvimos aquí de campamento se dio un atracón. Yo propongo mejor ir al pueblo por algo de carne. Ahí detrás, en la zona de acampada, hay una barbacoa y mesas y bancos como los de la explanada de Recepción.

—Yo me apunto a eso —dijo Carlos.

—¿Y vosotras qué queréis?

—A mí me da igual, lo único que digo es que yo no he venido aquí a cocinar.

—En mi pueblo, las barbacoas son cosa de hombres —añadió Susana.

—O sea, que si queremos carne, la tenemos que preparar nosotros.

—Así es.

—A mí no me importa —dijo Fran—. Me gusta preparar barbacoas.

—Pues vamos, entonces.

—Yo me ofrezco a ir por la carne —dijo Raúl—. Conozco un sitio donde la venden estupenda. ¿Te acuerdas, Fran?

—Sí, si todavía sigue abierto. Pero si yo cocino, no iré a comprar.

—Yo voy con Raúl —se ofreció Miguel.

—Yo prefiero cocinar con Fran —dijo Carlos, que se encontraba muy a gusto tirado en el césped.

—Venga, Samuel, ve tú con ellos.

—Sí, porque también habrá que traer bebidas, digo yo. Después de hartarte de carne no hay nada como un cubatita.

—De acuerdo. Hagamos un fondo común de diez euros por cabeza y vayamos a comprar.

Los tres chicos se ducharon y fueron al pueblo a comprar y los demás permanecieron aún un rato en la piscina. Cuando esta cerró se fueron a las habitaciones a darse también una ducha y se reunieron en la parte de acampada para preparar la barbacoa.

Inma y Susana fregaron a conciencia una de las largas mesas de madera mientras Fran y Carlos se dedicaban a hacer lo mismo con la rejilla de la barbacoa. Poco después llegaron sus amigos con la compra y Maika y Lucía pusieron la mesa con los vasos y platos de usar y tirar que habían traído.

Se repartieron el trabajo: Fran encendió el fuego mientras Carlos preparaba la carne; Raúl se encargó de repartir cervezas y preparar tintos de verano, Susana cortó el pan. Pronto empezaron a aparecer platos con comida que se quedaron vacíos casi al instante.

Susana, viendo que Carlos y Fran estaban trabajando en la barbacoa sin siquiera beber, se les acercó con dos vasos de cerveza en la mano.

—¿Los cocineros no toman nada?

—Se agradece el detalle. Estamos secos, y con este calor...

Fran cogió el vaso y lo apuró de un trago.

—Es una delicia esto de poderme tomar una cerveza sin tener que conducir.

—¿Quieres más?

—Ahora, cuando coma algo.

—Enseguida os traigo algo de comer, porque como os descuidéis no os dejan nada. Están devorando como limas sordas.

Susana se marchó y regresó poco después con dos bocadillos de filetes.

—Toma tú, ya que estás aquí... —le dijo Fran metiéndole en la boca un trozo de salchicha que acababa de retirar del fuego—. Vas a ser la primera que las pruebe. ¿Qué tal?

—Deliciosa.

Durante un rato Susana se encargó de llevar comida y bebida a los cocineros, y después de que todos hubieran saciado el hambre, y ya con el fuego apagado, se sentaron en los largos bancos y Raúl sacó las bebidas fuertes.

Susana remoloneó un poco esperando a que Fran se sentara para hacerlo a su lado, pero sin saber muy bien cómo se encontró a un extremo del banco, junto a Raúl, mientras que Fran estaba sentado al otro lado de la mesa, muy lejos de ella.

Raúl se hizo cargo de las bebidas, y cogiendo el vaso de Susana, le sirvió un cubata de ron bastante cargado.

—¡Eso no será para mí!

—Por supuesto que sí.

—No, yo prefiero un Malibú.

—Hoy no hay pijaditas. Cubatas para todo el mundo. No teníamos más manos para traer cosas.

—Bueno, pero ponme otro menos cargado.

—No, nenita... Esta noche tienes que animarte un poco. Es tu primer viaje, ¿no? Pues que no se diga.

—¿Intentas emborracharme?

Raúl se encogió de hombros.

—Nadie se va a enterar. Quizás así pierdas las inhibiciones un poco. Eres demasiado seria, Susanita... —dijo mirándola fijamente y guiñándole un ojo.

Ella sintió que se quedaba paralizada. ¿Estaría intentando ligar con ella en vista de que no conseguía a Inma? ¿Acaso Fran le había dicho algo? ¿Por eso se había sentado tan lejos? Levantó la cabeza y le miró, pero Fran parecía distraído. También se había servido una copa y miraba fijamente su vaso, del que bebía pequeños sorbos en silencio, con expresión extraña.

También ella bebió en silencio, no queriendo darle pie a Raúl a proseguir lo que tuviera en mente, pero cuando ya llevaba medio vaso este se inclinó hacia ella y le preguntó bajito, para que nadie más le oyera.

—¿Y tú qué tal con Fran?

—Bien. ¿Por qué? Como siempre.

—Has estado toda la noche yendo a la barbacoa a llevarle comida y bebida.

—También a Carlos. Los teníais abandonados. Nadie se acordaba de que ellos no tomaban nada.

—Ya... ¿Él y tú seguís siendo solo amigos?

—Pues claro, ¿qué quieres que seamos? —preguntó temerosa y cada vez más convencida de que Raúl le estaba tirando los tejos, quizás en complot con Fran.

—A mí no me la das... Te he visto mirarle en la piscina esta tarde. Te lo comías con los ojos. Y eso de que estás loca por un tío de tu pueblo puedes colárselo a él, pero a mí no.

Susana se relajó en parte comprendiendo que Raúl no estaba ligando con ella, sino que simplemente intentaba sonsacarle como había hecho otras veces. Y supo que esta vez le iba a resultar muy difícil convencerlo. Y probablemente se lo diría a Fran. Enrojeció violentamente y trató de evitar a toda costa que lo hiciera.

—¿Qué bobadas estás diciendo?

Raúl se inclinó aún más sobre ella y apoyando la boca en su oído le susurró:

—Anda, tonta... No disimules conmigo. Mírale, está ahí solo en un extremo del banco. ¿Por qué no te vas allí con él y le das un muerdo a ver qué pasa?

Ella levantó la cabeza y le dijo al oído también, temerosa de que sus palabras llegaran a los demás.

—Por favor, Raúl. Cállate. No digas aquí esas cosas. Si alguien se entera...

Él se echó a reír bajito y volvió a hablarle con la boca prácticamente metida en la oreja.

—Si alguien se entera, ¿qué? Si aquí lo saben todos. Todos menos él, joder, que no se puede ser más tonto.

—Y quiero que siga así.

—¿Por qué?

—Porque sí. Tengo mis motivos.

—¿Y qué motivos son esos?

La conversación seguía en susurros, con las bocas pegadas a las orejas de uno y otra. De pronto, y con el rabillo del ojo, Susana vio que Fran, que los había estado observando a hurtadillas, se levantaba del banco con cierta brusquedad y hacía intención de marcharse.

—¿Y a ti qué te pasa? —le preguntó Maika, mientras se alejaba—. ¿Te ha picado un escorpión?

Sin detenerse y mientras caminaba en dirección al edificio del hotel, respondió brusco:

—¡Joder! ¿Ya no se puede ni mear sin rellenar un formulario?

Susana lo miró fijamente mientras se perdía en la oscuridad, la espalda rígida y tensa, el paso rápido como si le persiguiera alguien. Escuchó risas por lo bajo y sintió una gran incomodidad, un desasosiego que no sabía identificar.

—¿Por qué no le acompañas, Susi? —le preguntó Carlos.

—¿Que le acompañe? Carlos, va al baño. Supongo que sabrá hacerlo solo...

—A lo mejor necesita que se la sujeten... —dijo Maika.

—No tiene gracia, ¿eh?

Bebió un largo trago y no pudo evitar que su mirada se fuera al fondo, hacia la oscuridad que se había tragado a Fran, esperando su regreso. Pero los minutos pasaban y este no aparecía.

Furtivamente miró el reloj, eran las doce y cuarto. Siguió esperando, pero Fran continuaba sin regresar. A la una menos cuarto estaba realmente inquieta, pero no quiso decir nada porque seguramente todos iban a reírse de ella si lo hacía. Pero Fran llevaba un rato muy raro y su marcha había sido más extraña aún.

Aguantó hasta la una y ya entonces no le importó lo que dijeran, ni las burlas de los demás. Preocupada, dijo:

—¿No creéis que Fran tarda demasiado? Creo que alguno de vosotros debería ir a ver si está bien.

—¿Nosotros? ¿Y por qué no vas tú?

—Porque no me van a dejar entrar en el baño de los hombres, por eso.

—Seguro que no le pasa nada. A lo mejor es que ha ligado por el camino... Y sería un puntazo ir a cortarle el rollo —dijo Raúl malicioso.

—No digas tonterías, Fran no haría eso. No se iría con nadie sin más, dejándonos a todos aquí plantados —dijo convencida. Luego lo pensó mejor y añadió—: Al menos avisaría. Yo creo que le pasa algo... su forma de marcharse ha sido muy brusca. A lo mejor la bebida no le ha sentado bien.

—Yo sé lo que no le ha sentado bien —dijo Maika con una risita—. Pero creo que sí deberías ir a buscarle.

—¿Y si está en el baño de los tíos?

—Si no le encuentras por el camino, ni en los salones, me lo dices y ya iré yo a ver —dijo Raúl.

Se levantó de un salto y salió presurosa hacia el edificio del hotel, escuchando risas a su espalda y la voz de Raúl diciendo:

—Diez euros a que no vuelve.

—Hecho.

No tuvo que andar mucho, ni siquiera llegó a entrar en el hotel. Nada más salir de la zona de acampada, le vio sentado, solo y en penumbra, en uno de los bancos que había en la entrada, frente al comedor. Tenía las largas piernas estiradas y la espalda recostada contra el respaldo del banco, el reproductor de música conectado y una expresión sombría mientras clavaba la vista en algún punto inexistente del campo. No se dio cuenta de su presencia hasta que estuvo a su lado. Se sentó junto a él.

—¿Qué te pasa, Fran?

Él negó con la cabeza.

—Nada... me apetece escuchar un poco de música. Allí hay demasiado ruido.

—Creí que te encontrabas mal.

—No, claro que no... Solo fui al baño y al regresar preferí sentarme aquí a disfrutar de la tranquilidad un rato.

Susana lo miró fijamente sin creer ni una palabra. Sabía que algo le pasaba, aunque no quisiera decirle qué. Fran desvió la vista, rehuyendo sus ojos, y la clavó en el suelo mientras decía:

—Ya ves que estoy bien. Vuelve ahí y aprovecha tu oportunidad.

—¿Qué oportunidad? ¿De qué hablas?

—Raúl estaba muy amable y cariñoso contigo esta noche. Quizá puedas estrenar el camisón que te regaló tu hermana.

—Yo no quiero estrenar el camisón con Raúl esta noche, por muy amable que esté.

—Bueno, quizá no esta noche... Pero puede empezar a conocerte mejor y quién sabe si más adelante... Te estaba tirando los tejos y eso ya es un comienzo. No desperdicies la oportunidad, Raúl no suele dar una segunda.

Susana trató de ver su cara en la semioscuridad, porque su voz había sonado muy extraña, como desgarrada. Como si le costara mucho esfuerzo pronunciar las palabras. Pero el rostro de Fran permanecía oculto por las sombras.

—Raúl no me estaba tirando los tejos.

—Te estaba comiendo la oreja, entonces...

—Tampoco. Solo estaba diciéndome algo que no quería que oyeran los demás. Algo que él intuye que yo no quiero que sepan, aunque por lo visto es de dominio público.

—¿Qué cosa?

—Tampoco quiero que lo sepas tú.

—Si es de dominio público, ¿qué hay de malo en que lo sepa yo también?

Susana no contestó. Era consciente de que había hablado demasiado y no quería seguir con aquella conversación. Para evitarlo, alargó la mano y le pidió:

—¿Me dejas un auricular? También a mí me apetece escuchar un poco de música.

—¿No vas a volver entonces?

—No, a menos que prefieras estar solo. Si es así, y no te apetece mi compañía, por supuesto que me iré.

Él le tendió el auricular mientras decía con voz muy suave:

—Tu compañía es la única que me apetece.

Susana se acercó más, como había hecho aquella mañana en el autobús para que los cables no quedaran tirantes, y apoyó la cabeza contra la sien de Fran, que se quedó muy quieto, sin acercarse a ella.

Se daba cuenta de que él no era el mismo de aquella mañana, ni siquiera de la barbacoa de la noche. Algo le había cambiado, algo que había ensombrecido la velada. Le notaba rígido y tenso a su lado y no sabía por qué.

—Fran... ¿Estás enfadado conmigo?

—No. ¿Por qué iba a estarlo?

—No sé. Te noto raro, como si me evitaras después de la cena.

—Imaginaciones tuyas.

Pero Susana sabía que no era así. Le conocía demasiado para no darse cuenta.

—Si he hecho o dicho algo que te haya podido molestar... te aseguro que ha sido sin querer.

Él giró la cara y la miró desde muy cerca. Por primera vez en todo el rato pudo verle la cara y Susana se quedó prendida en su mirada. El auricular se le escurrió, y él alargó la mano y volvió a colocarlo en su sitio, mientras susurraba:

—Tú no tienes la culpa de lo que me pasa, Susana... De verdad que no.

Después de asegurarse de que el pequeño aparato estaba bien colocado, sus dedos se deslizaron por el borde de la oreja haciéndola estremecer de pies a cabeza, en una caricia suave y cálida.

—Pero te pasa algo... —siguió preguntando con voz temblorosa.

Sin dejar de mirarla, Fran salvó los escasos centímetros que separaban sus caras y posó los labios sobre los de Susana, besándola con suavidad. Ella se estremeció con más violencia.

Él lo notó, y no sabiendo si era de placer o de sorpresa, se separó un poco, solo lo justo para poder mirarla.

—¿Entiendes ahora lo que me pasa?

Los ojos de Susana brillaban y sus labios se habían quedado entreabiertos.

—No estoy segura.

—¿No estás segura? —preguntó incrédulo. Y levantando la otra mano sujetó con fuerza su cara entre ambas y la besó con fuerza, deslizando la lengua dentro de su boca antes de que ella pudiera cerrarla, y buscó todos los rincones, mientras sus manos impedían que pudiera separarse. Pero Susana no quería separarse. Se dejó besar, aturdida, incapaz de reaccionar ante lo que Fran le estaba dando a entender, incapaz también de responder a su beso.

Cuando mucho rato después él la soltó, la voz se negaba a salir de su garganta.

—Eso es lo que me pasa —dijo él con voz ronca—. Que me estoy muriendo de celos, que me he tenido que venir de allí para no ver cómo os comíais la oreja el uno al otro y os hablabais en susurros, con una intimidad que yo quisiera para mí. Que soy un puto embustero que finge ser tu amigo y ayudarte a que Raúl se fije en ti, pero es mentira, que soy un cabrón, que no puedo evitar alegrarme cuando no te hace ni caso, y que quisiera que te hiciera algo tan doloroso que te permita olvidarle, por mucho que sufras por ello. Que no soy tu amigo, que me muero por besarte, y por tocarte... Que no puedo evitar que mis manos se disparen hacia ti cuando estás cerca. Que cuando he comprendido que quizás esta noche tu sueño se puede hacer realidad, no he sido capaz de soportarlo y me he venido aquí porque no quiero estropearte la posibilidad de estar con él, aunque sea una vez. Porque aunque sé que estás enamorada de él, yo te quiero para mí. Eso es lo que me pasa... Lo siento, me juré a mí mismo que nunca te lo diría, que no estropearía la amistad que hay entre nosotros confesándote mis sentimientos, pero no puedo más. No te sientas mal, Susana, tú no tienes la culpa.

Fran había hablado de un tirón, atragantándose casi con las palabras, deseando soltarlo todo antes de que ella le interrumpiera. Después guardó silencio. Susana tragó saliva varias veces para asegurarse de que la voz iba a salirle cuando hablara, y apoyando la mano sobre la de Fran, dijo:

—Yo no estoy enamorada de Raúl.

—Pero te gusta muchísimo.

—Nunca me ha gustado. El que me gusta eres tú... Siempre has sido tú.

Fran giró la cara y la miró de nuevo y esta vez fue Susana la que cogió la cara de él entre sus manos y le besó. Él la rodeó con los brazos con tanta fuerza que el reproductor cayó al suelo con un pequeño estrépito sin que ninguno de los dos hiciera nada por recuperarlo.

Se besaron largamente. Susana bajó las manos de la cara de Fran y le rodeó la espalda mientras el beso se prolongaba mucho rato. Después, y sin aliento, se separaron. Se quedaron mirándose durante un largo momento sin que hiciera falta decir nada, leyendo cada uno en los ojos del otro.

Después, Fran la abrazó de nuevo y Susana enterró la cara en su cuello, aspirando por fin de forma intensa el aroma a Hugo Boss que tanto le gustaba.

—¿De verdad que no te gusta? —preguntó él, incrédulo aún.

—De verdad.

—¿Nunca?

—Nunca. Siempre has sido tú. Desde el año pasado, cuando todavía salías con Lourdes.

Fran la abrazó más fuerte aún, tanto que le costaba respirar.

—¿Y por qué me has hecho creer que sí?

—Porque pensaba que si sabías que me gustabas tú te alejarías de mí y te perdería. Que ni siquiera podría verte y hablar contigo. No sabes lo que significó para mí que me invitaras aquel día a hacer el trabajo con vosotros, la posibilidad de tenerte cerca, de hablarte. Tuve buen cuidado de que no notaras cuánto me gustabas. Luego empezaste a creer que se trataba de Raúl y pensé que no le hacía daño a nadie por dejarte creerlo. Eso me permitía estar un poco más relajada, y sobre todo estar cerca de ti.

Él le besó la sien susurrándole con voz ronca:

—Chiquilla tonta... ¿Tienes idea de lo que me has hecho pasar? ¿De los celos que sentía cada vez que le mirabas? ¿De lo terrible que era cuando te invitaba a ir a algún sitio y solo aceptabas después de que te dijera que él estaría allí? ¿Tienes idea de cuánto he llegado a odiar a mi mejor amigo solo porque tú le preferías?

—Siempre he pensado que es un capullo.

Fran enterró la cara en el cuello de Susana y deslizó la lengua por él, subiendo hasta el lóbulo de la oreja, y lo chupó con suavidad. Susana se estremeció y se apretó contra él exhalando un leve gemido. Y le escuchó susurrar junto a su oído:

—¿Has traído el camisón?

—Sí.

—Póntelo para mí —suplicó—. Ese trozo de tela me ha quitado

el sueño desde que lo vi. No pienso en otra cosa más que en vértelo puesto... No me digas que no, por favor... Necesito tenerte esta noche.

—Merche compró el camisón para ti... por eso te lo enseñó. Yo creí que me moría de vergüenza cuando lo hizo, pero ella sabía...

—¿Entonces sí? ¿Pasarás la noche conmigo?

—Sí.

—Vamos.

—El camisón está en la habitación con mi equipaje. Maika tiene la llave.

—Ve a pedírsela.

—Me da corte... ¡No quiero ni pensar en lo que van a decirme cuando les cuente que voy a pasar la noche contigo!

—Iré yo. Espérame aquí.

Fran se alejó y Susana le vio marcharse. Y solo entonces su cuerpo empezó a temblar violentamente y ocultó la cara entre las manos, incapaz de asimilar lo que estaba ocurriendo. Respiró hondo, intentando dominarse, pero estaba tan absorta en el torbellino de sus emociones, en el loco golpeteo de su corazón, que no se dio cuenta de que regresaba. Solo cuando le escuchó a su lado levantó la cabeza.

—¿Arrepentida? —preguntó él con suavidad. Susana negó con la cabeza.

—Solo nerviosa.

Fran sonrió en la oscuridad y, agarrándole la mano, tiró de ella para ayudarla a levantarse.

—Ven.

Susana se levantó, pero al dar el primer paso algo crujió bajo su pie.

—¡Mierda! El reproductor.

Fran se agachó y lo recogió.

—¿Está roto?

—Solo un auricular —dijo mostrándole el pequeño artilugio, literalmente machacado—. Este nunca volverá a ponérselo nadie. Pero no te preocupes, tengo más en casa. Cada vez que mi padre va a Madrid se trae dos o tres del AVE.

—¿Y el reproductor? ¿Funciona?

—No pienso ponerme a comprobarlo ahora. Pero si no funciona, también da igual.

Le rodeó la cintura con un brazo y echó a andar a su lado. Las rodillas de Susana temblaban tanto que a cada paso que daba y a cada escalón que subía, sentía que iba a caerse.

Sin decir palabra llegaron a la puerta de la habitación que compartía con sus amigas y Fran le tendió la llave.

—Tráete todas tus cosas, no te limites al camisón. Así podrás ducharte después.

—De acuerdo.

Él permaneció en la puerta mientras ella recogía rápidamente todas sus pertenencias y las colocaba de nuevo en la bolsa de viaje, para poder transportarlas hasta la habitación que al parecer iba a compartir con Fran el resto del viaje.

Cuando salió, cerró cuidadosamente a su espalda y juntos subieron el otro tramo de escaleras hasta la planta superior. Fran se detuvo ante la número 210 y la abrió.

—Entra a cambiarte... Yo mientras bajaré a devolverle la llave a Maika.

—¿Qué te han dicho cuando has pedido la llave?

Él sonrió divertido.

—Muchas burradas. Pero no te preocupes, al parecer se lo esperaban. Han hecho apuestas y todo.

Se inclinó sobre ella y le rozó la boca con los labios.

—No tardaré —dijo marchándose. Susana entró en la habitación y, colocando la bolsa sobre una banqueta que había junto al armario, rebuscó en su interior. Sabía perfectamente dónde estaba el camisón, escondido bajo toda la ropa, envuelto en varias capas de bolsas de plástico opacas y diferentes para que nadie pudiera adivinar qué contenían. Lo cogió y entró en el baño.

No estaba segura de lo que debía hacer, no sabía si ducharse de nuevo. Hacía apenas unas horas que lo había hecho y la noche era fresca, no se sentía sudada. Decidió que no, que Fran querría que estuviera preparada cuando volviera. No quería que él pensara que estaba tratando de posponer el momento con una excusa.

Se desnudó y se miró en el espejo, tratando de verse con los ojos de él, y no con los suyos, pero no podía. Se puso el camisón y las braguitas a juego, se soltó el pelo y lo cepilló haciéndolo brillar. Sus ojos también brillaban, y las manos le temblaban tanto como las piernas. Cerró los ojos y suplicó mentalmente: «Por Dios, que le guste... que no se decepcione. Que mi inexperiencia no lo estropee todo.»

Se lavó los dientes porque la boca le sabía a alcohol y ni siquiera se le ocurrió pensar que ya se habían besado en el banco.

Se estaba enjuagando la boca cuando le sintió llegar y moverse por la habitación. Fran no dijo nada, no la apremió ni le metió prisa. Cuando Susana dejó de escuchar ruidos en la habitación, se echó un último vistazo al espejo y salió.

Fran estaba sentado en el borde de la cama vestido solamente con unos bóxer negros y ajustados que se ceñían a sus muslos como una segunda piel. La cama estaba abierta, con la colcha de cuadros azules quitada y sobre la mesilla de noche había una caja de preservativos. Menos mal que a él se le había ocurrido traer, ella jamás hubiera pensado que los necesitaría.

La luz central estaba apagada y la de la mesilla encendida, con una luz cálida y suave que llenaba la habitación de claros y sombras.

La mirada de Fran se hizo más intensa cuando la vio y tragó saliva como si le costara asimilar lo que estaba viendo. Probablemente, le ocurría como a ella, que no terminaba de creérselo.

Susana parpadeó y avanzó muy despacio, hasta que él extendió la mano, invitándola a acercarse.

—Ven —susurró.

La recorrió con la mirada mientras se acercaba, como grabando cada detalle de su cuerpo en las retinas, y Susana pudo darse cuenta de que su respiración se había acelerado, y supo que no tenía nada que temer, que su cuerpo le gustaba. No entendía por qué, pero le gustaba.

Cuando estuvo delante, Fran le rodeó la cintura con los brazos y enterró la cara en su estómago, cubierto de gasa malva, y la besó sobre la tela con los labios abiertos. Susana empezó a temblar de forma incontrolada. Él levantó la cabeza.

—Estás temblando, ¿tienes frío?

—No. ¿Todavía no te has dado cuenta de que nunca tiemblo por el frío, sino cuando tú estás cerca? Cuando me tocas...

—Pues vete acostumbrando... —dijo enterrando la cara de nuevo, esta vez entre los senos, en la parte de piel que dejaba al descubierto el escote del camisón. Deslizó los labios por el borde del mismo y subió hasta el cuello y acarició con la punta de la lengua el hueco entre la clavícula y la garganta.

Susana se estremeció de pies a cabeza y él se levantó y apretándola con fuerza, buscó su boca y la besó. También Susana le rodeó la espalda desnuda con los brazos y se apretó contra él, sintiendo la erección contra su vientre. Las manos de Fran bajaron hasta sus nalgas y la apretó con fuerza, moviéndose contra su vientre mientras Susana empezó a jadear, sintiendo por primera vez en su vida lo que era perder el control.

Después de un beso largo e intenso, Fran se separó un poco y colocándole las manos sobre los hombros, le bajó los tirantes y el camisón cayó al suelo.

Susana soportó la mirada de él sobre la parte de su cuerpo que menos le gustaba, los pechos, pero Fran no parecía darse cuenta de su pequeñez, y alargando la mano sobre uno de ellos, lo acarició despacio. Ella sintió que una fuerte sensación la recorría entera y se detenía entre sus piernas, haciéndola sentir una excitación y un deseo que jamás había experimentado antes. Con la otra mano, él le bajó las bragas y Susana levantó las piernas para librarse de ellas. Y metió a su vez ambas manos a los lados del bóxer de él y lo bajó también.

Fran volvió a apretarse contra ella, esta vez sin el estorbo de ninguna tela, y enterró la cara en su cuello, acariciándolo despacio con la lengua desde el hombro hasta la oreja.

Susana enterró las manos en la melena rubia y le besó la cabeza, una y otra vez, hasta que Fran se dejó caer sobre la cama, arrastrándola con él. La tendió de espaldas y se colocó sobre ella, besándola con fuerza, mientras sus manos le recorrían los muslos y las caderas a la vez que Susana enterraba las suyas en las nalgas redondas y duras.

Después, él se fue deslizando hacia abajo hasta alcanzar los pechos y se metió un pezón en la boca mientras su mano buscaba el hueco entre sus piernas.

Susana lanzó un gemido ahogado al sentir sus dedos buscando, explorando y acariciándola.

—Fran... —susurró. Iba a decir algo, pero lo olvidó al instante. Su mente era incapaz de concentrarse más que en los dos puntos de su cuerpo que él estaba acariciando: los pechos y el clítoris. Se mordió los labios para no gritar, y cuando él levantó la cabeza y apartó la mano, sintió como si la vida le faltara. Abrió los ojos y le vio erguido, con las rodillas a ambos lados de sus caderas y alargando la mano hacia la caja de preservativos. Se la tendió a ella.

—Ábrela tú. Yo tengo la mano empapada...

Susana le miró la mano húmeda y brillante y sintió que se excitaba más aún. Abrió la caja con manos temblorosas y rasgó el sobre de un preservativo. Después, se inclinó hacia él y se lo puso.

Mientras lo hacía, le acarició el pene, la piel suave y cálida, y esta vez fue él quien se estremeció de pies a cabeza y exhaló un largo gemido.

Después, y contra lo que Susana esperaba, no la penetró, sino que volvió a tumbarse sobre ella y volvió a besarle el pecho y acariciarla entre las piernas como había estado haciendo antes de detenerse. Pero esta vez, tanto su boca como su mano imprimieron un ritmo más rápido, y también la respiración de Susana empezó a hacerse más acelerada. Entonces, él apartó la mano, y al fin, ella le sintió entrar. Despacio temiendo lastimarla, entrando solo un poco y retrocediendo una y otra vez, sin entrar del todo, y su mano buscó de nuevo el clítoris y la acarició rápido, rápido, hasta que Susana sintió que iba a estallar, y entonces Fran empujó y el dolor se mezcló con el placer de una forma tan increíble, que Susana era incapaz de diferenciar uno del otro. Arqueó las caderas para recibirlo y se movió contra él, convulsa e incontrolada, mientras sus manos se clavaban en la espalda de Fran, y le sintió temblar, jadear y estremecerse sobre ella, hasta que al fin, cuando ya creía que su corazón no aguantaría más y que iba a romperse allí mismo enredada en el cuerpo de él, las sensaciones empezaron a menguar y volvió a notar que el aire entraba de nuevo en sus pulmones. Y se dejó caer exhausta contra la almohada, temblando aún sin control y sin aliento.

Fran también se dejó caer relajado sobre ella y durante un buen rato solo se pudo oír en la habitación la respiración de ambos. No podían moverse. No querían moverse, admitir que había terminado. Permanecieron quietos mientras sus cuerpos volvían lentamente a la normalidad, en silencio, sintiendo cada uno el cuerpo del otro, con la sensibilidad a flor de piel aún.

Después Fran se incorporó y salió al fin, y tendiéndose a su lado le pasó el brazo por debajo de los hombros para atraerla a su costado y que Susana pudiera recostar la cabeza en su hombro. Y la besó en el pelo y en la frente.

—¿Te he hecho mucho daño?

Ella negó.

—No... Sé que hubo un momento en que dolió, pero ni siquiera sabría decirte cuándo ni cuánto. El dolor se perdió en medio de otras sensaciones.

—También para mí ha sido una primera vez —admitió él.

—No seas mentiroso. Te acostabas con Lourdes y además sé

que has tenido algún que otro rollo de fin de semana este curso... incluso Raúl me habló de la hija de un cliente de tu padre con la que te veías...

—¡Caray con Raúl! Ya te hablaré de ella en otro momento y nos reiremos juntos. Pero no te he mentido. No he dicho que fuera virgen, pero jamás había sido así antes. —Él giró la cabeza sobre la almohada y clavó en ella sus ojos más pardos y profundos que nunca—. Te lo juro.

Y ella no pudo evitar dejar escapar la emoción acumulada durante toda la noche y sintió que los ojos se le llenaban de lágrimas. Él frunció el ceño.

—¿Qué pasa? ¿Vas a llorar? ¿No puedo decirte nada bonito sin que salgas llorando?

—No cuando estoy sensible... soy muy llorona cuando estoy emocionada.

Fran se volvió de costado y la rodeó con ambos brazos y empezó a besarle el pelo y la cara.

—Chiquilla, ¿por qué te pones así? Ha sido bonito, ¿no?

—Sí.

—¿Entonces?

—Es que nunca pensé que esto podría pasar entre nosotros. Jamás hasta que me besaste esta noche en el banco se me ocurrió pensar que yo fuera para ti algo más que una amiga.

—¿Ni siquiera cuando te besé en el cumpleaños de Raúl?

—Ni siquiera entonces. Yo me había tomado dos o tres copas y pensaba que la que te había besado era yo.

Él sonrió.

—Bueno, ahora que lo dices, yo tampoco lo tengo muy claro. Creo que fuimos los dos.

—Pero te separaste tan brusco... Yo pensé que estabas espantado ante lo que yo había hecho. Tuve que marcharme a casa porque me sentía incapaz de continuar allí contigo. Creí que te habías dado cuenta de lo que sentía por ti y no sabías cómo asumirlo. Pensé que no querrías volver a verme. Estabas tan hosco, tan frío...

—Claro que me separé brusco y estaba hosco y frío. Lo primero que hiciste cuando nos separamos fue mirar a Raúl.

—Porque le había asegurado un rato antes que tú y yo solo éramos amigos y quería averiguar si nos había visto besarnos. Creo que él siempre ha sabido que tú me gustabas, y tenía pánico de que te lo dijera.

—Y esta noche, ¿vas a decirme ahora lo que te estaba comentando con la boca pegada a tu oreja y la actitud más íntima que he visto en mi vida? Tuve que marcharme para no levantarme y partirle la cara, porque él sabe lo que siento por ti.

—Ya puedes saberlo. Me estaba diciendo que no se tragaba lo de que éramos solo amigos y trataba de convencerme para que me fuera contigo a tu lado de la mesa y te diera un beso.

—Deberías haberlo hecho, has estado a punto de romper definitivamente nuestra amistad. Si esta noche te hubieras ido con él, yo no habría vuelto a dirigirle la palabra. Él sabe que te quiero y no le hubiera perdonado que se metiera por medio. Contigo no.

Susana guardó silencio. Fran había dicho «te quiero», unas palabras que ella llevaba toda la noche tratando cuidadosamente de evitar, incluso en los momentos en que más difícil le había resultado controlarse. Pero no las había dicho. Ambos pertenecían a mundos diferentes y ella era muy consciente de ello, sobre todo después de la noche que había cenado en su casa.

—Fran... —susurró—, «te quiero» son palabras demasiado grandes... demasiado importantes. Acabamos de descubrirnos el uno al otro. Es muy pronto para eso. Vamos a dejarlo en «yo te gusto y tú me gustas», ¿vale?

Él sonrió y la miró fijamente, mientras Susana enrojecía. Había podido leer sus pensamientos. Sabía que ella era precavida y que necesitaba tiempo para asimilar lo que él sentía por ella. Que no acababa de creérselo, que era desconfiada porque el mundo y la vida la habían hecho así, y no quiso apabullarla.

—De acuerdo. Yo te gusto y tú me gustas. Pero te advierto que me gustas muchísimo.

Ella sonrió también.

—Y tú a mí.

Se abrazaron y se besaron con suavidad. Después Susana se levantó mirándose los muslos manchados de sangre.

—Creo que debería ir al baño. Estoy hecha un asco. Ya puedo controlar el movimiento de las piernas.

—Sí, yo también.

Entró en el baño y se miró al espejo. Aún tenía los ojos brillantes, las mejillas encendidas y la expresión más feliz que se había visto jamás.

Se lavó cuidadosamente y regresó a la habitación. Y ambos se apretujaron en la pequeña cama individual para continuar besándose y acariciándose uno al otro, incapaces de echarse a dormir por si al despertar descubrían que todo había sido un sueño.

Apagaron la luz cuando escucharon en el pasillo del hotel las risas y las voces de sus compañeros, entrando en sus respectivas habitaciones.

A continuación el móvil de Fran sonó y enmudeció inmediatamente.

—Es un toque —dijo Fran, que se había incorporado a mirarlo—. Del cabrón de Carlos.

Volvió a acostarse y a abrazar a Susana de nuevo. Y a continuación sonó el móvil de ella. También lo miró.

—Maika.

Pocos minutos después, un mensaje en el de Fran. Lo leyó. «Los toques se responden. Eso es sagrado.»

Fran cogió el móvil y tecleó: «Y un carajo», y a continuación lo apagó. Susana hizo lo mismo con el suyo y volvieron a abrazarse, esta vez con la luz apagada para evitar que los demás supieran si estaban despiertos o dormidos. Y siguieron besándose.

Unos golpes en la puerta de la habitación, fuertes y repetidos, les hicieron despertar bruscamente. El sol entraba por la rendija de las cortinas corridas, de un azul desvaído, y daba en la cama, iluminando con una franja dorada los muslos entrelazados. Una sensación de cansancio y sopor hizo protestar los músculos entumecidos.

Susana luchó por despertarse y comprendió que Fran intentaba hacer lo mismo, mientras los golpes se mezclaban con voces.

—¡Eh, tortolitos! ¿Estáis vivos?

Fran logró preguntar:

—¿Qué coño queréis?

—Ningún crimen, macho. Guárdate las borderías. Solo traeros algo de comer, que os habéis saltado el desayuno. Son las once y media.

Susana miró el móvil, que estaba apagado. Fran ya había encendido el suyo y dijo:

—Es verdad.

Raúl gritó al otro lado de la puerta.

—Nosotros nos vamos a hacer la ruta del río. Si queréis venir tenéis que levantaros ya. Y si no, nos vemos luego... si queda algo de vosotros.

Fran se volvió hacia Susana, que se había sentado en la cama y trataba de alcanzar la ropa interior.

—¿Qué quieres hacer?

—Me hacía ilusión hacer la ruta, pero tengo que confesar que estoy hecha polvo. Pero si no vamos, luego nos van a dar una lata increíble.

—La ruta no es demasiado dura. Si te apetece podemos ir y luego regresar nosotros en autobús, si te sientes muy cansada. Hay una línea desde Benamahoma hasta El Bosque. Ellos que se den el pateo de ida y vuelta.

—De acuerdo.

Fran, desnudo, se acercó a la puerta y dijo a sus compañeros:

—Vamos con vosotros, esperadnos un segundo. Enseguida salimos.

—De acuerdo. Abajo estamos con vuestro desayuno.

Se metieron juntos a darse una ducha rápida, apretujados en el pequeño plato, en el que apenas se podían mover. Susana se dio la vuelta mientras se enjabonaba, pero Fran la agarró de los brazos y la hizo girar para que quedara de frente.

—¿Qué pasa? —le preguntó.

—Nada.

—¿Por qué te vuelves entonces?

—Porque me da corte que me mires.

Él soltó una sonora carcajada.

—¿Que te da corte que te mire? ¿A estas alturas?

—Es que no es lo mismo de noche, en penumbra, que ahora a plena luz.

—Por supuesto que no. Ahora puedo verte mejor. Recrearme en todos los detalles que anoche se me escaparon.

—No quiero que lo hagas. Me da vergüenza.

—¿Que te da vergüenza?

—No quiero que veas... lo delgada que estoy.

Suspirando, Fran la abrazó con fuerza, apretándola contra su cuerpo enjabonado y resbaladizo.

—Sé lo delgada que estás... No olvides que anoche te recorrí centímetro a centímetro. Me gustó lo que toqué. Y ahora quiero verlo. ¿Me dejas, por favor? —susurró en su oído.

—Si insistes... Pero luego no digas que no te avisé.

Se separó un poco, lo máximo que les permitía el rincón estrecho donde estaba instalada la ducha, y la miró largamente, centímetro a centímetro, con una mirada que Susana supo iba a quitarle el pudor de una vez y para siempre.

—Me gusta tu cuerpo. Me vuelve loco tu cuerpo, y te lo demostraría ahora mismo si no fuera porque ya nos están esperando. Pero si quieres puedo llamarles y decirles que se vayan.

Ella negó con la cabeza, comprobando que él volvía a excitarse solo con mirarla.

—No, bajemos. Necesito ese desayuno del que han hablado. Lo dejaremos para la siesta.

Terminaron de ducharse rápidamente y se vistieron con ropa y calzado cómodo. Fran preparó la mochila con algunas cosas y, cogidos de la mano, bajaron a reunirse con los demás.

Estaban sentados en el mismo banco donde la noche antes se habían sentado ellos.

—¿Preparada? —le preguntó Fran.

—¡Qué remedio!

Todos estaban pendientes de ellos, mirándoles fijamente mientras se acercaban, y cuando estuvieron a su lado Maika les tendió una bolsa de plástico llena de pan con mantequilla, cruasanes y unas cajas de zumo.

—El café no hemos podido birlarlo del comedor, lo siento.

—Es igual, esto está bien.

—Se agradece.

—Hemos comprado también unos bocadillos para comerlos por el camino, si se nos hace tarde. A estas horas... Quedan para vosotros uno de salami y otro de chorizo. Os los repartís como queráis. Aunque también podéis compartirlos... ¡Como ya habéis intercambiado fluidos!

—No iréis a empezar, ¿verdad? Ya tuvo bastante poca gracia el numerito de anoche con los móviles.

—¿Interrumpimos algún momento especialmente delicado?

—Interrumpisteis, simplemente. Y daba igual el momento.

—No os quejéis, que esperamos un tiempo prudencial, al menos para dejaros echar el primero. Hubo quien quería llamaros mucho antes.

Fran miró a su amigo con cara asesina.

—¡Eh, no me mires, que no fui yo! Con el trabajo que me ha

costado que os dejarais de memeces y os metierais mano de una vez.

En poco tiempo dieron buena cuenta del contenido de la bolsa, y cogidos de la mamo emprendieron el camino hasta el cercano pueblo de Benamahoma, siguiendo la ruta del río Majaceite.

Llegaron a la hora del mediodía y se sentaron en una plaza a comer los bocadillos que llevaban y a beber agua en una famosa fuente de agua de manantial.

—Susana y yo vamos a regresar en autobús, estamos muy cansados —dijo Fran.

—Todos vamos a volver en autobús. Hace mucho calor —dijo Carlos—, y yo ya estoy viejo.

Subieron al autobús que recorría los cuatro kilómetros que separaban los dos pueblos y cuando llegaron a la explanada del albergue, Lucía cogió a Susana de la mano y le dijo:

—¿Adónde vas?

—A descansar un rato.

—De eso nada. Lo que queréis es meteros a follar otra vez, pero no os vamos a dejar. Guardad las ganas para la noche, chicos.

—Ahora vamos a darnos un baño en la piscina para refrescarnos... todos.

—Yo no quiero bañarme, quiero descansar.

—Razón de más para no irte a la habitación. Tiéndete en el césped.

Fran cruzó la mirada con Susana, y alzó los hombros, impotente.

—Está bien, cabrones. Pero ya me la pagaréis si algún día os toca a vosotros —dijo Fran resignado.

—Vamos a ponernos los bañadores.

Se dirigieron a las habitaciones.

—Vosotros dos... Si en diez minutos no estáis abajo, os vamos a montar una cencerrada que hasta tu madre en Sevilla va a saber que estáis follando.

—Estaremos abajo en diez minutos. Os dedicaremos la tarde y esperaremos. Pero si a algún cabrón, o cabrona, se le ocurre esta noche dar por culo con el móvil, probará el modo vibración del mismo a lo bestia. Y ya sabéis que cuando me cabreo, no me pienso las cosas dos veces.

—Dímelo a mí.

Entraron en la habitación y Susana abrió la bolsa para coger el bikini.

—Lo siento —dijo Fran acercándose a Susana y abrazándola por la cintura.

—No importa. La verdad es que tampoco nos vendrá mal descansar y dormir un rato. Así estaremos en plena forma para la noche.

—Me alegra que te lo tomes así.

Susana se alzó un poco sobre la punta de los pies y le dio un beso corto en los labios.

—Un aperitivo.

Y después se soltó y se cambió de ropa.

Bajaron a reunirse con los demás y se instalaron en la piscina.

Susana se tendió en la toalla y Fran lo hizo a su lado, mientras que los demás se metieron en el agua. Casi inmediatamente se quedó dormida, boca abajo, con la cara doblada hacia un lado en un ángulo extraño. Fran se quitó la camiseta y la dobló cuidadosamente y levantándole la cabeza con cuidado, la colocó debajo para que estuviera más cómoda. Después se sentó a contemplarla, embobado, sin terminar de creer lo que había pasado en las últimas horas. Apenas veinticuatro horas antes, él todavía pensaba que Susana estaba enamorada de Raúl. ¿Cómo no había sabido verlo? Ahora recordando, se daba cuenta de que había habido tantos momentos en que los dos se habían delatado...

Raúl salió del agua y se sentó junto a su amigo. Pareció adivinar sus pensamientos.

—Siempre he sabido que estaba loca por ti, aunque tú insistieras en que iba por otro tío. No había más que ver cómo te miraba.

—Me hizo creer que le gustabas tú.

—¿Yo? Joder, Fran, eres más tonto de lo que aparentas. A Susana nunca le he caído ni medianamente bien.

—Yo pensaba que solo lo fingía para que no te dieras cuenta. Y aquel puñetazo que te di no era solo por lo que dijiste de ella, sino porque ella te prefería. Los celos pueden llegar a ser muy malos, Raúl. Te confieso que he llegado a odiarte en algunos momentos. Anoche, por ejemplo. Si no me hubiera ido, creo que me habría liado a hostias contigo otra vez. Creí que le estabas tirando los tejos sin importarte lo que yo sentía por ella.

—¿Y crees que no lo sé? ¿Que no te veía la cara? Pero, macho, si no te llego a pinchar para que saltaras, todavía estaríais haciendo el tonto los dos, jugando al ratón y al gato.

—¿Lo hiciste a propósito?

—Pues claro.

Fran alargó la mano hacia Susana, dormida a su lado, y le apartó un mechón de pelo que se había deslizado con el aire y le hacía cosquillas en la cara. No pudo evitarlo y deslizó la palma abierta por el hombro y la espalda.

—Te ha dado fuerte, ¿eh?

—Estoy enamorado como un colegial. Esta noche ha sido algo increíble, ¿sabes? No tiene comparación con nada que haya vivido antes. Ojalá algún día puedas sentirlo tú también.

—Mira, macho, ponte la soga al cuello tú si quieres, pero déjame a mí. Estoy muy bien así.

Fran rio bajito.

—Eso decía yo hace unos meses, y ahora solo quiero estar con ella. Y podrás decir que no es ninguna belleza, que está muy delgada. Pero te juro que para mí no existe ninguna más bonita, ni más perfecta. Y no es solo sexo, aunque la deseo como un burro. Joder, ahora mismo la despertaría y... bueno, más vale que me calme o me tendré que meter en la piscina del tirón.

Raúl se echó a reír.

—Macho, qué mal te veo. Me parece que te han enganchado.

—Me temo que sí. Esto es serio, Raúl, para mí y sé que para Susana también, aunque los dos hayamos dicho que no lo es y que simplemente nos gustamos.

—A tus padres no les va a hacer maldita la gracia.

—Ya lo sé, pero por primera vez en mi vida me importa un carajo lo que digan mis padres. Aunque de momento creo que lo mejor es que no lo sepan. Al menos hasta que pase un tiempo y las cosas estén más asentadas entre nosotros. Lo joderían. Una tarde vino Susana a estudiar a casa y mi madre la invitó a cenar. Y no te puedes imaginar qué mal rato. Se las apañó de todas las maneras posibles para hacerla sentir incómoda. Cuanto más tarde se entere de que estamos saliendo juntos, mejor.

—¿Y qué piensa Susana de mantenerlo en secreto?

—Supongo que estará de acuerdo. No creo que se vuelva loca por ir a comer a mi casa los domingos.

Ambos amigos se echaron a reír.

—Tío, si necesitas que te cubra las espaldas, que cuente alguna trola para que podáis estar juntos, ya sabes que puedes contar conmigo. Siempre lo hemos hecho y ahora con más motivo. Creo que te lo debo, aunque solo sea por los celos que has pasado por mi culpa.

—Gracias.

—Y ahora creo que deberías dormir un rato tú también. Probablemente ella espera que estés descansado esta noche.

—Sí, debería dormir. Lo que no sé es si lo conseguiré. Todavía no termino de creérmelo.

—Anda, inténtalo. Yo me vuelvo al agua y procuraré que nadie os moleste, ni ahora ni luego.

Raúl regresó a la piscina y Fran se tendió junto a Susana, y contra lo que esperaba, también se quedó dormido casi al instante.

Les despertaron a la hora de cerrar la piscina.

—¿Qué vamos a hacer esta noche? —preguntó Carlos mientras subían hacia las habitaciones a ducharse.

—Estos dos, follar... —dijo Raúl—. Los demás, lo que nos dejen.

—Pero antes tendrán que comer, digo yo.

—Susana y yo vamos a tomar unas truchas aquí al lado —dijo Fran—. El que quiera que se apunte —añadió sin muchas ganas.

—¿Qué dices unas truchas? Y aquí al lado, además —protestó Raúl—. Yo quiero ir al pueblo; quiero marcha.

—El pueblo no es Las Vegas, precisamente —dijo Miguel—. Como no subas y bajes las cuestas corriendo unas cuantas veces...

—Me da igual. Yo quiero marcha. Si no la hay, la montamos nosotros. Quedaos vosotros a comer trucha si queréis. Y luego, si os apetece reuniros con nosotros, nos dais un toque y ya os decimos por dónde andamos.

—Sí, en la calle uno o la calle dos, porque no hay más.

—De marcha... forzada —bromeó Inma.

—Entonces, quedamos en eso. Que os aproveche la trucha, y el polvo.

Las chicas entraron en su habitación y él cerró la puerta a sus espaldas.

—Tú tampoco querías ir con ellos, ¿verdad?

—Prefiero cenar contigo a solas, tengo que reconocerlo.

—Y me vas a dejar invitarte.

—Hoy te voy a dejar lo que quieras —dijo ella risueña.

—¿Todo lo que quiera?
—Todo.
Él se acercó y la abrazó. Susana levantó la cara y se encontró con su boca, ávida y exigente. Después, ella le advirtió riéndose:
—Me has prometido una trucha.
—Y pienso cumplirlo. Pero llevo todo el día sin besarte. Es mucho tiempo.
—Sí que lo es.
Se besaron de nuevo, pero el sonido del móvil los hizo separarse.
—¡Serán cabrones...!
Susana le echó un vistazo a la pantalla.
—Es Merche —dijo cogiéndolo—. ¡Hola!
—¡Vaya, por lo menos contestas! Estás viva. Esta mañana ni eso. ¿Tan ocupada estás que no te acuerdas del resto del mundo?
—Lo siento. La verdad es que sí he estado muy liada. No paramos. Y anoche tuve que apagar el móvil porque estos cabrones no paraban de dar toques y no me dejaban dormir.
—Ah, ¿pero has dormido? En los viajes de fin de curso no se duerme.
—Algo... no mucho.
—¿Por culpa de alguien en particular? ¿Hay algo que quieras contarme?
—Merche, no estoy sola. No puedo hablar.
—¿Quiere eso decir que sí? ¿Has estrenado el camisón?
—Merche, ahora no. Te llamo luego, ¿vale? O mañana.
—¿Quién está ahí contigo? No se escucha ruido...
Fran le quitó el móvil de la mano y se lo llevó a la oreja.
—Merche...
—¿Fran?
—¿Quién si no? Oye, gracias por el regalo.
—¿Qué regalo?
—El camisón. Era para mí, ¿no?
—Por supuesto. ¿Lo has disfrutado?
—Enormemente. Y tu hermana también.
—¡No sabes cuánto me alegro! Anda, pásamela.
Le tendió el móvil de nuevo.
—Dime, Merche.
—¿Es verdad lo que insinúa Fran?
—Sí, es verdad.

—¡Y tú que casi me pegas porque lo saqué delante de él! Si yo sabía que iba a causar efecto.

—Te pido disculpas.

—Oye, no habré interrumpido nada ahora...

—No, íbamos a ducharnos para ir a cenar.

—Pues antes de hacerlo, llama a mamá, que está que se sube por las paredes porque no tiene noticias tuyas. Luego puedes volver a apagar el móvil.

—Sí que lo haré. A mí no me vuelven a dar el coñazo a las cuatro de la madrugada para interrumpir.

—¡Qué cabrones! Bueno, nena. Hasta mañana.

—Hasta mañana, Merche.

—Dale un beso a Fran de mi parte.

—Lo haré.

Después, y sin soltar el teléfono, volvió a marcar.

—Tengo que llamar a mi madre. Dije que iba a hacerlo esta mañana y se me pasó. Y silencio, ¿eh? No quiero que sepa que estás aquí. Ella no lo entendería.

Fran se sentó en la cama y la contempló en silencio mientras hablaba con su madre, comentándole lo bien que se lo estaba pasando y todo lo que habían hecho, aunque sin mencionarle a él. También que iban a cenar trucha y terminó diciendo que la llamaría al día siguiente cuando llegaran a Sevilla.

Después colocó el móvil sobre la mesilla de noche y dijo:

—Misión cumplida. Y ahora a la ducha, que me muero de hambre.

Se ducharon juntos de nuevo y se fueron al bar que había situado justo al lado del albergue. Estaba prácticamente vacío y se acomodaron a una de las mesas, desde la que se divisaba la carretera y la piscifactoría donde se criaban las truchas.

Susana se sentó frente a Fran y le dijo señalando sus vaqueros y su camiseta.

—Lamento no haber traído más que vaqueros y chándals. No pensaba que iba a disfrutar de una cena romántica.

—Y tampoco pensabas que ibas a disfrutar de otras cosas...

—Eso menos que nada. Aún me cuesta asimilarlo.

El camarero se les acercó.

—¿Trucha frita o al horno?

—Al horno.

—¿Y para beber?

—Cerveza. Por una vez que no tengo que conducir... ¿Y tú, Susana?

—También.

—A ver por qué te da.

—La última vez que me achispé en el cumpleaños de Raúl me dio por comerte los morros.

—Pues bebe toda la cerveza que quieras, que yo me dejaré comer entero.

—Bien. Prometo ser hoy un poco más participativa. Anoche estaba tan nerviosa que dejé que tú lo hicieras prácticamente todo. Espero no haberte decepcionado.

Fran apoyó la mano sobre la de ella, que reposaba sobre la mesa.

—Vuelvo a repetirte que fue algo muy especial. Y espero que para ti también lo fuera.

—Sí que lo fue.

—No siempre la primera vez es agradable.

—Lo sé. Pero para mí sí lo fue... Mucho más que agradable.

—Me alegro. Susana, hay una cosa a la que le he estado dando vueltas esta tarde mientras dormías... Aquella carta que hiciste para clase, la que yo pensaba que le habías escrito a Raúl... ¿Era para mí?

—Sí que lo era.

—No la recuerdo muy bien. Supongo que tendrás una copia.

—Tengo el original. La copia fue la que entregué.

—La quiero.

—Tiene muchos tachones y borrones.

—Da igual. Si la escribiste para mí, es mía.

Ella sonrió.

—De acuerdo. Te la daré cuando volvamos. Como comprenderás no la tengo aquí.

—Dámela en privado, porque te comeré a besos después. Lo prometido es deuda.

—Fran... ¿Qué va a pasar mañana?

—Que volveremos a Sevilla.

—¿Y después?

—Que empezaremos los exámenes y estaremos hasta el cuello de trabajo.

—No me refiero a eso.

—¿Te refieres a nosotros?

—Sí.

—Pues que vamos a empezar a salir juntos y tú tendrás que dejar que te invite a comer y al cine y a todas esas cosas.

—¿Estás seguro de que es eso lo que quieres?

Él frunció el ceño.

—¿Acaso tú no?

—Sí, claro que sí. Pero no quiero que esto te haga sentir obligado para conmigo. Sé que te gusto y tú a mí también, pero no encajo en tu vida y soy consciente de que esto no puede durar mucho. Pertenecemos a mundos diferentes y esto tendrá que terminar más tarde o más temprano. No quiero que el día que ocurra te sientas mal por mí. Yo seré muy feliz el tiempo que dure; pero soy consciente de que tendrá un final.

Fran apretó su mano con fuerza.

—Estamos empezando, no quiero hablar de finales. Y respecto a lo de que no encajas en mi mundo, yo no pretendo meterte en él. No pienso decir en casa que estoy saliendo contigo, al menos de momento. Mis padres lo joderían de alguna manera y no voy a permitírselo. No pienses que me avergüenzo de ti, es de ellos de quienes me avergüenzo. Su comportamiento la noche que cenaste en mi casa fue imperdonable y eso no es nada comparado con lo que harían si supieran que estamos juntos. Por eso y no por otra cosa, voy a mantener oculta nuestra relación a mi familia. Aunque sí se lo diré a Manoli. Ella se alegrará. Hablamos mucho de ti, ¿sabes? Siempre me pregunta cómo te va.

—Yo tampoco quiero decírselo a mis padres. El día que les presente a un chico tiene que ser mi fututo marido. No entenderían otro tipo de relación.

—Mirándolo bien eso tiene sus ventajas.

—¿Qué ventajas?

—Que no tendré que compartirte con nadie. Y come, que la trucha se te está enfriando. Y yo tengo que reconocer que me estoy muriendo de ganas de terminar de cenar y volver a la habitación.

—Yo también.

—¿Pasamos entonces de reunirnos con los demás?

—Pasamos.

Terminaron de cenar y se volvieron al albergue, dispuestos a disfrutar de su última noche de viaje, esta vez sin nervios, sin miedos y sin reservas.

Ambos eran conscientes de que les esperaba una época dura de exámenes, de mucho trabajo y en la que probablemente no dispondrían de tiempo para verse a solas y menos en una cama y aprovecharon hasta el último minuto de aquella noche.

Susana se esforzó en dominar su timidez y no limitarse a dejarse acariciar como había hecho la noche anterior. Aceptó la mirada de Fran a pesar de sus complejos y empezó a comprender que realmente le gustaba su cuerpo delgado tanto como a ella le gustaba el de él. Disfrutó del placer de acariciar además del de ser acariciada, de excitar a la vez que era excitada, y cuando al fin se durmieron al amanecer, sentía que más que dos noches, Fran y ella llevaban juntos toda una vida.

Por la mañana, y a pesar de que apenas habían dormido tres horas, no hubo necesidad de que nadie les llamase. Susana se despertó sola y contempló el rostro de Fran dormido boca abajo y con la cara vuelta hacia ella. Él dormía en una incongruente postura en la que parecía imposible sentirse cómodo, pero ya ella se había dado cuenta de que se durmiera como se durmiese, siempre acababa así. Dudó si llamarle, pero decidió disfrutar un rato de verle así, dormido y relajado como un niño. Alargó la mano y acarició una vez más aquella noche el pelo rubio oscuro al que el sol había sacado algunos mechones más claros, aspiró una vez más el olor a Hugo Boss que había pasado a formar parte de Fran de forma permanente. Olía él, olían sus ropas... incluso después de bañarse en la piscina, seguía oliendo.

Luego deslizó la mano por la espalda, tocando los músculos marcados pero no abultados y bajó hasta las nalgas duras y redondeadas. Sintió que empezaba a excitarse al recordar cómo por la noche se había aferrado a ellas mientras hacían el amor, para empujarle hacia su interior. Por una parte deseó que se despertara y por otra quería continuar así, teniéndole a su merced, para ella sola. Se incorporó un poco y empezó a besarle la espalda. De pronto comprendió que Fran ya estaba despierto, pero permanecía quieto y con los ojos cerrados, dejándola hacer.

—¿Estás despierto? —preguntó.

—Por supuesto... no soy de piedra.

—¿Por qué no me has dicho nada?

—Porque sabía que ibas a dejar de acariciarme; como efectivamente has hecho. Y soy un coscón de mil demonios. Anda, ¿por qué no sigues otro poco?

—De acuerdo.

Susana continuó con las caricias hasta que el despertador del móvil les anunció que había llegado la hora de levantarse.

Se reunieron con los demás en el comedor y esta vez pudieron hartarse de café caliente y tostadas.

Después, y aunque tenían que dejar la habitación a las once, decidieron hacer una barbacoa para almorzar y marcharse por la tarde.

—¿Quién va a ir por la comida?

—Yo estoy cansado —se disculpó Fran.

—¡Ah, no! Ahora no te vas a librar —dijo Carlos—. Si estás cansado, haber follado menos.

—¡Qué basto eres!

—Esta vez vamos a ir todos los tíos. Hoy no vengo muerto por esa cuesta a pleno sol, con la comida, las bebidas y todo lo demás —se quejó Raúl.

—Yo preparo luego la comida.

—Que no. Ya te veo venir, tú lo que no quieres es separarte de Susana. Pero no se te va a largar con otro porque la dejes sola media hora, ¿verdad, chica?

—Por supuesto que no.

—¿Ves? Si está deseando que la dejes respirar, macho.

—Anda, sí, lleváoslo —dijo Maika—. Que nosotras estamos deseando tener a Susana un ratito para nosotras.

—De acuerdo. Pero que conste que si nosotros vamos por la carne, la preparáis vosotras.

—Que sí, pesado, que te largues ya.

Los cinco amigos se marcharon y las chicas se quedaron solas sentadas en los largos bancos del fondo de la zona de acampada.

—Bueno, cuenta...

Susana se echó a reír.

—¿Qué queréis que cuente?

—Todo, por supuesto —dijo Lucía.

—No pienso dar detalles.

—Pues él seguro que lo está cascando todo.

—No lo creo.

—¿Que no? A Raúl seguro que se lo cuenta. Ayer, mientras

dormías en la piscina, estuvieron charlando mucho rato, en plan confidencias.

—¿Tú oíste lo que decían?

—No, pero me lo imagino.

—Pues no imagines tanto. A mí, por lo menos, no vais a sacarme nada.

—¿Ni siquiera cómo la tiene?

—¿Cómo la va a tener? Como todos.

—¿Mayor o menor que la media?

—¿Y yo qué sé? No he tenido ocasión de comparar. Fran ha sido el primero.

—Yo cuando lo vi la otra noche mirando cómo Raúl y tú os hablabais al oído, con la cara de mala leche, pensé que se iba para él y lo molía a hostias otra vez.

—Le faltó poco, ¿eh?

—¿Dónde estaba?

—En el banco que hay delante del comedor. Escuchando música.

—Rumiando, querrás decir.

—¿Y qué te dijo cuando te vio llegar?

—Que volviera y me liara con Raúl. Que no se me iba a presentar otra oportunidad.

—¿Y qué le hacía suponer que tú querías liarte con él?

—Yo le había hecho creer que Raúl me gustaba.

—Así os miraba... ¿Y después?

—Después llegamos a la conclusión de que nos gustábamos el uno al otro.

—¿Y ya está?

—El resto es privado.

—Raúl lo hizo a propósito, desde luego. Para que Fran saltara. Nunca le hubiera hecho eso a Fran.

—Raúl le tira los tejos a todo lo que tenga dos tetas y un coño y le importa una mierda que le guste a su amigo. Con tal de conseguir un polvo...

—No estás siendo justa, Inma. Yo nunca he visto a Raúl meterse en medio de una pareja que ya esté formada.

—Yo de él me espero cualquier cosa.

—Sigue intentándolo contigo.

—Por mí, ya puede irse al diablo.

—Dime una cosa, Inma... La verdad. Si no fuera tan buitre, ¿te liarías con él?

—Es como es y eso no lo puede cambiar nadie.

—Pero si no lo fuera, ¿no podría llegar a gustarte?

—Vamos a dejar clara una cosa, y por supuesto que no salga de aquí. Raúl me gusta y mucho. Pero no voy a liarme con él. No me da la gana ser una muesca más en su cinturón, ni una cara que apenas se recuerda. Una tarde que estábamos en la bolera nos encontramos con una niña que le miraba mucho. Yo me di cuenta y se lo dije, y él, mirándola a su vez de pasada dijo que la cara le sonaba. Que a lo mejor se había liado con ella en el instituto o en vacaciones, no recordaba bien cuándo ni dónde. Yo no voy a ser una cara que apenas se recuerda... ¡Antes me grapo el chichi!

Todas se echaron a reír.

—¡Chica, qué drástica!

—Es lo que hay. Y tú, Susana, deberías tener cuidado también. Fran es igual. Quizás él sí recuerde dónde y cuándo se lio contigo, pero no pienses que va en serio.

—Eso ya lo sé; yo tampoco voy en serio con él —mintió.

—Sabes lo de Lourdes, ¿no? Estuvieron saliendo juntos todo el curso pasado y en verano él se fue a Gran Bretaña, todos los años lo hace, y luego a Cantabria. Sus padres veranean allí. Pues cuando empezó el curso el verano había borrado todo rastro de la relación, y si te he visto no me acuerdo.

—Y probablemente conmigo pasará lo mismo. No me importa, estoy preparada. En ningún momento he pensado que esto vaya más allá de algo temporal. Pero voy a disfrutarlo a tope mientras dure. Nunca he salido con nadie, ni me han dicho cosas bonitas. Tengo que confesar que ahora mismo estoy como en un sueño. Pero sé que es solo eso y que me tendré que despertar.

—Hay veces que se paga muy caro un poco de felicidad.

—Correré el riesgo.

—Si es así, allá tú.

—Vamos, Inma, no seas aguafiestas. ¿No ves lo feliz que está? Será mejor que dejemos la charla y vayamos preparando las cosas para cuando vengan estos.

Susana clavó la vista en las brasas que empezaban a encenderse.

«No es así —pensó—. Yo quisiera pasar con él el resto de mi vida, pero como sé que eso es imposible, viviré esto mientras dure y ya afrontaré luego lo que venga. Pero nadie podrá quitarme estas horas de felicidad, las únicas que he tenido en mi vida. Y quizá las únicas que tendré. Sé que Fran será alguien muy importante para mí. Aunque no dure.»

Los chicos regresaron y después de comer cogieron el autobús de regreso a Sevilla.

Cuando Susana se sentó junto a Fran, este le dijo:

—Me temo que no puedo ponerte música ahora.

—No importa. Probablemente me dormiré en cuanto el autobús empiece a andar. Siempre me duermo en los coches, y más ahora que prácticamente no he dormido en dos días.

—Pues si vas a dormir, ponte cómoda —ofreció él levantando el brazo e invitándola a apoyar la cabeza en su hombro.

Susana se refugió en el hueco que Fran le ofrecía y se recostó contra él. El suave rodar del autobús, el calor del cuerpo de Fran y las leves caricias de su mano en su brazo hicieron que se quedara dormida casi inmediatamente. Ni siquiera vio la foto que Raúl les había sacado desde el asiento delantero.

Despertó cuando Fran la sacudió ligeramente, cerca ya de su destino.

—Susana... será mejor que te despiertes. Ya estamos llegando.

Esta se sacudió el sueño y se incorporó.

—¿He dormido mucho?

—Todo el camino. Mi padre me ha puesto un mensaje diciendo que vendrá a recogerme. Le pediré que te acerque a ti a casa.

—No, por favor... No quiero ir con tu padre. Me iré en un taxi, como vine.

—No permitiré que te vayas sola.

—Es de día, Fran. Y no irás a ponerte mandón, ¿verdad? En serio, no quiero ir con tu padre. No quiero que ni siquiera sospeche que hay algo entre nosotros. Y ahora es muy evidente que lo hay. Creo que chorreamos miel, como dirían en mi pueblo.

Él la miró sonriente y le acarició la cara con la palma de la mano abierta.

—¿Ves lo que digo? Será mejor que nos despidamos aquí.

—De acuerdo. Despidámonos —dijo besándola con suavidad, mientras el coche dejaba atrás la avenida de La Palmera y giraba para entrar en la estación de autobuses.

—Hasta mañana.

—Hasta mañana.

Un cuarto de hora más tarde, ambos bajaban del autobús, y como si no fueran más que simples compañeros, se marcharon cada uno por su lado. Susana ni siquiera miró hacia atrás, temerosa de que el abogado Figueroa, o peor aún, su mujer, la sorprendiera mirando a Fran.

# 18

*Sevilla. Junio, 1999*

Aquel viernes habían terminado el primer examen, uno de los más difíciles de segundo. El Derecho Constitucional se había convertido en una auténtica espina en la carrera, en parte por la asignatura y en parte por el profesor.

Después del viaje habían unido fuerzas para prepararlo y habían formado un grupo de estudio en casa de Maika y Lucía, capitaneado por Susana.

Habían establecido un fondo común para comida y habían acampado literalmente en el salón de las chicas, turnándose por horas las camas y el sofá para echar unas cabezadas. Había sido el más difícil y el que menos tiempo disponían para preparar. Pero al fin habían salido de él, algunos con mejores expectativas de aprobar que otros, pero para celebrarlo habían decidido tomarse una noche libre y desahogarse en una discoteca.

—Nosotros solo nos quedaremos un rato —había dicho Fran—. La hermana de Susana va a salir esta noche y nos deja la casa libre. Hay que aprovechar, que desde que volvimos de El Bosque estamos un poco a pan y agua.

—Querrás decir a Derecho Constitucional, como todos —confesó Raúl.

Habían cenado en una pizzería y luego se habían ido a su discoteca habitual.

Durante un buen rato bailaron y liberaron adrenalina, descargando tensiones, músculos entumecidos y nervios. Después, Raúl se acercó a la barra y, para desagrado de Inma, cuando regresó no venía solo. Una pelirroja espectacular le acompañaba charlando y riéndose de algo que él acababa de decirle. Y se sumó al grupo que bailaba, colocándose al lado del chico, no se sabía si por iniciativa propia o por invitación de este.

Tanto Susana como las demás chicas miraron furtivamente a Inma, que continuó bailando sin demostrar ninguna reacción.

Pronto se hizo patente que la chica le estaba tirando los tejos a Raúl, en un coqueteo incesante, y que este se dejaba querer, y para todos empezó a estar claro cómo iba a terminar la noche.

A la una y media, Fran miró el reloj y le susurró algo a Susana al oído. Ambos se apartaron del círculo de bailarines.

—Nosotros nos vamos. Ya hemos bailado bastante por esta noche.

Inma hubiera querido irse también, pero sabía que si decía algo Fran insistiría en llevarla a casa y ella sabía las ganas que tenían Susana y él de estar solos. Decidió quedarse un poco más, pero desde luego no iba a permanecer allí el tiempo suficiente como para ver a Raúl liarse con aquella tía ni irse con ella.

Susana y Fran se marcharon y el círculo se cerró en torno al hueco que habían dejado. Raúl y su pelirroja quedaban ahora justo enfrente de Inma y esta continuó bailando, mirando impasible cómo la chica le cogía las manos y le ponía caritas tiernas.

Después de un rato, asqueada, se inclinó hacia Lucía y le dijo algo al oído, y a continuación se separó del grupo y se acercó al rincón donde guardaban las chaquetas y los bolsos.

—¿Qué le pasa a Inma? —le preguntó Carlos a Lucía.

—Se marcha. Está cansada y le duele la cabeza. Estos días han sido muy duros para todos.

—Habrá que acompañarla, supongo.

—Dice que va a coger un taxi en la puerta. Además, ya sabes que no vive lejos.

Raúl, que había escuchado la conversación, se disculpó con la pelirroja y se acercó al rincón donde Inma se estaba poniendo una chaqueta ligera. Ella lo vio venir con incredulidad.

—¿Qué te ocurre? Dice Lucía que no te encuentras bien.

—Me duele la cabeza. Esta noche no he dormido, estuve estudiando hasta las cuatro. La falta de sueño y el ruido que hay aquí me han provocado una pequeña migraña. Si no me marcho y me tomo algo pronto irá en aumento, y puede llegar a ser muy fuerte. Ya me ha pasado otras veces.

—Te acompaño.

Inma miró a la pelirroja que continuaba en la pista, esperándolo.

—No hace falta, hay una parada de taxis en la puerta. Y si te marchas ahora perderás la oportunidad. Esta noche tienes rollo seguro.

—Da igual. No voy a dejar que te vayas sola sintiéndote mal.

—Gracias —respondió mirándole fijamente y sintiendo que un inmenso alivio se apoderaba de ella.

También él se puso la cazadora y juntos salieron a la calle. No había ningún taxi en ese momento en la puerta de la discoteca.

—No hay taxis, ¿qué hacemos? ¿Esperamos uno o vamos andando?

—La noche está agradable y mi casa no está lejos. Si no te importa preferiría ir andando. Es posible que el aire fresco me despeje la cabeza.

Echaron a andar uno al lado del otro.

—Lamento que hayas tenido que renunciar a esa tía buena para venir a acompañarme.

—Bah... Tampoco estaba tan buena. Y era un poco cortita.

—Para lo que tú la quieres, ¿qué más da? Para dar una disertación sobre leyes ya nos tienes a nosotros. Susana, sobre todo, te podría recitar el Código Penal de cabo a rabo.

—Susana tiene otras cosas en que pensar esta noche además del Código Penal. Y no creo que a nadie le apetezca hoy hablar de leyes, ni siquiera a ella.

—A mí no, desde luego. Mi cabeza es lo último que necesita.

—¿Y hace mucho que padeces de migraña?

—Sí, bastante. Es hereditario, mi madre las padecía también.

—¿Se ha curado ya?

—Murió hace unos años.

—¿De las migrañas?

—No... un cáncer.

—Lo siento.

—Gracias. En realidad yo no debería ir a sitios ruidosos y cerrados, pero a veces es difícil de evitar. No podría ir a ningún sitio.

—Cuando te sientas mal en un local ruidoso, me lo dices y nos vamos los dos a un sitio tranquilo.

—¿Ir contigo a un sitio tranquilo, con el peligro que tienes?

Él se echó a reír y no contestó. Y se hizo un pequeño silencio, mientras caminaban por las calles poco transitadas a aquellas horas de la noche, pero no desiertas.

La temperatura era agradable, e Inma aflojó el paso para alargar el camino. Se sentía muy extraña; era la primera vez que Raúl y ella mantenían una conversación que no fuera un tira y afloja verbal, y también muy asombrada de que él hubiera dejado a una pelirroja despampanante a la que tenía segura para acompañarla a ella a casa. Aunque sabía que no era más que una estrategia para conseguirla, no podía dejar de sentirse un poco conmovida. Y a gusto.

No era verdad que le doliera la cabeza, aunque sí era un mal que padecía a veces. Si aquella noche se había marchado era porque no se sentía capaz de seguir viendo cómo aquella pelirroja coqueteaba con Raúl y no quería ver cómo más tarde o más temprano se iban juntos.

El silencio se prolongó hasta llegar a Barqueta, donde Inma compartía piso con dos compañeras. Ella avanzó hacia el portal y abrió con la llave. Y se encontró diciendo:

—Voy a prepararme una infusión para aliviar la sed y el escozor de la garganta. El humo me sienta fatal. ¿Quieres subir y tomar una?

Raúl soltó una carcajada.

—¿Una infusión? Estoy acostumbrado a que me inviten a entrar para tomar la última copa, pero una infusión... Nunca me había pasado antes.

—Bueno, yo no tengo alcohol en casa, lo único que puedo ofrecerte es una infusión. Pero si no te apetece... O quizá prefieras volver a la discoteca, apenas han pasado veinte minutos desde que salimos. Quizá tu amiga aún continúe allí.

—No, creo que me tomaré la infusión. Si a tus compañeras de piso no les molesta.

Ahora fue ella la que se echó a reír mientras entraban en el piso.

—Es viernes por la noche, no volverán hasta el amanecer, eso si vuelven.

Raúl la siguió al interior de una típica casa alquilada para estudiantes, con muebles de poca calidad y mucho desorden en el salón. Había ropa y libros sobre las sillas, varios vasos usados en la mesa y una ligera capa de polvo cubriendo los muebles.

—Perdona el desorden, pero salimos todas de estampida esta tarde. Hasta el domingo por la mañana no toca limpieza general y como comprenderás a estas alturas del viernes, y en época de exámenes además, está todo manga por hombro.

—Tendrías que ver mi habitación si piensas que esto está desordenado. Voy a cargarme a mi madre de un infarto, y a la asistenta también.

—Mi cuarto está ordenado, son las zonas comunes las que no conseguimos mantener bien. Carmen es tremendamente desordenada. Esto es suyo —dijo cogiendo un sujetador del respaldo de una de las sillas y llevándoselo hacia el interior del piso.

—Vaya, yo pensaba que era tuyo.

—¿Tengo yo aspecto de ir dejando la ropa interior tirada por ahí?

—La verdad es que no —dijo Raúl mirándola—. Tienes aspecto de tenerlo todo controlado.

—¿Qué infusión quieres? —dijo cambiando de tema—. Tengo tila, menta poleo, té...

—No sé; lo que tú tomes. No entiendo mucho de infusiones.

—Cuando regreso de noche y sobre todo con dolor de cabeza, me suelo preparar una mezcla de menta, tila y melisa. Es relajante y refresca, además. El humo de las discotecas me irrita la garganta.

—Niña, no estás hecha ni para el viento ni para el agua. El ruido te da dolor de cabeza, el humo te irrita la garganta.

—Tengo que reconocer que para las discotecas no estoy hecha. Prefiero veinte veces estar al aire libre y charlar en un tono de voz normal.

—Bueno, ahora estamos aquí sin ruido y podemos charlar en un tono de voz normal. Y tomaré lo mismo que tú.

—Enseguida vengo. Ponte cómodo.

Se perdió en el interior de una habitación y volvió a salir poco después con la chaqueta y los zapatos quitados. Y sonrió al ver que también Raúl se había quitado la cazadora ligera que llevaba y se había desabrochado algunos de los botones de la camisa, y la esperaba cómodamente instalado en el sofá.

«No te prepares tanto —pensó—. No vas a cambiar a una pelirroja por una rubia.»

Se sentó junto a él en el sofá.

—Ya he puesto a hervir el agua. Enseguida estará lista.

—¿Qué tal tu dolor de cabeza? —preguntó Raúl solicito, aunque Inma vio en la sencilla pregunta una segunda intención.

—Mejor. El aire fresco me ha despejado y quizás ahora que ya estoy tranquila en casa, acabe de desaparecer y no tenga que tomar nada. Las medicinas, cuantas menos tomes, mejor.

—Sí, yo opino lo mismo.

Un ligero pitido proveniente de la cocina hizo que Inma se levantara.

—Nuestra agua ya está. Voy a echarle las hierbas y la dejaré reposar unos minutos.

Salió y regresó poco después con una bandeja en la que había dos tazas, una extraña cafetera de acero inoxidable, un azucarero y un bote de miel, espesa y oscura.

—¿Qué artilugio es ese? —preguntó él señalando la cafetera.

—Es un hervidor para infusiones. Echas las hierbas dentro con el agua hirviendo y cierras la tapa. Luego, al servirlo esta hace de colador y solo deja pasar el líquido.

—Veo que estás preparada.

—Soy una entusiasta de las infusiones. Mi madre tenía una herboristería y siempre he sentido mucha fascinación por las plantas y sus propiedades. Mezclando plantas puedo hacerte una infusión para cualquier cosa que desees.

—¿Incluso una afrodisíaca?

Inma soltó una carcajada.

—¿Por qué es lo primero que siempre preguntáis los tíos? Si es lo que menos necesitáis; siempre estáis salidos. Al menos tú.

—¿Y tú, la necesitas?

—No, si el tío me gusta lo suficiente. Y si no me gusta no habrá hierba ni afrodisíaco que me haga perder la cabeza. Tengo mis emociones y mis apetitos siempre controlados. Soy lo que podría decirse una dama de hielo.

—El hielo se puede derretir.

—Por supuesto, con la llama adecuada. No todos los hielos necesitan el mismo tipo de calor para derretirse. A algunos les basta una simple llamita y para otros es necesaria una gran hoguera.

—Pero todos acaban por derretirse alguna vez.

—No todos. La Antártida lleva miles de años ahí —dijo ella sirviéndole una taza humeante llena de líquido oscuro que desprendía un olor extraño y dulzón, desconocido para Raúl—. ¿Azúcar o miel?

—No sé. ¿Cómo te gusta a ti?

—Yo lo prefiero con miel. Es más suave.

—Pues adelante. Confío en tu gusto.

Inma levantó levemente la ceja mientras dejaba caer una cucharada de miel en la taza del chico.

—No te la pondrá muy dulce. Si la encuentras amarga, siempre puedes añadirle más.

—A mí las que me gustan dulces son las mujeres. Las bebidas me da igual.

—Pues entonces la infusión estará a tu gusto —dijo sin dar señales de haber captado la indirecta.

Raúl cogió la taza y la probó.

—¿Qué tal?

—Muy caliente.

—¿Qué esperabas? Lleva agua hirviendo. Déjala que se enfríe un poco. ¿O tienes prisa?

—¿Prisa? Ninguna. Has dicho que tus compañeras no llegarán hasta el amanecer.

—Y si llegaran antes tampoco habría problemas. Ellas también traen amigos a casa a veces.

—Estupendo.

Inma bebió un poco de su taza con cuidado.

—¿No te quemas?

—Me gustan las bebidas calientes.

—¿Y los hombres?

—También; en el momento adecuado.

Animado, Raúl se inclinó hacia ella y buscó su boca, pero Inma colocó la mano sobre la de él, apartándolo y empujándolo suavemente hacia atrás.

—Tranquilo, chico... Te he invitado a tomar una infusión; nada más.

Él puso cara de enfurruñado.

—¿A qué juegas conmigo?

—Yo no estoy jugando a nada, Raúl. Simplemente te estoy agradecida porque has dejado un rollo seguro en la discoteca para acompañarme a casa. Siempre me tomo una infusión después de volver de marcha y pensé que también a ti podría apetecerte. En ningún momento he pensado en sustituir a la chica que has dejado allí. Ni creo haber hecho o dicho nada que te induzca a pensarlo.

—Me has invitado a entrar... Normalmente cuando las tías hacéis eso, esperáis algo más.

—Yo no. Y lamento el equívoco. Soy de las que piensan que un hombre y una mujer se pueden tomar algo juntos sin que tengan que acabar en la cama —dijo ella muy seria.

—Bueno... perdona. No he querido ofenderte. Yo solo pensé que era lo que esperabas.

—Pensaste mal.

—Lo siento. Interpreté mal las señales.

—Acepto tus disculpas.

Raúl cogió la taza, ahora más templada, y bebió. El líquido se deslizó por su garganta, con un sabor extraño y suave y él no supo si le gustaba o no. Pero sí tuvo la facultad de amortiguar su enfado, y se dijo que el hecho de que Inma le hubiera rechazado, no significaba necesariamente que tuviera que marcharse. Aun así, le preguntó:

—¿Quieres que me vaya?

—No, si no vuelves a intentar besarme.

—Bien, porque queda mucho mejunje de ese y yo aún no he decidido si me gusta o no. Y me apetece seguir charlando contigo y conocerte un poco mejor. Porque me estoy dando cuenta de que no te conozco en absoluto.

«Y tú para mí eres transparente, chaval —pensó ella—. No te has rendido en absoluto, solo estás cambiando de táctica. Bien, nos divertiremos un poco.»

Raúl se echó hacia atrás en el sofá y se reclinó indolentemente sobre el respaldo en una pose un poco estudiada.

—¿Puedo hacerte una pregunta quizás un poco directa?

—Puedes preguntar lo que quieras, pero te advierto que a la gente no siempre le gustan mis respuestas.

—Me arriesgaré... ¿Por qué no te gusto? Todas las mujeres se vuelven locas por mí y a ti no te hago ningún efecto.

—Quizá sea porque yo no me vuelvo loca fácilmente. No niego que eres guapo, tienes un tipo aceptable, aunque a mí particularmente me gustan más altos y más anchos de espalda, y eres simpático y divertido. Siempre me río mucho contigo, tienes unas ocurrencias increíbles.

—Pero no te gusto.

Inma se encogió de hombros, decidida a no mentirle pero tampoco a confesarle que le gustaba y mucho.

—¿Qué es lo que te desagrada de mí?

—No es que me desagrades, es tan solo que no me impresionas. No me emocionan tus gestos estudiados para agradar a las mujeres, ni tu forma de hablarles como si les estuvieras haciendo un favor, ni la forma esa tan tonta, aunque tú pienses que es sexi, de apartarte el flequillo de la cara.

—¡Eh, eso no es estudiado! Es simplemente que me molesta en los ojos.

—¡Pues córtatelo, joder!

—Es que tengo la frente un poco abombada. El flequillo lo disimula.

—¿Ves lo que te digo? Todo lo haces para gustar a las mujeres. Si a alguna le gustas de verdad le dará igual cómo tengas la frente. A ver —añadió alargando la mano y retirándole el flequillo hacia atrás—. Pues no está tan mal. Te hace parecer más hombre. Pero eso sí, te quita un poco ese aire de niño travieso que tienes ahora. Bueno tú tendrás que decidir lo que quieres parecer.

—Ya...

Inma dejó caer el flequillo de nuevo sobre la frente y con dedos expertos lo desparramó para volver a dejarlo como estaba. Raúl continuó con las preguntas.

—Y si no te atraigo, ¿puedo preguntar qué opinas de mí como persona? La verdad.

Ella se mordió el labio.

—¿La verdad? ¿Seguro?

—Sí, seguro.

—Que eres un capullo.

—Un capullo... —dijo él serio y pensativo.

—Tú has preguntado.

—Ya. Y yo te agradezco que hayas respondido tan sinceramente. Y si te parezco un capullo, ¿por qué estoy aquí?

«Buena pregunta», pensó ella. Pero dijo:

—Porque me has acompañado a casa.

—¿Y por qué bailas conmigo cuando te lo pido?

—Porque perteneces a mi grupo de amigos, y porque eres simpático y divertido, ya te lo he dicho.

—Además de capullo.

—Sí, además. Oye, no te enfades.

—No estoy enfadado. Es solo que... no me lo esperaba.

—Ya. Tú te esperabas entrar aquí y liarte conmigo y que yo acabara tan loca por ti como las demás.

—Tengo que confesarte que sí. Un poco.

—Pues lo siento. Yo no soy como las demás.

—Bueno, supongo que podemos ser amigos.
—No lo creo.
—¿No lo crees? ¿Por qué?
—Porque tú no puedes ser amigo de una mujer. Siempre estarías pensando en tirártela.
—Ya me has dejado claro que tú no estás interesada.
—Pero tú nunca acabarías de creértelo. Te parece tan increíble que una mujer no quiera liarse contigo que siempre estarías intentándolo. Además, tú no puedes ser amigo más que de Fran.
—Eso no es verdad. Además, mi amistad con Fran nunca volverá a ser como era. Ahora él tiene otras prioridades. Está loco por Susana.
—¿Y tú cómo llevas eso?
—Ahora bien. Le veo feliz. Pero volviendo a nosotros, ¿y si te demuestro que sí puedo, que sí podemos ser amigos?
—Entonces quizá piense que no eres tan capullo como pareces.
Él se echó a reír.
—Bien, entonces volveré otro día para seguir probando tus infusiones. ¿Tienes de otros sabores? Porque esta...
—¿No te acaba de gustar?
—No del todo.
—Bien, seguiremos probando. Puedo hacerte todo tipo de combinaciones para encontrar tu favorita.
—De acuerdo. Ahora me marcho. Es tarde y aún me queda un buen pateo hasta mi casa como no encuentre un taxi.
Inma se levantó y le acompañó a la puerta.
—¿Sales mañana?
—No, me temo que tengo que estudiar. Y tú deberías hacer lo mismo.
—Sí, debería. Hasta el lunes.
—Hasta el lunes.
Raúl se inclinó y le dio un beso en la mejilla.
—Que sepas que es la primera vez que beso a una tía en la cara al despedirme.
—Por algo se empieza —dijo ella riéndose y permaneciendo allí mientras él se alejaba escaleras abajo.

A las nueve de la mañana el móvil de Fran sonó estridente en el silencio de la habitación. Se desprendió como pudo del sueño y lo cogió.

—Fran.

—¿Raúl?

—Oye tío... ¿Soy un capullo?

Fran sacudió incrédulo la cabeza

—¿Qué?

—¿Que si soy un capullo?

—¡Joder, macho...! ¿Qué te has fumado? Dijiste que lo dejarías...

—No he fumado nada. Contéstame.

—¡Pues claro que lo eres, coño! Solo a un capullo se le ocurre llamar a las nueve de la mañana, cuando me he acostado a las ocho, para preguntar gilipolleces.

—Perdona, no sabía que te habías acostado tan tarde. Yo... no me puedo dormir.

—Ya, y por eso decides darle por el culo a tu amigo Fran. Pregúntale a tu amiga la pelirroja con la que fuiste anoche.

—No me fui con ella, sino con Inma.

—¿Con Inma? ¿En serio? ¿Y cayó?

—Aún no. Charlamos y me invitó a tomar una infusión.

—¿Una infusión? ¿Tú? De maría, claro... por eso estás así.

—¡Qué va! Menta y no sé qué más.

—Mira, macho, cuéntale eso a tu madre. Llámame luego cuando se te pase el morao, ¿quieres?, ahora no estoy para coñas.

# 19

*Ayamonte. Julio, 1999*

Susana se despertó pronto a pesar de que no había puesto el despertador. El sol aún no filtraba ninguna claridad en la ventana y Merche dormía en la cama junto a la suya.

Cogió el móvil al que había quitado el sonido, miró la hora y vio el pequeño signo a la izquierda de la pantalla que indicaba una llamada perdida. Pulsó el botón y apareció el nombre de «Fran». Como él le había prometido, le había dado un toque antes de subir al avión, y de eso hacía ya más de media hora. También le había prometido darle otro cuando llegase a Londres. Después aún tendría que coger un tren hacia Escocia, y solo cuando estuviese allí había quedado en llamarla para contarle cómo le había ido el viaje. No sabía la combinación de trenes y por tanto no tenía ni idea de a qué hora llegaría, pero ella le había dicho que no importaba lo tarde que fuese. No iba a dormirse hasta hablar con él. Acababa de irse y ya le estaba echando de menos. La sola idea de saber que iba a estar dos meses sin verle, era terrible.

Nunca imaginó que iba a acostumbrarse tanto a Fran, no solo a su compañía, sino también a sus besos y a los ratos que pasaban juntos en la cama, que por desgracia y debido a los exámenes, no habían sido ni muchos ni demasiado largos. Aunque eso sí, se habían desquitado el día anterior, cuando los padres de él se habían marchado a Cantabria a pasar sus vacaciones. Susana se había ido a casa de Fran para pasar juntos la noche y también el último día que él iba a estar en Sevilla, antes de marcharse a Escocia a practicar el inglés, como hacía todos los veranos.

Ese fin de semana iba a ser sus pequeñas vacaciones juntos, y desde luego lo habían aprovechado. Habían hecho cosas que nunca habían hecho juntos, como cocinar, ver la televisión, bañarse en la piscina, y habían hecho el amor a todas horas y en todos los sitios posibles, incluidas la cama que se movía y la piscina.

Aunque Susana sabía que nunca podría olvidar el fin de semana en El Bosque, tampoco olvidaría aquel en que había tenido a Fran para ella sola treinta y cinco horas seguidas.

Al principio se había sentido algo recelosa de que por cualquier circunstancia imprevista los padres de Fran pudieran regresar y les sorprendieran allí. Él había convencido a Manoli de que no fuera a trabajar esos días para estar completamente solos, y la mujer había accedido, a sabiendas de que se enfrentaba a un problema si les descubrían.

Pero a medida que las horas avanzaban, Susana se había tranquilizado, sobre todo cuando a la hora de la cena habían llamado desde Madrid, donde iban a hacer noche. El padre de Fran siempre hacía los viajes largos en dos etapas para no cansarse al volante.

A partir de entonces Susana se relajó y disfrutó de la cena a la luz de las velas en la piscina, y del baño nocturno y sin ropa que vino después y en el que, inevitablemente, terminaron haciendo el amor dentro del agua. Susana se excitó al recordarlo, había sido una de las mejores experiencias que habían tenido juntos y Fran le había prometido que la repetirían en otra ocasión.

Después se habían secado y se habían ido a la cama y Fran había puesto en el aparato de música la banda sonora de *Memorias de África* para recordar la tarde que habían estado escuchándola juntos, tendidos en la cama, y empezaron a recordar aquella tarde en la que ninguno había sabido ver el deseo y los sentimientos del otro. Habían hecho el amor de nuevo, despacio y al compás de la música, mientras la cama vibraba bajo ellos.

Susana se encogió sobre sí misma recordando las manos de Fran y sus labios recorriendo su cuerpo, y también el tacto de la piel de él bajo sus dedos, y se repitió una vez más que dos meses pasaban pronto, aunque ni ella misma se lo creía.

Sabía que los dos meses que se le presentaban por delante se le iban a hacer muy largos y que las dudas y el temor iban a hacer su aparición a medida que pasaran los días.

Aunque Fran solo iba a estar en Escocia un mes, desde el uno de julio al treinta, después cogería un avión hasta Barcelona y desde allí, iría en tren hasta Laredo, donde estaban sus padres. No se volverían a ver hasta el uno de septiembre en que regresaría a Sevilla.

Por suerte, los dos habían aprobado todo y podrían disfrutar de un verano relajado y sin agobios. Pero también el no tener ninguna obligación la haría sentirse más sola, teniéndole lejos. ¡Cómo le iba a echar de menos! Y el temor, siempre agazapado en su interior, y los celos, ya estaban empezando a hacerse sentir ahora que estaba sola, ahora que él se había ido.

El temor a que conociera a alguien en Gran Bretaña o en Laredo, o simplemente a que descubriera que ella ya no le gustaba tanto en la distancia.

Trató de calmar sus dudas diciéndose que el fin de semana que acababan de pasar juntos había fortalecido su relación, que ella le gustaba mucho a Fran, y que no era probable que la olvidara en tan poco tiempo, que su relación no iba a morir por una separación sino por el hastío, y ellos aún no habían llegado a eso.

Trató de quitarse esos pensamientos de la cabeza y volvió a recordar todos los buenos momentos que habían pasado juntos y se adormeció de nuevo, consciente de que no tenía prisa y de que Fran tardaría mucho aún en llamarla.

Despertó al sentir a su hermana que se levantaba, pero remoloneó en la cama todavía un rato. No tenía prisa. Por primera vez en muchos meses no tenía nada que hacer. Solo preparar el equipaje y coger el autobús de la tarde a Ayamonte.

Le había mentido a su madre diciéndole que tenía unos papeles que entregar en la facultad antes de irse, para poder estar con Fran los últimos días después de los exámenes, y por supuesto no le había dicho ni media palabra de su relación con él. Para sus padres una relación implicaba matrimonio y no entenderían que ella estuviera con alguien con quien no tenía ni la más mínima esperanza de casarse. Sus padres no tenían que saber nada de Fran, y en eso Merche estaba de acuerdo con ella.

A las doce de la mañana recibió un mensaje: «Estoy en Londres. Te echo de menos. Recuerda tu promesa. Fran.»

Susana sonrió. Él le había hecho prometer la tarde anterior que no iba a enamorarse de nadie durante las vacaciones. Lo había dicho en tono de broma y Susana se lo había prometido solemnemente, con el juramento que Merche y ella solían usar en la infancia: «Palabrita del Niño Jesús.»

Se dijo que poco la conocía si pensaba que ella iba a dejar de quererle en dos meses, y mucho menos que podría enamorarse de otro. En los meses que llevaban siendo amigos y sobre todo en el último mes y medio que llevaban saliendo juntos, sus sentimientos se habían disparado de una forma que la asustaba, y no quería ni pensar en cómo lo iba a llevar cuando se acabara.

Respondió al mensaje y se decidió al fin a preparar el equipaje y marcharse a casa.

En la maleta llevaba un montón de libros que le había prestado Fran para que se distrajera leyendo, una de sus ocupaciones favoritas cuando estaba en la playa, y no descartaba buscar algún empleo por horas que le permitiera ganar un poco de dinero para no tener que depender de Fran cuando empezara el curso. Y que la ayudara a hacer más llevadero el verano.

Merche aún tenía que trabajar cuatro días más y luego se reuniría con ella en Ayamonte para disfrutar de sus vacaciones.

Le había propuesto que se quedara con ella hasta entonces, pero Susana no quería hacerlo. Merche estaba empezando a salir con un compañero de trabajo y ella sentía que debía dejarla esos días un poco a su aire para que la amistad acaso se convirtiera en algo más. Veía a su hermana ilusionada con Isaac; y ella necesitaba descansar. Se sentía agotada tanto por las largas horas de estudio como por los acontecimientos ocurridos durante el último mes y medio, en el que había sido más feliz que nunca antes en su vida.

Cuando cogió el autobús aquella tarde se guardó el móvil en el bolsillo del pantalón pensando que quizá Fran la llamara durante el camino, pero llegó a su casa sin haber tenido noticias suyas. Tampoco en las horas siguientes que compartió con sus padres.

En cuanto pudo se acostó deseando estar a solas para atender la llamada cuando esta se produjera, pero se quedó dormida de madrugada sin tener ninguna noticia de Fran.

Su mente barajó uno y mil motivos por los que no hubiera podido llamarla y se dijo que ya tendría noticias al día siguiente.

Pero tampoco fue así, a pesar de que no se separó del móvil en ningún momento, llevándoselo incluso a la playa, cosa que no solía hacer. Pasó el día incapaz de concentrarse en nada, ni leer, ni hablar, y procuró pasar a solas todo el tiempo que pudo, temerosa de que su madre notara lo nerviosa y angustiada que estaba.

Pero a medida que transcurrían los días siguientes sin noticias, su angustia se fue convirtiendo en una fatal certeza, y su inquietud y preocupación en la triste aceptación de algo que ya sabía. O bien Fran estaba muy ocupado para acordarse de ella o bien era su forma de decirle que todo había acabado. Porque estaba completamente segura de que si no la había llamado en cuatro días, no iba a hacerlo el resto del verano.

Cuando Merche llegó el viernes por la tarde, ya con las vacaciones de verano, notó inmediatamente que algo no iba bien y le propuso un paseo por la playa. En cuanto estuvieron solas se apresuró a preguntar:

—¿Qué pasa, cariño?

—No puedo engañarte, ¿eh?

—Pues claro que no. A mí, no. ¿Qué ocurre?

—Fran no me ha llamado.

—¿Cómo que no te llamado? ¿Hoy, quieres decir?

—Me puso un mensaje el lunes desde Londres y quedó en llamarme cuando llegase a Escocia aquella noche. Y no lo ha hecho.

—¿Piensas que ha podido pasarle algo? ¿Un accidente, o que esté enfermo?

—No lo creo. Si le hubiera ocurrido algo Raúl lo sabría y me habría llamado. No, es algo mucho más simple, Merche. Ha vuelto a pasar lo mismo que con Lourdes, la chica con la que salía el año pasado. El verano lo cambia todo. Y por lo visto a Fran le sucede a menudo, que cuando cambia de ambiente, olvida todo lo anterior. Inma me lo advirtió.

—Me cuesta creerlo, Susana. Realmente parecía estar loco por ti.

—¡Qué me vas a decir a mí! Pero quizás al salir del ambiente de la facultad y meterse de nuevo en el suyo, se haya dado cuenta del error que supone lo nuestro.

—Lo siento muchísimo.

—Más lo siento yo, pero no me coge de sorpresa. Yo ya sabía que esto no iba a ser para siempre, pero tengo que confesar que no pensaba que durase tan poco. En fin, fue bonito mientras duró —dijo tratando de aparentar una indiferencia que no sentía, y aunque sabía que no iba a engañar a Merche, el intentar mantener el tipo delante de ella la ayudaba a no derrumbarse.

—Lo único bueno de esto es que tengo un par de meses por delante para hacerme a la idea, antes de volver a verle.

—Bueno, yo ya estoy de vacaciones. No estarás sola, al menos lo que queda de julio.

—He encontrado trabajo en el Telepizza tres noches a la semana. Eso me ayudará a distraerme y también a ahorrar un poco de dinero para el año próximo. Había pensado comprarle algo a Fran, que siempre ha tenido tantos detalles conmigo, pero supongo que eso ya está fuera de lugar.

—Te compras algo para ti, que también te lo mereces.

—Bueno, ya basta de hablar de mí. ¿Y tú qué tal con Isaac?

—Bien. Hemos quedado todos los días después de salir del trabajo. Y ayer nos fuimos al cine y dejamos de ver la película a la mitad.

—Eso es estupendo.

—Me ha prometido venir a verme el próximo fin de semana.

—Me lo tienes que presentar. Ya sabes que yo tengo que darle el visto bueno.

—Faltaría más.

Julio transcurrió lento y monótono. Susana trabajó los viernes, sábados y domingos por la noche en el Telepizza, agradecida no solo por el dinero que ganaba, sino también por tener una ocupación que durante unas horas la ayudara a sobrellevar el verano. El resto del tiempo libre lo pasaba en la playa, y había vuelto a su costumbre de dejar el móvil en casa cuando iba allí. A cada día y a cada hora que pasaba estaba más convencida de que ya Fran no iba a llamarla, y el hecho de tener el móvil con ella solo hacía que las esperanzas siguieran agazapadas en el fondo de su mente, y se sorprendía sacándolo de la bolsa una y otra vez, para comprobar que no tenía ninguna llamada. Por lo tanto había optado por dejarlo en casa con la esperanza de relajarse y disfrutar del mar como había hecho siempre.

Se había hecho un nudo en el corazón, ocultando allí lo ocurrido durante el último mes y medio de curso. Guardó en una maleta los libros de Fran sin leerlos, y entre sus páginas ocultó las fotos del viaje a El Bosque para no mirarlas, y le dio la llave a Merche. En aquel momento no se sentía capaz de verlas sin derrumbarse y no quería hacerlo. No quería compadecerse a sí misma. Era fuerte, siempre lo había sido, y podría con esto igual que había podido con otras muchas cosas. Lo único que hubiera querido era que Fran hubiera sido capaz de decírselo a la cara y no cortara el contacto de aquella forma. Sacó libros de la biblioteca y leyó frenética tarde tras tarde. Después de almorzar se iba a la playa con una toalla y un libro y permanecía allí sola hasta el anochecer, en que volvía a casa, y los días que no trabajaba, salía con Merche a dar una vuelta tratando de adaptarse a su pandilla, aunque sin conseguirlo del todo. Pero su hermana se negaba a dejarla sola en casa como había hecho otros veranos. Merche sabía que a pesar de su serenidad aparente, estaba destrozada. Sabía cuánto quería a Fran y lo importante que había llegado a ser en su vida aquel escaso mes y medio.

Sin embargo, no derramó ni una lágrima; el dolor era demasiado intenso, demasiado profundo para llorar, y en esta ocasión llorar no aliviaría. Solo serviría para hacer público su sufrimiento, y Susana no quería. Deseaba guardarlo dentro, para ella sola, como un recuerdo permanente de lo que había habido entre Fran y ella. Igual que guardaba sus besos y sus caricias.

Leía frenética un libro tras otro para no pensar, para no permitir que los recuerdos salieran a flote. Ya recordaría cuando no doliera tanto, cuando los recuerdos fueran algo dulce y hermoso... Quizás algún día pudiera.

El único recuerdo que se permitía de Fran tenía que ver con su reencuentro en la facultad y la actitud que debía adoptar ella. Se estaba preparando día a día y hora a hora para acercarse a él y saludarle como si fuera un compañero más, sin mencionar la llamada que no había hecho, ni los besos de despedida, ni la promesa de ambos de no enamorarse de nadie más durante el verano.

Los domingos Isaac venía a ver a Merche, y esta se lo había presentado, y para toda la familia, pasaban los tres el día en la playa, juntos. Pero después de almorzar, Susana se iba a dar un largo paseo, de tres o cuatro horas, para dejarles solos. Otras veces era al revés, eran ellos quienes se iban en el coche de Isaac a una cala cercana y escondida, de difícil acceso y que muy poca gente conocía.

El tercer domingo de julio, cuando solo le quedaba a Merche una semana de vacaciones y después de marcharse Isaac, le dijo a su hermana que él iba a tener libre el miércoles de esa semana y que ella iba a ir a Sevilla con la excusa de renovar el contrato del piso, cosa que fácilmente podría hacer en agosto, para pasar el día con él. A Susana se le vino a la cabeza su último fin de semana en Sevilla con Fran, cuando ambos habían mentido a sus respectivas familias para estar juntos. Sintió una punzada de pena y que las lágrimas quemaban en sus ojos al pensar que eso había ocurrido apenas un mes antes, aunque a ella ese tiempo se le hubiera hecho eterno.

Sacudió la cabeza y enterró de nuevo los pensamientos y los recuerdos de Fran donde habían estado las últimas semanas, donde solía guardar todo lo que dolía.

El miércoles por la mañana, temprano, Merche cogió el autobús hacia Sevilla y Susana le deseó con toda su alma que el día le fuera bien y lo aprovechara al máximo. Al encontrarse sola, se dio cuenta del enorme consuelo que había sido su hermana para ella durante todo el mes, y sintiéndose invadida por una súbita tristeza, se preparó un bocadillo y se fue a la playa a comerlo y a pasar el resto del día sumergida en un libro y dispuesta a no regresar a su casa hasta el anochecer, a una hora en que ya su hermana estuviera de regreso. Por eso, cuando a media tarde levantó los ojos del libro y la vio venir hacia ella se sorprendió un poco. Por la cara de su hermana, sonriente al acercarse, comprendió que tenía algo importante que contarle de su día con Isaac, y se preparó para una larga serie de confidencias. Pero Merche no dijo nada, solo metió una mano en su bolso de playa y sacando un sobre alargado, se lo arrojó en el regazo.

—Para ti. Estaba en el buzón.

Susana miró el sello inglés y la letra apretada y conocida con su nombre y su dirección, y en el reverso solo una palabra: Fran.

—El matasellos estaba fechado el cinco de julio —le dijo Merche—. Y yo me vuelvo a casa. Sean buenas o malas noticias, querrás leerlas a solas.

Susana asintió. El nudo que tenía en la garganta le impidió contestar.

Cuando Merche se alejó, rasgó el sobre con mano temblorosa y tres folios se desparramaron por la arena. Los recogió y respirando hondo, se dispuso a leer:

Hola, amor mío.

El alivio hizo que los ojos se le llenaran de lágrimas y el resto de la carta se le borró durante unos minutos. Con el borde del blusón que se ponía para bajar a la playa los enjugó y continuó leyendo.

Lo primero, pedirte perdón por no haber podido llamarte como te prometí, pero cuando llegué a Escocia mi móvil había desaparecido. No sé si lo perdí o me lo robaron sin que me diera cuenta, pero el caso es que no estaba. Y ya sabes que no tengo memorizado ningún número del listín. Siempre tecleo el nombre y el puñetero aparato marca solo. Ni siquiera he podido llamarte desde una cabina ni a ti, ni a Raúl ni a nadie que me pudiera dar tu número. A mis padres les mandé una postal al hotel para decirles que había llegado bien, pero tampoco sé tu dirección en Ayamonte. La única salida que me queda para ponerme en contacto contigo es escribirte a Sevilla y confiar en que mi carta te llegue antes que yo. Espero que Merche trabaje en verano y te lleve la carta un fin de semana o al menos te llame y te diga que te he escrito. No quiero ni pensar en lo que pasará si no es así, ni en lo que pensarás de mí si no tienes noticias. Conociéndote, sé que lo primero que se te pasará por la cabeza es que no quiero saber nada de ti, o que me he liado con alguna inglesa o qué sé yo. Ya sé lo insegura que estás con respecto a lo nuestro. Pero te juro que no tienes nada que temer, que no pasa un minuto sin que me acuerde de ti, que las inglesas me parecen más feas que nunca y que solo deseo volver para estar contigo de nuevo.

Me gustaría que estuvieras aquí, enseñarte estos paisajes maravillosos y reírnos con las costumbres y supersticiones locales, que son muchas. Quizás algún día podamos venir juntos, porque todo lo que me rodea pierde su encanto si no te tengo cerca. Todo esto me recuerda a El Bosque, aunque más verde y más grande, pero tengo que confesarte que todo me recuerda a El Bosque y a ti.

Estoy en un paraje muy apartado, una especie de colegio mayor, y no he podido ir antes a echar la carta porque tenemos clases todos los días y dependemos de un autobús que pasa por la mañana y regresa por la tarde. Pero mañana sábado, que no hay clases, cogeré el autobús temprano y echaré la carta al correo con el envío más rápido que pueda.

Las clases son intensivas y me mantienen todo el día ocupado, pero las noches son terribles sin ti. Los recuerdos vienen a mí una y otra vez, y saco tu foto y supongo que ya te imaginas lo que ocurre mientras te miro. Espero que tú también me eches de menos y que hayas cumplido tu promesa de no enamorarte del primer tío bueno que se cruce en tu camino; yo te juro que te estoy siendo fiel hasta con el pensamiento, que ni siquiera miro a otras y que el tiempo que me falta para estar contigo otra vez se me hace eterno.

Si recibes esta carta pronto, cosa que espero, escríbeme. Al final te mando la dirección completa, pero te advierto que el correo solo se raparte aquí una vez a la semana y que desde que la envíes tardará por lo menos diez días en llegarme. Y yo me marcharé el día treinta.

Te prometo que lo primero que haga cuando llegue a Cantabria será intentar localizar a Raúl o a alguien que me pueda dar tu número y comprarme un móvil nuevo para poder ponerme en contacto contigo. Me muero de ganas de oír tu voz, ya que no puedo abrazarte, de momento. Pero te juro que cuando te vea te voy a estrujar tan fuerte que te voy a romper. Espero sinceramente que mi carta te llegue pronto, y no me odies si no es así. Te prometo que te compensaré cuando te vea, mi amor. Recibe un fuerte abrazo simbólico, desde miles de kilómetros de distancia y no olvides que mes y medio más pasa pronto. Te quiero.

FRAN

Susana dobló la carta, que se estaba humedeciendo. No se había dado cuenta de que seguía llorando mientras la leía, y enterrando la cara en las rodillas, continuó derramando lágrimas hasta desahogar al fin la tensión acumulada durante veinticuatro interminables días.

No le daría tiempo a escribirle a Fran, pero estaba segura de que cuando regresara a España, él encontraría la forma de llamarla. A partir del día treinta, se llevaría el móvil a todas partes.

Después de llorar un buen rato, y sintiéndose ligera y feliz, se dio un baño para borrar toda huella de llanto y volvió a su casa más pronto de lo que pensaba. Tenía que decírselo a Merche, sabía que su hermana se había quedado preocupada sin saber si la carta de Fran eran buenas o malas noticias.

Como había pensado, su hermana la estaba esperando y la siguió a su habitación cuando Susana entró a dejar la bolsa de playa. Una vez allí, Susana se volvió con una sonrisa radiante y la abrazó con fuerza. Merche le acarició el pelo y le dijo:

—Estabas pensando mal, ¿eh?

—Muy mal. Perdió o le robaron el móvil en Londres y no se sabe ningún teléfono. Me ha escrito una carta preciosa. Dice que me echa de menos, que está deseando verme.

—Me alegro, cariño, no sabes cómo me alegro. Me caía bien, no tenía demasiadas ganas de cortarle los huevos.

—¿Y tú con Isaac qué tal?

—Muy bien. Me recogió en la estación y le he invitado a comer en casa.

—¿Solo a comer?

—Curiosa... eso no se pregunta.

—Bien, veo que ha sido un día feliz para las dos.

Susana tendió la mano.

—Dame la llave de la maleta que te pedí que me guardaras. Tengo muchas ganas de echarle una miradita a mi rubio.

El día treinta, fecha en que Fran debía abandonar Gran Bretaña, Susana lo pasó sumida en un estado nervioso y de impaciencia poco habitual en ella. Sabía que Fran estaría durante todo el día de viaje, y que presumiblemente llegaría por la noche a Laredo, y estaba casi segura de que en cuanto pisara la ciudad se las apañaría para ponerse en contacto con ella de alguna forma. Tenía que hacerlo si estaba tan impaciente como ella.

A la hora de la cena se sentía tan nerviosa como cuando era pequeña y esperaba la llegada de los Reyes Magos, y al igual que entonces, su estómago se cerró y se negó a admitir comida. Su madre, preocupada, la obligó a ponerse el termómetro pensando que estaba enferma.

Merche la miraba sin decir nada, y después de su patético intento de cenar, se la llevó al paseo marítimo a dar una vuelta para distraerla y hacerle comprender que quizá Fran lo seguía teniendo difícil para llamarla.

Merche consiguió que se tomara un cubata cargado con la esperanza de que se durmiera pronto y esperase con calma a la mañana siguiente.

Cuando regresaron a su casa pasaba la una de la madrugada y Susana se encontró con más sueño del que deseaba, no le quitó el sonido al móvil por si este sonaba durante la madrugada, que pudiera oírlo. Pero cuando se tendió en la cama, y habiendo dado apenas una cabezada de media hora, se encontró de nuevo despierta y mirando al techo, barajando mil y una posibilidades de por qué Fran no la había llamado. La idea de que no conseguía encontrar su número, que era la primea opción que había pensado, fue haciéndose poco a poco la última, y su mente angustiada acabó creyendo que después de escribir la carta él sí la había olvidado.

La luz del alba la sorprendió sin haber cerrado los ojos y el sonido que le indicaba que la batería del móvil se había agotado la hizo sentirse muy deprimida. El modelo, antiguo, necesitaba cuatro o cinco horas de recarga, y lo que era peor, no le permitía recibir ninguna llamada mientras tanto. Debería haberlo apagado, debería haber sabido que Fran no la iba a llamar a altas horas de la noche por muy impaciente que estuviera, que tampoco era seguro que fuera así. Lo dejó conectado mientras iba a la compra, como solía hacer cada día sin permitir que Merche ocupara su lugar, como había sugerido. Si se quedaba en casa, su madre, que la miraba con preocupación ante su mala cara y continuada falta de apetito de aquella mañana, no la dejaría en paz. Y de todas formas, si Fran la llamaba, no lo sabría hasta que se terminara de recargar el teléfono, para lo que le faltaba un buen rato todavía.

Se tomó su tiempo para comprar, con la esperanza de que cuando regresara ya pudiera conectar el aparato, pero Merche le salió al encuentro.

—Nena, tu móvil se ha terminado de cargar. Lo he conectado y han aparecido un montón de llamadas perdidas. Un número que no aparece en el listín te ha estado llamando con mucha insistencia.

—¿En serio?

—Sí, y al final había un mensaje. No he querido leerlo.

Susana corrió hacia su habitación y leyó el mensaje: «Soy Fran. Tengo un móvil nuevo. Por favor, dame un toque para que pueda llamarte. Estoy conduciendo.»

Con mano temblorosa marcó la tecla de contestar la última llamada y cortó después de escuchar un par de timbrazos. Aguardó impaciente lo que le pareció una eternidad y apenas cinco minutos después recibió la llamada.

—¿Diga?

—Hola... —dijo la voz suave y ligeramente ronca al otro lado.

—Hola...

Los dos se quedaron en silencio durante unos segundos. Después, él preguntó:

—¿Cómo estás?

—Bien, ¿y tú?

Fran se echó a reír al otro lado.

—¡Dios mío! Parecemos dos extraños. Tenía tantas ganas de hablar contigo que ahora no sé qué decir. Te he llamado no sé cuántas veces.

—Yo esperaba que quizá llamaras ayer por la tarde o por la noche y dejé el móvil encendido. Al final se quedó sin batería y lo he estado cargando. Ya sabes que no suena mientras está enchufado.

—Cuando pude localizar tu número era tan tarde que no quise llamarte anoche.

—¿Cómo lo conseguiste?

—Inma me lo dio. Menos mal que es buena gente y no se enfadó porque la molestara a la una de la madrugada para pedírselo.

—¿Llamaste a Inma a la una de la madrugada?

—No la llamé, recuerda que no me sé de memoria ningún número.

—¿Entonces?

—Fui a verla.

—No lo entiendo.

Él se echó a reír y dijo:

—He dado un «pequeño» rodeo. Ayer en el aeropuerto de Londres, y a punto de coger el vuelo hasta Barcelona, vi que había otro que salía dos horas más tarde para Málaga. Y qué demonios, pensé que me iba a costar mucho trabajo localizar a alguien que me diera tu teléfono y que quizá debería pasar otro mes hasta que pudiera ponerme en contacto contigo, por no hablar de darte un abrazo. Sabía que Inma estaba en Sevilla y que la combinación de trenes desde Málaga era muy buena. Les dije a mis padres que había perdido el avión a Barcelona y que había tenido que coger el otro. Llegué a Sevilla casi a la una y me fui directamente a tu casa. No había nadie y me acerqué a ver a Inma. Me dio tu teléfono y de cenar además, pero ya era demasiado tarde para llamarte. Lo he hecho esta mañana en cuanto me he despertado, pero no he podido localizarte, así que he decidido arriesgarme de todas formas.

—¿Arriesgarte?

—No pensarás que le he dado un rodeo a España para estar apenas a cien kilómetros de ti y no verte, ¿verdad? He cogido el coche y voy hacia allá. Acabo de pasar Huelva, no creo que tarde mucho en llegar.

—¿Quieres decir...?

—Quiero decir que en media hora más o menos voy a darte tal achuchón que te van a doler todos los huesos del cuerpo durante una semana.

—Dios mío, qué bruto eres.

—Si no quieres, doy media vuelta...

—Claro que quiero, es solo que me ha cogido tan de sorpresa...

—¿Dónde podemos vernos? ¿En tu casa, en la playa...?

—En mi casa no. Si mi madre te ve, aunque vengas como amigo, no podremos hablar solos ni dos palabras seguidas. Dame un toque cuando llegues y me reuniré contigo a la entrada del pueblo en el restaurante que hay junto a la gasolinera. Podemos pasar el día en la playa.

—De acuerdo. Hasta ahora, vida... Ponte guapa.

Susana salió con una media mentira preparada.

—Mamá, me han llamado unos compañeros de la facultad. Vienen a pasar el día en la playa. No comeré en casa.

—¿Vais a comer en la playa con el calor que hace? ¿Por qué no os venís a casa? Puedo preparar algo...

—No, quieren pasar el mayor tiempo posible en la playa. Seguramente tomaremos unos bocadillos.

—¿Te preparo una tortilla?

—Bueno... si no es mucha molestia. De calabacines —sugirió—. Voy a cambiarme.

Merche la siguió.

—¿No me digas que va a venir?

—Está en Huelva. Voy a darme una ducha. Intenta entretener a mamá, si se da cuenta de que me estoy duchando antes de ir a la playa, se olerá algo.

—No te preocupes. Te cubriré.

Entró en la ducha y se apresuró en arreglarse. Se puso un bikini atado con lacitos y encima un pantalón pirata y una camisa roja sin mangas, y tras meter apresuradamente en la bolsa de playa la fiambrera con tortilla que su madre le había preparado, salió sin esperar el toque de Fran, y caminó despacio hacia la salida del pueblo y su lugar de reunión, incapaz de quedarse en su casa ni un minuto más.

Llegó al lugar de la cita antes de que Fran la llamase, y se paseó nerviosa arriba y abajo por los alrededores de la gasolinera, mirando cada coche que pasaba, esperando ver aparecer el Peugeot azul.

Pero fue un Opel corsa caldera metalizado el que entró en el solitario aparcamiento, y en su interior, Susana pudo ver la melena rubia y salió precipitadamente a su encuentro. Fran se bajó del coche y también avanzó hacia ella fundiéndose ambos en un fuerte abrazo en medio del aparcamiento.

—¡Chiquilla...!

Los brazos de Fran, el olor suave a Hugo Boss, acabaron con la entereza de Susana, que enterró la cara en su cuello y empezó a llorar la tensión acumulada durante esos dos últimos días. Él le levantó la cara y empezó a besarla. Ella alzó los brazos y le sujetó la cabeza para que no se separara y se besaron como dos locos, intentando recuperar el tiempo perdido. Después, Susana recordó que estaban en su pueblo y que allí casi todos se conocían y se separó.

—Vamos a algún otro sitio.

—¿Dónde se puede ir aquí para estar a solas un rato?

—En el pueblo imposible. Todo está lleno de veraneantes. Pero si cogemos el coche y la carretera por donde has venido, Merche me habló de un sitio al que ha ido ella con Isaac estos últimos fines de semana. Dice que está siempre desierto porque es de difícil acceso y no hay chiringuitos ni servicios ni nada.

Subieron al coche que todavía olía a recién estrenado.

—Al fin el coche nuevo, ¿eh?

—Sí, lo entregaron estando yo en Escocia. Lo estamos estrenando.

Fran salió del pueblo y enfiló la carretera. En una recta, desvió la mirada hacia Susana y le preguntó:

—¿Recibiste la carta?

—Sí, hace seis días.

—¿Seis días? ¿Y todo este tiempo has estado sin saber nada?

—Sí.

—¿Y no me odias?

—Ya no. Estás aquí.

Fran apartó la mano del volante y le acarició el muslo.

—Lo siento. Solo de pensar lo que has tenido que pensar... lo que has tenido que sufrir... Si yo hubiera estado todo un mes esperando noticias y sin saber de ti me hubiera vuelto loco. Ahora comprendo que te hayas echado a llorar en el aparcamiento. Imagino las lágrimas que habrás echado en todos estos días sin saber nada de mí.

Susana sonrió volviéndose a medias hacia él, mirando su larga melena rubia y su perfil fijo en la carretera.

—No me conoces tanto como piensas. Soy una chica fuerte y no lloro por las cosas malas... Solo con las buenas, quizá porque a esas no estoy acostumbrada. Quizá te sorprenda con lo llorona que soy, pero no he derramado ni una lágrima hasta que recibí la carta. Entonces sí. La dejé hecha una pena... Y ahora que al fin he podido abrazarte.

La carretera estaba prácticamente desierta y Fran deslizó la mano, subiendo por el muslo, y Susana sintió que un estremecimiento la recorría de pies a cabeza. Él sonrió sintiendo el temblor de la pierna bajo sus dedos.

—¿No hay un sitio más discreto que la playa? ¿Un hotel o pensión donde podamos coger una habitación?

—Me temo que no, que es verano y todo está lleno. Y además, si entro contigo en un hotel o pensión de la zona, antes de media hora lo sabrá todo el pueblo, incluida mi madre. Me temo que nos tendremos que conformar con la playa. Pero no te preocupes, dice Merche que es bastante solitaria. Probablemente tendremos más intimidad allí que en un hotel. Mi hermana ha ido varias veces con Isaac durante este mes.

—¿Isaac?

—Sí, Merche se ha echado novio, un compañero de trabajo.

—Vaya, espero que a ti no se te haya ocurrido sustituirme en vista de que no sabías nada de mí.

—Soy una chica fiel —dijo ella tratando de bromear—. ¿Y tú? ¿Has ligado con alguna inglesa?

—Por supuesto que no. No he tenido tiempo.

—No seas mentiroso. Seguro que no te has pasado todo el mes estudiando.

—No, claro que no. Las horas libres me he dedicado a buscar algo bonito para traerte de Escocia. Algo que te dé una idea de cuánto me he acordado de ti.

—¿Me has traído algo?

—Pues claro. Ya lo verás, está en el maletero.

Susana se volvió y le miró el perfil, atento a la carretera, llena de curvas en aquella zona. Y no pudo evitar preguntarle:

—¿De verdad me has echado de menos?

—Terriblemente. Tanto que he urdido un montón de mentiras para estar aquí. Y cuando pueda soltar el volante te vas a enterar de cuánto te he echado de menos. No te van a quedar dudas, te lo aseguro —dijo él acariciándole la pierna de nuevo.

Susana sonrió ante la perspectiva y dijo, señalando un desvío a la derecha formado por una curva pronunciada:

—Entra por ahí.

Él retiró la mano y giró a la derecha entrando en un sendero de tierra estrecho y mal asfaltado. Tras recorrer un par de kilómetros llenos de curvas y cuestas empinadas, el camino empezó a descender bruscamente y se encontraron en un pequeño bosquecillo que terminaba en la arena de la playa. Fran aparcó el coche bajo la escasa sombra y echó el freno de mano. Inmediatamente se quitó el cinturón y volviéndose hacia Susana empezó a besarla como un loco. Ella, apenas pudo librarse de su propio cinturón que la mantenía atada al asiento, le echó los brazos al cuello. Las manos de Fran se enredaron en los botones, incapaces de soltarlos, y preso de una impaciencia que llevaba demasiado tiempo conteniendo, levantó los bordes de la blusa y se la quitó por la cabeza, sin desabrochar. Y hundió la cara en el cuello con una intensidad que Susana supo que dejaría huella, mientras las manos subían hasta los pechos tratando de soltar los lazos del bikini. Y de pronto el coche empezó a moverse.

—¡Fran... el coche!

Él se separó y tiró del freno de mano con fuerza. Ambos se echaron a reír viendo cómo un árbol había quedado a poca distancia del morro.

—¡Joder! Casi me cargo el coche el primer día que lo cojo.

—Será mejor que nos vayamos a la playa —dijo Susana—. No hay nadie. Y si viene alguien y ve el coche aquí se dará media vuelta. Al parecer es la regla de este lugar.

—Sabes mucho de este lugar. ¿Seguro que solo te lo ha dicho Merche?

—Mi hermana es muy guapa. Ella ha salido con otros chicos antes de Isaac y conoce bien el sitio y sus reglas. ¿No me irás a decir que estás celoso?

—Muy celoso. Y te confieso que me alegro de que hayas dedicado toda tu vida a estudiar y no hayas tenido tiempo para tontear con otros tíos. Me gusta saber que he sido el primero, que ningún otro te ha hecho sentir las mismas cosas que yo.

—Me estás resultando un poco machista tú... No sé si voy a aguantarlo... —dijo ella riéndose.

—Te compensaré... Anda, vamos a la playa.

Bajaron del coche cargados con la enorme bolsa de playa de Susana, pero dejando otra con la tortilla y unas latas en el coche, bajo la sombra de los árboles.

Cruzaron la pequeña arboleda y salieron a la arena que, como había predicho Susana, estaba desierta. Solo el sol, la playa y ellos.

—No se te ha ocurrido traer una sombrilla, ¿verdad? —preguntó Susana.

—No pensaba venir a pasar un día de playa precisamente.

—¿Ah, no? ¿Y a qué, entonces...?

—Ven aquí y te lo explicaré.

—Bueno, cuando no aguantemos el calor nos metemos en el agua o en el coche. Yo lo siento por ti, que vienes muy blanquito —dijo Susana levantando la camiseta y poniendo su mano morena sobre el pecho de Fran—. Yo ya estoy morena. De hecho me mantengo morena todo el año porque vengo a la playa todos los fines de semana, incluso en invierno.

—¿Cómo quieres que venga, si no he visto un rayo de sol en un mes?

Se quitó la camiseta y Susana se pegó a él sintiendo el calor de su cuerpo y cómo sus manos le rodeaban la espalda. Fran le susurró justo antes de besarla:

—¡Qué ganas tenía de sentirte así!

Susana sintió la boca cálida y exigente apoderarse de la suya y respondió de la misma forma. Se le doblaron las rodillas cuando él tiró hacia abajo y se encontró tendida sobre la arena abrasadora. Fran la desnudó tirando con dedos impacientes de los lazos del bikini, tan impacientes que ella temió que los arrancase, y ella hizo lo mismo con sus pantalones.

La boca de él se apoderó de la suya con una ansiedad que no le dejó ninguna duda de cuánto la había echado de menos, la cubrió con su cuerpo para librarla del sol y deslizó una mano entre ambos para acariciarle un pecho. Susana se estremeció ante la caricia y no pudo evitar susurrarle:

—Con la boca...

Fran no se hizo de rogar. Había soñado durante un mes con el sabor de sus pechos. Se deslizó hacia abajo y tironeó de uno de los pezones con los dientes mientras acariciaba el otro con el pulgar. Susana enterró los dedos en la arena tratando de calmar la ansiedad. Por una parte deseaba desesperadamente sentirlo dentro de ella, y por otra se sentía incapaz de renunciar al placer que estaba sintiendo en aquellos momentos.

Fran la conocía bien, supo lo que ella estaba sintiendo y la mano que acariciaba el pecho se deslizó hacia abajo y se perdió entre sus piernas, hundiendo los dedos todo lo que pudo. El jadeo que escuchó le hizo comprender que había acertado, y empezó a mover la mano al mismo ritmo que la boca. Susana estaba tan excitada que no tardó en correrse y entonces sí, él sacó los dedos y se hundió en ella incapaz de aguantar por más tiempo el deseo que llevaba conteniendo desde que decidió ir a verla la tarde anterior.

Trató de moverse despacio, pero no podía controlarse por más tiempo y las palabras de ella no le ayudaron en absoluto.

—Más fuerte —gimió.

Se enterró más profundamente y se movió como un loco contra su cuerpo sintiendo las sensaciones desbordarse en su interior y precipitarse en un orgasmo simultáneo que le hizo temer por la integridad de su corazón. Cuando pudo alzar la cabeza y mirarla, la mirada brillante de Susana le hizo susurrar con la voz todavía entrecortada:

—No irás... a llorar ahora...

—Ni por asomo —sonrió ella perdiéndose en los ojos que la contemplaban con adoración.

—Sé que ha sido un poco rápido... pero qué demonios, tenemos todo el día por delante.

—¿Podrás aguantar todo el día? —le preguntó retadora.

Fran le sonrió con picardía.

—Un mes sin verte y por delante otro mes de lo mismo, ¿tú qué crees?

Después, acalorados y sudorosos, se metieron en el agua para refrescarse y quitarse la arena que tenían pegada al cuerpo. Y se abrazaron de nuevo y empezaron a tocarse y acariciarse como no lo habían hecho antes, durante mucho rato, y acabaron haciendo el amor de nuevo, despacio esta vez, con la caricia de las olas a su alrededor y sabor a sal en los besos. Después, se arrastraron hasta la orilla y se dejaron caer allí, abrazados y exhaustos mientras las olas cubrían sus cuerpos cada pocos segundos. Pasado un rato salieron del agua y ambos se secaron con la toalla de Susana y ella volvió a ponerse el bikini.

—Yo no he traído bañador. Tendré que ponerme el pantalón o al menos los calzoncillos. No me apetece sentarme en la arena sin nada de ropa.

—Te quemarías el culo. Está ardiendo. Pero venir a la playa y no traerse bañador...

—No lo iba a necesitar para lo que tenía en mente.

—Eres un obseso.

—Y a ti te encanta.

—Por supuesto. Pero también habrá que comer. ¿No tienes hambre?

—Mucha. Y sed.

—En la bolsa que hay en el coche tengo agua y refrescos, además de tu tortilla favorita. Pero me temo que las bebidas no estarán muy frías.

—No importa. Y esa tortilla después de un mes de comida inglesa me sabrá a gloria. Vamos a comer al coche, estaremos más frescos que aquí. Al menos tendremos sombra —dijo él levantándose, y poniéndose los pantalones la cogió de la mano y volvieron sobre sus pasos hacia el bosquecillo. Entraron en el coche en la parte de atrás para no correr riesgos con el freno de mano y dieron buena cuenta de la comida y parte de las bebidas. Aunque el coche estaba a la sombra, la temperatura seguía siendo abrasadora.

—Vamos a tener que darnos otro baño. Estoy empapada de sudor otra vez.

—Ahora no. Ahora vienen los regalos.

—¿Regalos? ¿En plural?

—Sí, en plural. Ya lo verás. Espero que te gusten.

—Seguro que sí, pero no tenías que haberte molestado. Tú eres el mejor regalo.

—Espero que después de verlos sigas pensando lo mismo —dijo Fran saliendo del coche para abrir el maletero. Regresó con una bolsa de lona como la que ella usaba para llevar los libros, roja y con unas letras grandes en azul.

—¿Te gusta? Es para que cambies de vez en cuando la que tienes ahora. Lleva muchos bolsillos, tanto exteriores como interiores.

—Sí, me encanta.

—Ábrela, dentro hay más cosas.

—Pero Fran...

—Ábrela.

Ella levantó la tapa y parpadeó al ver el contenido. Había de todo allí dentro. Una carpeta, un estuche para gafas, un pañuelo de cuello, unos calcetines blancos con notas musicales y hasta un reproductor de música.

—Todo esto no es para mí, ¿verdad?

—Sí que lo es.

—¿Pero tú estás loco?

—¿Ahora te das cuenta?

—Fran, yo no puedo aceptar todo esto.

—¿Cómo que no puedes? A ver para quién va a ser si no... ¿O quieres que se lo regale a otra?

—No, eso no.

—Es para que te acuerdes de mí en cada momento del día. Cuando estudies, cuando te quites las gafas, cuando tengas los pies fríos... Los calcetines fue un impulso irresistible, tuve que comprarlos cuando los vi, porque el día que estuviste enferma tenías puestos unos parecidos y cuando sacaste un pie por el lado de la manta yo sentí que nunca en mi vida había visto nada tan adorable como aquel pie.

—Pero son muchas cosas, con una hubiera sido suficiente.

—¿Sabes por qué hay tantas? Porque te he echado muchísimo de menos, y cada vez que estaba fatal por no poder hablar contigo, salía a comprarte algo y me hacía sentir mejor. El dinero que no me gastaba en llamarte lo gastaba en comprarte cosas.

Susana le cogió la cara entre las manos y lo besó en los labios.

—¡Dios mío, y yo pensando tan mal de ti...!

Él le rodeó la cintura con los brazos.

—No vuelvas a hacerlo. Ya sé que en esta ocasión has tenido motivos, pero quiero que sepas que eres muy importante para mí. Y aunque ahora me voy a Cantabria te prometo que te llamaré siempre que pueda, si por cualquier motivo no pudiera hacerlo, no dudes de mi amor. Quiero que te convenzas de que estoy loco por ti.

—¿En serio?

—En serio. Tengo debilidad por las empollonas con gafas. Sobre todo cuando están en bikini —dijo levantándola por la cintura y sentándola sobre sus piernas. Después subió las manos por la espalda y tiró del lazo que sujetaba el bikini. Susana le rodeó el cuello con las manos y acercó la cabeza de Fran hasta su pecho desnudo.

A las dos de la madrugada, Susana bajó del coche de Fran en la esquina de su casa, después de besarlo largamente por última vez. Él regresaría a Sevilla para dormir unas horas y después saldría al día siguiente en dirección a Laredo. Susana sabía que deberían haberse despedido antes, que hacía rato que ella tendría que haber estado en su casa, pero no había sido capaz de decirle adiós por otro largo mes sin darle otro beso, sin hacer el amor una vez más.

Antes de girar la esquina se volvió hacia él y agitó la mano con un leve gesto de despedida y después entró en su casa, consciente de que hasta que no lo hiciera, Fran no pondría el coche en marcha.

Abrió la puerta con sigilo esperando librarse de la bronca, al menos por esa noche, y avanzó sin hacer ruido hasta la habitación que compartía con Merche. Esta estaba acostada y despierta.

—Al fin apareces...

—Lo siento.

—¿Tienes idea de la hora que es?

—No exactamente, pero muy tarde. La última vez que miré el reloj pasaban de las once.

—Son más de las dos. Y no puedes imaginarte cómo está mamá. Ya sabes que cuando papá está en el mar se pone muy nerviosa si no estamos temprano en casa. Y no puedes recogerte a las diez de la noche durante todo el verano y de buenas a primeras salir a media mañana y regresar de madrugada.

—Ya lo sé. Y lamento que hayas tenido que aguantar tú todo el rollo, pero es que después de este mes tan horrible nos ha costado tanto separarnos... Volveremos a estar otro mes sin vernos. Fran venía tan cariñoso, tan...

Merche soltó una carcajada.

—O sea, que lleváis todo el día follando.

—Más o menos...

—Más bien más que menos, diría yo. ¿Te has visto el cuello? Vas a tener que usar bufanda unos cuantos días.

—No me extraña. Es que es un auténtico Drácula... le chifla mi cuello.

—Bueno, pues ve pensando en una buena excusa para mañana. A las once fingí una llamada tuya y le dije a mamá que habías avisado de que cenarías fuera. Si no, no se hubiera acostado, y supongo que lo último que desearías al llegar era una bronca o un sermón.

Susana se acercó a Merche y le dio un beso.

—¿Qué haría yo sin ti?

—No seas pelota. Ya te tocará a ti cubrirme las espaldas.

—Cuenta con ello.

# 20

*Sevilla. Agosto, 1999*

Inma estaba tendida en el sofá con los apuntes en la mano y tratando de concentrarse, pese a la temperatura sofocante de la calurosa tarde de agosto.

Había suspendido dos asignaturas, Derecho Administrativo y Derecho Constitucional, y las estaba preparando para septiembre. El año próximo tendría que apuntarse a estudiar con Susana, como había hecho Fran. Ellos eran los únicos que habían aprobado todo. Aunque Inma no lo lamentaba del todo. Esas dos asignaturas le habían dado el motivo suficiente para quedarse en Sevilla y no ir a pasar el verano con su padre y su madrastra. Cosa que no le apetecía en absoluto.

Solo había pasado con ellos una semana al terminar el curso y luego había regresado con la excusa de que debía estar en Sevilla para poder usar los libros de la biblioteca a fin de preparar los exámenes. Nadie había puesto ninguna objeción y ella intuía que a su familia le apetecía tan poco como a ella tenerla allí. De modo que había vuelto a Sevilla y había encontrado trabajo por las mañanas en una cafetería. Eso y los estudios la mantenían ocupada en una Sevilla solitaria, en la que no quedaba nadie que ella conociera. Susana la había invitado a pasar unos días en Ayamonte, pero el trabajo se lo impedía.

No necesitaba trabajar, su padre le enviaba un generoso cheque todos los meses que bastaba para pagar el alquiler y también sus gastos, pero Inma quería empezar a independizarse y ganar dinero por sí misma, aunque sabía que hasta que no terminase la carrera eso no sería posible del todo.

No obstante, el pequeño sueldo que ganaba en la cafetería la hacía sentirse muy bien y le permitiría tener unos pequeños ahorros para libros y matrícula. Este año quería pagar ella la matrícula, aunque su padre le siguiera enviando dinero para su manutención.

Pero aquella tarde de agosto, terriblemente calurosa como solo puede serlo una tarde de verano en Sevilla, le costaba mucho trabajo concentrarse en el puñado de folios mecanografiados que tenía delante.

El sopor de la hora de la siesta y el hecho de que hacía varias noches que no dormía bien a causa de las altas temperaturas, hacía que se le cerraran los ojos a cada momento. Pero no quería dejarlo. Se había hecho un plan de estudios y quería cumplirlo a rajatabla para que no le faltase tiempo después. Y quizá para aceptar la invitación de Susana el último fin de semana de agosto, antes de los exámenes.

El sonido del móvil la sacó del pozo de negrura de una nueva cabezada y se incorporó en el sofá para mirar quién la llamaba. Frunció el ceño al comprobar que se trataba de Raúl.

—¿Sí?

—¡Hola!

La voz alegre del chico al otro lado la hizo ponerse en guardia.

—Hola —respondió con cautela—. ¿Cómo es que los que están tostándose en la playa se acuerdan de los pobres que se quedan estudiando en Sevilla? ¿Tan aburrido estás?

—Qué mal pensada eres. Claro que no, yo me acuerdo de ti siempre.

—Sí, seguro...

—Además, no estoy en la playa sino en Sevilla.

—¿Y eso? Creía que ibas a estar todo el verano en Marbella. ¿O te has liado con la hija de un mafioso y has tenido que salir por patas?

—¡Joder, qué concepto tienes de mí! No es nada tan melodramático, solo que mi padre ha tenido que hacerse una revisión médica y yo he aprovechado para venir con él y comprar unas cosas que quería. No nos iremos hasta mañana por la tarde y he pensado que quizá podríamos quedar para ir al cine o algo.

Inma no estaba segura de si él la había llamado porque era la única de la pandilla que quedaba en la ciudad o quería aprovechar que estaba sola y aburrida para ver si conseguía ligársela al fin.

Sabía que él y Fran habían hecho una apuesta el día de su cumpleaños de que se la llevaría a la cama antes de que comenzara el nuevo curso. No iba a conseguirlo, por supuesto, pero decidió aceptar. Después de mes y pico encerrada en su casa noche tras noche, le apetecía muchísimo salir un rato, aunque se tuviera que pasar la noche parándole los pies, o las manos, a Raúl. Y también tenía que reconocer que tenía ganas de verle, aunque jamás se lo hubiera confesado a nadie.

—Bueno —contestó—. La verdad es que estoy harta de estudiar y no estaría mal salir un rato. Podemos quedar para ir al cine, sin algo.

—No entiendo.

—Claro que me entiendes. Cine, cena como mucho y nada más. Si te conformas con eso, quedamos, y si no, llama a otra persona para que te distraiga.

—¡Uf, nena, cómo estás hoy! Se ve que necesitas salir urgentemente. De acuerdo, cena y cine. ¿A qué hora?

—Dame tiempo para darme una ducha y arreglarme un poco.

—¿Te parece a las nueve?

—De acuerdo.

—¿Te recojo?

—No hace falta, nos vemos en Plaza de Armas, a medio camino de los dos.

—¿En terreno neutral?

—Digamos que sí.

—Allí estaré.

Inma se desperezó en el sofá. Eran las siete, tenía tiempo de sobra para arreglarse. Ella no era de las que dedicaba mucho tiempo a emperifollarse. Su madre solía decirle que no lo necesitaba y quizás era cierto. Sabía que era guapa y que tenía un buen tipo, pero no le interesaba sacar partido de ello ni realzarlo más. Eso solo serviría para que los hombres pensaran que iba detrás de ellos, cosa que no era cierta. Y mucho menos iba a arreglarse para Raúl.

Se duchó y se lavó el pelo, pegajoso a causa del sudor, dejando que se secara al aire, y se puso la ropa menos favorecedora que tenía, un pantalón pirata y una camiseta de manga corta de las que se ponía para ir a clase, como si no le importara en absoluto con quién iba a salir. Quería que él comprendiera que no lo consideraba una cita, sino una oportunidad de salir de su encierro.

Después cogió el autobús que la dejó en Plaza de Armas. Aunque el camino desde Barqueta no era largo, el intenso calor hacía que no le apeteciera caminar hasta allí. Y tampoco quería llegar sudada. Una cosa era que no se hubiera arreglado especialmente para la ocasión y otra presentarse con un aspecto lamentable.

Cuando bajó del autobús cruzó la calle hacia la puerta del centro comercial y no tardó en verle en el sitio habitual donde solían quedar cuando se reunía allí la pandilla. Vestía un pantalón negro y una camisa blanca con rayas azules, ancha y fresca, y lo que le sorprendió más, se había cortado el pelo y no lucía su famoso flequillo caído sobre los ojos. Su nuevo aspecto le quitaba atractivo por un lado, pero le daba un aire diferente, más mayor, más maduro, y a ella le gustó mucho más así.

Se acercó y antes de que Raúl la abrazara para saludarla, Inma le dio un rápido beso en la mejilla y se separó inmediatamente.

—Hola —dijo—. Veo que te has cortado tu fabulosa melena. Vas a perder muchos puntos ante las mujeres.

—Quizá, pero se los he ganado al calor. Es muy cómodo, sobre todo en la playa. Y además, el pelo crece.

—Por supuesto.

Raúl indicó con un gesto el interior del centro comercial y preguntó.

—¿Entramos aquí a ver qué ponen o nos vamos a otro sitio?

—A mí me da igual.

—¿Qué quieres ver?

—Cualquier cosa que no sea de tiros, puñetazos y violencia.

—O sea, una moña.

Inma sonrió con picardía.

—No tiene por qué ser moña, basta con que tenga argumento.

—Las de acción tienen argumento.

—Perdona, pero discrepo de tu opinión.

—No, si ya tengo asumido que me vas a llevar a ver un rollo.

—Que no, hombre. Seguro que encontramos algo que nos guste a los dos.

—Lo dudo. Pero en fin...

Entraron en la zona de los cines y pronto quedó bien claro que no iban a encontrar nada a gusto de ambos. Se decidieron por una comedia romántica, que por lo menos, opinó Raúl, les haría reír.

La sala estaba casi vacía y nada más entrar, Inma se arrepintió de haber aceptado. Le estaba dando el marco perfecto para que intentara meterle mano. Cargados con un enorme paquete de palomitas, se sentaron al final de la sala.

Las luces se apagaron y la película comenzó, pero Inma no conseguía relajarse. No dejaba de mirar con el rabillo del ojo la mano de su compañero, segura de que a no tardar mucho, esta se deslizaría hacia ella con mayor o menor disimulo.

Él se removía inquieto en la butaca, más nervioso que si le estuvieran picando un millón de hormigas y, al fin, apenas veinte minutos después de que la película hubiera comenzado, lo que Inma temía, sucedió. El brazo de Raúl se levantó sobre su espalda y se dejó caer como al descuido sobre su hombro. Antes de que acabara de posarse, Inma le cogió la mano y, levantándola sobre su cabeza, la dejó caer sobre la entrepierna del chico, a la vez que se inclinaba sobre su oído y le susurraba:

—Creo recordar que dije «cine sin algo».

—Perdona, no me he dado cuenta —se disculpó sin mucha convicción—. Supongo que es la costumbre.

—Pues olvida la costumbre si quieres terminar de ver la película conmigo. Y si tu mano no puede estarse quieta, mantenla ocupada ahí donde la tienes ahora.

Raúl suspiró y dijo:

—Te estás equivocando.

—Lo dudo.

—Yo solo quería...

—Meterme mano.

—No.

—Demuéstramelo dejándome ver la película.

Raúl no replicó y trató de concentrarse en la pantalla, en el argumento simple y trillado que se desarrollaba ante él, y no en el cuerpo de la chica que tenía a su lado, en su brazo que rozaba el suyo cuando se reían, ni en la fuerte excitación que sentía y que por primera vez en su vida no podía satisfacer.

Al fin, logró meterse en la película y se relajó, y no fue consciente de las miradas que Inma le dirigía con el rabillo del ojo, ni de los esfuerzos que ella hacía a su vez para no recostar la cabeza en su hombro, ni cogerle la mano. Por una vez, su instinto de cazador le falló y dejó pasar un momento vulnerable en que a ella le pesaba la soledad del verano y la atracción que también sentía por él.

La película terminó y ambos salieron del cine. Algunos locales de comida estaban cerrando, pero aún había un par de ellos abiertos.

—Vamos a comer algo —propuso Raúl.
—No tengo mucha hambre. Y están cerrando.
—Pero yo sí. El McDonald's y el Telepizza están abiertos aún.
Inma no contestó, pero Raúl la notaba reacia a comer con él.
—No estarás enfadada por lo de antes, ¿verdad?
—No. Lo esperaba.
—¿En serio?
—Eres transparente para mí, Raúl.
—De verdad que no te he traído al cine para meterte mano. De verdad que mi intención era ver una película... pero estás tan guapa esta noche...
—¿Guapa? Pero si ni siquiera me he arreglado. Me he limitado a ducharme y ponerme lo primero que he pillado a mano.
—Aun así. En serio, solo quería sentirte un poco cerca. Es difícil estar a tu lado y no desear tocarte, acariciarte... Pero no volverá a pasar, cenemos tranquilamente.
—Por supuesto que no volverá a pasar, porque no volveré a ir contigo al cine, los dos solos.
—No digas eso. El resto de la película me he comportado, ¿no es verdad?
—Sí, pero no me fío. Creo que eres de los que nunca deja de intentarlo.
—Anda, te invito a cenar para que me perdones.
—Soy vegetariana, no me gustan las hamburguesas y tampoco me apetece pizza. Cena tú si quieres, yo cogeré el autobús hasta mi casa. Seguro que aún encuentras quien te alegre la noche —dijo mirando un grupo de chicas que pasaban riendo a su lado.
—Ni hablar, te llevaré hasta tu puerta. Y si no te apetece pizza entremos en el Foster's Hollywood y te tomas otra cosa. Hay unas ensaladas estupendas. ¡No pensarás que voy a meterte mano en el restaurante!
—No sé... No creo que sea buena idea. No debería haber aceptado salir contigo a solas.
Raúl la cogió del brazo y la hizo entrar en el local, acercándose a una mesa junto a la barra.
—Nos sentaremos aquí, a la vista de todo el mundo. ¿Te parece bien?
—De acuerdo.
Inma pidió una ensalada y Raúl una pizza familiar.
—¿Cómo te puedes comer todo eso? ¿Dónde lo echas?

—Quemo muchas energías.
—No me digas cómo, no hace falta.
—No iba por ahí. Me refería al fútbol.
—Ya.
Él levantó la cabeza y la miró por un momento, el pelo rubio cayéndole por los hombros, los ojos azules clavados en la ensalada que tenía en el plato, totalmente indiferente a su presencia, cosa que jamás le había pasado con ninguna mujer. Normalmente, cuando invitaba a una chica a salir, esta se pasaba todo el rato mirándole embobada. Y Raúl se dio cuenta de que era muy agradable comer sin tener que preocuparse de estar todo el rato manteniendo una pose ante alguien, ni preguntándose cuál sería el momento más adecuado para la proposición que tenía en mente.
Inma levantó los ojos y le preguntó, al verse observada.
—¿Qué miras?
—Nada. Es divertido verte comer.
—¿Por qué? Lo hago como todo el mundo.
—Como todo el mundo, no. Escoges minuciosamente los pedazos y siguiendo un orden determinado. Lechuga, zanahoria, pollo, cebolla, col, y vuelta a la lechuga.
—¿En serio? No me había dado cuenta.
—Pues así es.
Por un largo momento se miraron y Raúl se puso muy serio de pronto. Y no pudo evitar preguntar:
—Sigo siendo un capullo para ti, ¿verdad?
—En efecto.
—Lo siento.
—No importa. Eres lo que eres y ya está. Te acepto. Si tú aceptas que yo no estoy loca por liarme contigo, nos llevaremos bien.
—De acuerdo. ¿Y volverás a venir al cine conmigo?
—Ya veremos.
Habían terminado de comer. Se levantaron y pasearon hasta la Barqueta, donde Inma vivía, sintiendo el ligero frescor que la noche había traído sobre la ciudad. Ninguno de los dos habló mucho durante el camino de regreso y pronto se encontraron ante la cancela de hierro negro del portal de la chica.
—Bueno, hemos llegado.
—Supongo que no querrás invitarme a una infusión... —insinuó Raúl, sin ninguna gana de despedirse de ella todavía.
—Hace demasiado calor para infusiones. Y no tengo otra cosa.

—Quizás un vaso de agua. Es temprano aún.

—No tanto. Pasa de la una y media y yo tengo que trabajar mañana. Trabajo durante el verano en una cafetería de la cadena San Buenaventura y entro a las siete y media.

—Bien, entonces no te entretengo más. Buenas noches.

—Buenas noches, Raúl.

—Nos vemos en septiembre.

—Hasta la vuelta.

# 21

*Sevilla. Septiembre, 1999*

Susana se estaba arreglando para asistir al primer botellón del curso. Oficialmente este no empezaría hasta el lunes, pero ya aquel sábado diecisiete de septiembre, todos estarían en Sevilla y habían quedado para salir.

Fran había regresado de Cantabria el treinta y uno de agosto, cargado otra vez de regalos para ella. También Susana, con el dinero que había ganado en la pizzería, le había comprado una camiseta y un llavero con un juego de ingenio.

Durante todo el mes que él había estado en Cantabria se habían llamado, y el dos de septiembre se había presentado en Ayamonte para pasar el día con ella. Y desde entonces se las habían apañado para verse con cierta regularidad. A veces Fran se escapaba hasta la playa y otras veces era ella quien volvía a Sevilla con la excusa de la matrícula y los trámites para el nuevo curso, y pasaban un día y una noche juntos.

En una ocasión habían salido con Inma, que era la única que estaba en la ciudad. Susana había vuelto definitivamente el día quince para instalarse y preparar todo lo necesario.

Desde el cuarto de baño escuchó el timbre de la puerta y supo que Fran ya había llegado a recogerla. Los dos días que ella llevaba en Sevilla habían pasado prácticamente todo el tiempo juntos, ambos tenían necesidad de la compañía del otro después de la separación del verano.

Terminó de peinarse y se miró al espejo. Se veía fresca y arreglada, aunque eso no duraría mucho. El calor aún apretaba y los efectos de la ducha no eran muy duraderos. Con la falda y la camiseta de tirantes sentía menos calor que con pantalones, pero aun así ella había acusado mucho la diferencia de temperatura que había entre Ayamonte y Sevilla.

Cuando salió del cuarto de baño, Fran y Merche estaban poniendo la mesa, sobre la que descansaba un par de pizzas.

Susana se acercó a él, le besó y dijo señalando la mesa.

—¿Y eso?

—Me he autoinvitado a comer —dijo él.

—Y ha traído la cena, así que de autoinvitarse, nada —añadió Merche.

—Hace mucho calor para que os metáis en la cocina —dijo Fran.

Susana había aprendido a aceptar ese tipo de gestos de Fran. Al principio, su orgullo le impedía hacerlo, pero poco a poco él le había hecho comprender que disfrutaba enormemente invitándola a comer, al cine y a todas las cosas que ella no se podía permitir. A cambio ella le invitaba a comer en su casa siempre que podía, aunque Fran nunca se presentaba sin la bebida, o el postre, o en ocasiones, como aquella noche, con la totalidad de la comida. Y por mucho que ambas hermanas protestaran, él pasaba de ellas y continuaba haciéndolo.

Se sentaron a comer.

—¿Cuándo va a aflojar este calor? —preguntó Susana sirviéndose un trozo de pizza.

—Ya pronto, supongo. No es normal a estas alturas de septiembre —añadió Fran.

—Tengo muchas ganas de empezar, de ver a todo el mundo...

—Yo también. No es que me muera de ganas de estudiar como un loco, pero sí por tener a mi profe particular disponible todos los días —dijo guiñándole un ojo.

—Tenemos que hacer un plan de trabajo, y las horas de estudio son sagradas. No creas que nos las vamos a saltar cada vez que tengas ganas de echar un «quiqui».

Él soltó una carcajada.

—¡Ah... Que yo tenga ganas...! ¿Y tú qué? Porque si no recuerdo mal, tú no te quedas atrás, cariño.

Susana se echó a reír también. Fran tenía razón. Después de veintiún años sin sexo se había sorprendido al descubrir una pasión y una sexualidad que incluso a ella misma la había impresionado. No podía pasar mucho tiempo cerca de Fran sin querer tocarle, besarle y casi siempre acababan en la cama después, y cuando no disponían del piso para ellos, en el asiento trasero del coche en algún lugar apartado.

—Bueno, pero eso es en vacaciones. A partir de ahora las horas de estudio son las horas de estudio.

—Tú mandas.

—Y otra cosa. Este año no voy a cobrarte por las clases.

—¿Cómo que no? Una cosa no tiene nada que ver con la otra.

—Si tú vas a continuar invitándome a comer, al cine y a todo, yo te invitaré a las clases. Es lo justo. Si no, no conseguirás llevarme a ningún sitio que yo no pueda pagar.

Fran vio en los ojos de Susana una determinación que conocía bien y supo que no iba a conseguir hacerla cambiar de opinión.

—De acuerdo. Ya encontraré alguna forma de pagarte que no sea con dinero —dijo haciendo un gesto picaresco con las cejas.

—Eso no te lo rechazaré —dijo ella terminando el último trozo de pizza, ante la mirada de Merche, que asistía divertida a la conversación—. Y será mejor que nos marchemos ya o llegaremos tarde y tengo ganas de ver a todo el mundo.

—Raúl me llamó esta mañana a casa, pero yo no estaba. Supongo que me llamaría también al móvil, pero ya sabes que lo tenía apagado.

Susana sonrió al recordar la mañana que habían pasado juntos mientras Merche estaba en el trabajo. Los dos habían apagado los móviles intuyendo que todos empezarían a llamarles para quedar para la noche. Fran la había sorprendido al presentarse a las nueve y media, cuando Merche se había marchado al trabajo, con un papelón de churros recién hechos para desayunar. Y después se habían ido a la cama todavía deshecha y ella había olvidado todos los planes que tenía para aquella mañana. No había ido a comprar los zapatos que necesitaba, ni tampoco al supermercado para llenar la despensa antes de empezar las clases. Tendría que ir el lunes después de salir.

—Nos vamos, Merche —dijo despidiéndose de su hermana.

—¿A qué hora vas a volver?

—No sé. Tarde, supongo. ¿Por qué?

—Isaac trabaja hasta las nueve y va a venir después de cenar.

—¿Quieres que te demos un toque antes de salir para acá?

—Eso estaría muy bien. Así nos dará tiempo para estar presentables cuando lleguéis —dijo Merche sonriente.

—Bien. Hasta luego, entonces. Que os divirtáis.

—Tú también.

Salieron y subieron al coche.

Cuando llegaron a La Alameda, ya estaban allí Carlos, Maika, Lucía, Inma y Miguel. Se abrazaron todos con fuerza y se preguntaron por las vacaciones.

—¿Cómo ha ido el verano?

—De maravilla —dijo Lucía—. Mi novio ha estado trabajando de forma temporal en una empresa donde hacía prácticas, y es posible que dentro de unos meses vuelvan a llamarlo y le hagan un contrato fijo.

—Eso es estupendo.

—¡Y tanto!

—¿Y tú, Carlos?

—Pues yo, como me han quedado tres, me he hartado de estudiar y solo me he podido divertir los fines de semana.

—Pues este año te aplicas el cuento y estudias en invierno —dijo Fran—. Yo no he cogido un libro en todo el verano.

—Es que tú tienes ayuda, cabrón.

—Si queréis, yo no tengo inconveniente en formar un grupo de estudio y echar una mano a todos —dijo Susana—. Podemos quedar en el aula de cultura una o dos tardes por semana.

—¿En serio? ¿Tu mente no es de la propiedad exclusiva de Fran?

—Claro que no. Yo me conformo con que me dé en exclusiva otras cosas —dijo este.

—¿Y Raúl dónde anda? —preguntó Miguel—. ¿No viene?

—Sí que viene. Yo he hablado con él esta tarde.

—Se ha pasado tres meses en Marbella. Nadie le ha visto el pelo en todo el verano.

—Yo sí —dijo Inma.

Las tres amigas la miraron.

—¿Ah, sí?

—Sí. Vino a Sevilla con su padre a una revisión médica o algo así, y como estaba aburrido me llamó. Fuimos al cine.

Maika abrió mucho los ojos. No podía creer que Inma hubiera ido con Raúl al cine.

—¿Los dos solos?

—Sí, los dos solos. Hubiera preferido que vinierais con nosotros, pero estabais desperdigados por toda España.

—¿Y qué?

—¿Cómo y qué? Fuimos al cine.

—Eso ya lo has dicho.

—Se ha cortado el pelo.

—No me refiero a eso. ¿Qué pasó en el cine?

—Pues nada, ¿qué iba a pasar? Eso sí, tuve que pararle la manita tonta, pero lo aceptó y después se comportó.

—De modo que vino a verte.

—No vino a verme. Ya te he dicho que acompañó a su padre a una revisión médica. Y me llamó a mí porque no había nadie más en Sevilla. Si lo hubiera habido ni se habría acordado de que existo.

—Mira, hablando del rey de Roma.

Raúl se acercaba hacia el grupo a grandes zancadas. Fran y él se dieron la mano.

—¿Qué tal, tío? Estás estupendo. ¡Cómo se nota que no has dado un palo al agua en todo el verano!

—¿Y tú? ¿Has aprobado en septiembre?

—Dos de las tres.

—No está mal.

—¿Cómo que no está mal? Mi viejo está encantado. Si lo comparas con el año pasado...

Siguió saludando a todos los demás. Le dio un fuerte abrazo a Maika, a Lucía y a Susana.

—Puedo, ¿no? —dijo preguntándole a Fran—. Ya quedó claro que no iba por mí. No me partirás los morros otra vez...

—Claro que no. Se acabaron los celos.

Continuó estrechando las manos a Carlos y a Miguel. Inma estaba en un extremo y se acercó a ella en último lugar.

—¿Y a ti? ¿Puedo darte un abrazo como a las demás, o debo limitarme a estrecharte la mano para que no te ofendas?

Inma sonrió clavando en él una mirada divertida.

—¡No seas capullo, Raúl! ¿Por qué no ibas a darme un abrazo como a las demás?

Él la abrazó con fuerza, pero la retuvo un poco más tiempo que al resto. Inma no protestó. Estaba contenta de que empezara el curso, aunque ello significara tener que estar en guardia con Raúl en todas las salidas. Aunque quizás a él se le hubiera pasado el encaprichamiento que tenía con ella y la dejara en paz. Aunque tuviera que prepararse por volver a ver cómo Raúl empezaba a tontear con otras. Y quizás algo más que tontear. Se había sentido muy sola durante todo el verano y tenía que reconocer que había pensado mucho en la noche que había salido con Raúl en agosto. Quizá porque había sido la única distracción del verano.

—Bueno... —dijo Raúl una vez que hubo terminado los saludos—. ¿Quién empieza a poner copas? Hay que brindar por el nuevo curso. ¡Tercero!

Carlos repartió bebidas y todos brindaron. Después se acomodaron alrededor de su banco habitual. Fran se sentó con Susana sobre las rodillas y Raúl se acercó a Inma y se sentó a su lado, en un extremo del banco.

—He visto en las listas que has aprobado —le dijo.

—Sí. Paso limpia. Y te aseguro que este año voy a intentar por todos los medios aprobar en junio. Si lo consigo me iré de Interrail.

—¿Sola?

—Más vale sola que mal acompañada. Aunque a lo mejor convenzo a alguno de estos para que se venga conmigo.

—Yo me dejaría convencer fácilmente.

—No me refería a ti precisamente. Pero primero tengo que aprobar. Susana se ha ofrecido a echarnos una mano.

—O sea que nos va a volver empollones a todos.

—¡No seas ganso! A mí me encantaría que me llamaran también empollona y poder sacar unas notas como las suyas.

Inma se había puesto un vestido rojo, corto y con un generoso escote. Raúl le echó un vistazo descarado a los pechos y le preguntó:

—Estás muy guapa esta noche. ¿Te has vestido así para seducir a alguien?

—Para burlar al calor, diría yo.

—La noche que salimos juntos hacía aún más calor y te tapaste como una monja.

—Si me hubiera puesto este vestido aquella noche me habrías saltado encima apenas se hubieran apagado las luces del cine. Casi lo hiciste vestida de monja.

—No fue para tanto, mujer. Entonces, no te has puesto tan guapa para nadie.

—Para nadie.

Inma vio que el pelo le había crecido un poco desde la última vez que le vio, pero aún seguía corto.

—Y tú, ¿vas a dejarte crecer el pelo otra vez?

—No sé. ¿Cómo lo prefieres?

Ella se echó a reír divertida.

—¿Yo? Raúl, a mí me importa un bledo cómo lleves el pelo.

—No te lo tomes así. Yo solo te estoy preguntando tu opinión.

—Mi opinión ya te la dije una vez. Con el pelo largo pareces un chico malo. Y así digamos que estás más interesante, más maduro.

—Eso de maduro suena fatal. Solo tengo veintidós años.

—De la otra forma aparentas diecisiete.

—Ya comprendo. Y a ti en particular, ¿qué aspecto te gusta más?

—Por mí, puedes afeitarte la cabeza o ponerte un casco.

—Bien, veo que no quieres colaborar. Entonces creo que probaré a llevarlo corto una temporada. A ver cómo se me da. Siempre puedo dejarlo crecer si no me convence.

—Si lo que te preocupa es ligar menos, no temas. No te faltarán mujeres. Tu fama no tiene nada que ver con tu pelo.

—¿Qué fama?

—Vamos, no te hagas el tonto conmigo. No irás a decirme que no sabes lo que se dice de ti en la facultad. Te has acostado con la mitad de las tías de segundo y una buena parte de las de primero, y las mujeres también presumen cuando se llevan a la cama un tío bueno y que folla bien. Eres una leyenda.

—No es para tanto. No creo que haga nada que no hagan otros.

—Tú sabrás. Yo solo te digo lo que he oído.

—¿Y no te gustaría comprobarlo?

—Por supuesto que no. Todas las leyendas tienen los pies de barro, y más tarde o más temprano se dan el batacazo. No quiero estar cerca cuando ocurra. Y tampoco pienso engrosar la lista de las gilipollas que presumen de haber echado el polvo de su vida contigo.

—¿Por orgullo?

Inma sonrió y soltó una carcajada que le sonó extraña.

—¡Qué más quisieras tú! Porque no me interesa. He echado muy buenos polvos sin ti.

—Pero a lo mejor no son el de tu vida. A lo mejor para ese, sí me necesitas a mí.

—Dudo que yo eche el polvo de mi vida con un tío superficial y guaperas como tú. Para eso necesito un hombre, Raúl, y tú no lo eres.

—Eres muy dura conmigo. Pensé que después de nuestra salida del verano nuestra relación había cambiado.

—¿Qué relación? Tú y yo no tenemos ninguna relación ni la tendremos jamás.

—Me refería a nuestra amistad.

—¡Ah, ya no quieres echarme un polvo, ahora quieres que seamos amigos! ¿En qué quedamos?

—Bueno, si no podemos tener algo más, al menos somos amigos, ¿no?

—No. No lo somos.

—¿Y qué somos entonces?

—Compañeros de clase. Compañeros de botellones.

—¿Y amigos no?

—Para mí un amigo es algo más que un tío con el que tomo una copa y compito en la bolera. Es alguien en quien puedo confiar y que sé que estará ahí haga yo lo que haga o piense lo que piense. Con quien puedo contar siempre que le necesite. Algo así como tú y Fran, y tienes que reconocer, Raúl, que yo no soy para ti igual que Fran. Ni tú para mí lo mismo que Maika.

—No, pero podrías llegar a serlo.

—No me lo creo.

—¿Y si te demuestro que sí? ¿Que puedo ser tu amigo, que puedes confiar en mí y que puedes contar conmigo siempre?

—Eso siempre se irá a la mierda en cuanto se te cruce un rollo por delante; ya nos conocemos.

—No es verdad, me estás juzgando mal. Si piensas eso de mí, es que no me conoces. Si puedo demostrarte todo eso, ¿dejarás de pensar que soy un capullo y me considerarás tu amigo y no tu compañero de botellones?

—Si consigues convencerme de todo eso, por supuesto que dejaré de pensar que eres un capullo y te consideraré mi amigo. Pero no creo que lo logres.

—Ya verás como sí —dijo Raúl en tono serio, y ella empezó a pensar que estaba convencido de lo que decía. Tratando de quitar solemnidad al momento, Inma preguntó en tono burlón:

—¿Y se puede saber qué piensas hacer para conseguirlo?

—Para empezar, te llevaré a casa esta noche.

—Tendrás que desviarte bastante de tu camino.

—No importa.

—Y no voy a invitarte a entrar.

—Ya lo sé.

Inma levantó la ceja irónica.

—¿Estás dispuesto a darte un pateo del carajo de madrugada, a cambio de nada?

—A cambio de tu amistad.

—Ya... —dijo escéptica.

—¿No te lo crees?

Ella sonrió y le revolvió el pelo, dejándole el flequillo de punta.

—Te conozco, Raúl. No durará. Te cansarás de este juego antes de un mes, cuando comprendas que no vas a lograr llevarme a la cama de ninguna forma.

—Ya lo veremos. Y ya te he dicho que no quiero llevarte a la cama, solo ser tu amigo.

—¡Eh, vosotros dos! —dijo Carlos ofreciéndole a Inma la botella—. ¿Qué tramáis hablando ahí tan bajito? ¿No queréis otra copa?

—Solo coca-cola para mí. Ya he tomado mi copa de esta noche.

—También para mí —dijo Raúl.

Inma reprimió una sonrisa. Carlos frunció el ceño y preguntó a su amigo:

—¿Coca-cola? ¿Sin ron, ni whisky ni nada? ¿Tienes diarrea o algo?

—Tiene diarrea mental, diría yo —dijo Inma riéndose.

—Ya veremos.

Durante toda la noche, Raúl permaneció junto a Inma y solo se tomó otro cubata más y no muy cargado. Después, a la hora de despedirse, se colocó a su lado y sin decir palabra empezó a caminar junto a ella, para cruzar La Alameda y entrar por la calle Calatrava, en dirección a Barqueta.

—No seas tonto, Raúl. Cogeré un taxi con Maika y Lucía o le pediré a Fran que me deje en casa antes de llevar a Susana. Además, estoy muy cerca.

—He dicho que te acompañaría. Además, quiero hacerlo.

—¿Por qué? ¿Por qué estás dispuesto a hacer tantos sacrificios para caerme bien? Hay un montón de tías a las que les caes de puta madre tal como eres.

—Porque tú me gustas.

—Eso no es verdad. Solo quieres liarte conmigo y no aceptas que yo te rechace. Pero vuelvo a reiterarte, antes de que te metas en esto, que no vas a conseguirlo. No voy a liarme contigo, hagas lo que hagas. Ya puedes ser San Raúl de Asís, lo más que puedes llegar a ser es mi amigo.

—Perfecto.

—Luego no digas que no te advertí.

La calle Calatrava llegaba a su fin, acercándose a Barqueta. La cancela negra de la puerta de Inma apareció ante ellos. Ella sacó la llave del bolso y se volvió hacia él, desafiante, quizás esperando que desmintiera sus palabras de un rato antes y le pidiera que le invitase a entrar. Pero Raúl no lo hizo. Se limitó a inclinar la cabeza y darle las buenas noches.

—Buenas noches.

—Buenas noches.

Inma abrió la puerta y entró dejándole en la calle. Mientras subía las escaleras, sacudió la cabeza pensando: «¡Dios, eres como un crío portándose bien antes de los Reyes Magos! Bien, veremos hasta dónde llegas. No te lo voy a poner fácil para ganarte mi amistad.»

# 22

*Sevilla. Noviembre, 1999*

El curso empezó de forma intensa, sin casi darles tiempo para acostumbrarse al ritmo frenético de clases y trabajo. Inma, Susana y Fran habían pasado a tercero sin asignaturas de cursos anteriores y habían podido matricularse en el turno de mañana. Todos los demás tenían también clases por las tardes algunos días.

Susana había formado un grupo de estudio y se adueñaban del aula de cultura, en la que Carlos participaba activamente tres tardes a la semana, y todos se iban incorporando a ella a medida que salían de sus respectivas clases. Se marchaban cuando ya estaba a punto de cerrar la facultad, a las nueve de la noche.

A menudo, Fran acercaba a Inma de camino que llevaba a Susana a su casa. Los dos días restantes, Susana y Fran los reservaban para ellos. A veces salían a dar una vuelta —Fran se dedicó a enseñarle rincones de Sevilla que ella no conocía— y otras se iban a casa de ella a estudiar, según estuvieran de trabajo y dependiendo también de si Merche trabajaba de tarde o de mañana. La mayoría de esas tardes empezaban estudiando y acababan en la cama. Los fines de semana, Susana salía con la pandilla los viernes por la noche y casi siempre, salvo que hubiera alguna cosa especial como un cumpleaños o una fiesta, se iba a Ayamonte el sábado a mediodía y no regresaba hasta el domingo en el autobús de la tarde, o si Merche e Isaac la acompañaban, en el coche de este después de cenar. Y en esas ocasiones, ella y Fran no se veían hasta el lunes en clase.

Los miércoles habían reanudado los almuerzos de «chicas solas», aunque debido a las circunstancias de la mayoría y los horarios de aquel año, habían tenido que dejar la bolera para las tardes de los sábados o vísperas de fiestas.

Cumpliendo su promesa, Raúl se había convertido en la sombra de Inma. Siempre que salían estaba junto a ella buscando su compañía, charlando divertido y encantador, sin intentar ligar y cuidando de no rozarla siquiera.

En la facultad se veían menos, porque los horarios y las asignaturas optativas que había escogido él le separaban un poco del resto de los compañeros. Aun así, había algunas clases en las que coincidían y también se unía al grupo de estudios del aula de cultura siempre que sus clases se lo permitían. En el aula seguía sentándose con Fran y las chicas lo hacían todas juntas una fila por delante de ellos.

Durante un par de meses, él no había mirado a ninguna mujer, al menos delante de Inma, y parecía ser un Raúl completamente distinto del que todos conocían.

Aquel día, de finales de noviembre, en su habitual comida de «chicas solas», Maika lo comentó:

—¿Cómo va lo tuyo con Raúl?

—¿Qué mío con Raúl? No hay nada entre nosotros.

—Porque no quieres.

—Exacto.

—¿Sigues pensando igual que el año pasado?

—Por supuesto.

—Pero él ha cambiado. Lleva desde el principio de curso a pico y pala contigo.

—De hecho lleva así desde el curso pasado, desde la fiesta de su cumpleaños. Ya se cansará.

—Pero este año es distinto, ha cambiado mucho.

—No creo que haya cambiado, solo ha variado de táctica. Solo está intentando conseguirme dando un rodeo.

—No, Inma, tienes que reconocer que no es el mismo del año pasado. No se ha emborrachado ni una vez, ni hace el tonto, ni el chulito, ni el ligón. Y no se le ha conocido ninguna tía en estos dos meses. Y no es que le falten propuestas, ya sabes que tiene a algunas de las chavalas de la clase detrás de él como locas. Está esa que le pide fuego veinte veces al día, y la que se sienta a su lado, Alba, que no puede ponerse unos escotes más grandes sin que se le vea el ombligo los días que él tiene clase con nosotros. Y no le hace ni caso. Y muchas de las que se liaron con él el año pasado no paran de decirle: «A ver si quedamos», cada vez que nos cruzamos con alguna. Y pasa de ellas. No lo negarás, tú también has tenido que darte cuenta.

—No lo niego. Aparentemente es así, pero yo no estoy segura de que cuando no estoy delante no se vaya con alguna. No paso con él las veinticuatro horas del día.

—También estudia. Está aprobando. Y a eso le tiene que dedicar tiempo. ¡Si hasta se ha cortado su famoso flequillo!

—Solo está jugando a ser el niño bueno para llevarme al huerto. Pero no lo va a conseguir.

—Tía, qué dura eres. Si te gusta a rabiar, y ahora más que antes. No lo niegues.

—No lo niego, pero no me va a conseguir. No me engaña con esos trucos tan viejos.

—¿No te dan ganas de comerle los morritos cuando te mira con esa cara adorable de niño malo? No pierde ocasión de hacerte un cumplido, ni de darte un mimito... y tú nunca le correspondes. Siempre tan fría y tan distante. En vez de ser amigos con derecho a roce, vosotros sois pareja con derecho a nada.

—No somos pareja. Vamos camino de ser amigos, nada más.

—Claro que sois pareja. Siempre os sentáis juntos en las cenas, en los botellones, en el aula de cultura siempre está reservada para él la silla que hay junto a ti.

—Sois vosotros los que la dejáis, por mí puede sentarse allí cualquiera.

—Eso no es verdad, si un día él no se sentara allí o la ocupara otro, te molestaría.

Inma tuvo que reconocer que Lucía tenía razón. Le encantaba la actitud solícita de Raúl durante los últimos dos meses. Y sabía que si él dejara de comportarse así, lo echaría de menos. Que a pesar de que ni ante ella misma lo quería reconocer, estaba ganándose su confianza. Pero jamás lo admitiría ante nadie.

—No quiero seguir hablando del tema. Raúl no ha cambiado ni va a cambiar por muchas atenciones que me dedique y muy formal que aparente ser de un tiempo a esta parte. De hecho estoy segura de que si un sábado yo no saliera, se las apañaría para irse con alguna otra, discretamente, claro, y sin que yo pueda enterarme.

—¿Por qué no lo pones a prueba? Yo estoy dispuesta a apostar por él —dijo Maika.

—Y yo también —añadió Susana.

—Y yo.
—De acuerdo. El viernes no saldré. Y ya veréis cómo se larga con alguna excusa y se va a buscar rollo.
—De acuerdo. Ya te contaremos.
—La verdad, ¿eh?
—Por supuesto. Nos jugamos el almuerzo del próximo miércoles.

Cuando el viernes siguiente, Raúl llegó a La Alameda, se encontró con que Inma no estaba allí.
—¿Dónde está Inma?
—No va a venir —dijo Maika—. Me ha llamado justo antes de salir para decirme que tenía dolor de cabeza y que se va a quedar en casa tranquila.
—¡Vaya! —murmuró decepcionado—. Podía habérmelo dicho también a mí.
—¿Para qué? ¿Acaso hubieras cambiado tus planes de saber que Inma no saldría esta noche? —preguntó Lucía temiendo que su amiga tuviera razón.
—Es posible. Al menos me hubiera acercado a verla antes de venir para saber cómo estaba. Sus compañeras de piso salen los viernes por la noche y se queda sola.
—Todavía estás a tiempo —dijo Carlos—, vive muy cerca de aquí.
—Sé dónde vive. Y quizá lo haga. Sí, creo que me pasaré un momento.
—¿Vas a ir a verla? —preguntó Fran—. A lo mejor está tan mal que se ha acostado. Inma no es de las que se quejan por gusto, ni dejan de salir por un malestar pasajero.
—Precisamente por eso me preocupa —dijo ya totalmente convencido—. Llamaré solamente una vez, y si no contesta, me marcharé.
—¿Y volverás aquí? —preguntó Lucía.
—Sí, claro, ¿adónde iba a ir?
—No sé.
Raúl ignoró el comentario y se despidió.
—Bueno, chicos, me marcho. Hasta luego.

Inma había terminado de cenar y había puesto una película en el DVD cuando le llegó un mensaje de Maika: «Acaba de marcharse. Dice que va a verte.»

Por un momento se quedó pensativa mirando el móvil. ¿Sería verdad? ¿O acaso se trataría de una excusa para irse y hacer planes por su cuenta? De pronto se arrepintió de aquella apuesta. Prefería las dudas a la certeza, y si Raúl no aparecía pronto en su casa, ella estaría segura de sus sospechas. Incapaz de concentrarse en la película que estaba empezando, se levantó inquieta y se dirigió a la ventana de la cocina, desde la que se veía la calle y el portal. El corazón le golpeaba fuerte en el pecho y las manos se le crisparon en una tensa espera. Sin embargo, no habían pasado diez minutos cuando vio la figura de Raúl aparecer dentro de su campo de visión, con la cazadora abrochada hasta el cuello y las manos en los bolsillos, andando apresuradamente y dirigiéndose hacia su cancela. E inmediatamente sonó el timbre. Alargó la mano hasta el teléfono del portero electrónico y contestó:

—¿Sí?

—¿Inma? Soy Raúl.

Ella apretó con fuerza el botón y escuchó el sonido del mecanismo que abría la cancela. Abrió también la puerta de su piso y miró el oscuro hueco de la escalera hasta que vio la cabeza de Raúl aparecer ante ella.

—¿Qué haces aquí? —preguntó.

—Maika me dijo que te encontrabas mal. Que volvías a tener uno de tus dolores de cabeza.

—Sí, así es.

—Sé que tus compañeras salen los viernes y he querido asegurarme de que estabas bien.

—Estoy un poco mejor. Me tomé una pastilla y estaba sentada tranquilamente viendo una película.

Él se encogió de hombros, dubitativo.

—Bien, entonces no te molesto. Ya he comprobado que estás bien —dijo mirándola con ojos brillantes pero sin moverse.

—¿No quieres pasar? —se sorprendió Inma preguntándole.

—Sí que quiero, pero seguramente tú no tendrás ganas de visita. No quiero molestarte.

Ella se hizo a un lado franqueándole la entrada.

—Anda, entra. No molestas. Es muy agradable que se acuerden de una cuando está enferma. Claro que si prefieres marcharte y continuar la marcha... Yo lo único que puedo ofrecerte es una película y un brasero.

—Es perfecto.

Inma le precedió al salón donde había dejado la película funcionando sola. Raúl se sentó en el sofá y ella, antes de acomodarse a su lado, le preguntó:

—¿Te apetece tomar alguna infusión? Yo iba a prepararme una después de la cena.

—Bueno... pero no hace falta que te molestes por mí.

—No es molestia. A mí también me apetece. ¿De qué la prefieres?

—Da igual. Ya sabes que no entiendo mucho de hierbas. Todas me saben igual.

Inma sonrió y entró en la cocina para poner agua a hervir.

Llevaba puesto un pijama cómodo y abrigado y el mensaje de Maika le había cogido tan de sorpresa que no había caído en cambiarse de ropa antes de que Raúl llegara. Ahora, ya no tenía sentido.

Regresó al salón llevando en una bandeja la tetera y dos tazas.

—Te he puesto miel, como la otra vez —dijo soltando su carga sobre la mesa camilla y sentándose a su lado.

—Vale.

Inma paró la película y apagó el televisor.

—Gracias por venir —susurró.

—De nada. Si me hubieras llamado a mí en vez de a Maika hubiera venido directamente desde casa.

—No quería estropearte los planes, ni que te sintieras obligado a venir.

—No tengo ningún plan, y es estupendo estar aquí calentito. Hace un frío de mil demonios esta noche.

—El frío se quita con un par de cubatas.

—O con una infusión —dijo Raúl calentándose las manos con la taza—. Te confieso que hoy me apetecía algo así.

—¿De verdad? No quiero que te sientas obligado a estar aquí haciéndome compañía.

—Estoy aquí por mi propia voluntad, ¿no? Nadie me ha pedido que venga. Y estoy un poco cansado. Me he estado acostando tarde esta semana estudiando el examen de Derecho Procesal. Me ha enganchado todo lo relacionado con los procesos y estuve buscando información en Internet. Me fascina la actuación de los jueces.

—¿Te tira la judicatura?

—Quizá.
—Hay que estudiar mucho para eso.
—Aún no sabes de lo que soy capaz.
Inma torció el gesto y no dijo nada.
—¿Y a qué venía todo esto? Ah, sí, te estaba diciendo que he dormido pocas horas esta semana, y además esta tarde Fran y yo hemos jugado un partido de fútbol en el colegio donde hicimos el Bachillerato. Antiguos alumnos contra los actuales, y como comprenderás teníamos que dejar el pabellón bien alto.
—¿Y quién ha ganado?
—¿Tienes que preguntarlo?
—No, claro. Fran y tú juntos, a burros no os gana nadie.
—Él y yo juntos somos invencibles. Pero eso sí, nos hemos dado una paliza de muerte, amén de codazos, patadas y todo tipo de agresiones. Mira —dijo levantándose el pantalón y mostrándole la espinilla donde se estaba desarrollando un feo moretón del tamaño de una naranja.
—¿Te has puesto algo?
—Hielo y crema antiinflamatoria a toneladas. Aunque Fran va mucho peor. A él le han dado un balonazo en los huevos y le han dejado fuera de combate el último cuarto de hora del partido. Si Susana quiere marcha esta noche lo va a llevar claro. Yo diría que va a estar K.O. por lo menos dos o tres días.
—Lo dices muy seguro, como si supieras de lo que hablas.
Él se encogió ligeramente de hombros.
—Todos los tíos hemos pasado alguna vez por un golpe en los testículos, por un motivo o por otro.
—Por tu forma de decirlo intuyo que en tu caso no fue un balonazo. ¿Un novio celoso quizá?
—Una lesbiana ofendida.
—Ah.
—Estábamos bailando, y yo no sabía que no le iban los hombres. Al parecer se había enfadado con su chica y quiso cabrearla bailando con un tío. Se pegó mucho, yo me animé un poco... ya sabes... y no debió de gustarle lo que notó porque levantó la pierna y me dio tal rodillazo que me dejó fuera de combate durante varios días. Ni siquiera podía ponerme vaqueros.
Inma se rio con ganas.
—Ya decía yo que debía de haber sido por hacer el gamberro.
—El gamberro no, pero uno no es de piedra. Si una tía se te

pega... bueno, es inevitable que el cuerpo reaccione, al menos para mí. Y te aseguro que fue ella, ¿eh? No yo.

—Sí, ya, tú eres un santo.

—No, pero esa vez no empecé yo, te lo aseguro. Y tú, ¿has tenido que dar muchos rodillazos? Supongo que sí, con esa cara y ese cuerpo...

—Si te digo la verdad, ninguno. Los hombres siempre me han respetado cuando he dicho «no».

—Sí, eso me lo creo. A veces tienes una mirada que le hiela la sangre a uno.

Inma sonrió ante la queja y preguntó socarrona:

—¿Se te hiela la sangre a ti cuando te miro?

—No precisamente... pero no hablemos de eso. Hoy he venido aquí de amigo solidario.

—Dispuesto a morirte de aburrimiento.

—Ya te he dicho que no, que lo último que hoy me apetece es pasarme horas de pie en un botellón. Si no hubiera sido por ti, porque tenía ganas de verte, no hubiera salido esta noche.

—A mí me ves todos los días.

—Pero raramente puedo hablar contigo a solas. Solo cuando salimos y te acompaño a casa tengo esa oportunidad, y no estoy dispuesto a desaprovecharla por ningún motivo.

—Pensaba que salías porque no te pierdes un botellón por nada del mundo. El año pasado viniste a uno con muletas.

—Sí, cuando me torcí un tobillo, lo recuerdo.

—¿Otro partido de antiguos alumnos?

—No, salté los cuatro escalones de mi portal de golpe y caí mal. Estuve bastante jodido durante quince días.

—Pero saliste.

—Sí, pero eso fue el año pasado. Ahora sé apreciar una charla tranquila en una mesa camilla.

Inma sonrió clavando en él sus ojos azules.

—Haces mal en ir por la judicatura. Sirves para abogado: tus palabras convencerían a cualquier jurado.

—Pero no a ti.

—Yo no he dicho eso. Creo que hoy estás siendo bastante sincero, que de verdad te apetece estar aquí. Quizá porque estás hecho polvo.

Raúl se estiró en el sofá.

—Estoy viejo.

Inma sonrió.

—Sí, estás hecho un abuelete de veintidós años. ¡Sí que estamos buenos esta noche los dos! Yo con un dolor de cabeza terrible y tú dolorido y magullado.

—Podemos mimarnos mutuamente.

Inma se puso en guardia.

—¿A qué tipo de mimos te refieres?

—No saltes como si te hubiera picado una avispa. Estaba hablando de apoyo moral.

—Ah, bueno, si es eso...

—¿Qué creías? ¿Todavía no te fías de mí?

—No del todo.

—Pero al menos un poco sí, ¿verdad? Si no, no estaría aquí.

—Un poco sí —admitió ella.

Raúl volvió a beber un trago de su taza.

—¿Sabes que me está gustando esto? Estar aquí los dos sentados tranquilamente tomando algo y solos... charlando... ¿Crees que podríamos repetirlo alguna vez? ¿Sin necesidad de que tú estés mal o yo cansado? Prometo portarme bien.

—¿Por qué no? Supongo que podríamos.

—Últimamente no tendrás queja de mí, ¿no?

—No.

—¿Me consideras ya algo más que un compañero de botellón?

—¿Tú qué crees? Has dejado el botellón por mí.

—Y te he privado de ver tu película.

—No importa.

—Ponla si quieres.

—Es romanticona.

—Da igual. Ponla.

Inma cogió el mando y manipuló en él para poner la película desde el principio. Ambos se recostaron en el sofá uno al lado del otro. Ella sustituyó la luz del techo por una de pie que daba una luz indirecta y evitaba reflejos en la pantalla y se dispuso a disfrutar de la película y de la compañía. Por un momento temió que Raúl interpretara mal su gesto de reducir la luz, pero él se limitó a clavar la vista en la pantalla con la taza en la mano, dando pequeños sorbos a su contenido. Después, cuando lo hubo terminado, la colocó cuidadosamente sobre la mesa y volvió a echarse en el sofá sin decir palabra.

Durante un rato permanecieron así, en silencio, con la vista fija en las imágenes que el televisor proyectaba ante ellos, muy cerca, pero sin llegar a rozarse.

Inma estaba más pendiente del cuerpo de Raúl junto a ella que de la película, de la respiración ligeramente agitada de él al principio, y que se fue haciendo más suave y relajada a medida que iba pasando el tiempo. Después, un ligero movimiento a su lado la sobresaltó y le hizo volver la cabeza.

Raúl se había dejado caer sobre los almohadones que había junto al brazo del sofá, y se mantenía allí en una posición extraña. Sonrió al darse cuenta de que se había dormido y su cuerpo se había deslizado del respaldo. Le cogió la cabeza con cuidado y se la acomodó sobre uno de los cojines colocándolo en una posición más cómoda.

Aunque la infusión que le había preparado era suave y ligeramente relajante, realmente debía de estar muy cansado para quedarse dormido sentado en un sofá. Raúl era el tío con más marcha que ella conocía. Cuando salían, por muy pocas horas que hubiera dormido el día anterior, siempre protestaba cuando los demás decían de irse a casa.

No pudo evitar olvidarse de la película y mirarle dormido. La luz de la lámpara proyectaba una sombra sobre su cara y le resaltaba las pestañas oscuras y la línea de las cejas, curvada ligeramente hacia arriba. La boca de líneas suaves aparecía ligeramente entreabierta, como dibujando una sonrisa. Tenía cara de angelito, de no haber roto nunca un plato.

Sintió unos deseos enormes de alargar la mano y tocarlo; rozarle el pelo, acariciar la mejilla y sobre todo rozar la boca entreabierta con la suya. ¡Joder! ¿Por qué era tan atractivo? ¿Por qué no podía resultarle indiferente? Todo sería mucho más fácil si a ella no le gustara. Había ocasiones, y aquella noche era una de ellas, en que deseaba sucumbir a su encanto, dejarse arrastrar por su muda admiración y su cortejo solapado, y arrojarse en sus brazos, pasara lo que pasase después. Pero no debía engañarse. Aunque tendido a medias en el sofá parecía un niño agotado y vulnerable, no lo era. Era un hombre que usaba a las mujeres y las tiraba después como si fueran objetos inservibles. Era un cabrón. Pero a pesar de saberlo, a ella le gustaba más de lo que le había gustado nadie jamás. Más de lo que quería confesar.

Alargó la mano y le quitó un mechón de pelo del flequillo, que ahora llevaba peinado hacia atrás y que se le había deslizado sobre la frente. El flequillo que había sacrificado porque ella se burló de él el verano anterior. O al menos eso quería pensar.

Raúl no hizo ningún movimiento, ni demostró haber sentido el roce de su mano. Animada, alargó el dedo índice y lo deslizó despacio por su cara, por la línea de la mandíbula, la barbilla cuadrada, y rozó suavemente los labios, sintiendo que todo su cuerpo se encendía con el leve contacto. Retiró la mano como si le quemara. No debía continuar. Si él se daba cuenta de que lo estaba acariciando, ya no habría vuelta atrás para ninguno de los dos.

Trató de concentrar la mirada de nuevo en la pantalla, pero le resultaba imposible. El leve ronquido que brotaba de su boca entreabierta captaba más su atención que las conversaciones de la pantalla. Volvió a mirarle de nuevo, esta vez cuidando de mantener las manos firmemente agarradas sobre el regazo. ¿Sería posible que las chicas tuvieran razón? ¿Que ella le gustara tanto que estuviera dispuesto a olvidar el chico ligón y superficial que había sido y madurar? El hecho de que estuviera allí dormido en su sofá, en vez de en La Alameda con los amigos, ya indicaba un cambio. Cuando aceptó la apuesta de Maika para ponerle a prueba ni se le pasó por la cabeza que se presentaría en su casa en vez de quedarse en el botellón, en el caso de que no se fuera a buscar a alguna amiga con la que enrollarse, y que pillaría una de sus habituales borracheras. Pero jamás pensó que cambiaría los cubatas por una infusión en su casa sentado en el brasero.

Esos pensamientos la inquietaron profundamente. «Ten cuidado, Inma —se dijo—. Estás bajando la guardia, y no debes hacerlo. No dejes que se cuele en tu corazón. Es el mismo capullo de siempre, solo que con el pelo corto.» Pero no lo era. El antiguo Raúl nunca se hubiera dormido sin más, sin siquiera intentar aprovechar la oportunidad del sofá y de la poca luz de la habitación.

La película había terminado. Inma, incapaz de despertarle para que se marchase, puso otra y se esforzó en seguirla. Cuando también esta acabó, Raúl seguía en la misma posición y decidió dejarle dormir. Se levantó con sigilo, le quitó los zapatos, y levantándole las piernas con cuidado, lo tendió en el sofá. Él apenas se movió para acomodar la postura y continuó durmiendo.

Fue hasta su habitación y, quitando el grueso edredón de su cama, lo cubrió con él.

—Duerme. Sería un crimen hacerte ir a estas horas y medio dormido andando hasta Los Remedios.

Se echó una manta más ligera sobre la que aún quedaba en su cama y se acostó a su vez, atenta a cada ruido procedente del salón que le indicara que se había despertado.

Una luz cegadora sobre sus ojos y un grito ahogado despertaron a Raúl de un sueño profundo. Una chica alta y morena le miraba fijamente mientras se quitaba un grueso chaquetón acolchado.

—¿Quién coño eres tú? —le preguntó.

Luchó por sacudirse el sueño y se incorporó. Solo entonces se dio cuenta de que estaba en el salón de Inma, tendido en el sofá. Levantó las manos.

—Tranquila... Soy amigo de Inma.

Al escuchar las voces, esta salió precipitadamente de su habitación.

—Es cierto, Carmen, es amigo mío. No he salido esta noche porque me dolía la cabeza y ha venido a verme. Se quedó frito mientras veíamos una película y decidí dejarle dormir en el sofá.

—No, si a mí no me importa... Pero me ha pegado un susto de muerte. Menos mal que me ha dado por encender la luz antes de sentarme a quitarme las botas. Yo soy Carmen —dijo tendiéndole la mano.

—Raúl —dijo él medio dormido aún—. ¿Qué hora es?

—Las siete y media.

—¡Uf! Hora de que me vaya.

—No tienes que irte —dijo la chica—. Sigue durmiendo. Y si estás incómodo en el sofá, mi habitación tiene dos camas. Te presto una encantada —dijo echándole una significativa mirada.

Inma sintió que se le encogía el estómago ante la descarada proposición de su compañera.

—No, muchas gracias. Ya he dormido suficiente. Debo irme a casa. No he avisado de que dormiría fuera, y últimamente regreso temprano.

—Te prepararé un café —dijo Inma—. Estás zombi, para irte andando hasta tu casa.

—No te preocupes. Ya funcionan los autobuses y las cafeterías también —dijo apartando el edredón y levantándose del sofá—. Me tomaré un café en uno de los bares de la esquina de Torneo y cogeré allí el 6, que me deja enfrente de mi casa. Vuelve a la cama.

Estiró las piernas doloridas y entumecidas. Alargó la mano y le acarició la barbilla, en un gesto íntimo y tierno.

—Gracias por prestarme el sofá. Realmente estaba agotado.

—De nada.

Cogió la cazadora y, poniéndosela y abrochándola hasta el cuello, se dirigió a la puerta. Inma le acompañó.

—Buenas noches, o buenos días, o lo que sea —dijo.

—Adiós —respondió ella viéndole bajar las escaleras. Y cerrando la puerta a continuación.

# 23

*Sevilla. Noviembre, 1999*

El timbre de la puerta arrancó a Inma de un profundo sueño. Miró el reloj: las siete y media de la mañana. Una de sus compañeras debía de haberse olvidado las llaves otra vez.

De mal humor se levantó. Susana y Fran se habían ido hacía apenas tres horas, después de haber terminado un trabajo de grupo de Derecho Civil que tenían que entregar el lunes, antes de que su amiga se fuera a Ayamonte a pasar el día con su familia.

Descolgó el portero electrónico de mala gana y preguntó:

—¿Quién es?

—Raúl —dijo una voz apagada al otro lado—. Ya sé que no es hora, pero, por favor, necesito hablar contigo.

Despertándose inmediatamente, pulsó el botón y abrió la cancela. No se le ocurría qué demonios podría querer a esas horas. Según habían hablado la tarde del viernes, nadie iba a salir aquel fin de semana porque todos tenían exámenes y trabajos que preparar. Cuando abrió la puerta de su piso, se encontró frente a un Raúl pálido y ojeroso, vestido con la ropa que solía usar para salir de noche, arrugada y maltrecha, y el pelo revuelto y despeinado.

—Raúl, ¿qué haces aquí tan temprano? ¿Qué pasa?

Él rehuyó su mirada y agachando la cabeza, susurró:

—Sé que no es hora, pero tengo que contarte una cosa. He cometido una estupidez...

El sueño de Inma acabó de disiparse del todo y sintió como si una garra helada se apoderase de sus entrañas, apretándolas con fuerza.

—No podía irme a casa sin hablar antes contigo —añadió él.

—Bien, pasa. —Se echó a un lado y deseó con toda su alma no tener que escuchar lo que iba a decirle—. Prepararé café —dijo avanzando hacia la cocina. Pero Raúl la agarró del brazo y le impidió seguir caminando.

—No, no prepares nada. Probablemente ni siquiera me darás la oportunidad de tomármelo. Me echarás antes.

Inma se volvió y enfrentó al fin los ojos oscuros, que la miraban llenos de culpabilidad. Raúl empezó a hablar:

—Anoche salí con Carlos. No iba a hacerlo, tenía que estudiar como todo el mundo, pero me llamó sobre las once y me dijo que estaba muy deprimido, que está pasando una mala época y que necesitaba un poco de distracción. Me pidió que le acompañara a tomar una copa, solo una, recalcó, para animarse un poco, y acepté. Fuimos a un pub de mi barrio, de verdad que no pensaba más que en tomar una copa y volverme a estudiar. Al final, y como suele pasar, acabamos tomándonos unas cuantas y diciendo gilipolleces. Cuando ya estábamos los dos bastante trompas, entró en el local Alba, la que se sienta a mi lado en Derecho Constitucional, ¿sabes a quién me refiero? Rubia y muy mona...

Inma asintió con la cabeza y dijo:

—Sí, sé quién es.

—Iba con unas amigas. Se acercó a saludarnos y Carlos las invitó a sentarse con nosotros. Desde el primer momento empezó a tirarme los tejos. A darme con la pierna por debajo de la mesa, a meterme el escote por los ojos, a coquetear conmigo...

Por un momento se calló y agachó la cabeza evitando su mirada. Inma no necesitó que continuara, sabía lo que iba a decirle, y le agradeció que no la mirase. No hubiera podido enfrentar sus ojos con indiferencia. Raúl continuó:

—Hacía meses que no estaba con nadie, desde las vacaciones... estaba mucho más borracho de lo que pensaba... Y me fui con ella.

Inma poseía un fuerte control de sus emociones, lo que le permitió responder con voz calmada y fría:

—¿Y se puede saber por qué vienes a despertarme a mí a las siete y media de la mañana para contármelo?

—Porque quiero ser sincero contigo.

Levantó la cara hacia él, pero evitó cuidadosamente sus ojos, consciente de que si le miraba él leería en ellos el dolor y la decepción que sus palabras se empeñaban en ocultar.

—Raúl, entre tú y yo no hay nada más que una incipiente amistad. No tienes que darme ninguna explicación.

Él le acarició el brazo, que no le había soltado, y ella controló las ganas de zafarse bruscamente, porque sabía que de hacerlo delataría sus emociones, y eso era lo último que iba a permitirse.

—Ya sé que no hay nada, y que yo acabo de joder la posibilidad de que lo haya alguna vez, pero no puedo ocultártelo. No podría volver a mirarte a la cara si lo hiciera.

—Vuelvo a repetirte que...

—No, no vuelvas a repetirme nada; sé lo que digo, y sé también que te estoy haciendo daño con esto, aunque tú insistas en que no te importa. Sé que soy un capullo que piensa con la polla y que lo he jodido todo... Lo sé. Pero quiero que sepas que lo lamento profundamente, y que si pudiera volver atrás, no lo haría.

—Claro que lo harías. Los capullos no cambian, y los que piensan con la polla, menos.

Él no contestó.

—El café sigue en pie, si te apetece —dijo haciendo un último esfuerzo por mostrarse fría e indiferente.

—No, gracias, no podría tragarlo. Solo me queda decirte una cosa más, y ya me marcho.

Inma trató de sonreír y preguntó:

—¿Ah, pero aún hay más?

—Quiero que sepas que a pesar de la gilipollez que he hecho, me importas más de lo que me ha importado nunca una mujer. Aunque me haya ido con la primera que se haya cruzado en mi camino. Y que aunque haya estropeado la oportunidad de ganarme algún día ese corazón tuyo, que ocultas entre mil pliegues de frialdad, espero que no me apartes de tu lado como a un perro, y me permitas al menos seguir acompañándote a casa, y me sigas invitando de vez en cuando a una infusión. Aunque no me lo merezca.

—Nunca le niego una infusión a un colega... Por muy capullo que sea.

Raúl alargó la mano y cogiéndole la barbilla la obligó a levantar la cara y mirarle, y ella, cogida por sorpresa, no fue lo bastante rápida para desviar la vista, y sus miradas se encontraron el tiempo suficiente para que Raúl advirtiese las lágrimas contenidas a duras penas, y a fuerza de voluntad, en el fondo de las pupilas.

Desarmado, decidió dejarla en paz al fin y dejó caer la mano, susurrando a la vez que se daba media vuelta para salir.

—De verdad que lo siento.

—Yo también —admitió ella al fin, abriéndole la puerta para que se marchara—. Nos vemos el lunes.

Sin contestar, Raúl cruzó el umbral y ella cerró a sus espaldas, y permaneció allí con la frente apoyada en la madera, temblando y permitiéndose por fin que las lágrimas rodaran cálidas y silenciosas por sus mejillas.

Raúl, sin necesidad de verla, sabía lo que estaba ocurriendo al otro lado de la puerta, y sintiéndose el mayor hijo de puta de la historia, hundió las manos en los bolsillos de la cazadora, y salió a la mañana que empezaba a despuntar por el horizonte, sintiéndose tan helado por dentro como la fría escarcha que cubría los adoquines de la acera.

Susana entró en clase aquel lunes y se reunió con Inma y Maika. Ambas estaban contrastando unos apuntes, apoyadas en el banco común.

—Buenos días —saludó.

—Hola, Susana. ¿Qué tal el fin de semana?

—Bien. Preparando el trabajo hasta el sábado de madrugada, ¿verdad, Inma? Nos dimos una paliza, pero al final lo terminamos. Ayer estuve en Ayamonte para ver a mis padres. ¿Y por aquí qué tal?

—Yo he pasado el fin de semana encerrada en casa, estudiando.

—Yo también —comentó Inma.

Un grupo ruidoso entró en la clase y las tres amigas volvieron la cabeza. Alba, rodeada por un grupo de chicas, se sentó muy cerca de ellas.

—¿De verdad te has acostado con él? —preguntó una de ellas.

—De verdad.

—Jo, tía, qué suerte. Con lo bueno que está.

—Pero me ha costado, ¿eh? Llevo tirándole los tejos desde que empezó el curso, pero Raúl ha estado muy esquivo últimamente.

Susana y Maika giraron la cabeza al unísono en dirección a Inma, que permaneció imperturbable. Solo los labios levemente apretados, un gesto imperceptible para quienes no la conocieran bien, les hizo comprender que había escuchado las palabras de la chica.

—¿Y es tan bueno en la cama como dicen? —preguntó otra.

—Es mejor aún. Fue increíble, me corrí tres veces seguidas y él seguía y seguía, incansable.

—¿Y habéis quedado para el próximo fin de semana?

—Dijimos que nos llamaríamos.

—Vamos a tomarnos un café a la máquina —dijo Maika cogiendo a su amiga del brazo y empujándola hacia la puerta. Susana fue tras ellas.

Cuando estuvieron fuera del alcance de los oídos del grupo, dijo:

—Probablemente no es verdad, Inma. Solo presumía.

—Es verdad —dijo esta escueta.

—¿Cómo puedes estar tan segura? A lo mejor solo quería un minuto de gloria ante sus amigas.

—Raúl se presentó ayer en mi casa a las siete y media de la mañana para decírmelo.

—¡Joder! ¡Será cabrón...!

—No quiero hablar del tema.

—Claro que tienes que hablar del tema, pero no aquí ni ahora. Quedamos para comer juntas. La reunión de «chicas solas» del miércoles se traslada a hoy en sesión urgente. ¿Estás de acuerdo, Susana?

—Sí, por supuesto.

—No hace falta, estoy bien.

—¡Y una mierda!

Fran y Raúl aparecieron al final del corredor y al verlas se dirigieron hacia ellas.

—Ahí viene, el cabronazo —dijo Maika apretando el vaso de plástico del café con fuerza.

—Maika... ni una palabra —cortó Inma tajante.

—No, no le diré nada, pero me parece que se me va a ir la mano sin darme cuenta, y un hijo de puta va a irse a su casa hoy con una hermosa mancha de café en los pantalones y la polla escaldada como una salchicha.

—Ni se te ocurra. No ha hecho nada que no haya hecho siempre.

—¿Y encima le defiendes?

—No le defiendo, pero lo que no voy a hacer es darle a entender que me importa. Déjame salir de esto con dignidad.

Susana intervino.

—Inma tiene razón, Maika. Deja que ella lo lleve a su manera.

—De acuerdo, me contendré por ti. Pero le cortaría los huevos.

—Yo también, pero eso no va a solucionar nada.

Los dos amigos llegaron hasta la máquina del café. Fran se acercó a Susana y la agarró por la cintura. Esta se volvió y le besó en la mejilla.

—¿Qué tal por Ayamonte?

—Muy bien, estuve en la playa un rato. ¿Y por Sevilla?

—Estudiando, ya sabes.

Inma, para evitar enfrentarse a la mirada de Raúl, se estaba sacando un café. Fran le pidió:

—Dame un café a mí también, me hace falta.

—¿Leche y azúcar?

—Sí, por favor.

Manipuló en los botones y, sin volverse, preguntó:

—¿Y tú, Raúl? ¿Quieres uno?

—Sí, gracias.

Por un momento sus miradas se cruzaron cuando ella le entregó el vaso de plástico, pero ya Inma había controlado férreamente sus emociones y nada delató el hervidero de rabia y dolor que sentía. Cualquiera que no fueran sus amigas no hubiera podido ver más que indiferencia.

Maika abrió la puerta dejando en brazos de Susana las pizzas y las bolsas con bebida. Entraron y se instalaron en la mesa de la cocina. Habían decidido comprar unas pizzas y comer en su casa porque el sitio habitual donde solían reunirse cerraba los lunes y no querían encontrarse con nadie de la facultad ni de la pandilla mientras hablaban.

—Bueno, chica, empieza a largar. Suéltalo todo.

—¿Qué quieres que suelte? No hay nada que contar. Simplemente Raúl se presentó en mi casa el domingo por la mañana con aspecto contrito para decirme que se había emborrachado la noche anterior y se había acostado con Alba.

—¿Así de sopetón?

—Así de sopetón.

—¿Y no le diste dos hostias?

—Calla, Maika —terció Susana—, no seas burra y déjala hablar. ¿Qué hiciste?

—Pues tratar de disimular que me importaba y decirle que no tenía que darme ninguna explicación. Y le ofrecí un café.

—¡Encima!

—¿Qué querías que hiciera? ¿Que me hubiera echado a llorar o le hubiera gritado? Eso habría sido muy humillante para mí. Además, yo no soy así. Y hay que reconocer que nunca le he dado ninguna esperanza de que entre nosotros pudiera llegar a haber algo. Raúl no tiene que guardarme fidelidad. De hecho yo nunca he pensado que lo hiciera, ya lo sabes.

—Eso sí que no me lo creo. Reconoce que desde la noche que durmió en tu sofá, sí lo pensabas.

—Bueno, quizás un poco. Pero está comprobado que mi primera impresión era la correcta. ¡No sé cómo se me ocurrió pensar siquiera que pasara meses sin liarse con una mujer! Y mucho menos por mí. Solo ha estado interpretando el papel de donjuán reformado.

Susana intervino:

—No, Inma. Si hubiera estado representando un papel y se hubiera estado acostando con otras, no tendría sentido que se presentara en tu casa confesando esto.

—Quizá porque esta vez sabía que iba a enterarme. Si se lía con alguien de la clase, lo más probable es que el rumor se propague. Lo que no esperaba es que fuera tan pronto. Joder, le ha faltado tiempo para contarlo a los cuatro vientos a la tía...

—Es que todos los días no se acuesta una con alguien que te hace...

Susana clavó el codo en las costillas de Lucía para hacerla callar, pero Inma se dio cuenta.

—Déjala, Susana. Si yo también lo he oído, que la hizo correrse tres veces seguidas. Eso demuestra que no ha perdido la práctica —dijo con amargura.

—¿De verdad piensas que estaba fingiendo?

—Pues claro. Por muy arrepentido que pareciera, no era más que teatro.

—A lo mejor es verdad que solo fue un error provocado por una borrachera.

—¿A ti te valdría como excusa que Fran te dijera que una de las noches que pasas en Ayamonte se emborrachó y se lio con otra?

—No, tienes razón. Y sé cómo te sientes, vaya si lo sé. Antes de que él y yo empezáramos a salir juntos, Maika me contó un día que se había ido con una chica y no llegó a clase. Creí que me moría de pena... y eso que entonces él y yo no teníamos nada y yo intuía que tenía sus rollos. Pero una cosa es intuirlo y otra la certeza. Entiendo que estés hecha polvo.

—No estoy hecha polvo, solo decepcionada.

—Ya.

—Oye, que estamos en «chicas solas». Nada de mentiras.

—No miento. Bueno, quizá sí había llegado a pensar que estaba cambiando un poco y me sentía halagada por esa constante atención y esos esfuerzos por agradarme. Pero ya se acabó. He abierto los ojos a tiempo. Me alegro de que esto haya pasado antes de que sea más tarde. No volveré a fiarme de él.

—Lo siento.

—Da igual. Soy una mujer fuerte.

—¿Y qué vas a hacer ahora? ¿Evitarle?

—No, le trataré como siempre. Me pidió que le dejara seguir acompañándome a casa y no veo por qué no hacerlo. Solo que ya no me fiaré de él nunca más.

El timbre de la puerta sonó interrumpiendo la conversación. Lucía y Maika se miraron, y la primera se dirigió a la puerta, regresando segundos después.

—Creo que debes abrir tú. Quien está al otro lado no viene a verme a mí.

—¿Es Javi?

—Ajá.

—Nosotras nos vamos —dijo Inma.

—¿Qué dices? No será nada importante. Viene dos o tres veces al día por tonterías.

Se levantó y fue a abrir.

Desde la cocina escucharon la breve conversación.

—Hola.

—Hola —respondió una voz suave y agradable—. Perdona si molesto, pero mi madre se ha quedado sin sal y me ha pedido que os pregunte si me podéis dejar una poca.

—Claro. Pasa.

Poco después Maika entró en la cocina seguida de un chico alto, moreno y fuerte.

—Estábamos comiendo con unas amigas. Inma y Susana. Él es Javi, un vecino.

—Encantadas.

—Siento haber interrumpido.

—No te preocupes, no pasa nada. Íbamos a tomarnos un café —dijo Lucía—. ¿Quieres unirte a nosotras?

—No, qué va. Es una comida entre amigas... no quiero molestar.

—No molestas —dijo Inma.
—No... otro día.
—Como quieras.
Maika le dio un salero.
—Dile a tu madre que coja la que necesite.
—No es necesario, dame solo una pizca.
—Llévatelo. No lo necesitamos hasta la noche.
—Bien, lo traeré antes. Y gracias.
—De nada.
Maika lo acompañó a la puerta y regresó al momento.
—Oye, es muy guapo —dijo Susana.
—¿A que sí?
—Sí, hija, pero de un cansino... —protestó Lucía—. Se pasa todo el día yendo y viniendo, pero no se decide a dar un paso más.
—Todo llegará.
El móvil de Susana sonó durante unos segundos dentro del bolso, que había colocado en el sofá, y luego enmudeció. Se levantó para mirar el número, aunque sabía muy bien quién era.
—Es un toque de Fran.
—¡No me digas! No nos lo podemos ni imaginar.
—No os burléis... Hemos quedado para estudiar esta tarde en mi casa. Merche trabaja de tarde esta semana.
—Para estudiar, ¿eh? ¿Qué? ¿Anatomía?
—Pues también. No nos hemos visto este fin de semana más que para estudiar, Inma lo sabe. Apenas nos dimos un achuchón el sábado antes de entrar en mi casa. Y ayer me fui a Ayamonte y llegué a las doce de la noche.
—Pues corre, no se te vaya a impacientar. Y otro día te tenemos que tirar de la lengua a ti, que nunca sueltas prenda.
Susana se echó a reír mientras se colgaba del hombro la bolsa que Fran le había traído de Escocia y se dirigía a la puerta. Era cierto, siempre se salía por la tangente cuando le hacían preguntas sobre ella y Fran, por muy directas que fueran.
—Hasta mañana.
—¡Que te aproveche el polvo!
Bajó alegre las escaleras. Estaba impaciente por ver a Fran y por estar con él. El trabajo de Derecho Civil les había impedido estar a solas desde hacía más de una semana, y eso era mucho para ellos.
Él la estaba esperando dentro del coche, aparcado en doble fila,

y cuando ella abrió la puerta y se acomodó a su lado, se inclinó para darle un beso ligero en los labios que a Susana le supo a gloria, y la hizo sentirse impaciente por llegar a su casa.

—¿Cómo está Inma?

—Está bien.

—Eso no es verdad. Siempre os reunís a comer los miércoles y hoy es lunes. Si habéis cambiado el día es porque algo anda mal. Y después de lo de Raúl el sábado, no hay que ser un lince para adivinar que se trata de Inma.

—Fran, ya sabes que de lo que hablamos en nuestras comidas no vas a sacarme nada. Aunque Raúl esté por medio.

—No pretendo sacarte nada, solo me intereso por ella. Debe de estar pasándolo muy mal. Yo sé cómo me sentía cuando pensaba que te gustaba Raúl.

Susana le miró ladeando la cabeza con una sonrisa picarona y dijo:

—Te sentirías fatal, pero te pasabas todo el día hablándome de él y tratando de que nos viéramos a solas. A mí me irritaba mucho, sentía que siempre estaba entre nosotros.

—Solo al principio. Y volviendo a lo de Inma...

Susana emitió una breve risa. Con Fran no le funcionaba eso de desviar la atención. Él era como un perro que no suelta una presa una vez que la ha agarrado. Pero también ella era terca.

—No voy a decirte nada.

—Ya lo sé. Yo solo quería decirte que él también está hecho polvo.

—¿En serio? No me lo creo.

—Pues créetelo. Ayer, después de salir de casa de Inma, me llamó, y le vi tan mal que me fui a desayunar con él. Está colado, ¿sabes? Mucho más de lo que él mismo imaginaba, y no se ha dado cuenta hasta ahora. El pensar que ella no le perdone le tiene desesperado.

—Eso debía haberlo pensado antes, ¿no te parece?

—Sí, por supuesto, pero los tíos somos así. No podemos estar mucho tiempo sin una mujer.

—¿Tú también? ¿Tú también te vas a la cama con otra cuando estamos separados mucho tiempo? Durante el verano estuvimos lejos dos meses enteros.

—Claro que no, pero tú y yo estamos saliendo juntos. Y yo te soy fiel porque hay algo entre nosotros y porque no me apetece estar con ninguna otra que no seas tú —dijo acariciándole ligeramente la pierna.

—¿De verdad?

—De verdad.

—¿Aunque estés como una moto? ¿Aunque te emborraches?

—Aunque esté como una cuba.

—Pero Raúl no es como tú.

—Claro que lo es, solo tiene que enamorarse lo suficiente. Y lleva camino, te lo aseguro.

—Inma piensa que todo es teatro.

—No lo es.

—Pues lo ha jodido, porque ella no se lo va a creer después de esto.

—Lo sabe, y por eso está tan mal.

—¡Joder! ¿Por qué tienen que ser tan capullos algunos tíos, que en cuanto se toman dos copas solo piensan en meterla donde sea?

—A mí no me incluyas. Yo con copas o sin ellas, solo pienso en estar contigo. Y hablando de eso, Merche no está, ¿verdad?

—No, entra de tarde —dijo sonriendo

—Y no vamos a estudiar todo el tiempo...

—Deberíamos —dijo para picarle.

Sin decir palabra Fran deslizó la mano que tenía en la rodilla por el muslo y aprovechó un semáforo en rojo para avanzar un poco más e introducirla entre los muslos, frotando con suavidad. Susana ahogó un gemido y se estremeció un instante.

—Eres malo...

—Solo estoy tratando de quitarte las ganas de estudiar.

—No tenía intención de hacerlo, al menos de momento. Quizá más tarde.

—Eso está mejor —dijo él volviendo a colocar la mano en el volante y arrancando al cambiar el semáforo.

## 24

Durante toda la semana, Inma había tratado a Raúl como siempre lo había hecho, con excepción del último mes. Tenía que reconocer que después de la noche que él durmió en su casa se había sentido más inclinada a ser amable y a buscar su compañía y no dejar que fuera él quien siempre fuera tras ella. Pero después de que se enrollara con Alba, había dado marcha atrás, y aunque no le rehuía, tampoco propiciaba sus encuentros ni sus charlas. Limitaba su relación a lo indispensable, y siempre en guardia, firmemente decidida a que no se volviera a abrir camino ni en su afecto ni en su perdón. Durante las clases de la mañana del viernes había estado muy pendiente de si él quedaba con Alba. Ella tenía que estudiar, no podía permitirse el lujo de pasar toda la noche en la calle y estar cansada por la mañana, pero sabía que si se quedaba en su casa tampoco iba a poder concentrarse sin saber si Raúl salía con la pandilla o se iba con Alba.

Cuando las clases terminaron, su corazón se paralizó al darse cuenta de que la chica se acercaba a Raúl y no pudo evitar quedarse un poco rezagada para ver si escuchaba la conversación.

—¿Vas a salir esta noche? —le preguntó ella.

—Sí, supongo.

—Podemos quedar, si te parece.

—Mira, Alba. Ya dejamos claro el sábado pasado que lo que ocurrió no iba a volver a repetirse.

—Ya lo sé, pero bueno... quizás hayas cambiado de opinión.

—No he cambiado de opinión. Lo que pasó fue un error. Yo estaba muy borracho y tú también. No quiero que te sientas ofendida, estuvo bien, pero... pero yo estoy enamorado de otra y ya lo jodí bastante con lo que pasó. Lo siento si te has hecho ilusiones, pero... no puede ser.

—Está bien, como quieras.

Inma apresuró el paso en dirección contraria antes de que Raúl se diera cuenta de que lo había escuchado.

Aquella noche se reunieron para cenar y después decidieron entrar en una discoteca.

—Yo creo que me voy a ir a casa —dijo Inma después de la cena—. No puedo quedarme toda la noche, ando muy retrasada con el examen de Derecho Constitucional, y si me quedo mucho rato mañana no me podré levantar temprano para estudiar.

—No te preocupes, entra y quédate solo el tiempo que quieras. Luego, cuando decidas marcharte, yo te acompaño a casa —dijo Raúl, que se había sentado a su lado en la cena y había permanecido en silencio.

—No quiero cortarte la noche por la mitad.

—No me cortas nada. Será un placer acompañarte, si todavía quieres que lo haga, claro.

—¿Por qué no habría de querer?

Fran y Susana se despidieron y se marcharon, pretextando que Merche salía esa noche y les dejaba la casa para ellos, y todos los demás entraron en la discoteca.

Inma sentía los esfuerzos de Raúl para acercarse a ella y permanecer a su lado pese a su indiferencia, pero ella se integró en el grupo sin darle oportunidad de entablar una conversación a solas. De hecho, no se habían visto ni habían vuelto a hablar a solas desde el domingo anterior. Aun así, sabía que la ocasión surgiría cuando él la acompañara aquella noche, pero estaba preparada para afrontarlo.

A la una y media ya estaba harta de discoteca, pero no quiso decir nada para permitirle a él seguir allí un rato más. Fue al baño y al regresar no se unió al resto que bailaba, sino que pidió un refresco y se apoyó en la pared a tomarlo, confiando en que Raúl no se diera cuenta. Pero él había estado pendiente, y en cuanto la vio, se acercó.

—Pareces cansada.

—Lo estoy. Ha sido una semana dura. Los profesores están apretando con el temario antes de las vacaciones de Navidad y he encontrado un trabajo por horas tres noches a la semana.

—¿Un trabajo por las noches?

—Sí. Mi vecina de arriba, una señora mayor, se ha partido la cadera y debe guardar cama. Los hijos se turnan para quedarse con ella de noche. Pero uno de ellos no puede o no quiere, y me paga a mí para que ocupe su lugar. Los martes, jueves y domingos paso las noches en su casa y me ocupo de darle la cena, la ayudo a acostarse y le hago compañía. Nada complicado, y la señora es muy educada y agradable. Pero tiene el sueño ligero como todos los ancianos y me llama varias veces en la noche para que le dé agua o le ayude a cambiar de postura. Yo lo que hago es aprovechar para estudiar.

—¿Y no descansas?

—Duermo un rato por las tardes. De todas maneras yo siempre estudio de noche. Es un trabajo cómodo y lo pagan bien. Mucho mejor que la cafetería donde trabajé este verano.

—Hoy es viernes. ¿Llevas sin dormir desde el miércoles?

—He dado una cabezada esta tarde.

—Vámonos entonces. Y prométeme que esta noche vas a descansar.

—Caeré rendida en cuanto pille la cama —mintió. No podía decirle que, en cuanto se acostaba, él se metía en su pensamiento y le impedía descansar mucho más que las noches de trabajo.

Se despidieron del resto y salieron juntos de la discoteca. Por suerte, aquella noche habían ido al Buda, que no estaba demasiado lejos de su casa. Inma no hubiera soportado una larga caminata en compañía de Raúl aquella noche.

—¿Quieres que cojamos un taxi? —le preguntó él al pasar por la parada.

—No, mi casa está cerca. Coge el taxi para irte tú luego, si quieres.

Echaron a andar uno al lado del otro, y Raúl, tras un breve e incómodo silencio, dijo:

—Gracias por dejar que te acompañe.

—Soy yo quien tiene que dar gracias por eso. Tú me haces el favor a mí.

—Yo temía que después de lo del sábado no quisieras que te volviera a acompañar.

Inma reconoció que en realidad no quería. No quería que volviera a acompañarla, ni estar a solas con él. No quería tener que fingir una indiferencia que no sentía. Estaba dolida y enfadada y le costaba mucho mantener una conversación insustancial cuando en realidad lo que deseaba era gritarle y escupirle su dolor a la cara. Pero sobre todo lo que no quería era que volviera a ganarse su confianza. Y cuando veía su mirada arrepentida y su actitud contrita, tenía que repetirse una y otra vez que estaba fingiendo, que todo era mentira, y tenía que recurrir a las imágenes que poblaban sus noches de Raúl abrazando a Alba para que su corazón no sintiera la tentación de perdonarle. Pero no lo dijo. Estaba decidida a mantener esa actitud indiferente por mucho que le costara. Era su única defensa, el único consuelo de su orgullo herido, el conseguir que él no supiera cuánto daño le había hecho.

—Raúl, lo que pasó el fin de semana pasado entre tú y Alba no es asunto mío, ni cambia nada entre nosotros. No sé por qué te imaginas que sí. El hecho de que me acompañes a casa no significa para mí más que eso: que me acompañas a casa para que no me vaya sola. Y yo te estoy profundamente agradecida por ello. Y lamento si en algún momento tú te has hecho ilusiones de algo más. Las cosas entre tú y yo están como siempre han estado.

El tono de dureza que había en el fondo de sus palabras no le pasó desapercibido a Raúl, un tono que él no había escuchado en su boca desde hacía algún tiempo, y desde luego, no después de la noche que había pasado en su sofá.

—Y sigo siendo un capullo para ti, ¿verdad?

—Pues sí. Tampoco eso ha cambiado.

—Más capullo que antes.

—Tienes que reconocer que el hecho de que te hayas liado con alguien solo porque estabas borracho no ayuda a mejorar tu imagen.

—Ya... Y menos si la que me importa es otra.

—Yo no creo que te importe otra. Al menos no lo bastante como para apartarte de la cama de una tía buena.

—Tienes todo el derecho a pensar así.

—No, Raúl, te equivocas, no tengo ningún derecho especial a pensar nada. Simplemente lo hago como podría pensarlo de Fran o de Carlos.

—¿Qué tengo que hacer para demostrarte que estás equivocada?

—Nada. No quiero que hagas nada.

—Supongo que podré seguir acompañándote a casa.

—Por supuesto.

—¿Y me invitarás a infusiones?

—Cuando se tercie.

—¿Esta noche? —preguntó esperanzado.

Ella negó levemente con la cabeza. Aunque sabía que eso afirmaría sus palabras, estaba demasiado dolida y decepcionada para prolongar el rato de intimidad.

—Hoy estoy demasiado cansada. Otro día.

—Bien. Conseguiré que vuelvas a querer invitarme. Y también que dejes de considerarme un capullo.

Inma no contestó. Ella dudaba de que lo consiguiera. No estaba dispuesta a bajar la guardia otra vez.

En silencio llegaron a la puerta de su casa y allí se despidieron.

—Buenas noches, Raúl. Gracias por acompañarme.

—Ha sido un placer.

—Hasta el lunes.

—Hasta el lunes.

# 25

*Sevilla. Diciembre, 1999*

Se acercaban las vacaciones de Navidad y por primera vez en su vida, Susana sabía que esas fiestas iban a ser un poco tristes. Tendría que pasarlas en Ayamonte, y como no le había mencionado a su familia la existencia de Fran, ni pensaba hacerlo, y tampoco él había hablado de ella a los suyos, no habría posibilidad de pasar juntos las fiestas importantes. Tendrían que conformarse con llamarse por teléfono y felicitarse. Pero no quería pensar en eso en aquel momento. Estaba esperándole para estudiar juntos, y como siempre que Merche trabajaba de tarde, distraerían algún rato para otras cosas más agradables. Merche y ella se repartían la única habitación del pequeño piso para estar con sus parejas. Los fines de semana se turnaban para salir y se llamaban media hora antes de regresar, para evitar pillar a la otra en una situación embarazosa.

Pero a pesar de que Fran y ella formaban la pareja oficial de la pandilla, Susana no terminaba de considerarle como algo suyo, ni su relación con él como algo serio y definitivo, aunque ya llevasen juntos nueve meses.

Sabía que lo que tenían juntos era algo hermoso y especial, pero en ningún momento había pensado que fuera algo serio. Fran y ella no tenían más futuro que el de estar juntos mientras estuvieran en la carrera, durase el tiempo que durase. Y ella estaba dispuesta a aprovechar hasta el último minuto de ese tiempo, que sabía tendría un final.

Aquella tarde de viernes, sin clases ya desde hacía dos días, le estaba esperando temprano después de almorzar.

Pensaban estudiar toda la tarde y luego, por la noche, cuando Merche e Isaac salieran, tendrían el piso para ellos hasta el amanecer. Susana se marcharía a Ayamonte al día siguiente por la mañana, y su hermana, que trabajaba el sábado y el domingo debido a las fiestas, se quedaría en Sevilla.

Almorzó temprano y se puso a estudiar mientras Fran llegaba, pero cuando se dio cuenta y miró el reloj pasaba de las seis y él no había llegado. Le extrañó, porque para ellos después de almorzar significaba como muy tarde las cuatro o las cuatro y media, y Fran siempre era muy puntual.

Miró el móvil por si le había enviado algún mensaje que ella no hubiera visto, pero no había nada. No quiso llamarle por si estaba conduciendo y trató de continuar estudiando, pero ya no pudo conseguirlo.

Eran casi las siete cuando él llamó a la puerta, y entró con gesto hosco y arrojando la mochila sobre la mesa.

—Siento el retraso —dijo malhumorado.

—No importa. ¿Qué ha ocurrido?

—Ha habido movida en casa. Mi querida madre me ha organizado la noche del sábado.

Susana sonrió sabiendo cuánto le desagradaban a Fran las comidas familiares y los compromisos de sus padres con amigos, y a los que le hacían asistir a veces.

—¿Reunión familiar?

—Peor —dijo sentándose en el sofá—. Ha invitado en mi nombre a cenar y salir a la hija de un importante cliente suyo que estaba estudiando en Londres y ha venido para las vacaciones de Navidad. Con el pretexto de que lleva dos años fuera de Sevilla y que ha perdido todos sus amigos anteriores, ha decidido que yo la divierta.

Susana sintió que se le encogía el estómago, consciente del interés de Magdalena de emparejar a Fran con las hijas de sus amigos y clientes. Pero nunca había llegado más allá de las insinuaciones.

—Llevo dos horas discutiendo con ella; nos hemos dicho de todo.

—¿Y quién ha ganado? —preguntó intentando tomárselo a broma.

—Tablas... Mi madre es muy tozuda, y yo también.

Susana respiró hondo y preguntó temerosa:

—¿Y vas a ir?

Esa sencilla frase pareció hacer estallar la furia latente que llevaba dentro. Se volvió hacia ella y la miró con los ojos inyectados de rabia.

—¿Cómo que si voy a ir? ¿Qué pregunta es esa? ¡¿Acabo de decirte que llevo dos horas discutiendo con mi madre y tú me preguntas si voy a ir...?! ¿Eso es lo único que se te ocurre decir?

—¿Y qué quieres que diga? —preguntó bajito, temiendo enfurecerle más.

—Quiero que te enfades, joder, y que me prohíbas ir, y no que me preguntes si voy a hacerlo como si no te importara.

—Es que yo no me considero con derecho a prohibirte nada. Si quieres ir o no es algo que debes decidir tú.

—¿Que no te consideras con derecho a prohibirme salir con otra tía? ¿Entonces qué coño hago yo aquí desde hace nueve meses? ¿Quieres decírmelo?

Estaba intimidada. Aunque conocía el fuerte carácter de Fran, hasta ese momento ella nunca había sido objeto de su enfado. Trató de razonar con él.

—Fran, ya sé que llevamos saliendo juntos nueve meses, pero eso no significa que yo...

Él la interrumpió bruscamente.

—¿Qué pasa? ¿Que tú sales con otros tíos cuando estás en Ayamonte y por eso no te importa que yo lo haga también?

—Claro que no. Yo no salgo con otros cuando estoy en Ayamonte.

—Entonces es que no te importa que lo haga yo. Bien, pues entonces perfecto. Mi madre se pondrá muy contenta y yo lo pasaré bomba porque la tía está francamente buena, ¿sabes? Es un bomboncito. Quedaré con ella mañana y variaré un poco. La verdad es que a ti ya te tengo muy vista. Y si se presenta la ocasión, la aprovecharé.

—Fran, yo no he querido decir eso...

—¿Entonces qué has querido decir?

—Que yo no soy quién para decirte con quién puedes salir.

—¿Que no eres quién? Eres mi novia, joder.

—¿Lo soy?

—¿A estas alturas me preguntas eso? ¿Qué piensas que somos entonces?

—Nos gustamos, estamos bien juntos, nos acostamos. Pero soy

realista y sé que tú y yo no podemos pensar que esto vaya en serio. Los dos sabemos que se acabará cuando...

Él la interrumpió de nuevo, más enfadado aún.

—¿Cuándo se acabará?

—No lo sé... cuando...

—Cuando yo me canse de ti, ¿no es eso lo que piensas?

Ella no contestó.

—Llevas todos estos meses esperando y temiendo a la vez que yo te mande al diablo, mirándome con lupa, analizando todos mis gestos para ver si ya está sucediendo, ¿no es verdad? Bien, pues ya está: se acabó. Lo que tanto temes ha ocurrido por fin. Estoy harto de pasar un examen cada día, de analizar todo lo que digo y lo que hago para que te sientas segura de mí. Y tampoco tendré que mentir continuamente en casa para que no se enteren de lo nuestro. Es muy fatigoso.

Se levantó de golpe y cogiendo la mochila se dirigió hacia la puerta.

—Fran... ¿Adónde vas?

—A mi casa, a decirle a mi madre que no llame para anular la cita de mañana. Y a pasármelo de puta madre con la niña, que está para mojar pan, dicho sea de paso.

Salió dando un portazo. En el patio se cruzó con Merche.

—¿Adónde vas, cuñado? Creí que...

—Yo no soy tu cuñado —gruñó él sin detenerse—. Solo soy el tío que se folla a tu hermana.

Merche corrió a su casa y al entrar encontró a Susana encogida en el sofá llorando.

—¿Qué le pasa a Fran? Iba hecho una furia.

—Se ha ido.

—Eso ya lo he visto, pero ¿por qué? ¿Os habéis peleado?

—Hemos terminado. Ha dicho que se acabó.

—No puede ser, solo está enfadado, mujer.

—Ha dicho que se acabó, que está harto.

—Pero si está loco por ti, tonta... Dale unas horas para que se le pase el cabreo y ya verás como mañana todo se arregla. Cuando se está enfadado se dicen muchas tonterías. Se dará una vuelta para desahogarse y luego volverá para hacer las paces.

—¿Tú crees?

—Claro que sí. Fran es muy impulsivo, recuerda el puñetazo a Raúl. Pero luego se le pasa rápido.

—Sí, eso es verdad.

—Anda, cálmate. ¿Quieres que me quede contigo esta noche y no salga? Aunque si Fran regresa lo mejor es que estés sola.

—No, vete con Isaac. Yo estoy bien.

Merche se arregló y se marchó, y Susana permaneció esperando inútilmente que Fran volviera o simplemente la llamase, pero no lo hizo.

El sábado por la mañana se marchó a Ayamonte como tenía previsto, sin haber tenido ninguna noticia de Fran. Apenas había dormido en toda la noche y lo último que le apetecía era ir a su casa con aquel estado de ánimo, pero sabía que si anulaba el viaje a última hora, su madre y su abuela se preocuparían y la agobiarían a preguntas sobre el motivo. Y de todas formas, si Fran quería ponerse en contacto con ella podía hacerlo a través del móvil, y este lo llevaba cargado y a la vista.

Cuando llegó a su pueblo, sin noticias y aterrada ante la idea de que él pudiera cumplir su amenaza y salir y enrollarse con aquella chica, se decidió a llamarle ella. Estaba dispuesta a suplicarle, a prohibirle y a lo que hiciera falta para que no lo hiciese. La sola idea de saberlo con otra la atormentaba hasta más allá de lo imaginable. Y se dio cuenta de que por mucho que se creyera preparada para un final, no lo estaba en absoluto. Y también entendía a Inma mucho mejor que antes.

Marcó el número de Fran, pero el contestador le comunicó que el teléfono no estaba disponible. Lo intentó más tarde en varias ocasiones con el mismo resultado, y ya pasadas las siete de la tarde, comprendió que no iba a poder localizarle, que Fran no quería hablar con ella y o bien había apagado el teléfono o había desviado las llamadas al buzón de voz para no tener que contestar. O seguía muy enfadado o bien estaba aprovechando aquello para cortar.

Nerviosa, llamó a Merche y le preguntó si Fran había ido por su casa a buscarla, pero su hermana le dijo que tampoco sabía nada de él. A las ocho y media, desesperada, llamó a Raúl.

—Diga —contestó este casi de inmediato.

—Raúl, soy Susana.

—Ah, hola... ¿Qué pasa? —preguntó extrañado. Susana nunca le había llamado a él.

—Mira, tengo que hablar con Fran, y tiene el móvil apagado o sin batería, no sé... y no me atrevo a llamar a su casa, ya sabes que no soy muy bien recibida allí... ¿Podrías llamarle tú y darle un recado de mi parte?

—¿A Fran? Está aquí, estamos en la bolera. Le toca tirar a él, pero si quieres le llamo y te lo paso.

—Es que... no estoy segura de que quiera hablar conmigo. Creo que ha apagado el móvil para no tener que hacerlo; andamos un poco enfadados.

—Vale, ¿qué quieres que le diga?

Susana pensó si suplicarle, pero al final decidió que no, que la tarde anterior él había hablado de prohibir.

—Dile... dile que si sale con esa tía le corto los huevos.

—¿Qué? Susana, ¿eres tú?

—Sí, soy yo. Díselo tal como lo has oído, palabra por palabra.

—De acuerdo... de acuerdo, chica.

Raúl apagó el móvil y se acercó a su amigo, que se preparaba en aquel momento para lanzar la bola.

—Fran, creo que Susana se junta demasiado con Maika y con Inma últimamente... Y no sé qué le habrás hecho, pero está hecha una fiera.

—¿Susana? Está en Ayamonte.

—Sí, ya, acaba de llamarme. Dice que tú tienes el móvil apagado para no hablar con ella y me ha encargado que te diga que si sales con no sé qué tía te corta los huevos. Así, tal como suena. La dulce Susanita...

Fran lanzó una sonora carcajada y arrojó la bola con todas sus fuerzas tirando la totalidad de los bolos, a la vez que exclamaba.

—¡Bien! Esa es mi chica.

—¿Puedo saber de qué va esto? ¿Te has liado con otra tía?

—No, claro que no. Y tampoco pensaba hacerlo. Solo quería que me lo prohibiera.

—¿Querías que te lo prohibiera? No te entiendo, tío.

—Es igual... Cosas nuestras.

—¿Es verdad que tienes el móvil apagado para no hablar con ella?

—Lo tengo apagado, sí, pero para que mi madre no me localice y se busque alguna treta para obligarme a salir con la hija de su cliente.

—¡Ah, va de eso!

—Sí, va de eso. Me organizó una cita a mis espaldas y yo le he dado una excusa y la he dejado plantada. La última vez que la vi, en una reunión de abogados, me tiró los tejos descaradamente, con el beneplácito de mi querida madre. No voy a arriesgarme a salir con ella ni siquiera en plan de amigos. Aunque quizá quieras acudir tú a la cita. Es muy mona... cena pagada en un restaurante de lujo y un extra para gastos... y polvo seguro si te apetece.

—No, gracias, tío. Paso de una cita a ciegas.

—¿Desde cuándo? —preguntó Fran burlón.

Raúl volvió la cabeza y miró a Inma, sentada junto a Lucía.

—Desde que me aficioné a los hierbajos.

—¿Sigue enfadada?

—Dice que no está enfadada, pero sí. Enfadada y dolida, y yo la comprendo.

—¿Crees que se le pasará?

Raúl se encogió de hombros.

—No lo sé. Espero, porque si no esto va a acabar conmigo. No consigo que me interese ninguna otra mujer, ya puede ser «Miss Mundo», que para mí, ahora, no hay ninguna más que ella. Aunque pase de mí.

—Bienvenido al gremio, macho. ¿Y cómo llevas el tema del sexo? Porque tú antes no podías pasar mucho tiempo a dos velas...

—¿Cómo quieres que lo lleve? A punto de pillar una tendinitis en la mano. Si un día me ves con una escayola...

Fran se echó a reír.

—No te preocupes, si te veo con una escayola ya me encargaré de que llegue a oídos de Inma el motivo.

—Es igual... supongo que me lo merezco, por gilipollas. Haces muy bien en no querer arriesgarte a salir con esa chavala, nunca se sabe cómo puedes acabar.

—No creo que pasara nada, sé muy bien hasta dónde puedo llegar, pero ni siquiera me apetece quedar para cenar o tomar una copa con alguien que no sea Susana. No, tío, yo, al igual que tú, estoy pillado hasta los huevos. Y muy feliz de estarlo, además.

Raúl se echó a reír.

—Espero poder decirlo pronto yo también. De momento, yo estoy pillado, pero feliz, no. Bueno, ahora me toca a mí lanzar la bola.

—Déjame tu móvil, voy a ponerle un mensaje a Susana. No quiero arriesgarme a encender el mío.

—No le pongas un mensaje, llámala.

—No quiero abusar.

—No seas tonto, no me voy a arruinar.

Fran cogió el móvil y se apartó un poco de Raúl y de la pista, y marcó el número de Susana. Esta respondió inmediatamente.

—¿Se lo has dicho?

—Me lo ha dicho.

—Eres tú —dijo aliviada.

—Sí, soy yo. No te preocupes, no voy a ponerte los cuernos, al menos esta vez. Pero tenemos que hablar.

—Vale.

—¿Puedes venirte mañana en el autobús de las cuatro?

—Sí, de acuerdo.

—Hasta mañana entonces. Te estaré esperando en la estación. Y no temas... voy a salir con esta gente y probablemente me quedaré a dormir en casa de Raúl. Mi madre me despellejará cuando vea que he dejado plantada a Sonia, así que cuanto más tarde me pille, mejor.

—Gracias.

—No hay de qué. Hasta mañana.

Como había prometido, Susana cogió el autobús de las cuatro y, tal como solía hacer, le dio un toque a Fran cuando este arrancó. Se sentía ligeramente inquieta. Fran había dicho que tenían que hablar y ella no quería hablar. Ella lo que quería era abrazarle, y sentir que todo estaba como siempre, después de esa su primera discusión seria.

Cuando salió de la estación, él estaba aparcado en doble fila. Se acercó a él y le besó en la mejilla, como cualquier otro día, como si no hubieran tenido una terrible discusión dos días antes. Fran no le dijo nada; respondió a su gesto mecánicamente y subió al coche. Ella le imitó con el corazón encogido por su frialdad.

Fran arrancó el coche y condujo despacio y en silencio por el intenso tráfico de la tarde del domingo.

—¿Qué tal con tu madre? —preguntó por romper el hielo de alguna forma.

—Esta mañana cuando regresé hemos tenido una bronca fenomenal, pero eso era algo con lo que ya contaba. No importa.

—Lo siento.

—Ya se le pasará.

Fran aparcó el coche en una zona tranquila de la Palmera, donde el tráfico era más fluido y circulaba poca gente por la calle, y se volvió hacia Susana, con la expresión más seria que Susana le había visto en mucho tiempo.

—Sigues enfadado.

—No, no estoy enfadado, pero sí es cierto que tenemos que hablar. Quiero aclarar algunas cosas.

—¿Qué cosas? —preguntó con un deje de aprensión.

—Quiero que me digas qué significa lo nuestro para ti.

—No te comprendo... Estamos saliendo juntos, ¿no?

—Sí, desde hace nueve meses. Pero ¿por qué? ¿Porque sientes algo por mí o simplemente porque soy el primer tío que te lo ha pedido? ¿O porque no quieres perder al amigo? ¿Es eso?

—Claro que siento algo por ti. ¡No pensarás...!

—No sé qué pensar. Hasta el viernes estaba convencido, pero ahora... ¿Qué es lo que sientes? Hay muchos tipos de sentimientos. En El Bosque, la primera noche, te dije que te quería y tú respondiste que «amor» era una palabra demasiado importante, que lo dejáramos en que nos gustábamos. Pero desde entonces han pasado nueve meses y yo necesito saber si las cosas siguen igual para ti... Dime, ¿me quieres?

Ella sonrió y respondió poniendo en las palabras todo el énfasis que pudo.

—¡Con toda mi alma!

Fran sonrió a su vez y por fin le dio el tan esperado abrazo. Susana enterró la cara en su cuello y le rodeó la nuca con los brazos, sin importarle que se estuvieran clavando la palanca de cambios en el estómago.

—¿Y tú... me quieres? —preguntó a su vez con la boca enterrada en el cuello de él.

—Más que a nadie en el mundo.

Fran la soltó, incapaz de continuar en aquella postura tan incómoda y le cogió la mano.

—¿Me prometes dejar de pensar constantemente que voy a dejarte?

—No lo entiendes... No es eso.

—¿Qué es entonces?

—No es que yo piense que vas a dejarme, sino que soy realista. Ahora tú y yo somos iguales, somos compañeros de facultad, compartimos muchas cosas, pero probablemente eso cambiará con el tiempo. Pertenecemos a mundos diferentes, a ambientes distintos.

Tus padres no me tragan, ya lo sabes, y esos intentos de tu madre de emparejarte con chicas de tu clase sabes que no son más que intentos de separarte de mí. Aunque oficialmente no saben nada de lo nuestro, yo estoy segura de que no lo ignoran. Ya aquella noche que cené en tu casa debió de imaginarse algo; todas sus preguntas iban destinadas a ponerme en mi sitio.

—¿Tu sitio? ¿Y cuál es tu sitio? ¡No irás a sentirte inferior por lo que te dijo!

—Claro que no. Y me considero tan buena como cualquiera, como ella misma, y probablemente seré un abogado incluso mejor, pero, desengáñate, Fran, ellos nunca van a aceptar esta relación. Tú lo sabes tan bien como yo. Si no lo pensaras no insistirías en mantenerla en secreto.

—Si la mantengo en secreto es porque no me apetece una bronca para cenar y otra para desayunar todos los días, no porque seas poco importante para mí, ni porque piense dejarte a la primera de cambio. Pero si el hecho de que no lo sepan te hace sentir que lo nuestro no va en serio, se lo digo esta misma noche.

—No... no. Yo tampoco quiero que esto se sepa, de momento, al menos. Ni tus padres ni los míos.

—Bien. Pero el hecho de que no lo sepan no quiere decir que yo no te considere mi novia con todos los derechos. Incluido el de cortarme los huevos si no me comporto. Porque yo te arrancaré los ojos si miras a otro.

—Jamás he mirado a otro... Jamás, desde que te conozco. Ni siquiera cuando pasabas de mí —dijo ella alargando la mano y acariciándole la cara.

—También quiero que dejes de sentir que te estoy haciendo un favor por salir contigo. Es al revés, eres tú quien me está haciendo el favor a mí. Nunca he sido tan feliz como ahora, en toda mi vida. Nunca nadie me ha querido como tú. Y te pido perdón por mi reacción de la otra tarde. Seguramente fue muy exagerada, pero nunca he sentido que le importase a nadie de verdad. A mis padres solo les interesa de mí que sea la tercera generación de abogados Figueroa. No les importa ni lo que piense ni lo que sienta; ni siquiera les importo yo. Por un momento creí que a ti te pasaba lo mismo. Por eso me enfurecí tanto... Sé que te dije cosas terribles... ya conoces mi genio. ¿Me perdonas?

—Claro que sí.

Él sonrió y le besó los dedos.

—¿Buscamos un sitio donde poder hacer las paces como Dios manda?

—Sí, por favor. Aunque Merche estará en casa probablemente.

—No te preocupes, encontraremos algo.

—Voy a llamarla para decirle que todo está bien, y que no me espere a cenar.

—Ni a dormir.

—Ni a dormir.

# 26

*Sevilla. Febrero, 2000*

En el descanso de media mañana, las chicas se reunieron como ya era habitual en torno a la máquina de café. Lucía, nada más llegar Inma, le dijo:

—Hoy invita Maika, que tiene algo que celebrar.

—¿Es tu cumpleaños?

—Mejor que eso. Espera a que venga Susana y lo cuento.

—¿Susana? Esa pasa hoy del café. ¿No sabes que es San Valentín? La he visto haciéndose arrumacos con Fran en el banco que hay justo al lado de la escalera. Por lo visto la ha invitado a cenar esta noche. Ya sabes, algo romántico con velitas y polvo al final.

—Ese chico va por buen camino.

—¡No como otros...! —añadió Inma.

—¿Lo dices por Raúl?

—Por supuesto que no. A ese no se le ocurre una idea romántica ni loco. Ya sabes que para él todo eso son mariconadas. Él se apunta al polvo del final y punto. Lo decía por Javi.

—Ah, Javi. Pues ve por Susana y te contamos, que esto tiene que ver con él.

—¿En serio? Ahora mismo vuelvo.

Se separó de la máquina del café y se dirigió hacia la escalera. En el banco que había junto a ella, Susana y Fran, cogidos de la mano, charlaban en actitud íntima, ajenos a la gente que pasaba a su alrededor.

—¡Joder, tengo que tener cuidado para no caerme!

Los dos chicos levantaron la cabeza y se enfrentaron a ella.

—¿Por qué vas a caerte? —le preguntó Fran.
—¡Con la miel que os chorrea por todos los poros, coño!
—Ah, eso... Es que es la primera vez que celebro el día de San Valentín.
—Ya, y esta noche vais de cenita y etc., etc.
—En efecto.
—Pues deja algo para entonces y ven conmigo, Susana, que hay cotilleos frescos.
—¿En serio? —preguntó Fran riéndose.
—Sí, Maika tiene algo que contar.
—¿Maika?
Él y Susana intercambiaron una mirada cómplice, y ella se levantó.
—Bien, ahora vuelvo.
—Sí, no te vayas muy lejos, que enseguida te la devolvemos.
—No pasa nada. Mientras no me la acaparéis esta noche... Yo voy a buscar a Raúl.
—Tranquilo —dijo Susana dándole un beso en el pelo—. Esta noche nada ni nadie podrá evitar que cenemos juntos.
Dejaron a Fran y se dirigieron hacia la máquina de café, y cuando llegaron, Lucía, excitada, dijo:
—Venga, Maika, díselo ya.
—¿Qué pasa?
—Esta mañana cuando hemos salido, Maika ha abierto el buzón como cada día y había una tarjeta de San Valentín de Javi, pintada a mano y todo.
—¿En serio?
—Sí, el chico es un artista, y la ha invitado a salir esta tarde.
—¿También cenita romántica?
—De momento merienda —dijo la interesada.
—¡Uf, cómo está el personal!
El móvil de Inma vibró dentro de su bolso.
—Perdona, tengo un mensaje. No cuentes nada más hasta que lo vea.
—¿Otro que se ha vuelto romántico?
—No creo. Sería pedir peras al olmo.
Inma miró el número.
—Qué raro, es de mi compañera de piso. Sabe que estoy en clase, y dice que la llame en cuanto pueda.
—Bueno, llámala y ahora seguimos hablando.

Inma se apartó un poco del bullicio de la máquina de café y marcó el número.

—Dime, Carmen, ¿qué pasa?

Al otro lado del teléfono la chica le preguntó:

—¿Te he pillado en clase?

—No, estaba en el descanso, ¿por qué? ¿Ha ocurrido algo?

—Perdona si te he preocupado, pero no me he podido contener, no podía esperar a que llegaras a casa para decírtelo.

—¿Decirme qué?

—Pues que alguien te ha mandado un ramo de flores enorme.

—¡¿Qué?!

—Lo que oyes. Hay rosas, gladiolos, orquídeas y yo qué sé cuantas más... Es tan grande que no cabía en el jarrón que tenemos en casa y he tenido que bajar a comprar otro.

—Espera a ver si he entendido bien... ¿Estás diciéndome que ha llegado un ramo de flores para mí?

—Sí.

—¿Seguro que es para mí? ¿No será para María? Ella tiene novio.

—Pues tú tienes un admirador y se ha gastado una pasta.

—¿Trae tarjeta?

—Sí, pero está cerrada. ¿Quieres que la abra?

—No, mejor que no. Ya lo haré yo cuando llegue.

—Oye, ¿tienes idea de quién puede haberlas mandado?

—Sí, tengo una idea.

—¿Quizás el chico del sofá?

—Es posible.

—Joder, y yo tirándole los tejos... Lo siento.

—No pasa nada. Gracias por llamar, iré en cuanto pueda.

Apagó el móvil y se quedó pensativa con el pequeño aparato en la mano y regresó junto a sus amigas.

—¿Qué pasa, Inma? ¿Algún problema?

—No, solo algo insólito. Creo que Raúl me ha mandado un ramo de flores.

—¿Raúl? ¿Estás segura?

Inma se encogió de hombros.

—No, segura no, porque la tarjeta está cerrada. Mi compañera no ha querido abrirla, pero si no es él no tengo ni idea de quién puede ser.

—No te hagas demasiadas ilusiones, él siempre ha pensado que esas cosas son mariconadas.

—No me hago ilusiones, pero no hay nadie más que pueda tener interés en mandarme flores a mí.

—Eres muy guapa, cualquiera puede haberte mandado flores en San Valentín.

—Sí, pero ella prefiere que sea Raúl, ¿verdad? —dijo Susana.

—No, claro que no. Y si en realidad fuera cosa suya, sé muy bien el motivo.

—Pues claro, y todas.

—Si cree que me va a comprar con unas cuantas flores va apañado.

—Deja de decir tonterías con la boca chica, que te brillan los ojos de una forma...

Inma se puso seria.

—Los ojos podrán brillar todo lo que quieran.

—Pero tú no te vas a dejar ablandar, ¿no es verdad?

—En efecto.

—Eres de hielo o de granito, ya lo sabemos. Bueno, allá tú.

Susana le agarró el brazo con suavidad.

—Creo que te estás equivocando esta vez. Raúl no te ha mandado un ramo de flores para engatusarte. Vino a preguntarme si yo sabía qué tipo de flores te gustaban.

—¿Tú lo sabías?

—Sí. Y también sé de algo más que hay en las flores. Quizás eso te ablande un poco más.

—Lo dudo.

—No, no se dejará ablandar ni aunque le mande su corazón hecho trocitos dentro de una caja.

Inma soltó una risa forzada.

—Raúl no tiene corazón. Seguramente sería el de un cervatillo, como en el cuento.

—Si hubieras dicho eso hace unos meses hubiera sonado convincente, ahora, ni tú misma te lo crees. Podrás decir lo que quieras, incluso pensar lo que quieras, pero en el fondo de tu corazón sabes que está colado por ti. Y no escatima medios para hacértelo saber.

—Se acostó con Alba. Es la mejor forma de hacérmelo saber.

—Eso fue hace tres meses y te consta que porque estaba borracho.

—¿Y debo perdonarle y pasarme la vida cruzando los dedos para que no se emborrache y se acueste con la primera que se le cruce por delante? No, gracias. Y dejemos este tema, es hora de volver a clase. Con un poco de suerte ni siquiera son suyas las flores.

—Sí lo son —dijo Susana.

—Bueno, pues ya le llamaré más tarde para darle las gracias. De momento, no sé nada.

Tiraron los vasos de plástico del café en la papelera y entraron en el aula.

No quería reconocerlo, pero apenas pudo concentrarse en las clases y corrió todo lo que pudo para llegar a su casa lo antes posible. Cuando abrió la puerta un fuerte olor a rosas lo invadía todo. Su compañera le señaló la mesa del comedor, donde un enorme ramo en el que predominaban las rosas rojas ocupaba la mayor parte de la mesa.

Se obligó a avanzar despacio hacia él y fingiendo indiferencia cogió la tarjeta aunque ella sabía muy bien que le temblaban las manos. Era una cartulina grande y cuadrada, no una simple tarjeta de visita.

Abrió el sobre con cuidado de no romperla, y leyó en una caligrafía pequeña y apretada:

*De lo poco de vida que me resta,*
*diera con gusto los mejores años*
*por saber lo que a otros*
*de mí has hablado.*

*Y de esta vida mortal... y de la eterna*
*lo que me toque, si me toca algo,*
*por saber lo que a solas*
*de mí has pensado.*

No es mía, que conste. Me hubiera gustado escribirte yo algo, pero, lo siento, no soy poeta. Y he preferido copiar a alguien que lo hace mejor que yo. De todos modos, hago mías sus palabras.

RAÚL

Inma permaneció un rato con la tarjeta en la mano y mirando las flores. ¿Y ahora qué debía hacer? Seguramente él esperaría que le llamase, pero no sabía si quería hacerlo. Y tampoco qué podría decirle. ¿Darle las gracias por las flores? ¿Quizás invitarle a cenar o a tomar algo? Eso significaría darle a entender que las flores habían conseguido su propósito y que le habían hecho olvidar su conducta. Quizás él se creyera perdonado y aceptado. No quería eso, pero tampoco podía ignorar el gesto. Decidió llamarle por teléfono y darle las gracias de la forma más fría que pudiera. Cogió el móvil y marcó el número de Raúl. Él pareció estar esperando la llamada porque contestó enseguida.

—Diga.

—Soy Inma. Gracias por las flores —dijo escueta y tratando de dar a sus palabras un tono lo más frío posible.

—De nada. ¿Te han gustado?

—Son muy bonitas.

—Ya sé que son bonitas, pero lo que te estoy preguntando es si a ti te han gustado.

—A todas las mujeres les gustan las flores.

—Sigues sin contestar a mi pregunta.

Ella admitió al fin.

—Me han gustado.

—¿Y la tarjeta?

—¿Te refieres a la poesía? Es de Bécquer.

—Sí, lo sé. Intenté escribirte algo yo mismo, pero tuve que desistir. Me pasé un par de tardes en las bibliotecas tratando de encontrar algo que pudiera aplicarte a ti, pero eres bastante difícil de definir. Al final me decidí por esa porque refleja algo que yo siento.

Ella rio relajándose a través del hilo. Por fin empezaba a sentirse cómoda con la conversación.

—Si quieres saber lo que hablo de ti a los demás, puedes preguntárselo, no es ningún secreto. Y lo que pienso de ti tampoco, te lo he dicho a ti mismo muchas veces.

—No me refería a lo que me dices a mí, sino a lo que piensas en lo más hondo de tus pensamientos, esos que ni siquiera te confiesas a ti misma.

—Yo soy una mujer consecuente conmigo misma y con mis pensamientos.

—¿Estás segura?

—Por supuesto.

Se hizo un breve silencio. Inma no sabía qué más decir. Le parecía fatal despedirse sin más y Raúl no parecía tener intención de continuar la charla. Al fin suspiró y dijo:

—Bueno, supongo que ahora lo que pega es que yo te invite a algo. Si quieres podemos quedar para tomar una copa o un café.

—No.

Inma se sorprendió ante lo rotuno de la respuesta.

—¿No quieres venir a tomar un café? Bueno, un cubata si lo prefieres. Te lo has ganado.

—No quiero que me invites a tomar nada.

—No lo entiendo. ¿Por qué?

—Porque no te he mandado las flores para ablandar tu corazoncito ni para forzarte a salir conmigo.

—¿Para qué entonces?

—Simplemente para que sepas que a pesar de tu dureza y de tu frialdad hay en el mundo alguien que está enamorado de ti.

—¿Enamorado? Vamos, Raúl...

—Enamorado, sí, aunque no te lo creas.

Se hizo un breve silencio. Después Raúl habló:

—Me alegro de que te hayan gustado las flores. Hasta mañana, Inma.

—Hasta mañana, Raúl. Te debo una copa.

—No me debes nada. Adiós.

Fran llamó a la puerta de Susana a las nueve en punto. Ella ya llevaba un rato arreglada. Se había puesto la ropa que se compró para el cumpleaños de Raúl, esperando que a él le trajera recuerdos de su primer beso. También se había peinado igual que aquella noche.

Fran vestía un pantalón negro y un jersey verde oscuro, que hacía resaltar sus ojos pardos. Estaba tan guapo que Susana sintió que podía saltarse la cena y pasar directamente al «después». Pero Fran no iba a permitírselo, era un romántico empedernido.

Se puso el abrigo y tras despedirse de Merche, salieron.

—Esta noche no te pediré perdón cuando te bese.

—Te mataré si lo haces.

Subieron al coche.

—¿Adónde vamos?

—A mi casa.

—¿A tu casa? Por Dios, Fran, ¿estás loco? No les habrás dicho nada de lo nuestro a tus padres...

—No, no les he dicho nada. Mis padres están de viaje, no regresan hasta dentro de tres días. La verdad es que he estado devanándome los sesos decidiendo adónde llevarte, pero con esto de San Valentín todos los sitios especiales están llenos. Y tampoco me apetece demasiado compartirte con un montón de gente esta noche, te quiero toda para mí. De modo que hablé con Manoli y ella me ha ayudado a organizarlo todo. La cena la he preparado yo, con su ayuda, claro.

—¿En serio? ¿Has cocinado para mí?

Fran extendió una mano mostrando una leve quemadura en la yema de uno de los dedos.

—¿Es suficiente prueba?

—Sí... bueno, al igual que hice con la cicatriz, tendré que besar tu quemadura.

—Vete preparando, porque vas a tener que besar mucho más que mi quemadura esta noche.

—Me sacrificaré.

Llegaron a la casa. Fran encendió las luces y la condujo directamente a su habitación. En el centro de la misma había una mesa cubierta con un mantel rojo y servilletas artísticamente dobladas en forma de flor sobre los platos de porcelana blancos. En el centro de la misma, un florero largo y estrecho de cristal con una única rosa roja. Varias velas repartidas estratégicamente por la habitación dieron a esta un aire romántico cuando Fran las encendió, apagando la luz central.

Retiró una de las sillas, invitándola a sentarse.

—Señora...

Abrió una botella de vino y la sirvió en las copas. Alzó una de ellas.

—Por el primero de muchos San Valentín juntos.

Susana sintió un nudo en la garganta y deseó que así fuera, mientras bebía.

Fran sirvió la cena, una sucesión de los platos preferidos de ella, y de postre un pudin de manzana exquisito. Se había pasado toda la tarde en la cocina, pero había merecido la pena.

Después puso música y agarrándola de la mano la sacó a bailar. Susana recostó la cabeza en su hombro y se dejó llevar, mientras empezaba a besarle el cuello. El olor a Hugo Boss se hizo más penetrante, y ella supo que ese olor iría ligado a los buenos recuerdos y a los momentos especiales durante el resto de su vida.

Al fin, Fran bajó la cabeza y empezó a besarla. Ella hundió las manos en el pelo de él y respondió con toda su alma. En pocos minutos estaban desnudos, bailando cuerpo a cuerpo.

Después de varias canciones, Fran puso en el equipo de música la banda sonora de *Memorias de África* y la llevó hasta a cama. La tendió en ella y regresó a la mesa para coger la rosa.

—Tu regalo de San Valentín. Iba a comprarte un ramo enorme, pero conociéndote pensé que te gustaría más una sola rosa... roja... perfecta.

Susana le sonrió desde la cama.

—Me conoces bien.

La cogió y la olió, y se la volvió a entregar.

—Vuelve a colocarla en el jarrón para que no se estropee. Me la llevaré mañana, y cuando se seque la colocaré entre las páginas de un libro.

—No sé si aguantará... tengo planes para esta rosa.

—¿Planes?

—Ajá. Lo vi en una película y me encantó... es el momento perfecto de ponerlo en práctica. Cierra los ojos.

Se subió a la cama y se colocó de rodillas con las piernas a ambos lados de las caderas de Susana y empezó a deslizar la flor sobre su cuerpo desnudo con delicadeza, apenas un suave roce. La cara, la garganta... rodeó los pechos con ella entreteniéndose largo rato en los pezones. Luego descendió hasta el ombligo y bajó por el vientre hasta detenerse en el sexo. Con la otra mano separó levemente los pliegues y rozó el clítoris una y otra vez.

—Fran... —susurró ella con voz entrecortada.

—¿Sí?

—No puedo más...

—Yo tampoco.

Colocó la rosa en la almohada, junto a su cabeza, y la cubrió con su cuerpo. La penetró despacio, ignorando los ruegos para que fuese más deprisa, tomándose su tiempo acercándola al orgasmo una y otra vez, hasta que al fin Susana tomó el mando y colocándole las manos sobre las nalgas se movió frenética contra él para alcanzar la liberación que necesitaba. Después, mirándole a los ojos le susurró:

—El mejor regalo de San Valentín que podías hacerme. La rosa roja es mi flor favorita.

—Tendrás una cada año, te lo prometo —dijo antes de volver a besarla.

## 27

*Sevilla. Marzo, 2000*

La bolera estaba casi vacía aquel miércoles. Entre semana normalmente había poco público, pero aquel día de finales de febrero estaba más tranquila incluso que otras veces. La tarde era fría y desapacible y los pronósticos del tiempo habían dado la alerta por viento y lluvia. Esta última había empezado a caer a media tarde, aunque de forma leve, pero el viento arreciaba y era de suponer que empeoraría a lo largo de la noche.

Susana, Inma, Maika y Lucía se habían reunido a comer como otros miércoles y luego habían ido todos a desahogarse a la bolera un rato. El día anterior habían terminado el último examen del cuatrimestre y al fin se podían permitir una tarde de ocio.

Sentada en su sitio habitual, Inma veía cómo el equipo de los chicos les estaba ganando una vez más.

—¡Qué paliza! Otra vez nos va a tocar pagar la cena a nosotras —dijo Maika.

—Sí, eso me temo.

—Raúl está que se sale hoy —añadió Susana—. No ha fallado ni un tiro.

—Sí, desde que no folla su puntuación ha mejorado de forma escandalosa... Alguien debería hacer algo al respecto o nos arruinará.

Maika miró con el rabillo del ojo a Inma, que no se dio por aludida.

—Lo que deberíamos hacer es cambiar los equipos. Nada de hombres contra mujeres, sino mezclados. Si Raúl está en un equipo y Fran en otro las fuerzas se igualarán. Juntos son invencibles los cabrones.

—Sí, pues intenta decirles a los dos amiguitos que han jugado juntos toda la vida que se separen. Ya verás dónde te mandan... —añadió Inma.

—¿Por qué no lo intentáis las dos, Susana y tú, cada una por su lado? A lo mejor les convencéis y aunque sea por una vez no nos toca pagar a nosotras.

—Yo no pienso convencer a Raúl de nada, no sea que luego se quiera cobrar —dijo mientras le miraba agacharse y arrojar la bola, que retumbó con estrépito contra el suelo y salió disparada derribando una vez más la mayoría de los bolos.

—¡Joder, otro tiro genial! —se lamentó Lucía—. ¿Por qué no te vas hacia él la próxima vez que tire y le pones un poco nervioso?

—¿Queréis dejarme en paz? Ya está lo bastante convencido de que acabaré por echarme en sus brazos como para que yo le anime además.

—Y tú sigues tan dura de pelar como siempre, ¿no?

—Por supuesto —dijo bajito y con menos convicción de lo que pretendía. Susana intervino.

—¿No piensas perdonarle?

—¿Otra vez con lo mismo? No tengo nada que perdonarle, pero no voy a enredarme con él.

—Dice Fran que lleva meses como un cartujo.

Inma hizo un gesto escéptico.

—¿No te lo crees?

—Sí, puede que sea verdad. Lo que no creo es que dure. Más tarde o más temprano acabará por caer.

—Pues que caiga contigo, joder... Si lo estás deseando.

—Eso no es verdad.

—Vamos, que te crees que no te he visto hace un momento mirándole el culo.

—No soy ciega y estaba agachado justo delante de mí. ¿Qué queréis que haga, taparme los ojos?

—No, pero Fran también estaba ahí agachado hace poco y tiene mejor culo que Raúl y no se lo has mirado.

—¡Eh, que el culo de Fran tiene dueña! —protestó Susana.

Maika ignoró la protesta de su amiga y siguió dirigiéndose a Inma.

—¿No te gustaría apoyar la mano en el culito de Raúl y apretarle contra ti con fuerza y averiguar si es cierto lo que dicen?

—Es cierto —dijo Susana riéndose—. Se lo pregunté a Fran un día y me dijo que sí, que la tiene enorme.

—Pues para quien la quiera —murmuró Inma—. Y ahora haced el favor de callaros que viene para acá. La partida ya ha terminado y con los mismos resultados desastrosos de siempre.

—Bueno, chicas... Una vez más, campeones.

—¡Idos a la mierda!

—Bueno, ¿dónde tenemos que soltar la pasta hoy? ¿McDonald's, pizzería o qué?

—Hemos pensado que la noche se está poniendo muy desagradable. Será mejor que nos marchemos a casa y dejemos la cena. Por esta vez os vais a librar.

Susana miró el reloj. Eran apenas las nueve de la noche.

—Llamaré a Merche para que cuente con nosotros para la cena. Porque te quedarás, ¿no, Fran?

—Si me invitas...

Cuando salieron de la bolera la lluvia seguía cayendo con más fuerza que al entrar.

—La noche se va a poner terrible, mira el color del cielo.

Se despidieron en la esquina. Inma se dirigió a la parada del autobús y Raúl la siguió como cada miércoles.

—No hace falta que me acompañes, hoy es temprano. La noche está fatal, será mejor que te vayas a casa cuanto antes.

—Siempre te acompaño y hoy también.

—Si me acompañas a casa probablemente perderás el último autobús para la tuya. Y está lloviendo mucho.

—Llevo paraguas.

—Está bien, como quieras.

Juntos se dirigieron a la parada. Apenas un cuarto de hora después llegó el autobús y subieron a él. El trayecto era largo y el autobús iba repleto de gente que salía de los trabajos y estaba deseosa de llegar a su casa. Tuvieron que apretarse en la parte trasera. Inma nunca había estado tan cerca de Raúl, ni siquiera las pocas veces que habían bailado juntos. El vehículo iba tan lleno que lo tenía prácticamente pegado a su espalda.

Él se había agarrado a la barra superior, pero Inma, más baja y más lejos no llegaba hasta ella y al primer bandazo dio un traspié que la arrojó contra la mujer que tenía delante.

—Perdone —susurró, maldiciendo mentalmente lo que llevara aquella señora dentro del bolso y que se había clavado en las costillas.

Miró a su alrededor tratando de encontrar algo a lo que agarrarse, pero todo quedaba demasiado lejos. Raúl se dio cuenta.

—No te preocupes, yo te sujetaré —dijo pasándole el brazo por delante de la cintura y sujetándola con firmeza.

—Gracias.

Estuvieron así durante un rato, hasta que tres o cuatro paradas más adelante el autobús quedó más vacío y pudo agarrarse al extremo de un asiento.

Inma creyó que Raúl continuaría sujetándola, pero cuando comprendió que ella podía sostenerse sola, dejó caer el brazo provocando en Inma una mezcla de alivio y de decepción a la vez.

A medida que se acercaban a la parada de Barqueta la lluvia empezó a arreciar y a convertirse en un auténtico aguacero.

—¿Por qué no sigues en el autobús y luego enlazas con el seis en cualquier parada en la que coincidan?

—Ni hablar. Te voy a acompañar hasta la puerta. Como siempre.

Se bajaron en la parada y Raúl se apresuró a abrir el paraguas, pero pronto comprendieron que era insuficiente para los dos. Al doblar una esquina el paraguas se volvió quedando ambos totalmente empapados en un instante. Él luchó por colocarlo de nuevo en su posición pero el fuerte viento se lo impedía una y otra vez. Al final lo cerró.

—¡Un carrerón! —dijo y ambos echaron a correr hasta el portal.

Inma abrió con la llave y los dos se refugiaron dentro.

—Será mejor que subas un rato a ver si escampa. De todas formas ya no hay muchas posibilidades de que pilles un autobús.

—Gracias.

Hacía meses que ella no le invitaba a subir. Desde la noche en que él había dormido en el sofá del salón, no había vuelto a estar en el piso. Una de las compañeras de Inma, Carmen, estaba sentada a la mesa de la cocina cenando.

—Vaya, vienes acompañada. ¡Hola, bello durmiente! Hace tiempo que no te veíamos por aquí.

—He estado ocupado.

—¿Enviando flores?

Él se echó a reír.

—Quizá...

Inma intervino:

—Va a esperar un rato hasta ver si la lluvia amaina un poco.

—¡Oye, que a mí no me tienes que dar explicaciones! Me alegra volver a verte, Raúl. Y no tengas prisa por marcharte, yo ya he terminado de cenar y me voy a mi cuarto. Dentro de diez minutos tendré a mi novio en el Messenger, así que el resto del piso es todo vuestro. Alicia ha llamado diciendo que la noche está muy mal y se queda a dormir en casa de Alberto.

Se levantó y, colocando el plato y el vaso en el fregadero, salió haciéndoles un guiño.

—Ya recogeré mañana.

Inma sonrió.

—Están tan poco acostumbradas a que traiga a alguien a casa que piensan que eres un rollo. Sobre todo después de las flores. Y eso que no les dije que eran tuyas. Me va a costar Dios y ayuda convencerla mañana de que solo eres un amigo.

—Ya.

Inma se quitó el chaquetón empapado y le animó a que hiciera lo mismo.

—Quítate eso y ponte cómodo. Te traeré una toalla para que te seques un poco —dijo mirando el agua que le goteaba del pelo y le caía por la cara.

Se perdió detrás de una puerta y salió con una toalla en la mano.

—Ten. Yo voy a cambiarme. Enseguida vuelvo.

Volvió a salir y regresó poco después vistiendo un chándal seco. También ella se había soltado el pelo y se lo había secado un poco.

—¿Tienes la ropa muy mojada? —le preguntó.

—No, el chaquetón es impermeable y llevo botas. Los bajos del pantalón es lo que está peor, pero no importa. Aquí hace calor, se secará rápido. Pero si me invitas a una infusión caliente te lo agradeceré —se atrevió a pedir. Inma sonrió.

—Haré algo mejor que eso. Prepararé algo para cenar. Son las once pasadas y creo que la lluvia tiene para rato. Tengo unos champiñones, puedo hacer un revuelto. ¿Te apetece?

—Claro que me apetece.

—Y la infusión de postre.

—¿Puedo ayudarte en algo? No es que sea muy buen cocinero pero puedo cortar pan o algo así. A eso llego.

—No hace falta, estará listo en un momento. En ese cajón hay cubiertos, ve poniendo la mesa.

Un cuarto de hora después estaban sentados a la mesa de la cocina comiendo con apetito.

Inma levantó la cabeza y miró a Raúl, con el pelo alborotado después de habérselo secado con la toalla, y recordó la sensación agradable que le había producido sentir su brazo alrededor de la cintura en el autobús. También recordó las palabras de Susana un rato antes en la bolera cuando le dijo que llevaba meses sin estar con una mujer. Y por primera vez desde que se había acostado con Alba sintió ganas de perdonarle. Tenía que reconocer que se lo estaba ganando a pulso. La había acompañado a casa noche tras noche, y cada una de ellas, al despedirse, sus ojos le decían que estaba esperando una invitación aunque solo fuera para tomar una infusión y charlar. Ella se había resistido a hacerlo hasta esa noche, temerosa de sus propios sentimientos y de dejarle de nuevo acercarse lo bastante como para que volviera a ganarse su confianza. Pero aquella noche le parecía inhumano dejarle ir andando hasta Los Remedios con aquella tromba de agua. Ni siquiera había paradas de taxis por las cercanías, él debería ir hasta La Alameda para encontrar una, y en una noche como aquella la mayoría de los taxis estaban ocupados o fuera de servicio.

Aun así sabía que era un error dejarle subir, que Raúl lo tomaría como un paso hacia el perdón. Pero ella no tenía intenciones de perdonarle por mucho que en ese momento deseara hacerlo. Se había jurado a sí misma no bajar la guardia de nuevo, y eso incluía verle solo estando rodeados de gente y huir de los momentos de intimidad a solas como aquel. Pero su conciencia no le hubiera dejado en paz si le hubiera hecho marcharse empapado y con aquella lluvia.

—¿En qué piensas? —le preguntó él—. Estás muy callada.

—En la bolera —mintió—. Maika siempre se queja de que nos ganáis. Creo que algún día deberíais dejarnos ganar para que se saque la espinita.

—¿Y tú? ¿No quieres ganar?

Ella se encogió de hombros.

—A mí me da igual ganar o perder en un juego.

—¿Ni siquiera aunque te toque pagar la cena?

—No tengo problemas con el dinero. Y desde que cuido a mi vecina por las noches, menos. Mi padre me envía lo suficiente. Está encantado de tenerme lejos.

—Eso no será verdad.

—Me temo que sí lo es. Pero no importa, yo también quiero estar lejos de él y de su casa.

—Que es la tuya.

—No, esta es la mía. Aquella es la suya y la de su nueva mujer.

—Que no es tu madre.

—No. Mis padres se separaron hace cinco años. Mi madre estaba enferma, tenía un cáncer, y él se buscó otra sana y más joven. Cuando mi madre murió hace cuatro años, yo estaba aún en el instituto y todavía era menor de edad. Tuve que vivir con él año y medio, hasta que comencé la carrera. Le dije a mi padre que quería estudiarla fuera de Almería. Estaba deseando salir de allí. Y a él le pareció estupendo. Mujer nueva, familia nueva. Y le encanta tener lejos todo lo que le recuerde a la antigua, incluida yo. Apenas le he visto dos o tres veces desde entonces. Me paga bien por librarse de mí.

—Hablas con mucha amargura.

Ella se encogió de hombros.

—Aunque comparto piso con dos compañeras, en lo que se refiere a mi familia vivo sola e independiente. Eso tiene sus ventajas. Pero echo de menos a mi madre. Ella tenía una herboristería, creo que ya te lo dije. Cada vez que me tomo una infusión me acuerdo de ella, la verdad es que cada día me acuerdo de ella. También solía preparar unos platos de verduras estupendos. Lograba hacer que esas comidas tan poco atractivas resultaran deliciosas preparadas por ella.

—¿Como este revuelto?

—Este revuelto es una invención mía, una improvisación de esta noche. No esperaba tener invitados.

—Pues está muy bueno.

—Gracias.

—¿Y a tu padre? ¿No lo echas de menos?

—Intento borrar a mi padre de mis pensamientos y de mis afectos.

—¿Por qué? Es tu padre.

—Él no me considera su hija.

—¿Estás segura? El que se haya casado otra vez no quiere decir que no te quiera, Inma.

—No lo entiendes. Eres un tío y piensas como todos los tíos.

—Explícamelo.

—Es duro ver que tu padre, el héroe de tu infancia, tiene los pies de barro y se desmorona a la primera dificultad. Yo entiendo que una esposa con cáncer es duro de llevar, que el sexo se corta bruscamente, y que convives continuamente con una persona enferma. Que dejas de tener mujer. Pero joder, él sabía, ambos sabíamos, que el cáncer de mi madre era terminal y que no iba a durar más de un año. Podía haber esperado para librarse de ella hasta que hubiera muerto. Y mi madre hubiera muerto feliz y arropada por su familia, no tirada como un trasto viejo. Yo era la única que estaba junto a ella cuando murió. Le llamé pero no vino. Su nueva mujer se hubiera puesto celosa de mi madre, dijo. Nunca se lo perdoné, ni a él ni a ella. Y fue muy duro irme a vivir a su casa después. Ninguno de los dos quería tenerme allí, así que aproveché la primera ocasión para largarme. Y no pienso volver. Si cuando termine la carrera no encuentro trabajo pronto como abogado, limpiaré escaleras si hace falta, pero no volveré. Y ahora basta de hablar de mi padre, ¿quieres? No es un tema grato para mí.

Se hizo el silencio, que ambos aprovecharon para comer. Inma sentía clavada en ella la mirada de Raúl durante todo el rato y ella podía adivinar sus pensamientos. Sabía que se estaba preguntando si aquella invitación era solo debida a la lluvia y tenía que reconocer que también ella se estaba preguntando lo mismo. Por primera vez en meses sentía que no le odiaba, que volvía a ser para ella el Raúl del día antes de que se enrollara con Alba. ¡Ojalá la lluvia cesara pronto y él se marchara! ¡Ojalá dijera algo que la hiciera enfadarse con él de nuevo! Pero Raúl seguía allí, comiendo y mirándola en silencio y sonriéndole cada vez que sus ojos se encontraban.

«¡Maldito seas, no me sonrías así...! Di una capullada, haz algo que muestre al Raúl de antes, al de siempre», pensó.

Terminaron de cenar e Inma preparó una infusión que tomaron calentándose las manos con ella. Después, llevó los vasos y los platos al fregadero y empezó a lavarlos. Raúl se asomó a la ventana y contempló el agua que golpeaba con furia los cristales, impulsada por fuertes ráfagas de viento, y permaneció allí sin saber qué hacer, sin saber qué decir, sintiendo que debía marcharse y, sin embargo, esperando que le invitara a que no lo hiciera.

Sintió la presencia de Inma a su lado sin que sus pasos la hubieran anunciado.

—Sigue diluviando...

—Sí. Más que antes, diría yo.

Ella guardó silencio, luchando contra las ganas de pedirle que se quedara. Respiró hondo y Raúl pareció leerle el pensamiento, porque se volvió hacia ella y alargando una mano le acarició la mejilla con el dorso de los dedos, muy despacio, temiendo que en cualquier momento ella protestara.

Inma quiso permanecer impasible, pero no pudo evitar un ligero estremecimiento, que a Raúl no le pasó desapercibido. Se quedó quieta mientras veía la cara de él acercarse a la suya, inclinarse sobre ella, y esperó con el corazón golpeándole furioso en el pecho el contacto de sus labios, pero apenas estos rozaron los suyos, volvió a ser dueña de su voluntad y apartó la cara. Él se quedó quieto a pocos centímetros de su boca, aún con la mano apoyada en su mejilla.

—¿Por qué eres tan dura conmigo? —le preguntó en un susurro—. Tú también lo deseas, lo sé...

Inma no lo negó. Solo dijo, apartándose un poco más y retirándole la mano de su cara:

—Ya me destrozaron el corazón una vez. No permitiré que vuelva a pasar.

Raúl se volvió de nuevo hacia la calle y fijó la mirada a través del cristal empañado por la lluvia.

—¿Quién fue?

—¿Qué importa?

—A mí me importa.

—Un chico del instituto. Yo tenía diecisiete años y ni siquiera me había fijado en él hasta que mis amigas me dijeron que me miraba mucho. Me persiguió, me acosó, me lo encontraba en todos los sitios adonde iba, me llamaba por teléfono. Consiguió que me fijara en él, que me gustara y empezamos a salir juntos. Mis padres acababan de separarse, yo me había ido a vivir con mi madre y ella estaba muy enferma ya. Yo me sentía muy sola, con mi familia rota, sin afecto. Mi madre bastante tenía con superar el dolor... Me enamoré como una loca, como solo una adolescente puede hacerlo. Me volqué en él, le entregué mi alma y mi cuerpo, mis sueños, mi vida entera... y un día, de repente, me dijo que se había acabado, que se había cansado de mí. Que nunca pasaba mucho tiempo con la misma chica y que ya estaba harto de las rubias, que ya le tocaba una morena. Estábamos en el mismo instituto, vivíamos en el mismo barrio. Tuve que verle con su morena día tras día y con una pelirroja poco después.

Se volvió a medias hacia Raúl y añadió:

—No me volverá a pasar.
—Inma, todos los hombres no son iguales.
Ella clavó en él una mirada dura.
—Yo no he conocido a ninguno que sea diferente... aún.
—Ya sé que tienes motivos para pensar así... que yo no te he demostrado precisamente lo contrario, pero Inma, la gente cambia... y madura.
Ella apoyó la frente contra el frío cristal y no contestó. Raúl suspiró.
—Bien, es tarde. Es hora de que me vaya. Por mucho que espere la lluvia no va a amainar.
—Puedes quedarte en el sofá si quieres. A Carmen no le importará.
—No, es mejor que me vaya.
—Me sabe mal que te marches con este tiempo.
—No te preocupes, no es más que agua. Y el agua no le hace daño a nadie.
Cogió el chaquetón que había dejado sobre la silla y se lo puso. En silencio, Inma le acompañó hasta la puerta.
—Gracias por la cena.
—Gracias a ti por acompañarme. Y por comprender...
—No comprendo nada, solo espero. Espero a que seas tú la que comprenda lo que significas para mí. Buenas noches —dijo agachándose y besándola en el pelo.
A continuación abrió la puerta y salió a la noche desapacible y lluviosa. Inma volvió a la ventana y le vio alejarse, perdiéndose en la neblina y la oscuridad. Se llevó una mano a la cara cortando el paso a una lágrima silenciosa. Había estado a punto de ceder, pero afortunadamente en el momento en que sus labios se rozaban había logrado recobrar la imagen de Raúl la noche que le confesó que se había enrollado con Alba. Y había sido suficiente. Había hecho lo que debía; lo que quería. Pero se sentía terriblemente desgraciada.

# 28

El profesor entró en la clase y todos, un poco nerviosos, se prepararon. Durante una semana habían estado trabajando y urdiendo una autodefensa de tema libre, y no sabían a quién le iba a corresponder presentarla en público. La clase iba a representar un juicio y uno de ellos tendría que asumir su propia defensa delante del resto, que constituiría el jurado. El profesor se limitaría a actuar como moderador.

—Bien, señores... —dijo el hombre—. Iba a echar a suertes quién debía salir al estrado, pero hay un voluntario. ¿Están de acuerdo o prefieren que sea la suerte quien decida?

La mayoría de las miradas se concentraron en Susana, que negó con la cabeza, mientras un murmullo de alivio se extendió por toda el aula. Estaban saturados de trabajo y casi nadie había podido preparar bien el trabajo.

—Bien, en vista de que no hay ninguna objeción, le pediré al señor Raúl Hinojosa que proceda.

Susana y Fran se miraron. ¿Raúl? ¿Él se había ofrecido voluntario para exponer un trabajo como aquel?

El aludido se levantó y colocándose frente a la pizarra, se enfrentó a la clase. Inma sintió que la miraba fijamente antes de comenzar.

—¿De qué delito se le acusa? —preguntó el profesor antes de que iniciara su charla.

Muy serio, Raúl contestó.

—Me enfrento a una demanda de divorcio por adulterio.

—¡Joder! —exclamó Maika bajito. Lucía le dio un codazo para hacerla callar ante la mirada severa del profesor, que dijo:

—El jurado debe permanecer en silencio.

Inma, que había estado mirando a Raúl desde que subió al estrado, bajó la vista y la clavó en los folios en blanco que tenía delante.

—¿Se declara a sí mismo culpable o inocente de la acusación?

Inma escuchó la voz clara y firme de Raúl, contestando.

—Culpable. Soy culpable. Pero quisiera alegar algunos atenuantes.

—Bien. Diríjase al jurado.

Raúl avanzó unos pasos y se colocó justo delante de Susana.

—En primer lugar explicaré los hechos, pero quiero hacer constar antes que quiero a mi mujer. Pero desde hace algún tiempo estamos algo distanciados. Durante una serie de meses hemos sido más dos amigos que una pareja y no ha habido sexo entre nosotros.

Paseó la mirada entre todos los miembros de la clase como hubiera hecho con un jurado de verdad y siguió hablando.

—Llevaba meses así cuando una noche salí con un amigo a tomar unas copas, a decir verdad, bastantes. Me emborraché y me encontré con una conocida. Llevaba sin sexo mucho tiempo y cuando me quise dar cuenta me encontré en la cama con ella. Al regresar a casa se lo conté a mi mujer y ella... ella presentó una demanda de divorcio. Esos son los hechos escuetos y no tengo ninguna justificación para ello. Solo diré en mi defensa que mi debilidad fue debida al alcohol y que sin él no habría sucedido jamás. De esto han pasado ya varios meses y sigo siéndole fiel a mi mujer a pesar de todo, a pesar de la demanda de divorcio y a pesar de que mi infidelidad parece haber terminado con la posibilidad de una reconciliación entre nosotros. Y posiblemente creerán que estoy aquí para librarme de pagar la pensión, pero no es así. Si el divorcio llegara a hacerse efectivo le daré lo que pida. Solo estoy aquí para decirle lo que no quiere escuchar en privado. Para convencerla de que la quiero y de que lo que hice no tiene nada que ver con el amor. Que nunca he querido a nadie más que a ella y que le seré eternamente fiel si me perdona.

Inma levantó los ojos del papel sobre el que garabateaba y los clavó en Raúl por un momento. Sus miradas se encontraron, los ojos de él brillantes y apasionados, los de ella fríos e irritados. Inma tenía agarrado el bolígrafo con tanta fuerza que los nudillos estaban blancos por la tensión. Deseaba salir de la clase, escapar de allí, de las palabras de Raúl, de su tono de voz sincero y convincente.

—Yo no quiero el divorcio —continuó él—. Yo solo quiero arreglar las cosas. Sé que no es fácil perdonar y mucho menos olvidar, pero si ella me da la oportunidad de hacerlo, le demostraré que soy sincero y que estoy profundamente arrepentido. Que desde que la conozco no ha habido otra mujer para mí, a pesar de que haya tenido una aventura. Solo una y de una noche, y que el alcohol hizo que no comprendiera el alcance de lo que hacía ni de lo que podía perder. Sé que podría haber callado y mi mujer quizá nunca hubiera llegado a saberlo y con el tiempo hubiéramos arreglado nuestras diferencias, pero no podía ni quería mentirle. Siempre he sido sincero con ella y esa aventura hubiera pesado entre los dos, aunque quizá para mí hubiera sido más fácil y probablemente no estaría hoy aquí tratando de defenderme. Pero no quería añadir la mentira a la traición. La quiero y la respeto demasiado para eso.

Inma apretó los ojos con fuerza tratando de contener unas lágrimas que empezaban a quemarle en los ojos. Recurrió a toda su fuerza de voluntad y a la rabia para hacerlo, y consiguió dominarse. Trató de desengancharse de las palabras de Raúl, pero no pudo. Él continuaba hablando y cada sílaba la golpeaba en el cerebro impidiéndole evadirse.

—Sé que le he hecho daño —continuó él—, y no espero que me perdone sin más, como si nada hubiera pasado. Sé que tengo que pagar por lo que hice y estoy dispuesto. Solo le pido que me dé una segunda oportunidad, que no se aleje cada día más de mí, que no cierre la posibilidad de que esto pueda arreglarse algún día. Sé que necesita tiempo y yo estoy dispuesto a darle todo el que quiera, a seguir ahí, a seguir siéndole fiel hasta que decida perdonarme. Solo pido que todo esto se detenga y que no actúe movida por la rabia y el dolor que ahora siente.

Raúl respiró hondo y retomó el hilo de su acusación, olvidado por un rato.

—Sé que el jurado piensa que todo esto lo digo para conseguir un atenuante que me ahorre dinero en la pensión, pero no es así. No me importa el dinero; daría todo cuanto tengo para borrar lo que hice y conseguir que mi mujer vuelva a confiar en mí, como sé que alguna vez confió, aunque ahora se empeñe en negarlo.

Hizo una pausa y el profesor aprovechó para avisarle:

—Le quedan cinco minutos.

—Ya he dicho todo lo que tenía que decir. Solo me queda añadir, una vez más, que la quiero.

—Bien, señor Hinojosa. Una buena exposición. El jurado tiene diez minutos para deliberar. Puede esperar fuera mientras tanto.

Salió de la clase y escuchó un murmullo a sus espaldas mientras lo hacía. Al pasar junto a Inma clavó la vista en ella, pero esta mantenía los ojos bajos y una expresión absorta, como si estuviera muy lejos del aula y de cuanto la rodeaba.

Cuando volvió a entrar, diez minutos más tarde, volvió a subir al estrado para recibir el veredicto.

—El portavoz del jurado, que proceda.

Maika se levantó y, mirando fijamente a Raúl, dijo:

—Puesto que el acusado no ha alegado inocencia en ningún momento, se le declara culpable de adulterio, pero consideramos el alcohol y la falta de sexo, así como el hecho de que las relaciones entre él y su mujer no fueran óptimas en el momento en que se produjo, como atenuantes. Este veredicto ha sido unánime —añadió mirándole fijamente.

Raúl dirigió su mirada hacia Inma, que seguía rehuyendo la suya.

El profesor se levantó y se dirigió a la clase.

—La cuantía de la pensión y los pagos los designará el juez. Bien, señor Hinojosa, una defensa brillante. —Y añadió sonriendo—: Si yo fuera su mujer, le perdonaría.

—Gracias, señor.

—Venga conmigo al despacho, quisiera hacerle algunas indicaciones respecto a la exposición. Hay algunos defectos de forma que debería corregir para una próxima vez.

Raúl vio cómo Inma ya tenía recogidas sus cosas y salía precipitadamente de la clase.

—Tengo una clase a continuación, señor —dijo deseando librarse del profesor.

—Serán solo unos pocos minutos.

—Bien —dijo resignado.

Acompañó al hombre y diez minutos después, cuando regresó, Inma ya no estaba. Se acercó a Maika y le preguntó:

—¿Dónde está Inma?

—Se ha marchado.

—¿A su casa? ¿Ya no tiene más clases?

—Sí, pero le dolía la cabeza. —Le miró fijamente y añadió—: Esta vez te has superado, tío. Jamás creí que te oiría decir en público tantas «cursiladas» juntas.

—Es un trabajo de clase.

—Para el profesor quizá. Pero no para Inma. ¿Cómo se te ha ocurrido hacer algo así? Si lo que pretendías era impresionarla, lo has conseguido. Nunca la he visto tan afectada, ni siquiera cuando te liaste con Alba.

—Yo no pretendía impresionarla, solo quería decirle lo que siento. Pero ella no me da la oportunidad, insiste en que no tengo que darle ninguna explicación y que no le importa. Pero todos sabemos que no es así. Al menos, yo lo sé. De verdad que no sé qué hacer para llegar a ella. Pensé que si le pedía perdón en público de una forma más o menos discreta, comprendería que he cambiado y cuánto me importa.

—No sé, Raúl, si ha sido buena idea. Cuando se ha marchado iba muy pálida y muy seria.

—¿Ha dicho que iba a su casa?

—Sí, eso ha dicho.

—Iré a hablar con ella.

—¿Quieres que te acerque? —le preguntó Fran.

—No hace falta, cogeré un taxi.

Un cuarto de hora más tarde llamaba al portero automático de Inma. No sabía si ella había llegado ya, o si ni siquiera había ido a su casa. Pero pocos minutos después el portero carraspeó y la voz de Inma al otro lado le llegó clara.

—¿Sí?

—Soy yo.

Se hizo un breve silencio.

—Vete.

—No hasta que hablemos.

—Yo no tengo nada que hablar contigo.

—Si estás enfadada abre y déjame entrar. Dímelo a la cara.

—No quiero hablar contigo, ya te he dicho que te largues.

—No me iré. Apoyaré los dedos en el timbre y fundiré el portero si hace falta hasta que me abras.

Un segundo después el chasquido de la puerta le dejó el paso libre. Subió los escalones de dos en dos y al llegar ante la puerta de Inma esta se abrió y él pasó al interior. Los ojos de ella, cargados de furia, le esperaban al otro lado.

—Estás enfadada... No es eso lo que pretendía. ¡Joder, no acierto contigo haga lo que haga!

Inma cerró la puerta tras ellos. No le invitó a pasar, permaneció en el recibidor y le soltó de golpe:

—¡Pues claro que estoy enfadada! ¿Qué te crees? ¿De qué coño vas? ¿Cómo crees que me he sentido en medio de la clase viendo nuestras diferencias y nuestros problemas expuestos ante los ojos de todos, Alba incluida, desmenuzados públicamente, y además mostrándome a mí misma como la mala de esta película?

—Yo en ningún momento he dicho que fueras tú la mala de esta película. Soy yo el que se ha declarado culpable.

—Sí, tú eres culpable de adulterio con atenuantes, y yo soy culpable de no perdonarte sin atenuantes, ¿no es eso? Yo soy la fría, la insensible, la hija de puta que no te perdona... y tú eres el pobrecito Raúl, el que está sufriendo. Te recuerdo, cabrón, que fuiste tú el que se lio con Alba, no yo —dijo con los ojos llenos de lágrimas por primera vez, delante de él—. Yo estaba en mi casa, estudiando como una gilipollas, mientras tú te emborrachabas y te tirabas a la tía más puta de la clase... y te esmeraste de lo lindo, maldito seas, toda la facultad sabe que hiciste que se corriera tres veces seguidas. Si el alcohol y la falta de sexo son un atenuante para ti, corre y vuelve a beber hasta caerte redondo y tíratela otra vez... lo está deseando... y déjame a mí en paz.

Raúl entornó los ojos y dijo bajito:

—Bien, suelta por fin todo lo que llevas dentro, te está haciendo daño. Nos está haciendo daño a los dos.

—Deja de hablar de nosotros en plural.

—No puedo hablar de otra forma, y ahora menos. Al fin admites que te hice daño, que sientes algo por mí. Aunque solo haya servido para esto, me alegro de lo que he hecho hoy.

—¿Te alegras? Pues yo no. No tenías derecho a decir públicamente lo que has dicho. Ni a pedirme perdón, ni a forzarme a concederte atenuantes como parte del jurado.

—Nadie te ha obligado a eso.

—¿Ah, no? Joder, serás un abogado condenadamente bueno, has logrado impresionar a toda la clase, el profesor incluido. Todo el mundo te ha dado los atenuantes... me habrían apedreado si yo no hubiera estado de acuerdo. Y lo que es aún peor, hijo de puta: me has hecho sentir terriblemente mal por no poder perdonarte.

—Lo siento. Solo pretendía decirte lo que significas para mí. Ya no sé qué hacer para llegar hasta ti. Estoy desesperado, te siento cada día más lejos y temo perderte. De verdad que no sé qué hacer.

—Nada. No quiero que hagas nada. No puedes perderme porque nunca me has tenido y nunca me tendrás.

—No me digas eso... por favor, no. Te prometo que no volveré a hacer nada que te haga sentir mal, que nunca volveré a ponerte en una situación como la de hoy, que de verdad me conformaré con ser tu amigo.

—¿Mi amigo? —trató de bromear ella, luchando por seguir conteniendo las lágrimas que pugnaban por desbordarse de sus ojos—. Tú no quieres ser mi amigo, tú lo que quieres es meterte en mi cama.

—No...

—¿Que no? Si yo ahora mismo te dijera que te acostaras conmigo, ¿lo rechazarías?

—Si supiera que no es lo que realmente quieres, sí, lo rechazaría.

—¡Vamos, Raúl, tú jamás le dirías que no a un polvo! Y menos viniendo de mí. Sé que has hecho una cuestión de orgullo conseguirme. Y este número que has montado hoy es otro burdo intento para lograrlo.

—Te equivocas. Lo de hoy solo ha sido una forma de decirle al mundo entero lo que siento por ti y de intentar que tú comprendas que no soy el que era. El antiguo Raúl jamás te hubiera pedido perdón en público ni te habría dicho que te quiere. Perdóname, no volveré a hacerte daño, te lo juro.

Una lágrima escapó al fin al férreo control de Inma y se deslizó por su mejilla. Raúl alargó la mano y la limpió con el pulgar. Contra lo que esperaba, Inma no rechazó la caricia.

—¿Que no me harás daño? No has hecho otra cosa desde que te conozco.

Raúl dio un paso para cubrir la distancia que les separaba y alargando los brazos la rodeó con ellos. Por un momento, Inma enterró la cara en su hombro y lloró.

—Lo siento. De verdad que nunca he querido hacerte daño. Que haría cualquier cosa por borrar lo que hice. No llores, por favor... No llores.

La besó en el pelo y en la sien. Las manos le acariciaron la espalda con suavidad.

—Perdóname.

—No puedo perdonarte, no quiero perdonarte. Sé que lo harás otra vez, que nunca podría estar segura de ti.

—Dame una oportunidad.

—No, no quiero... Todos los que quiero me hacen daño... hasta mi madre, la única persona que de verdad me quería, tuvo cáncer y me dejó sola cuando más la necesitaba. Mi padre, Jose... y tú, también tú cuando estaba empezando a confiar en ti.

Él deslizó los labios por la mejilla con suavidad.

—No puedo cambiar eso... lo haría si pudiera, te lo juro. Lo único que puedo prometerte es que no volverá a pasar.

—No puedo creerte... —dijo con voz ahogada.

Raúl ignoró su observación y siguió descendiendo por su cara hasta alcanzar su boca. Inma no se apartó, entreabrió los labios y permitió que Raúl deslizara la lengua en su interior. La besó lenta y profundamente, deslizando la mano por detrás de la nuca de Inma y acariciándosela con suavidad con la yema de los dedos. Con el otro brazo le rodeaba la cintura sin apretar, sin exigir, como sosteniéndola mientras su lengua exploraba su boca con suavidad en una muda promesa de seguridad, de lo que podría llegar a ser una relación entre ambos.

Inma sintió ganas de renunciar, de dejarse llevar, pero cuando él dejó de besarla y la miró a los ojos, algo se revolvió en su interior y se separó bruscamente.

—¡Déjame en paz! —pidió limpiándose las lágrimas de un manotazo—. Olvídate de mí. ¿Cómo tengo que decirte que no quiero nada contigo?

—No sientes lo que estás diciendo —dijo Raúl alargando las manos para volver a abrazarla, pero ella dio un salto hacia atrás colocándose fuera de su alcance.

—¡No me toques! —dijo con una nota histérica en la voz—. ¡Entérate de una vez... quiero que salgas de mi vida, que dejes de acompañarme a mi casa, que dejes de mojarte por mí, que dejes de ser amable y comprensivo! ¡Quiero que vuelvas a ser el capullo de antes!

—No puedo complacerte en eso, porque no soy el de antes —dijo él con voz apagada, dándose por vencido—. He cambiado, y he cambiado por ti, tanto si te gusta como si no. Con respecto a lo demás, de acuerdo. Te dejaré en paz si es eso lo que quieres. Siento haberte dado este disgusto hoy, de verdad que no era mi intención. No te diré que también lamento haberte besado porque eso no lo lamento en absoluto. Ya me voy, no te molesto más.

Inma abrió la puerta y le invitó a marcharse en silencio y Raúl dio media vuelta y se perdió escaleras abajo. Ella se quedó con la espalda apoyada contra la puerta cerrada y el corazón golpeándole con fuerza dentro del pecho, y con el alma dividida entre la angustia por la sensación de pérdida y la satisfacción de haber conseguido hacer lo que debía. Se repitió a sí misma una y otra vez que había hecho lo correcto, que Raúl le había fallado una vez y volvería a hacerlo si le permitía entrar en su vida. Que los hombres como él nunca cambiaban. Que volvería a hacer sufrir a su corazón por mucho que unos minutos antes lo hubiera hecho correr desbocado con su beso.

Raúl cumplió su promesa. Durante el resto de la semana, Inma apenas le vio en la facultad más que de forma ocasional, y siempre rodeados de compañeros.

Cuando Maika le preguntó al día siguiente si él había ido a verla le mintió y le dijo que sí, pero que no le había abierto la puerta y le había mandado al diablo. No quería que nadie supiera lo cerca que había estado de aceptarle, de perdonarle, ni lo sola y vulnerable que se sentía en aquellos momentos porque sabía que sus amigas tratarían de comerle el coco para que lo hiciera, y ella no estaba segura de poder soportar esa presión y seguir pasando de él. Porque no quería pasar de él, en realidad. Quería que volviera a abrazarla, que la besara otra vez, y sobre todo quería creerle cuando le juraba que no volvería a fallarle. Pero en el fondo de su alma, sabía que no podía fiarse, que no debía hacerlo.

El viernes estuvo tentada de no salir, de quedarse en casa para demostrarle a Raúl que hablaba en serio cuando le dijo que quería alejarlo de su vida, pero a pesar de que él parecía haber aceptado su decisión y se había mantenido apartado durante toda la semana, no estaba segura de que si no salía él no se presentara a hacerle compañía. Y si Raúl aparecía por su casa, estaba perdida. Su enfado se había ido evaporando desde el martes y el recuerdo del beso y del abrazo que habían compartido se hacía más presente a cada día que pasaba. De modo que consideró que era preferible verle rodeado de los demás. A la hora de regresar le pediría a Fran que la acompañara con el coche con cualquier excusa. No quería volver a estar a solas con Raúl, su resistencia se estaba resquebrajando por momentos, aunque jamás lo admitiría ante nadie.

Habían quedado para cenar, y se reunieron en Plaza de Armas. Cuando Inma llegó, con la hora justa porque a última hora había tenido que hacer unas compras y la cola del supermercado había sido terrible, se sorprendió de que ni Fran ni Raúl hubieran llegado aún.

—¡Uf! —exclamó—. Menos mal que no soy la última. Ya temía que me estuvierais esperando solo a mí.

—Te estamos esperando solo a ti. Fran y Raúl no vienen esta noche.

Inma sintió como si le acabaran de echar un jarro de agua fría por encima.

—¿Y eso? —preguntó con fingida indiferencia.

—A Fran le han quitado el bozal y la correa hoy, y han decidido recordar viejos tiempos y correrse una buena juerga los dos solos —dijo Carlos.

—¡No le hagas caso! —intervino Maika—. Fran me llamó para decirme que la madre de Susana está en cama con gripe y ella se ha ido al pueblo a mediodía, en cuanto terminó las clases. Y como va a ser pronto su cumpleaños, va a buscar un sitio especial donde llevarla para celebrarlo. Y Raúl va a acompañarle.

—Para que no se desmande, ¿no? —dijo Miguel riéndose.

—O para desmandarse los dos juntos, vete a saber... —corrigió Carlos.

—Que no, tío... —les defendió Lucía—. Solo van a buscar un restaurante. Y quizás un sitio donde tomar una copa.

Inma se sintió molesta. En el pasado ella habría sido la primera que hubiera seguido la broma, pero ahora maldita la gracia que le hacía.

Carlos la miró y le dijo:

—Lo siento, chica, hoy te quedas sin acompañante. Esta vez el dicho de que «dos tetas pueden más que dos carretas» no vale. Pero no te preocupes, yo te llevaré a casa, si quieres.

Inma protestó:

—No hace falta. Siempre me he ido a casa sola antes de que Raúl se empeñara en llevarme. Maika, Lucía y yo siempre cogíamos un taxi las tres. Nunca he necesitado a un tío para que me lleve a casa.

—Bueno, quizá no haga falta. A lo mejor encuentran pronto lo que van buscando y se reúnen con nosotros.

—Es posible —dijo, pero sabía que no sería así. De hecho estaba segura de que Fran ya tenía decidido adónde iba a llevar a Susana para su cumpleaños. Si aquella noche ninguno de los dos amigos estaba allí era porque Raúl estaba tomándose muy en serio su petición de dejarla en paz y de mantenerse a distancia, como había hecho toda la semana. Y de pronto sintió que no podía soportarlo; que echaba de menos su presencia junto a ella, su sonrisa y sus bromas. Como si le leyera el pensamiento, Maika dijo de pronto:

—Se echa de menos a esos dos, ¿verdad? Sin Raúl todo está demasiado tranquilo.

Inma no dijo nada, se limitó a seguir comiendo en silencio. Después se fueron paseando por la orilla del río hasta las escaleras del Capote, y se sentaron allí a tomar una copa. Inma se pidió un cubata para tratar de quitarse de encima la sensación de soledad y la inexplicable tristeza que sentía.

Se la tomó con tragos lentos, notando casi a cada momento que transcurría la necesidad y el deseo de que uno de los móviles sonara y Fran o Raúl preguntasen dónde estaban para reunirse con ellos.

—Estás muy callada tú esta noche —dijo Carlos sentado a su lado.

—Claro, no tiene a nadie a quien darle caña... —dijo Miguel.

—No es eso. Me duele un poco la cabeza. No iba a salir, pero pensé que me vendría bien despejarme un rato.

—Creo que descansas poco. Lucía me ha dicho que estás cuidando a una anciana por las noches.

—Solo tres noches a la semana y duermo por la tarde.

—Cuídate, ¿eh? Se te ve apagada y tristona últimamente.

—Solo cansada. Y me temo que eso no va a solucionarse hasta que terminen los exámenes.

—Sí, eso es verdad. ¡Uf...! Solo de pensar en lo que nos espera me entran escalofríos.

Se hizo un silencio general que nadie sabía cómo romper. Inma pensó que si Raúl estuviera allí eso no habría sucedido. Él siempre tenía algo que decir, era el alma que animaba las noches aunque solo fuera diciendo gilipolleces para que los demás respondieran.

Bebió otro trago de su vaso, consciente de que no había dejado de pensar en él ni siquiera un minuto en toda la noche. Y algo en su interior se encogió cuando se le ocurrió que quizá Raúl se tomara tan en serio sus palabras del martes que no volviera a quedar con ellos y saliera de su vida de verdad, de forma total y definitiva. Se mordió los labios. «¿Qué es lo que quieres, Inma? —se preguntó—. Aclárate de una vez.»

Porque estaba segura de que no quería empezar una relación ni una aventura con Raúl, pero tampoco quería no volver a verle más. Quería seguir teniéndole al menos como amigo.

La voz de Maika la sacó de sus pensamientos.

—¿Les ponemos un mensaje a esos para ver por dónde andan?

—¿Y si les cortamos algún rollo?

—Que no, tío. Fran no va a ponerle los cuernos a Susana. Y Raúl tampoco. Ya no van de eso ninguno de los dos. ¿Quieres ponerle el mensaje tú a Raúl, Inma? A lo mejor Fran va conduciendo.

—No, hazlo tú. Ya me he colado con el móvil este mes.

Maika cogió el pequeño teléfono y tecleó: «¿Dónde andáis? ¿No os estáis muriendo de aburrimiento sin nosotros?»

Pocos minutos después, le sonó el móvil. Inma pegó un respingo.

—Es Raúl.

—Pon el manos libres —dijo Lucía.

—Hola —contestó.

—Hola —respondió el chico.

—¿Dónde estáis?

—Pues me gustaría decirte que en Turquía, en un harén con cincuenta tías en pelotas bailando para nosotros, pero la verdad es que estamos perdidos por la sierra de Huelva, con un frío de cojones y más hambre que un musulmán en el Ramadán.

—¿Pero qué coño hacéis en la sierra de Huelva? ¿No ibais buscando un restaurante? ¿Acaso en Sevilla no hay?

—¡Ojalá fuéramos buscando solo un restaurante! Este, que se quiere follar a Susana delante de una chimenea el día de su cumpleaños, y no quiere admitir que a primeros de mayo no pega una chimenea. Ha encontrado un sitio por Internet con cabañitas y chimeneas y todo eso aquí, cerca de Aracena, y quiere comprobar cuánto baja la temperatura en la Sierra y de noche para saber si podrá encender el fuego.

—Bueno, dices que hace frío. Aquí la temperatura es bastante agradable para marzo.

—Sí, pero de aquí al tres de mayo puede hacer un calor de muerte, ya conoces Sevilla. La criatura se va a escaldar viva para satisfacer la fantasía del salido este. Que no se le podría haber ocurrido traerla en enero, digo yo.

—A Susana no le importará. A las mujeres nos encantan ese tipo de cosas, aunque pasemos calor.

—Las mujeres sois más raras que un perro verde. En fin, que

aquí estamos, buscando el sitio desde hace dos horas por lo menos. Hemos dejado la carretera principal, pero no logramos encontrar el sitio, o nos lo hemos pasado, no lo sé. El caso es que hace mucho rato que no vemos ni una puta casa, y mucho menos un complejo hotelero. Lo único que sé es que no hacemos más que dar vueltas por carreteras oscuras como boca de lobo sin comer y sin nada. Esto de la amistad es una cosa muy dura.

—Pues nosotros hemos comido pizza y ahora nos estamos tomando un cubatita en el Capote.

—¡No me lo digas, que se me están liberando todos los jugos gástricos solo de oírlo! Este me prometió invitarme a un churrasco ibérico y lo único que me ha dado hasta el momento es aire. Si mañana no hemos aparecido llama a mi padre y que me busque por los calabozos de la zona, porque como nos encontremos con una fábrica de jamones, por mis muelas que la asalto y me lío a mordiscos con todo lo que encuentre.

—¿Incluido el guarda? —preguntó Carlos.

—Si está rollizo, también cae. Hombre, allí se ven unas luces. A ver si con un poco de suerte encontramos un sitio civilizado donde nos den aunque sea un bocata.

—Bueno, que haya suerte. Llamad cuando volváis, ¿vale? Para que sepamos que estáis bien.

—Yo estaré bien, pero a este me lo cargo en cuanto suelte el volante.

—Hasta luego.

Maika cortó la llamada y todos se echaron a reír ante la situación de sus amigos.

—Desde luego que este Fran tiene unas cosas...

—¿Tú crees que va a llevar adelante lo de la chimenea?

—Faltaría más, con lo cabezota que es. Aunque tenga que sobornar a San Pedro para que mande una nevada en mayo.

—Pobre Raúl, con lo mal que lleva el no comer. Pero si se trata de Fran, siempre le apoya.

—Sí, protesta y gruñe, pero siempre está ahí.

—La verdad es que Raúl será todo lo que quieras, un capullo y un bocazas a veces, pero a la hora de demostrar amistad, no le gana nadie —dijo Carlos.

—Es que él y Fran son amigos desde pequeños. Han pasado juntos por el colegio, el instituto y ahora la facultad —dijo Inma.

—No se trata solo de Fran, sino de cualquiera —añadió Carlos—. A mí no me conoce más que desde el año pasado y cuando hace unos meses tuve un problema con una chica... bueno, estuvo ahí todo el tiempo, llamándome, saliendo conmigo, incluso quedándose a dormir en mi casa e invitándome a la suya hasta que lo superé. Si consigues su amistad, estará ahí siempre.

—Espero que consiga su churrasco.

Continuaron tomándose su copa tranquilamente y a las dos y media se dispusieron a irse a casa.

Inma, Maika y Lucía iban en el taxi cuando recibieron una llamada de Raúl diciendo que estaban de vuelta y que habían comido unos bocadillos y que al fin Fran se había desengañado de buscar una chimenea para mayo. Quedaron en verse al día siguiente.

Inma se sintió ligeramente decepcionada de que ni siquiera hubiera preguntado por ella. Se limitó a mandar un saludo general para todos y nada más.

Cuando llegó a su casa estaba triste y deprimida, sintiendo que la noche había sido un completo fracaso y consciente de que pocas veces en su vida se había sentido tan sola como aquella noche.

Al día siguiente por la tarde se reunieron en la puerta de la bolera. Inma trató de parecer indiferente, pero sus ojos no hacían más que desviarse hacia el final de la calle, para ver si Raúl aparecería o no. Aunque la noche antes él se había despedido con un «hasta mañana», no estaba segura de que no fuera a tomarse al pie de la letra lo de alejarse de ella, y lo hiciera de forma total. Y se sentía aterrada de que pudiera hacerlo.

Al fin le vio llegar y respiró aliviada. A partir de ese momento, su mutismo se convirtió en alegre charla, a pesar de que él no hizo el menor intento de acercarse a ella como hacía siempre. Ni siquiera repartió su habitual ronda de besos a todas las chicas, sino que se limitó a saludar.

Se formaron los equipos, hombres contra mujeres, como siempre, y comenzaron a jugar. Raúl la ignoró totalmente, como si no estuviera allí, como si fueran dos extraños. Se dedicó a charlar con todos menos con ella y cuando terminó la partida y se fueron a cenar, ignoró la silla vacía que había a su lado y se sentó lo más lejos posible, al lado de Lucía. Aquella noche, Maika había convencido a Javi para que saliera con ellos, y Raúl, que lo tenía sentado enfrente, se dedicó a darle conversación.

Cuando salieron del McDonald's y de camino a La Alameda para celebrar su botellón habitual, Inma tenía muy claro que no quería pasar el resto de la noche sin que Raúl le dirigiera la palabra y se acercó al grupo que formaban él, Fran y Lucía. Estos dos últimos se quedaron rezagados discretamente, dejándoles solos. Raúl guardó silencio mientras caminaban.

—Raúl, me gustaría hablar contigo sobre el martes... sobre lo que te dije.

—¿Te refieres a lo de que te dejara en paz y que saliera de tu vida? ¿Qué pasa, que tampoco eso lo estoy haciendo bien? Creo que estoy cumpliendo lo que me pediste, ¿no? No me he acercado a ti, no me he sentado a tu lado y tampoco voy a llevarte a casa esta noche. ¿No es suficiente? ¿O lo que quieres es que deje de salir con vosotros para no verme? Si es eso, no tienes más que decírmelo y ni siquiera llegaré a La Alameda. No deseo estar donde no me quieren.

—No, no es eso. Quisiera que olvidaras mi... no sé cómo llamarlo. Solo quiero decirte que yo no soy la Inma llorona y quejumbrosa que viste. Tenía la regla y era el aniversario de la muerte de mi madre. Me pillaste en un mal día.

—¿Tratas de decirme que la Inma verdadera es la reina de los hielos? ¿Que la que dejaste asomar el otro día no es real?

—Sí.

—Bien, como quieras. Aunque yo preferiría quedarme con la otra.

—Esa otra no existe más que en tu imaginación.

—Si tú lo dices, será verdad.

—¿Estás enfadado conmigo?

Él la miró por un momento y ella pudo ver amabilidad en su mirada y una sonrisa cansada en su boca.

—No, no lo estoy.

—Quisiera que volviéramos a ser amigos...

—Nunca hemos dejado de serlo.

—¿Volverás a acompañarme a casa?

—Por supuesto. El día que desees expresamente que lo haga, no tienes más que decírmelo. Tenías razón el martes, este acoso mío no tiene sentido. Te dejaré en paz, y si algún día tienes algo más que amistad que ofrecerme, solo dímelo. Yo estaré ahí.

Inma sintió que unas lágrimas estaban a punto de escapársele, y se mordió los labios con fuerza.

—De acuerdo —dijo. Y se volvió hacia Fran y Lucía, que venían tras ellos—. ¿Qué sabes de Susana? —preguntó.

—Haciendo de enfermera, espero que no pille el virus ella también.

Se reunieron los cuatro y la conversación se hizo general. A la hora de marcharse, Raúl no dijo ni una palabra de acompañarla y las tres amigas tomaron un taxi como la noche anterior.

## 29

*Sevilla. Abril, 2000*

Susana vio acercarse a Fran con el móvil en la mano después de haberlo usado y cara de enfado, y sin haberle escuchado aún, supo que les iban a amargar la tarde.

—¿Qué ocurre? —le preguntó. Él, con gesto de enfado, le saltó al instante.

—Me ha llamado mi madre porque el coche la ha dejado tirada en Carmona. Lo ha llevado al taller pero tengo que ir a recogerla y luego llevarla a no sé dónde. Me temo que nuestros planes de comer en el parque y regresar luego a la facultad para estudiar se nos han ido a la mierda.

Susana se esforzó por sonreír como hacía siempre que les surgía algún inconveniente y trató de calmarle. El carácter impulsivo de Fran le hacía enojarse mucho con cualquier contratiempo, sobre todo si les hacía cambiar los planes que tenían juntos, y Susana trató de calmarle lo mejor que pudo. Sabía que si iba enfadado conduciría muy brusco y mordería literalmente cuando se reuniera con su madre. Y no quería incrementar la animadversión que Magdalena sentía por ella. Por mucho que le disgustara también no poder disfrutar el ansiado almuerzo campestre. No le dijo que se había levantado media hora más temprano para preparar la tortilla de calabacines que a él tanto le gustaba, en vez de comprar los bocadillos en la tienda cercana, como habían planeado, y trató de quitar hierro al asunto.

—Bueno, ¿qué le vamos a hacer? No te preocupes, otro día será.

—Joder, es que es mala suerte. Llevamos semanas de mal tiempo y hoy podría decirse que es el primer día bueno de la primavera.

Susana levantó las manos y dirigiéndolas hacia la boca de Fran le levantó la comisura de los labios, que tenía apretados en una dura línea.

—No pasa nada. Sonríe... Habrá más días buenos, ya verás.

—Es que es jueves y este fin de semana te vas el viernes después de clase y ya no te veré hasta el lunes.

—Me vendré el domingo en el autobús de las cuatro, ¿vale? Merche que se quede con Isaac hasta después de la cena si quieren.

Él sonrió y le pellizcó la cara.

—Tienes la facultad de quitarme los enfados siempre. ¿Cómo lo haces?

—Porque no estás realmente enfadado, solo contrariado. Anda, olvida el tema y ve a buscar a tu madre. Y no te preocupes, comeremos juntos el lunes, si no en el parque en cualquier otro sitio. Y dejaré que me invites.

Fran lanzó una breve carcajada.

—Te tomo la palabra.

Se agachó, la besó ligeramente en los labios y se despidió.

Cuando Susana le perdió de vista, apretó los labios y se dispuso a intentar superar su propia frustración. Apretó la bolsa que contenía el *tupper* con la tortilla contra el costado y pensó que ya tenían cena.

Cuando salía de la facultad se encontró con Inma.

—¿Qué le pasa a Fran? Creía que ibais a comer juntos, pero le he visto salir a toda pastilla y apenas me ha saludado. ¿Estáis de morros?

—¡No, qué va! Su madre, que se ha quedado sin coche y le ha llamado para que la recoja y le haga de chofer toda la tarde. Nos ha jodido los planes una vez más.

—¿Una vez más?

—No es la primera vez que ocurre algo parecido, y yo tengo la impresión de que no es una casualidad. No creo que Fran se haya dado cuenta, pero yo estoy casi segura de que lo hace a propósito. Íbamos a comer en el parque, hace un día tan bonito... Y yo había hecho hasta su tortilla de calabacines preferida. Menos mal que no le he dicho nada, si no se hubiera cabreado mucho más. Me la volveré a llevar a casa y la dejaré para la cena. ¡Qué le vamos a hacer...!

Inma se encogió de hombros y susurró:

—Bueno, yo no soy Fran, y ya sé que no es lo mismo, pero si te apetece comer en el parque y quieres compartir la tortilla conmigo...

La cara de Susana se iluminó.

—¿En serio? ¿Te apetece?

—Sí que me apetece.

—Pues vamos entonces.

Sacaron unas latas de la máquina y se fueron en dirección al parque. Se internaron en la espesura rehuyendo los lugares más concurridos y se sentaron en el césped, en un rincón mullido y agradablemente sombreado. Susana sacó la fiambrera, un cuchillo, dos piezas de pan ya cortado para meter la tortilla y las servilletas de papel.

—Chica, veo que vienes preparada.

—En verano me gusta mucho ir a comer a la playa.

Le tendió a Inma un bocadillo ya preparado.

—Oye, esto está buenísimo. Tienes que darme la receta.

—Es una tortilla de patatas normal, solo que lleva además un calabacín grande. Se la inventó mi hermana una noche que invité a Fran a cenar sin acordarme de que teníamos pocas patatas. Le echamos el calabacín para aumentarla, y resultó tan buena que desde entonces siempre la hacemos así. Él no sabe el motivo, cree que es una receta de la familia.

—Te guardaré el secreto. Oye, ¿en serio piensas que la madre de Fran intenta estropearos los planes?

—Sí que lo pienso. Probablemente es verdad que se le ha estropeado el coche, pero también lo es que se las hubiera podido apañar sin llamarle. Con toda seguridad hubiera podido conseguir uno de cortesía o un taxi o algo de eso. La última vez que Fran llevó su coche al taller, que es el mismo que el de su madre, le cedieron uno todo el tiempo que duró la reparación porque saben que vive en las afueras. Y si lo hicieron con él, no te digo con Magdalena, que es quien paga las facturas.

—Eso es verdad.

—A ella no le hace gracia que esté saliendo conmigo.

—¿Pero lo sabe? Creía que lo manteníais en secreto.

—Oficialmente, damos clase juntos y formamos parte de la misma pandilla. Pero no es tonta y seguro que se lo imagina. Fran pasa muchas noches en mi casa y aparece por la mañana. Finge no saberlo porque conoce a Fran y sabe que tratar el tema abiertamente solo serviría para que él se afiance en su postura. Yo creo que espera con paciencia a que esto acabe por sí solo. Pero no desperdicia la ocasión de estropear nuestros encuentros si puede. Como hoy.

—Es fuerte eso. ¿Y Fran no se da cuenta?

—No lo sé. Si lo hace a mí no me lo ha dicho. Aunque quizá sea por no disgustarme. La verdad es que desde que dejó plantada a la hija de su cliente, las cosas entre Fran y su madre están chungas... Y sé que él trata por todos los medios de que su madre no lo sepa cuando salimos los dos solos.

—¿Y a ti no te molesta eso?

—Tengo que reconocer que me gustaría que las cosas fueran de otra forma, sobre todo porque soy una persona a la que no le gustan las mentiras ni los secretos, pero soy consciente de que es mejor así. Yo tampoco les he hablado a mis padres de Fran. Cuando llego los fines de semana a casa hablo de mis amigos en general. Y Fran es uno más entre vosotros.

—Pero algún día tendrás que hacerlo.

—No sé si algún día habrá necesidad de hacerlo, pero de momento estamos bien así. Y nunca se sabe cómo acabará esto. No quiero buscarme complicaciones inútiles si no son necesarias.

—¡No te entiendo, hablas de acabar! ¿Acaso no van bien las cosas entre vosotros?

—Van de maravilla; estamos colados el uno por el oro.

—¿Entonces?

—La familia de Fran y la mía están en dos mundos distintos. Para su madre es una tragedia que se le estropee el coche o que se le rompa una uña porque empaña su imagen de dama perfecta. No sale a la calle con una ropa que no esté perfectamente conjuntada. Yo la he visto meterse en la cocina con un traje de marca y si se le mancha da igual, lo manda a la tintorería o lo tira y se compra otro. Mi madre cocina en bata y probablemente aguantará el abrigo viejo otro año más y dejará el dinero guardado por si viene una mala época, como el año pasado cuando Merche y yo tuvimos que mandar a casa parte del dinero que teníamos. Allí no tenemos coche, lo único que se puede estropear es el barco de mi padre y si sucede eso no comemos. Así de simple. No sé si algún día podremos unir esos dos mundos Fran y yo, por mucho que nos queramos. O si querremos hacerlo. Pero no quiero pensar en eso; ahora soy más feliz de lo que he sido nunca. Y pienso disfrutar de esta relación maravillosa hasta el último minuto, mientras dure.

—¿Piensas que no durará?

—No lo sé. Quizá Magdalena tenga razón y esto se vaya enfriando con el tiempo. No sé, Inma, ya te digo que no quiero pensar en eso ahora. Solo quiero vivirlo y ser feliz.

Inma le dio un fuerte bocado a su comida y añadió:

—Es estupendo que lo tengas todo tan claro. Yo lo estoy pasando fatal últimamente.

—¿Por Raúl?

Inma asintió.

—¿Por qué? Al fin se ha dado por vencido y te deja en paz. Es lo que querías, ¿no?

—Sí, es lo que quería —dijo abatida.

—Comprendo... Ya no lo quieres.

—Estoy hecha un lío, Susana. Ni yo misma sé lo que quiero. No dejo de repetirme que es lo mejor, que bajo ningún concepto quiero tener nada con él, pero...

—¿Pero qué? Puedes contármelo. Te aseguro que lo que me digas no saldrá de aquí. El que esté saliendo con Fran no significa que vaya a contarle nada de lo que me confíes.

—Ya lo sé. Es solo que... si te lo digo es como si lo admitiera ante mí misma.

—Hagas lo que hagas es absurdo que te mientas a ti misma, Inma. Venga. Desahógate. Quizá luego lo tengas todo más claro.

—Tengo que reconocer que le echo terriblemente de menos. Echo de menos que esté siempre a mi lado, que intente convencerme para que le perdone, que intente demostrarme continuamente que le importo. Aunque sé que si lo hace, que si continúa así acabará por convencerme.

—Y tú no quieres que te convenza. ¿O sí?

—No lo sé. Yo lo único que sé es que cuando pasan los días sin hablar con él, y las noches que salimos sin que me dirija la palabra más que de pasada, me pongo muy triste y me siento muy sola.

—Pues eso tiene fácil solución. Acércate tú y dale conversación. Demuéstrale que no te molestan sus atenciones ni sus intentos de ganarse tu confianza. Lo está deseando, ¿sabes? Se le nota a leguas.

—No puedo hacer eso... Ahora no.

—¿Ha pasado algo que no sepamos? La verdad es que su actitud nos ha sorprendido un poco a todas; no entendemos el porqué de ese cambio tan brusco.

—El día de la autodefensa me sentí muy afectada. Yo estaba muy sensible porque tenía la regla y era el aniversario de la muerte de mi madre. Además, llevaba unos días sintiéndome muy mal, desde la noche que llovía tanto y nos fuimos temprano de la bolera, ¿te acuerdas?

—Sí.

—Se empeñó en llevarme a casa... Cuando llegamos caía una auténtica tromba de agua y le invité a subir para ver si aminoraba. Cenamos y, por primera vez desde lo de Alba, empecé a sentir ganas de perdonarle. Creo que él lo notó, porque cuando terminamos de comer nos acercamos a la ventana a mirar cómo llovía... La tensión era fuerte, se notaba que los dos estábamos deseando echarnos en los brazos del otro, yo quería perdonarle, de verdad. Pero fue a besarme y yo me aparté. Y te juro que deseaba ese beso más que nada en el mundo. Pero en el momento en que nuestros labios se rozaron una parte malvada de mi cerebro me susurró al oído que yo no era para él más que otra Alba, y que cuando me consiguiera me mandaría al diablo. No pude permitirle siquiera que me besara. Se apartó sin insistir. Quizá si lo hubiera hecho yo habría cedido. Por una parte le agradecí que respetara mis deseos, y por otra... por otra hubiera querido que pasara de mí y me hubiera hecho cambiar de opinión a fuerza de besos. Y sin embargo yo lo quiero más por no haberlo hecho. Es irónico, ¿verdad? Sé que no hay quien me entienda.

—Claro que te entiendo. ¿Y qué pasó después?

—Llovía de una forma indecente, y le ofrecí quedarse a dormir en el sofá, pero no quiso. Se marchó bajo una lluvia torrencial y a mí se me partió el alma cuando lo vi desde la ventana perderse en aquella tromba de agua. Pero no fui capaz de llamarle para que regresara, aunque quería hacerlo. Me sentí mal durante mucho tiempo porque no me hizo ningún reproche a pesar de que estuvo unos días resfriado. Siguió como siempre, amable, complaciente, yo me estaba agobiando porque sentía cada vez más ganas de perdonarle, pero luego llegó el día de la autodefensa. Como ya te he dicho, me pilló de bajón. Cuando le vi allí en medio de la clase confesándose en público, pidiéndome perdón de aquella forma tan impensable en el Raúl de antes... Me fui a mi casa completamente hundida y enfadada a la vez, odiándole por estar de nuevo ganándose mi confianza. Y se presentó allí. No es verdad lo que os dije de que no le abrí. Subió y hablamos. Mi estado de ánimo hizo que me derrumbara, y admití por primera vez que me había hecho daño con lo de Alba, que me importaba, que sentía algo por él. Volvió a pedirme que le perdonara, me abrazó y nos besamos y yo... yo quería hacerlo, quería perdonarle, te lo juro. Pero no fui capaz. Hace años tuve una relación que me hizo daño; salí con alguien como Raúl y me dejó. El miedo pudo más, Susana, y me aparté brusca y le dije que me dejara en paz, que saliera de mi vida. Lo que no habían conseguido mis desdenes ni mis borderías lo pudieron mis lágrimas. Cuando pocos días después empecé a comprender que iba a hacerme caso, me sentí aterrada y traté de que olvidara lo ocurrido y volviéramos a donde estábamos, pero me dijo de forma muy amable que no volveríamos a lo de antes, que era mejor que las cosas siguieran así hasta que yo pudiera ofrecerle algo más que amistad. Y así estamos.

—¿Y tú qué quieres?

—Ya te he dicho que no lo sé.

—Sí lo sabes. Y es muy fácil, Inma. Si no quieres tener una relación con él, simplemente deja pasar el tiempo. Pero si quieres perdonarlo, por favor, Inma, hazlo ya. O puede que cuando quieras hacerlo sea tarde.

—¿Quieres decir que puede enrollarse con otra?

—No creo que se enrolle con otra, Fran dice que lleva vida de monje últimamente. Te estoy hablando de algo peor: puede dejar de estar enamorado de ti. Inma, el amor es algo que hay que alimentar, si no... Decide lo que quieras hacer y hazlo pronto.

—Sé lo que quiero hacer, pero no sé si seré capaz. Quiero perdonarle y que vuelva a besarme, quiero que sea mío. Me duele en el alma verle indiferente, coger un taxi para volver a casa con Maika y Lucía como si no le importase. Quiero echarme a su cuello y decirle que lo necesito, pero hasta ahora no he podido hacerlo. Cada sábado me digo que lo haré, que le pediré que me acompañe a casa y que cuando estemos solos le diré lo que siento... pero cada sábado cuando llega el momento vuelvo a sentir pánico de estar equivocándome y de que lo de Alba vuelva a pasar, y de que yo solo sea una más para él... y vuelvo a tomar el maldito taxi.

—No eres una más para él. Y no creo que lo de Alba vuelva a repetirse.

—Yo tampoco lo creo. Ahora. Pero cuando llega el momento... no sé qué me pasa.

—¿Por qué no te tomas un par de copas antes? Te aseguro que se pierden todas las inhibiciones. La noche del cumpleaños de Raúl yo me había tomado tres Malibú con piña y a pesar del miedo que me daba que Fran supiera que me gustaba, acabé comiéndole los morros de forma indecente. Y me importaba una mierda que se enterase el mundo entero.

—Quizás eso ayude. Me lo pensaré.

—Hazlo. Y si necesitas ayuda... cuenta conmigo.

—Gracias. Pero no digas nada de esto. No quiero que nadie me presione.

—Por supuesto.

Terminaron de comer y se tendieron en el césped hasta la hora de volver a la facultad.

# 30

Después de salir de la bolera, y como ya era normal, las mujeres tuvieron que pagar la cena. Javi, que se había unido de forma habitual a sus salidas, había resultado ser un buen fichaje para los chicos.

Entraron en el McDonald's y una vez más Inma tuvo que ver cómo Raúl se sentaba lejos de ella. Tras haberlo pensado mucho durante toda la semana, decidió seguir el consejo de Susana, y se pidió una cerveza con la cena. Su amiga le sonrió desde lejos y ella se dedicó a beber de su jarra rápidamente, como si de una medicina se tratase.

Carlos, con la copa en la mano, propuso el brindis de costumbre.

—¡Por el mejor equipo de bolos de todos los tiempos!

—Sí... ¡Yabadabaduuuu! Parecéis los Picapiedra —dijo Maika, que llevaba fatal lo de perder siempre.

—Más bien deberíamos brindar por Fran y por Javi, que son los héroes de la noche. Porque Raúl no ha dado una hoy. Se ve que tenía puesta toda su atención en el tanga rojo de Inma, que se le veía por encima del pantalón cada vez que se agachaba.

—Probablemente se lo ha puesto para eso, para ponerle nervioso, ¿no, Inma? A ver si así nos ganáis alguna vez.

—No seas ganso. A mí me da igual ganar o perder en la bolera. Y no creo que Raúl se impresione con un elástico rojo que sobresalga por encima de un pantalón hasta el punto de fallar los tiros.

—Si el elástico va unido a tu culo...

—Déjalo ya, Carlos —intervino Raúl—. No estaba en muy buena forma hoy porque estoy cansado.

Terminaron de cenar y se fueron a La Alameda a celebrar su botellón. Cuando Raúl se puso a repartir bebidas, y le iba a tender a Inma su coca-cola, esta le pidió:

—Échale un poco de ron, hoy me apetece.

Sin rechistar, él cogió la botella y empezó a dejar caer el líquido transparente en el vaso.

—Tú me dices...

—Ya vale.

—¿No está muy cargado para tu gusto? —preguntó él cuando le dio un sorbo—. Si es así déjamelo a mí y te preparo otro.

—No, está bien.

Se sentó a charlar como cada sábado, y se esforzó en tomarse el vaso, y cuando lo terminó pidió otro. Hacía calor y el líquido se colaba fácil por su garganta, aunque no le gustara el sabor. Cuando empezó el segundo le costó menos bebérselo. No pudo evitar sonreír un poco al recordar los evidentes esfuerzos de Raúl por tomarse las infusiones, y sin embargo las había bebido sin rechistar. Sí, tenía que reconocer que se había tomado muchas molestias por agradarle en aquellos meses. Le miró desde lejos y se dio cuenta de que estaba observándola. La jarra de cerveza y el cubata y medio que llevaba encima le dieron ánimos suficientes para levantarse y acercarse a él.

—Déjame sitio, Carlos —dijo haciéndole a un lado—. Tengo que preguntarle una cosa a Raúl.

El chico se levantó y le cedió su asiento. Se acomodó a su lado y le miró con los ojos sonrientes y Raúl supo que ya le estaba haciendo efecto lo que había bebido. Inma nunca tomaba alcohol y si lo hacía, nunca pasaba del primer cubata y no muy cargado. Y aquella noche llevaba una jarra de cerveza y el cubata que él le había servido estaba bastante fuerte. Hacía más de un mes que Inma no se sentaba a su lado y que no hablaban más que de forma general.

—¿Qué quieres saber? —le preguntó nervioso de que ella al fin hubiera roto el alejamiento.

Inma le sonrió con picardía y le preguntó ladeando la cabeza ligeramente:

—¿De verdad has perdido porque me estabas mirando el tanga?

El tono de voz, coqueto y divertido, corroboraron a Raúl sus sospechas de que Inma estaba ya bastante achispada. Decidió seguir en tono de broma.

—Todo el mundo te ha mirado el tanga esta noche, preciosa. Ese elástico rojo, como tú dices, ha atrapado las miradas hasta de los dos novios de la pandilla. Pero aun así, no habéis podido ganarnos. La próxima vez tendrás que ponerte además un buen escote.

—¿Debo deducir que solo te ha hecho efecto a ti? —dijo coqueta.

—A lo mejor yo he fallado a propósito...

—¿Piensas pedir algo a cambio?

—¿Ofreces algo a cambio?

—¡Quién sabe!

—¡Huy, huy, huy...! Esto se está poniendo interesante —dijo Miguel. Maika miró a su amiga incrédula y Fran miró a Susana con el ceño fruncido.

Raúl continuó dirigiéndose a Inma sin hacer ningún comentario sobre la última frase de la chica.

—Estás un poquito chispa hoy, ¿eh? ¿Cómo ha podido pasar que tú pierdas el control de lo que bebes?

—Tenía calor. Pero no creas que estoy borracha.

—No, pero tampoco estás normal.

—Solo un poquito contenta... A gusto, como solías decir tú cuando llevabas un par de cubatas.

—Me temo que tú estás algo más que un poquito contenta. Mañana te va a doler la cabeza, ¿lo sabes, verdad?

—Probablemente me va a doler de todas formas... No puedo estar siempre sin divertirme por temor a mis migrañas. Ya me tomaré algo que me alivie.

Fran le estaba rellenando el vaso a Lucía y, de forma mecánica, Inma le alargó el suyo también, que ya estaba medio vacío.

—Echa un poco más, que ya se me está calentando. A ver por qué me da...

—¡Aquí se va a ver esta noche un ejemplar, con tanga incluido! —dijo Carlos muerto de risa.

Raúl miró a su amigo y negó con la cabeza.

—No le des más, Fran. Ya ha bebido bastante.

Inma se volvió hacia él con una mirada pícara.

—¿No quieres averiguar por qué me da? ¿O tienes miedo de lo que pueda hacer?

—Miedo no, pánico me das.

—¡No irás a decirme que tienes miedo de una tía! ¿Tú? Venga, Fran, rellena el vaso.

Fran cogió la botella y le echó apenas un chorrito y terminó de rellenarlo con coca-cola.

—El último, ¿eh, Inma? —dijo—. Deja algo para los demás.

—¡Échale también a Don Aburrido! —dijo mirando a Raúl—. Tiene cara de palo esta noche.

—No, a mí no.

—El mundo al revés. Inma trompa y Raúl rechazando un cubata. Menos mal que no te has ido a Ayamonte este fin de semana, si el lunes te contamos esto no te lo hubieras creído.

—Raúl está enfermo, fijo —dijo Miguel.

Inma le colocó la mano sobre la frente y añadió:

—No está enfermo, lo que está es caliente. Necesita urgentemente un...

—Vale, Inma. Basta ya —dijo el aludido quitándole la mano que estaba deslizando por su cara—. Creo que será mejor que te lleve a casa. O mañana te dará un patatús cuando todos te cuenten esto.

—No seas aguafiestas, tío, con lo que nos estamos divirtiendo —dijo Carlos.

—Yo no me estoy divirtiendo en absoluto. No tiene maldita la gracia.

—Sí, Raúl —dijo Susana—. Llévatela a casa antes de que se ponga peor.

—¿La llevamos en el coche? —preguntó Fran.

—No, el aire fresco la despejará por el camino. A ver si con un poco de suerte el dolor de cabeza no es demasiado fuerte.

Se puso de pie.

—¿Tú me vas a llevar a casa?

—Sí, yo. ¿Algún problema?

Ella sonrió.

—No, ninguno.

—Vamos. Hasta el lunes, chicos.

—Adiós —dijo Inma de forma general agitando la mano.

—Joder, cómo va... Si no lo veo no me lo creo —dijo Lucía.

Inma empezó a caminar de forma vacilante y Raúl la agarró por la cintura para ayudarla a mantener el equilibrio. Por un momento dudó de si debía llamar a Fran y que cogiera el coche, pero pensó que el movimiento podía hacer que Inma vomitara. La apretó con fuerza para sostenerla y ella soltó una risita tonta.

—Oye... ¿De verdad me has estado mirando el tanga?

Él suspiró ruidosamente.

—¡Que sí, coño! —admitió.

—¿Y te gustaba?

—Me gustaba.

—¿Sabes? La gente tiene razón... me lo puse pensando en ti. Y...

—Inma, déjalo. Mañana te vas a arrepentir de todas las tonterías que estás diciendo hoy.

—Mañana es mañana y todavía no ha llegado.

—Pero llegará, no lo dudes.

—No me importa lo que pase mañana. Estoy muy contenta esta noche porque tú me estás llevando a casa otra vez.

—Bueno, si eso te hace feliz, te llevaré a casa más veces.

Inma se abrazó con fuerza a su cintura.

—Estás muy guapo esta noche con esa camisa.

—También tú estás preciosa esta noche.

—¿Todavía te gusto?

—Todavía me gustas.

Se hizo un breve silencio que Raúl agradeció en vista del cariz que estaba tomando la conversación. ¡Ojalá la hubieran mantenido estando ella sobria! Pero en aquel estado no sabía lo que decía y él no quería hacerle decir nada que la hiciera sentirse avergonzada después. Afortunadamente, llegaron pronto a su casa. Ante la cancela, Inma sacó las llaves y abrió.

—¿Quieres subir a tomar una infusión?

—No quiero una infusión, pero entraré para asegurarme de que llegas bien a tu casa. No estás en condiciones de subir sola los dos pisos de esas escaleras tan empinadas.

Entraron en el portal y siguió sosteniéndola mientras subían la inclinada y estrecha escalera de mármol. Entraron en el piso y ella cerró la puerta a sus espaldas.

—¿Puedes arreglártelas sola? —preguntó Raúl. Había tenido la esperanza de que una de las compañeras de Inma estuviera en casa, pero el piso parecía solitario y silencioso.

—Claro que puedo, pero a lo mejor tú quieres ayudarme... —dijo mirándole a los ojos en una clara invitación. Y se alzó sobre la punta de los pies y le rozó los labios.

—Claro que quiero, pero no voy a hacerlo.

—¿Por qué? Has dicho que todavía te gusto... Y no lo niegues, llevas mucho tiempo esperándolo.

—Sí, pero no así. Anda, entra y ya hablaremos mañana.

—No quiero esperar a mañana, quiero hablar esta noche. Ahora —dijo echándole los brazos al cuello y besándole en la boca.

Era más de lo que Raúl pudo soportar. Le rodeó la cintura con los brazos y respondió a su beso. Inma se pegó a él con todas sus fuerzas, sintiendo que su bruma se disipaba y que recuperaba la lucidez. Le acarició la nuca con los dedos y abrió más la boca haciendo el beso más intenso y apasionado. Cuando se separaron, él dio un paso atrás.

—¿Sigues sin querer esa infusión? —preguntó Inma, que seguía colgada de su cuello. Raúl le agarró las manos con las suyas y se soltó.

—Es muy tarde, tengo que irme —dijo haciendo el mayor esfuerzo de su vida—. Te llamaré mañana para ver cómo te encuentras.

—Quédate...

—No... hoy no. —Le acarició la barbilla y susurró—: Acuéstate y duerme.

Se dio la vuelta y salió de la casa perdiéndose escaleras abajo. Inma cerró la puerta y se dejó caer en el sofá. ¡Con el trabajo que le había costado dar el paso! Y no estaba tan borracha como él pensaba... ¿Tendría razón Susana y había empezado a dejar de gustarle, aunque hubiera dicho lo contrario? ¿Y qué iba a hacer ahora? ¿Cómo podría mirarle a los ojos? No podía pensar, tenía las ideas confusas y el cuerpo agitado. Decidió hacerle caso y echarse a dormir, quizás al día siguiente lo vería todo más claro. Quizás al día siguiente él la llamara, como había prometido.

Lo primero que sintió al abrir los ojos a la mañana siguiente fue una lacerante punzada en las sienes y en la nuca.

—¡Mierda! —susurró bajito, y a pesar de ello su propia voz le taladró el cerebro. Se incorporó en la cama y miró el móvil por si tuviera alguna llamada y para ver la hora. Las once y media, y ninguna llamada perdida.

Se dejó caer en la cama profundamente deprimida. Al terrible dolor de cabeza se sumaba una sensación abrumadora de haber hecho el ridículo delante de todos, pero sobre todo delante de Raúl. Aunque ahora le comprendía algo mejor, ahora sabía lo que se sentía al ser rechazado, y tenía que reconocer que ella le había rechazado a él muchas veces. Demasiadas quizá para que él pudiera olvidarlo. Bueno, ahora no podía hacer nada. Había movido ficha y solo podía esperar que él respondiera. Y si no lo hacía, pasar página de una vez. No era la primera vez, lo había hecho antes. Por lo menos esta vez su orgullo estaba intacto. O casi intacto, porque la noche anterior... Bueno, si Raúl no la llamaba, lo olvidaría.

Se levantó como pudo y se sirvió un vaso de leche y dos pastillas. Con un dolor de cabeza como aquel no le serviría de nada una infusión, y a continuación volvió a la cama y se tapó la cabeza, tratando de amortiguar los sonidos que llegaban procedentes de la calle. Tenía que recuperarse antes de la noche, porque era domingo y le tocaba cuidar de su vecina.

Cuando sonó el móvil pegó un brinco en la cama y se volvió precipitadamente hacia la mesilla de noche para contestar. Enfocó la vista para ver quién llamaba, y el nombre de Susana apareció desdibujado ante sus ojos.

—Hola... —dijo bajito y con voz pastosa.

—¿Es muy pronto? —preguntó su amiga—. ¿Te he pillado dormida?

—No, hace ya un rato que estoy despierta.

—¿Y acompañada?

—No, sola, jaquecosa y deprimida.

—¡Vaya por Dios! ¿No funcionó?

—No, no funcionó. Hice el tonto en La Alameda, me tiré a su cuello aquí en casa cuando llegamos, le pedí que se quedara, pero puso una excusa y se marchó.

—Lo siento.

—Más lo siento yo. Que además de sentirme como una imbécil, apenas puedo tener los ojos abiertos del dolor de cabeza que me ha provocado la resaca.

—Voy camino de Ayamonte, si lo hubiera sabido antes habría puesto alguna excusa y me hubiera quedado en Sevilla para ir a verte. Pero no he querido llamarte más temprano por si no estabas sola.

—Gracias, Susana, pero no es necesario. Me quedaré en la cama rumiando mi dolor de cabeza y mi humillación.

—¿Quieres que llame a Maika o Lucía?

—No, no le digas nada de esto a nadie, por favor. Que todos piensen que simplemente me trajo a casa.

—De acuerdo. Si quieres esta noche cuando vuelva...

—Esta noche trabajo. Y no te preocupes, para entonces ya estará superado.

—De acuerdo. Descansa entonces. Un beso.
—Un beso, Susana. Gracias por llamar.
Volvió a recostarse, sintiéndose un poco mejor. No había pasado media hora cuando el móvil sonó de nuevo.
—Joder, ¿todo el mundo va a llamar?
Pero en esta ocasión el nombre de Raúl le hizo golpear con fuerza el corazón en el pecho.
—¿Sí?
—Buenos días. ¿Te he despertado?
—No.
—¿Qué tal tu cabeza?
—Va tirando —mintió.
—¿Has tomado algo?
—Sí, hace rato. Ya se va aliviando.
—Me alegro. ¿Has comido algo?
—No, aún no.
—Pues deberías. Te sentará bien al estómago. Y tómate el día libre, pasa de estudiar hoy. Por mucho que lo intentes no te cundirá. Te lo dice un experto en resacas.
Inma tragó saliva y abordó al fin el tema que la preocupaba.
—Oye... supongo que hice muchas tonterías ayer con la borrachera, ¿verdad?
—Bueno, algunas... como todos. No creo que nos hayas superado ni a Carlos ni a mí. Tenemos el récord de las gilipolleces bajo los efectos del alcohol. No te preocupes, ya sabes que es norma de la pandilla no recordar lo que se hace o dice estando borracho. Todo el mundo lo olvida.
—¿Y tú? ¿Lo olvidarás?
—¿El qué? Yo también estaba ayer borracho, aunque no lo pareciera. No recuerdo absolutamente nada de lo que pasó a partir del mediodía.
—Vale... gracias —susurró sintiendo que el corazón le pesaba como una losa.
—¿Quieres que vaya y te lleve algo? ¿De comer o de beber, o...?
—No, gracias —le interrumpió—. Lo único que necesito es dormir, y Carmen ha llegado ya. Ella preparará el almuerzo.
—Vale, te veo el lunes entonces. Que te mejores.
—Gracias.
Cortó la llamada y desconectó el teléfono. No quería más llamadas, ni más preguntas. Raúl había pasado de ella, y había que pa-

sar página. Se había acabado. En el fondo era mejor así, ella saldría ganando a la larga.

Giró la cabeza y la enterró en la almohada, dejando que unas cuantas lágrimas salieran libremente. Eran las últimas, se prometió a sí misma. No volvería a derramar ni una más por Raúl ni por ningún hombre.

# 31

*Sevilla. Mayo, 2000*

Cuando Inma llegó a la clase el lunes siguiente, paró cualquier intento de broma con un seco: «Ni mencionar el sábado. Todavía me duele la cabeza, así que más os vale no recordármelo», y todos, sus amigas incluidas, respetaron la advertencia.

El fin de semana siguiente, el domingo iba a ser el cumpleaños de Susana y ella iba a marcharse a Ayamonte, pero el viernes la pandilla al completo iba a celebrarle una fiesta sorpresa en casa de Maika y Lucía.

Por la tarde Fran la había llevado a los baños árabes, situados en el barrio de Santa Cruz, y después habían cenado en el San Marco que había cerca, quedando en que se reunirían como siempre en La Alameda para celebrar su botellón.

Fran le había dicho que antes tenían que recoger a Lucía en su casa, que ella no podía ir temprano. De modo que a las once y media llamaron en casa de su amiga. En el cuello, Susana lucía el colgante que Fran le había regalado, una S de oro blanco colgando de un cordón del mismo material.

Cuando Lucía les abrió la puerta, Susana le preguntó:

—¿Hemos venido muy tarde? En el restaurante han tardado mucho en servirnos.

—No, no te preocupes, es una hora estupenda. Pasad un momento.

—No tardes.

Fran y Susana entraron en el salón a oscuras y nada más hacerlo él la agarró por la cintura desde atrás y empezó a besarla en el cuello.

—Estate quieto. ¿No te puedes esperar?
—No.
Ella alargó la mano para encender la luz, pero Fran le agarró el brazo para evitarlo.
—Nos va a pillar... y luego seremos el cachondeo de la gente durante toda la noche.
Pero Fran no le hizo caso y le giró la cara para darle un beso.
Absorta como estaba no se dio cuenta del débil resplandor que avanzaba desde la cocina hasta que escuchó cantar el Cumpleaños Feliz justo a su lado. Se separó brusca y vio a Maika con una tarta con veintidós velas encendidas en las manos, y a todo el resto de la pandilla alrededor.
Cuando encendieron las luces, miró a Fran.
—¿Tú sabías esto?
—Pues claro —dijo Maika—. Y lo de la nata en la tarta ha sido cosa suya, que dice que el año pasado se quedó con las ganas de quitarte la nata de la boca, ya te imaginas cómo.
—Venga, sopla las velas de una vez, que se están derritiendo.
Susana sopló las velas con fuerza y esta vez las apagó todas de golpe.
—¿Has pensado un deseo?
—Sí, pero no voy a decirlo. Que cuando no lo digo se me cumple.
Estaban cortando la tarta cuando llamaron a la puerta.
—Será Carlos, que dijo que llegaría más tarde porque tenía que recoger de la estación a un primo suyo que viene a pasar unos días.
Maika salió a abrir y Carlos entró acompañado de un chico alto, rubio y con barba.
—Este es mi primo Mateo —dijo entrando, y enseguida se dirigió al bar dejando al chico para que se las apañara como pudiera. Todos se presentaron y Fran le dio una copa y luego se reunió con Susana.
Inma había estado preparando la fiesta con Maika y Lucía y en ningún momento ella y Raúl se habían encontrado solos. Había visto la mirada de él persiguiéndola durante toda la noche, pero ella le estaba evitando, sintiendo que aún le escocía el rechazo del sábado anterior. Cuando reparó en Mateo solo en medio del salón, vio una oportunidad de seguir escapando de Raúl.
—¿Qué pasa? ¿Tu primo te ha abandonado a tu suerte? —le preguntó acercándose.

—Ya ves. Ha dicho que iba a saludar a la chica del cumpleaños. Porque esto es un cumpleaños, ¿no?

—Sí, en efecto.

—Pues se ha largado y no ha vuelto.

—Ven y te daré un poco de tarta, ¿te apetece?

—¿Eres la dueña de la casa? ¿O la chica del cumpleaños?

—Ninguna de las dos cosas, pero como si lo fuera. La tarta la he hecho yo.

Entraron en la cocina, en cuya mesa estaban colocadas las bebidas y también la tarta y algunas cosas para picar.

—Sírvete lo que quieras.

—Solo un poco de tarta. Alguien me ha dado una copa.

Permanecieron en la cocina un rato mientras Mateo tomaba su ración de tarta y luego salieron al salón. Nada más aparecer, Inma sintió que Raúl les miraba con el ceño fruncido y una evidente expresión de enfado y sintió un cierto regustillo. Bien, eso le serviría para sacarse la espinita del sábado anterior. Y decidió no separarse de Mateo en toda la noche. Que aquel gilipollas se enterara de una vez que ni era de su exclusiva propiedad ni le necesitaba para nada.

Se volvió hacia su acompañante y le sonrió, sentándose juntos en un rincón del sofá a charlar.

Durante mucho rato aguantó estoicamente la vida del chico, su infancia, su adolescencia, sus estudios y sus aficiones, con una sonrisa fingida y un interés que no sentía. Con el rabillo del ojo veía a Raúl, apoyado en la pared, charlando con Javi, con un vaso que no bebía en la mano y sin quitarles la mirada de encima a ella y a Mateo. Cuando alguien, ya bastante tarde, puso música, este le preguntó:

—¿Bailas?

—Sí, ¿por qué no?

Se sumaron a los que habían empezado a bailar, y perdió a Raúl de vista.

Desde el rincón donde hablaba con Javi, Raúl seguía observando a Inma bailar con Mateo. Apenas podía prestarle atención al chico, y esperaba que él no se diera cuenta de que hablaba prácticamente para la pared. Desde el sábado anterior y durante toda la semana, Inma y él apenas se habían visto y en ningún momento a solas. Parecía como si ella le evitase, y ese era el síntoma más evidente de que lo que había ocurrido la noche del sábado había sido motivado por el alcohol y no porque ella hubiera cambiado de opinión. Aun así, había esperado impaciente a salir aquella noche con la esperanza de poder hablar con ella y preguntarle sobre el tema, aunque no fuera algo muy caballeroso por su parte. Pero Inma no le había dado la menor oportunidad. Se había pegado como una lapa al primo de Carlos y no se separaba de su lado, probablemente para evitarle a él.

Poco a poco notaba cómo una negra depresión se apoderaba de él y la fiesta se le estaba haciendo insoportable. Inma estaba bailando con aquel tío al que acababa de conocer mucho más de lo que había bailado con él en el año y medio que hacía que se conocían.

Mientras escuchaba distraído a Javi, no pudo dejar de pensar que tenía que aceptar de una vez que lo de Inma nunca iba a funcionar, que no importaba lo que hiciera para lograrlo. Y a pesar de que sabía que ella sentía algo por él, nunca iba a querer que hubiera alguna relación entre ellos más allá de la amistad. Era terca como una mula y había hecho de aquello una cuestión de orgullo. No importaba que se estuviera muriendo por dentro, ni que necesitara desesperadamente alguien a su lado. Jamás le permitiría que fuera él, y no era solo porque se hubiera acostado con Alba, aunque eso había contribuido a aumentar su desconfianza.

Aquella noche más que nunca tenía la certeza de que Inma jamás iba a ser suya. Por mucho que ella dejara a veces aflorar sus sentimientos hacia él, siempre se volvía atrás después, y cada vez que eso sucedía, Raúl la sentía más lejos y más inaccesible.

Esos negros pensamientos se iban apoderando de su ánimo cada vez más. De pronto, sintió unas ganas terribles de emborracharse hasta caer redondo sin importarle lo que pudiera hacer después. Sin importarle nada. Y dejar que Fran le llevase a casa hecho un pingajo, como había sucedido alguna que otra vez en el pasado. Algo que no ocurría desde que se había propuesto conquistar a Inma. ¡Dios, qué lejos quedaba aquello! El conquistado había sido él, y de qué forma...

Pero aquella noche lo necesitaba. Necesitaba algo más que un par de cubatas. Le haría caso y volvería al Raúl de antes. Y se olvidaría de Inma de una vez, por mucho que le costara. Dejaría la pandilla, seguro que no le iba a faltar gente con quien salir. Dejaría de verla y de morirse de celos cada vez que la viera hablar o bailar con otro tío... como le estaba pasando esa noche. Dejaría de verla como algo suyo, cosa que por otra parte nunca había sido.

Miró a Javi y le susurró, intentando librarse de él de una forma que no resultara demasiado evidente:

—Creo que deberías sacar a bailar a Maika.

—¿Tú crees que le gustaría?

—Pues claro que le gustaría, chico... Está deseando que lo hagas. Y algo más que bailar, diría yo.

Javi suspiró hondo dándose valor.

—Lo sé, pero es que soy muy tímido... No sé cómo decirle que me gusta mucho.

—No hace falta que se lo digas, basta con que se lo demuestres. Sácala a bailar y dale un beso. Ese es un lenguaje que entienden todas las mujeres. Si no te acepta, te dará una hostia, pero si te devuelve el beso, ya no hay nada más que decir. O no conozco a Maika o ella lo dirá todo.

—Bien, vamos allá. A ver si me atrevo.

Le vio acercarse a ella y pocos minutos después se unían a los que bailaban. Él se encaminó a la cocina, donde estaba situado el almacén de las bebidas, y cogió una botella de JB sin abrir.

Sabía que había sido Maika quien se había encargado de comprar las bebidas, de modo que cogió un billete de veinte euros y lo colocó dentro de uno de los muebles de la cocina. Abrió la botella y salió con ella, deslizándose despacio y medio a escondidas, hacia la terraza. Esta estaba a oscuras, iluminada apenas por las luces de la calle. Solo distinguió una silla medio rota, a la que le faltaba una pata, y se sentó en el suelo, oculto a las miradas de quien pudiera apartar la cortina blanca y mirar hacia allí. Y empezó a beber directamente de la botella, a pequeños sorbos, como si de agua se tratara.

Apenas habían pasado diez minutos cuando la puerta de la terraza se abrió y Susana se acercó y se sentó en el suelo a su lado.

—¿Qué se supone que estás haciendo? —le preguntó.

—Tomarme una copa tranquilo. ¿Y tú? ¿También quieres tomarte un descanso de mi querido amigo?

—No, te he visto salir y le he dicho a Fran que quería hablar contigo. —Y añadió señalando la botella—: Y eso es algo más que una copa.

—Le he dejado a Maika veinte euros a cambio. No voy a quitarle nada a nadie.

—No se trata de eso. Va a sentarte mal.

—Me importa un carajo.

—De modo que estás decidido a ser tú el que monte el número esta noche.

—No pienso montar ningún número. Me beberé la botella y me quedaré aquí, en este rincón de la terraza donde nadie sabe que estoy, a dormir la mona. Y cuando todos se hayan marchado me largaré a mi casa... y desapareceré.

Susana le miró alarmada. La fría determinación de Raúl, sus palabras amargas, la estaban asustando.

—¿Qué quieres decir con que desaparecerás?

—Que no volveré a salir con vosotros.

—¿Y eso por qué?

—Ya sabes por qué.

—Estás borracho, Raúl. No sabes lo que dices.

—No estoy borracho... aún no.

—Dame la botella, por favor.

—No. Es mía... la he pagado.

—No se trata de eso. Cuando se bebe tanto se pierde el control de lo que se hace.

—¡No me digas! Soy todo un experto en eso. Lo he sufrido de todas las formas imaginables. Hasta la princesita de hielo pierde los papeles cuando se toma dos copas de más.

—Te refieres a Inma el sábado pasado, ¿no?

—De modo que lo ha contado. Bueno, es un consuelo saber que no es tan perfecta como parece. Os habréis reído de lo lindo cuando os dijo que la respeté a pesar de que se lanzó a mi cuello, porque no quise aprovecharme de su estado de embriaguez...

—No lo ha contado. Yo lo sabía porque fui yo quien le aconsejó que se tomara un par de copas para perder las inhibiciones.

Raúl soltó una carcajada.

—¿Tú? ¿Tú le aconsejaste a Inma que se emborrachara?

—Que se emborrachara no, solo que se tomara un par de copas... pero ella no bebe casi nunca y se le subió a la cabeza más de la cuenta. Y tampoco estaba tan borracha que no supiera lo que hacía.

—¿Que no? Joder, se me echó encima nada más entrar en su casa y me pidió que me quedara a dormir con ella. —Le dio otro trago a la botella—. Ojalá lo hubiera hecho, porque no se me va a presentar otra oportunidad. Me largaré de la puta pandilla sin habérmela follado.

—No sientes lo que dices. Si se volviera a repetir, volverías a hacer lo mismo.

—Probablemente. Soy tan gilipollas como para eso.

—Raúl, ¿no se te ha ocurrido pensar que Inma no te besó y te pidió que te quedaras porque estuviera borracha, sino que fue al revés? ¿Que se emborrachó para tener el valor de hacerlo?

—¿No es lo mismo?

—No, no lo es.

—Y si tienes razón, si quería de verdad que me quedara, ¿por qué cuando la llamé al día siguiente estaba tan borde conmigo? Le dije por qué me había ido, pero pasó de mí. Me pidió que la dejara en paz. ¿Y esta noche? ¿También esta noche quiere estar conmigo? No se separa del tipo ese, ni siquiera me ha mirado. No, Susana, gracias por intentarlo, pero déjame con mi botella. Es la única compañía que necesito esta noche. Vuelve ahí dentro, no desperdicies tu fiesta de cumpleaños conmigo. Además, tu novio tiene los puños muy ligeros, no quiero acabar la noche con varios dientes menos, además de borracho.

—Está bien, como quieras.

Susana se levantó y salió de la terraza.

Inma bailaba con Mateo cuando vio a Susana que se acercaba hacia ellos.

—Perdonad, pero tengo que hablar contigo un momento, Inma.

Esta se separó sorprendida. Susana era demasiado prudente para interrumpir un baile así como así.

—¿Qué pasa?

—Raúl está en la terraza. Se ha atrincherado allí con una botella de JB, y se la está bebiendo a palo seco.

Inma permaneció en silencio por un momento, y luego preguntó:

—¿Y qué quieres que haga yo?

—Que salgas y se lo impidas.

—Raúl es muy mayor ya, Susana. Si se ha empeñado en beberse una botella de whisky nadie se lo va a impedir, y yo menos aún.

—Estás equivocada. Solo tú puedes lograrlo. Yo he salido a hablar con él y le he visto bastante deprimido y amargado. Dice que se va a emborrachar porque tú pasas de él.

—¡Joder! ¿Que yo paso de él? ¿Quién coño está pasando de quién? Hace un mes que casi no me da ni los buenos días, y el sábado pasado cogí una cogorza de muerte que me ha tenido tres días con dolor de cabeza, y me lancé a su cuello y le besé. Y hasta le pedí abiertamente que pasara la noche conmigo... y se largó. ¡Y ahora me viene con estas! Pues bien, que monte él el número esta semana, si quiere. El domingo pasado, después de llorar mucho, me prometí a mí misma que Raúl se acabó.

Susana le puso una mano sobre el brazo.

—Inma... Estáis haciendo bastante el tonto los dos. Tú te emborrachas para tener el valor de decirle que te mueres por él, él se emborracha porque cree que tú no le quieres. ¿Por qué no dejáis la botella de lado de una vez y os habláis claramente? Y ahora no estamos hablando de un par de copas... Si se toma esa botella casi sin comer se va a poner malo de verdad. Anda, no seas tonta, deja de lado el maldito orgullo y sal ahí y acaba con esto de una vez.

Inma se encogió de hombros y dijo:

—Está bien, veré si puedo conseguir que deje de beber.

Se dirigió hacia la terraza. Apartó la cortina blanca que estaba corrida y salió a la oscuridad. Tuvo que acostumbrar un poco la vista para verle sentado en el suelo y acurrucado en un rincón, con la botella en la mano.

—Raúl.

—¡Vaya...! La reina de las nieves se ha dignado abandonar la fiesta y salir a reunirse con un simple mortal.

Ella le fulminó con la mirada, pero no hizo ninguna réplica a sus palabras.

—¿Qué se te ha perdido aquí?

Ella se sentó a su lado, acomodando la minifalda, y le agarró la botella.

—Me apetece un trago.

Raúl no se la dejó arrebatar, y dijo:

—No te lo aconsejo. Luego te duele la cabeza y te pones más borde aún de lo habitual.

—También te dolerá a ti si te la tomas.

—Da igual. Yo tengo la cabeza muy dura.

—Eso es verdad, tienes una de las cabezas más duras que conozco.

—Hay quien me gana.

Inma sonrió ante el tono enfurruñado y sintió que el enfado que sentía hacia él se evaporaba.

—Es posible —admitió—. Anda, dame la botella.

—No quiero, es mía. La he pagado.

—Te va a sentar mal. Hace mucho que no bebes tanto.

—Cierto. Últimamente me he visto obligado a tomar solo unas asquerosas infusiones... Y estoy hasta los huevos de infusiones. Hoy me voy a hinchar de whisky.

—¿No te gustan las infusiones?

—¿A alguien le puede gustar eso más que a ti?

—¿Y entonces por qué te las bebías y hasta repetías?

Raúl clavó en ella una mirada fija y dura.

—No finjas que no sabes por qué. Deja de jugar conmigo, hoy no estoy de humor.

—No estoy jugando contigo, Raúl. Nunca lo he hecho.

—¿Ah, no? ¿Para qué has salido aquí entonces? ¿Para atormentarme, quizá? Porque no querrás hacerme creer que es porque te importo...

—Claro que me importas. Además, el sábado pasado tú me llevaste a casa cuando consideraste que estaba rebasando el límite de lo que debía beber, y yo voy a hacer lo mismo contigo esta noche. Aunque tú no quieras.

—De modo que has salido a devolverme el favor. Olvídalo, no me debes nada. El sábado pasado hice lo que consideré que debía hacer... en todo momento.

—Yo también estoy haciendo ahora lo que considero que debo hacer.

Raúl clavó en ella unos ojos brillantes y cargados de amargura.

—Solo hay una cosa que puede conseguir que yo no me beba la maldita botella esta noche, y es que admitas de una vez que sientes algo por mí. Que te importo de verdad, y que estás dispuesta a perdonarme y a olvidar todo el pasado. El tuyo y el mío. Si no es así, vuelve ahí dentro con «el barbas» y déjame a mí emborracharme en paz.

—Creí que todo eso había quedado claro el sábado pasado cuando te besé y te pedí que te quedaras... Me costó mucho hacerlo, admitir que lo que siento por ti es más fuerte que todo lo demás. Y si mal no recuerdo fuiste tú el que pasó de mí entonces.

—No quieres entenderlo, ¿verdad? Marcharme fue lo más difícil que he tenido que hacer en mi vida. Pero no quería acostarme contigo sin estar seguro de que era eso lo que tú deseabas realmente. No quería correr el riesgo de que te arrepintieras al día siguiente.

—Le dio un nuevo trago a la botella. Inma alargó la mano y se la quitó al fin, sin que Raúl pusiera resistencia esta vez, y la colocó fuera de su alcance. Él siguió hablando con amargura.

»Nadie mejor que yo sabe cuánto puedes arrepentirte de algo al día siguiente de una borrachera. Llevo meses pagando por ello un precio demasiado alto.

—¿Y entonces qué pretendes hacer esta noche tomándote una botella de whisky? ¿Lo mismo? No lo permitiré.

—¿Qué es lo que no permitirás?

—Que hagas algo de lo que mañana te arrepientas. Con una vez fue suficiente. No creo que pueda volver a pasar por ello.

—¿Qué estás tratando de decirme? ¿Que vas a perdonarme? ¿Que has olvidado lo que hice?

—Estoy tratando de decirte que dejes de hacer el imbécil y me beses de una vez, capullo. Que no puedo más... Te quiero... y te juro que he intentado por todos los medios posibles no enamorarme de ti, pero eres el capullo más adorable...

Raúl no la dejó continuar. Alargó la mano por detrás de su cabeza y sujetándola firmemente para que no se arrepintiera en el último momento, la besó con fuerza.

La boca le sabía a whisky y a nata, y ella saboreó ambas cosas en sus labios y su lengua. Le rodeó la cintura con los brazos y le atrajo hacia ella, desesperada por sentir su cuerpo cerca. El beso suave y lento se convirtió en puro fuego. Inma se acercó aún más y buscó su espalda bajo la camisa a rayas negras y grises. Raúl, con una mano dio un violento tirón a los botones, desabrochando algunos, arrancando otros, para que ella pudiera acariciarle, y después deslizó la mano sobre uno de los pechos de Inma. Ella se separó de su boca y enterró la cara en el cuello de él, dándole un chupetón con todas sus fuerzas. Raúl se rio bajito.

—¡Vaya, vaya...! La reina de las nieves no es tan fría como aparenta, ¿eh? Me parece que eso ha dejado marca.

—¿Te importa?

—Me encanta —dijo metiendo la mano bajo el jersey de Inma. Ella se estremeció y volvió a besarle en el cuello—. Me gusta que respondas así a mis caricias.

—No soy fría... Ponme a prueba...

—Eso está hecho —dijo él dándole con el pie a la silla desvencijada y colocándola contra la puerta para que nadie pudiera entrar en la terraza. Después, y sin que Inma tuviera tiempo de reaccionar, la abrazó con fuerza y la hizo tenderse en el suelo, echándose encima de ella.

—¿Aquí? ¡Por Dios, Raúl, estás loco!

—Nadie puede salir aquí, la puerta está trabada.

—Aun así. Si abren la cortina lo suficiente pueden vernos. Y los vecinos...

Raúl no le hizo caso y empezó a morderle la oreja.

—Aquí no, por favor.

—Eso tenías que haberlo pensado antes de morderme el cuello. Ese es un punto que para mí no tiene retorno.

—Vámonos a mi casa. Seguiremos allí.

Él suspiró y se apartó volviendo a sentarse en el rincón donde habían estado antes, más oculto a posibles miradas que tendidos en el suelo de la terraza.

—No puedo entrar ahí así —dijo agarrándole la mano y colocándosela sobre la bragueta.

—¡Joder!

Raúl la miró a los ojos y le sonrió picarón.

—Vas a tener que hacer algo para solucionarlo. ¿Un aperitivo quizá...?

Inma soltó una carcajada.

—De acuerdo —dijo abriéndole la cremallera del pantalón y empezando a acariciarle. Raúl volvió la cara y la besó mientras deslizaba su propia mano bajo la minifalda de Inma, abriéndose paso a través del tanga.

Se besaron durante largo rato, acariciándose mutuamente, y luego Inma enterró la cara en el cuello de Raúl, con la atención dividida entre los movimientos de su mano y las sensaciones que los dedos de Raúl, dentro de ella, le provocaban a su vez. Ambos llegaron al orgasmo casi a la par y se quedaron allí quietos y apoyados uno contra el otro, sin siquiera poder hablar. Después él le preguntó:

—¿Tienes un clínex?

—No... Mi bolso está en el dormitorio de Maika. ¿Y tú?

—En mi cazadora. También en el dormitorio de Maika.

—¡Mierda! ¿Y ahora qué hacemos? —preguntó ella mirándose las manos húmedas y pegajosas.

—Supongo que aguantar el tipo hasta el baño y rezar para que esté vacío. Porque como se den cuenta de esto, vamos a tener cachondeo para todo lo que queda de carrera —añadió Raúl mostrando sus manos también—. No creas que las mías están mejor.

Con cuidado y usando solo dos dedos, se abrochó la cremallera y estiró cuidadosamente la camisa sobre ella y se dispusieron a salir de la terraza y dirigirse lo más discretamente posible al baño.

—Espero que no haya llegado nadie nuevo y me lo quieran presentar, porque tendré que darle dos besos si es un tío, aunque después Miguel me tache de lo que sea.

Salieron de la terraza y nadie pareció haber notado su ausencia. Raúl observó que Maika y Javi bailaban muy abrazaditos, en actitud inequívoca de haber superado la fase amistosa. Solo Susana, que también bailaba con la cabeza apoyada en el hombro de Fran, levantó la cara y les miró. Inma le sonrió y Raúl le guiñó un ojo, y ambos se perdieron en el pasillo que daba al baño.

Una vez en él, Raúl cerró por dentro y se desabrochó el pantalón para limpiarse. También Inma se lavó las manos, y le dirigió una mirada a través del espejo. Él le sonrió.

—Los calzoncillos se han manchado un poco, pero supongo que podré disimularlo en casa. Últimamente he tenido algunos problemillas nocturnos, así que colará.

—Cuando lleguemos a la mía puedes lavarlos, si quieres. Por la mañana ya estarán secos. Porque supongo que te quedarás, ¿no?

Él terminó de lavarse y, abrochándose de nuevo, se acercó a ella por detrás y le rodeó la cintura con los brazos, mirándola a través del espejo.

—Por supuesto que me quedaré. Y te aseguro que cuando lleguemos a tu casa se me ocurrirán muchas cosas mejores que hacer que lavar los calzoncillos.

Deslizó una mano hacia arriba y le acarició la cara.

—¿Sabes que estás preciosa ahora? Siempre lo estás, por supuesto, pero ese brillo que tienes en los ojos en este momento...

Sus miradas se encontraron a través del espejo.

—Estoy loco por ti —dijo en un susurro.

—Eres un zalamero.

—No son zalamerías, es la verdad. Estoy enamorado.

Inma levantó la ceja.

—¿Durante cuánto tiempo?

—Durante mucho, espero. —La apretó con fuerza contra él—. No tengas miedo. No te haré daño.

Inma se dejó caer contra él.

—No tengo miedo... solo estoy aterrada. Pero supongo que no hay forma de evitarlo. Ya es tarde... si también te pierdo a ti un día, sufriré mucho, pero la sola idea de no tenerte nunca, de dejarte marchar sin haberte tenido, es más insoportable aún.

Raúl le dio la vuelta y la abrazó con fuerza.

—No eres la única que tiene miedo, ¿sabes? Yo también estoy acojonado. Me asusta lo que siento por ti, lo que quiero de ti. Siento que el Raúl que fui, el que quería ser, está muy lejos. Y que cuando miro al futuro te veo conmigo. Quiero gritarle al mundo que estamos juntos, quiero que te conozca mi familia, que me consideres parte de ti y de tu vida.

Raúl la mantenía fuertemente abrazada con una mano y con la otra empezó a acariciarle la mejilla con el pulgar, muy despacio, como siguiendo cada línea de su cara, como si quisiera aprendérsela de memoria.

—Quiero desprender cada una de las capas de frialdad con que proteges tu corazón y llegar hasta el fondo de tu alma. Sé que no será fácil, que aún no confías en mí del todo... pero lo conseguiré, amor. Tengo mucha paciencia.

Ella sonrió mirándole a los ojos.

—Querrás decir que eres muy cabezota.

—Llámalo como quieras —dijo riéndose—, pero lo conseguiré.

Inclinó la cabeza y la besó con suavidad. Un beso largo y dulce, un beso que Inma jamás le creyó capaz de dar. Cuando se separaron, Inma sintió que una de sus capas de frialdad, como él las había llamado antes, había caído. Y supo sin ninguna duda que aquel capullo iba a robarle el corazón como jamás lo había hecho nadie antes.

—Creo que será mejor que salgamos —dijo él—. Seguro que ahí fuera hay una cola de gente esperando a entrar en el baño. ¿Quieres que nos marchemos ya a tu casa o prefieres seguir un rato más en la fiesta? Bailando conmigo, por supuesto. Lejos del barbas.

—Me gustaría bailar un rato contigo, capullo. Y ver las caras que ponen los demás.

—¿Sigo siendo un capullo?

—Eso siempre... pero ahora eres un capullo adorable.

—Bien. Me gusta —dijo abriendo la puerta.

En contra de lo que esperaban no había nadie en el pasillo. Salieron al salón y Raúl le rodeó la cintura con los brazos, mientras que ella deslizaba los suyos por detrás de su cuello y apoyó la cabeza en su hombro mezclándose con el resto de las parejas que bailaban, y tratando de ignorar las miradas de sorpresa de todos sus amigos.

# 32

*Sevilla. Junio, 2002*

Por primera vez en su vida, Susana no tenía nada que hacer. El curso había terminado, el papeleo estaba arreglado y ya solo le quedaba esperar a que al día siguiente, en una ceremonia pública y oficial, el decano le entregara el título y fuera además condecorada con una mención especial debido a sus calificaciones. El sueño de su vida, desde que era una niña, se había cumplido al fin.

La toga rojo oscuro con que debería acudir al acto estaba planchada y colocada en una percha, colgada de la puerta del dormitorio para evitar que se arrugase en el pequeño armario.

También Fran iba a graduarse con ella al día siguiente. Tan solo ellos dos e Inma habían terminado la carrera. Al resto aún les quedaban algunas asignaturas que debían aprobar en septiembre o quizá volver a matricularse de ellas al año siguiente. A Carlos aún le quedaba todo quinto.

Y ella tenía sobre el mueble la carta de un bufete de Barcelona ofreciéndole trabajo. Un bufete grande e importante, con muchos abogados en nómina, y que le ofrecía un sueldo de dos mil euros mensuales más porcentaje de las indemnizaciones que consiguiera, para empezar. Toda una fortuna para ella, acostumbrada a sobrevivir con la miseria de la beca. Y la incorporación inmediata, en quince días.

Una carta de la que no le había hablado a nadie, porque no la quería aceptar por muy buena oferta que fuese, y que rompería sin pesar solo con que Fran le hablase de un futuro en común.

Pero él no solo no había hablado de nada de eso, sino que estaba muy raro últimamente, evasivo y huidizo. Y en absoluto ilusionado con el final de la carrera, aunque fingiera lo contrario. A ella no podía engañarla. Y temía que el fin de su relación, aquello que siempre había sabido que llegaría, estaba muy cerca. Lo suyo con Fran se iba a terminar junto con su época de estudiantes.

Merche llegó del trabajo y la encontró pensativa de nuevo.

—¿Otra vez en Babia? Nena, a ti eso de no tener que estudiar te está sentando muy mal, ¿eh?

—No es el no tener que estudiar, aunque me siento muy rara de no sentir las horas totalmente programadas. Lo que me pasa es que creo que esto se acaba.

—¿Qué se acaba? ¿La carrera?

—No, lo mío con Fran.

—¿Lo tuyo con Fran? ¿Otra vez con lo mismo? Susana, lleváis tres años y medio juntos, y llevo escuchándote decir eso a cada pelea que habéis tenido.

—Sí, ya lo sé, pero ahora es distinto. Y siempre he sabido que tendría un final.

—No tiene por qué ser así.

—Vamos, Merche... En tres años y medio nunca ha hablado de futuro, ni siquiera les ha dicho a sus padres lo nuestro.

—Tú tampoco lo has dicho en casa.

—Si Fran lo hubiera hecho primero, hace tiempo que él sería mi novio oficial delante de todo el mundo, y no un compañero más, mezclado con toda la pandilla. Mira Inma. Ella hace tiempo que forma parte de la vida familiar de Raúl, asiste a comidas, celebraciones, y la consideran una más de la familia. Y yo... Fran todavía tiene que decir mentiras para quedar conmigo. Nunca hemos pasado juntos unas navidades, siempre lo celebramos todo a escondidas. Y últimamente está muy raro... Malhumorado y evasivo. Seguro que está pensando en cortar y no sabe cómo hacerlo.

—Susana, ya te has montado paranoias como esta otras veces y siempre te has equivocado. Fran está muy enamorado de ti.

—Lo sé, pero eso no significa que no comprenda que esto nuestro va a ser muy difícil fuera de la facultad. Y no estoy segura de que quiera enfrentarse a lo que significaría seguir conmigo. Sus padres nunca van a aceptarme, su trabajo en el bufete se verá afectado... No lo sé, Merche. No estoy segura de que él quiera o pueda renunciar a todo por mí. No puedo pedirle eso, porque sé que yo jamás renunciaría a mi familia... ni siquiera por él.

—¿Lo habéis hablado? Creo que deberías expresarle tus temores.

—No puedo. Estoy tan asustada, tengo tanto miedo de perderlo... Siempre he sabido que se acabaría, pero ahora que quizás haya llegado el momento, comprendo que no estoy preparada en absoluto.

—¿Pero por qué estás tan segura de que quiere cortar? ¿No serán tus propios temores los que te hacen ver fantasmas?

—Ya te he dicho que está muy raro. Pensativo, ausente... Y esta noche me ha pedido que la pase con él. Nuestra última noche de estudiantes, ha dicho. Quiere que me ponga el camisón de nuestra primera vez. ¡Ni siquiera sé si me entrará, desde que tomo la píldora he engordado dos o tres kilos! Quizá quiera terminar como empezamos.

—¿Y qué vas a hacer si es así?

—Disfrutar de esta noche sin pensar en nada. Y luego, si quiere cortar, le ayudaré a hacerlo.

—¿Le ayudarás a hacerlo? ¡Susana, me asustas! ¿En qué estás pensando?

Cogió la carta del bufete catalán y se la enseñó a su hermana.

—¿No habrás aceptado esto, verdad?

—No, ni lo aceptaré si él quiere seguir. Tengo quince días para pensármelo. Pero si insinúa algo de dejarlo, ahora o después de la graduación de mañana, le diré que ya he tomado una decisión y he aceptado el puesto. Y me marcharé a Barcelona.

—¿Así? ¿Sin siquiera ponérselo difícil? ¿Como si fueras tú quien rompe?

—Fran me ha hecho más feliz de lo que nunca pensé que podría ser. Solo puedo estarle agradecida por estos años, Merche. Y sé que tampoco será fácil para él... pero joder, tengo que reconocer, aunque me duela, que quizá no tengamos otra salida. Sí, si intuyo que quiere cortar, le ayudaré a hacerlo, y después me temo que te tocará otra vez a ti ayudarme a superarlo, hermana, antes de irme a Barcelona.

—¡Dios mío, Susana... a Barcelona, tan lejos de todos nosotros, sola...!

—Tendré un trabajo maravilloso en el que refugiarme. Y si corto con Fran, no podría quedarme cerca, verle, quizá con otra mujer de su entorno...

—Nena, nena, para. Estás presuponiendo demasiadas cosas.

Y que yo sepa, ese novio tuyo no ha dicho ni media palabra de todo eso que estás imaginando. No precipites los acontecimientos. Lo que tienes que hacer es olvidarte ahora de todo eso y ponerte muy guapa para salir con él esta noche. No tardará en llegar. Y disfrutar como una loca. Mañana es un día muy importante para ti. Para los dos.

—Cierto. Se me echa la hora encima.

Una hora después, Fran, vestido con pantalón, camisa y chaqueta, llamó a la puerta. Susana se había puesto una falda negra y una camisa rojo oscuro que Merche le había regalado por la graduación, sus primeras ropas elegantes de abogado. Salió a abrir.

—¡Dios mío...! ¿Qué te has hecho? —preguntó al verle.

La melena rubia que le caía sobre el cuello la tarde anterior había desaparecido.

—Me he disfrazado de abogado. Me temo que es lo que soy a partir de ahora.

Ella alargó la mano y le acarició la nuca, desnuda, sintiendo una extraña sensación de vacío en su interior.

—El corte de pelo significa el fin de una etapa. Ahora somos abogados y eso supone tener que dejar algunas cosas en el camino.

Susana sintió que algo se le encogía en el pecho, y supo que su intuición no iba desencaminada.

—Tú también estás muy guapa.

—También me he disfrazado de abogada —dijo, y dirigió una significativa mirada a su hermana—. Bueno, Merche, hasta luego.

—Hasta mañana —la corrigió Fran—. No nos esperes hasta la hora de desayunar por lo menos.

—No la traigas muy tarde, que mis padres llegarán para la graduación sobre las nueve y media o las diez. Y no quisiera tener que explicar por qué mi hermana no ha llegado a casa a esas horas.

—No te preocupes, vendremos antes.

Susana subió al Opel corsa ya tan familiar para ella, y mientras se ajustaba el cinturón, Fran le preguntó:

—¿Has traído el camisón?

—Sí. Está en el bolso.

—¿Te pasa algo? Te noto rara.

—Será el no tener nada que hacer... O quizás el hecho de que ya el sueño de toda mi vida se ha cumplido. Supongo que tengo que adaptarme al cambio.

—Comprendo. A mí también me pasa algo parecido, es cuestión de tiempo que lo asimilemos.

—Sí, supongo.

Fran colocó la mano sobre el muslo de Susana mientras conducía, como sabía que a ella le gustaba, y la acarició suavemente. Como siempre.

—Pero los cambios a partir de mañana, ¿eh? Ahora no —añadió.

Susana sonrió.

—No, ahora no.

Él tomó la salida de Sevilla en dirección a Tomares.

—¿Adónde me llevas?

—Nuestra primera vez fue algo muy bonito, pero tienes que reconocer que el sitio era un poco cutre. Hoy tenemos algo que celebrar.

—¿Ah, sí? —preguntó ella esperanzada.

—Pues claro. Somos abogados por fin.

—Sí, por fin. Pero no me has dicho adónde vamos.

—A un sitio bonito. Y esta vez vas a dejar que me gaste una pasta y te invite a todo lo que yo quiera. ¿Verdad? No vas a protestar por nada.

—Por nada.

Fran cogió el camino que conducía al hotel Alcora y aparcó. La condujo hasta un comedor situado al fondo, con una pared acristalada desde la que se divisaba un paisaje fantástico. Les llevaron hasta una mesa situada al borde mismo del mirador y encargaron la comida.

Susana apartó de su mente todo lo que la había estado rondando y disfrutó de la comida mirando a Fran, sentado frente a ella, con su nuevo aspecto.

—¿Estás nervioso por lo de mañana? —le preguntó.

—Un poco. Se supone que tenemos que decir unas palabras al recibir el título, y eso nada tiene que ver con los ejercicios de retórica de clase.

—Tú no tendrás problemas con eso, eres muy extrovertido. Para mí será un poco más difícil, pero si en el futuro tengo que hacer frente a jueces y jurados, tengo que acostumbrarme.

—Lo harás de maravilla, como todo —añadió él—. Y luego mis padres han organizado un almuerzo en mi casa y han invitado a amigos y clientes, todos relacionados con el mundo del Derecho.

—También yo me iré a comer a un sitio especial con mis padres, Merche e Isaac —admitió ella. Sintió una punzada de tristeza al recordar que Inma iba a celebrar su graduación con Raúl y su familia, mientras que ella y Fran iban a hacerlo por separado. Pero desechó esos pensamientos. Ellos lo estaban celebrando esa noche.

—¡Ojalá mis padres se hubieran contentado con algo tan sencillo y familiar! Pero han montado un circo del demonio. Y tengo que ir, supongo que se lo debo. Aunque solo sea porque me han pagado la carrera.

—Y porque son tus padres, Fran. Tienen que estar muy contentos de que hayas terminado al fin.

Él sonrió escéptico.

—Sí, ya tienen un abogado más en la familia para que continúe la tradición. Otro Figueroa y Robles que añadir a la placa de la puerta.

Susana guardó silencio ante la amargura de las palabras de Fran. Él se rehízo en un minuto.

—De lo último que quiero hablar ahora es de mis padres y de la celebración de mañana. Esta noche es nuestra y no van a estropeármela. Raúl me ha llamado y me ha dicho que él y toda la panda van a estar mañana en la graduación, y quiere que nos hagamos unas fotos todos juntos.

—Será un bonito recuerdo.

Continuaron comiendo y charlando animadamente, como si se tratase de un día más, de una más de las cenas que habían compartido durante los tres años y medio que duraba su relación.

Susana esperaba que él dijera algo sobre el futuro, sobre lo que ellos dos iban a hacer a partir de ahora, en un sentido o en otro, pero él se limitaba a comer y charlar, del tiempo, de los amigos, de la comida y de mil temas intrascendentes. Cuando terminaron el segundo plato, él pidió al camarero que cargara la cuenta de la cena a los gastos de la habitación.

—¿Y el postre? —preguntó Susana, que jamás renunciaba a ellos—. ¿Te lo quieres ahorrar? —bromeó.

—El postre arriba, en la habitación —dijo Fran levantándose.

—¿Tú eres el postre? —preguntó risueña.

—Yo soy parte del postre.

Recogieron las llaves en recepción y subieron hasta la segunda planta. La habitación era grande y estaba decorada con gusto, en tonos azules. A Fran le encantaba el color azul. Una enorme cama de matrimonio ocupaba una buena parte del espacio. Sobre la almohada había una rosa roja.

—Una cama grande... Nunca nos hemos acostado en una cama grande...

—Y también tiene un jacuzzi en el cuarto de baño. ¿Recuerdas aquel primer verano en mi casa, en la piscina? Te prometí que algún día volveríamos a hacer el amor en una piscina. No ha podido ser, pero espero que esto lo compense. Quiero que esta noche sea algo que recuerdes siempre. Nuestra última noche de estudiantes.

—¿Y mañana? —preguntó ella con voz ligeramente temblorosa.

—Mañana será otro día, y otro mundo.

Susana recorrió la habitación con la mirada y al fin sus ojos se detuvieron en la mesa llena de bombones, caramelos y una tarta de nata con algo escrito:

ROMERO Y FIGUEROA
Abogados
Promoción 2002

También había una botella de champán.

—Dios mío, Fran... Una tarta y todo.

—¡De nata! ¿Sabes qué significa eso?

—No.

—Pues que cuando te quite el camisón te la voy a untar de la cabeza a los pies y me la voy a comer toda.

—Ni hablar.

—¡Que no lo dudes!

—Lo siento, pero no te voy a dejar usar toda la nata. Una parte me la reservo para hacer lo mismo contigo.

—Bien, si es así... ¿Vas a ponerte el camisón mientras yo sirvo el champán?

—De acuerdo, no tardo.

Susana entró en el baño, sacó el camisón del bolso y se desnudó. Cuando se lo puso y se miró al espejo, no pudo evitar recordarse ante otro espejo manchado de humedad, donde se había mirado hacía años, rogando que a Fran le gustase lo que iba a ocurrir y que no se sintiera decepcionado. Ahora sabía que le iba a gustar. Sabía todo lo que le gustaba, aunque lo de la nata no lo habían probado nunca.

El camisón le quedaba un poco más estrecho que entonces, pero no se notaba demasiado.

Cuando salió sabía lo que iba a encontrar. Igual que aquella noche, Fran estaba sentado en el borde de la cama con unos calzoncillos muy parecidos a los que había llevado en El Bosque. Tenía dos copas de champán en la mano.

—Ven aquí —le dijo al verla.

Se acercó, tomó una de las copas, y después de chocar ligeramente con la de él, ambos bebieron de un trago hasta la última gota del líquido. Después, Fran la agarró por la cintura y se dejó caer en la cama girando a la vez para colocarse encima. Y empezó a besarla sin pronunciar palabra, con un beso urgente y apasionado, como la besaba cuando volvía después de los veranos y llevaban mucho tiempo sin verse. Y Susana se olvidó de todos sus presentimientos y sus temores y respondió a su beso exigente y a sus caricias.

Tal como había prometido, él le quitó el camisón y hundió los dedos en la nata de la tarta y le untó los labios y los pechos y a continuación el resto del cuerpo y empezó a lamerla haciendo que Susana se estremeciera de pies a cabeza.

Después, cuando ya no quedaba ni rastro, le agarró las manos y se las sostuvo por encima de la cabeza, y le hizo el amor con fuerza, penetrándola en un solo movimiento, y Susana gritó ahogando un suspiro y se movió contra él con todas las fuerzas que le permitían sus caderas, hasta llegar a un orgasmo casi simultáneo, fuerte y salvaje. Susana creyó que él se detendría, pero no lo hizo; continuó moviéndose y ella sintió que las sensaciones, en vez de disminuir, volvían a subir de intensidad, llegando a un nuevo orgasmo, y después a otro. Hasta que al fin se dejó caer, exhausta, con la cabeza echada hacia atrás, jadeante y agotada.

—Fran... Fran, para, por Dios, que no puedo más.

Él se dejó caer sobre ella y hundió la cara en el cuello. Después se tendió a su lado y se estiró cuan largo era.

—Hummm, esto de tener una cama enorme es un gustazo, ¿verdad?

—Sí.

—Ven aquí —dijo girándose y apretándola con fuerza—. Te ha gustado, ¿eh?

—¿Tienes dudas?

—Ninguna. Esto de la nata es un invento. Si ya estás buena habitualmente, con nata no te digo...

Susana se echó a reír.

—Me lo estás pintando tan bien que ahora tendré que probarte yo a ti.

—Yo me dejo.

—Primero tengo que recobrar el aliento. Apenas puedo respirar aún. Y además estoy toda pegajosa.

—Ahí dentro hay un jacuzzi muy hermoso para darnos un remojón, si te apetece.

—Creo que sí me apetece.

Desnuda, saltó de la cama y entró en el cuarto de baño para abrir los grifos. Fran la siguió.

—Esto tardará un rato en llenarse. Mientras podrías ir tomando un poco de «Fran con nata...».

—Es toda una idea —dijo saliendo y volviendo con las manos llenas de nata, que empezó a restregar por todo el cuerpo de él.

Después, cuando el jacuzzi estuvo lleno, entraron en el agua y se dedicaron a enjabonarse uno al otro con las manos.

Permanecieron en el agua mucho rato, hasta que esta se enfrió, besándose y acariciándose de nuevo. Después se secaron mutuamente, envueltos en los esponjosos albornoces del hotel, y salieron de nuevo a la habitación.

—Creo que es la hora de más brindis. Y del postre real. Aún no hemos probado la tarta... solo la nata.

—Sí, pero antes quiero hablar contigo —dijo él tomándola de la mano y tendiéndola en la cama, a su lado. Se volvió para mirarla, pero Susana, al escuchar la voz grave de él, no fue capaz de enfrentarse a sus ojos, y clavó la vista en la lámpara que colgaba del techo.

—¿No quieres mirarme?

—No es que no quiera... Es que te has puesto tan serio...

—Lo que tengo que decirte es muy serio. Afecta a nuestro futuro.

Susana sintió que se le encogía el estómago y las rodillas empezaron a temblarle.

—Quizá tú ya adivinas de qué se trata.

—Es posible.

—Sabes que una etapa de nuestra vida se acaba...

—Sí, claro que lo sé.

—Y que nuestra relación no puede seguir como hasta ahora.

Ella guardó silencio.

—En realidad te he traído aquí como una especie de despedida apoteósica y triunfal para lo que hemos sido el uno para el otro durante tres años y medio.

—Sí, imaginaba algo así.

—Hasta ahora hemos podido ser nosotros mismos, metidos en una burbuja formada por la carrera, la facultad, los amigos... Hemos mantenido nuestra relación al margen de todo lo demás: de la familia, de convencionalismos... solo tú y yo, y lo que sentimos el uno por el otro. Quiero que sepas que han sido unos años muy felices, y sé que este tipo de felicidad no se repetirá nunca más. Quizás habrá otra, de otro tipo, pero esta no.

Susana apartó la mirada tratando de mantener la calma y la serenidad. Ella sabía todo aquello, se lo llevaba repitiendo durante tres años y medio, y creía estar preparada, pero oírlo de su boca dolía mucho. Aun así, respondió:

—Sí, Fran, lo sé. Mañana todo será diferente y los dos tendremos que enfrentarnos a cosas nuevas y desconocidas.

—Tendremos que ganarnos la vida, y contar con los demás. Y tenemos que tener muy claro lo que queremos para el futuro —siguió él—. La burbuja maravillosa ha estallado por fin, y debemos decidir qué vamos a hacer de ahora en adelante. Es el momento de tomar decisiones.

Susana sentía la mirada Fran clavada en ella, mientras mantenía la suya fija en la lámpara, incapaz de hablar.

—¿No dices nada?

—Tú lo estás diciendo todo, Fran. Yo pienso igual que tú, aunque no puedo evitar sentir un poco de pena por todo lo que dejamos atrás.

—¿Y crees que yo no? —Le agarró la mano y la apretó con suavidad—. Pero otra etapa nueva y maravillosa se abre ante nosotros, aunque no se ajuste exactamente a nuestros sueños.

Susana sintió que el mundo se derrumbaba a su alrededor, pero aguantó el tipo.

—¿Puedo preguntarte cuáles son tus planes para el futuro? —siguió preguntando Fran.

—¿Mis planes...? Trabajar. Ya se acabó la beca y no puedo seguir viviendo de mis padres. Tengo veinticuatro años y es hora de que me gane el pan. Y tú también, aunque los tuyos tengan mucha pasta.

—Eso por supuesto. No pienso seguir viviendo de mi padre ni un día más.

—Tengo una oferta de trabajo —dijo ella.

—¿Ya? —preguntó Fran, frunciendo el ceño.

—De Bonet y Rius.

—¿De Bonet y Rius? Pero eso está...

—En Barcelona. Recibí una carta hace un par de días. Me ofrecen dos mil euros al mes más porcentaje, incorporación inmediata y alojamiento gratis en un hotel durante un mes, mientras encuentro piso.

—¿Y vas a aceptarla?

«Dímelo tú», iba a decir. Pero se lo pensó mejor.

—No lo sé. Es la única oferta que tengo. No es que me vuelva loca por irme a Barcelona, pero... si tuviera otra oferta, aquí en Sevilla, o más cerca al menos, jamás me iría. Aunque ganase mucho menos. El dinero no me importa, puedo vivir con poco.

Fran permaneció pensativo, sin hablar, durante unos larguísimos minutos que a Susana se le hicieron interminables. Luego, haciendo un esfuerzo, dijo:

—Pero no sería justo, has trabajado mucho para eso. No debes perder una oportunidad como esta, Susana. Quizá nunca se te presente otra. Te mereces triunfar —le escuchó decir con voz extraña y ronca.

Susana guardó silencio. No era eso lo que quería oírle decir, sino que le pidiera que se quedara. Que la animara a buscar un trabajo en Sevilla, cerca de él.

—Barcelona no está tan lejos —añadió, al ver la cara impasible de ella—. Una noche en tren, un par de horas en avión. Seguiremos en contacto.

—No, Fran, sabes que eso no es cierto. Quizás al principio nos llamemos con frecuencia, y nos veamos de vez en cuando, pero poco a poco el trabajo nos lo impedirá, el vivir en mundos diferentes nos hará alejarnos cada vez más. No quiero estar en Barcelona, esperando una llamada que quizás un día no se producirá, y preguntándome mil veces el porqué. O que sea al revés. No, tienes razón, la burbuja ha estallado y nada la reparará. Y lo nuestro no podrá sobrevivir fuera de ella. Si tenemos que separar nuestros caminos, prefiero que sea aquí y ahora. Cuando todavía somos felices y nos queremos. Que esta noche sea lo último que recuerde de ti. Yo también he sido muy feliz contigo estos años, y sé que nunca te olvidaré. Quiero recordarte como algo hermoso, antes de que la distancia lo estropee. Nos despediremos hoy al amanecer, y yo me marcharé por la noche a Ayamonte con mis padres, a descansar un poco antes de irme a Barcelona. Y tú te irás pasado mañana a Londres como está previsto. Como todos los veranos, solo que esta vez no me llamarás, ni habrá un regreso. Cuando vuelvas, yo ya estaré en Barcelona y habré salido de tu vida... Quizás un día nos encontremos en un juzgado, y nos tomemos un café juntos para recordar los viejos tiempos.

—De acuerdo —dijo Fran con la voz velada. Se volvió hacia ella y la abrazó con fuerza—. Pero aún no ha amanecido... Hagamos el amor una vez más... Una más... —añadió con voz ahogada.

Susana se mordió los labios para no llorar y se aferró a su espalda con la desesperación de saber que sería la última vez.

Hicieron el amor lentamente, alargando los minutos, sintiendo cada segundo, cada movimiento, hasta que al final, incapaces de contenerse, se movieron frenéticos uno contra otro, besándose como locos, mordiéndose los labios, clavándose las uñas en la espalda.

Cuando todo hubo terminado, Fran se desplomó sobre ella y hundió la cara en su cuello con un gemido ahogado, apretando los labios contra él para reprimir un sollozo. Susana levantó la mano, y se enjugó discretamente una lágrima que le rodaba por la cara y que no había sido capaz de controlar. Después, permanecieron quietos, incapaces de hablar durante mucho rato.

Fran se separó y se tendió a su lado, estrechándola con fuerza contra su costado, y cerró los ojos, fingiendo dormir. Susana le imitó, y permanecieron callados y quietos, los dos sabiendo que el otro no dormía, hasta que una débil luz blanquecina empezó a asomar por la ventana.

—Creo que es hora de irnos —dijo Fran, soltándola—. No quiero que tengas problemas con tus padres, si llegamos tarde.

—Sí, es mejor marcharnos ya.

Se vistieron en silencio y salieron del hotel cogidos de la mano. Subieron al coche, y mucho antes de lo que Susana hubiera querido, llegaron a su puerta.

Susana alargó la mano para abrir la portezuela del Opel Corsa, incapaz de hablarle, incapaz hasta de mirarlo, tratando de aguantar el tipo. Se había estado prometiendo durante todo el trayecto que no iba a llorar, pero si le miraba no estaba segura de conseguirlo. Pero Fran no la dejó irse sin más. La agarró por el brazo y le susurró:

—Susana, si alguna vez me necesitas, no importa lo lejos que estés, ni el tiempo que haya pasado... prométeme que me llamarás.

—Por supuesto —admitió ella sabiendo que no era verdad.

Sin soltarla, él alargó la otra mano y le acarició la cara con la yema de los dedos, como si quisiera grabarla para siempre en su memoria.

—Cuídate, ¿eh? En Barcelona hace frío. Cómprate una bufanda y unos guantes.

Ella sonrió ante la salida, y con los ojos húmedos, le susurró:

—Hasta siempre, Fran. Gracias por estos años.

Él inclinó la cabeza hacia ella para besarla por última vez, pero Susana se apartó, consciente de que si lo hacía, iba a agarrarse a él con todas sus fuerzas y a suplicarle que no la dejara. Sus ojos se encontraron.

—No, por favor... no.

Él se apartó y le soltó el brazo al fin. Susana bajó del coche mientras susurraba en voz apenas audible ni siquiera para ella misma.

—Vuelve a tu mundo, amor mío.

Fran permaneció, como solía hacer, mirándola mientras entraba en el portal y se perdía en el interior, pero esta vez con la mirada empañada por un velo de lágrimas, que al fin podía dejar escapar, y un montón de planes y propuestas para el futuro que ni siquiera había llegado a pronunciar. Después de la oferta que ella le había contado, ¿cómo iba a hablarle de pedir un préstamo y abrir un bufete juntos en un pueblo, donde la influencia de su padre no pudiera afectarles? ¿Cómo iba a pedirle que compartiera con él una vida llena de privaciones y dificultades, con unos suegros que habían amenazado con joderle la vida profesional y condenarla a trabajar el resto de sus días en casos de poca monta y menos dinero, después de los esfuerzos que le había costado hacer la carrera con una beca? Si se iba a Barcelona, llegaría muy alto. Era muy buena, mucho mejor abogado que él, y en el bufete de Bonet y Rius no eran tontos. Aunque sabía que Joan Rius había estudiado con su padre y la oferta tenía todo el sello de que Francisco Figueroa estaba detrás, los catalanes no eran tontos y la promocionarían, conscientes de su brillantez. Pronto sería una de las mejores abogadas del país, estaba seguro. ¿Cómo coño se le había ocurrido enterrar su talento en un pueblo perdido, por mucho que la quisiera?

Arrancó el coche, con la amargura de sentir que sus sueños de la tarde anterior de un futuro juntos se habían evaporado como el humo, y en su lugar solo le quedaba la desesperación de saber que la había perdido.

Con una fría determinación, arrancó el coche y regresó a su casa.

Cuando subía a su habitación, la de sus padres se abrió y su madre le salió al encuentro en bata.

—¿Dónde has estado? ¿Tienes idea de la hora que es? ¿Ni siquiera una noche como esta puedes llegar a casa a una hora decente? ¡Y vaya una cara que traes! ¿Cómo vas a ir así a la ceremonia? Espero, al menos, que no vengas borracho...

Fran ignoró todas sus palabras y le preguntó señalando la puerta del dormitorio.

—¿Está despierto?

—Pues claro que lo está. Ninguno de los dos hemos podido pegar ojo pensando en que quizá no aparecerías a tiempo.

Fran entró en el dormitorio seguido de Magdalena. Su padre estaba en la cama, recostado contra las almohadas con un libro entre las manos. Clavó en él unos ojos fríos y acusadores.

—Enhorabuena. Has ganado. Me descubro ante ti, abogado Figueroa —dijo con voz helada, tratando de no olvidar que aquel hombre era su padre, y controlando los deseos de dirigirse hacia él y machacarle la cara a puñetazos.

—¿De qué hablas? —preguntó el hombre cerrando el libro y sentándose en la cama.

—Bonet y Rius... Una de las jugadas más sucias de toda tu carrera. No me extraña que seas tan rico, si te comportas de una forma tan rastrera en los tribunales.

—Fran, no le hables así a tu padre —dijo Magdalena agarrándole por el brazo con brusquedad. Él se sacudió con fuerza, soltándose, y la miró por encima del hombro.

—¡Cállate! Esto es entre él y yo.

Francisco Figueroa clavó en su hijo una mirada asombrada,

como si le viera por primera vez. Fran siguió hablando con un profundo dolor en su voz.

—Por Dios que no quisiera ser tu enemigo, si eres capaz de hacerle esto a tu propio hijo.

—¿Qué te ha hecho, si puede saberse? —siguió diciendo su madre. Fran la ignoró y continuó hablando a su padre, con una mirada dura y fría de sus ojos pardos.

—Has ganado, he cortado con Susana. Y la he animado a aceptar ese trabajo que le has conseguido en Bonet y Rius. —Hizo una pausa, tratando de controlar sus emociones, y continuó con voz alterada—: Anoche iba a pedirle que se casara conmigo. Incluso había comprado unos anillos... Iba a desafiarte, a pasar de tu bufete en vista de que no aceptabas mi relación con Susana, y a utilizar la casa del pueblo que me dejó la abuela para abrir uno pequeño en algún lugar discreto y alejado, lejos de tu influencia... y empezar juntos. —La voz se le ahogó, pero se rehízo con un esfuerzo—. Pero no contaba con tu astucia. La jugada de ofrecerle ese empleo impresionante en Bonet y Rius ha sido magistral. A nadie que acaba de terminar la carrera se le presenta una oportunidad así. No he sido capaz de pedirle que renunciara a eso.

—No hubiera renunciado —dijo Magdalena—. No para irse contigo a morirse de hambre en un pueblo.

—Sí que lo hubiera hecho, solo estaba esperando una palabra mía para renunciar, pero yo no la he pronunciado. He sido tan cabrón que no la he pronunciado. No he sido capaz de condenarla a seguir pasando privaciones y a enterrar su talento y su carrera en un trabajo aburrido y tedioso. Ha sido una jugada magistral, abogado. Me conoces bien, hijo de puta... Nunca te lo perdonaré.

Su madre se interpuso de nuevo entre los dos, diciéndole furiosa:

—¡Fran...! ¡Vuelvo a repetirte que no le hables así a tu padre! Él no ha hecho nada más que protegerte de una...

Esta vez Fran se dirigió hacia ella con los ojos inyectados de una cólera tal que Magdalena se asustó.

—¡Cállate! No lo digas. No digas una palabra sobre ella o no respondo.

Ella no le hizo caso y continuó.

—Esa mujer solo busca tu dinero, tu apellido... No es nadie, por mucho que tú digas que es una estudiante brillante. Sabe que no llegará lejos ella sola, que necesita tu influencia.

—Cállate, mamá. No puedes entenderlo. Tú necesitas dinero e influencia, tú has vivido toda tu vida a la sombra del apellido de tu padre y de tu marido. Esos son los puntales de tu vida. Eres incapaz de querer, ni siquiera tienes sentimientos maternales, algo que toda mujer posee por instinto... No puedes, no podéis entender lo que hay entre Susana y yo. Yo no he sabido lo que es ser querido de verdad hasta que la conocí... No te atrevas a hablar de ella porque olvidaré que eres una mujer y que eres mi madre. No quiero faltarte al respeto, pero si tú se lo faltas a Susana, te juro que saldré por esa puerta y me iré con ella... y al diablo todo lo demás. No volverás a verme.

—Vete, Magdalena, sal... —dijo su marido—. El chico tiene razón, esto es entre él y yo.

Fran intervino.

—No, quiero que se quede, pero que esté callada. Quiero que sepa cómo están las cosas. —Apretó los puños con fuerza, y siguió dirigiéndose a su padre—. Como te dije antes, has ganado. Ya tienes tu maldita tercera generación de abogados Figueroa. Puedes añadir mi nombre a tu placa. Pero no trabajaré para ti. Nunca más me dirás lo que tengo que hacer, ni cómo. Nunca más planearás nada para mí. A partir de ahora mi vida me pertenece. Y mi tiempo, mis amistades... todo. Quiero mi propio despacho y mis propios casos, y los llevaré a mi manera, tú no intervendrás en ellos. Y me pagarás lo suficiente para poder independizarme, hasta que me haga un nombre y pueda decidir mis propios honorarios. Asistiré a tu maldita comida de graduación y seré amable y encantador con todos tus amigos abogados y clientes, y admitiré, aunque no lo sienta, que eres un padre cojonudo y que estoy orgulloso de ti, tal como todos esperan. Y siempre lo haré así delante de todo el mundo. Os daré apariencia, ya que tan importante es para vosotros. A cambio, quiero que dejes en paz a Susana... que le permitas progresar en el mundo del Derecho, y que nunca le pongas trabas... Ha trabajado muy duro toda su vida para llegar a donde está y no permitiré que destroces todos sus sueños, ni todos estos años de esfuerzo. Estas son mis condiciones. Las tomas o las dejas. Si no aceptas, asistiré a la ceremonia de graduación, pasaré de tu maldita fiesta y recogeré mis cosas y me largaré donde nunca puedas encontrarme, y te juro que nunca habrá una tercera generación de abogados Figueroa, aunque tenga que dedicarme a vender libros puerta a puerta.

—Hijo, eres duro con nosotros... Lo hicimos por tu bien.

—He tenido un buen maestro. Lo tomas o lo dejas —añadió cortante.

—De acuerdo, acepto tus condiciones.

—Bien. Nunca volveremos a hablar de esto. Pero si tengo la más mínima sospecha de que has hecho algo contra Susana...

—Te doy mi palabra... y mi palabra... —Fran sonrió irónico.

—Sí, lo sé. Eres un hombre de palabra, aunque a mí me hubiera gustado tener un padre con menos palabra y más amor.

Se dio la vuelta y añadió mientras salía de la habitación:

—Voy a dormir un par de horas, me espera un día muy duro. —Se volvió hacia su madre—. Dile a Manoli que me llame a las diez.

—No te dará tiempo a darte una ducha, la ceremonia es a las doce, pero tienes que estar a las once y media en la facultad.

—Ya me he duchado —dijo cortante.

—¿Dónde?

—No te importa. Nada de lo que haga a partir de ahora, te importa.

Salió de la habitación. Su padre le miró con aspecto abatido, pero Magdalena se sentó en el borde de la cama y le dijo:

—Ya se le pasará. Solo está ofuscado. Ya sabes cuánto le molesta no salirse con la suya.

—Eso espero.

—¡Bah, solo está encoñado con esa niñata! En cuanto la tenga lejos y se vea libre e independiente y con dinero, estará en la gloria. La olvidará en dos días, y estoy segura de que al final nos lo agradecerá.

—¡Ojalá!

Susana entró en el piso y Merche le salió al encuentro. La cara llena de lágrimas de su hermana le dijo lo que iba a preguntar. Sin decir palabra, la abrazó y la acunó como cuando era pequeña. Pero Susana ya no era pequeña y siempre había sabido superar el dolor. Tras unos breves instantes de fuertes sollozos, se recobró lo suficiente para contarle a Merche lo ocurrido y para estar serena cuando llegaran sus padres. Para ellos ese día era importante y especial, y también para ella, aunque su corazón estuviera hecho pedazos.

Se tomó la tila que su hermana le preparó, escribió la carta aceptando el empleo de Bonet y Rius, y cuando sus padres llegaron, les recibió sonriente y animosa, preparada para su día especial.

Había decidido que después, aquella tarde, se marcharía con ellos a la playa para descansar, y sobre todo para no tener cerca la tentación de llamar a Fran y verlo por última vez.

# 33

A las once y media, se reunió sonriente con todos sus compañeros que se graduarían como ella en el patio de la facultad. En ese patio, bordeado de columnas, que había sido día a día escenario de su relación con Fran, en ese patio tan lleno de recuerdos y que veía por última vez. Se controló. No iba a derrumbarse allí, no delante de todos.

Bromeó con sus compañeros, especialmente con Inma, que estaba guapísima con su toga roja, con el pelo rubio cayéndole sobre la espalda. Fran brillaba por su ausencia.

Al fin llegó, apenas diez minutos antes de que entraran al salón de actos. Guapo e imponente con su toga negra, el rostro grave y sereno, sin esa chispa risueña que siempre brillaba en sus ojos pardos. No se acercó a ella de inmediato, sino que se entretuvo en saludar a otros compañeros. El fotógrafo les reunió a todos para una foto de grupo, y después, mientras se dirigían al salón de actos donde se iba a celebrar la ceremonia, Fran se colocó al fin a su lado y le dijo bajito:

—Estás guapísima de rojo... Ese color te da un aire majestuoso. Lleva algo rojo cuando estés en los tribunales y no habrá nadie que pueda contigo.

—Lo haré.

—¿Has descansado?

—Sí —mintió—. ¿Y tú?

—También.

Y después entraron al salón y se sentaron a ambos lados del escenario, los hombres a un lado, las mujeres en el otro, dividiéndolo en dos manchas de color, rojo y negro.

Susana se sentó junto a Inma. Al fondo del escenario, entre bastidores, veía a Raúl, cámara en mano, y al resto de la pandilla, que se habían colado para presenciar la celebración desde un lugar privilegiado.

Se esforzó por mirar al decano y atender a su discurso y a sus felicitaciones, pero no podía evitar que constantemente su mirada se fuera hacia Fran, que estaba sentado casi enfrente de ella y que estaba aparentemente pendiente del discurso. Este finalizó sin que Susana apenas hubiera escuchado su contenido, y a continuación empezaron a nombrar a los alumnos por orden alfabético, que desfilaron ante el estrado recogiendo el título y dirigiendo unas palabras al público que abarrotaba el salón. Fran fue de los primeros, y Susana se sintió orgullosa cuando le vio levantarse, imponente, y avanzar hacia el centro del escenario.

—Está guapo, ¿eh? —le susurró Inma. Ella asintió, incapaz de hablar.

Fran recogió la cartulina simbólica y estrechó la mano del decano, y después se dirigió hacia el público dispuesto a pronunciar su pequeño discurso.

—No reiteraré las palabras de mis compañeros diciendo que este es un día importante en mi vida; eso es obvio. Pero sí quiero hacer constar públicamente, que debo este título que hoy recojo a una compañera que también se gradúa hoy —dijo volviendo la cara hacia el grupo que se encontraba a su izquierda y fijándola en Susana por unos instantes—. Sin su ayuda, apoyo y paciencia, nunca lo habría conseguido.

Inma le dio un ligero codazo y le susurró:

—¡Va por ti!

Susana no contestó, y con los ojos levemente empañados de lágrimas, le vio volver a situarse en su sitio y esperó pacientemente el turno de Inma.

Este se produjo dos chicos y tres chicas después. Susana le apretó la mano levemente justo antes de que la nombraran, y sintió la pequeña agitación entre bastidores y vio a Raúl, haciendo fotos sin parar mientras su novia se acercaba al decano, recibía el apretón de manos y pronunciaba su discurso.

—Ha sido un largo camino para mí el llegar hasta aquí, pero al fin soy abogado. Es la primera cosa difícil que he tenido que hacer en la vida, pero he contado con el apoyo y el cariño de mucha gente. A todos ellos, gracias.

Un estruendoso aplauso, proveniente del fondo del escenario, hizo sonreír a Susana, que se preparó para ser nombrada después del chico que siguió a Inma.

Cuando escuchó su nombre y la mención especial de haber sido la primera de la promoción y oyó, al igual que cuando salió Inma, el fuerte aplauso que sus compañeros le dedicaban, se levantó con los ojos húmedos y una intensa emoción oprimiéndole el pecho, y con paso tembloroso se dirigió hacia el decano. Sentía clavada en ella la mirada de Fran y sabía que él se sentía tan orgulloso como ella minutos antes al verlo a él.

Recogió el título y se enfrentó al micrófono y a la sala llena de gente, y murmuró con voz velada:

—Aunque suene repetitivo, hoy es un día importante para mí. He soñado con ser abogado desde que tengo uso de razón. Quiero dedicar mi título a mis padres, que han tenido que hacer muchos sacrificios para que lo consiga. —La voz se le quebró y su mirada se cruzó con la de Fran, que le sonreía con una expresión de orgullo en la mirada—. También se lo dedico a toda la gente que ha hecho de mi vida en la facultad una época feliz. Y a ti... —añadió bajito con la vista clavada en Fran, ya sin disimulo, apenas un leve movimiento de los labios, que supo que él había entendido, porque su cara se relajó por primera vez esa mañana para dedicarle una sonrisa abierta y cálida.

Regresó a su sitio y fue incapaz de prestar atención al resto de la ceremonia. Como una zombi vio desfilar a los alumnos que faltaban por graduarse y se preparó mentalmente para los momentos finales.

Sabía que su madre y Merche estarían llorando a moco tendido, todas eran muy lloronas en su casa y se emocionaban fácilmente.

Cuando el acto terminó, y antes de que pudieran bajar del escenario para saludar a sus familiares, toda la pandilla salió de su escondite y les rodeó, felicitándolos. Raúl le había dejado la cámara a Carlos y se abrazó fuertemente a Inma, levantándola en vilo.

—Estoy orgulloso de ti, preciosa —le dijo besándola en la cara—. Y te prometo que en septiembre yo estaré aquí.

—Más te vale.

—Una foto de todos nosotros con los homenajeados, por favor —dijo Carlos entregándole la cámara a un chico, antes de que se bajara del escenario.

Maika se acercó a Susana y le dijo:

—Un discurso precioso, Susana. Y el de Fran no digamos, ¿eh?

—Sí.

—Venga, la foto —apremió Carlos.

Fran se colocó entre Inma y Susana, y Maika y Lucía se situaron a ambos extremos. Delante, agachados en el suelo, se colocaron Raúl, Carlos y Miguel.

Una vez que el flash se hubo disparado, el grupo se disolvió y empezaron a felicitarles atropelladamente, hasta que Susana sintió que no podía más y trató de escabullirse como pudo, antes de que nadie se diera cuenta de que Fran y ella ni siquiera se habían hablado. En aquel momento no se sentía capaz de contar allí en medio, y sobre todo delante de él, que la relación había terminado.

Bajaba los dos escalones que separaban el escenario de la sala donde la aguardaba su familia cuando Raúl se dio cuenta de que se marchaba y la siguió cogiéndola por el brazo.

—Eh, eh... No te escapes... ¿Adónde vas?

—A abrazar a mi familia.

—Espera un segundo, tienes que hacerte una foto con Fran. Luego será muy difícil pillaros a los dos juntos.

—No, Raúl, no quiero hacerme una foto con él. Ya tenemos una de todo el grupo; con esa está bien.

—¿Que no quieres hacerte una foto con Fran? ¿Por qué? ¿Estáis de morros quizá? Vamos, no dejes que una discusión evite la posibilidad de tener una foto de los dos en un día como hoy. Cuando se os pase el enfado, te arrepentirás.

Susana tragó saliva y dijo:

—Una foto mía y de Fran ya no tiene sentido, Raúl. Él y yo ya no estamos juntos.

—¿Qué? Estás de coña, ¿no?

—No.

—¿Desde cuándo, joder? Si anoche te iba a...

Susana le interrumpió antes de que dijera algo que le produjera más dolor del que ya sentía, y dijo:

—Ayer fuimos a cenar juntos y hemos pasado una noche inolvidable en el hotel Alcora. En una *suite* increíble. Pero hemos cortado después... esta mañana.

—¿Te ha dejado? Será cabrón...

—No, lo hemos hablado y hemos decidido cortar los dos, de mutuo acuerdo. Yo he encontrado un magnífico trabajo en Barcelona y es hora de separar nuestros caminos. Hemos quedado como amigos, y yo le quiero mucho... pero no deseo hacerme una foto con él; una foto de pareja, porque ya no somos pareja. ¿Lo entiendes?

—¡No, qué coño voy a entender! Si estáis colados el uno por el otro... Si ayer él pensaba...

—Calla, no digas nada más, por favor. No quiero saberlo. Hoy es un día difícil para mí, tengo que aguantar el tipo y si sigues hablando no podré hacerlo —le dijo—. También es difícil esto para él. Tú eres su amigo... ayúdale a superarlo —añadió con los ojos brillantes.

—Lo que voy es a darle dos hostias, al muy imbécil.

—No lo hagas, es lo mejor para los dos. De verdad que lo hemos dejado de mutuo acuerdo.

Raúl movió la cabeza, dubitativo.

—Despídeme de Inma y dile que ya la llamaré. Y ahora, si me disculpas, voy a abrazar a mi familia. Llevan un rato esperando.

Se alejó rápida hacia las butacas donde sus padres, Merche e Isaac la esperaban impacientes y emocionados.

Como había esperado, su madre lloró con fuerza cuando la abrazó y le dijo entre lágrimas:

—Estoy muy orgullosa de ti, cariño.

Después abrazó a su padre, y al fin recibió el abrazo cómplice y confortador de Merche. Pero esta se separó bruscamente y le hizo una seña con la cara de que mirase hacia atrás. Susana se dio la vuelta y se encontró con Fran.

—Enhorabuena, empollona... —dijo acercándose y abrazándola con fuerza también, sin que le importase que sus padres estuvieran delante.

Susana aspiró por última vez el aroma a Hugo Boss, y sintiendo que no podía aguantar más, lloró suavemente sobre su hombro, mojando la tela de la toga negra.

—Eres una condenada llorona —dijo Fran en su oído, con una voz también ronca y emocionada—. Tienes que controlar eso, no puedes echarte a llorar en los tribunales.

—Lo controlaré, pero hoy no puedo... Hoy es un día...

—Lo sé —dijo acariciándole el pelo. Le rozó la cara con los labios, en una caricia tierna y suave, y después la soltó, volviéndose hacia los padres de Susana.

—Disculpen que haya interrumpido una escena familiar. Soy

Fran, un compañero de Susana. Ella me ha dado clases durante toda la carrera y hemos formado parte del mismo grupo de estudio. No podía irme sin felicitarla muy especialmente. Yo sé lo importante que es para ella este momento.

—También para ti lo será —dijo la mujer.

—Sí, claro, también para mí. Bueno, no les entretengo más, ya me marcho. Disfruten de su comida familiar, a mí me espera mi pantomima. Adiós, Susana, hasta siempre y duro con los catalanes.

—Hasta siempre, Fran.

Por un momento sus miradas se quedaron prendidas y Susana tuvo que darse la vuelta para mantener el tipo.

—Vamos, nena, anda —le dijo Merche agarrándola del brazo y empujándola suavemente hacia el patio—. Vámonos a comer que me estoy muriendo de hambre.

Se dejó llevar, sin volver la vista atrás, tratando de contener las lágrimas que seguían quemando en sus ojos.

Fran se había quedado en el salón. Sus padres estaban saludando a un profesor que recordaban de su época de estudiantes, y él se unió a ellos, seguramente para escuchar una vez más que era la viva imagen de su padre cuando era joven. Y pensó que de mayor, él no se convertiría en el hombre desalmado que tenía delante. Y que cuando tuviera hijos, sería un padre completamente distinto.

Susana salió al patio, y al levantar la vista se sorprendió al ver la figura de una mujer alta que salía apresuradamente y medio a escondidas entre las columnas.

—Esperad un momento —le dijo a su familia y se apresuró a alcanzarla.

—Manoli... —dijo colocándole una mano sobre el hombro.

La mujer se volvió, y ella se encontró con su mirada, llena de emoción.

—Hola, niña. Enhorabuena.

—Gracias. ¿Dónde estabas? No te he visto en el salón.

—Estaba al final, escondida detrás de la puerta.

—¿Escondida? ¿Por qué?

—A ellos no les parecería bien que yo estuviera aquí. Pero no me lo podía perder... Es mi niño. Y este es un día muy importante en su vida. Y en la tuya.

—Sí que lo es. Pero no has debido esconderte. ¿Fran sabe que estás aquí?

—No, y no debes decírselo. Se sentiría muy mal si supiera que he estado ocultándome, pero es mejor así. Nos quitamos problemas los dos. Y ya me voy, tengo una enorme cocina que terminar de organizar para el almuerzo de hoy. No puedo correr el riesgo de que lleguen antes que yo.

—A Fran le gustaría saber que has estado aquí.

—No, niña, no se lo digas. Ya tiene bastantes problemas en casa como para que se pelee con sus padres además por esto. Prométeme que no le dirás nada.

—No podría aunque quisiera. Él y yo ya no estamos juntos, no voy a verle más.

—De modo que al fin lo han conseguido...

—¿Qué han conseguido?

—Que te deje.

—Fran no me ha dejado. Lo hemos decidido de mutuo acuerdo.

—Comprendo.

—Al igual que tú, yo también le quiero mucho y lo último que deseo es ser un problema para él.

Manoli clavó en ella unos ojos llenos de cariño.

—Tú no eres un problema, eres lo mejor que le ha pasado en su vida. El problema se lo generan los demás. Pero él también te quiere, ¿sabes? Te quiere mucho. Ha luchado por ti con uñas y dientes. Esa casa es un infierno desde hace un par de meses. Broncas, amenazas... Lleva semanas comiendo solo en la cocina y sin salir de su habitación. Casi no se habla con sus padres.

—¿Por mí?

—Por supuesto, por ti. Dejaron de darle la asignación, le amenazaron con no dejarle trabajar en el bufete si no te dejaba, y hasta con usar sus influencias para que tú no encontraras trabajo en la ciudad, ni en los alrededores. Ha tratado desesperadamente de hacerles comprender que tú eres la mujer de su vida, pero veo que al fin han ganado.

Susana sintió que aquellas palabras ayudaban a mitigar su dolor y su tristeza, y le daban fuerzas para seguir adelante.

—Gracias por decírmelo. Yo no quiero que sea desgraciado por mi culpa. Él también ha trabajado muy duro para conseguir el título. Tiene derecho a su puesto en el bufete de su familia y a tener una vida tranquila. Y probablemente lo nuestro no hubiera funcionado fuera de la facultad. Esto que me has dicho me da fuerzas para irme lejos, para dejarle libre.

La mujer la abrazó.

—Tengo que irme, no tardarán en salir. Tengo un taxi esperándome en la puerta.

—Yo también, mis padres me esperan. Cuida de él, ¿vale? Yo no estaré aquí para hacerlo.

—Siempre... Es mi niño. Y me hubiera gustado que tú fueras mi niña también.

—A mí me hubiera gustado que fueras mi tata. Adiós.

—Adiós, niña.

Vio cómo Manoli se perdía entre la gente que salía de la facultad. Se reunió con su familia con nuevas fuerzas. La conversación la había convencido aún más de que debía terminar con Fran, por mucho que le costara. Por mucho que les costara a los dos. Tenía que reconocer que por un momento había flaqueado cuando él la había abrazado unos minutos antes, y estuvo tentada de llamarle aquella noche y decirle que quería que siguieran en contacto aunque ella se marchara a Barcelona, que intentaran seguir con su relación aunque fuera a mil kilómetros. Pero ahora estaba más convencida que nunca de que era mejor no hacerlo. De que debían cortar y tratar de pasar página y seguir con sus respectivas vidas por separado.

Esta convicción le dio ánimos para estar animada en el restaurante y disfrutar de la comida familiar, aunque no pudo evitar acordarse de Fran y de sentir lástima por él, que no podía ahogar su dolor ni su tristeza en la calidez de su familia. Él solo tenía aquella tarde un frío almuerzo de abogados y una tensa relación con sus padres.

La voz de Merche llenando su copa y proponiendo un brindis la sacó de su momentánea abstracción. Le sonrió agradecida y bebió. Cerró los ojos y se prometió a sí misma empezar a olvidar a Fran desde ese mismo momento. Nada de acordarse de él, nada de nostalgia ni recuerdos de esos tres años y medio. De ahora en adelante, familia y trabajo... mucho trabajo.

Incapaz de reunirse con sus amigas para una última sesión de «chicas solas», como tenían pensado hacer el día siguiente, y volver a contar y dar explicaciones de su ruptura con Fran, las llamó por teléfono y se despidió de ellas esa misma noche, y al día siguiente se marchó con sus padres a Ayamonte, permaneciendo allí diez días más, hasta que tuvo que incorporarse al trabajo.

# 34

*Barcelona. Abril de 2006*

Sumida en los recuerdos, no se dio cuenta de que el tiempo pasaba y se acercaba la hora de almorzar. Tenía que sobreponerse y llamar. No podía arriesgarse a que el bufete cerrara y no le dieran cita para el día siguiente.

Podía solventar el tema simplemente pidiéndole hora a la secretaria y limitándose a dejarle a ella el sobre que Joan Rius le había dado, sin mencionar siquiera su nombre; pero tenía que ser honesta. No podía pasar por el bufete Figueroa sin saludar a Fran. Si él se enteraba podía creer que le guardaba algún tipo de rencor, y no era así.

Solo tenía miedo, pánico de volver a verlo. Toda su fortaleza, su desenvoltura, se había hecho añicos un rato antes al escuchar el apellido Figueroa.

No sabía nada de Fran desde junio del 2002. Solo había llamado a Inma varias veces al principio de irse a Barcelona y ambas habían evitado cuidadosamente el tema de Fran y su repentina ruptura. Y últimamente había estado tan ocupada que había perdido el contacto con todos sus antiguos compañeros, aunque quizás esto se debiera a miedo a saber, más que a otra cosa.

Al fin se decidió a llamar. Ella no era una cobarde, nunca lo había sido, y menos tratándose de Fran. Tenía que llamarle a él. Se lo debía.

Se sirvió un vaso de agua de la botella que habitualmente tenía sobre la mesa y marcó el número con dedos temblorosos. Sin embargo, su voz sonó fuerte y segura al hablar.

—Bufete Figueroa —dijo una voz agradable de mujer al otro lado del hilo.

—Buenos días. Llamo desde Barcelona, del bufete Bonet y Rius. Quisiera hablar con el señor Figueroa, por favor.

—¿Padre o hijo?

—Hijo... a ser posible.

—Enseguida le paso.

Tras unos breves segundos de espera, la voz suave y bien timbrada de Fran la golpeó con fuerza, ahondando en sus recuerdos.

—Francisco Figueroa al habla.

—Hola, Fran.

Se hizo un silencio que duró apenas unos segundos.

—¿Susana? ¿Eres tú?

—Vaya, me has reconocido.

—Por supuesto que te he reconocido. ¿Cómo podías dudarlo?

Se hizo otra breve pausa. Susana tomó fuerzas para seguir hablando.

—¿Cómo estás?

—Muy bien. ¿Y tú?

—También.

—Ya me he enterado de tus éxitos por esas tierras catalanas. Ya sabía yo que te ibas a comer el mundo, chiquilla.

—¡No irás a decirme que mi fama ha llegado hasta Sevilla! Mi éxito no ha llegado a tanto.

—Alguien me enseñó hace algún tiempo que conviene estar informado de los casos que se juzgan en la actualidad. Siempre se puede aprender mucho de ellos.

—¿Estás al tanto de los casos que se juzgan en toda España?

—Solo algunos. Los importantes. Seguí tu actuación en el caso Maqueda, hace un par de años. Fue genial. Me sentí muy orgulloso.

El caso Maqueda había sido el primer caso importante que Susana había llevado sola, y había ganado cuando nadie pensaba que pudiera hacerlo. Había conseguido una indemnización millonaria que había dado un buen empujón a su cuenta corriente, y había hecho saltar su nombre del anonimato. Desde entonces, el ascenso había sido continuo.

—Gracias.

Se hizo otro silencio que Susana rompió exponiendo el motivo de su llamada.

—Te he llamado porque voy a ir a Sevilla este fin de semana y

Joan me ha encargado que os lleve unos documentos sobre la empresa Minot y Cia.

—Sí, son clientes de mi padre, los está esperando. Pero pensábamos que los enviarían por mensajero, como otras veces.

—Esta vez será por mensajera. Aprovechan que yo voy a ir mañana y quieren que los entregue en mano. ¿Podríais darme hora? Sé que eso probablemente lo hace la secretaria, pero he querido aprovechar para saludarte. ¿Debo hablarlo con ella?

—Por supuesto que no. Tú no necesitas pedir hora para venir aquí, Susana. En el momento en que pises el bufete, serás recibida.

—Gracias. Tan cumplido como siempre. ¿Os viene bien a las cinco?

—¿De la tarde? No trabajamos los viernes por la tarde, nos vamos a las dos. Pero si no puedes por la mañana, yo pasaré a recogerlos donde me digas.

—No te preocupes. El avión llega a las doce y media. Isaac estará esperándome y le diré que me lleve directamente al bufete desde el aeropuerto. ¿Seguís en el mismo sitio?

—Sí.

—Bien, calculo que sobre la una o la una y media estaré ahí. Espero que no nos encontremos con ningún atasco.

—No te preocupes. Si te retrasas, te esperaré.

—De acuerdo. Hasta mañana.

—Hasta mañana.

Colgó. Las manos le temblaban como si fuera una cría cuando se volvió a servir otro vaso de agua. Su voz cálida le había traído tantos recuerdos... Había hablado con Fran como si acabara de verlo el día anterior, como si no hubieran pasado tres largos años desde que se despidió de él en el salón de actos de la facultad, ambos vestidos con sus flamantes togas de abogado.

# 35

*Sevilla. Abril de 2006*

Era la una y veinte cuando empujó la puerta en la que figuraba una placa con los rótulos:

*Francisco Figueroa Luque*
*Magdalena Robles de Figueroa*
*Francisco Javier Figueroa Robles*
*Abogados*

Con un elegante traje pantalón rojo oscuro, camisa salmón y un portafolios negro de bandolera a juego con los zapatos, la Susana que entró en el bufete en poco se parecía a la chica a la que siempre se le había negado el acceso al mismo. Sin embargo, y a pesar de que nunca lo había visto por dentro, era tal y como se lo imaginaba.

En una entrada, amueblada con el estilo sobrio y lujoso que caracterizaba el gusto de Magdalena, la recibió una mujer de mediana edad que rezumaba eficiencia y tenía el aspecto físico pulcro y poco atractivo, como si hubiera sido elegida por Magdalena en persona para que no le hiciera sombra.

—Buenos días —saludó—. Soy Susana Romero, de Bonet y Rius. El señor Figueroa me está esperando.

—Sí, en efecto. Ha dicho que la hiciera pasar en cuanto llegase. Por aquí, por favor.

La siguió por un largo pasillo hasta una puerta que abrió después de dar un discreto golpe en ella.

Fran, sentado detrás de la mesa, y vestido con un pantalón negro y una camisa blanca con discretas rayas grises, con el cuello desabrochado, se levantó rápido para salirle al encuentro.

—Susana...

—Hola, Fran.

La secretaria se marchó dejándoles solos y cerrando la puerta a sus espaldas.

Fran se detuvo ante ella y mirándola intensamente con sus ojos pardos, le preguntó:

—¿Debo tenderte la mano, o puedo darte un abrazo?

—Claro que puedes darme un abrazo.

Él la abrazó con fuerza durante un minuto, y el olor a Hugo Boss le llenó los sentidos. Sin embargo no se permitió sucumbir a la emoción, y al separarse comentó lo primero que se le ocurrió, para romper el embarazoso momento:

—Veo que sigues usando Hugo Boss...

—Soy un clásico. Pero tú sí estás muy cambiada —dijo cogiéndole las manos y contemplándola de pies a cabeza—. ¿Y tus gafas?

—Ya te dije que cuando ganase dinero, una de las primeras cosas que iba a hacer era operarme la vista. Adiós a las gafas para siempre.

—Estás guapísima... Siempre te ha sentado bien el rojo.

—Tengo mucha ropa de ese color. Tú me aconsejaste que lo usara, y yo siempre he confiado en tu buen gusto. En realidad, ahora tengo mucha ropa de todos los colores. El bufete es muy exigente en lo tocante al vestuario de sus empleados. Es lo que se espera de un abogado.

—Sí, dímelo a mí que odio los trajes y los uso siempre para trabajar. Pero no me siento cómodo con ellos. Siempre que puedo, me quito la chaqueta y la corbata —dijo señalando ambas prendas, colocadas en un perchero en una esquina del despacho.

Susana clavó la mirada en las manos de Fran, que aún tenía agarradas a las suyas, de dedos largos y suaves, y pudo ver que no había ningún anillo en ellas. Aunque eso no significaba necesariamente que no tuviera pareja, respiró aliviada.

Al darse cuenta de su mirada, la soltó.

—Siéntate —dijo señalando una silla frente a la suya, al otro lado de la mesa.

—No puedo quedarme mucho rato. Isaac está abajo esperándome con el coche en doble fila. Ya sabes cómo es aparcar por aquí.

—¿Sigue con Merche?

—Se casaron hace dos años y ahora han tenido un niño. Yo vengo a conocerlo.

—Eso es estupendo. Dales recuerdos de mi parte. Y tú, ¿estás casada?

—No tengo tiempo, trabajo día y noche. Ningún marido aguantaría mi ritmo de trabajo. ¿Y tú? —preguntó tratando de que su voz sonara normal.

—Tampoco.

Susana abrió el portafolios y sacó una carpeta llena de documentos.

—Esto es para ti.

—En realidad es para mi padre. Él se ha marchado ya. Bueno, tengo que confesarte que no le he dicho que ibas a traerlos, quería recibirte yo, sin que él estuviera delante. Supongo que te da igual dármelos a mí. Yo me encargaré de hacérselos llegar el lunes.

—Yo también prefiero hablar contigo sin que él esté delante. Comprueba si está todo.

—Seguro que estará. Eres muy concienzuda.

—Compruébalo. Tendrás que firmarme un recibo.

—De acuerdo. Sigues siendo la misma.

—Hay cosas que no cambian, aunque te operes la vista. Genio y figura.

Durante unos minutos Fran revisó los papeles. Después cogió el teléfono.

—Maite, prepara el recibo para Bonet y Rius, por favor, y pásamelo a la firma en cuanto esté listo.

Colgó.

—No tardará. Maite es muy eficiente. ¿Quieres tomar algo mientras?

—No, gracias. Es una hora un poco rara.

—¿Rara? Es la hora perfecta para tomar una cerveza. No me dirás que ya no lo haces...

—No, allí no es costumbre.

—¿Cómo te llevas con los catalanes?

—Bien. Son serios, pero yo también lo soy.

—Tú no eres seria. Bueno, quizá sí, para los que no te conocen.

—En el trabajo lo soy.

—Sí, imagino que sí.

—¿Y por tu casa qué tal? ¿Tus padres?

—Están bien. Mi madre ya no viene tanto por el bufete como antes. Y solo se ocupa de los casos que le apetece, pero entre mi padre y yo logramos sacar el trabajo adelante.

—¿Te has adaptado bien a trabajar con él?

—No, no trabajamos juntos. No se puede mezclar el agua y el aceite. Cada uno lleva sus propios casos y el otro no suele intervenir, salvo alguna consulta o algo muy específico.

—¿Y la gente? ¿Sabes algo de ellos?

—Por supuesto. Inma y Raúl se fueron a vivir juntos al terminar la carrera. Ambos trabajan en el bufete Hinojosa, aunque Raúl solo por la mañana porque está preparando las oposiciones a la judicatura, que salen el año próximo. Voy con frecuencia a cenar a su casa.

—¿Y Maika, Lucía...?

—Todos eran de fuera de Sevilla, y una vez que se marcharon, perdí el contacto. Tengo que reconocer que fue culpa mía, pero Inma sé que sigue en contacto con algunos. Puedes preguntarle a ella, si quieres. Te daré su teléfono por si te apetece llamarles. Se alegrarán mucho de saber de ti.

La secretaria entró llevando un documento en la mano. Fran lo firmó y se lo tendió a Susana.

—Tu recibo. —Y añadió mirando la hora—: Puedes marcharte, Maite, ya son las dos. Yo cerraré. Buen fin de semana.

—Gracias, señor Figueroa. Igualmente.

—Yo también tengo que irme —dijo Susana levantándose—. No puedo seguir teniendo a Isaac aparcado en doble fila. Si le ponen una multa por mi culpa no me lo perdonaré. Ahora tienen otra boca que alimentar.

—Bien. —Se levantó a su vez y se acercó a ella para despedirse—. Oye... ¿Crees que podrías alejarte de tu sobrino por unas horas para almorzar o cenar conmigo? Me gustaría que charláramos con más tranquilidad.

—Claro que sí.

—¿Cuándo te viene bien?

—A mí me da igual, cuando tú quieras.

—¿Esta noche?

—Bueno.

—¿Te parece bien a las ocho y media?

—De acuerdo. ¿Dónde?

—Dame la dirección y yo iré a buscarte. Porque supongo que Merche no vive en el mismo sitio.

—No, se compraron una casa en Bormujos. Pero no hace falta que te desplaces hasta allí, hay una buena combinación de autobuses.

—Ni hablar. Iré a buscarte y así aprovecho para saludarles y conocer yo también a ese nuevo miembro de la familia.

—De acuerdo. Te la apuntaré —dijo cogiendo una de las hojas del bloc de notas que había sobre la mesa.

—Y tu teléfono, por si acaso me retrasara.

—De acuerdo, también mi teléfono.

—Ten tú el mío. Este es el móvil y este el fijo.

—¿Ya no vives en el mismo sitio? —preguntó mirando el prefijo.

—No. En cuanto empecé a trabajar me independicé. Ahora tengo un ático en Triana con una terraza increíble.

—¿Para ti solo? —No pudo evitar preguntar.

—Para mí solo. Manoli viene una vez por semana para limpiar y cocinar y luego yo voy calentando todo lo que deja en el congelador.

—¿Sigues sin saber freír un huevo?

—Tanto como eso, no, pero cocinar, cocinar, tampoco. Lo mío son las barbacoas, ya lo sabes.

Susana no pudo evitar recordar el viaje a El Bosque, donde se encargó de preparar la carne.

—A Manoli le encanta cuidarme. Yo he tratado de que me deje contratar a otra persona para que limpie, pero siempre me salta con que si quiero librarme de ella. Y en realidad a mí me gusta que venga. Comemos juntos ese día y charlamos. De ti, a veces. Me contó lo del día de la graduación.

Una ligera sombra cruzó por los ojos de Susana al recordar ese día, y Fran, dándose cuenta, cambió de conversación.

—Bueno, no te entretengo más. Te veré esta noche.

—Hasta luego.

La acompañó hasta el ascensor y luego se asomó a la ventana para verla salir del edificio, cruzar la calle y subir al pequeño Toyota que había aparcado en la acera de enfrente, en doble fila.

El despacho se había llenado con su presencia, y él se sentía sumamente alterado. El breve abrazo, tocar sus manos, escuchar su voz, habían activado recuerdos que jamás se habían borrado y sacado a la luz sentimientos que siempre habían estado ahí, aunque hubiera logrado esconderlos en un rincón apartado de su alma y de su mente.

Cogió la carpeta de documentos y la llevó hasta el despacho de su padre, dejándola sobre la mesa vacía. Fran se había alegrado de que tuviera que ocuparse de un asunto que le había hecho salir a media mañana. No quería que se encontrara con Susana, y él no pensaba decirle que ella había estado allí.

No le había perdonado que se interpusiera entre ellos y le hubiera obligado a separarse de ella para no destrozar su carrera.

Nunca habían tenido una relación fuerte padre e hijo antes, pero desde aquel momento, la poca que había se había terminado. Él se había marchado de casa inmediatamente. Cuando sus padres regresaron de Laredo aquel verano, él ya se había mudado a un piso alquilado y poco después se había comprado el ático donde ahora vivía. Y desde entonces le trataba más como a un compañero de trabajo que como a un padre, y su relación se limitaba a temas estrictamente profesionales. Se presentaba puntual el lunes en el despacho y se marchaba el viernes, sin hacer comentario alguno de cómo, dónde o con quién pasaba su tiempo libre. Iba a comer con ellos en Navidad o en los cumpleaños, como si de una visita de cumplido se tratara.

Miró el reloj. Pasaban de las dos y media. Cerró el despacho y se fue a su casa.

Susana entró en la alegre casa de su hermana mientras su cuñado sacaba la pequeña maleta del coche. Ella estaba impaciente por abrazar a Merche, en cuyo parto no había podido estar presente por asuntos de trabajo, y conocer a su sobrino. Una cosita pequeña, muy morena, y el vivo retrato de su padre.

—Caray, Isaac... ¡No podrás decir que mi hermana te ha puesto los cuernos! Eres tú en enano.

—Ya te lo dije —comentó Merche—. Otro cabeza dura con el que bregar. Cógelo si quieres.

—Está dormido. Luego, cuando se despierte.

—No lo hará. Duerme todo el tiempo. Lo cojo, le doy el pecho, lo cambio y antes de que haya terminado ya está dormido de nuevo.

—Te quejarías si no lo hiciera y se pasara la vida llorando como hacía mi primo pequeño —rio su marido—. Nos tenía desesperados a todos.

—¿Y tú cómo estás? —le preguntó a su hermana, que presentaba muy buen aspecto, aunque con algún kilo de más, los pechos hinchados y el vientre aún sin haber perdido del todo la forma del embarazo.

—Muy bien. Tratando de recuperar el tipo poco a poco. ¿Y a ti, cómo te ha ido?

—Muy bien. El vuelo ha sido tranquilo y corto...

—No me estoy refiriendo al vuelo.

—Ya... bien también.

—¿Solo piensas decirme eso? ¿Cómo está Fran?

—Muy guapo. Demasiado para mi paz espiritual. Y tan encantador como siempre. Pero puedes comprobarlo por ti misma. Hemos quedado para cenar esta noche. Vendrá a recogerme a las ocho y media.

—¿En serio? Cariño, eso es estupendo.

—Merche, Merche... para, que te conozco. No se te ocurra lanzar al vuelo tu imaginación, ni sacarte ninguna conclusión de la manga.

—Claro que no. Solo me estoy alegrando de que vuestro encuentro no se vaya a limitar a un simple y frío intercambio de papeles.

—Sí, yo también me alegro. Me habría dolido que hubiera sido así. Fran y yo compartimos tantas cosas... Lo nuestro fue tan especial...

Un leve gemido procedente de la cuna cortó la conversación. Susana cogió a su sobrino y le besó, y se olvidó de Fran por el momento.

A las ocho, Susana terminaba de arreglarse sintiéndose más nerviosa que nunca antes en su vida, incluyendo el primer día de facultad, cuando escuchó el timbre de la puerta. Se miró al espejo y la imagen le devolvió lo que esperaba ver. Una mujer atractiva, aunque no guapa, y segura de sí misma, y no el manojo de nervios que era en realidad.

Había pasado un poco de apuro para arreglarse porque su intención era meter en la maleta ropa cómoda. Pero al saber que iba a reunirse con Fran para entregarle los documentos, había decidido meter también un vestido... solo por si acaso. Pero aquella tarde se había dado cuenta de que era demasiado ligero para ponérselo sin nada encima, y la chaqueta que llevaba no le combinaba en absoluto. Pero Merche le había prestado una pañoleta para echársela sobre los hombros en caso de que hiciera frío por la noche.

Cuando bajó, Fran estaba sentado con Merche en el salón y ambos charlaban, por supuesto, del pequeño.

—No le dejes criarse solo —decía Fran—. No hay nada más triste que un hijo único. Te lo digo por experiencia. Siempre envidié esa amistad y camaradería que teníais Susana y tú. Hubiera dado cualquier cosa por tener un hermano o una hermana con quien poder hablar. O con quien pelearme, como Raúl con sus hermanos.

—Hablando de hermanos. Mira, Susana ya baja.

Fran se levantó. Vestía un pantalón gris claro de corte informal y una camisa negra de manga larga, por fuera del mismo. Le sonrió.

—Tienes un sobrino precioso.

—No se te ocurra decir lo contrario o Merche te matará.

—No soy yo la única que lo dice, ¿eh? Todo el mundo opina lo mismo.

—Claro que sí, es la verdad —añadió Fran.

—Mira lo que le ha traído —dijo Merche cogiendo una caja que había sobre la mesa y mostrando un sonajero con unos dados de colores unidos en un tronco común—. Yo le he dicho que no tenía que haberse molestado, pero...

—Es un placer. Quiero que tenga un regalo mío.

—Nos vamos cuando quieras —dijo Susana deseando salir de allí antes de que Merche dijera algo que no debía—. Volveré pronto. Quiero ayudarte con el pequeño mañana.

—No le hagas caso, Fran, y haz que se divierta. En Barcelona no hace más que trabajar. Puedo arreglármelas perfectamente yo sola con el niño.

—No te preocupes. Haré que se divierta y luego te la traeré a casa... como siempre he hecho.

—Hasta luego entonces. Y ha sido estupendo volver a verte, Fran.

—Lo mismo digo.

Susana cogió la pañoleta y el bolso.

Al salir a la calle instintivamente buscó el Opel Corsa caldera, pero no lo vio. Fran se dirigía a un Audi negro y lo abrió con el mando a distancia.

—Coche nuevo...

—Sí. El Corsa empezó a dar problemas. Y supongo que este le pega más a un abogado.

—Es muy bonito. Yo tengo un BMW metalizado.

—¡No me digas! No te imagino conduciendo.

—No es que me guste especialmente, pero en Barcelona las distancias son enormes. No ganaría para taxis. Además, vivo en un barrio de las afueras. Allí los pisos son más baratos y es más tranquilo que el centro.

—¿Vives sola?

—Sí. Compartí piso con una chica al principio para no sentirme sola. Pero acostumbrada como estaba a Merche, no pude adaptarme a otra persona. Y en cuanto pude alquilé un apartamento pequeño y me mudé allí.

Habían subido al coche y Fran enfilaba la autovía que bajaba hasta Sevilla.

—Y nunca he vuelto a compartir mi casa —siguió hablando—. Me he dado cuenta de que para vivir con alguien tienes que conocerle muy bien o quererle mucho.

—O estar muy enamorado.

—Eso va incluido en querer mucho.

—¿Tienes pareja? —le preguntó él mirándola de reojo.

—No... ¿Y tú?

—Tampoco.

Susana, sin saber por qué se vio en la necesidad de aclarar:

—Lo intenté un par de veces, pero no funcionó. Ninguna de las dos llegó a los tres meses.

—¿Culpa tuya o de ellos?

—Mía, supongo. Sigo siendo una empollona, aunque ahora del trabajo. Y no puse en la relación todo lo que debía. ¿Y tú, has tenido alguna novia?

—No... solo encuentros esporádicos. Los míos ni siquiera llegaron a tus tres meses.

—¿Adónde vamos a ir a cenar? —preguntó ella cambiando de tema. La conversación se estaba haciendo demasiado íntima, demasiado peligrosa.

—He reservado mesa en Manolo León, en una de las bocacalles de Torneo. Se come muy bien; el problema va a ser aparcar por allí.

—Puedes buscar donde aparcar en otro sitio y pasear hasta allí. Siempre me ha gustado pasear por Sevilla, y hace mucho que no lo hago.

—Toda la zona de Torneo es mala para aparcar. Pero podemos dejar el coche en el garaje de mi casa y caminar hasta el restaurante. Así sabes dónde vivo ahora. La verdad es que la noche está muy agradable para pasear, y tenemos tiempo. Y si nos retrasamos tampoco supone un problema. Mis padres son clientes habituales, y como la reserva está a nombre de Francisco Figueroa, no pueden saber que no es para él. Trato de evitar los sitios que frecuentan ellos, pero esta es una ocasión especial.

—¿Por algún motivo? ¿No llevas bien trabajar con tu padre?

—Llevo mal a mi padre. A mi compañero de trabajo, bien.

—No comprendo.

—Tuvimos un problema hace algún tiempo, y me marché de casa. La relación padre e hijo se deterioró mucho, y nunca se ha recuperado. Trabajo con él porque el bufete era de mi abuelo, no suyo, y considero que tengo tanto derecho como él a hacerlo. Y cuando se jubile, será mío.

—La tercera generación de abogados Figueroa, ¿no?

—En realidad la segunda. El bufete era de mi abuelo materno, Robles en un principio. Mi padre entró a trabajar allí y acabó casándose con mi madre. A veces pienso que fue un braguetazo. Aunque hay que reconocer que mi padre es muy bueno. Muy despiadado, pero muy bueno.

—No seas duro.

—No puedo pensar otra cosa. No creo que se quieran, solo se utilizan. Al menos no como nos quisimos nosotros. Conviven, se soportan y me tuvieron a mí para perpetuar el apellido y el bufete. Nada más. Eso es lo único que les importa.

Susana lo miró con curiosidad.

—Siempre te quejaste de que no te echaban demasiada cuenta, pero de eso a la amargura que ahora percibo en tus palabras, hay un mundo. Algo muy terrible debió de pasar entre vosotros para que digas eso.

—Me pusieron entre la espada y la pared, y tuve que elegir la espada. Pero no quiero hablar de eso... aún duele. Y en el despacho nos entendemos. Él lleva sus casos y yo los míos. Por suerte me especialicé en Derecho Mercantil, un tema que él no domina demasiado, así que nuestros caminos no se cruzan más que al entrar y salir del trabajo, y no siempre. El resto de la relación con mis padres es casi inexistente. Las comidas de Navidad, cumpleaños y alguna que otra ocasión señalada. Y todos somos muy amables y corteses los unos con los otros.

—Dios mío, qué pena me das... ¿de qué os sirve tanto dinero? Yo echo tanto de menos a mi familia... y aprovecho cualquier puente o fiesta para venir a casa y pasar unos días con ellos.

—¿Vienes muy a menudo a Sevilla?

—No, a Sevilla no. Casi siempre nos reunimos en Ayamonte. Merche sigue yendo todos los fines de semana. En esta ocasión he venido yo aquí porque ella hace apenas una semana que dio a luz y no quiere meter al niño en un viaje tan pronto. Y tampoco es aconsejable para ella. Íbamos a reunirnos todos aquí, pero mis padres han estado unos días en Sevilla desde que se puso de parto hasta que nació y le dieron de alta y mi padre no ha trabajado, y si no sale al mar, no gana. Así que se han tenido que quedar en casa. Pero hubiera sido una fiesta reunirnos todos. Siempre lo es. Isaac también disfruta mucho con esos encuentros. Él y mi padre se llevan muy bien, salen juntos al mar a pescar cuando está en Ayamonte.

—Tus padres parecían estupendos. Yo nunca tuve la ocasión de conocerlos. Probablemente a mí me hubiera pasado como a Isaac.

—Estoy segura de ello. Mi abuela, sobre todo, te hubiera cogido mucho cariño... Yo siempre he sido su nieta favorita, y siempre me está azuzando para que me eche novio. Dice que no quiere morirse sin haberle dado el visto bueno a mi hombre.

—¿Vive aún?

—Sí.

—Entonces quizás aún pueda salirse con la suya.

—Está muy mayor, y muy delicada. No sé...

—Cuando hablabas de tu abuela siempre me pareció encantadora.

—Toda mi familia lo es.

—Y yo dejé pasar la oportunidad de pertenecer a ella...

—Son cosas que pasan.

Se produjo un silencio mientras Fran enfilaba la ronda de Triana, y entraron en una zona completamente cambiada según los recuerdos de Susana. A mitad de la avenida se detuvo, y con un mando a distancia que sacó de la guantera, abrió la puerta de un garaje subterráneo.

—Mi casa está arriba, en el ático. Tengo un dúplex con una terraza de treinta metros. Es una maravilla. Manoli la tiene llena de plantas.

—Tiene que ser estupendo vivir en un sitio así. A mí siempre me encantaron las plantas, pero ahora no tengo tiempo de cuidarlas... quizás algún día.

—Tampoco yo paso mucho tiempo en mi casa. Durante la semana trabajo, y los sábados y domingos me suelo ir al campo. Me he aficionado al senderismo y me voy a vagar por los montes con un grupo de excursiones organizadas. No me gusta pasar mucho tiempo solo, se me cae la casa encima.

—A mí en cambio me encanta dedicar el domingo a vaguear. Me quedo en casa, en pijama, con el pelo recogido con una pinza, sin peinar, sin maquillar y comiendo lo primero que encuentro en el frigorífico. Leyendo o viendo películas.

Fran había aparcado el coche en una esquina entre dos líneas con el número 14 y ambos salieron de él.

—¿Quieres subir a ver mi choza? —preguntó Fran. Miró el reloj—, aunque vamos un poco justos, si tenemos que ir andando. Quizás a la vuelta.

Susana no respondió, deseando subir para averiguar si su piso se parecería a su habitación de la casa de sus padres, con el sistema de música conectado a unas luces y a una cama que se movía. Quizá le dijera en el tipo de hombre en que se había convertido, aunque ella no le veía demasiado cambiado. Más serio quizá, menos impulsivo, más comedido en sus gestos. El Fran que ella recordaba era muy expresivo en sus gestos, siempre estaba alzando las manos cuando hablaba, siempre le ponía la mano en el brazo o en la espalda, incluso cuando no estaban saliendo juntos. En los primeros tiempos en que solo eran amigos ella se ponía muy nerviosa siempre que la tocaba, y él lo hacía continuamente. Pero ya llevaban juntos mucho rato y él no había perdido el control de sus manos en ningún momento. Gracias a Dios, porque si él empezaba a tocarla ella no sabía cómo reaccionaría. Su presencia le estaba afectando físicamente mucho más de lo que quería admitir.

Fran cerró el coche y la acompañó en el ascensor hasta el portal y salieron a la calle.

—¡Cómo ha cambiado toda esta zona en tres años! Debe de haberse revalorizado mucho.

—Y sigue haciéndolo. A mí el piso me costó un dineral, pero aproveché una casa que me dejó mi abuela en el pueblo para pagar la entrada. Ella hubiera entendido que la vendiera. De hecho, sé que me la dejó para eso. Cuando murió, yo aún no tenía claro lo de ser abogado y quiso darme la oportunidad de elegir otra cosa, sin tener que depender económicamente de mis padres. Le fastidiaba bastante la presión que ejercían sobre mí con eso de la tercera generación de abogados en la familia. Nunca le estaré lo bastante agradecido por ello, porque me dio la oportunidad de irme de aquella casa en la que no podía seguir.

—Pero trabajas con tus padres.

—Sí. Hubo un momento en el que pensé abrir mi propio bufete, pero luego llegamos a un acuerdo para mantener nuestras carreras profesionales por separado, y decidí usar el dinero para la casa.

Habían empezado a caminar uno junto al otro por la ronda de Triana en dirección al Puente del Cachorro, y después giraron por Torneo hacia el restaurante.

—Pero ya basta de hablar de mí. Cuéntame cómo te llevas con los catalanes.

—Bien. Nos respetamos mutuamente.

—Habrás aprendido el catalán, supongo.

—Sí, un poco. A ver, qué remedio.

—Conociéndote, ese «un poco» significa que lo hablas perfectamente.

—Tengo que defender a gente en catalán, no puedo permitirme desconocer los matices.

—¿Vas a los juicios? Antes esa idea te aterraba, eras más bien de preparar el trabajo de campo. Cuando hacíamos los trabajos en equipo siempre dejabas que yo los expusiera.

—A todo se acostumbra una. Ya no soy tan tímida como cuando me conociste. Aunque a veces todavía hay cosas que me cuestan un poco. Pero me esfuerzo en superarlas.

—También has cambiado físicamente. Ese peinado te da un aire diferente.

Ahora fue ella quien se echó a reír.

—Cuando vieron mi pelo, mis compañeras de trabajo se horrorizaron y me recomendaron un centro de estética. Allí hicieron un estudio de mi cara y me hicieron este corte de pelo, me pusieron unas mechas, y bueno... todo lo que ves ahora. Y creo que acertaron, que me sienta bien.

—Te sienta muy bien. Aunque a mí me encantaba mi chica de

la coleta y las gafas —dijo él con un acento nostálgico en la voz—. Y los calcetines musicales.

Susana no quiso mirarle cuando dijo:

—Esa chica ya no existe, así como tampoco el Fran de la melena al viento. Pero los calcetines aún los tengo, tanto los que me regalaste tú como los otros. Me los pongo en casa, cuando quiero sentirme a gusto.

Se produjo un silencio prolongado mientras cruzaban la ancha avenida. Cuando ya se acercaban al restaurante, Susana habló de nuevo:

—Fran, me gustaría pedirte un favor.

—Por supuesto. Lo que quieras.

—Déjame pagar a mí esta noche.

—De eso nada. Yo te he invitado y he elegido el sitio...

—Y si lo frecuentan tus padres debe de ser muy caro, ¿no?

—Eso es asunto mío. Hoy nada de hamburguesas en el McDonald's de Plaza de Armas.

—No tienes que preocuparte por el precio, puedo pagarlo, ahora gano mucho dinero. Yo nunca pude invitarte a nada, siempre eras tú el que lo pagaba casi todo. Al menos todo lo especial. —Se volvió hacia él y esta vez fue ella quien colocó la mano sobre su brazo—. Por favor, déjame. Es importante para mí.

Él sonrió.

—De acuerdo. Si me lo pides así, ¿quién puede negarte nada? ¿Es una táctica aprendida en los tribunales?

—Nunca ruego en los tribunales; simplemente expongo hechos.

—Y ganas.

—A veces. Otras pierdo.

—Serán las menos, seguro.

Habían llegado al restaurante y les colocaron en un comedor casi privado. Solo había otra mesa pequeña detrás, ocupada por cuatro personas. Encargaron la comida. Nada más echar un vistazo a la carta supo lo que ella iba a pedir. Ensalada de pasta a la albahaca, rodaballo al horno y helado de pistacho de postre. Él sonrió.

—Sabía que ibas a pedir eso.

—¿En serio? ¿Y por qué?

—Porque te conozco. Afortunadamente, aún te conozco.

—Siempre me han encantado los postres, y el pescado no me gusta como lo cocinan en Cataluña. Lo condimentan demasiado.

—Y el helado. Si hay un helado de postre, tú lo pedirás.

—En efecto. A ver si adivino lo que vas a pedir tú. Carne, por supuesto.

—Por supuesto.

—¿El chuletón?

—El chuletón.

—Y un revuelto de primero.

—También. ¿Y de postre?

—¿La macedonia de fruta al licor?

—Es lo que me gustaría pedir, pero tengo que conducir para llevarte de vuelta a Bormujos. La fruta con el licor pega, y por aquí los controles de alcoholemia se han puesto muy serios. En todas las salidas y entradas a Sevilla se pone la Guardia Civil los fines de semana. Pediré una de las tartas, preferentemente de nata. Me encanta la nata.

Susana lo miró, recordando bruscamente la última noche que habían pasado juntos, cuando ambos se habían llenado de nata todo el cuerpo y se habían lamido uno al otro antes de meterse en el jacuzzi. Cuando sus miradas se cruzaron supo que también Fran se había acordado de lo mismo, aunque su intención al hablar de la nata no hubiera sido hacerle recordar aquello.

Les trajeron la comida y por un rato se limitaron a comerla en silencio, haciendo solo algún comentario sobre la calidad de los platos y de la bebida. Luego, Fran le preguntó por sus casos, y ella le contó algunas anécdotas. Cuando acabaron de comer, Susana sacó la tarjeta de crédito y pagó con ella sin mirar siquiera el importe de la cuenta.

—¿Qué tal sienta eso de pagar sin mirar siquiera el precio de lo que pides? —le preguntó Fran, recordando cómo ella, años atrás, había mirado cuidadosamente las cartas para pedir algo que pudiera costearse, cuando insistía en que cada uno pagara lo suyo.

—Estupendamente. Alguna compensación había de tener el estar sola, a más de mil kilómetros de los tuyos. Aunque a mí no me compensa.

—¿Por qué sigues allí entonces?

No quiso decirle que a causa de él. Que el día que le olvidara, regresaría a Sevilla, o a Huelva, o a algún otro sitio más cerca de su familia, pero que aún no se sentía capaz de vivir cerca y no llamarle, y mucho menos saber que tenía otra vida al margen de ella. Y decidió decirle el otro motivo por el que permanecía en Barcelona.

—Porque profesionalmente estoy disfrutando mucho. En un bufete tan grande como Bonet y Rius, se presentan casos que ni remotamente se ven en uno pequeño. Pero desde luego, mi estancia en Barcelona es temporal. Cuando considere que ya he visto los suficientes casos interesantes, volveré a mi tierra y buscaré trabajo aquí. Cerca de los míos. Los añoro terriblemente, y no quiero ni pensar ahora que tengo un sobrino. Me encantan los críos. Yo seré su madrina, ¿sabes?

—¿Y el padrino?

—Algún primo de Isaac, supongo. Él no tiene hermanos y a mi padre no le gustan esas cosas.

—Bueno, dile que si no tiene padrino para el niño, aquí está el tío Fran.

—No se lo insinúes siquiera a Merche o te tomará la palabra. Los primos de Isaac le caen fatal.

—Yo tampoco le he dado motivos para caerle muy bien.

—Merche tenía debilidad por ti.

—Ya, pero seguramente ahora no piensa lo mismo. Hoy ha estado muy amable conmigo, pero supongo que se trata solo de cortesía.

Susana se echó a reír.

—Merche no es una persona cortés. De hecho, durante el tiempo que estuvimos saliendo juntos, amenazó con cortarte los huevos varias veces, aunque tú nunca te enteraste.

—Debió hacerlo. Después de cómo te dejé.

—No digas eso, tú no me dejaste. Lo nuestro terminó porque tenía que acabar. Porque había llegado el momento, y tanto ella como yo lo habíamos sabido siempre.

Regresaban paseando, desandando el camino por las calles iluminadas y con el tráfico escaso. Al llegar al centro comercial Plaza de Armas, que en muchas ocasiones había sido lugar de reunión de la pandilla, Fran dijo:

—Tú has pagado la cena. Deja que ahora yo te invite a una copa.

—Has dicho que no podías beber, que tienes que conducir.

—Tomaré algo sin alcohol. O una infusión. Inma me está aficionando a las hierbas. Voy con frecuencia a su casa y siempre acabamos tomando alguna infusión al final de la velada, porque yo debo coger el coche para regresar.

—¿Viven muy lejos?

—En Montequinto. ¿Qué? ¿Aceptas la copa?

—Por supuesto —respondió encantada de alargar la noche y retrasar el momento de despedirse. Hacía mucho tiempo que no se sentía tan feliz.

—Entremos en el Buda. ¿Tú llegaste a conocerlo?

—Sí, aunque creo que solo estuve una vez.

—¿Prefieres discoteca o zona de copas?

—Zona de copas... Quiero hablar sin tener que dar gritos.

Entraron al local y buscaron un rincón tranquilo donde sentarse, aunque no había mucho sitio libre. Se sentaron en un banco adosado a la pared, en una zona tenuemente iluminada.

—¿Qué vas a beber?

—Creo que un Malibú con piña. Hace años que no lo tomo.

—¿Allí no lo ponen?

—No lo sé. Nunca lo he pedido. Es una bebida que asocio con Sevilla y con la gente de Sevilla, y no me apetece tomarlo allí. Además, allí conduzco, y nunca bebo cuando tengo que coger el coche, que es siempre.

—Seguro que eres una buena conductora.

—Soy prudente.

El camarero se les acercó y pidieron un Malibú con piña y una tónica para Fran.

—Lamento que estés sin beber por mi culpa. Si quieres puedo coger un taxi, no tienes que llevarme a Bormujos.

Él sonrió.

—Siempre te he llevado a casa, y eso no va a cambiar porque ahora seas una abogada famosa.

—Por Dios, no soy famosa.

Susana dio un largo trago a su vaso y el sabor dulzón de la bebida hizo que los recuerdos la asaltaran con más fuerza aún. Paladeó la bebida y sus labios casi esperaron sentir el sabor de los de Fran a continuación, como tantas otras veces. Él solía besarla después de beber, decía que le encantaba cómo sabía el Malibú con piña en su boca.

—¿Sabe igual que siempre? —le preguntó al notar cómo ella saboreaba el trago.

—Sí, igual que siempre.

Fran se inclinó un poco sobre ella, acortando la distancia, y le preguntó mirándola fijamente a los ojos, como si intentara leer en su alma:

—¿Puedo pedirte también yo a ti una cosa?

—Claro... —dijo mientras pensaba: «No me mires así, por favor... No me mires así.»

—Cuando vengas a Sevilla a ver a tu hermana o a Ayamonte, ¿querrías llamarme para tomar aunque sea un café conmigo?

—Ya te he dicho que apenas vengo a Sevilla, pero a Ayamonte voy siempre en los puentes y en todas las fiestas. ¿Irías hasta allí solo para tomar un café?

—Sí, iría.

—Entonces, te prometo que te llamaré. Y alguna vez que venga a Sevilla podríamos quedar con Inma y Raúl. Me gustaría mucho volver a verlos.

—¿Quieres que les llame para este fin de semana?

—No sé si podré. Lo tengo un poco complicado, quiero acercarme en algún momento a ver a mis padres también. Tenía pensado ir mañana por la noche o quizás el domingo por la mañana temprano y regresar por la tarde.

—¿A qué hora tienes el vuelo?

—A las nueve de la noche. Me daría tiempo de ir y volver en el mismo día.

—Este fin de semana va a suponer para ti una paliza.

«No sabes tú cuánto, sobre todo emocional», pensó, pero dijo:

—No es paliza para mí ver a mi gente. Lo malo es cuando regreso. Siento mucho más su falta que antes de venir, y siempre me lleva unos días adaptarme.

—Cuando te decidas a regresar, también me gustaría que me llamaras. Ahora tengo alguna influencia en el mundillo judicial y podría ayudarte a encontrar trabajo. Si quieres, claro.

—Te prometo que serás el primero a quien llamaré.

—Y... ¿Te importaría si te llamo alguna vez? Ahora que hemos vuelto a encontrarnos, no quisiera perder el contacto de nuevo.

—Me encantará que me llames. Yo... te llamé una vez para saber de ti, pero me salió un buzón de voz diciendo que tu antiguo número ya no existía.

—Perdí el móvil y quienquiera que lo encontrara, lo dio de baja. Cuando me compré otro, me dieron un número distinto. Tu número también es diferente... yo también te llamé una vez.

—La empresa me dio uno de última generación. Tienen un contrato de esos especiales para empresas, y todos los números están relacionados entre sí con tarifas planas. No pude elegir el número, y me parecía bastante tonto mantener dos teléfonos. Y pensé que si alguien quería ponerse en contacto conmigo, siempre podía localizarme en el bufete. El número está en la guía.

—Sí, es cierto. Quizá debí intentarlo allí.

—Es raro que nunca hayamos coincidido, teniendo nuestros bufetes casos en común.

—Es mi padre quien los lleva y nunca suelo inmiscuirme en sus casos. Hasta ahora, claro. No podía permitir que vinieras al bufete y le entregaras a él los documentos, sin hablar siquiera conmigo.

—Nunca hubiera estado en el bufete sin saludarte, Fran. Nunca.

Él dio un sorbo a su vaso y se percató de que el de Susana estaba vacío.

—¿Quieres otro?

—No, me marearía.

—Tú no tienes que conducir.

—Además, ya es tarde, son más de las dos. No quiero hacerte llevarme a las tantas.

—A mí me da igual la hora. No tengo ninguna prisa.

—No, es hora de irnos. —Suspiró—. Merche le da de comer al niño sobre las tres de la mañana. Sería una buena hora para llegar y no molestar a nadie.

—Como quieras.

Fran pagó y ambos salieron de nuevo a la calle. En esta ocasión Susana se echó la pañoleta sobre los hombros, sintiendo un poco de frío al salir. Fran se colocó a su lado y caminaron despacio, cruzando el Puente del Cachorro con pasos lentos y perezosos, alargando el camino de forma evidente.

—¿Sabes?, me siento muy raro paseando contigo sin cogerte de la mano. Siempre íbamos de la mano a todas partes, ¿te acuerdas? Nos llamaban los tórtolos de la facultad.

—Puedes cogerme de la mano si quieres —dijo ella deseando que lo hiciera. Al momento sintió los dedos de Fran buscar los suyos y la antigua sensación se apoderó de ella. Era la primera vez que la rozaba en toda la noche.

—Sigues teniendo la mano tan suave como siempre.

Susana no contestó. Caminaron en silencio por la puerta de Triana y enfilaron la Ronda hacia la casa de Fran. Susana se preguntó si la invitaría a subir para conocer su terraza, como había hecho antes de cenar, y supo que si pisaba aquella casa, no iba a dormir en Bormujos. A lo largo de la noche la sensación de intimidad había ido en aumento, el pasado se había ido acercando y los tres años de separación se habían hecho casi inexistentes. En aquel momento, paseando de la mano, se sentía la estudiante que paseaba con su novio esperando impaciente llegar a un sitio donde pudieran estar a solas. Y en aquel momento, ella deseaba estar a solas con Fran desesperadamente.

El silencio entre los dos era pesado, opresivo y Susana sabía que él le estaba leyendo los pensamientos. Siempre había sido así. Fran siempre había sabido cuándo ella le deseaba, aunque estuvieran rodeados de gente, aunque no se hubieran dicho una palabra. Y aquella noche no era una excepción, por mucho tiempo que hubiera pasado. Quizá por eso él también estaba tan callado.

Al fin llegaron al portal, y Fran le soltó la mano para abrir. Cruzaron el portal a oscuras y se dirigieron al ascensor, Susana conteniendo la respiración y esperando que la invitara a subir. Él alargó la mano hacia el botón del sótano y se detuvo antes de pulsarlo. Se volvió hacia ella y le preguntó con voz ronca y suplicante:

—¿De verdad quieres que te lleve a Bormujos?

Susana negó con la cabeza, incapaz de hablar. Él le agarró la cara entre las manos y pocos segundos después se besaban como locos. Susana deslizó los brazos por los costados de Fran hacia la espalda, tocó los músculos duros bajo la tela de la camisa y se embriagó con el perfume a Hugo Boss. Él tanteó a ciegas con los dedos sobre la botonera del ascensor, apretando el último, y la máquina empezó a subir con un lento y perezoso movimiento, mientras ellos seguían besándose. Se separaron al llegar arriba, al sentir las puertas automáticas abrirse a sus espaldas.

Fran la agarró de la mano y tiró de ella hacia la única puerta de la planta, que abrió con mano temblorosa, y la hizo entrar rápidamente. Susana apenas vio el lugar en que se encontraba. Sin siquiera encender la luz, con la habitación iluminada por la poca claridad que entraba por un balcón entreabierto a la perfumada noche sevillana, Fran volvió a besarla con la misma intensidad que siempre le había invadido después de pasar un tiempo sin verse.

Susana sintió cómo le quitaba la pañoleta de los hombros y le desabrochaba la cremallera del vestido, y, sin dejar de besarla, la levantaba con un brazo llevándola en vilo hasta una de las habitaciones. Después la soltó en el suelo y se dirigió hacia una enorme cama casi cuadrada, y de un brusco tirón quitó la colcha que la cubría. Se volvió hacia ella de nuevo y se miraron por un momento en la penumbra. Fran susurró con voz emocionada:

—Te quiero... Nunca he dejado de quererte.

—Yo tampoco.

Se abrazaron de nuevo y él enterró la cara en su cuello, besándolo, chupándolo y mordiéndolo, como había hecho en el pasado. Susana empezó a desnudarle, impaciente también por sentir su cuerpo contra ella, mientras Fran acababa de despojarla del vestido, y luego se dejaron caer en la cama sin terminar de abrirla.

Las manos de Fran, tan hábiles en el pasado, se volvieron torpes en su prisa por terminar de desnudarla, desgarrando las bragas y arrojándolas al suelo sin ningún miramiento. Y su boca, ansiosa, la recorrió deprisa, como si quisiera devorarla toda entera a la vez.

Tampoco Susana podía esperar. Llevaba toda la noche conteniéndose, llevaba años esperándole, y cuando vio que él bajaba la cabeza desde sus pechos hacia el ombligo, le agarró del pelo con suavidad y le hizo subir hasta su boca y besarla. Enroscó las piernas en torno a sus caderas y ese leve movimiento fue suficiente para que Fran entrara en ella sin ningún esfuerzo.

Los tres años de separación se borraron de inmediato, los cuerpos se reconocieron recuperando el antiguo ritmo que no habían olvidado.

Se amaron con pasión, con desesperación, como si les fuera la vida en ello. Susana volvió a experimentar sensaciones que no había sido capaz de sentir con ningún otro hombre y se movió contra el cuerpo de Fran alzando las caderas, queriendo fundirse con él y que jamás pudieran separarse.

Cuando todo acabó, cerró las piernas impidiéndole salir, intentando retenerle en su interior, quizá para siempre. Y sintió que una cálida humedad se deslizaba por su cara cuando Fran se relajó sobre ella, mojándole también a él en la mejilla. Él levantó la cabeza y le enjugó las lágrimas con besos.

—No llores, vida... no. Hoy no. —Y la besó con suavidad en los labios. Susana entreabrió los suyos y se besaron despacio, recreándose el uno en el otro, largamente. Después, ella le sonrió entre lágrimas y le susurró, acariciándole la cara:

—Mi amor... mi único amor.

Él se incorporó y se tendió a su lado, encendiendo al fin la lámpara que había en la pared justo encima de sus cabezas.

Solo entonces Susana vio la rosa roja colocada sobre la mesilla.

—¿Adónde vas? —le preguntó Fran alarmado—. No irás a irte,

¿verdad? La noche no ha hecho más que empezar... Tengo nata —añadió tentador.

—Y una rosa roja.

—También.

Susana lo miró sonriendo.

—Voy a ponerle un mensaje a Merche para que no me espere.

Cogió el móvil y tecleó durante unos segundos: «No me esperes; me quedo en Sevilla.»

Poco después recibió la respuesta: «No te esperaba.»

Lanzó una carcajada y soltando el teléfono sobre la mesilla, se volvió hacia Fran, que la observaba tendido de costado, con ojos brillantes y una sonrisa en los labios.

—¿De qué te ríes?

—Mi querida hermanita ya daba por hecho que iba a quedarme contigo esta noche.

—¿Y tú no? Porque yo también tenía la sospecha... desde que nos abrazamos esta mañana en el bufete y después aceptaste rápidamente mi invitación a cenar. Compré la rosa por si acaso.

—Y si lo sabías desde el principio, ¿por qué me has hecho esperar tanto, alargando la cena y tomándonos una copa después?

Él sonrió.

—Tenía la sospecha, no la seguridad. Podía equivocarme, que mis deseos me hicieran ver algo que no existía. Y antes de invitarte a subir, quería hablar contigo, saber más cosas de tu vida durante todos esos años... y sobre todo asegurarme de que todavía hay algo entre nosotros. Y ahora, ven aquí —añadió cogiéndola por la cintura y haciéndola tenderse a su lado—. Tenemos mucho que hablar aún.

—¿Hablar? Como bien has dicho, llevamos hablando toda la noche. ¿No se te ocurre ninguna otra cosa?

—Se me ocurren muchas cosas, pero luego. Ahora déjame recuperarme. No he tenido un orgasmo como este desde hace tres años. Y sí, es cierto que llevamos hablando toda la noche, pero ahora quiero que me cuentes la verdad.

—¿La verdad? No te he dicho ninguna mentira.

—Ya lo sé. Al menos no del todo. Llevamos mucho rato diciéndonos cómo nos ha ido la vida en estos años, pero solo en lo superficial, en lo que todo el mundo ve. Ahora quiero que me cuentes cómo te sentías... Y a juzgar por lo que acaba de ocurrir, no me parece que estuvieras muy feliz.

Susana se perdió en los ojos pardos.

—No —susurró.

—Tampoco yo. Bueno, ¿quién empieza a contar la parte mala de todo esto?

—No sé, Fran, no sé qué contarte.

—Bien, empiezo yo. Yo sí sé qué decirte. Lo mejor que me ha pasado en estos tres años ha sido escuchar tu voz ayer en el teléfono. Antes me preguntaste qué me hicieron mis padres para que me haya alejado tanto de ellos. Bien... nunca he podido perdonarles que nos separaran. Mi padre fue quien te recomendó para ese trabajo en Barcelona.

—Lo sé. Lo primero que me dijeron al llegar era lo bien recomendada que iba. Pero yo ya lo sabía antes de irme. Era absurdo pensar que un bufete de esa categoría viniera a buscarme a mí, a una estudiante desconocida, a la otra punta de España, para ofrecerme un contrato tan fantástico, por muy buenas calificaciones que hubiera sacado en la carrera. Había una mano detrás de aquello, y la única posible era la de tu padre.

—Él quería poner tierra entre nosotros.

—Pero fuimos nosotros los que cortamos, Fran, no puedes culparle solo a él. Yo hubiera podido rechazar la oferta. Lo hubiera hecho si me lo hubieras pedido.

—No lo entiendes. No fue solo eso. Cuando el curso se estaba acabando, hablé con él y le conté lo nuestro. No quise hacerlo delante de mi madre, ella siempre había sentido mucha animadversión hacia ti. Preferí tratar el tema con él, de hombre a hombre. Pensé que lo entendería, que lograría hacerle comprender lo importante que eras para mí. Incluso le pedí que te contratara, o que te ayudara a encontrar un trabajo. Pensé, como un ingenuo, que el hecho de que fueras una abogada brillante, la número uno de la promoción, haría que olvidara el resto. Él siempre ha valorado mucho el esfuerzo personal y el trabajo, amén de que es un gran abogado, eso hay que reconocerlo. Yo quería que al menos te aceptara como mi novia, pero me dijo que jamás te admitiría en el bufete de la familia, ni te ayudaría a encontrar trabajo. De hecho, me amenazó con hacer que no encontraras ninguno si seguía contigo, con arruinar tu carrera. Y con hacer que nadie te encargara un caso jamás. Podía hacerlo, Susana... Tiene mucha influencia, y el mundo del Derecho es muy cerrado en esta ciudad. Todos se ayudan, todos se cubren las espaldas unos a otros. Lo pasé fatal durante unas semanas... No sabía cómo salvarte de la furia de mi padre. Incluso se me ocurrió utilizar la casa de mi abuela en el pueblo para abrir un bufete rural tú y yo. Casarnos y empezar juntos de cero. No era lo que siempre habíamos soñado, pero pensé que ante los hechos consumados, mi padre se ablandaría con el tiempo y sería una solución temporal. Iba a proponértelo la última noche que estuvimos juntos, incluso había comprado unos anillos para pedirte que te casaras conmigo... Todavía los tengo. Pero había subestimado a mi padre. Él no se limitó a amenazarme con no dejarte trabajar en Sevilla, sino que te abrió las puertas a una oportunidad profesional maravillosa. El trabajo en Bonet y Rius. A muy pocos abogados recién salidos de la facultad se les presenta una oportunidad así. Era tu sueño de toda la vida, y comprendí que no podía enterrarte en un pueblo perdido y condenarte a legalizar hipotecas y a redactar testamentos durante años esperando que el enfado de mi padre pasara. No fui capaz de pedirte que renunciaras a todo por mí. De modo que no te hablé de mis planes ni te pedí que te casaras conmigo. Cuando comprendí que tú pensabas aceptar el trabajo si yo no daba ningún paso en nuestra relación... simplemente callé. Te dejé ir, y no he dejado de arrepentirme ni un solo día desde entonces.

Susana se volvió hacia él.

—¿Por qué? —dijo acariciándole la cara—. ¿Por qué lo hiciste? Yo hubiera sido feliz registrando hipotecas y legalizando testamentos contigo, Fran. Eres lo más importante que me ha pasado nunca. Mucho más que la carrera, mucho más que todo.

—Déjame seguir, aún no he terminado. Estaba tan enfadado con mi padre que dudé si dejar el bufete, pero como ya te he dicho antes, decidí que tenía derecho a él, que no era suyo sino de mi abuelo, y entré a trabajar allí. Busqué un piso alquilado al principio y me fui de casa, y luego, cuando supe con certeza que la relación laboral con mi padre funcionaba, vendí la casa de mi abuela y me compré este piso.

—¿La relación laboral funcionó?

—Sí; le obligué a que me tratara como a un igual, a que me dejara decidir mis propios casos y mis propios honorarios, como si de un socio se tratara.

—¿Y lo hizo? Siempre tuvo tendencia a decidir lo que debías hacer.

—Sí, tengo que reconocer que sí. Jamás ha interferido en mi vida profesional, ni en la privada desde entonces. Podría decirse que somos dos corteses compañeros de trabajo. Esa es mi relación con mis padres.

—¿También con tu madre?

—Sí, también. Sé que ella estaba detrás de todo. Mi padre hubiera transigido tarde o temprano, sobre todo siendo tú abogada, pero ella no. Ella estuvo en tu contra desde aquella noche que cenaste en casa, y se encargó de convencer a mi padre para que hiciera lo que hizo. Me alejé de ellos más aún de lo que ya lo estaba, y no he vuelto a permitirles que me manipulen, ni que decidan por mí... ni que me hagan daño.

Susana se giró hacia él y le besó en el pecho desnudo.

—No, vida, aún no... Hay más cosas que quiero que sepas. Quiero que lo sepas todo. Todo el infierno que ha sido mi vida estos años. Durante muchos meses me sentí perdido sin ti. Me aborrecía por haber cortado contigo, por mucho que me dijera que era lo mejor para ti, que te estaba protegiendo de mi padre... No podía olvidar tu cara de aquella noche, ni tus lágrimas la última vez que hicimos el amor. Ni tu abrazo desesperado el día de la graduación. Me sentía el tío más cabrón del mundo a ratos. Otras veces me autoconvencía de que había hecho lo único que podía hacer. Aunque sabía que tú también lo estarías pasando mal, me consolaba el saber que, al menos profesionalmente, estabas cumpliendo tu sueño. Sabía que eras una chica fuerte y contaba con que me olvidarías pronto. Rogaba que fuera así para sentirme mejor, pero la sola idea de desaparecer de tu vida y de tus afectos me hacía mucho daño. Imaginarte con otro me volvía loco, ya sabes lo celoso que soy... Y no podía reprocharte nada, yo traté de olvidarte también y para ello me acosté con todas las mujeres que se me pusieron a tiro. Daba igual que fuera rubia o morena, gorda o delgada, joven o madura... El caso era no irme solo a casa. Las noches a solas dolían demasiado. Y las otras también, tengo que reconocerlo. Trabajaba como un burro durante el día y salía a tomar una copa por la noche, cuando no les daba el coñazo a Inma y a Raúl, que se portaron de puta madre conmigo, aguantándome los bajones y las neuras. Pero no podía estar siempre dándoles la lata, ellos trabajaban y yo, la mayor parte de las veces, salía a tomar una copa y si había suerte no me iba a la cama solo. Cuando amanecía en una cama extraña, me sentía como un cabrón, como si te estuviera poniendo los cuernos, y me prometía a mí mismo que sería la última vez. Pero cuando se acercaba la noche, me sentía incapaz de irme a casa solo, a recordarte y añorarte, y volvía a hacerlo. Las noches a solas eran terribles, llenas de recuerdos, de celos y de pesadillas en las que tú me odiabas. Una noche, habría pasado un año o quizás un poco más, una chica sacó un bote de nata. Me volví loco recordando nuestra última noche... Ya conoces mi carácter... Se lo quité de las manos y lo arrojé contra el suelo. La presión hizo que reventara y la nata se desparramó por la alfombra. Al ver el bote tirado, algo había estallado dentro de mí... Sentí que había tocado fondo, que había llegado al límite. Me disculpé como pude, le dejé dinero para una alfombra nueva, y me marché a casa. Había tomado una decisión. Cogí el móvil y te llamé. Necesitaba oír tu voz, saber de ti, de tu vida. Quería decirte que seguía loco por ti, suplicarte que volvieras conmigo, si todavía me querías... El teléfono no daba tono, una voz metálica me dijo que el número marcado ya no existía. Llamé a información de Barcelona y me dieron tu número. Eran casi las cuatro de la madrugada, pero aun así te llamé. Y contestó un hombre. Pensando que me habría equivocado, pregunté por ti y me dijo que estabas durmiendo. Sentí que el mundo se hundía bajo mis pies. Conociéndote, el hecho de que hubiera un hombre en tu casa a las cuatro de la madrugada solo podía significar que era tu pareja y que me habías olvidado. Que habías pasado página. Traté de borrar la huella de mi llamada y me inventé una historia sobre la marcha. Dije que era un compañero tuyo del supermercado y él me dijo que tú no trabajabas en un supermercado, que debía de haberte confundido con otra Susana Romero. Me disculpé por la hora, y colgué. Y lloré aquella noche. Lloré todo lo que no había llorado durante todos esos meses. Por la mañana, incapaz de enfrentarme a mi padre, llamé al bufete y le dije que necesitaba unos días libres. Cogí el coche y me fui sin rumbo. Me detuve en un pueblo y me alojé en el hostal. Durante días me dediqué a vagar solo por los campos y noté que aquello me calmaba y me relajaba. También el cansancio físico hizo que pudiera dormir mejor por las noches. Descubrí el senderismo, al que me he aficionado desde entonces. Cuando regresé una semana más tarde, lo hice resignado y más calmado, menos enfadado con el mundo y conmigo mismo. El hecho de saber que al menos tú ya no sufrías por mí, calmó un poco mis celos y me hizo comprender que algún día yo también lo superaría. Acepté que tú habías pasado página y traté de seguir adelante con mi vida. Cerré una puerta que hasta ese momento solo había estado entornada. Poco a poco me hice a la idea de vivir sin ti. Y básicamente, esa había sido mi vida durante estos años. Hasta que me llamaste ayer. Cuando escuché tu voz, y supe que venías, todo lo que había conseguido en estos tres años se hizo añicos y mi amor por ti volvió con toda su fuerza. Sobre todo cuando te abracé y pude comprender que todavía existía entre nosotros la misma química de siempre. Eso solo podía significar que tú todavía me seguías queriendo. Decidí que si había una segunda oportunidad para nosotros, no la desaprovecharía otra vez.

Clavó en sus ojos una mirada llena de amor y dijo:

—No me tengas en cuenta las noches que he pasado en brazos de otras mujeres, Susana. Nunca han sido nada. Solo he querido a una mujer en mi vida, y has sido tú.

Ella le miró muy seria, y dijo:

—Bueno, supongo que ahora me toca a mí.

—No hace falta, si no quieres... Yo necesitaba contártelo, pero a mí me basta con que estés aquí.

—Yo también quiero hacerlo. Nunca he hablado de esto con nadie, ni siquiera con Merche. —Respiró hondo, permitiendo que los recuerdos volvieran a su mente. Recuerdos dolorosos, que había enterrado profundamente hacía tiempo—. Yo me encontré sola en una ciudad extraña, tuve que aprender un idioma nuevo, hacer amigos nuevos. Toda mi vida se truncó. Sin amigos, sin familia... sin ti. Trabajé como una burra, estudié frenéticamente el catalán para llenar cada minuto del día, y me moría de angustia por las noches, deseándote desesperadamente, incapaz de dormir. Para colmo compartía piso con una chica ruidosa y desordenada. Echaba terriblemente de menos a Merche, por primera vez en la vida no la tenía a mi lado para consolarme, y te aseguro que nunca había necesitado tanto su consuelo. Me encerré en mí misma una vez más. Mi antigua fama de solitaria y de trabajadora incansable me perseguía de nuevo. Nunca he logrado encajar del todo en el bufete. Me aceptan, reconocen mi trabajo, pero nunca me he integrado entre ellos. Isaac dice que es porque los catalanes son muy suyos, pero yo sé que tampoco he puesto demasiado de mi parte. Ya te he dicho que mi idea siempre ha sido volver algún día al sur y no quería encariñarme de nuevo con gente a la que tendré que dejar. Pronto me di cuenta de que no podía seguir compartiendo piso, y me fui a vivir a este en el que vivo ahora. Como ya te he dicho, las noches eran terribles. Cuando los recuerdos me abrumaban, había veces que pasaba horas llorando. Mi dormitorio da a un patio interior, y un día, un chico me paró en las escaleras y me preguntó que por qué era tan desgraciada, que me escuchaba llorar por las noches. Su ventana quedaba justo enfrente de la mía, y yo duermo con la ventana abierta. Empezamos a cruzarnos, y me llamaba «la andaluza triste». Me hacía gracia su preocupación por mí, y un día que me invitó a un café, acepté. Me pidió que le contara mis penas, cosa que no hice, pero por un rato logró que me sintiera mejor. Se convirtió en una costumbre tomar un café juntos por la tarde y una cosa llevó a la otra... Empezamos a salir. Fue él quien contestó al teléfono la noche que tú llamaste. Nunca ha dormido ningún otro hombre en mi casa. Pero no funcionó... No eras tú. Me sentía bien con él charlando, paseando, yendo al cine, pero el sexo era diferente. Nunca me hizo temblar, nunca tuve un orgasmo con él. Y llegué a sentirme muy mal, porque él lo entendía, pero yo no podía darle más que mi cuerpo, y ni siquiera eso totalmente. Lo dejamos a los dos meses. Después empezaron a llegar los éxitos profesionales, los casos cada vez más complicados, el reconocimiento general. Hubo un caso especialmente complicado hace unos ocho meses, había una posibilidad entre muchas de ganar... y lo gané. Para prepararlo pasé muchas horas con mi cliente. Era un hombre agradable, atractivo... ocho o nueve años mayor que yo. Para celebrar el haber ganado me invitó a cenar. Salimos unas cuantas veces después, y pensé que podría funcionar, pero cuando me acosté con él me di cuenta de que no. No quise arriesgarme a que me pasara lo mismo que con Jordi, a que él esperase de mí algo más, y dejé de verlo. Aparte de esos dos episodios he tenido una vida prácticamente de monja.

Fran le acarició suavemente la cadera.

—Pobrecita... tú que nunca aguantabas más de dos o tres días sin hacer el amor.

—Pues ya ves. Hacía más de ocho meses que nada de nada.

—Eso hay que remediarlo —dijo él besándola otra vez—. Ya hemos hablado suficiente por ahora.

Se amaron despacio otra vez, tocándose, acariciándose, reconociéndose uno al otro de nuevo. Volviendo a paladear el sabor de sus cuerpos, de sus labios, recobrando posturas y movimientos, experimentando mil y una sensaciones antiguas y nuevas a la vez. Y al final, Susana se durmió en sus brazos como había soñado hacer durante muchas noches solitarias.

Se despertaron tarde, con el cuerpo lánguido y perezoso, y el alma llena de paz y felicidad.

Permanecieron aún un rato en la cama, charlando y sin ganas de perder el roce de sus cuerpos desnudos uno junto al otro. Pero al fin un mensaje en el móvil de Susana les hizo levantarse: «Invita a Romeo a almorzar. Dile que prepararé su tortilla de calabacines favorita, si todavía le gusta.» Susana se lo mostró.

—Dile que acepto encantado. Y tú, ¿volverás esta noche conmigo a Sevilla?

—Si me invitas...

—¿Si te invito? —preguntó él acercándose por detrás, y apretándose contra su espalda, hundió la cara en su cuello—. Si no fuera porque has recorrido mil doscientos kilómetros para ver a tu sobrino, no te dejaría salir de esta casa en todo el fin de semana. —Le apartó el cabello para besarla mejor debajo de la oreja y susurró—: Lo siento, me temo...

Susana soltó una breve carcajada.

—Que voy a tener que usar pañuelo de cuello durante unos cuantos días, ¿no? Como siempre que volvías de Gran Bretaña.

—Lo lamento de veras... Es que me gusta tanto tu cuello... y después de estar mucho tiempo sin verte me cuesta controlarme.

—Da igual. Al menos no estamos en agosto.

—Y ahora te prepararé algo de desayunar, para que veas que no soy un inútil total en la cocina.

—Y me enseñarás la casa, ¿no? Anoche me llevaste a oscuras y casi a rastras hasta el dormitorio y aún no he podido ver esa maravillosa terraza que dices que tienes.

—Ven, desayunaremos en ella.

—Espera a que me vista, o tendrás sobre tu conciencia un accidente de tráfico.

Se puso el vestido arrugado y desechó toda posibilidad de utilizar las bragas desgarradas.

—Será mejor que conduzcas con cuidado. No quisiera tener que explicar en ningún sitio por qué voy sin bragas.

—No te preocupes, aquí cerca hay una tienda de lencería. Bajaremos a comprar algunas, y podrás dejarlas aquí para posibles emergencias futuras.

—¿Piensas romperme muchas bragas en el futuro?

—Todas las que pueda.

Se sentaron a desayunar en la terraza, grande y cuadrada, y más alta que la mayoría de los edificios colindantes, lo que les permitía una cierta intimidad. Fran colocó ante ella una bandeja con sendas tazas de café y un plato con tostadas, mantequilla y mermelada.

—Veo que estás hecho todo un hombrecito de tu casa...

—Necesidad obliga. Durante la semana desayuno en el bar de ahí enfrente, El Viale, antes de ir al trabajo, pero los fines de semana me siento perezoso y me preparo algo aquí. También he aprendido a usar el microondas para calentar, la freidora, y me sé de memoria el número de Pizza Hut y Sloppy Joe.

Susana se rio con ganas.

—Pues sí que comes bien.

—Aprenderé a cocinar el día que tenga para quién hacerlo.

Susana lo miró sin atreverse a preguntar si le estaba haciendo algún tipo de proposición. Fran continuó hablando:

—Anoche dijiste que no querías quedarte en Barcelona para siempre, que tu intención era regresar al sur cuando hubieras tenido suficientes casos importantes... ¿Puedo preguntarte cuánto tiempo más piensas que te llevará eso?

Susana sonrió divertida, adivinando lo que vendría a continuación. Contestó evasiva:

—Eso depende. Ahora llevo un caso muy interesante, y calculo que me llevará unos tres meses más o menos dejarlo terminado. Y supongo que con él podría dar por terminado mi cupo de casos importantes en territorio catalán. Desde luego, no me vendría sin tener un trabajo que me permita mantenerme y también tendría que buscar un sitio donde vivir.

Fran sonrió y la miró con ojos pícaros.

—¿Qué te parecería vivir en un ático con terraza?

—No estaría mal.

—Y respecto al trabajo, te aseguro que tendrás uno en cuanto termines con tu caso, aunque tenga que llamar a todas las puertas que conozco y cobrar cada uno de los favores que me deben mis colegas abogados de Sevilla.

—¿Y tu padre? ¿No volverá a intentar evitarlo?

—No lo creo. Ahora yo soy influyente también, no soy el chiquillo recién salido de la carrera de hace tres años. Entonces pudo convencerme de que dejarte era lo mejor para ti, pero ahora ni el cielo y la tierra juntos podrán hacerme perderte otra vez. Hablaré con él y le haré saber que si hace algo para evitar que encuentres trabajo, será la última vez en su vida que me vea. No, no creo que lo haga. Esta vez aceptará lo inevitable, el viejo león va perdiendo sus garras.

—Eso espero, no quisiera que las cosas se pongan entre vosotros peor aún de lo que están. La familia es importante, Fran, aunque no sea perfecta. Y a cada uno le toca cargar con la suya, aunque no le guste.

—Si esta vez acepta lo nuestro, trataré de hacer borrón y cuenta nueva, y olvidar el pasado. Pero si no, romperé del todo con ellos y olvidaré que un día tuve padres. No permitiré que nos separen de nuevo.

Susana alargó la mano por encima de la mesa y le apretó los dedos.

—Nada ni nadie va a separarnos otra vez, Fran. Aunque no encuentre trabajo en Sevilla, aunque tenga que gastarme todo el dinero de mi sueldo en billetes de avión. Te lo prometo.

—No hará falta, ya verás como no. Y hablando de familia, ¿sigues pensando en ir a Ayamonte a ver a tus padres?

—Sí, aunque si tú me invitas a dormir aquí esta noche, me levantaré temprano y cogeré el primer autobús de la mañana.

—Me gustaría ir contigo. Creo que ya es hora de que conozca a mis suegros.

Susana sonrió.

—Ya les conociste el día de la graduación.

—Estaba tan destrozado ese día que apenas los vi. Ni siquiera puedo recordar qué dije.

—Algo sobre que yo te había dado clases.

—Prometo que si me dejas ir contigo, ahora diré otra cosa.

—Te advierto que lo primero que te van a preguntar, sobre todo mi abuela, es si te vas a casar conmigo. Y cuándo. Siente que está mayor y se ha empeñado en verme casada antes de morirse. Te lo advierto para que estés preparado... No debes echarle demasiada cuenta.

—Claro que le echaré cuenta. Y ahora que lo mencionas... espera un minuto. Se levantó de la silla y se perdió en el interior del piso. Poco después reapareció con una caja pequeña en la mano y la rosa roja en la otra. Susana la cogió y aspiró su perfume. Después del de Hugo Boss, era su olor favorito.

Fran se sentó de nuevo, esta vez junto a ella en lugar de hacerlo en la silla de enfrente, y cogiéndole la mano, le preguntó:

—Con tres años de retraso, ¿quieres casarte conmigo?

—Con tres años de retraso, sí.

Fran abrió la caja y cogió el más pequeño de los anillos y se lo puso en el dedo.

—¿Es en ese dedo? No estoy muy seguro.

—Da igual. Ahí está perfecto.

Susana cogió el otro anillo y se lo puso a él.

—Comprometidos oficialmente. Ya está solucionado lo de la boda. El cuándo, cuando tú quieras.

—Cuando vuelva de Barcelona, lo prepararemos todo tranquilamente, sin prisas... para que nos dé tiempo a convivir un tiempo y estar seguros.

Fran la abrazó con suavidad y le susurró al oído.

—Yo jamás he estado más seguro de algo en toda mi vida.

—Yo tampoco.

—Y ahora será mejor que nos decidamos a irnos, porque me temo que si seguimos así, le vamos a dejar plantada la tortilla a tu hermana.

—Sí, eso parece.

Se separaron y Susana se levantó de la mesa.

—Me gustaría compartir esto con Raúl y con Inma... Ellos se han tragado todos mis malos momentos, mis bajones y mis crisis. ¿Crees que podríamos pasar por su casa esta noche un rato para decírselo?

—Me encantaría. Me hace muchísima ilusión verlos.

—Los llamaré.

Poco después, llevando unas bragas elegidas por Fran, se dirigieron a Bormujos para pasar el día con Merche y su familia.

Inma y Raúl llegaron de la compra y encontraron un mensaje de Fran en el contestador del teléfono: «Pasaré esta noche a cenar con vosotros. No preparéis nada, llevaré unas pizzas.»

—Qué raro... —dijo Inma mirando a Raúl fijamente—. ¿Qué le pasará? ¿Tú crees que le habrá dado el bajón otra vez?

—No lo sé. Creía que lo tenía superado, hace ya tiempo que no se comportaba así.

—Bueno, cenemos con él —dijo Inma—. Yo había esperado cenar algo ligerito y meternos pronto en la cama. Ha sido una semana dura.

—Si quieres le llamo y le pregunto si puede dejarlo para el próximo sábado. Eso de meternos pronto en la cama me tienta mucho.

—No. Sabe que andamos muy liados y tenemos poco tiempo para estar juntos. No se presentaría de buenas a primeras sin un motivo. Vamos a recoger esto antes de que llegue.

A las nueve y media, el timbre del portero sonó con fuerza. Raúl acudió a abrir.

—¿Quién es?

—Sloopy.

—Es Fran —dijo a Inma, que estaba en la cocina, sacando vasos y bebidas—. Y no parece triste.

Dejó la puerta entreabierta y acudió a ayudar a Inma con la mesa. Inma colocaba unas servilletas cuando sintió los pasos de su visitante. Levantó la cabeza y ahogó un grito, mientras corría hacia Susana.

—¡Susana!

Ambas amigas se fundieron en un fuerte abrazo.

—Dios mío, lo último que pensaba era que tú vendrías con él. Estás estupenda.

—Tú también.

Luego fue Raúl quien la abrazó.

—¡Qué callado te lo tenías! —le dijo a su amigo, mirándole con reproche.

—Era una sorpresa —dijo Fran sonriendo.

Inma se dirigió a Susana.

—¿Has vuelto?

—Aún no, de momento solo estoy de visita.

—¿Hay que convencerte? ¿Por eso te han traído aquí esta noche?

—No... Fran lleva convenciéndome desde ayer... y se está esmerando tanto que me temo que no voy a poder negarme.

—Y voy a seguir, que conste.

—Regresaré en unos meses, cuando termine un caso en el que estoy trabajando actualmente.

—Me alegra saber que todo vuelve a estar bien —dijo Raúl.

Fran le pasó a Susana un brazo por los hombros y le dio un fuerte apretón.

—Todo está como tiene que estar.

—Déjate de achuchones y ayuda a poner la mesa. Me muero de hambre y las pizzas se van a enfriar.

Todos se pusieron en marcha.

—¿Y vosotros qué tal? —preguntó Susana. Inma extendió los brazos, señalando a su alrededor.

—Pues ya ves... Hipoteca, mucho trabajo...

—No me refería a eso, sino a vosotros.

—Eso de puta madre. A pesar de que tenemos mucho trabajo y poco tiempo para estar juntos últimamente —dijo Raúl.

—Tenemos que salir adelante hasta que Su Señoría apruebe las oposiciones.

Raúl se acercó a ella y le rodeó la cintura con un brazo.

—Te compensaré después, te lo prometo.

Ella levantó las cejas haciendo un ligero mohín.

—Puedes empezar a compensarme esta noche.

—¡A la orden!

—No os preocupéis —dijo Fran—. No nos quedaremos mucho rato. Yo también tengo mucho que compensar.

—Hay tiempo para todo —cortó Inma—. No se os ocurra iros pronto; tenemos muchas cosas que contarnos después de todos estos años.

Habían terminado de poner la mesa y se sentaron a comer.

Durante la cena, charlaron, rieron y recordaron viejos tiempos. Susana contó su aventura catalana, la parte amable, y Raúl la puso al corriente de cómo les iba a los demás miembros del grupo. Después del helado de tiramisú que Inma sacó para el postre, se sentaron en el sofá con los antiguos álbumes de fotos, y los cuatro se dejaron llevar por los recuerdos y la emoción.

Susana tenía agarrada la mano de Fran mientras sus ojos se deslizaban por las fotos de su pasado en común y se sintió como si esos tres años transcurridos lejos de Fran no hubieran existido.

Poco después de las doce, se despidieron con la promesa de volver a reunirse la próxima vez que Susana viniera a Sevilla, y se marcharon de nuevo al piso de Fran. En el maletero, Susana llevaba el equipaje con la intención de dejar allí algo de ropa para futuras visitas. Al día siguiente ambos tenían pensado levantarse temprano para su excursión a Ayamonte.

En cuanto la puerta se cerró tras ellos, Raúl echó el cerrojo y se volvió hacia su novia.

—Al fin las cosas están como deben.

Ella sonrió y se acercó a él, abrazándole por la cintura.

—Sí. Es la primera vez que veo a Fran feliz desde hace años.

—Susana tampoco ha debido de pasarlo nada bien.

—No. Conociéndola, sé que ha debido de ser terrible también para ella.

—Me hubiera gustado pasar con ellos un rato más, pero tengo que confesar que me alegro de que se hayan marchado temprano —dijo Raúl deslizando la mano por las caderas y las nalgas de Inma.

—Te recuerdo que es sábado y te toca recoger la cocina.

Él se inclinó y rozó sus labios con suavidad. Inma abrió la boca y el beso se prolongó durante mucho rato. Cuando se separaron, ella ya no recordaba sus últimas palabras. Raúl se las recordó.

—¿Estás segura de que quieres que recoja la cocina ahora?

—¡Eres un tramposo! Mañana será domingo y me tocará a mí.

Él sonrió con picardía.

—¡Tú mandas! —dijo soltándola y haciendo intención de volverse.

—¡Raúl Hinojosa! No serás capaz de dejarme plantada ahora...

—La cocina...

Inma le echó los brazos al cuello y le besó.

—Mañana. Pero la recogerás tú, te lo advierto.

—Lo prometo. Y además te llevaré el desayuno a la cama y volveré a meterme en ella después. Vaguearemos hasta el mediodía.

—¿Ahora se llama así? —preguntó Inma sonriendo mientras se dirigían al dormitorio.

Después de pasar el día en Ayamonte donde la familia, y especialmente la abuela de Susana, acogió a Fran con grandes muestras de cariño, regresaron a Sevilla al atardecer para que ella pudiera coger el vuelo de las nueve a Barcelona. Se despidieron en el aeropuerto delante de la puerta de embarque.

—Llámame cuando llegues a casa —le pidió él.

—Será tarde.

—Razón de más. Ya habré empezado a echarte de menos.

Susana sonrió.

—¿Cuándo volveré a verte? Yo no puedo dejar Barcelona al menos en dos o tres semanas. Empieza el juicio y probablemente tendré que trabajar los sábados.

—Dentro de una semana empieza la feria, y ya sabes que aquí nos tomamos eso muy en serio. Adelantaré trabajo y me daré un salto a Barcelona.

—¿Toda la semana? —dijo ella con la mirada radiante.

—Si te crees capaz de aguantarme tanto tiempo, sí, toda la semana.

—¿Puedes tomarte tanto tiempo?

—Soy mi propio jefe. Eso tiene sus ventajas. Solo tengo que informar a mi padre de que no iré a trabajar.

—¿Y vas a decirle adónde vas?

—Por supuesto. No pienso empezar con tapujos y secretos otra vez. Voy a hablar con él mañana en cuanto tenga ocasión y le dejaré claro cómo están las cosas. Y esta vez tendrá que aceptarlo.

—¿Y si no lo hace?

—Te lo diré para que me busques trabajo en Barcelona. Pero de una forma o de otra, de aquí a unos meses tú y yo estaremos viviendo juntos. Eso es lo que importa, ¿no? Da igual el lugar.

—Sí... da igual el lugar.

La megafonía anunció el vuelo de Susana. Esta se dirigió al torno y antes de cruzarlo se abrazaron por última vez. Con los labios, Fran apartó el pelo del cuello de Susana y le dio un chupetón justo debajo de la oreja.

—No me he podido resistir —le susurró al oído. Ella sonrió.

—Veo que voy a tener que comprar algunos pañuelos y alguna ropa con cuello vuelto. No estaría bien que me presentara en el juzgado asiduamente con el cuello lleno de moretones.

Se separaron.

—Cuídate...

—También tú.

—Hasta pronto, amor.

—Hasta pronto. Te llamaré esta noche.

Susana cruzó el torno hacia la puerta de embarque con el calor del cuerpo de Fran todavía en los brazos y el olor penetrante a Hugo Boss inundando sus sentidos de nuevo.

# 36

*Ayamonte. Marzo de 2007*

Fran estiró una vez más del borde de la manga de la chaqueta. Hacía un calor terrible para tratarse del mes de marzo, pero Andalucía era así, imprevisible en cuanto al tiempo. Miró de nuevo hacia el final de la calle esperando ver aparecer el coche que traería a Susana y a su padre hasta la puerta de la iglesia. Eran solo tres calles las que tenía que recorrer, pero hasta que no la viera llegar no iba a quedarse tranquilo.

Merche, a su lado, ejerciendo de madrina, le tocó suavemente el brazo para tranquilizarlo.

—Respira, Fran. No va a dejarte plantado en la puerta de la iglesia. Desde el día en que te vio por primera vez, mi hermana ha vivido soñando con este momento.

—Ya.

—Mira, ahí llega.

Su mirada se clavó en el interior del coche y sonrió cuando el padre de Susana se acercó a abrir la puerta a su hija menor. Fran tragó saliva. Estaba preciosa, con el pelo recogido en la nuca y un velo corto que le caía sobre la espalda. Sabía que Susana no era considerada ninguna belleza por la mayoría de la gente, pero para él no había ninguna mujer ni la mitad de atractiva.

Sus miradas se cruzaron y en un segundo se dijeron muchas cosas. La emoción afloraba en sus ojos, tanto como en los de él.

Agarrada del brazo de su padre, Susana pasó por delante para entrar en la iglesia y tuvo que hacer un soberano esfuerzo para no inclinarse a besarla. Merche se agarró de su brazo y le susurró:

—Tranquilo, Romeo, ahora no es el momento. Ya la tendrás para ti solito esta noche.

—Y el resto de mi vida —dijo mientras enfilaba el largo pasillo bajo los acordes de la marcha nupcial.

—¡Jajaja! Eso es lo que tú te crees. Solo hasta que empiecen a llegar niños. Desde ese momento tanto tú como ella seréis esclavos de los pequeños tiranos.

Fran sonrió recordando cómo el hijo de Merche, de once meses, monopolizaba la atención de todos los adultos, incluida la suya.

La pequeña iglesia del pueblo donde Susana había sido bautizada, y que estaba siendo testigo de su boda, estaba repleta de la familia de ella. Por parte de Fran, solo sus padres estaban presentes, sentados al final de los bancos. Magdalena había rehusado ser la madrina de su hijo si la boda no se celebraba según lo que ella consideraba apropiado a su rango y nivel social, pero tanto Fran como Susana habían preferido algo íntimo y familiar. Padres, tíos, primos y su abuela, que había abandonado la cama y sentada en una silla de ruedas contemplaba emocionada cómo su nieta favorita daba el «sí quiero». Y en un ala lateral, todos sus amigos de la facultad, presididos por Raúl, que estrenaba título de juez al fin. Ni abogados de renombre, ni clientes, ni compromisos sociales, solo familia y amigos de los de verdad. Y Manoli, que se sentaba junto a la madre de Susana, ocupando un lugar del primer banco, el banco destinado a la familia. En esta ocasión, le había dicho Fran, nada de ver la ceremonia desde atrás, ni escondida.

Susana, al regresar de Barcelona, había aceptado una oferta de trabajo del padre de Raúl, ocupando el puesto que este había dejado libre al aprobar las oposiciones, con lo que formaba equipo con Inma y juntas eran un tándem casi invencible. Fran solía burlarse de ellas diciendo que no le gustaría tenerlas en contra en un tribunal.

Después de la ceremonia, celebrarían una barbacoa en el jardín de uno de los tíos de Susana, algo informal y que probablemente se prolongaría hasta bien entrada la madrugada. Fran estaba seguro de que sus padres apenas harían acto de presencia en ella, si es que lo hacían. Magdalena no osaría poner los pies en una celebración tan poco ortodoxa.

La ceremonia se le hizo a Fran eterna. Y en cuanto acabó, aunque en las bodas españolas no solía usarse el «ya puede besar a la novia», no pudo contenerse y, agarrándole la cara con ambas manos, la besó en el altar con una pasión que a ella le hizo desear escaparse de la barbacoa lo más pronto posible. El olor a Hugo Boss le inundó los sentidos una vez más mientras le besaba, ajenos ambos a los silbidos y las bromas de primos y amigos de que dejasen algo para la noche.

—Ya eres mía, empollona... solo mía. Bueno, hasta que lleguen los enanos.

—Te quiero, Figueroa testarudo y cabezota.

—Bendita la hora en que te quedaste sin grupo para hacer aquel trabajo.

—Lo mismo digo.

Salieron de la iglesia del brazo. A su alrededor se arremolinaban caras sonrientes, rostros queridos, pero ellos solo veían el futuro feliz y prometedor que tenían por delante.

Besos, abrazos, todos querían felicitarles y durante un rato ni siquiera fueron muy conscientes de a quién saludaban. Raúl se quedó el último, abrazó a su amigo con fuerza y le comentó:

—Te lo dije desde el principio, tío, que la empollona quería pescarte, y no me quisiste hacer caso. Ahora, ya no tiene remedio.

Susana soltó una carcajada, y añadió:

—Siempre quise pescarlo, pero el que me gustaba eras tú, no lo olvides.

—Y este gilipollas queriendo emparejarnos.

—¿Gilipollas, yo? ¿Y la de infusiones que tú te tragaste para que no te llamaran capullo?

—¡Por Dios, qué tiempos!

—Los que están por venir serán mejores, ya lo verás.

Entraron al coche, mientras los invitados se dirigían al lugar de la celebración. Apenas la puerta se cerró tras ellos, Fran la abrazó de nuevo y volvió a besarla, ignorando al primo de Susana que conducía. Luego, la miró fijamente y le susurró al oído:

—Voy a dedicar cada día de mi vida a hacerte feliz.

—Yo también, Fran.

—Y... para que te vayas acostumbrado a la idea...

—Quieres familia numerosa... lo sé.

—¿Lo sabes?

—Por supuesto que sí. Nunca he olvidado una vez que me dijiste lo triste que era criarse solo.

—¿Y?

—Tendrás tu familia numerosa.

La besó otra vez.

—Pero no empecéis a buscarla ahora, esperad a luego, chicos —saltó el primo desde el asiento delantero.

Fran se separó de mala gana.

—¿Tenemos que estar mucho tiempo en la barbacoa? —preguntó buscando la mirada de su mujer.

—Hasta que se acabe.

—Joder...

Ella se echó a reír.

—Bueeeno, si se alarga mucho nos escapamos.

Fran le cogió la mano y permanecieron así hasta que llegaron al lugar de la celebración.

El tío de Susana vivía en las afueras, en una casa con un amplio jardín que se había construido él mismo, ayudado de hijos, hermanos y sobrinos.

Al bajar del coche, les recibieron con sendas copas de cava, para brindar por la felicidad futura. En contra de lo que esperaban, los padres de Fran se encontraban presentes, Magdalena subida sobre unos altísimos tacones totalmente inapropiados para el terreno que pisaban, en un rincón con una copa de vino en la mano; Francisco hablaba con Raúl.

Se habían dispuesto unas mesas bajo un toldo en las que estaban sentados los mayores, el resto circulaba y se movía con platos de comida y bebidas en las manos. Fran y Susana se separaron, atendiendo y charlando con amigos y familiares. En un momento en que se quedó sola, Susana sintió una mano tocarle suavemente el hombro. Se volvió y se encontró cara a cara con el padre de Fran. Tenía dos cervezas en la mano.

—¿Tú no comes ni bebes nada? —le preguntó—. Es tu día.

—Estoy ocupada. Precisamente porque es mi día, debo atender a mis invitados.

—Deja que cada uno se busque la vida y tú disfruta un poco. ¿Una cerveza? —dijo ofreciéndole uno de los vasos—. ¿O prefieres otra cosa?

—La cerveza está bien; hace calor. —Aceptó el vaso y le dio un largo trago—. Gracias.

—Me gustaría hablar contigo un momento, a solas.

—Claro —dijo apartándose un poco de los demás y colocándose bajo la sombra de un árbol—. Usted dirá, Francisco.

—Tú, por favor, y Francisco es mi nombre de abogado. Mis amigos, los de verdad, me llaman Paco.

—Vale.

—Susana... quiero pedirte perdón por el daño que os he hecho a mi hijo y a ti.

Ella parpadeó por un momento.

—A mí no... es a Fran a quien tiene que pedírselo.

—Ya lo hice. Anoche cené con él y estuvimos hablando. Y a ti también tengo que pedírtelo, claro que sí. Mi hijo siempre tuvo razón, yo nunca entendí el tipo de relación que os unía... Yo nunca tuve algo así en mi matrimonio. Os envidio, chiquilla... sanamente, pero os envidio. Y me gustaría que me dejéis participar de eso, de vuestra vida y de vuestra familia... No seré un suegro pesado, lo prometo; algún café, alguna comida juntos... disfrutar de mis nietos si un día tenéis hijos...

—Pues claro que sí, Paco. Siempre serás bien recibido en nuestra casa.

—¿Un abrazo?

Susana se dejó rodear por los brazos abiertos de su suegro.

—Bienvenida a la familia, Susana.

—Gracias. Este es el mejor regalo de boda que nadie me ha hecho. Que Fran recupere a su familia.

—No te hagas demasiadas ilusiones respecto a Magdalena. Ella quería irse después de la ceremonia, pero yo le dije que se marchara sola, que yo no iba a perderme la boda de mi único hijo por nada del mundo. Y ahora, ¿puedo ponerme un poco más cómodo? Todo el mundo se está quitando la chaqueta y la corbata y yo me estoy asando con ellas puestas.

—Claro, dámelas y te las guardaré dentro.

Con la chaqueta y la corbata de su suegro en el brazo, Susana entró en la casa, dispuesta ella también a ponerse un poco más cómoda. Entró en la habitación habilitada para guardar la ropa y bolsos de los invitados y se dispuso a quitarse el velo. La puerta se abrió dando paso a Fran.

—Te he visto hablando con mi padre. Y dándole un abrazo.

—Sí, me ha pedido perdón y me ha dado la bienvenida a la familia.

—Anoche cenamos juntos.

—Me lo ha dicho. Me alegro muchísimo, Fran, de que hayas recuperado a tu padre.

—Yo también.

—¿Puedes ayudarme a quitarme esto? —dijo tocándose el velo—. Da un calor terrible.

Se dio la vuelta y Fran hurgó durante unos minutos con horquillas y alfileres hasta que logró desprender la prenda. Luego, siguió con la cremallera del vestido.

—El vestido no, solo el velo.

—El vestido también..., me muero por ver lo que hay debajo.

—Poca cosa.

—Por eso mismo.

Se acercó a la puerta y echó el pestillo.

—¡Fran!

—Lo siento, nena... no puedo esperar hasta la noche. ¿Uno rapidito, y luego volvemos a la barbacoa?

—De acuerdo —dijo dejando que le quitara el vestido y colgándose de su cuello.

Fran la empujó contra la pared y empezó a besarla con urgencia. Ella le aflojó la corbata y le desabrochó la camisa, sacándosela de los pantalones.

Veinte minutos después, reaparecían con la ropa arrugada y los ojos brillantes, para mezclarse con los invitados de nuevo. Dispuestos a empezar su vida de casados, una vida que estaban seguros estaría plagada de momentos buenos y malos, fáciles y difíciles, pero que ellos sabrían sobrellevar porque juntos eran capaces de comerse el mundo.

# Epílogo

*Sevilla. Mayo de 2011*

Susana aparcó el coche delante de la casa donde vivía en Espartinas. En el asiento de atrás llevaba a sus dos hijos mayores, a los que acababa de recoger del colegio y la guardería respectivamente. Javi, de cuatro años, era un crío rubio como su padre y con la complexión delgada de ella, tranquilo y reposado. Probablemente en el futuro también se convirtiera en el empollón de la clase, porque sentía un ansia innata por saber cosas. Era infatigable haciendo preguntas cuando cogía un tema que le interesaba. Raúl le llamaba Don Porqué.

A su lado, en otra silla infantil, se encontraba Sergio, un año menor. Este era un auténtico diablillo, simpático, cariñoso y zalamero como él solo. Físicamente no se parecía a ninguno de ellos, Fran se burlaba diciendo que se lo habían cambiado en el hospital, pero en su carácter, Susana veía mucho de su padre. Siempre estaba inventando diabluras y les traía de cabeza tanto a ellos como a Manoli, que había cambiado de casa cuando Susana se quedó embarazada de Javi. Sergio, al igual que le pasaba a Fran, era capaz de conseguir hacerse perdonar cualquier cosa a base de besos y abrazos. Era frecuente que se presentara en casa con un dibujo o una flor para sus padres o para Manoli, que los tenía todos pegados en los muebles de la cocina.

Y el pequeño Hugo, todavía en casa al cuidado de la Tata, apenas tenía dieciocho meses. Ese era indudablemente hijo de Susana. Sus mismos ojos oscuros, su mismo pelo y su misma complexión delgada. Y cabezota y testarudo como todos sus hermanos; en eso sus padres discrepaban y cada uno decía que ese rasgo de su carácter era heredado del otro. Susana decía que eran Figueroa de pura cepa y Fran añadía que la testarudez era Romero.

Susana entró con sus hijos en la casa y encontró a Manoli en la cocina con el pequeño sentado en la trona con un trozo de pan en la mano.

—*¡Mmmma!*

—Hola, cariño. ¿Cómo ha ido hoy la mañana? —dijo acercándose a besar a su hijo. El pequeño le echó los brazos al cuello, y ella lo cogió y le dio un fuerte achuchón—. ¿Te has portado bien?

—Muy bien —dijo Manoli—. Ha desayunado dos veces. Menos mal que sale a ti y no engorda.

—Sí, menos mal. Es un pequeño tragón. ¿Qué hay para comer?

—Macarrones.

—Deja que adivine... viene Marta a almorzar con nosotros —dijo consciente de que los macarrones eran el plato favorito de la hija de Inma y Raúl, una preciosa niña de la edad de Sergio. Ambas amigas habían estado embarazadas a la vez y los niños apenas se llevaban once días. Marta pasaba con ellos muchos fines de semana cuando sus padres tenían guardia en el juzgado, disfrutando de la piscina de los Figueroa y de la compañía de los tres niños que la adoraban.

—En efecto. Ha llamado Fran diciendo que la recogía antes de venir.

—¿Viene Marta? —preguntó Sergio con una sonrisa.

—Sí.

—¡Bieeeennnn!

—Pero hoy me toca a mí jugar con ella primero —dijo Javi muy serio en su papel de hermano mayor.

—Nooo, Marta es mi amiga... tenemos casi el mismo cumpleaños.

—Pero yo soy mayor y cuido de ella.

—¡*Madta* mía, mía, mía! —añadió el pequeño.

—Bueno, bueno, va a estar todo el fin de semana. Habrá tiempo para que juegue con los tres. Y mejor aún, podéis jugar todos juntos con ella.

Los hermanos se miraron unos a otros no muy convencidos.

—Venga, chicos, lavaos las manos y cambiaos de ropa, que en cuanto lleguen papá y Marta vamos a comer. Yo voy a hacer lo mismo.

Subió a su habitación y bajó unos minutos después, tras cambiar el traje de chaqueta que solía usar en el trabajo por un pantalón corto y una camiseta.

—¿Qué puedo ir haciendo? —preguntó a Manoli.

—Está todo bajo control, relájate. Te espera un fin de semana agitado con todos los niños.

—No creas —dijo acercándose al frigorífico, abrió dos cervezas, le acercó una a Manoli y le dio un trago a la otra—. Hace calor y Fran los tendrá todo el tiempo entretenidos en la piscina.

Hugo, que había vuelto a la trona, alargó las manos pidiendo cerveza él también.

—*¡Quiedo!*

Susana le acercó su botella de agua, el niño era incapaz de ver comer o beber a alguien sin pedir.

—Voy haciendo la salsa —dijo Manoli.

—Yo iré poniendo la mesa.

La cocina, enorme, tenía forma de u y al otro lado de uno de los laterales tenía una mesa donde solían comer a mediodía.

En aquel momento sintieron abrirse la puerta del pequeño jardín y los dos hermanos que permanecían en la planta de arriba bajaron la escalera en tromba y salieron a recibir a su amiga. Desde la ventana de la cocina, Susana vio a los dos niños tratar de acaparar la atención de la chiquilla.

Fran entró en la cocina y besó a su mujer y a continuación a Manoli.

—Macarrones, supongo.

—En efecto, con tomate para los niños, carbonara para nosotros.

—¿Ya nos estás malcriando otra vez? Basta con que hagas una comida para todos.

—Eso he hecho... macarrones para todos. Y no protestabas cuando te hacía croquetas a espaldas de tu madre.

—*Touché!* —dijo quitándole a Susana la cerveza de la mano y tomando un largo trago.

—¡Hay más en el frigorífico!

—Esta está más buena. ¿Qué tal el día?

—Complicado. En el juzgado toda la mañana, ¿y el tuyo?

—Mucho trabajo de campo, pero tranquilo y sin prisas.

Los niños entraron en la cocina.

—*Madtaaaa*, toma —dijo Hugo alargándole la botella—. Como papá.

Javier cogió una botella nueva y se la alargó a la niña.

—Esta es para ella sola, Hugo.

—No tengo sed.

—Yo tampoco —dijo Sergio situándose a su lado.

—Vamos arriba y yo te llevo la mochila —dijo Javi de nuevo, intentando coger la pequeña mochila con una muda de ropa que Marta tenía colgada en la espalda.

—Se la llevo yo, que soy más fuerte.

—Pero yo soy mayor.

—La llevo yo sola. Soy muy fuerte y no necesito a nadie que me lleve la mochila.

Se perdieron por la escalera en dirección a la planta alta donde estaban los dormitorios.

—*Madtaaa, vennn.* No te vayas —dijo Hugo queriendo bajar de la trona él solo. Fran lo cogió para llevarlo arriba con el resto.

—Creo que en el futuro podéis tener un pequeño problema con estos niños —dijo Manoli.

—Eso me temo... Miedo me da la idea de tres Figueroa adolescentes llenos de hormonas y la preciosa Marta en medio.

—Bueno... hay una posible solución —dijo Fran guiñando un ojo.

—¿Qué solución? Fran, que conozco esa mirada...

—Si vamos a por la niña, se hará la mejor amiga de Marta y ella se despegará un poco de los chicos.

—Hugo vino buscando la niña. Dijimos familia numerosa y ya la tenemos.

—Bueno, pero... una niña... ¿No te gustaría comprar vestidos además de pantalones y peinar coletas y esas cosas?

—Anda, sube y cámbiate.

Con su hijo pequeño en brazos, Fran subió las escaleras. Susana lo miró mientras lo hacía y sintió que su corazón rebosaba felicidad una vez más, al contemplar la maravillosa familia que tenía. Manoli, a su lado, le preguntó:

—¿Qué, niña..., te vas a dejar convencer?

Susana miró a la mujer a la que profesaba un entrañable cariño. Manoli era una más de la familia.

—Probablemente. Hay pocas cosas que ese diablo de marido mío no consiga de mí si lo pide de la forma adecuada. Y el muy ladino sabe bien cómo hacerlo. Aparte de que a mí también me gustaría peinar coletas...

—Si mi opinión cuenta para algo en un tema tan personal... también yo estaría encantada con una niña en la familia.

—Pues claro que cuenta. No sé cómo sobreviviríamos sin ti. Y si no te apetece seguir cambiando pañales...

—Me encanta cambiar pañales, Susana. Fran fue mi niño y tus hijos, mis nietos. Sois mi familia. Y peinar coletas estaría genial, aparte de que podría hacerle vestidos en mis ratos libres.

—Entonces, dejaremos que Fran se salga con la suya..., pero no le digas ni media palabra de esta conversación. Quiero hacer que se esfuerce en convencerme.

—Soy una tumba.

Susana terminó de poner la mesa y se acercó a la escalera para llamar a su familia a comer. Después pasarían la tarde en la piscina, donde Fran se ocuparía de los niños y jugaría con ellos hasta caer extenuado, pero nunca hasta el extremo de dormirse sin «buscar» a la niña. Susana estaba segura de que una vez con la idea en la cabeza, no pararía hasta convencerla, y Fran sabía que el mejor sitio para convencer a su mujer de algo era en la cama.

## Agradecimientos

Quiero agradecer a todos aquellos chicos y chicas que pasaron por mi casa mientras escribía esta novela y que me ayudaron a hacerme una idea del mundo juvenil y estudiantil, de su forma de hablar, de divertirse, de comportarse. De esa forma especial de entender la amistad que luego se pierde con los años y los entresijos de la vida.

## Nota de la autora

Respecto a esta novela hay un pequeño lapsus histórico que me gustaría aclarar. En 1999 se usaban las pesetas, y el euro comenzó a circular el 1 de enero de 2002 para la población española, pero me resultaba muy chocante hablar de pesetas y posteriormente de euros si no metía en la historia el cambio de moneda, cosa que me parecía fuera de lugar dada la trama de la misma. Y puesto que a nivel bancario ya el euro estaba en vigor desde el 1 de enero de 1999, me permití esa pequeña licencia que espero me perdonéis.